PANTERA NEGRA
CONTOS DE WAKANDA

PAN
N E
CONTOS D

Contos originais editados por
JESSE J. HOLLAND

MARVEL
© 2022 MARVEL

ERA
GRA
WAKANDA

ns
São Paulo, 2022

Black Panther: Tales of Wakanda – A ground-breaking anthology from the African diaspora
Esta tradução de *Black Panther: Tales of Wakanda – A ground-breaking anthology from the African diaspora* foi publicada pela primeira vez em 2022, por acordo com a Titan Publishing Group Ltd.

MARVEL
© 2022 MARVEL

EDITOR
Luiz Vasconcelos

COORDENAÇÃO
EDITORIAL
Stéfano Stella

TRADUÇÃO
Carlos H. Rutz

PREPARAÇÃO DE TEXTO
Elisabete Franczak Branco

ARTE DE CAPA
Andrew Robinson
Natasha Mackenzie

DIAGRAMAÇÃO
Manoela Dourado

REVISÃO
Flávia Cristina de Araújo
Tássia Carvalho

Equipe Marvel Worldwide, Inc.
VP, PRODUÇÃO & PROJETOS ESPECIAIS
Jeff Youngquist
EDITORA-ASSOCIADA
Caitlin O'Connell
DIRETOR, PUBLICAÇÕES LICENCIADAS
Sven Larsen
SVP PRINT, VENDAS & MARKETING
David Gabriel
EDITOR-CHEFE
C.B. Cebulski

Texto de acordo com as normas do Novo Acordo Ortográfico da Língua Portuguesa (1990), em vigor desde 1º de janeiro de 2009.

Dados Internacionais de Catalogação na Publicação (CIP)
Angélica Ilacqua CRB-8/7057

Pantera Negra: Contos de Wakanda: uma poderosa antologia de autores africanos/ editado por Jesse J. Holland; adaptado da graphic novel de Reginald Hudlin & John Romita Jr.; tradução de Carlos H. Rutz. – Barueri, SP: Novo Século Editora, 2022.

Título original: *Black Panther: Tales of Wakanda – A ground-breaking anthology from the African diaspora*

1. Literatura norte-americana 2. Literatura africana 3. Super-heróis – Ficção 4. Pantera Negra (Personagens fictícios) I. Holland, Jesse J. II. Rutz, Carlos H.

22-2059   CDD-813

Índice para catálogo sistemático:
1. Literatura norte-americana 813

Esta é uma obra de ficção. Nomes, personagens, lugares e incidentes são produto da imaginação do autor ou são usados ficticiamente, e qualquer semelhança com pessoas reais, vivas ou mortas, estabelecimentos comerciais, eventos ou locais é mera coincidência. O editor não tem nenhum controle e não assume qualquer responsabilidade pelo autor ou sites de terceiros ou seu conteúdo.

Nenhuma parte desta publicação pode ser reproduzida, armazenada em um sistema de recuperação ou transmitida, em qualquer forma ou por qualquer meio, sem a permissão prévia por escrito do editor, nem ser distribuída de outra forma em qualquer forma de encadernação ou capa diferente daquela em que é publicada e sem condição semelhante imposta ao comprador subsequente.

ns
Uma marca do Grupo Novo Século

Alameda Araguaia, 2190 – Bloco A – 11º andar – Conjunto 1111
CEP 06455-000 – Alphaville Industrial, Barueri – SP – Brasil
Tel.: (11) 3699-7107 | Fax: (11) 3699-7323
www.gruponovoseculo.com.br |
atendimento@gruponovoseculo.com.br

*Esta obra é dedicada com todo
amor ao nosso Rei Eterno,
Chadwick Boseman.*

Que seu reinado seja perene.

APRESENTAÇÃO
UM PRESENTE INESPERADO

AINDA CRIANÇA, COMECEI A CONSTRUIR MINHA ALMA WAKANDANA.

Um de meus primeiros gibis, se não o primeiro, foi um exemplar de *The Avengers 177*. Dentro dele havia uma coleção de heróis, alguns conhecidos de minha mente adolescente e obcecada por quadrinhos, outros não. Sendo mais específico, eu encontrei um homem de fala tranquila, vestido de preto e que não tinha martelo mágico, nem escudo indestrutível ou armadura vermelha e amarela movida a luz solar, mas que era respeitado pelo invencível Homem de Ferro, pelo poderoso Thor e pelo Capitão América. Até mesmo o vilão daquela edição reconhecia como o homem era nobre, honrado e majestoso.

Essa foi a primeira vez em que fixei meus olhos em T'Challa, o Pantera Negra, e fiquei fascinado.

Havia ali um personagem que não era parceiro nem ajudante, não era um estereótipo da *blaxploitation* – os filmes sobre a cultura negra dos anos 1970 –, não falava gírias da rua nem se vestia à moda *disco* da época, e não ficava boquiaberto diante das divindades brancas com quem interagia. Na verdade, ele era mais rico que Tony Stark, tão inteligente quanto Bruce Banner, Henry Pym e Reed Richards, e tão parte da realeza quanto Thor, Doutor Destino ou Namor, o Príncipe Submarino. E o melhor de tudo, ele era parecido comigo! (Pelo menos era como eu imaginava que ficaria quando chegasse à idade adulta.)

Ali, nas páginas dos quadrinhos, estava um modelo de virtude da Negritude, inteligente, orgulhoso e que não tinha remorsos – era nosso Rei Artur. Além de salvar o mundo ao lado dos Vingadores e de outros super-heróis, o Pantera abordava temas que eram relevantes para nós, como a Ku Klux Klan, o Apartheid, o racismo, a distinção de cores, o ódio contra os africanos. Ele andava pelas ruas cruéis, porém majestosas, do Harlem, e chamava o país mais avançado do mundo, que ficava nada menos do que na África, de sua casa.

Daquele dia em diante, li tantas histórias do Pantera Negra quanto pude encontrar, tanto como coadjuvante do Quarteto Fantástico, nos Vingadores, quanto como estrela da revista pessimamente intitulada *Jungle Action* (Ação na Selva), ou na revista com seu nome. Finalmente, ele foi para outras mídias, em uma série animada da *Black Entertainment Television*, em 2010-2011, e no filme *Pantera Negra*, que quebrou vários recordes.

Na verdade, muitos de nós estamos construindo nossas almas wakandanas há anos.

Conhecemos cada curva do Vale da Serpente e a altura das Cataratas do Guerreiro. Sabemos que seu uniforme é um traje real, e não uma "fantasia de felino". Sentamos com T'Challa e Monica Lynne quando eles estavam juntos admirando as terras de Wakanda. Choramos quando Bast abençoou a união de Ororo e T'Challa, e ficamos furiosos quando o mundo não permitiu que ficassem juntos, como era seu destino.

Sentimos medo com a chegada de Killmonger, o único homem que T'Challa nunca venceu realmente.

Nosso fascínio com o personagem nos iniciou na mitologia wakandana, e por um longo tempo esse grupo foi bastante exclusivo. Mais recentemente, isso mudou. O Pantera Negra entrou para o rol dos ícones da cultura, e é impressionante que tantas outras pessoas, muitas das quais nunca ouviram ou se importaram muito com o Pantera antes do filme, tenham percebido o que tantos de nós sempre soubemos.

T'Challa é "O cara", e nós somos wakandanos.

Com a ascensão do Pantera, muitos de nós encontramos coragem para definir por conta própria quem seriam nossos heróis, como eles seriam e o que representariam, não apenas para nós, mas para o mundo. Este é o verdadeiro presente que o Pantera Negra deu ao mundo: uma oportunidade de abraçar seu legado individual, cada um tão específico, digno e particular de sua própria nação, cultura, etnia e até região.

Ainda que essa lenda seja mais do que apenas mitologia contada por griôs modernos ao redor das fogueiras eletrônicas, Wakanda é mais do que as planícies ancestrais às quais podemos aspirar, e T'Challa é mais do que um rei ficcional destinado a inspirar grandeza. O Pantera Negra há muito representa a mudança genuína na indústria dos quadrinhos, e um passo adiante dado por homens e mulheres que engendraram esses contos de moralidade dos tempos modernos.

• • • •

Quando Stan Lee e Jack Kirby criaram T'Challa, Wakanda e a mitologia do Pantera, não estavam apenas criando mais um coadjuvante para uma revista popular de quadrinhos. Ao surgir em *Fantastic Four 52* (data de capa: julho de 1966), T'Challa foi o primeiro personagem negro importante em um gibi relevante. Ao apresentá-lo, eles fizeram um pronunciamento dizendo que todos os homens são iguais, e que cada homem e mulher era capaz de se mostrar digno de ser rei, rainha ou herói.

E não parou por aí. Em seu editorial "Stan's Soapbox" (A caixa de sabão do Stan), que aparecia em todas as revistas da Marvel, Lee afirmou que "o racismo e a intolerância estão entre as piores doenças sociais que infestam o mundo atual", e que deveríamos "julgar as pessoas pelos próprios méritos", e não pela cor da pele, gênero, religião ou qualquer barreira artificial que a humanidade possa ter inventado.

Eu não digo que sei o que se passava na mente de Stan e de Jack ao criarem o Pantera. (Eu me sinto melhor chamando-os de Stan e Jack do que Sr. Lee e Sr. Kirby, pelo número de revistas feitas por eles que eu devorei.) O que eu sei é que a obra deles revolucionou a indústria e quebrou um telhado de vidro nas histórias em quadrinhos e nas narrativas da cultura popular. O Pantera foi o primeiro, mas com seu surgimento um novo mundo emergiu. Outros personagens vieram, incluindo o Falcão (o primeiro grande herói *descendente* de africanos) e Luke Cage.

Com os personagens negros nos quadrinhos, haveria outro conceito que mudaria o mundo: artistas e roteiristas negros! Eles já existiam antes disso, como o elogiado desenhista Matt Baker, nos anos 1940 e 1950, e até George Herriman, criador de *Krazy Kat*, mas poucos leitores conheciam suas origens étnicas. De repente, descobrimos ilustradores como Billy Graham, que trabalhou tanto com o Pantera Negra quanto com Luke Cage, além de Keith Pollar, Arvell Jones e Ron Wilson.

Revolucionários negros também ganharam destaque em outras mídias. Havia Floyd Norman, animador da Disney, e Martin R. Delany, autor de *Blake; or The huts of America* (Blake; ou As choupanas da América), considerado um dos pais, se não o pai da ficção especulativa afro-americana. Entre outros astros da prosa estão Octavia Butler, cuja obra abriu os olhos de tantos na minha geração, Nalo Hopkinson, N. K. Jemisin, Tananarive Due e Nikki Giovanni.

De volta aos quadrinhos, a revolução continuou quando a Marvel trouxe a bordo um pioneiro editor afro-americano, Christopher Priest, que veio a escrever a revista do Pantera Negra. O grande Dwayne McDuffie, meu griô pessoal e um dos primeiros roteiristas de quadrinhos que eu conheci na vida, me ajudou a encontrar um selo inteiro dedicado a personagens e criadores afro-americanos. O legado deles seguiu através de criadores como Aaron McGruder, Ta-Nehisi Coates, Reginald Hudlin e mais.

• • • •

Por que contos?

Eu amo esses personagens a minha vida inteira. Amo quadrinhos a vida inteira, mas também amo livros, e sempre me perguntei por que não há mais livros com meus personagens favoritos dos quadrinhos.

Na minha cabeça, super-heróis viajam muito bem para a página escrita: grandes personagens heroicos, situações trágicas, sacrifícios gigantescos, finais felizes, romance, corações partidos, solidão, desespero e triunfo, tudo isso envolvendo personagens com um forte sentido de justiça em suas ações e a ideia de que se deve fazer algo quando alguém precisa de ajuda.

Que personagens poderiam ser melhores para um romance?

Mas, quando eu comecei minha jornada como leitor, aqueles livros não existiam. Ah, mas havia a série *Big little books* (Pequenos grandes livros), só que eram infantis demais e não tinham história o suficiente para me satisfazer. (Antes, eu me deparei com a disponibilidade fácil das coleções, e ainda tenho meu exemplar das primeiras *graphic novels* da Marvel, *A morte do Capitão Marvel* e *Os novos Mutantes*.) Eu queria mais história do que vinha nas revistas mensais e, para mim, os romances eram as melhores opções.

Pessoalmente, foi assim que eu comecei a escrever, porque não podia aguardar o mês seguinte para ver o que aconteceria com o Luke Cage, com os Vingadores ou o Pantera Negra, então comecei a bolar minhas próprias histórias para preencher o espaço entre uma edição e outra. E, é claro, eu ficava alucinado de alegria quando uma de minhas ideias aparecia nas páginas do gibi (Eu acreditava que mentes geniais pensam parecido!), e deixava minhas ideias de lado quando o roteirista e os artistas iam em outra direção. Mas aqueles dias, sentado em casa, pensando em histórias sobre o que Jim Rhodes, Sam Wilson, Misty Knight, Ororo Munroe e outros personagens da Marvel fariam nas situações em que eu os coloquei ainda estão entre minhas melhores lembranças.

Foi então que a Distinta Concorrente teve sua revolução.

Eu adorei o primeiro filme do Batman, com Michael Keaton e Jack Nicholson, mas ainda melhor foi o fato de que, após o lançamento do filme, houve uma linha de antologias que permitiram que roteiristas escrevessem as próprias versões das histórias do Batman. Não só do Batman, mas também do Robin, da Mulher-Gato, do Pinguim e do Alfred. Não eram apenas *As novas aventuras do Batman*, eram histórias sobre Gotham, sobre o mundo do Batman.

Eu ainda tenho meus três volumes de *As novas aventuras do Batman*, editados por Martin H. Greenberg, aqui no meu quarto, com as pontas dobradas, estragados e completamente amados. Eu li e reli todos eles, e quando terminei meu romance sobre o Pantera Negra, *Pantera Negra: quem é o Pantera Negra?*, eu olhei para essas antologias e me lembrei.

O filme do Pantera Negra de 2018 foi tão ou mais influente que o filme do Batman de 1989. O Pantera Negra é tão ou mais influente do que o Batman é hoje. Portanto, o mundo de T'Challa precisa, ou melhor, *merece* o mesmo tipo de abordagem em prosa como ocorreu com o de Bruce Wayne, contado por escritores que apreciam e admiram o mundo de Wakanda da mesma maneira que escritores adoravam o mundo de Gotham há algumas décadas.

E a ideia nasceu.

• • • •

Você tem em mãos uma antologia de histórias wakandanas contadas especificamente por autores que carregam o legado africano e que foram inspirados pelo Pantera Negra. Histórias contadas por vozes variadas, revelando conceitos variados, todas vindo do mesmo lugar, suas almas wakandanas.

Com este livro, nosso objetivo é levar o espírito daquilo que Jack e Stan começaram, e combiná-lo com o que tantos roteiristas e artistas continuaram ao longo dos anos, e revelar a inspiração que instilaram em leitores como eu, que descobriram T'Challa e de repente se conectaram com algo maior. Nestes contos, esperamos que você encontre o passaporte para um mundo onde a colonização africana falhou, e o afrofuturismo domina completamente, Wakanda é para sempre e o Pantera Negra persegue aqueles que ameaçam inocentes. Venha se sentar conosco ao redor da fogueira, sinta o vento árido e o sol impiedoso, enquanto honramos a deusa Pantera e seu discípulo, mantendo sua lenda viva com alguns dos mais novos e empolgantes talentos que já vieram da Mãe África.

Em algum lugar, eu espero que haja uma criança, como eu, sentada sozinha no quarto, aprendendo que o mundo é muito maior do que ela pensa e que, por eles, com esta antologia e a bênção de Bast, a primeira centelha de suas próprias almas wakandanas acenda.

ESPÍRITOS AFINS

MAURICE BROADDUS

OBSERVAR O POVO DE WAKANDA ATRAVÉS DE CÂMERAS E SATÉLITES NÃO é exatamente espionagem, se eles são da família.

Quer dizer, mais ou menos. Talvez a ideia seja confusa demais. O fato de ser uma *Dora Milaje* – o exército real recrutado de várias tribos para proteger o rei de Wakanda –, e ser também sua guarda pessoal (não que ele precise nem de uma coisa nem de outra), é o que me dá acesso a todo tipo de tecnologia e equipamento de vigilância. Não que analisar um pescador esteja no topo da lista de prioridades.

Do lado de fora da Floresta de Cristal, lar da cultura jabari, um velho reúne a pesca do dia. Ainda forte e capaz, embora de idade avançada, ele desce do barco nas areias brancas da praia e vai à sua aldeia, passando por agricultores cuidando de seus campos. E a vida é assim em minha aldeia natal.

Mas não era algo de que eu gostasse, por causa das políticas que me fizeram ser quem sou. Rainha da cultura jabari. Desde que T'Challa instaurou a paz entre as tribos de Wakanda com as *Dora Milaje* escolhidas, eu sou um incidente internacional ambulante esperando para acontecer. Isso de espionar provavelmente não me ajuda, mas essa é a aldeia de onde vem a família que nunca conheci.

Até há pouco, o que eu sabia era que tinha nascido Chante Giovannie Brown. E resolvi me chamar Rainha da Justiça Divina. Acabei descobrindo que meus pais de Wakanda me deram o nome de Ce' Athauna Asira Davin, que significa "Paz Divina". Mas desde que eu fui mandada embora, conheci tudo, menos a paz. Ou, tampouco, a justiça divina.

Eu volto a câmera para a imaculada Baía de Nyanza e admiro a água por um tempo. É quando percebo.

Um peixe vem à tona, e depois outro, e outro. Logo, cerca de uma centena deles estão boiando, com seus olhos sem vida apontados para o sol. Não sei se aconteceu alguma coisa, hesito um pouco, sem saber o protocolo para essa situação. É um daqueles momentos em que eu tento falar com meu pai e minha mãe. Em qualquer outro lugar, eu seria tachada de louca, já que eles foram assassinados quando eu era bebê e sequer me lembro deles, só tenho uma leve impressão de quem eram. Mas aqui em Wakanda todo mundo adora falar com os ancestrais. Gente, eu trabalho para um cara que fala com espíritos felinos que existem desde a aurora dos tempos, então estou em boa companhia.

Meu instinto me diz que aqui é caso de espião contra espião, por isso só tem uma pessoa que eu posso contactar.

– A senhora me chamou? – Eu reconheci a voz antes mesmo de me virar. Hunter. Também conhecido como Lobo Branco, líder dos *Hatut Zeraze*, literalmente os "Cães de Guerra". Simbolicamente, ele é o chefe das forças secretas de inteligência de Wakanda.

E meio-irmão do Pantera Negra. O rei confia nele como Thor confia em Loki.

– Não engoli esse lance de "senhora".

Eu fixo os olhos nele como faria com qualquer um que fizesse "fiu-fiu" para mim, se eu estivesse andando na rua. O olhar de "não me provoque" tem o efeito de um urso se aproximando.

– É apenas respeito para com uma rainha.

Hunter se apoia no batente da porta sem se preocupar se a poeira vai sujar seu uniforme, imaculadamente branco e feito sob medida. Mas tudo que o envolve é uma mentira. Seu traje de Lobo Branco é feito para se parecer com um terno, com a mesma tecnologia que permite que ele entre aqui e faça uma pose dramática.

Hunter é bem assim: como aquele tio que sempre inventa alguma coisa.

– Vou acreditar nisso. – Fecho o monitor. – Mas eu não chamei você.

– Ah, chamou, sim, mesmo que não tenha percebido. Talvez seja uma boa hora para avisá-la que, quando usa nosso sistema de defesa para espionar uma área restrita, alguém vai perceber.

– Certo, eu achei que minha posição como *Dora Milaje* me dava permissão. Enfim, quero sua opinião sobre isto aqui. – Apontei para os peixes na água. – O que acha que é?

– São peixes mortos. – O sorriso contido entregou a piada em sua resposta cheia de empáfia.

– Isso eu descobri sozinha.

– O que acha que significa? – Os olhos de Hunter me estudavam o tempo todo.

Eu detesto quando todo mundo por aqui aproveita cada oportunidade para falar com ar de palestrante.

– Alguém está despejando na água algo que não deveria.

– O que planeja fazer em relação a isso?

– Eu não sei. Precisa ser investigado. Talvez levar até o rei.

– Não é motivo para incomodar o rei. Ele já não anda nada bem.

A sempre presente sombra do rei alcança longe, e poucos escapam dela. Ninguém jamais quer aborrecer o rei.

– Você pode ir verificar? Investigar e descobrir alguma coisa? São meus... não sei o que aquele povo é para mim, mas sinto que devo proteger aquela gente de lá.

– Tudo bem. – Hunter pisa no painel e gera imagens holográficas. – Enquanto isso, eu explico a festa de hoje à noite.

– Onde... – Olhei em volta, procurando meu instrutor *Dora Milaje*.

– É uma função de Estado e questão de segurança. Você vai escoltar o rei em um encontro com os representantes comerciais da China como parte da reunião do Simpósio para Ampliação Ferroviária Automatizada.

– Poderia haver reunião mais... SAFA? – falo mais alto do que pretendia. Não consigo segurar a gargalhada.

– Rainha... – A voz dele soa com desaprovação e censura.

– Não fique bravo comigo por um trocadilho. Eles gastam tanto dinheiro com esses eventos, e ninguém presta atenção na sigla?

– Eu garanto que é uma questão muito cara aos chineses. A pauta por trás disso envolve a construção de uma estrada de ferro da Azania que vai chegar até Narobia e Niganda, substituindo aquela construída durante o domínio colonial britânico. Será melhor para escoar as riquezas dos países com mais eficiência.

– Quanto cinismo, não? – Arqueio as sobrancelhas, mantendo uma expressão cética bem latente.

– Só um aluno de história. Colonizadores têm esse tipo de vício.

– Já conheço viciados o suficiente. Eles não enxergam as pessoas, e só querem saber dos recursos que vão consumir. Assim que conseguem, você deixa de existir e eles vão em frente.

De volta aos monitores, vejo os peixes chegando à praia e apodrecendo sob o sol.

– Descartam o que não lhes serve, destruindo nossos rios e nossa qualidade de vida.

– Enquanto continuarmos a ser alvo da irresponsabilidade, injustiça e falta de humanidade, todo o nosso continente e nosso modo de vida estarão em risco.

– Bem-vindo ao neocolonialismo: saquear nações com um talão de cheques. – Digo isso com toda a convicção.

Hunter balança a cabeça, como se estivesse surpreso com minha resposta.

– E o Pantera Negra fica parado enquanto isso acontece.

– Você poderia pelo menos tentar esconder seu ressentimento em relação ao rei.

– Não é ressentimento. Eu simplesmente odeio as mentiras e a hipocrisia de Wakanda e seu rei. Eu faço o trabalho sujo para que o meu irmão e o pai dele, antes, pudessem ficar com as mãos limpas e sem culpa de nada.

– Você é um cara branco tentando falar em nosso nome.

– Eu sou filho de seu rei.

Quando bebê, o avião que o levava com sua família caiu nos arredores de Wakanda. T'Chaka, pai de T'Challa, o adotou. Desde então, Hunter meio que foi mimado com a desculpa da sua lealdade. Seus *Hatut Zeraze* são reputados como os mais leais dos muitos serviços secretos agindo em nome de Wakanda, e fazem isso de maneira quase fanática. Ele nunca deixa pequenas coisas como tortura, assassinato e brutalidade atrapalharem seus planos. Foi por isso que T'Challa acabou demitindo Hunter, que anda trabalhando bastante para voltar às graças do irmão, deixando de ser um freelancer para recuperar um papel de destaque.

– Por uma década, eu fui o único filho do rei T'Chaka e da rainha N'Yami. Até que o filho biológico deles, T'Challa, chegou. N'Yami morreu no parto... no parto de T'Challa...

– E você perdeu seus pais pela segunda vez.

Hunter me olhou.

– Você não faz ideia do que é ser colonizado dentro da própria família.

– Acho que temos muito em comum.

Minha voz falha quando eu percebo o que estava dizendo. Odeio quando essas verdades acabam escapando. Passamos um momento em silêncio, em uma comunhão de perdas.

Ser adotada pela realeza não compensa ter sido criada com mãos firmes. Eu me sinto tão perdida e sozinha, mesmo cercada por todas as armadilhas da riqueza e do poder. Sempre lutando para me encaixar, encontrar meu chão e ser aceita.

– Você precisa se arrumar para a festa – Hunter se mexe, fazendo ruídos –, não vai querer se atrasar para a reunião.

– Você vem comigo?

– Não. Meu irmão, o rei, não me quer lá.

Eu entendo que Hunter desdenhe a festa. As pessoas só o conhecem por sua relação com T'Challa ou seu pai. É difícil encontrar seu lugar na família se ela tem uma celebridade. Todo mundo se aproxima só por conta de seu parente famoso, e pode levar até uma meia dúzia de perguntas até que percebam que você existe por conta própria. E deve ser duas vezes pior se você é o irmão mais velho, e o mais novo é o rei. O favorito. O querido.

Sem mais uma palavra, Hunter ativa a tecnologia de desaparecimento do traje e some como um fantasma incômodo, e continua sem ser visto.

• • • •

A vida em Wakanda sempre parece uma espécie de desfile, uma celebração – qualquer evento é usado como desculpa para exibir nossa cultura. Os tambores anunciam a chegada das *Dora Milaje*, diminuindo o ritmo para entrarmos em uma dança coreografada, como Alpha Kappa Alphas* anabolizadas. Embora tenha algo além disso, é como se eu estivesse me aproveitando da fonte da alma de nossa dança. Só quando nossa exibição termina é que vou me dedicar ao que interessa.

---

* Irmandade de alunas afrodescendentes universitárias dos Estados Unidos, fundada em 1908, que promove o desenvolvimento ético, acadêmico e social, com grande destaque nos movimentos contra a segregação e pelos direitos civis. (N.T.)

Desta vez, veio a calhar as *Dora Milaje* terem me mandado em meu traje padrão, como se um jantar pudesse surgir a qualquer momento. As pessoas olham através de mim enquanto eu ando, na melhor das hipóteses, conscientes de minha posição. Um empresário se aproxima com um brilho no olhar de quem está me avaliando. Para ele não se aproximar, eu fecho a cara e procuro uma arma com a mão. Depois de pegar um daqueles camarões enrolados com bacon, eu me recolho aos meus pensamentos.

A China é um ator importante na África, enquanto os Estados Unidos ainda pensam no continente como um enorme país, longe demais e pobre demais para gerar interesse. Todos os anos, a China manda representantes governamentais e corporativos à capital de cada nação africana para serem recebidos em uma (eu me recuso a chamar essa coisa ridícula pelo nome) festa. Tudo para garantir vários projetos de infraestrutura. Mais de dez mil empresas chinesas fazem negócios na África.

Nenhum deles em Wakanda.

É por isso que as nações vizinhas de Azania até Niganda silenciosamente guardam rancor de T'Challa. Não que o rei espere ser celebrado por dar um fim ao isolamento wakandano, mas até onde os países próximos sabem, era como crescer em meio à fome e descobrir que o vizinho passou a vida inteira comendo hambúrguer.

Então, sem anúncios, o rei chega. Eu sei que ele está aqui, assim como você perceberia se há um gato na sua sala. A maneira como minha bexiga ficou cheia, como se eu pudesse ser uma presa em potencial. Uma sensação de presença inexplicável que lhe observa. Rastreia. Caça.

Seu fraque preto, com padrões wakandanos bordados nas mangas e ao redor do colarinho, tem o drapeado da realeza. O rei T'Challa flutua pelo salão como um tubarão desimpedido dentro d'água. Não, esse exemplo não é muito bom. Ele é livre, no sentido mais verdadeiro da palavra. Não há aqui uma pessoa sequer que tenha algum poder sobre ele. Ninguém o controla. Ninguém o prende. Nem com correntes. Nem com favores. Nem com dinheiro. Ainda assim, há um peso sobre ele, como se carregasse a responsabilidade por toda a nação. Quando se é rei, o peso do mundo está sobre seus ombros, e os dele são enormes.

– Por que eu estou aqui? – perguntei, sem raiva, apenas por curiosidade genuína, assumindo meu lugar ao seu lado.

– Para assistir. Para aprender.

T'Challa só fala comigo em hausa, sua língua materna e a das *Dora Milaje*. Qualquer cidadão de Wakanda fala pelo menos três ou quatro idiomas.

Eu nasci em Chicago, e ainda não falo muito bem hausa. Wakandano menos ainda.

– Preciso que fale a minha língua. De preferência, com as gírias da minha quebrada.

Os cantos da boca dele se contorcem, o que para ele é um sorriso radiante.

– Considere isso uma prática de seus estudos de relações internacionais. Parte de seu treino como *Dora Milaje*, caso um dia venha a liderá-las.

O alerta de Hunter me vem à mente, mas eu preciso compartilhar o ocorrido com alguém.

– Rei T'Challa, houve uma matança de peixes em Nyanza, perto da Floresta de Cristal. Eu... pedi a Hunter que verificasse.

Eu fecho os olhos, esperando o sermão sobre ter feito o que não devia. Pelo menos é o que a vida em Chicago me ensinou a esperar. Como não vem nada, eu os abro de novo.

– Meu irmão não deve receber confiança – responde T'Challa, sério e com a voz bem baixa.

– Qual é o lance entre vocês dois? Se ele não pode receber confiança, por que deixar ele encarregado de qualquer coisa mais importante que um biscoito?

– Ele ainda é da família, e ainda é leal a Wakanda.

A infância dele, sempre limitada por ser herdeiro de uma dinastia intacta e muito antiga, acabou quando ele tinha a minha idade, e seu pai foi morto na frente dele. A vida passou a ser dever e sacrifício, medida com disciplina, ímpeto e foco. Eu fico de boa se garantir o cereal para o café da manhã. Deve ser o lance de ser rei ou de ser herói, mas ele se fechou. É bem raro alguém se aproximar, e ele precisa de um hobby.

– Boa noite, rei T'Challa – saúda Jiang, diretor de uma das maiores empresas da Ásia, vindo até nós. Embora o rei seja mais de um palmo mais alto que o homem, o diretor da Companhia da Ásia Oriental caminha com a confiança e a força despretensiosa de alguém acostumado a ser subestimado. – Ainda é "rei", correto?

O magnata dos imóveis, muito cheio de si, tenta bancar o bacana. T'Challa recentemente frustrou um desafio de Erik Killmonger. Como parte da estratégia, o rei T'Challa dissolveu o governo político e derrubou a economia. Um de seus planos tipicamente enrolados que colocou todo mundo contra todo mundo para que as pessoas não percebessem qual era o objetivo dele. Everett Ross, contato do Departamento de Estado dos Estados Unidos, uma vez me disse, "Se não souber nada sobre o cliente, saiba que, seja lá o que for que você acha que ele está fazendo, ele está fazendo outra coisa".

Mas, como toda ação, aquela também teve suas consequências. Ele ainda é tecnicamente o rei, mas não é mais o chefe. Pelo que entendi, o estado de direito agora é tribal, e não mais político. Um dos motivos que me trouxeram do meu refúgio em Chicago para cá foi tentar aplacar as tensões no conselho da tribo.

– Eu sou o rei de Wakanda.

Embora ele tenha falado isso com uma certa irritação, a voz de T'Challa sempre tinha aquele tom de "Pega leve ou eu vou bater em você com a cinta da minha vó".

– Queremos muito ser amigos de Wakanda. A Companhia da Ásia Oriental quer apenas ajudar a África a sobreviver por seus próprios meios. – O rosto de Jiang se iluminou, afetuoso e charmoso. – Nosso governo e nossos interesses comerciais sempre apoiaram os movimentos de libertação africanos, já que Wakanda não o fez.

– Uma luva de pelica não torna o jugo do colonialismo nem um pouco menos brutal. Se vieram para nos explorar, são apenas mais alguém a quem resistiremos.

T'Challa olha em seus olhos. É algo assustador e sombrio olhar nos olhos de uma pantera tão de perto.

Jiang recua.

– Aprendemos bastante com aqueles que nos oprimiram.

— Este é o medo: de que você acredite que é a vez da China de nos explorar. Um novo colonizador em busca de um novo caminho.

Jiang pressiona sua mão no peito fingindo-se ofendida.

— Afinal, depois da morte de nosso pai fundador, nossos líderes mais progressistas preferiram investir nos negócios, na ciência e na tecnologia. Agora, simplesmente fazemos negócios. Estamos oferecendo comércio e ajuda. Por exemplo, estamos construindo uma hidrelétrica de 1,7 bilhão de dólares em Niganda.

Jiang vai na frente até o meio do palco. Gesticulando, faz surgir um holograma em três dimensões mostrando as fronteiras de Niganda. Uma antiga linha costeira no lado mais distante de Nyanza. Assim que a imagem estabiliza, Jiang a sobrepõe com a figura do projeto proposto: um parque turístico, área residencial, zona industrial, região comercial, parque tecnológico, centro de artes, todos terminando na represa em construção.

— Queremos transformar a cidade em um núcleo de alta tecnologia. Uma das maiores cidades do mundo com o maior porto. — Jiang está radiante de tanto orgulho. — Mas é um investimento responsável.

— Investimento estrangeiro responsável é um oxímoro — digo.

Diante do silêncio repentino, eu olho em volta, e todos se viram para mim. Sem querer, falei em voz alta.

— Prossiga — diz T'Challa.

— Quando eu li a proposta pela primeira vez, parecia generosa — começo, tentando esconder a tremedeira da voz. — Os acordos e empréstimos não eram lucrativos para o Banco de Títulos Comerciais da China.

— Por que estamos dando ouvidos às tagarelices ingênuas de uma criança? — A ofensa de Jiang expressada pelo desprezo em seu rosto é marcante como uma cicatriz.

— A maneira como se dirige a nossos cidadãos mais jovens deixa claro como você nos enxerga. A "criança" é valorosa, e membro de meu círculo mais íntimo. As crianças de Wakanda são treinadas como líderes desde que começam a falar, e são livres para expressar seus pensamentos. — T'Challa faz um gesto para que eu continue.

– Mas – eu enfatizo a palavra, para deixar claro –, quando você lê as letras miúdas, caso algum dos países não consiga cumprir com os pagamentos, as corporações chinesas e, por extensão, o governo da China vão controlar os projetos de acordo com os próprios interesses. Legalmente.

– As sutilezas do comércio internacional podem não estar claras para você. Pagamos nossa cota justa de impostos aos países com quem fazemos negócios. Azania. Canaan. Narobia. Niganda. Nós promovemos a autonomia e a autonomia da África, porque precisamos de mais parceiros comerciais. Repito, queremos apenas ser amigos dos *hei ren*.

Isso aí quer dizer "gente preta". Ele fala isso puxando um "r".

– A África não tem amigos. Apenas exploradores. Uma história de promessas vazias e paternalismo do Ocidente que nos esgotou. Sabemos quando nos tratam como iguais. Afinal, também somos uma nação de bancos.

É por isso que eu sempre odiei intrigas políticas. Tem vezes que dá vontade de simplesmente jogar as verdades na cara das pessoas. Falando nisso, a expressão de T'Challa é muito mais do que inexpressiva. Como se conseguisse esconder... sei lá... a *alma* dele de mim. É um muro em que alguns homens têm que ficar. Governar deve ser um tipo de paranoia sob controle. Calcular o que seus inimigos pretendem, e o que seus amigos pretendem, já que todo mundo age por interesse próprio. Um estranho só conhece T'Challa pelas ações, e mesmo assim são camadas em planos maiores. Um lugar solitário nos salões do poder.

Uma agitação no holograma chama minha atenção.

– É uma transmissão em tempo real? – pergunto.

– Sim, é. – Jiang relaxa, parecendo absolutamente satisfeito.

– Meu rei...

Eu aceno para um brilho na tela. É uma agitação mínima, mas para quem sabe o que está vendo, é a distorção provocada pela maneira como a tecnologia de invisibilidade dos trajes dos *Hatut Zeraze* distorce a luz. Hunter. O rei certamente viu, apesar de o rosto não entregar um milímetro dessa percepção. Eu me pergunto se deveria ter dado esse alerta, e me xingo por isso. Jiang fica com olhos semicerrados, mas não sabe o que deveria enxergar.

— Se algum de seus agentes sabotar nosso trabalho — reclamou o empresário, e as presunções dele preencheram as lacunas do que ele não viu —, vamos considerá-lo pessoalmente responsável.

— Como uma medida de nosso compromisso com a construção dessa relação, eu cuidarei pessoalmente de qualquer elemento insurgente.

— Não. — A voz de Jiang parece alarmada. — Enxergaremos isso como uma invasão à nossa soberania.

— Você não tem cargo algum aqui. Niganda não é o seu país.

— Nem o seu. — Jiang ajeita o terno como se estivesse tranquilo. A bosta padrão elefante é que Niganda é uma cleptocracia no auge. A lealdade ali é comprada por quem tem o cheque mais expressivo no momento. — Além disso, temos questões sensíveis de inteligência corporativa. Não gostaríamos de colocar Vossa Alteza na posição de suspeito de espionagem.

— Se houver algum elemento insurgente, eu o pegarei antes que qualquer coisa seja comprometida.

— Vossa Alteza, não há necessidade. Nós... — A voz de Jiang falha enquanto ele pensa nas palavras que vai usar. Deve ser algo importante, porque ele geralmente não tem filtros para falar. — Uma violação de tamanha notoriedade não será tolerada. Sua sabedoria não permitiria que se intrometesse em nossos negócios.

— Não foi um pedido.

T'Challa dá as costas com a tranquilidade e o poder de um furacão mudando de curso. Coitado de quem tentar impedir o rei.

• • • •

— Para onde?

Enquanto me preparo para inserir as coordenadas no Talon, o avião secreto wakandano, eu olho de volta para o rei.

— Até o local em Niganda, querida.

O terno de T'Challa se transforma, e o paletó se torna um traje cerimonial à altura da posição dele na tribo. Fala sério, quem ia tirar aquele traje dele? Solas de vibranium. Adagas de energia. Visão noturna embutida.

Garras de antimetal, uma liga de vibranium que desestabiliza a estrutura molecular de qualquer outro metal com que ele entre em contato. Se não carregava mais o título de chefe, ele ainda era o Pantera Negra.

E ele deve estar falando sério, pois não está usando a capa. (Quem sou eu para julgar a roupa dos outros, mas nunca dei bola para capas.)

O rei passa a me analisar, e eu não sei se é pela inclinação esquisita da cabeça, mas é como se o olhar fixo dele entendesse completamente quem eu sou.

– O que a incomoda?

Eu odeio quando ele faz isso, como um médico me diagnosticando antes mesmo de estar pronta para admitir que estou doente.

– Quantos wakandanos estão fora por conta da diáspora?

– Nenhum.

– Nenhum? – Até a minha voz se ergue de tanto ceticismo.

– Ninguém de nosso povo jamais foi escravizado.

– O que será que Killmonger teria a dizer sobre isso? – Eu me arrependo antes mesmo de terminar a frase. – Desculpe, majestade. Péssima escolha de palavras.

É engraçado como eu começo a usar "majestade" sempre que me lembro de que ele não faz parte do clube dos uniformes colantes. Ele é realeza de verdade. E cabe a ele decidir sobre minha execução como questão de estado. Eu posso vacilar e ir à julgamento por traição. Mas não é isso que pode incendiar as coisas. É mais para eu me lembrar do respeito fundamental que tenho por ele. O título de nobreza acaba vindo junto, mas é ele quem eu nunca vou querer decepcionar. Nem ferir.

– Pode falar, querida. – Seu tom é gentil e convidativo.

Ao sobrevoar aldeias de cabanas feitas de barro com telhados de palha e coqueirais à beira da praia, me lembro de que estamos perto das aldeias da Floresta de Cristal.

– É que, enquanto até Gana dá as boas-vindas àqueles de nós que vêm da diáspora, parece que Wakanda nos deu as costas. – Eu sinto raiva. Como se todos os anos longe da minha tribo, escondida em Chicago, tudo o que eu vi, todos os momentos que eu perdi, emergissem como...

raiva. – O que investiu em seus irmãos e suas irmãs? Eu não deveria ter de convencê-lo de que todas as vidas negras importam.

Por um período que pareceu durar anos, houve silêncio entre nós.

– Eu o ofendi, majestade? – De tão consciente de minhas palavras, eu prossigo muito delicadamente.

– Eu li sua avaliação sobre a negociação bancária. – A voz dele é tão impenetrável quanto o rosto, e ele bate no cartão kimoyo. "Kimoyo" é o termo bantu para "o que vem do espírito" e é o nome da tecnologia wakandana que funciona como um tablet de supercomputação. – Você fez algumas observações. Lembre-se, não jogamos com eles em seus termos. Estou ajustando os protocolos que sugeriu. – Ele põe a máscara no lugar. – Estamos quase chegando. Fique atenta.

O Lobo Branco se esconde nas sombras das ruínas do castelo. Ele tem alguma coisa em mente que daqui do alto não sei o que é. T'Challa não quer esperar que eu aterrisse, e abre a janela do Talon acima dele e salta. Sem paraquedas.

Eu gostaria de dizer que estou acostumada a esse tipo de ação, mas meu coração está quase bloqueando minha garganta. Mas eu sei que o mais sensato é não gritar de preocupação, e procuro o melhor ponto para pousar.

Mesmo aterrissando em um ponto mais avançado do que o dele, T'Challa passa por mim, indiferente. O vento sopra pelas folhas como sussurros de fantasmas, mais alto do que qualquer outro som que marque a passagem dele. O mais assustador em T'Challa quando ele está no modo de caça do Pantera Negra são os olhos. Parecem espelhos pretos irreconhecíveis. Tudo se torna uma presa para ele, sempre à espreita, sempre três passos à frente. É cansativo só de assistir, por isso eu não faço ideia do que seja viver assim.

Uma curiosidade: o Castelo de São Jorge de Mina, em Elmina, Gana, foi o primeiro ponto de comércio estabelecido no Golfo da Guiné, a mais velha construção europeia ao sul do Saara. Não foi a única fortaleza de escravos construída. Mercadores de escravos construíram as fortalezas nas posições mais defensíveis, protegidas contra piratas e outras nações europeias com as quais estavam em guerra. Os portugueses demoliram as casas dos aldeões para abrir espaço, e aconteceu igualzinho em nossos bairros em Chicago, para abrir espaço para uma via expressa.

Uma dessas fortalezas ficava na baía em Nyanza.

Um fosso seco contorna um imenso castelo retangular ao longo de uma elevação rochosa acima de uma represa. Uma fortaleza caiada com cinco andares, em torno de um pátio de pedra, com a fachada interna dos bastiões de calcário e tijolos em ruínas. Das torres que um dia foram douradas, janelas observam como olhos vazios os armazéns que antigamente estocavam ouro, conhaque, tabaco e armas. Abaixo delas, as masmorras. Dá para ouvir os gemidos dos meus ancestrais. As pessoas eram largadas ali para definhar até que os navios negreiros viessem buscar uma nova leva. A comida era passada através dos portões de ferro. Sem banheiro. Sem camas. O ar fresco e a luz entravam por buracos minúsculos em cada canto do teto. Centenas morreram aqui, por causa do calor opressivo, abandonados a uma existência de terror, morte e escuridão. Até que um dia os sortudos sobreviventes passaram por um modesto portão, um portão sem volta, e foram embarcados em navios para nunca mais voltar a ver seus familiares.

A represa ficava na sombra da fortaleza de escravos.

– Hunter, desça – ordenou o Pantera Negra, com a voz autoritária de quem está acostumado a ser obedecido.

– Majestade, a última carga está quase no lugar. – Hunter mal olha para cima.

– Não faça isso. Essa violação é assunto de Estado.

– Obedecerei a todas as suas ordens, majestade. Diga-me para não revelar a verdade e eu o farei.

T'Challa pausa por mais um breve instante. Há uma linguagem não verbal entre os irmãos. Os pequenos gestos e olhares furtivos. A nuance mais profunda da compreensão. Mas essa pode ser mais uma daquelas situações em que "é melhor pedir perdão do que permissão". Hunter toca no cartão kimoyo dele.

O pátio inteiro treme com uma série de explosões que irrompem ao nosso redor. Eu cubro a cabeça e me protejo sob as ruínas de uma torre. Nenhuma das explosões ocorre perto da gente, mas em pontos-chave da estrutura, e a parede externa de concreto cai como a cortina de um palco de teatro. A água lentamente passa pela comporta dentro da baía.

– O que você fez? – indaga o Pantera Negra.

Conforme a água segue escoando do lago feito pelo homem, ela revela mais da parte da fortaleza voltada para o mar. Não sei exatamente o que estou vendo. Um maquinário que, à primeira vista, parece uma estrutura mecânica, até que a imagem se forma em minha mente. Um navio de guerra, tão grande quanto uma nave-mãe N'Yami. Um cruzador de batalha.

– Não é tudo. – Hunter faz um gesto ao rei. – A estação está cheia de armas experimentais de reverbium alimentadas por magnetismo. Armas balísticas, baseadas em pulsos eletromagnéticos. É uma operação completa de primeiro ataque para um exército particular. Eu suspeito que estações similares foram construídas pelos chineses no centro de cada uma das nações em torno de Wakanda.

– É por isso que eles são tão agressivos com essa "ajuda" – digo.

– Por que não soubemos disso antes? – pergunta o Pantera Negra.

– Era uma operação secreta. Eu precisaria de autorização para fazer uma observação assim sem violar os acordos com nossos vizinhos.

– Mas, Hunter...

Tem vezes que irmãos mais velhos não se seguram. Tipo, não importa o que aconteça, eles têm esse instinto básico de proteger os mais jovens. Eu começo a fazer as contas e chego a uma conclusão. Na verdade, percebo que o Lobo Branco me manipulou para trazer o rei até aqui. Provavelmente ele mesmo sabotou o sistema na Floresta de Cristal em Nyanza para me fazer cair. Vendo o entendimento da situação transparecer na minha cara, Hunter apenas dá uma piscadinha.

– Seu isolacionismo xenofóbico foi uma provocação perigosa. Temos de dar alguns passos para nos proteger, e proteger nossos interesses. – Hunter fica de pé, com os braços estendidos enquanto se aproxima do rei. – Essas corporações chinesas, e indiretamente o governo central, vão usar os territórios africanos para combater o Ocidente, estabelecendo uma base de operações para guerras futuras. Uma guerra em solo africano, induzindo os africanos ao conflito.

As *Dora Milaje* são treinadas em uma variedade de assuntos, especialmente aqueles envolvendo o comportamento humano. Há uma teoria do pensamento chamada sistemas familiares que descreve como duas pessoas, quando em conflito, tendem a triangular. É quando, em vez de resolver o desentendimento, envolvem uma terceira pessoa, em uma tentativa de dispersar o próprio conflito.

O Pantera Negra e o Lobo Branco estavam prestes a triangular a confusão dos chineses.

– Você não pode agir em nome de Wakanda sem minha permissão – T'Challa ergue a voz.

– Você poderia ter financiado ou até construído uma estrutura de energia limpa. Impulsionaria não apenas a África, e não apenas nossos vizinhos, mas qualquer nação de primeiro mundo. Com reformas e oportunidades de educação e emprego, você poderia transformar economias inteiras em desenvolvimento. Você desperdiça seu reinado ao trair seu próprio povo.

A raiva é um dom. Eu entendo porque eu sou meio que o Papai Noel da fúria. Todo treinamento diplomático e pensamento contextualizado treinou T'Challa a exalar emoções reprimidas. A dor interna sempre acaba sendo exposta. Presa a padrões, interrompida, atrelada a conflitos, desempenhada pela política, seja ela familiar ou governamental. Dores, inseguranças, indiferenças, ressentimentos e raiva, tudo isso se acumulando. Quando usam os punhos para resolver os sentimentos, todo mundo paga o preço. Nisso, talvez o Pantera Negra não seja tão diferente dos outros caras de colante.

– Como... ousa?

O Pantera Negra nunca hesita. Ele salta no ar, girando, desviando e virando estrela. O jeito como o corpo dele se move não faz sentido. Ele agarra o Lobo Branco, e depois se afasta com um mergulho, sem deixar o cara nem mesmo apontar para ele. Eu me abaixo atrás de uma pilha de pedras.

Hunter se esconde nas sombras, casualmente disparando como se fosse algo normal. Ele ataca sem fazer ruído, passando silenciosamente com eficiência brutal. Rival do rei em cada célula. E irmão.

– Que tal resolver essa picuinha com um abraço, hein? – eu grito mais alto do que o ruído das armas.

Um dos tiros do Lobo Branco arrebenta uma espécie de cano. Há uma nova explosão. A fumaça toma conta do lugar onde o Pantera Negra estava. Meu coração não consegue deixar de se preocupar com ele. Rei ou não, ele é minha família. Talvez a única família que me sobrou. Acho que os dois são.

Em meio à agitação, uma sombra se move. Mais depressa que os meus olhos conseguem acompanhar, o Pantera Negra surge da fumaça, e com um salto poderoso dá um chute que joga o Lobo Branco longe. Tentando ficar de pé, Hunter parece perdido. Como um filho obediente desesperado para agradar a um pai que jamais o amará. Um homem em busca de seu propósito e sua missão. Algo para cumprir a fim de preencher o vazio dentro dele. Uma parte perdida dele mesmo.

Como seu irmão, tentando ser forte em um mundo que sofre com aquela força. Que não quer que ninguém seja grande.

Eu amo T'Challa, de verdade, mas ele tem a inteligência emocional de um peixinho dourado. Acho até que um dos motivos que o fez ir para os Estados Unidos e acabar se juntando aos Vingadores era a intenção de ser mais conectado, para aprender nossa história.

– Parem! – Eu saio com as mãos para cima, fazendo a pose de "não atire". – Em todos esses anos juntos, você já se interessou pela história dele? Ou estava muito ocupado se tornando o filho de seu pai? Esquecendo e deixando para trás o homem que era seu irmão? Todo mundo quer encontrar um lugar na família. Inclusive Hunter.

O Lobo Branco continua a andar em círculos, mas seus movimentos perderam um pouco do ímpeto. T'Challa levanta a mão para impedir. O Pantera Negra pausa e inclina a cabeça, como se estivesse analisando todos os aspectos do irmão pela primeira vez.

– *Sawubona*, Hunter – diz T'Challa, com a voz baixa e controlada.

Nos tempos de Chicago, eu estava em um programa de verão chamado o Laboratório *Sawubona*. A palavra zulu significa, literalmente, "Eu o vejo, e vendo você eu faço com que exista". Um jeito bacana de dizer "oi".

– *Yebo, sawubona* – responde Hunter, o habitual "sim, eu também o vejo", mas parecendo um homem tentando encontrar o caminho para casa. – Para quem se descreve como um homem de paz, muitos de seus conflitos terminam em violência.

– Por que tantas de suas tentativas de me livrar de meu suposto mal-estar parecem atentados contra minha vida? – pergunta T'Challa.

– Compensações de irmãos – responde Hunter.

– Isso não existe – com a voz mais calma que nunca, tranquilo como se estivesse passeando no parque, T'Challa esboça um sorriso. – Querida, se quiser, negocie com nosso amigo, o diretor.

Meu cartão kimoyo toca. Obviamente, a imagem de Jiang surge em toda sua glória holográfica.

– Vocês estão em propriedade privada, sem serem convidados, e violando nossos acordos com Niganda. Isso é crime de espionagem industrial. – O discurso dele não é nada econômico.

– Temos motivos para acreditar que havia outros... agentes que pudessem iniciar um ataque militar. Wakanda não interfere nos assuntos de outros governos. No entanto, corporações estrangeiras jogando nossos aliados uns contra os outros em um conflito militar dispendioso é um jogo que não permitiremos.

– Estamos lhe avisando, Vossa Alteza... – começa Jiang.

– Avise o quanto quiser. Não permitiremos que um gesto desse tipo siga sem resposta. – O Pantera Negra remove a máscara para olhar Jiang nos olhos. – Querida, pode mostrar a ele o que uma nação de bancos pode fazer?

– Sim, majestade.

Eu ativo meus protocolos... que T'Challa revisou. Ele sabia. É claro que sabia. Não é sobre nós, é sobre Wakanda. Sempre Wakanda em primeiro lugar. Tem vezes que eu acho que nós todos, eu, Hunter, Jiang, estamos sempre um passo atrás dele.

– Através de uma série de empresas de fachada – começa o rei T'Challa –, a nação de Wakanda vem comprando todas as ações disponíveis no banco que controla os financiamentos de seus negócios. O bastante para iniciar uma batalha para que Wakanda assuma todos os empréstimos das nações africanas. No mínimo, isso vai afundar as pretensões dessa incursão hostil por alguns anos.

– Você realmente não quer ver Wakanda se curvando – acrescento.

– Isto... – Jiang analisa a tela que não tinha visto antes. – Não pode ser.

– Pode ser apenas um enorme mal-entendido – prossegue o rei. – Elementos de sua corporação não avisando outros elementos sobre um incremento militar invasivo desse porte. Ninguém poderia interpretar nossa... restrição... como fraqueza. Nossa próxima resposta deve ser igualmente... invasiva.

– Eu estou... estarrecido de não ter sido avisado de uma iniciativa militar desse montante por meus subalternos. – Jiang coça o queixo. – Se eu tivesse de orientar meu conselho sobre a melhor maneira de atenuar esta situação, o que eu deveria dizer?

– Que esta instalação, e todas as demais estações de ataque, devem interromper suas operações. Meu irmão vai supervisionar tudo. – O Pantera Negra acena para o Lobo Branco com a cabeça. – Embora esteja encorajado a seguir o curso da reconstrução da infraestrutura que prometeu.

O rosto de Jiang consente antes de sua imagem desaparecer. Sem mais uma palavra, o Lobo Branco se vira para encontrar o transporte que o trouxe. T'Challa vai em direção ao Talon, mas para. Sem se virar, ele diz:

– Apresente-se em seu lar, o palácio, quando voltar.

Hunter inclina a cabeça, pensando. Mas concorda.

– Tudo bem com vocês? – pergunto.

– Somos irmãos – diz T'Challa. – Ambos servimos à terra de nossos pais. Nosso lar, agora e sempre, é Wakanda.

Às vezes, em família, isso é o melhor que se pode esperar.

CORAÇÃO DE PANTERA

SHEREE RENÉE THOMAS

AS ERVAS ESTAVAM MORRENDO.

Uma anciã, Adisa, segurava uma flor murcha e manchada nas mãos trêmulas. A terra escura, grossa e cheirosa, repousava em suas mãos. A sujeira marcava suas unhas, como meias-luas escuras. A angústia em seus olhos encontrava o choque nos de T'Challa.

Ele não visitava os antigos bosques escondidos na grande montanha desde que os xamãs o levaram até lá, anos atrás. Era um tempo de lamentação em que seu pai tinha de provar que era digno de vestir o manto sagrado, digno de seguir os passos do grande Rei Pantera.

O caminho de um pantera era árduo e longo. A perspectiva do trono mexeu com a mente de seu meio-irmão, Hunter, e induziu seu melhor amigo, B'Tumba, a traí-lo. Apenas T'Challa, o Pantera Negra, e sua irmã mais jovem, Shuri, permaneceram, mas a preferência de Bast criou uma distância entre eles. T'Challa há muito se preparava para o fardo de ser governante, mas a solidão o corroeu e agora estranhos sonhos assombravam seu sono.

Ele estava em um campo deserto de frente para o sol nascente, até que a escuridão o dominou. Caules enormes brotaram do chão, aprisionando-o em uma parede de espinhos. Coberto com mil asas, ele não era mais rei, pantera ou homem. Não podia saltar, escalar ou esmagar. Não conseguia ver, ouvir ou respirar. Quando ele abriu a boca para gritar, viu que o campo estava em chamas, mas que a terra não estava mais sob seus pés.

T'Challa tinha vergonha de acordar com os medos de uma criança. Embora os sonhos não fizessem sentido, ele acordava com algo a mais, que o levava mais perto da clareza. Mesmo antes de seu pai ser morto, e ainda com a arrogância da juventude, T'Challa não tinha certeza se poderia ser rei. E agora, quando não havia mais nenhuma dúvida, T'Challa não tinha certeza se ainda queria ser.

• • • •

Um cheiro de terra úmida tomava o ar parado da caverna. Luzes verdes muito fracas piscavam pela escuridão, com insetos bioluminescentes e vermes luminosos percorrendo o chão, deixando rastros de um azul fascinante. T'Challa deslizava a palma da mão contra a parede íngreme, se equilibrando enquanto descia pelas rochas traiçoeiras, cada passo mais gracioso que o anterior. Sua visão aguçada se ajustou facilmente à escuridão da caverna. O cheiro almiscarado do musgo intensificava-se conforme o ruído do rio ecoava no teto alto e entrecortado. A meio caminho, ele serpenteou na direção do centro do monte Kanda, lar da erva-coração.

Como um dos símbolos sagrados de Wakanda, a rara planta era quase tão misteriosa quanto o vibranium, elemento que dá à erva sua força e poder. Juntos, os dois poderosos recursos tornaram Wakanda invencível perante os inimigos ao longo dos milênios. Mas, enquanto o vibranium abastecia o sucesso econômico e tecnológico do reino, era a erva-coração e sua ligação com a deusa Bast a origem dos poderes mais impressionantes do Pantera Negra e, neste momento, seu mais profundo temor.

As sombras dançavam pelo pântano, paredes de terra traziam escavados os sinais e símbolos das escrituras mais primitivas de Wakanda.

– A língua dos ancestrais – disse seu pai certa vez.

T'Chaka, um líder amado de maneira ferina, cujo reino ainda era louvado pelos griôs, contou a um T'Challa ainda jovem a história do misterioso meteoro que atingira a montanha. O vibranium provocou uma série de reações profundas no solo. A chegada do elemento extraterrestre anunciou uma nova era para seu povo, que prosperaria e emergiria de maneira muito mais avançada do que seus vizinhos ao longo dos anos.

• • • •

– Quanto tempo? – indagou T'Challa.

A culpa atravessou os olhos inquietos. Uma anciã e, mesmo assim, filha de Nganga, a linhagem de Adisa zelou pela erva sagrada ao longo de gerações. Nenhuma colheita anterior jamais falhara. A vergonha era tão palpável quando o nauseante calor úmido da caverna.

– A resposta não agradaria Vossa Majestade – disse Adisa.

Seu traje púrpura se elevava ao redor dela como um leque gigante que girava pelo alto. Ela tinha estatura nobre e a voz calma e melodiosa da família. Xamãs falavam e louvavam as ervas que brotavam, com encantos e magias ancestrais que tão bem as protegiam.

– Estamos observando estas mudas por algum tempo – disse ela cautelosamente. – Nossas famílias usam as melhores práticas, aperfeiçoadas por testes e escolhidas ao longo de mil anos. Fizemos testes e oramos. Cantamos antigas canções e dançamos. A saúde do solo está forte, a água é pura, mas as sementes, raízes e flores... deterioraram.

– Mas como isso ocorreu? – perguntou T'Challa.

Ele pegou a erva seca e segurou sua flor em forma de coração. Leve como uma asa de borboleta, suave como uma pluma, a erva tinha um perfume excessivamente doce, quase pútrido. Sua bela cor, outrora vibrante e magnífica, estava opaca em alguns pontos, escura em outros. Parecia que algum veneno havia se infiltrado pela raiz e inundado cada veio.

– As amostras de solo são ricas em vibranium, os níveis de nutrientes e minerais são normais. Sem ervas daninhas ou espécies invasoras aparentes. Vossa Alteza, não há parasitas conhecidos, ao menos nenhum que possamos identificar.

O medo da anciã era compreensível, mas a dúvida na voz dela perturbou T'Challa mais ainda.

– O que você quer dizer com "nenhum que possamos identificar"? – Ele ergueu a erva-coração no alto e permitiu que a luz solar artificial penetrasse a delgada pétala.

Adisa escolheu cuidadosamente as palavras.

– Sem uma nova colheita... – começou ela.

– Wakanda corre o risco de não conseguir transmitir os poderes do Pantera Negra ao próximo rei.

– Sem um rei... o Pantera Negra... – sussurrou Adisa.

– Wakanda está perdida. – T'Challa olhou para as linhas e mais linhas de ervas sagradas atrofiadas nas trepadeiras.

A preocupação deixava seu rosto sombrio. Ele enrijeceu a mandíbula e semicerrou os olhos quando se lembrou do sabor amargo e adocicado do chá que os xamãs o fizeram beber. O rito do Pantera era uma das tradições mais antigas de Wakanda, mas havia poucas tradições sem sacrifícios.

A dor fantasma retesava os músculos de seu pescoço e os peitorais. As memórias jorravam sobre ele, com uma veemência que subia pela garganta até as têmporas.

Adisa o observava. O medo se fazia evidente por toda sua figura. Até suas contas kimoyo no punho e seu colar de xamã no pescoço vibravam com a esperança de sua nação. Ela deslocou alguns rochedos que enchiam a caverna. Rústicas e calejadas, suas mãos eram de lavradora, mas sua fala continha o interesse e a suavidade de uma curandeira.

– Meu rei, talvez estejamos olhando o lugar errado.
– Como assim? – indagou T'Challa.
Ela baixou a cabeça.
– Não tema, Adisa. Você pode falar comigo abertamente.
Ela hesitou.
– Talvez o problema seja espiritual. As ervas estão ligadas ao senhor, meu rei. Vocês estão unidos de maneiras que nem você nem nenhum de nós compreende completamente.

Quando terminou, Adisa parecia querer desaparecer e se esconder sob as muitas dobras de seu traje de sacerdotisa. Ela uniu as mãos como fazia a rainha-mãe Ramonda. O pequeno gesto fez com que ele se lembrasse do conforto que sentia com a força que a madrasta tinha. T'Challa ficou em silêncio, e suas perguntas repousaram em sua garganta.

Ele compreendeu o desconforto de Adisa. Durante seu reinado, o pai havia banido toda a magia e a feitiçaria. Os xamãs passaram por um período terrível. Tal possibilidade pode ter trazido à tona o antigo Pantera Negra, mas os pensamentos de T'Challa o levaram por um caminho que ele preferia não percorrer.

– Meu rei, temo que haja poucas respostas aqui, mas talvez a solução esteja na Cidade do Conhecimento, ou nas terras mais além, quem sabe na…
– Obrigado, Adisa – T'Challa a interrompeu. – Você serviu ao nosso povo muito bem. Sou muito grato por poder confiar em você e nos outros xamãs para preservarem esses mistérios na segurança de suas mãos que curam.
– Sim, meu rei. Não há reino maior que Wakanda.
– Nem laço mais forte que o amor que temos por nosso povo.

T'Challa se virou e ficou de joelhos na espiral do rico solo escuro que formava o bosque. As plantas estavam sem viço algum, e as folhas em formato de coração, franzidas e murchas. Ele passou os dedos pela terra úmida. Em silêncio, ele ouvia o gotejar do teto da caverna e o ruído do rio correndo lá embaixo.

A xamã sentia dificuldade para dar a notícia que poderia aborrecer o rei Pantera.

– Há o bastante para atravessar o véu, mas mesmo os chás com ervas secas perderam sua força – disse ela, entregando-lhe um frasco.

O líquido âmbar escuro parecia opaco e sem vida.

A dor apertava os olhos de T'Challa, e Adisa desviou o olhar. A anciã se apressou para aliviar o golpe.

– Se formos parcimoniosos, meu rei, podemos ter o bastante da erva-coração para ungir o próximo vitorioso.

Um som de lamento, uma torrente de gritos afundando nas águas furiosas, tomou a cabeça de T'Challa.

O Pantera Negra esmagou a flor apodrecida e deixou que ela caísse no chão.

• • • •

Ao passar pelo Rio da Graça e da Sabedoria, um peso caiu sobre a alma de T'Challa. As noites insones, as dores de cabeça lancinantes que vinham sem aviso, as esporádicas visões que o atormentaram por dias – agora, tudo fazia sentido. Se a erva-coração estava minguando, talvez o mesmo pudesse estar ocorrendo com o Pantera Negra.

T'Challa não temia por si, e sim por seu povo, pelo futuro que dependia de todas as dinastias de panteras que vieram antes. Ele pensou em Bashenga, o guerreiro xamã que a deusa Bast havia escolhido como seu instrumento, um digno detentor dos mais divinos segredos. Uma força poderosa, o ancestral carregava sua lança de guerra e usava a marca escarlate da própria deusa.

Mas nenhum escudo ou lança protegeria seu povo agora. O inimigo era uma entidade desconhecida, que não seria derrotada em batalha, nem por bênçãos, encantamentos ou feitiços. A dança de um xamã não o ajudaria. T'Challa precisava de um conselho superior.

Em busca de respostas, ele deixou Adisa, que permaneceu orando pelas plantas moribundas no bosque. Sua voz ecoava pelas grandes cavernas da montanha, atormentando-o pelo caminho. Primeiro, ele iria em busca da sabedoria dos anciãos, atravessando o véu do tempo para entrar em Djalia, o Plano Ancestral. Se fosse necessário, apelaria à autoridade divina, a deusa Bast. Claro, se ela concordasse em vê-lo outra vez.

O rio estava calmo e plácido. T'Challa queria que as antigas histórias fossem verdadeiras, e que ele pudesse afogar seus problemas nas águas e emergir, mais sábio e em paz. Mas havia uma guerra em curso no interior de sua alma. Visões estranhas deixavam seus dias sombrios, e invadiam seu sono.

Há mil anos, o rio foi tomado de fúria, e suas correntezas inundaram suas margens e vilas inteiras foram varridas por seu ataque. O povo de Wakanda fugiu para as montanhas, seguindo até as montanhas da deusa Pantera, mas os anciãos disseram que o povo havia se perdido, com tribos conflituosas incapazes de definirem juntas o seu rumo, deixando os templos abandonados.

A deusa ficou tão furiosa quanto o rio, insistiram os sacerdotes. Ela deu as costas a eles com a mesma ira com que as águas subiram, abrindo caminho para uma nova era no reino. As tribos se amontoaram aos pés das estátuas de pedra das grandes panteras, mas suas preces não foram atendidas. Ruínas de casas se espalharam pela terra como ossos dispersos. A deusa Pantera tirou os meios de subsistência do povo, e esmagou as pessoas entre os dentes.

No dia seguinte, quando o sol nasceu como uma testemunha incandescente, os animais selvagens e domésticos estavam pendurados em árvores. Seus corpos inchados eram um lembrete dos perigos da infidelidade. A deusa Pantera exigia lealdade e devoção. Oferecer pouco era correr o risco de sofrer com sua fúria ou, ainda pior, sua indiferença.

T'Challa escalou os grandes terraços cobertos de grama. Os degraus gigantes se curvavam como um cachecol verde ao redor da montanha. Apenas Djalia, o místico Plano Ancestral, poderia trazer de volta a voz e o rosto de sua mãe. A rainha-mãe falava palavras de conforto e inspiração. Ela tinha uma maneira tranquila de acalmar os medos que ele nunca expressava. T'Challa pegou o frasco e o ergueu na direção da luz do sol que inundava o ar e parecia um cobertor a seus pés. Ele subiu até o terraço mais alto para se posicionar sob uma árvore muito frondosa.

O líquido não era algo que se beberia por prazer. O retrogosto de vibranium deixava a língua adormecida e fazia a cabeça girar. Ele mastigou as poucas folhas que Adisa tinha guardado para ele por precaução. As ervas amargas ficaram presas na garganta e nos dentes. Não havia tempo para cerimônia ou para ferver as folhas e tomar o chá. Ele precisava consumir a preciosa planta da maneira mais pura, em conexão direta com a divindade. A deusa Pantera não respondeu quando ele chamou seu nome. Wakanda prosperou sob sua liderança, mas enquanto o reino vicejava, T'Challa sentiu sua paixão pela liderança diminuir. Ele queria aprimorar o legado de seu pai, mas, ultimamente, a cada dia, pensava na pessoa que teria se tornado se nunca tivesse assumido o posto de rei.

Quando T'Challa chegou ao topo da última camada coberta de grama, estava sem fôlego, algo desconhecido desde que ele havia se tornado o Pantera Negra. T'Challa estava tonto, e seus pensamentos eram como pássaros levitando. Cada ideia alçava voo, mas o significado aterrissava em algum outro lugar. Ele se sentou no gramado da camada mais alta e deixou que o sol poente de Wakanda iluminasse de dourado seus ombros e seu rosto. Estava em risco o destino de um legado, um reino protegido pelos poderosos depósitos de vibranium e pela erva-coração que transformava mortais em lendas. O que sua amada nação faria se a morte o levasse e não houvesse mais ervas para garantir a ascensão de um novo rei Pantera?

O canto de um pássaro soou à distância, e T'Challa não temeu a morte que o assombrou por tantos anos, mesmo quando ainda criança. Quantas vezes ele espalhou o sagrado pó ancestral sobre os entes queridos que perdeu? Entes queridos que foram para Djalia e se juntaram ao Plano Ancestral? T'Challa aprendeu a abraçar o pó desde tenra idade. Foi o pó que o ensinou a viver com o luto, e era ao pó que seu corpo voltaria, a fim de nutrir a terra enquanto seu espírito se juntaria ao refúgio de seus ancestrais. Foram tantas as passagens que ele testemunhou. Ele as aceitou como o preço natural a ser pago por sua linhagem real. Mas agora o luto que ele não sabia que carregava e as visões sombrias que ele não entendia o acompanhavam como vultos indesejáveis.

T'Challa acalmou os pensamentos e se concentrou na belíssima vista que tinha diante de si. Poucos locais capturavam tão bem as maravilhas do reino de Wakanda como as alturas deslumbrantes que levavam ao Plano Ancestral. Ele pegou o restante das ervas dadas pela xamã Adisa. Um amargor adocicado deixou sua língua insensível e então uma sensação de calor desceu por sua garganta até repousar em seu peito. O céu estava alaranjado, com tons dourados. Quando reabriu os olhos, ele se viu sentado sob uma figueira.

O mato era alto o bastante para se curvar e oscilava em ondas diante dele. O vento soprava suavemente contra seu rosto. Ele se levantou e limpou a terra das mãos. Assim que ficou de pé, ouviu um rugido às suas costas. T'Challa se virou a tempo de ver uma pantera negra se transformar em sua amada mãe.

– Mãe – disse ele.

Ela o abraçou.

– T'Challa, não há tempo.

Sete panteras surgiram do mato atrás dela. Seus olhos brilhavam como joias verdes na noite.

– Os xamãs não sabem por que a erva-coração está...

– Morrendo – completou N'Yami. – Eles não podem saber, T'Challa, mas você, sim, pois é o rei.

– A deusa Pantera – começou T'Challa, mas a vergonha fez sua voz falhar. – Eu não sinto seu espírito.

A rainha N'Yami acariciou o rosto de T'Challa.

– Meu filho, os deuses têm sua obra, e nós temos a nossa. Os anciãos estão esperando você.

Ela fez um gesto para os sete homens e mulheres às suas costas. Estavam vestidos com trajes que T'Challa desconhecia completamente – estranhas peles de feras que não existiam mais – e falavam uma língua que ele não compreendia.

– Estes são os anciãos que surgiram na época de Bashenga – disse N'Yami. – O primeiro guerreiro xamã de Bast. Eles são os *Mena Ngai*, os mais velhos dentre nós. Eles se lembram de sua lança e da marca no rosto. Lembram das canções da água, das canções da mãe da água, e sua memória é ampla e profunda como o Rio da Graça e da Sabedoria.

Os anciãos se reuniram em volta dele, com os olhos famintos, como se pudessem sentir o gosto de seus pensamentos.

– O que estão dizendo? – indagou T'Challa, dando um passo para trás. As folhas de capim molhado tocaram suas pernas. Vaga-lumes circundaram seus tornozelos. Um a um, os anciãos colocaram as mãos nos ombros dele, suplicando algo.

– Concentre-se no que eles querem lhe dizer, T'Challa, e não nas palavras. Quanto mais tempo ficar aqui em Djalia, mais vai compreender. Concentre-se nos olhos deles – disse N'Yami –, e vai ouvi-los.

A voz dos anciãos se erguia em ondas cor de âmbar. T'Challa compreendia apenas algumas palavras. As vozes foram ficando mais altas e a fala mais acelerada. A dor e o medo transpareciam no rosto deles. Um rangeu os dentes. Outro puxou os cabelos. Eles chegaram mais perto. Da pele, exalavam um cheiro que parecia de especiarias. N'Yami apenas observava, sem oferecer orientação alguma. Mesmo com a audição aguçada, T'Challa se esforçou para ouvir as palavras ditas em meio ao vento.

– Eles disseram que eu devo cruzar a Grande Água. Navegar o Grande Rio até sua foz.

T'Challa fez um esforço para ouvir. O círculo de anciãos chegou muito perto, e suas vozes se uniram em uma canção de lamento.

Um ancião com o rosto coberto por pontos azuis e amarelados caiu em prantos. O círculo de anciãos começou uma gritaria chorosa. Era o som da angústia, o som de seus sonhos. O medo cresceu dentro do Pantera Negra. T'Challa não quis ser desrespeitoso, mas, naquele momento, o toque dos anciãos era tudo o que ele temia.

– Ouça! – ordenou N'Yami.

Acima deles, o céu da noite brilhava e pulsava. T'Challa sentia tempestades e fogo.

– *Encontre a pedra que é livre! Encontre a pedra que é livre!*

Os anciãos estenderam as palmas, suplicando e implorando a ele. T'Challa procurou a rainha, mas ela havia sumido.

– *Traga de volta o que estava perdido!* – gritavam eles. – *Traga de volta o que estava perdido! Traga...! Wakanda vai desmoronar sem a...*

Eles ficaram agitados e trêmulos, demonstrando aflição na voz. Primeiro um, depois dois e então três. As peles azuis e pretas se misturavam com a escuridão. Um a um, eles se transformaram diante de T'Challa em sete panteras. Os animais o cercaram. As vozes, antes um lamento, tornaram-se rugidos. Eles chiavam e rosnavam, e os olhos verdes pareciam pedras preciosas brilhando na noite.

– Atravesse a Grande Água. Vá até a foz do grande rio. Encontre a pedra que está livre. Traga de volta o que estava perdido!

Ele esperava encontrar clareza, uma visão bem-definida, mas os anciãos o deixaram com mais perguntas do que respostas. O que estava perdido, onde seria encontrado e como aquilo ajudaria a evitar o desastre total ainda eram mistérios a serem revelados. T'Challa deixou o belo jardim ainda mais desconfortável do que estava quando chegou. Naquela noite, ele teve sonhos bastante desagradáveis. Ao despertar, lembrou-se do que os sete anciãos haviam dito.

Ele deveria cruzar a Grande Água, o Oceano Atlântico. Chegar até a foz do grande rio. Sentado em sua cama, T'Challa vasculhou a memória. Havia muitos rios enormes no mundo. Conhecia um deles muito bem. O rio Mississippi, que as primeiras nações chamavam de Grande Rio. Uma pedra que está livre. Ele tocou a conta kimoyo no pulso e procurou lugares que tinham as palavras-chave da mensagem dos anciãos. O supercomputador revelou a casa de flores Arboretum, em uma fazenda localizada numa cidade histórica para os negros. T'Challa tocou a conta de navegação. Um holograma de um marcador histórico em verde-escuro para Freestone, Mississippi, flutuava no ar. No idioma local, *Freestone* é "pedra livre". T'Challa tocou mais algumas vezes e se levantou. Precisava falar com Shuri imediatamente.

• • • •

T'Challa encontrou a irmã em um local surpreendente: as Cataratas do Guerreiro. O local havia sido isolado e raramente alguém entrava ali. Somente durante os desafios pelo trono o idílico local tinha sido ocupado. Shuri sentou-se no banco de pedras com a lança de guerra e a Espada de Ébano a seu lado. Desde que T'Challa, disfarçado como um desafiante desconhecido, derrotara o tio deles pelo direito de se sentar no trono, a irmã começou a se distanciar dele. Com o tempo, essa distância diminuiu, mas o trono ainda permanecia como a raiz de algo escondido, e o palácio real se tornou um lugar cheio de solidão.

– O que a traz aqui, Shuri? – perguntou ele, e o vento agitou o tufo de penas brilhantes que subia das tranças dela.

– Eu poderia perguntar o mesmo, meu irmão – respondeu ela.

Shuri não se virou para encará-lo. Em vez disso, bateu o pé e espalhou a água gelada. Uma parede azul sedosa, entremeada de prata, descia pela encosta da montanha. Flores de lótus aromáticas flutuavam, deixando círculos concêntricos antes de descerem pelo penhasco. O rugido estrondoso da água despencando lá embaixo abafava o som dos pensamentos não verbalizados dos dois.

T'Challa observava a irmã em silêncio. Por um momento, ele pôde ver a menina ambiciosa e determinada que Shuri costumava ser. Aquela que adorava o irmão e nunca saía do seu lado. Sempre houve amor, mas uma certa tristeza tocara as bordas dele. A irmã caminhava à maneira do velho mundo, e ainda lutava para encontrar um lugar além dele.

– Eu tenho de ir aos Estados Unidos, para uma investigação.

– Nova York? – indagou ela, com tom desinteressado.

Ela se concentrava nas águas, nas flores alaranjadas à beira do lago.

– Não, Mississippi.

Aquilo chamou a atenção de Shuri. Ela se virou.

– O que vai procurar lá?

T'Challa fez uma pausa.

– Não tenho muita certeza, mas, enquanto eu estiver fora, gostaria que você assumisse o trono. Está disposta?

Shuri se contraiu. Um bando de pássaros pretos voava sobre sua cabeça.

– Não sei. Acha que sou digna?

Ela tirou as longas pernas da água. Seu rosto ainda não estava petrificado. A apreensão persistia, mas abaixo da superfície.

– Shuri, sei que ainda está magoada e irritada.

– Como assim, T'Challa? Você é o rei e eu sou o que sempre fui. Sua irmã, a princesa ao seu dispor. Por que ainda me pede?

– Eu peço porque preciso de você e não confio em mais ninguém além de você e... – ele escolhe cuidadosamente as palavras – ...temo que não conto mais com as graças de Bast.

O choque quebrou a expressão natural de Shuri. O abatimento na voz e nos gestos do irmão denunciou a verdade de suas palavras. A falta de confiança e a confusão eram familiares. Shuri sabia muito bem como era dolorida a repreensão da deusa Pantera. A jovem nem ao menos pediu uma explicação, apenas fez um pedido.

– Pode levar Okoye com você? Não é sábio que o rei de Wakanda viaje sozinho.

– Talvez não seja sábio – disse ele –, mas é necessário. Preciso de tempo para cuidar disso sozinho. Vai ficar tudo bem no Mississippi. Não se preocupe, minha irmã.

Shuri se levantou e riu, sua expressão era de divertimento.

– Não é com o Mississippi que me preocupo.

Ela pegou as armas e girou a espada escura no ar. Ele a bloqueou, brincando, e por um momento lembraram como era divertido na infância, quando ficavam juntos e livres.

– Eu volto o mais rápido possível – disse ele, ao parar diante de um caminho que levava para fora das Cataratas do Guerreiro. – Shuri?

– T'Challa?

– Sim, você é digna.

• • • •

Uma bandeira americana desbotada pelo sol pendia, imóvel, do mastro na fachada da casa. O ar estava úmido, denso o suficiente para ele passar. T'Challa caminhou como se atravessasse uma porta fechada. Não era o calor agradável de Wakanda, mas um clima mais agitado, incômodo, do tipo que bate na sua cara e o desafia a revidar. Com suas árvores de cartão-postal e uma enorme varanda de fora a fora, com cadeira de balanço e tudo, a propriedade parecia idílica.

T'Challa não estava enganado. Ele percebeu a tempestade se aproximando. Mais trovões. Fogo.

– Você deve ser o irmão Flowers.

Uma sobrancelha erguida e silêncio foram as únicas respostas. T'Challa inclinou a cabeça e tentou novamente.

– Você é...

– Rickydoc.

O homem observou T'Challa, avaliando-o com uma expressão que o Pantera Negra não sabia definir muito bem. Seus batimentos eram constantes e firmes. Sua respiração era serena e eficiente. Rickydoc, o irmão Flowers, tirou o chapéu e deixou à mostra as longas tranças que iam até os ombros. Ele colocou o chapéu em um gancho enferrujado e se virou para olhar T'Challa nos olhos. Seu semblante era firme e seus olhos estavam semicerrados.

– A família me chama de Rickydoc. Suponho que seja o senhor Okonkwo.

Sua voz parecia guardar segredos. T'Challa já havia ouvido uma voz assim antes.

Rajadas de som e angústia, uma aflição que ameaçava engolir um coração inteiro em chamas...

– Sim, eu mesmo – disse T'Challa.

Os pelos em sua nuca se eriçaram. Um frio e um cheiro estranho e familiar emanavam de Rickydoc, e uma prudência sublinhava cada palavra que ele dizia. T'Challa nem precisou de seus supersentidos para perceber que o homem não confiava nele.

– Rostos novos acabam arrumando encrenca por aqui. Freestone é uma cidade pequena, não está acostumada com... celebridades.

T'Challa enrijeceu a mandíbula, uma luz incomum brilhou brevemente nos olhos de Rickydoc, e as sombras voltaram.

– Soube que você é um chef famosão no Harlem. Está aqui por causa de um desses programas de TV ou veio... caçar?

A maneira como Rickydoc disse a última palavra despertou a pantera dentro dele. O grande Espírito da Pantera estava de prontidão na mente de T'Challa, aguardando o momento de se libertar.

– Isso mesmo. Tenho um restaurante na Sétima Avenida. Tentei falar com você por telefone, mas nunca consegui.

O irmão Flowers balançou a cabeça.

– Mas, ao que parece, você chegou sem problemas.

T'Challa apertou a mão dele. Foi um aperto forte, entre um cumprimento e um alerta.

– Lá em Memphis, houve uma confusão sobre o jeito certo de chegar aqui – disse o Pantera Negra. – Na verdade, eles nem tinham certeza se você estaria mesmo aqui.

O irmão Flowers riu, e sua voz era um barítono rouco.

– Bem, você está aqui agora. Bem-vindo, viajante. Vamos entrar – disse Rickydoc, segurando a porta de tela. – Entre, antes que o ar gelado saia.

Uma claraboia redonda no teto deixava a luz do sol entrar. Havia prateleiras com livros nas paredes, e as mesas estavam cobertas com frascos de vidros cheios d'água, com espécimes de plantas por toda a sala, parecendo mais um laboratório de um cientista maluco do que uma loja de presentes do Delta. Havia sacos de estopa empilhados nos cantos e um pote com biscoitos de cachorro no chão. Algumas especiarias e ervas engarrafadas com a logomarca da Casa Flowers em forma de cuia com asas estavam dispostas ao acaso em uma estante de madeira. T'Challa ficou em dúvida se Flowers vendia mesmo condimentos.

– Eu não economizo com a saúde do meu solo. Você precisa amar a terra, ou ela não vai amar você – disse o irmão Flowers, e apontou para uma fileira de amostras de solo fechadas em potes de vidro. As ondas vermelhas, pretas e marrons de terra estavam cuidadosamente rotuladas. – Plantações mescladas, compostagem em vez de fertilizante, nada daquele veneno dos tempos de paz. Não vou deixar minha terra improdutiva, sabe como é... Você tem um jardim? – perguntou.

T'Challa negou com a cabeça, e seguiu o irmão Flowers pela casa. Ele percebeu um cajado feito de raízes emaranhadas em um canto.

– Acho que sou melhor com frigideiras, facas e na preparação de caldos. Você não ia querer me ver mexendo em suas plantas – disse o Pantera Negra, rindo.

– Um matador de plantas sistemático, então?

T'Challa tensionou a mandíbula novamente.

– Algo do tipo.

– Bem, você viu o escritório. Vou lhe entregar o que veio buscar. Não é todo dia que alguém viaja de Nova York só para provar o que a gente está preparando. Temos mais de quarenta hectares. Era maior, mas foi preciso vender ao longo dos anos.

Foi a primeira vez que o Pantera Negra percebeu alguma emoção sem reservas no irmão Flowers. A expressão fugidia em seus olhos era de dor.

– Têm sido tempos difíceis, mas Freestone ainda é uma das poucas fazendas negras centenárias. É claro que a gente vem aguentando há mais de cem anos. Nem sempre foi fácil, mas sempre estivemos bem aqui.

T'Challa atravessou a porta dos fundos e entrou em uma muralha verde. Uma terra verdejante e rica se estendia à frente, uma estrada brilhante com cor de esmeralda. Enormes girassóis, tão grandes quanto o peito de T'Challa, alinhavam-se na varanda dos fundos como árvores coloridas, ou sentinelas.

– Fantástico – murmurou o Pantera Negra.

Sim, ele estava no local de seu sonho. A terra onde os anciãos pediram que encontrasse o que estava perdido e levasse de volta para casa.

O irmão Flowers guiou T'Challa pelas plantas mais incríveis que ele já vira. Sua beleza era comparável até com as plantas exóticas dos Campos de Alkama em Wakanda.

– É assim que fazemos – foi tudo o que ele disse quando T'Challa balançou a cabeça, descrente.

Conforme andavam, o irmão Flowers apontava orgulhosamente plantas enormes premiadas, melões suculentos, abóboras com cores vivas e outros vegetais que pareciam crescer sem grande esforço, mesmo fora de época.

– O que me disseram é que, se eu quisesse os melhores ingredientes, tinha de achar um jeito de me conectar a você – disse T'Challa. – Mas eu não sabia que a Casa Flowers era um incrível Jardim do Éden. Suas plantações estão à altura dos famosos Jardins Suspensos da Babilônia.

– De vez em quando eu acabo me surpreendendo. Olha só o Grande Saboroso – disse ele, apontando para o que T'Challa achava ser uma pequena árvore, mas que na verdade era um brócolis.

– Posso passar a maior parte do dia regando estas belezinhas. Elas bebem bastante, e minha conta de água está nas alturas.

T'Challa admirava o orgulho do irmão Flowers por seu trabalho.

Estava claro que ele nascera para ser um líder, um protetor, um papel que T'Challa começava a questionar. Ele liderava seu povo, amava-o com ternura, mas começou a pensar em que tipo de legado deixaria. Ele observou o pai, T'Chaka, e sabia que ser rei seria difícil, mas não estava pronto para a solidão. Incerteza. Para onde iria liderar seu povo dali em diante: não bastava mais lutar ou se vingar. T'Challa estava cada vez mais insatisfeito, incomodado, em busca de algo que ele não sabia mais se morava dentro dele.

O som percussivo das bicadas de um pica-pau surgiu no ar. Mariposas e borboletas voavam pela cerca de arbustos cheios de flores perfumadas. T'Challa olhou por cima dos ombros do irmão Flowers. O velho era quase de sua altura, mas os ombros eram largos e os braços, musculosos, sem dúvida pelo trabalho na fazenda.

– O que há lá atrás? – perguntou.

O Pantera Negra ouviu os batimentos do homem desacelerarem até quase parar. Algo errado sob a superfície.

– Nosso lago – respondeu o irmão Flowers, enxugando o suor da testa. – Criação de bagres. Como o lago já existia há tempos, decidimos que era hora de fazer algo com ele. É bom variar, sabe? – comentou. – Hoje temos agricultura e aquicultura, pois a ideia é progredir, e não apenas sobreviver.

Embora ficasse longe, T'Challa ouvia a agitação na água. Pesados demais para serem bagres. Algo espreitava o lago. Incomodado, o Pantera despertou dentro dele.

Eles continuaram caminhando, passeando pela propriedade. À esquerda estava o lago em que o irmão Flowers disse que ficava a criação de bagres, mas T'Challa podia ouvir um batimento cardíaco que não pertencia a um mero peixe com barbilhos. Mas era um ritmo tranquilo. Seja lá qual fosse a criatura, estava segura.

Os dois examinaram amostras de solo, abóboras e quiabos, um número incomum de cabaças e as muitas árvores frutíferas da propriedade. Porém, quando T'Challa pediu para ver mais do arboreto, onde tinha visto uma estufa parecendo bastante avançada, o homem o levou na direção contrária, para longe do terreno pantanoso e de volta aos girassóis gigantescos que lhe deram as boas-vindas quando ele atravessou a porta.

Quando retornaram à loja de presentes, o irmão Flowers olhou para um velho fogão no canto da sala.

– Você teve sorte de eu ter ido com a sua cara – disse ele, colocando água quente em uma caneca de café. – Diga se não tem gosto de terra prometida.

Ele observou T'Challa com o canto do olho enquanto colocava um pouco de mel das colmeias de Freestone.

– É o melhor chá que vai beber na vida.

– Não, obrigado – disse T'Challa. – Eu não bebo chá.

O irmão Flowers pareceu ofendido.

– Não confio em gente que não toma chá. Não faça isso comigo. O que acha que é, *soylent green**?

T'Challa riu e aguçou os ouvidos. O coração de Rickydoc batia firme e sereno. Ele estendeu a bebida para o Pantera Negra. T'Challa sentiu o aroma de hortelã fresca, camomila, flores de hibisco e especiarias fortes. Bebeu alguns goles e educadamente largou a caneca.

Rickydoc olhou firmemente para ele por alguns minutos e deu de ombros. Eles conversaram amigavelmente sobre os jovens agricultores do local, a importância de oferecer à juventude conexões diárias com a natureza, mas T'Challa percebia que havia algo além, que o velho tentava esconder. Não era o pulso acelerado nem os olhos que piscavam os indícios de mentira. Era a repentina cordialidade que confirmava para o Pantera Negra que a Casa Flowers era mais do que ele vira. Quando o irmão Flowers deu a ele uma amostra de seu tempero de ervas e alho, T'Challa decidiu que o Pantera Negra retornaria para um passeio solitário.

• • • •

T'Challa estacionou o carro alugado em um bosque a alguns quilômetros de Freestone. Ele sabia que, se não fosse o Pantera Negra, abençoado com a visão da deusa Pantera, ele não chegaria de volta à estrada. No coração do Mississippi, a noite era mais escura do que na maioria dos outros

---

* Alimento fictício, uma espécie de ração dada aos pobres, mostrado no filme *No Mundo de 2020*, de Richard Fleischer, lançado em 1973. (N.T.)

locais. Sua visão ultravioleta o ajudava a distinguir presas e predadores com mais precisão que o olho humano. Mesmo enquanto caminhava apenas com a fraca luz do luar, T'Challa viu a noite se abrir diante dele, com a paisagem quase tão detalhada quanto durante o dia. O Pantera Negra via tudo, ouvia tudo, e corria mais que quase todos. Enquanto corria pelo acostamento do caminho de pedras, um facho luminoso passou por ele. Instintos ancestrais o tomaram. A pelagem branca do coelho refletia o ultravioleta. Ele resistiu ao ímpeto de perseguir o animal. Sentiu o cheiro do medo antes de o coelho sumir no mato. O Pantera Negra tinha uma ideia de para onde ele estava indo.

T'Challa seguiu por uma trilha no bosque. Com as garras de vibranium, ele escalou um carvalho e saltou da copa de uma árvore para outra. Chegou a uma antiga igreja, havia também algumas casas, construções humildes e bem cuidadas, um cemitério com portão e grades de ferro, uma escola. Bem longe do decoro e da diplomacia do palácio real, T'Challa se sentiu livre e desimpedido. Conforme se movia pela noite, sentia-se mais perto do que fora sua infância, antes de ascender ao trono. Quando a vida era simples, e o fardo de reinar cabia ao pai. Uma época em que era apenas o filho de seu pai e irmão de sua irmã, e não o rei de uma nação.

Ele saltava sobre o emaranhado de árvores, e era daquilo que sentia falta. A emoção de saltar para o nada, carregado pela graça da deusa Pantera. Mas se movia no ar mais lentamente do que estava habituado. Desde que as visões noturnas passaram a perturbar seu sono, o Pantera Negra percebeu uma mudança em seus movimentos, uma alteração das energias que sua mente não ousava chamar de fraqueza.

Não era de se estranhar que poucos encontrassem o caminho até Freestone. Ela era protegida por uma muralha de luz iridescente que apenas raras pessoas enxergavam. O escudo era parte encantamento, parte fenômeno natural. Assim, T'Challa pensou, Freestone tinha a própria Aurora Boreal... ou seria Aurora Austral? Boreal é do Norte, Austral é do Sul.

"Não", pensou ele, enquanto escalava a cerca de ferro que protegia a propriedade de Flowers, "Aurora afromississipial".

Ele escalou o muro, deu uma cambalhota e caiu apoiado nos pés e nas mãos. Com as costas arqueadas, feito as panteras que observam da

Grande Árvore Ancestral, T'Challa ergueu a cabeça e deixou que o estranho cheiro o conduzisse até a porta dos fundos da Casa Flowers.

As luzes estavam apagadas. Seja lá o que Rickydoc, o irmão Flowers, havia tentado esconder naquele dia, parecia que não estava mais lá.

T'Challa ergueu a mão com a luva e se concentrou. Um pulso de luz azul, marcas fluorescentes das linhas da vida do Pantera Negra, desarmou o portão. As portas se abriram e ele entrou. Os olhos se ajustaram à escuridão além da parede. Ele seguiu por um caminho mal iluminado e descobriu o que viera buscar quando atravessou o Plano Ancestral e a Grande Água.

Fileiras de terra negra cruzavam o solo em padrões intrincados que para T'Challa lembravam as tranças elaboradas da irmã Shuri. A quinze metros de distância, ele podia sentir a luz na superfície da água salobra. Pântanos escondidos em uma espessa parede de floresta. Vaga-lumes cintilavam como a vida luminescente nas cavernas mais sagradas do Monte Kanda. Um cheiro forte, doce e perfumado, vinha com o vento. Familiar, surpreendente. Ervas.

T'Challa deslizou pelo caminho, até as velhas árvores de troncos largos que guardavam a estufa que ele tinha visto antes. Ele colocou a mão na fechadura das portas da estufa. Nunca tinha visto uma plantação que exigisse uma segurança tão sofisticada. Quando entrou, um cheiro estranho e familiar o invadiu. De cada lado, erguiam-se da terra plantas altas e frondosas, com caules grossos como girassóis. Fileiras e mais fileiras de flores verdejantes em forma de coração de cor carmesim, vermelhas como fogo, caíram no chão. A raiva tingiu seus sentidos. T'Challa não conseguia acreditar no que via diante dele. Ele arrancou uma das plantas da terra. Fortemente enraizada, a planta falsificada resistiu. Ele segurou uma das folhas enormes em forma de coração e inalou um doce almíscar. As folhas pareciam escuridão aveludada em suas mãos. A descrença encheu sua mente de perguntas. Não era sua erva-coração, mas algo próximo, algo diferente. Uma espécie renegada cujos segredos foram roubados de Wakanda. Pensou em ladrões, em traidores da mesma carne dispostos a trocar a segurança, o futuro do reino por riquezas que virariam cinzas com o tempo.

T'Challa queria esmagar os ossos do traidor e reduzi-los a pó. Mas ele precisava dessas flores estranhas, não importando sua origem, e não tinha intenção de deixar rastros de que elas existiram. O rei Pantera queimaria cada raiz, folha e caule delas.

T'Challa se recompôs, concentrando-se até que a raiva o deixasse. Ele bateu em uma conta da pulseira kimoyo e começou a fotografar a folhagem proibida. Estava colhendo algumas plantas quando o vidro da estufa começou a tremer e sacudir. Seu traje de pantera respondeu às vibrações intensas. Um zumbido alto ecoou pela sala.

Quando o irmão Flowers o atingiu, parecia ferro, tijolos, fogo, pedra. T'Challa não esperava que o homem o levasse ao chão, mas a pantera caiu. Privado da bênção da deusa Pantera, talvez por causa de sua ambivalência persistente, T'Challa sentiu cada golpe esmagador. O rei estava acostumado com a dor, mas aquilo era... diferente. Talvez seu tempo no trono, o interlúdio de paz, o tivesse tornado suave e indolente. Sua mente era o retrato da inquietação. Agora, essa indolência podia custar-lhe tudo.

Os dois homens rolaram, mergulhando na escuridão, chocaram-se com o emaranhado verdejante de samambaias e vinhas selvagens. Ao redor deles, o ar de repente ficou assustadoramente silencioso. Respiração difícil e golpes ainda mais fortes eram os únicos sons que perfuravam o silêncio da noite. Carne contra carne. O irmão Flowers lutou como se um tornado estivesse em sua pele. Um fragmento de luz brilhou sobre eles, uma nuvem passando sobre a lua. O irmão Flowers manuseava T'Challa como argila humana, mas o receptáculo de um deus não pode ser quebrado por punhos, mesmo que tenha se perdido. Restos do Espírito da Pantera permaneceram. O sangue subiu dentro dele. T'Challa ergueu o homem inacreditavelmente forte, uma mão semelhante a um torno em volta de sua garganta, a outra em torno de seu pulso.

Por um momento, T'Challa dominou aquele cuja família chamava de Rickydoc, mas então uma visão dos anciãos passou diante dele. Uma dor aguda explodiu em seu crânio, desequilibrando-o. Ele viu as sombras tomarem forma nos galhos das árvores. Uma memória, que não era sua, de sangue pintado nas paredes de uma estrutura em forma de caverna, de gritos tão agonizantes que faziam uma alma desejar retornar ao útero.

O irmão Flowers aproveitou a oportunidade e desferiu um golpe capaz de partir o maxilar no crânio do Pantera Negra. Dor. Já fazia muito tempo que T'Challa não sentia esse tipo de dor.

Com a cabeça girando, a audição aguçada do Pantera Negra o alertou para um inimigo furtivo, o perigo.

Um zumbido torcido e giratório vindo de cima. Uma criatura alada, do comprimento do braço do Pantera Negra, voou sobre sua cabeça, errando o couro cabeludo de T'Challa por centímetros. Ele mergulhou novamente, em seguida, recuou, evitando por pouco a garra do Pantera Negra. T'Challa saltou no ar e o esmurrou. A criatura caiu no chão, a asa dobrada como um arco quebrado. O irmão Flowers gritou. Com o golpe do Pantera Negra, sua coluna deveria ter se quebrado em três lugares, mas o irmão Flowers ergueu-se no cotovelo, com o cajado de raiz na mão, e soltou um grito de gelar o sangue.

– Não!

A criatura caiu e voltou para a escuridão. O irmão Flowers empurrou o Pantera Negra, jogando-o contra um dos canteiros elevados da estufa. T'Challa mostrou os dentes quando um som de cem helicópteros encheu o ar. O vidro caiu e se espatifou. Um batalhão de bestas aladas gigantes ziguezagueava pela sala. Asas translúcidas com patas dianteiras e traseiras poderosas, uma cauda estriada turquesa que se equilibrava no ar. A única definição que T'Challa conseguia pensar para aquilo era "libélula gigante". *Meganeuropsis permiana*. Mas nada na terra era daquele tamanho havia milênios. A evidência estava em fósseis trancados em caixas de vidro, diante das quais os alunos da Ivy League, o grupo das mais tradicionais universidades dos Estados Unidos, podiam se embasbacar com as asas inacreditavelmente largas da *M. americana*.

As criaturas o cercaram. T'Challa esperou o primeiro ataque, agachado em uma postura de gato com punhos de dragão. Se ele fosse lutar contra a horda de libélulas, teria que confiar na memória muscular e no equilíbrio.

Aos prantos, o irmão Flowers deu ordens para a massa de libélulas que pairava no ar e correu para a criatura que o Pantera Negra havia esmurrado. A dor inundava a voz do homem, surpreendendo T'Challa.

Aquele não era o som de um assassino. Era o tipo de tristeza que T'Challa e sua irmã Shuri haviam entendido havia muito tempo. Perda.

T'Challa se levantou de sua posição agachada e passou por uma mesa virada ao contrário. No momento em que se moveu, duas das libélulas gigantes o atacaram. Suas poderosas mandíbulas dentadas se abriram e liberaram um jato de líquido que espirrou nele. Encharcado, o Pantera Negra gritou e agarrou uma das quatro asas translúcidas das criaturas. A fera gritou quando ele a girou no ar e a derrubou. A criatura correu pelo chão em membros dianteiros espinhosos, asas dobradas e torcidas. O traje do Pantera Negra analisou o líquido. Água.

Nada era o que parecia ser naquele lugar esquecido. As criaturas pareciam mais besouros-bombardeiros, cuspindo fluidos de suas presas, do que dragões cuspidores de fogo. Mas os batimentos cardíacos arrítmicos e erráticos do irmão Flowers sinalizavam profunda angústia, e não fúria. Cada vez que T'Challa enfrentava e lutava para derrubar um dos dragões d'água, os níveis de serotonina do irmão Flowers despencavam. Se havia um cheiro para a tristeza, o jardineiro do Éden exalava-o fortemente.

– O que são essas criaturas, Rickydoc? – perguntou T'Challa, enquanto outra atravessava as janelas quebradas e os sobrevoava.

– Meu sistema de alarme – disse o homem, com a voz ainda mais carregada de lamento.

– Afaste seus cães alados – disse T'Challa –, antes que eu seja forçado a matá-los. É óbvio que eles parecem ter alguma importância esdrúxula para você.

T'Challa ouviu os batimentos do homem irem lentamente voltando ao ritmo normal.

– São os Selvagens, criados a partir das sementes que está tentando roubar de nós, e são nossos amigos.

T'Challa já ouvira falar das bestas que emergiram do chão quando o meteoro caiu nas terras de seus ancestrais. Eles lutaram contra monstros e espíritos demoníacos que distorceram alguns em sombras grotescas de si mesmos.

"Será que outro meteoro caiu aqui?", pensou T'Challa. "Será que isso explica as criaturas e a fecundidade da Casa Flowers?"

O irmão Flowers levou a criatura ferida até uma das mesas altas. Ele arrancou uma das flores vermelhas e deu para a libélula comer.

– Descanse agora, Oohlou. Precisa melhorar.

Ele soltou um assobio baixo e as outras giraram no ar uma, duas vezes, e depois se elevaram com um zumbido alto, saindo pelas janelas quebradas e pela porta aberta. Enquanto T'Challa as observava fugir, o irmão Flowers entrou em uma sala ao lado e saiu carregando uma arma de fogo.

– Desculpe, senhor Okonkwo, meu irmão, mas a única maneira de evitar que saia daqui com as sementes é se eu enterrá-lo aqui. Minha família vem guardando o segredo há tempo demais para eu deixar que um imoral como você o leve embora.

Rickydoc mostrou um molho de chaves preso a uma argola enferrujada.

– Nunca imaginei que fosse afeito às armas, já que é curandeiro – disse T'Challa.

– Você está no Mississippi, rapaz. Todo mundo aqui tem uma.

O cano estava apontado para o coração do Pantera Negra. As garras de vibranium de T'Challa saíram de seu traje cibernético. O espírito do Pantera aguardava e rugia dentro de sua cabeça.

– Se você me entregar o que vim buscar, eu o deixo viver – disse T'Challa. – Não precisa terminar assim. E ninguém precisa saber de suas *M. americana* selvagens.

– Terminar? – Rickydoc riu. – Eu não sei como passou por nossas defesas, mas vejo que é um homem de leitura. Uma pena que não conheça nada da vida aqui no campo. Entra na minha casa para me roubar, e não quer que eu tente impedir?

Sua voz grave era baixa e agressiva. Ele parou de fingir que acreditava que o Pantera Negra era um chef no Harlem.

– Estou com todas as suas cartas. As ofertas e as falsas promessas. Você não passa de um enganador, como todos os outros. Mas não vai me comprar, senhor Klaw, ou seja lá como se chama.

O Pantera Negra congelou.

– Klaw?

– Não se faça de idiota.

O irmão Flowers caminhou até uma escrivaninha e puxou um maço de cartas. Ele as agitou no ar e as jogou na direção de T'Challa.

– Você primeiro alega ser da indústria da música. Assina a carta como U. Klaw. Pediu todas as minhas cabaças premiadas e disse que pretendia fabricar corás, os instrumentos musicais africanos. Nós as enviamos e fomos ludibriados no pagamento. Em seguida, uma carta em nome de uma imobiliária. Assinou como Ulysses Klaw Terceiro. E agora aparece aqui falando que é chef, tem restaurante e está atrás de ingredientes. O que está procurando são nossas sementes selvagens. Não foi sua primeira tentativa, mas vai ser a última – disse ele, apontando para o animal ofegante sobre a mesa. A criatura estava deitada de lado e, apesar do que ela tinha feito, T'Challa teve pena. – Seja lá quem for, já gastou muito do meu tempo e causou estragos demais. Vá embora, ou eu mesmo o farei sumir daqui.

O alerta era familiar. Havia muito naquele lugar estranho que o fazia se sentir em casa.

– Escute, eu não sou Klaw, mas preciso que me diga o que sabe sobre ele – disse T'Challa, recolhendo as garras de vibranium. – Se ele for quem diz ser, você e toda a cidade estão correndo mais perigo do que imagina.

– A única coisa perigosa aqui é o cano desta arma. Entre ali – ordenou ele, apontando para uma porta –, enquanto eu decido o que fazer com você.

T'Challa repassou diferentes cenários em sua cabeça. Cada um deles era inaceitável. Se o irmão Flowers tentasse forçá-lo a entrar no porão, o plantador poderia acabar morto. T'Challa já havia decidido que aquela não era uma opção. Em vez disso, ele agarrou algumas das flores vermelhas caídas no chão e saltou no ar. Ele girou e girou no meio do voo, quando uma bala passou por sua orelha. O Pantera Negra fugiu da estufa destruída, com cacos de vidro esmagado sob seus pés acolchoados.

Lá fora, a lua era um disco branco cintilante gravado em prata. O Pantera Negra cambaleou, depois rolou, evitando o tiroteio direcionado a ele. Ele correu através dos altos girassóis que agora pareciam árvores guardiãs bloqueando a luz da lua. O vento aumentou ao seu redor. Ele ficou olhando. Uma enorme figura escura engoliu a lua.

T'Challa abaixou-se até o chão, avançando com movimentos rápidos e precisos. A sombra desceu, despedaçando os caules grossos dos girassóis com garras enormes e poderosas. Um grito rasgou a noite. O Pantera Negra se virou e foi até o lago. Atrás dele, uma orquestra de grilos do tamanho de um weta, o grilo gigante neozelandês, espalhou-se pelo chão. A melodia do vento cantando era um tornado enervante fechando-se rapidamente sobre ele. Um saltou em seu ombro. O Pantera Negra caiu, mas saltou bem a tempo de a maior coruja que ele já tinha visto passar por seu ombro com suas enormes garras. Suas penas escuras foram camufladas na noite. Assustada com a velocidade do Pantera Negra, ela girou a cabeça sem pescoço para encará-lo. T'Challa ficou surpreso com a sensação do calor refletindo sob a malha de aço e vibranium. O traje de pantera se ergueu quando T'Challa mergulhou no lago, evitando por pouco outro ataque da coruja que gritava.

Ele mergulhou em águas escuras e nadou sob enormes lírios e nenúfares que flutuavam logo acima como xícaras de chá gigantes. Ele emergiu do fundo, subindo por entre as plantas aquáticas até que uma forte corrente o mandou cambaleando na direção oposta. O traje de pantera vibrou e amplificou as ondas sonoras em seu crânio. Os ossos pesados tremeram, então ele ouviu o tamborilar profundo de um batimento cardíaco enorme. "Definitivamente não é um bagre comum", pensou o Pantera Negra. Sua suspeita foi confirmada quando ele foi atingido nas costas pela cauda de um bagre do tamanho de uma baleia. A grande criatura abriu a boca para engoli-lo, mas o Pantera Negra lutou contra ele. De jeito nenhum acabaria como Jonas. Ele puxou os bigodes da largura de uma mangueira de água, manteve aberta a grande boca, e seu traje emitiu um raio de eletricidade que atordoou os peixes. Protegido pelo traje, o Pantera Negra nadou entre os lagostins e girinos que flutuavam por ele. Exausto, tentou recuperar o fôlego, descansando na margem, mas os grilos weta atacaram. Ele mostrou as garras e golpeou. As criaturas guincharam.

– Não! – gritou o irmão Flowers.

Ele tinha uma libélula no ombro e os wetas a seus pés. A coruja gigantesca crocitava fortemente sob o luar.

– Afaste-os! – exigiu T'Challa. – Podemos lutar a noite inteira, mas eu vou sobreviver, e suas criaturas, não.

O homem pesava suas palavras com cuidado. Ele assoviou e abaixou a arma.

– O que é você? Por que está aqui?

– Eu podia perguntar a mesma coisa – respondeu T'Challa, ficando de pé, com o peito ofegante.

Atrás dele, o vento soprava sobre as águas, afastando os nenúfares. Surgiu então um grande esguicho, e um bagre do tamanho de um barco veio à tona, balançou a cabeça e sumiu na escuridão.

• • • •

– Como controla as criaturas? – indagou T'Challa.

O traje cibernético se autorreparava enquanto ele falava. O dano era mínimo, mas o fato de que o traje havia sido impactado era uma novidade para o rei Pantera.

– Não se controla o que é selvagem – disse o irmão Flowers.

Eles voltaram para a falsa loja de presentes.

– Se você for paciente e respeitoso, pode comungar com elas. Minha família tem séculos no aprendizado da linguagem da natureza.

– Nossa linguagem é a da floresta.

– Estes selvagens vivem nas águas abertas do rio, respiram ao ar livre. Sem jaulas. São livres para ir e vir quando querem. Podem responder aos meus chamados ou não. São livres. Ao honrarem sua liberdade, garantem a nossa. Nunca nos deixaram na mão ao longo dos anos.

– Foi assim que nunca foram descobertos?

O irmão Flowers considerou a ideia de ficar em silêncio, mas a urgência na pergunta de T'Challa o impeliu. Quando falou, sua voz era pouco mais que um sussurro.

– Nós já fomos descobertos, e poucos sobreviveram para contar. Os Selvagens crescem o quanto querem, e nadam profundamente em direção às fendas da terra.

– A terra corrompida por sua semente selvagem?

– Não, Pantera, por isto aqui – o irmão Flowers abriu a mão e revelou um amuleto metálico em forma de coração com tons de bronze e púrpura. Vibranium.

– Onde conseguiu isso? – A voz de T'Challa soou levemente ameaçadora.

A libélula estendeu as asas, em alerta.

— No mesmo lugar em que pegamos nossa semente.

— Wakanda — disseram em uníssono.

Rickydoc pegou um banco virado, varreu o vidro para uma pá de lixo e pegou os cacos maiores do chão.

— A primeira a vir aqui cultivar os alimentos que nos tornariam cobiçados foi nossa ancestral Djimoni. O nome dela está no livro. O *Livro das Flores*. Nele, ela descreveu o que aprendeu sobre nosso mundo e transmitiu seu conhecimento conquistado a duras penas. Temos o livro e a ancestral em alta consideração. Reservamos espaço para sua memória em nosso altar e em nossos corações. Suas palavras mantiveram nossas colheitas e nossos espíritos fortes. Nossas mentes aguçadas e nossa casa segura. Nós mantemos apenas uma fração de sua magia.

— O escudo protetor — disse T'Challa.

— Sim, mas não foi sempre assim.

Ele se sentou em um banco alto. O dragão aquático que ele chamava de Oohlou parecia ter se recuperado. Ele pousou no braço estendido do irmão Flowers.

— Enquanto estivemos aqui, sempre houve histórias. Sobre bagres com barbilhos tão grandes como chicotes. Criaturas como dragões que engolem o fogo em vez de fugir dele. Quando tentaram encurralar nossas carroças e atear fogo em nossas casas, os selvagens foram uma surpresa bem-vinda. Nós os protegemos, e eles nos protegem. Como nossos tataravós um dia fizeram. Ao nos refugiarmos do fogo, nenhum de nós quis ser descoberto, expulso ou eliminado.

— Do que se escondem? — indagou T'Challa.

— Você pergunta, mas já sabe a resposta. — O escárnio na resposta de Rickydoc era como uma labareda. — Um poeta disse "não culpe as máscaras, culpe a fumaça". Nossos inimigos transformaram ambos em armas. Encapuzados em máscaras brancas no escuro da noite. Com fogo no lugar dos olhos, eles esperavam que a gente sufocasse na fumaça de seu ódio.

Rickydoc colocou Oohlou para convalescer no que T'Challa inicialmente confundiu com um cabide. Então ele ergueu o braço, sacudindo o pulso. Um zumbido encheu o ar quando uma sombra escureceu a sala.

O Pantera Negra ergueu os olhos quando uma das outras libélulas que respiravam água pousou na manopla de couro de Rickydoc.

– Mas a fumaça distante prometia anonimato, e não esquecimento. Eles queimaram Tulsa, Cairo e Rosewood, saquearam Mound Bayou e aterrorizaram Memphis. Mas nós, não. Respondemos com a mesma tática de terror, e depois de algum tempo, eles aprenderam a nos deixar em paz.

– Não é uma lição fácil para alguns – respondeu o Pantera Negra.

– Não. Não começamos nada, não seremos nada. É nosso lema, e vem nos servindo ao longo de todos esses anos.

– Não o vi em seu marcador.

– O marcador é um ardil. Metade da verdade não aparece nessas coisas.

– Se é constantemente atacado aqui, por que permanecem? – indagou T'Challa. – Nenhum reino, independentemente do quão pequeno seja, consegue sobreviver indefinidamente sendo sitiado. Ao menos não sem ter aliados – acrescentou.

Rickydoc entendeu o significado das palavras do Pantera Negra, mas a terra foi seu maior legado. Ele tinha se cansado daqueles que só acreditavam no que estava ao seu alcance, em sua visão. A convicção do irmão Flowers estava enraizada em uma história de um passado que ele nunca viveu, alimentada pela fé em um futuro que ele tinha certeza de que não viveria para ver.

– Jamais poderíamos sair daqui – disse ele. – O risco seria muito alto e, além disso, o solo está aqui. As sementes selvagens de Djimoni crescem aqui. Os selvagens estão aqui. A terra nos transformou, assim como nós a transformamos.

– Ela muda – disse T'Challa, olhando para a libélula pousada nas lâmpadas no teto.

Os grilos weta se amontoavam como cãezinhos ao redor de uma tigela de ração e outros petiscos.

– Ela transforma – corrigiu Rickydoc – a maneira como algumas árvores têm nozes que germinam depois de queimadas. Crescem como uma fênix, das cinzas.

– Talvez seja um passo à frente, um caminho para que nós dois possamos conseguir o que queremos.

– E o que exatamente você quer? Para que precisa de nossas sementes?

T'Challa pensou sobre a tradição que mantinha o Reino Oculto escondido. Algo sobre aquele homem dizia que ele era confiável. O cuidado que ele mostrou com a terra e a estranha vida dentro dela. O rei Pantera decidiu que, com tanto em jogo, confiar novamente valia o risco.

– Meu povo vive em uma terra onde cresce uma semente semelhante. Ela veio até nós das estrelas. O que você chama de semente selvagem é algo nosso.

Rickydoc estreitou os olhos e voltou a abri-los; então raiva e reconhecimento se espalharam por seu rosto.

– Parece que você vem da terra sem nome, local de origem de nossos ancestrais.

T'Challa observou cuidadosamente o irmão Flowers enquanto ele folheava um enorme livro com capa de couro e filigranas douradas na lombada.

– Nossa ancestral, Djimoni, era uma mestra jardineira. Eles a chamaram de jardineira, mas a verdade é que ela era uma feiticeira. Podia cultivar qualquer coisa, como por mágica. Quando foi roubada e trazida para este país, ela trabalhava em uma fazenda de tabaco. Acreditamos que foi em algum lugar em Maryland ou Virgínia. A escravidão foi proibida onde ela estava. Todas as "propriedades" deviam ser vendidas. Ela e os outros caminharam atrás de carroças da Virgínia até o oeste do Tennessee, por seu próprio rastro de lágrimas, mas ninguém lamentou por eles. Todos os anos em que viveu, ela contou uma história, dizia ter vindo de um lugar maravilhoso e que um dia seria livre. Ela cultivou as sementes selvagens para que pudesse atravessar o oceano ou voar de volta para a África. Mas ela morreu aqui. As sementes ainda estão crescendo, mais selvagens e livres. Ela esperou você, esperou seu povo. Vocês nunca vieram. Guardamos a história e a semente. Agora aí está você, cem anos atrasado, pedindo algo que acha que alguém roubou de vocês. Por que devemos confiar em você agora? Essas sementes são as únicas coisas que você já nos deu que valem a pena, e agora quer pegá-las de volta?

– Não foi dada. Foi tomada. Sua ancestral era uma ladra – disse T'Challa, perturbado interiormente pela raiva.

Relâmpagos iluminaram os olhos do irmão Flowers, mas ele estava firme, controlado.

– Não era ladra, era curandeira. Ela dizia ter vindo de uma cidade dourada, disse que vivia em uma terra de abundância, mas o povo dela, o seu povo, eram os únicos que comiam. Djimoni, que era xamã e botânica, pegou a erva-coração para curar os vizinhos que sofriam porque seus pais os abandonaram. Parece ser uma tradição de família.

T'Challa sentiu aquele golpe como se o homem o tivesse atingido na garganta. As palavras feriam, mas ele não podia negar a veracidade delas.

– É contra nossas leis compartilhar o que a deusa Pantera nos deu. É para nossa segurança. Sua ancestral Djimoni fez uma escolha. Não é nossa culpa ela ter decidido enfrentar as consequências.

– Talvez não seja sua culpa, mas a responsabilidade é verdadeira. Percebo que você não tem vergonha nem remorso – disse o irmão Flowers, com os olhos cheios de julgamento. – Não pode se angustiar com o que não o deixou, nem pode perder aquilo que nunca lhe fez falta.

– Se ela tivesse honrado a tradição, teria ficado em segurança.

– Se ela tivesse honrado suas tradições, teria sido tão responsável quanto você. Djimoni fez o que achava certo. Enquanto sua espécie se sentava no alto da montanha se deleitando com néctar e frutas, Djimoni deixou os bosques do Reino Oculto para administrar ervas curativas aos vizinhos que você abandonou. Ela não era uma ladra. Ela era uma heroína que foi capturada em um ataque traiçoeiro de caçadores de escravos. Da mesma tribo que ela tentou ajudar! Isolada de seu próprio povo, ela sofreu na fortaleza que chamavam de Ilha Gorée. Com apenas as sementes de sua nação e o amuleto que ela usava abertamente no peito, ela engendrou um feitiço para encobrir os itens preciosos trançando-os em seu cabelo.

Uma dor aguda perfurou as têmporas de T'Challa. Mais uma vez ele viu os terrores de seus sonhos. Ouviu os gritos dos anciãos, e sua mente foi transportada de volta para o que ele agora sabia ser o interior de um navio negreiro. Ele tinha sonhado com a ancestral do irmão Flowers. Ele havia entrado na pele de Djimoni por algum tempo, sem nunca saber que a tristeza e o medo que sentia eram muito reais. Agora ele viu seu rosto.

Cobertos pela escuridão, o odor do medo ao seu redor, os olhos de Djimoni estavam cheios de determinação. T'Challa podia ouvir as canções de conforto que as mães wakandanas cantavam para crianças assustadas.

Ela cantou as canções para acalmar os gritos de angústia. Nenhum deles falava sua língua, mas eles entenderam a força que ela lhes oferecia. Djimoni não sabia para onde a água os levaria, mas mantinha a esperança de um futuro escondida em seu cabelo de ébano trançado.

– Você acha que é o único que teve perdas e sentiu dor? – indagou T'Challa. – O reino, o trono que você tanto inveja, é exatamente o que me custou o que eu tinha de mais caro na vida. Posso não conhecer os terrores pelos quais seus ancestrais passaram, mas conheço a perda. Eu sei o que significa ter pais mortos ou assassinados. Perder o melhor amigo de infância não por morte, mas por traição. Ver-se traído de uma forma que só se compara a uma lâmina no coração. Ver os irmãos de armas caírem no abismo, transformando-se em monstros criados por suas próprias mãos. Ver a única parente que restou se afastando, porque a única coisa que você nunca quis de verdade foi a única coisa que ela pediu. Eu conheço a dor. Minha vida inteira foi uma ladainha de tristeza.

Os dois se observaram. O silêncio pontuado pelo suave arrulhar da grande coruja que observava através da janela.

– Então era por você que Djimoni aguardava. Você é o sem nome, o rei Pantera. – O irmão Flowers analisava o traje de pantera com interesse. – Você é a lenda que não conhecemos. Qual é o seu nome, majestade?

– T'Challa, filho de T'Chaka, N'Yami e Ramonda. Irmão de Shuri e Hunter.

O irmão Flowers observou T'Challa fixamente, e seus olhos castanhos pareciam enxergar profundamente a alma do rei Pantera.

– Não deixe que o luto e a perda, ou mesmo a solidão, o façam dar as costas ao seu destino ou trabalho. Todos carregam uma cidade dentro de si – disse o irmão Flowers. – Um pedaço de casa ou do lugar que os moldou. – Ele tocou o dragão aquático. – Sua cidade está enterrada mais profundamente do que a maioria. Você pode se esconder do mundo, mas não de si mesmo.

– O fogo na visão era o fruto vermelho de sua tão resguardada semente selvagem – disse T'Challa.

– O fogo na sua visão, rei Pantera, é o reconhecimento que obviamente vem da injustiça – disse Rickydoc, com a tristeza aliviando a expressão de seu rosto. – Estamos todos queimando. Chamas inseparáveis que apenas o tempo pode extinguir.

– Os anciãos não me disseram – disse T'Challa.

A vergonha fez com que baixasse a cabeça.

– Algumas coisas nunca são mencionadas, nem mesmo em sonhos. – Foi a resposta do curandeiro.

O hortelão parecia travar uma batalha interna. Pela primeira vez, ele parecia incerto, hesitante.

– Os segredos que temos aqui estão protegidos há gerações. Meu povo lutou com muitas perdas para manter o dom de Djimoni a salvo. Mas agora que sei quem você é, rei T'Challa, e que ajudou a colocar luz sobre nossos motivos, sei como proceder. Agora que finalmente está aqui, não há dúvida sobre o que nossa ancestral Djimoni gostaria que eu fizesse.

O irmão Flowers foi até a parede de livros e deslizou a palma da mão atrás da estante. O móvel se abriu, revelando uma porta escondida. Ele entrou na escuridão e voltou com uma arca de madeira entalhada. Dentro havia um saco de estopa manchado de vermelho.

Com um movimento estudado e deliberado, Rickydoc, o irmão Flowers, embrulhou as sementes e a preciosa raiz principal em papel encerado vermelho e amarrou-as com um barbante.

– T'Challa – disse ele –, esse perigo de que você fala... Se você não é esse tal Klaw, quem é ele?

T'Challa ficou sério.

– Pode não ser o mesmo homem que eu conheci. Aquele foi transformado, como você disse. Mas talvez outro de sua linhagem possa ter seguido seus passos psicóticos. Ele era obcecado por destruir meu reino. Essa obsessão custou um preço muito alto.

– Ao contrário de você, que é filho da magia de nossa ancestral, esse Klaw jamais romperia nossas defesas – disse Rickydoc.

– Talvez não, mas se ele é como o homem que eu conheci, não vai desistir. Freestone e todas as pessoas e a vida que levam aqui podem estar em perigo. – T'Challa segurou com firmeza o embrulho vermelho.

Os selvagens o observaram em silêncio, enquanto seu amigo e cuidador, o irmão Flowers, começou a falar.

— Temos enfrentado muita coisa aqui neste solo, durante anos longos e muito difíceis. Mas ainda estamos aqui. Não planejamos deixar o lugar onde compartilhamos tanto do nosso sangue e da nossa esperança. Esta é a nossa terra também. Nosso objetivo é mantê-la.

T'Challa concordou com a cabeça.

— Mas parece que você sabe algo sobre dor e sacrifício, a solidão de defender a verdade. Se você achar que algum dia precisa de... tempo... saiba que este lugar é o seu lugar, por mais humilde que seja. Freestone é outro abrigo para você. Até um rei Pantera merece um dia de descanso.

T'Challa ouviu a verdade nessas palavras e no aviso tácito. Cuidado de irmão para irmão. Um dia, ele pretendia retribuir a gentileza. Mas esse dia não era hoje. Se ele não voltasse com as novas sementes de esperança, algum dia poderia não haver uma Wakanda para a qual os perdidos pudessem voltar.

Rickydoc concordou com a cabeça. Ele pegou um pedaço de madeira flutuante antiga de seu altar de ervas. Antes áspero, mas agora alisado com o tempo, alguém havia talhado o galho do tamanho de um punho na forma de um gato saltando.

— Irmão Flowers, você já me deu tanta coisa. Não posso aceitar mais esse presente.

— Não se preocupe. Não é um presente, e sim uma oferta. Nossa ancestral esperou muitos anos para voltar para casa, por que não agora?

T'Challa colocou o embrulho com as sementes e a estatueta em sua bolsa, e balançou a cabeça.

— Creio que seja você quem deve levá-la de volta. Os ancestrais disseram que os estimados retornarão a Wakanda. — Ele colocou a estatueta de volta no altar. — Até lá, tenha fé. Voltaremos a nos encontrar.

— Os estimados? — Ele coçou a barba. — Acho que podemos cuidar disso, companheiro viajante.

• • • •

T'Challa tocou a conta da pulseira kimoyo. Shuri respondeu da sala do trono.

— Parece que você estava certa.

– Você precisou das *Dora Milaje*.

– Eu precisei das *Dora Milaje* – disse T'Challa, rindo. – Mas agora preciso de um favor seu.

– O que é? Você está estranho, meu irmão. Primeiro, essa viagem misteriosa, sozinho, e agora parece... diferente, quase inebriado. Quando partiu, parecia que o mundo estava acabando.

– Talvez esteja – disse ele, olhando pela janela da aeronave. – Um amigo me ajudou a enxergar de outra maneira.

– Um amigo? – disse Shuri. – Cada vez mais intrigante. Você teve de ir até o Mississippi para achar um amigo de verdade. É um amigo mesmo, ou algo mais?

T'Challa suspirou.

– Shuri, preciso que fique no trono por um tempo. Prometo explicar tudo quando voltar. Enquanto isso, comece o projeto para um novo complexo. Grande o bastante para caber cento e trinta e sete pessoas, se necessário, e... – T'Challa fez um esforço para conseguir pensar na melhor maneira de terminar a frase. – ...um lago de água doce, grande o bastante para uma baleia, localizado perto dos campos de Alkama.

– Calma aí! O que aconteceu no Mississippi?

– Obrigado, Shuri. Mais tarde conversamos. – T'Challa desligou.

• • • •

– Majestade – disse Adisa, curvando-se quando T'Challa entrou na sala.

Ele estava usando o traje cerimonial da realeza, com o corpo ereto. As últimas duas semanas no Mississippi tinham sido tranquilas. Depois que T'Challa se despediu do irmão Flowers, ele ficou observando, esperando todas as noites fora do perímetro de Freestone para ver se havia perigo, mas o escudo iridescente que protegia a pequena cidade permaneceu no lugar. Sem intrusos à vista, T'Challa voltou ao trono. Os agentes nos Estados Unidos já haviam localizado o jovem misterioso que compartilhava o sobrenome de Klaw. Quem quer que ele realmente fosse, teria uma bela surpresa na próxima vez que entrasse em contato com o irmão Flowers.

Adisa investigou o comportamento de T'Challa, procurando pistas visuais. Sua voz estava baixa, como a maré vazante.

– Creio que nosso rei traz boas novas.

– Temos um futuro, porque tivemos um passado – disse ele, e revelou o embrulho vermelho que o irmão Flowers lhe entregara. – Nem sempre nos dá orgulho, mas é nosso. Há certos erros que precisam ser corrigidos. O que estava perdido tem de ser devolvido. Agora eu sei o que preciso fazer – disse ele, lembrando as palavras do curandeiro. – Trabalhar por um reino melhor, o que requer não apenas um rei, mas muitas mãos.

– Majestade, sabe que estou aqui ao seu dispor – disse a xamã, disfarçando bem sua confusão.

T'Challa se virou, com o sol artificial em seus olhos.

– Sim, e eu agradeço. Vou precisar de você para trazer os perdidos e os selvagens... – ele se corrige – ...e os estimados. Preciso mapear uma maneira de finalmente trazer os que desejarem voltar para casa.

– Majestade, o que exatamente o senhor encontrou? – indagou Adisa.

Ela o observava com grande interesse. Havia uma certeza nos olhos dele, uma assertividade na voz que não estavam ali antes da viagem.

– Uma descoberta e... um mistério. – Ele estendeu à xamã o embrulho vermelho de Rickydoc. – Precisaremos trabalhar duro para descobrir ambos.

Confusão, então esperança, surpresa e medo cintilaram no rosto da anciã, luz refratada e memória. Ela estudou as estranhas sementes e ervas secas, segurou as pétalas enormes em forma de coração na mão trêmula.

– Onde as encontrou?

– No Mississippi.

Os olhos dela se arregalaram.

– É extraordinária. Esta espécie deriva de nossa sagrada erva-coração – disse ela –, mas ela voltou muito alterada. E você também.

T'Challa concordou.

– Xamãs enxergam tudo. Eu vou lhe contar a história, até onde eu puder, mas, por enquanto, digamos que uma velha amiga tenha guardado esse segredo para nós. Ela não sabia quando poderíamos precisar, apenas que um dia aconteceria. Espero que sua fé em nós seja merecida.

– Majestade, sabemos que, quando uma semente viaja para longe, levada pelo vento ou pelo destino, suas raízes podem crescer fortes em terras estrangeiras. A velha semente pode desenvolver novos poderes que jamais foram requeridos antes.

Ela observou T'Challa atentamente, como se apenas ela pudesse enxergar seu futuro.

– Não é mais como era antes, mas é nova e transformada. E vai precisar de novos cuidados, precisa sobreviver.

Ela pegou a cópia do Livro de Flores que Rickydoc havia dado e folheou as páginas lentamente. Adisa parou em algumas ilustrações, sussurrando alguns cálculos.

– Majestade – disse ela após alguns momentos –, o senhor consumiu esta flor em forma de coração do Mississippi?

T'Challa cruzou os braços. Os trajes reais o envolveram.

– Não exatamente, apenas alguns goles de chá.

O semblante do Pantera Negra mudou quando ele se lembrou da batalha que ocorreu em seguida. T'Challa se perguntou se estaria cometendo um equívoco.

– Não está, majestade, pelo contrário. Você é um líder que ama seu povo mais do que a si mesmo.

– Adisa, como sabe que eu...? – indagou T'Challa.

– Você acaba de me dizer – explicou ela. – Eu ouvi sua voz em minha cabeça. É bom que duvide, mas não deveria. Apenas um líder nobre e corajoso correria riscos, como você fez, para voltar com isto. E apenas alguém que acredita em você, um verdadeiro amigo, lhe confiaria tamanho tesouro.

T'Challa se aproximou da anciã, chegando bem perto.

– Como sabe o que estou pensando, xamã, se eu não disse uma única palavra?

– Mas disse, majestade. – O reflexo das luzes verde-azuladas da caverna refletia em seus olhos. – Apenas um rei sábio e amoroso se comprometeria e se ergueria acima de todos – disse Adisa, acompanhando-o com os olhos e apertando as ervas de Djimoni junto ao peito.

T'Challa se virou, sentindo uma onda de energia dentro de si. A voz da deusa Pantera sussurrava em sua cabeça, e sua presença ecoava pela caverna.

Adisa observou, incrédula, enquanto o Pantera Negra saltou sobre os bosques em espiral. Suas vestes escuras rodaram, substituídas por seu traje enquanto ele escalava as paredes cobertas de musgo como se a gravidade não pudesse segurá-lo.

Embora estranha, a jornada havia fortalecido o espírito de T'Challa, renovado sua esperança. As novas ervas ajudariam a proteger o futuro do reino. Ele sabia agora que não precisava carregar o fardo sozinho. Sua irmã Shuri estaria ao seu lado, a deusa Pantera estendia sua graça. Alívio e gratidão percorreram seu corpo, pois mais uma vez T'Challa ouviu a voz reconfortante da deusa Bast. Ela cantou para ele uma canção de louvor, que o fez lembrar de Djimoni quando ela viajou pela primeira vez através das águas. T'Challa jurou que a ancestral do irmão Flowers um dia voltaria para casa novamente para se juntar à sua parentela no Plano Ancestral. Por enquanto, T'Challa foi elevado por seu compromisso renovado com o trono e seu povo, todo o seu povo, os perdidos e os recém-encontrados.

– Não, Adisa – disse ele, rindo enquanto subia ainda mais alto. O Pantera Negra chegou a uma saliência na rocha, e as pedras íngremes brilhavam enquanto ele olhava para ela lá do alto –, eu não estou doente, anciã. Estou renovado.

– Percepção extrassensorial – disse Adisa. – Controle corporal cinestésico. Majestade, o senhor está ainda mais forte do que antes. A escuridão outrora controlou seu espírito, mas agora você se reergueu.

T'Challa, filho de T'Chaka e Ramonda, irmão de Shuri, amigo de Rickydoc, dos selvagens, dos estimados, e da Casa Flowers, receptáculo da deusa Pantera, olhou para os olhos da xamã de onde estava, lembrou-se do fogo em seus sonhos, as flores vermelhas como chamas que ajudariam a semear um novo futuro, e saltou no ar, com o vento sob seus pés.

A ASCENSÃO DE KILLMONGER

CADWELL TURNBULL

— E ACHO QUE ISTO ENCERRA O SEMESTRE — DISSE O PROFESSOR STEVENS,

com sua voz grave reverberando com a suave cadência africana que tocava seus alunos. – Lembrem-se de que os projetos finais devem ser entregues em até uma semana. Se alguém tiver problemas, os horários de atendimento no meu gabinete estão no programa do curso e afixados na minha porta.

Zira, sua aluna do Zimbábue, sorriu discretamente para ele enquanto seguia o fluxo de alunos que saíam da sala de aula. Ele devolveu o sorriso, embora não muito veemente. Quando todos foram embora, ele afundou na cadeira e suspirou. Mais um semestre tinha acabado.

Ouviu os passos da professora Callahan antes de vê-la caminhando pelo corredor central da sala de aula. Ela corajosamente se apoiou em cima da mesa de madeira de Stevens.

– Última aula, então?

Stevens coçou a cabeça.

– Graças aos deuses.

Ela riu com a frase esquisita.

– Erik...

– Por favor, me chame de N'Jadaka. É o meu nome.

Ela se inclinou sobre a mesa até seus olhos ficarem no mesmo nível que os dele.

– Você se apresentou como Erik quando nos encontramos no bar do hotel naquela convenção. Foi com Erik que eu passei aquele fim de semana adorável. Foi Erik Stevens, o jovem promissor do Massachusetts Institute of Technology, que eu apresentei à reitora Cathey, que ficou tão impressionada com você que logo conseguiu sua primeira aula aqui. É Erik quem me deve um favor e é do Erik que estou cobrando esse favor agora mesmo.

– Que favor é esse?

Ela sorriu.

– Só um jantar. E uns drinques. Depois do semestre que eu tive, estou precisando muito. Quando você pode? Hoje? Alguma noite livre esta semana?

– Rebecca...

– Becca – disse ela, apontando para o peito. – Mim, Becca; você, Erik.

Erik ficou encantado. Becca tinha aquela aparência de Jennifer Aniston que o impressionava quando ele era adolescente, apesar dos avisos severos do pai.

N'Jadaka não estava interessado, mas considerava as informações valiosas que ela poderia dar sobre as atividades do campus em locais que ele ainda não havia penetrado.

Os pensamentos de Killmonger eram mais... perturbadores.

N'Jadaka coçou a cabeça novamente.

– Já estou com todas as noites ocupadas, Becca. Desculpe.

Ela se afastou da mesa.

– Já perceberam que você anda... amigo demais dos alunos africanos, principalmente das alunas. – Ela deixou as palavras no ar por um instante. – Mas não se preocupe, eu só queria avisar você e verificar se não estava... – ela sorriu – ...passando de nenhum limite.

Erik e N'Jadaka franziram a testa. Killmonger fechou a mão e olhou para uma das câmeras de segurança.

– Não entendo o que está dizendo, Becca – disse N'Jadaka, calmamente. – Mas por que não marcamos esse jantar para daqui a algumas semanas? Conheço um lugar tranquilo, mais afastado da cidade, onde podemos ficar a sós.

Becca sorriu.

– Mal posso esperar, Erik – enfatizou ela, antes de sair, deixando N'Jadaka sozinho na sala.

Depois de mais um instante na sala vazia, N'Jadaka se ajeitou, levantou e jogou as coisas dentro da mochila. Ele tinha de fazer uma vigilância antes de visitar Jewel à noite.

• • • •

N'Jadaka relaxou no sofá de couro e inalou o forte aroma da taça de vinho tinto. Jewel bebeu da própria taça, ajeitando uma das tranças por trás da orelha, e em seguida estendeu a taça para um brinde.

– Ao fim do semestre e ao começo do verão, Jackie.

– Bebo a isso também – respondeu N'Jadaka, balançando a cabeça. – Sabe, você é a única que eu permito que me chame por um desses nomes desta terra abandonada pelos deuses.

Erik adorava, porque o fazia se sentir incluído.

N'Jadaka odiava, porque o fazia se sentir incluído.

Killmonger não dava a mínima.

– Ah, você gosta – provocou Jewel. – Entenda isso como um pagamento por todos os jantares que lhe servi aqui em casa.

Ela foi até um dos enormes espelhos no corredor e arrumou as sobrancelhas grossas. Jewell havia sido jogadora de vôlei na universidade, antes de seu compromisso no MIT e, além de alta, ainda era magra e forte, como nos "velhos tempos" de que tanto sentia falta.

De volta ao sofá, ela cruzou as pernas e observou N'Jadaka como se fosse um quebra-cabeças que ela ficaria solucionando pelo resto da vida.

– Você não vai esquecer, vai?

N'Jadaka colocou a taça de vinho na mesa de centro e suspirou.

– Não consigo. Você sabe que não.

– Já conversamos sobre isso. Eu não vejo motivo de isso ser tão importante para você – disse Jewel, bebendo mais vinho. – Eu nem mesmo entendo seu interesse. Eu estou interessada. Um país africano escondido, nos dias de hoje? Além de rico, que nunca foi colonizado? É o sonho de qualquer arqueólogo ou sociólogo. Mas somos engenheiros, Jackie. – Ela se aproximou e colocou a cabeça nos ombros de N'Jadaka. – Se eles são tão avançados quanto parecem, vão precisar de engenheiros americanos por um tempo. – Ela o beijou no rosto e se aconchegou nele. – Sei que vai encontrar algum parente etíope distante em Wakanda, mas não vai ser o bastante para eles. Vamos ter de esperar como qualquer um até que abram suas fronteiras.

Todas as versões dentro dele rejeitaram a ideia de esperar. Não aguentava mais esperar pelo que era seu por direito, pela verdade e por vingança.

N'Jadaka enrolou uma das tranças dela em seu dedo.

– Eu já contei mais sobre mim para você do que a qualquer outra pessoa viva. Já falei como meus pais morreram, você sabe como eu vivi antes de ir morar com os Stevens. Você sabe o que aconteceu na faculdade.

– Eu sei – sussurrou ela. – Mas você precisa deixar isso para trás. Não pode carregar esse ódio pelo resto da vida.

– Mas é você quem está sempre furiosa.

– Mas sua raiva é diferente, Jackie. Eu olho em seus olhos às vezes e vejo essa raiva. Você aprendeu a esconder isso como muitos negros que eu conheço, demonstrando ser um monte de pessoas diferentes, mostrando apenas uma certa fachada em um determinado momento. Mas a sua raiva está embaixo da superfície. Eu vejo isso quando você acha que não estou olhando, ou pela manhã, antes de você colocar a máscara, ou sempre que uma sirene da polícia passa, ou no aeroporto, quando passamos pelas filas de segurança. Precisa se livrar disso, ou procurar ajuda.
– Jewel pegou o queixo dele com carinho. – Você conhece meu passado, sabe o que eu e minha mãe passamos com meu pai. Eu não consigo viver assim. Pior, eu não consigo amar assim. Eu preciso de um pouco mais de você. Preciso daquele homem especial por quem me apaixonei.

Foi uma percepção que há muito tempo iludira N'Jadaka; ele se sentia especial aos olhos de Jewel. Desde a morte de seu pai, ele tinha perdido as esperanças de se sentir daquela maneira novamente, mas talvez com o amor de Jewel ele conseguisse. A vida pode ser mais do que uma estrada sem fim para um poço sem fundo chamado Wakanda.

Killmonger: Está se esquecendo de nossos pais? Uma garota sorri e você já desiste de anos de treinamento, sofrimento, cicatrizes e ódio por TODOS eles? Nosso pai N'Jobu e todos os ancestrais dele teriam vergonha de você!

Erik e N'Jadaka nada responderam.

N'Jadaka se levantou de repente.

– Se eu desistir de minha raiva, o que isso diria às pessoas lá fora que estão sofrendo? Que eu deveria ficar sentado aqui, bebendo vinho, esperando a aposentadoria, enquanto toda essa merda acontece? Esquecer o que aconteceu com seus pais, com os meus, os negros daqui e do mundo todo? Não mesmo. Eu preciso ir até lá. Quero saber por que nada fizeram enquanto todos nós sofríamos.

Jewel olhava para ele com medo nos olhos.

– O que há de errado com a nossa relação, Jackie? Não somos um pelo outro? Não basta?

Foi o medo que forçou N'Jadaka a se sentar novamente no sofá. O medo que ela tinha dele. Ele não a queria com medo. Ele se recompôs.

– Desculpe, querida. Você sabe como eu fico – disse, deitando-a em seu colo. – Vamos apenas curtir o momento. Temos o verão inteiro para pensar nisso.

– Vai dormir aqui hoje? – perguntou Jewel, esperançosa. – Você sabe que durmo melhor quando você fica.

Ele fechou os olhos.

– Vamos ver, tudo bem?

• • • •

Às quatro da manhã, N'Jadaka saiu da cama. Ele escreveu o texto que enviaria algumas horas depois: "Vou cedo ao escritório para terminar de passar as notas. Te amo".

Jewel levantaria antes das sete e veria a mensagem. Isso daria a impressão de que ele esteve na cama por mais algumas horas. Tempo mais do que suficiente.

Depois de terminar todos os preparativos, Killmonger vestiu a camiseta e a calça jeans de N'Jadaka e saiu lentamente da casa na ponta dos pés em direção ao Mustang cromado prateado e preto para sair da cidade.

Killmonger seguiu cuidadosamente os limites de velocidade e as leis de trânsito. Ser parado por uma infração de trânsito não seria o ideal. N'Jadaka adorava carros esportivos americanos. Ele sempre se perguntava como seria um conversível esportivo de design puramente africano. Levaria muito tempo até que os danos deixados por anos de domínio do colonizador branco diminuíssem o suficiente para que uma forte indústria automobilística surgisse na África. Até lá, os brinquedos do colonizador serviriam. Killmonger seguiu pela rodovia para fora da cidade, passando por várias saídas antes de pegar uma que o levaria até o restaurante decrépito que ele às vezes usava para encontrar a mulher do Controle.

Ela estava sentada no lugar de sempre, bebendo café. Para olhos destreinados, a mulher magra com cabelo grisalho curto poderia ser uma professora mais velha, calma e confiante. Mas Killmonger via tudo o que estava sob a superfície: atenção total, astúcia e o mesmo instinto assassino dele. Quando ela via alguém, pensava, "Será que eu demoraria para matar essa pessoa?". Erik e N'Jadaka tinham muita cautela com a mulher, mas Killmonger gostava dela.

Ela atendia por Anne. Não era seu nome verdadeiro, e definitivamente não o nome que ela escolheria para si. Não havia sensação alguma de perigo em um nome como Anne.

Ele se sentou de frente para ela, pediu um café e uma torta folhada e esperou a garçonete sair.

– O que tem para mim?

Sempre havia trabalho para um especialista em assassinatos sem escrúpulos, especialmente alguém disposto a trabalhar em casa. O Controle o farejou durante sua primeira viagem, e um casamento de conveniência se seguiu. Depois da vida acadêmica, algumas viagens em nome deles aumentaram sua coleção de cicatrizes e pagaram em dinheiro seu diploma de engenharia do MIT.

Anne, sua supervisora, tomou um lento gole de café antes de falar. Seus olhos percorreram a sala, examinando até mesmo o estacionamento.

– Queremos eliminar um grupo de contrabandistas de armas em Boston.

– Por quê?

– Estão colocando armas na rua, e isso vem alimentando as atividades das gangues locais.

– Bobagem. Qual é o motivo real?

Anne deu a Killmonger sua atenção total. Não havia indicação de que estava ofendida ou se divertindo. Ela daria a verdade ou não. Era esse tipo de franqueza que ele gostava na mulher.

A garçonete voltou com a torta e o café de Killmonger. Ele deu uma mordida e esperou a mulher sair.

– Diga.

– Confirmamos que alguns desses contrabandistas são da Inteligência Russa. Acreditamos que haja algo grande em andamento, e queremos uma resposta firme e clara, mas nada que possa atraí-los até nós.

Certamente não era besteira.

– Qual é o prazo?

– Você tem três dias, se quiser. Caso não esteja pronto até lá, vamos passar o trabalho a outro.

A garçonete voltou e perguntou se eles queriam mais alguma coisa. Os dois colocaram as máscaras de volta no lugar e balançaram a cabeça, com seus melhores sorrisos. A garçonete saiu novamente.

– Queremos algo tranquilo e limpo. Rápido, se precisar, mas ficaríamos gratos se você extraísse alguma informação deles.

Erik: Não precisamos desse trabalho.

N'Jadaka: Não precisamos desse trabalho.

– Quanto vão pagar? – indagou Killmonger.

– Algumas pistas sobre a localização secreta de Wakanda – respondeu Anne – e o pagamento, é claro.

– Aposto que você não faz ideia de quais pistas são essas.

Anne sorriu genuinamente pela primeira vez.

– Faça o trabalho e descubra. Tudo o que posso dizer é que se trata de inteligência de primeira.

Erik: Há mais de um ano que não precisamos matar ninguém. Não precisamos.

N'Jadaka: Parece outro caminho sem saída.

– Três dias? – indagou Killmonger.

– Três dias – respondeu Anne.

• • • •

Erik: Não deveríamos estar aqui.

Killmonger estava parado na frente da porta de Zira Kaseke com uma cópia da chave dela em uma mão e um artefato wakandano na outra.

Killmonger: Fazemos isso ou pegamos aquele trabalho. Você escolhe.

Erik ficou em silêncio.

O Controle costumava pagar em dinheiro, mas ocasionalmente dava a Killmonger uma peça valiosa da tecnologia wakandana por seus esforços. Aquele item, que Killmonger chamou de Olho de Deus, foi provavelmente usado pelos wakandanos para realizar varreduras de corpo inteiro em qualquer ambiente, desde tecidos e ossos até o nível celular. Killmonger o havia usado para escanear edifícios em busca de indivíduos hostis, obter imagens detalhadas das impressões digitais das pessoas e, neste caso, escanear as mochilas de seus alunos africanos para fazer cópias de suas chaves.

Antes de colocar a chave na fechadura, Killmonger usou o Olho de Deus para escanear o apartamento de Zira pelo lado de fora. Não havia nada alarmante, apenas um apartamento vazio normal, mas ele ainda estava desconfiado. Wakandanos devem conhecer as aplicações da própria tecnologia. Não seria surpreendente se eles tivessem medidas para neutralizar o Olho de Deus.

Ele colocou a chave e esperou. Depois de alguns segundos, girou a chave e empurrou. A porta se abriu. Ele soltou um suspiro, pois sabia que um wakandano não seria tolo o suficiente para fazer uma armadilha na porta da frente, o que seria uma revelação absoluta, mas cautela ainda era aconselhável. Se houvesse uma armadilha, no entanto, provavelmente estaria lá dentro, protegendo algo valioso e escondido. Se sobrevivesse à armadilha, ele saberia que tinha sua wakandana.

Revistar os apartamentos foi a última coisa que ele fez. Seu trabalho preliminar com Zira e os outros estudantes africanos era típico de espionagem. Verificou meticulosamente seus antecedentes, procurando lacunas ou informações falsas. Fez amizade com eles para tirar o máximo de informações. Mais importante ainda, os vigiou. Ele desenvolveu um perfil para cada um de seus candidatos – do que gostavam ou não, horários, hábitos, relacionamentos – e esclareceu eventuais lacunas em suas atividades. Ele conhecia suas histórias remontando até a terceira geração, e conhecia muitos de seus segredos mais profundos e sombrios.

Zira Kaseke não tinha segredos obscuros. Ela estava com saudades de casa. Ele dedicou um tempo conversando com a jovem sobre sua vida no Zimbábue. Nessas conversas, ele principalmente ouvia, tentando combinar as histórias dela com os detalhes que ele mesmo reunira. Isso sempre acontecia, o que significava que ela era incrivelmente franca e aberta, ou uma espiã muito boa.

Ele sabia por uma conversa anterior que Zira estaria assistindo a um filme no Boston Commons. Sua colega de quarto americana, Madeline, já havia partido no verão. O filme de Zira tinha começado às seis. Ela não voltaria antes das nove, mas Killmonger colocou um rastreador nela, para garantir. Conferiu no aplicativo e a encontrou exatamente onde ela disse que estaria.

"Honesta ou espiã. Que jogo terrível", pensou Erik.

Uma vez lá dentro, Killmonger examinou o apartamento novamente e não encontrou nenhum espaço estranhamente obscurecido. No visor do artefato, camadas de imagens se posicionavam umas sobre as outras. De onde estava, podia ver diretamente o quarto da colega dela através das paredes e da porta fechada. A garota americana mantinha uma arma no fundo do armário. Uma pequena pistola, nada espetacular.

Ele examinou a estante de livros de Zira, folheando cada página. Ele examinou todos os armários e gavetas, retirando tudo o que havia neles, e devolvendo os itens exatamente como os encontrara. Enquanto procurava, uma discussão familiar acontecia na cabeça de Killmonger.

Erik: Uma esposa, uma família, uma casa, uma carreira. O que há de tão ruim nisso tudo?

Killmonger: A vingança contra Wakanda e a família governante tem prioridade. Como o luxo nos deixa mais perto da vingança? O que N'Jadaka está fazendo, isso ajuda.

Erik: Jewel está certa. A melhor vingança é viver bem.

Killmonger: Uma vida que foi negada a nosso pai. Uma vida que rejeitou nossa mãe. Não se esqueça dos mortos e do que eles sacrificaram.

Killmonger desatarraxou uma lâmpada da luminária de cabeceira do quarto de Zira e procurou o indício de algo estranho. Nada. Verificou as costas dos porta-retratos. Nada. Invadiu o laptop de Zira e procurou arquivos secretos. Sua senha era o nome da cachorrinha que tivera na infância: uma lulu-da-pomerânia chamada Pomelo. Idiota ou espião era uma variação do mesmo jogo. Um wakandano inteligente faria algo assim para despistar um investigador novato. Mas Killmonger não era um investigador novato.

No entanto, ele não encontrou nenhum arquivo secreto. Nenhum compartimento escondido naquele quarto. Nada fora do comum. Zira tinha uma coleção de cartões e cartas de sua terra, fotos do irmão e da irmã, dos pais. Zira e suas amigas nadando em uma piscina, sentadas em bancos de parque, rindo e sorrindo em várias poses. Sua família era rica, e tinha uma casa bastante confortável. Era esperta, com inteligência acima da média, provavelmente conseguiria um emprego bem remunerado. E quando as coisas ficassem difíceis, teria o apoio dos pais.

A mudança para os Estados Unidos ainda era difícil para Zira. Ela manteve as notas altas, até conseguiu ter vida social, mas sentia saudades de casa e provavelmente voltaria após a formatura. Em uma das cartas de Zira, ela disse à mãe que tinha um professor que a estava ajudando nas coisas. "O professor Stevens é tão brilhante e gentil. Ele realmente cuida de mim."

Erik teve uma sensação de vergonha com isso. O que eles estavam fazendo era uma violação de todas as partes de sua vida.

N'Jadaka considerava aquilo um mal necessário.

Killmonger não precisava de nenhuma racionalização. Para ele, era assim que o mundo funcionava. Ninguém estava seguro de ter a vida vigiada, a integridade física ameaçada, a família morta diante de seus olhos. A fortuna era uma coisa precária, equilibrada em uma faca. Uma pessoa inteligente, uma pessoa forte, preparada para o corte inevitável.

Killmonger vasculhou a sala de estar. Depois de meia hora, colocou o sofá de volta na posição correta, olhou para o móvel e fez um pequeno ajuste. O layout tinha que estar perfeito; às vezes, as pessoas podem perceber uma mudança subconscientemente. Ele passou as mãos pelas paredes e pelo chão da sala, procurando compartimentos. Verificou a geladeira. Alguém tinha feito espaguete algumas semanas atrás e estava com mofo. A colega de quarto, adivinhou Killmonger. O quarto de Zira era muito limpo.

A escolha de se infiltrar no MIT em vez de em qualquer outra instituição foi deliberada. Erik se lembrava das conversas com seu pai sobre a lendária universidade e o rei inteligente de Wakanda, que havia arriscado muito para se infiltrar na universidade sendo um príncipe. Quando T'Challa assumiu o trono, o MIT assumiu um status quase mítico dentro de Wakanda, disse N'Jobu, levando alguns dos melhores cientistas e matemáticos de Wakanda a estudar lá com a bênção de seu rei.

– Se quiser encontrar um wakandano – brincou N'Jobu com Erik certa vez, tocando a cabeça do menino –, basta ir ao MIT e apedrejar uma pessoa preta. Se ela agarrar a pedra, você encontrou – terminou N'Jobu, rindo.

Um jovem Erik, de olhos arregalados, levou isso a sério; N'Jadaka, na faculdade, levou a sério quando chegou a hora de estudar, e agora

Killmonger estava levando isso a sério. Obter informações de uma pessoa viva, em vez de tentar seguir um mapa antigo ou pesquisar artefatos antigos, era a maneira mais fácil de chegar a Wakanda. Ele aprendeu muito durante seus dias nas operações secretas, incluindo a melhor maneira de extrair informações de uma única marca. Mas isso não aconteceria com Zira. No final das contas, ela era apenas uma estudante regular de economia no MIT. A busca em seu apartamento havia revelado apenas as armadilhas de uma garota com saudades de casa.

Sem surpresas.

Honesta. Não é espiã.

Havia alvos mais promissores no campus antes de Zira, mas não deram em nada: Amdowa era da África do Sul, como afirmava, M'Kaba era ugandense de sangue azul e K'Mumih realmente nascera no Níger. Exausto e frustrado, Killmonger começou a sentir seu primeiro resquício de dúvida. Ele olhou ao redor do apartamento procurando algo que poderia ter perdido. Não havia nada.

Erik: E agora?

Killmonger não respondeu. N'Jadaka e Erik tentaram, mas não conseguiram nenhuma resposta dele.

• • • •

— Isso mesmo, você estava certa — disse N'Jadaka, apertando a mão de Jewel enquanto voltavam da área de piqueniques de Castle Island. — O piquenique foi a melhor maneira de encerrar o semestre e desestressar.

Jewel o empurrou carinhosamente com o quadril enquanto caminhavam na direção do estacionamento, de mãos dadas e carregando as coisas do piquenique.

— Você ainda vai aprender a me ouvir, grandão. A Jewel sabe tudo.

Algumas garrafas de vinho, um pouco de queijo brie e algumas uvas, para ela, e alguns pedaços de frango frito, bolo e um pouco de rum Cruzan e Coca para ele. Um cobertor para relaxarem, uma ótima conversa, o sol poente e a serenata por conta de um reggae de raiz tocando no telefone.

"Ela é tão linda", pensou N'Jadaka enquanto olhava para o rosto dela, as tranças balançando ao vento. N'Jobu o regalou com seu amor por sua mãe, contando-lhe sobre o brilho caloroso que vinha apenas por estar perto da esposa. Como apenas andar de mãos dadas lhe trazia tanta paz, tanto contentamento, tanto amor. Como o restante do mundo poderia simplesmente desaparecer e isso não importaria, contanto que ele pudesse segurar sua mão e sentir seu amor.

N'Jadaka finalmente entendeu. Sentindo o calor da mão de Jewel, ele nunca esteve tão contente.

Erik observou os aviões entrando e saindo das proximidades de Logan, sonhando com a promessa do pai de que um dia eles embarcariam em um daqueles para voltar para casa. Crianças brincando no parque o faziam lembrar de suas preciosas memórias das algazarras e brincadeiras com N'Jobu, o que sempre o fazia sorrir. Ele estava feliz.

Killmonger não foi visto nem ouvido.

Caminhando de volta para seu Range Rover, N'Jadaka colocou o cobertor e a cesta no porta-malas enquanto Jewel se sentava no banco do motorista. Fechando a porta para ela, ele a observou abaixar as janelas do SUV para deixar o ar estagnado do verão escapar. Ele se abaixou e a beijou suavemente uma vez, e depois outra.

– Uau! – suspirou ela. – Acho que você gostou mesmo do passeio.

– Gostei. – Ele sorriu, gentil. – Pela primeira vez em muito tempo, estou em paz.

Jewel se recostou e olhou carinhosamente para N'Jadaka.

– A vida pode ser assim para sempre, Jackie – sussurrou ela. Jewel estendeu a mão e apertou a dele. – Olhe para a vida que você tem aqui, pense no que podemos construir juntos: carreira, amor, família, futuro.

Ele coçou o queixo.

– Esta vida é sua, independentemente da história de sua família na África, livre de pensamentos vingativos, de morte. Esta pode ser a vida que pode ter para si.

– Eu não estou pedindo a você que esqueça a sua família. Eu posso ajudar, mas nossa vida tem de ser algo além de sua volta para casa. Temos que construir nossa casa aqui, agora, nos Estados Unidos. Esse tem que ser o nosso foco. Acha que consegue? Por nós?

– Vou pensar nisso – disse ele, pegando o queixo dela com as mãos e a beijando apaixonadamente. – Eu... eu te amo, Jewel. E só sei que eu quero tentar.

Killmonger permaneceu calado.

Jewel sorriu carinhosamente.

– Foi só isso que eu pedi – disse ela, enquanto fechava a janela do carro. – Liga para mim – despediu-se ela, manobrando o carro para fora da vaga.

N'Jadaka a ficou observando ir embora, até que não pudesse mais ver o SUV, com o coração cheio, meio que esperando que ela voltasse para outro beijo. Lá dentro, Erik estava cantando *Forever, my lady*, do quarteto Jodeci, com toda a força dos pulmões.

• • • •

N'Jadaka saiu de Castle Island e acelerou em direção à I-93, sorrindo enquanto cantava silenciosamente para si mesmo. O Mustang preto recém-lavado brilhava sob os postes quando ele desacelerou sob o Copley Center e entrou na avenida Massachusetts.

Ele não aceitaria o trabalho do Controle. Tinha decidido naquela mesma hora e percebeu que sua mente estava quieta. Sem brigas. Sem raiva.

Depois da papelada apropriada e das promessas de não quebrar o disfarce novamente, eles o deixariam voltar para o campus e ser o homem que Jewel queria que fosse. N'Jadaka sentiu uma pontada ao fechar mentalmente a porta para Wakanda e Killmonger. Este seria um fim bastante ignóbil para sua identidade Killmonger, morta por amor, e não em um país estrangeiro, em um tiroteio ou em uma revolução em algum lugar.

Ele sentiu remorso ao imaginar o pai desaparecendo em sua cabeça. N'Jobu permaneceu jovem e forte em sua mente, calmo e sereno todos esses anos, cheio de conselhos paternais e indignação justa. Como Erik, o filho adotivo perdido e solitário, ele passou muitos dias conversando com a imagem do pai sobre tudo e qualquer coisa.

Quando ele não tinha mais nada ou quando tinha tudo, era o pai que o confortava, o pai que o repreendia e o pai que o elogiava.

Ele sentiria falta dessas conversas.

Se N'Jadaka não precisava que o pai seguisse em frente, ele também não precisaria de suas experiências como Erik para detê-lo. Todos teriam que criar uma nova maneira.

N'Jadaka diminuiu a velocidade e entrou na rua Beacon. "Agora falta pouco", pensou ele.

Mas uma sirene estridente e luzes vermelhas e azuis piscando interromperam a calma de N'Jadaka. Ele olhou pelo retrovisor e viu o carro da polícia. "Está tudo bem", pensou, e olhou para ver onde poderia parar para deixar as autoridades passarem. Não podiam estar ali por ele.

Não estava em alta velocidade; não estava ao telefone; não estava costurando entre as faixas; não estava colado ao carro da frente. Ele mantinha as licenças e os selos atualizados e sempre conferia as lanternas do carro, mantendo tudo funcionando no Mustang.

Mas, quando ele diminuiu a velocidade, a viatura atrás dele também diminuiu e apontou um holofote para seu carro.

– Encoste – ordenou a voz vinda do alto-falante da viatura.

Olhando pelo espelho, N'Jadaka podia ver os dois policiais brancos olhando intensamente para ele, um no rádio comunicador do carro, informando sua placa, sem dúvida. Ele suspirou e se aproximou do meio-fio.

O carro da polícia chegou por trás dele e parou, as luzes ainda piscando e o holofote ainda aceso na parte de trás de sua cabeça. Mantendo os olhos fixos à frente e as mãos no volante, N'Jadaka baixou a janela e esperou, observando os dois policiais – um alto, branco e encorpado, com cabelo louro-escuro, e a outra, mais baixa e morena – vindo, um de cada lado do carro.

O homem, que usava um pequeno bigode e tinha uma certa flacidez na barriga, inclinou-se e olhou pela janela. N'Jadaka percebeu que sua mão repousava sobre o coldre, e então observou que a mulher refletia as ações do parceiro.

– Carteira de motorista e documentos do carro, por favor – ordenou o policial.

– Vou pegar os documentos do carro e do seguro no porta-luvas – avisou N'Jadaka, que havia muito tempo sabia a importância de sempre avisar a alguém armado qualquer movimento que faria. A mulher, jovem e arisca como se fosse seu primeiro dia de trabalho, sobressaltou-se quando ele abriu o porta-luvas e puxou a pasta com seus papéis. – Não tenho armas no carro.

– Ah, não tem, é? – disse o policial, observando atentamente enquanto N'Jadaka remexia os papéis e pegava aqueles de que precisava, entregando-os com a carteira de motorista.

– Tivemos relatos de atividades suspeitas nesta região, senhor... – O policial mais alto leu o documento. – Na-Ja-Ka Stevens. De onde o senhor é?

– Do sul de Boston, mas já morei em Oakland, policiais.

– Não, qual é a sua origem? – indagou a policial, com forte sotaque bostoniano.

Ela iluminou o banco do passageiro e o traseiro com a lanterna.

N'Jadaka ergueu a sobrancelha para ela.

– Oak-land – disse ele, forçando as sílabas. – Califórnia? Já ouviu falar?

Hewitt bateu no teto do Mustang.

– É um belo carro. Quem é o dono?

– Eu mesmo – respondeu N'Jadaka. – Comprado com o suor do meu rosto.

– E o que exatamente o fez suar tanto? – perguntou Murph. Ela ainda tinha a lanterna apontada para o carro. – Drogas? Prostituição?

N'Jadaka passou a rosnar quando falava.

– Sou professor universitário, não gosto de suas insinuações.

– Saia do carro imediatamente, senhor – retrucou Hewitt, puxando a porta.

– Por quê? – N'Jadaka encarou o policial.

– Vamos vasculhar seu carro.

N'Jadaka agarrou o volante com força.

– A menos que me diga qual é a acusação, esta detenção é ilegítima e eu não lhes dou permissão para fazerem buscas em meu carro.

Hewitt se abaixou, chegando perto o bastante do rosto de N'Jadaka para que ele sentisse seu hálito.

– Olhe bem para mim. Eu estou com cara de quem vai tolerar sua imundície, parceiro? Saia já do carro!

N'Jadaka falou ainda mais alto.

– Minhas mãos estão no volante, e eu não fiz nada de errado, entendeu?

O rosto de Hewitt foi ficando cada vez mais vermelho, uma mão sobre o coldre.

– Vai acabar se machucando se não me obedecer – ameaçou. – Vou lhe dar mais uma chance.

– Apenas saia do carro, senhor – completou Murph, em um tom um pouco mais razoável. – Vamos fazer uma busca e o senhor segue em frente.

– Não têm meu consentimento para uma busca. Eu não vou sair do carro – repetiu N'Jadaka. – E vocês ainda nem disseram por que me pararam. A não ser que me acusem formalmente, pretendo continuar minha noite.

Murph manteve a voz baixa.

– Quer uma acusação? Pois aqui está. Nós o paramos por violar a lei estadual de Massachusetts, no capítulo 9º, seção 7: "Todo veículo motorizado deve ter pelo menos um espelho localizado e ajustado para dar ao condutor uma visão clara da pista tanto na traseira quanto do lado esquerdo do veículo". Aquele aromatizante parece estar bloqueando sua visão traseira do carro. Nós deixaríamos que fosse embora com uma advertência. Agora, parece que o senhor está obstruindo uma investigação e recusando uma ordem legítima da força policial. Saia do carro, senhor.

– É uma acusação no mínimo fajuta, e nós sabemos bem disso – grunhiu N'Jadaka. – Vocês não têm meu consentimento.

Hewitt deu um passo para trás e gritou.

– SAIA DO CARRO IMEDIATAMENTE!

Killmonger: Não é a primeira vez que apontam uma arma na nossa cara. É só dizer, e eu faço esses racistas comerem os próprios distintivos com um sorriso no rosto.

N'Jadaka: Eu cuido disso.

– Vamos nos acalmar, policiais – disse N'Jadaka, saindo lentamente do carro.

Assim que ficou de pé, Hewitt o empurrou contra o teto, e dobrou seus braços para trás bruscamente, em uma tentativa de algemá-lo.

– Tarde demais para isso – disse Hewitt, afastando as pernas de N'Jadaka com os pés, enquanto o pressionava contra o teto do Mustang.

No outro lado do carro, Murph remexeu o porta-luvas e verificou sob os assentos, ignorando os dois homens.

– Ei, minhas mãos já estão para trás – insistiu N'Jadaka, enquanto Hewitt o empurrava novamente. – Minhas mãos estão para trás. Eu não estou resistindo! Você está me machucando! Está me machucando!

Killmonger: Por que estamos tolerando isso? Acabo com tudo em um minuto.

Erik: Mate os policiais e perdemos Jewel, o MIT, Boston e todo o resto.

– Hewitt? – Murph tocou o ombro do colega, que empurrava N'Jadaka mais uma vez. – Já vasculhei o carro. Nada ilegal nele. Pode liberar.

Ela parecia decepcionada. Hewitt olhou para ela e depois para um furioso N'Jadaka, e depois para a policial outra vez.

– Liberar? – Hewitt parecia confuso ao se afastar.

– Liberar – disse Murph, mostrando a Hewitt a identificação de N'Jadaka no MIT antes de soltar as algemas.

Ela se afastou de N'Jadaka, com as mãos nos quadris.

– Obrigada pela cooperação. Da próxima vez, cuidado com a língua.

– É isso? – N'Jadaka parecia incrédulo, esfregando os punhos. – Vocês me param sem motivo algum, me acusam de cafetão e traficante, e é isso, "Obrigada pela cooperação?".

Hewitt e Murph voltaram para a viatura.

– Dirija com segurança – disse Hewitt, antes de entrar no carro.

No instante seguinte, eles estavam de volta à estrada, observados por N'Jadaka, impotente e furioso.

• • • •

Killmonger bateu com a lâmina na perna, deixando um risco na camuflagem preta. Não importava, porque seu plano era queimar as roupas de qualquer maneira, mas ele ficaria com a faca e a lavaria com alvejante assim que voltasse para a garagem.

Ao seu redor estavam vários corpos russos, todos mortos e em alguma forma de desmembramento para descarte, exceto um: um homem mais velho de cabelos ruivos preso com fita adesiva a uma cadeira no meio do galpão.

Killmonger havia passado os últimos minutos arrastando partes dos corpos para dentro de alguns barris de diesel que havia encontrado antes de entrar na zona de destruição. Os profissionais não apenas planejavam a matança, mas também o descarte e a fuga, o Controle havia explicado. O suor gotejou na cabeça de Killmonger enquanto ele arrastava as partes dos corpos ensanguentadas para os barris. Eliminar era um trabalho árduo, mais do que matar. Uma van de carga sem identificação esperava do lado de fora, onde ele carregaria as armas e os barris antes de ir para um local de descarte gerenciado pelo Controle.

Mas havia um pouco mais de trabalho a fazer antes de encerrar a noite. Killmonger olhou para o idiota apavorado que ele havia colocado na cadeira, sabendo que o homem tinha assistido a cada segundo horrível do tempo em que ficara ali, decepando cabeças, braços e pernas e distribuindo-os em barris, para confundir a identificação de DNA, por via das dúvidas.

Talvez uma pequena conversa antes de passar para a próxima fase.

– Ufa! – Ele se encostou para tomar fôlego, olhando para o homem apavorado. – Seus amigos são pesados, Misha! – Ele puxou a faca enquanto caminhava até o homem, que chorava de pavor.

A lâmina brilhava no escuro, refletindo o luar que entrava pela janela. Killmonger riu.

– Aposto que você jamais pensou que acabaria aqui ao acordar hoje de manhã, não é? À mercê de um homem negro, amarrado a uma cadeira em um armazém cercado por seus amigos mortos.

O homem resmungou pela fita adesiva e pendeu a cabeça para a frente. Killmonger ergueu o queixo do homem com a faca.

– Vou ser bem claro. – Ele se ajoelhou diante da cadeira, batendo com a faca na perna do homem e olhando em seus olhos. – Você vai morrer, e não tem nada que possa fazer para mudar isso. É assim. Mas pode ser rápido e indolor – disse Killmonger enquanto pegava uma seringa em uma bolsa. – Ou, se preferir, pode ser agitado, demorado e deixar estragos – continuou, agitando a faca diante do rosto do homem.

– Para quem você trabalha na inteligência russa? Se me disser, não vai sofrer. Se decidir não falar, vai sofrer e me contar de qualquer jeito. – Killmonger arrancou a fita da boca do homem imobilizado, que soltou um grito de dor. – A escolha é sua.

Misha arfou repetidas vezes, um olhar selvagem tomou seu rosto e ele cuspiu em Killmonger.

– *Delay svoje khudseye* – rosnou ele, em russo. Faça seu pior.

Killmonger sorriu.

– Obrigado pela cooperação.

• • • •

Jewel bebeu seu café, preocupada, observando o caminhar de N'Jadaka.

– Jackie, acalme-se. Vai fazer um buraco no piso da cozinha.

– Acalmar? É esse o seu conselho? – N'Jadaka olhou-a nos olhos. – Ele me empurra contra meu próprio carro e sai por aí, e você quer que eu me acalme? Ele ousa esfregar uma arma na minha cara e você acha que eu devo me acalmar? Se isso acontecesse com você, você se acalmaria? Era isso que gostaria de ouvir de mim?

Jewel ergueu as mãos, como quem se rende.

– Péssima escolha de palavras, Jackie. Que tal "controle-se"?

– Controlar? Controlar?

Jewel ficou de pé e o arrastou até a cadeira mais próxima.

– Eles têm de pagar – disse ele, decidido. – Você entende isso? Eles não podem sair impunes. Eles pensam que têm poder, mas não têm o poder verdadeiro.

Jewel franziu a testa, não gostando nem um pouco do olhar de N'Jadaka.

– Eu não gosto de ouvir você falando assim, Jackie. Vamos pensar nisso. Podemos dar queixa na delegacia, podemos ir à administração pública...

– Uma queixa? Você sabe como levam isso a sério – grunhiu N'Jadaka.

– Tudo o que a administração vai fazer é colocar meu nome em um arquivo com a etiqueta "Indeferir". Os policiais vão levar uma bronca, dar plantão dentro da delegacia por uma semana ou nem isso, e a vida volta ao normal antes do mês acabar. E vão fazer a mesma merda com cada irmão nosso que passar por aquele lugar... Não. Eles não vão sair impunes dessa – continuou ele, enquanto visualizava Killmonger carregando o fuzil, embainhando a faca na perna e colocando um garrote em volta da cintura, para acessá-lo facilmente. – Precisamos de algo um pouco mais forte do que uma queixa.

– Jackie, eu não estou gostando desse seu jeito – disse Jewel. – Não faça nada idiota. Nós... você tem muito a perder agora.

N'Jadaka bateu no peito, fazendo Jewel saltar.

– É idiota querer me defender? É idiota garantir que haja algum tipo de justiça? Eu já aguentei essas merdas a vida inteira. Não vou mais tolerar isso! Principalmente porque eu não preciso!

Jewel se recostou e o encarou, apertando uma mão na outra, com os olhos cheios de lágrimas.

– Eu já deixei passar muita coisa, Jackie. Os sumiços, os machucados no corpo e na alma que você traz, a maneira como me isola de sua vida quando e onde quer.

– Você sabe como eu me sinto e sabe tudo por que passei.

Jewel pegou a mão dele, com um olhar suplicante.

– Deixe isso para lá. Se não consegue, me fale agora e saia por aquela porta. Vá atrás de Wakanda. De sua vingança. Viva sua vida. Mas vai ter que escolher entre mim e a vingança.

N'Jadaka pareceu chocado por um segundo, e depois irritado.

– Essa é sua versão de "um pelo outro"?

Jewel enxugou os olhos e cruzou os braços.

– Você vai descer por um caminho muito sombrio, Jackie. Minha mãe foi atrás de meu pai até que terminamos dormindo no banco de trás de um carro, tentando encontrar o caminho de volta para a casa dos pais dela – disse ela, entre soluços. – A obsessão dele em recuperar a terra da família o levou a terminar a vida pendurado em uma árvore, e nós crescemos sem pai. Você entende? Eu não posso passar por isso novamente. Eu cheguei tão longe, e trabalhei duro demais.

N'Jadaka desdenhou, parecendo ver Jewel pela primeira vez.

– É isso, então? Você é como todos os outros, dando a outra face por um pouco de respeito, por alguns restos de comida. Eu não vou desistir de meu orgulho e meu ódio por alguns dólares e uma casinha com cerca branca – disse ele. – Eu preciso saber. Você está comigo ou também vai me abandonar?

Um silêncio pesado se fez na cozinha, exceto pelos soluços do choro de Jewel.

N'Jadaka aguardou.

Lentamente, Jewel começou a balançar a cabeça.

– Não consigo, N'Jadaka. Não mesmo – suspirou ela, com a voz trêmula.

Ela olhou para baixo, evitando contato visual com ele.

– Talvez seja melhor eu ir – disse N'Jadaka em meio ao silêncio.

– Talvez seja, sim.

N'Jadaka foi lentamente até a porta da cozinha e a abriu. Antes de sair, ele hesitou e olhou para Jewel, que agora chorava intensamente.

N'Jadaka fechou os olhos.

Mas Killmonger abriu os seus.

– Eu não estive aqui hoje – disse, enfatizando cada palavra. – Você não me vê desde o piquenique, não é mesmo?

Jewel se ajeitou na cadeira, observando com os olhos encharcados o homem obstinado à sua porta e não disse nada.

Killmonger voltou um passo.

– Não é mesmo?

Ela se encolheu inconscientemente e concordou com a cabeça.

Killmonger saiu e foi até o carro.

Ele colocou o capuz do casaco e os óculos escuros. Havia muito trabalho a fazer naquele dia, e não tinha muito tempo para aquilo. Depois de obter as informações do Controle, cuidaria de algumas coisas na cidade e depois sairia do país. Se tudo desse certo, estaria em Wakanda em questão de dias.

Erik e N'Jadaka não disseram uma palavra em protesto. Pelo menos eles estavam todos de acordo.

Paz e sossego, finalmente, Killmonger pensou consigo mesmo.

EU, SHURI

CHRISTOPHER CHAMBERS

— PRECISA DEIXAR SEU IRMÃO EM PAZ — DISSE O VELHO N'GASSI, DEPOIS de respirar oxigênio e pressionar o tubo com paliativos ligado à sua veia. – Se ele concordar, vocês podem transformar séculos de nossa arrogância... em um farol para guiar o mundo em meio ao caos. Se ele discordar...

– Dane-se ele! – retruca Shuri.

– Lembre-se dos meus ensinamentos, minha jovem! – afirma N'Gassi. – Controle...

– Desculpe... eu não devia... mas é que...

– Ah, você se pergunta como esta grande mente permitiu que o câncer se desenvolvesse.

– Eu... Eu me recuso a me envolver no xale de luto de sua Tribo do Rio, professor. Eu me recuso a deixar que parta.

– Você tem de aceitar que meu corpo se rebelou porque eu não dei ouvidos à minha alma. Eu coloquei coisas demais *aqui* – seus dedos escuros apontam para a própria cabeça –, e não *aqui* – disse N'Gassi, colocando a mão de Shuri sob a sua em cima do próprio peito.

– Ontem, no jantar – resmungou Shuri –, mamãe me repreendeu por ter "sido grosseira", sendo que tudo o que eu disse foi que T'Challa estava sendo mais político do que líder.

– Que vergonha! – ralha o idoso, brincando com ela.

– Foi você que me ensinou a deixar as pessoas se expressarem, a compreender seus sentimentos, não foi? E meu irmão *concordou* comigo, como se entendesse! Mas mamãe e os mais velhos, como o tio S'yan e Zuri, me olharam assustados, como se eu tivesse promovido uma *insurreição!* O general W'Kabi, puxa... e Okoye, imagine os surtos quando eu repeti que ninguém, incluindo as *Dora Milaje*, tem permissão para entrar no laboratório quando o rei está dando uma amostra de sangue.

N'Gassi suspirou e disse:

– Sim, Ramonda dá a entender que nosso imaturo rei treme diante das agulhas dos médicos, e Okoye, com toda a delicadeza, tem de lembrá-la de que "Com todo o respeito, rainha-mãe, o rei não treme".

Os olhos de Shuri estão arregalados como os pires de porcelana sobre a mesa de mogno na noite anterior.

– Seu bode velho! Você invadiu os drones de segurança... mesmo no leito de um hospital? Que vergonha ter contado ao senhor sobre os códigos!
– Que você mesma já havia roubado...
– Sim, porque eu estou *entediada*. Com o aprendizado, com o papel que querem me dar! Eu sou uma princesa nerd, como dizem nos Estados Unidos... com todas as sinapses de inteligência artificial e tubos de ensaio sendo meus súditos.
– Basta, Shuri. Diga... por que acha que eles zombam de você ou questionam seu projeto genoma? Sim, eu vi as imagens do drone, e algumas eram a mesma porcaria que me oferecem há anos, mas essas eram diferentes.
– *Humpf*. Minha mãe acha que o trabalho é um "desperdício de meu tempo e meu potencial como princesa". S'yan deve estar assistindo ao mesmo tipo de cinema colonizador que me acusam de maratonar quando ele me provoca dizendo que eu estou "cozinhando um exército de clones" no laboratório! W'Kabi... diz que a pesquisa é estranha, porque ele pode revidar qualquer ataque, esmagar qualquer assassino ou terrorista que ousar pôr os pés no reino. Zuri, eu juro que ele acha que eu sou... sei lá... uma menina, e como todos os jovens, somos *questionadores* a ponto de sermos desertores, até hereges! – Shuri para suas vociferações quando as gargalhadas do idoso ficam mais altas. – O quê? O senhor está me provocando também, professor?
– É porque não respondeu à minha pergunta. E não porque seja jovem, por mais que os jovens possam ser dolorosamente autocentrados ao mesmo tempo que são conscientes de si mesmos, tão adoráveis. Quem você deixou de fora da festa que feriu seus sentimentos, hein?
Shuri se afastou da cama de N'Gassi e baixou tanto a cabeça que as pedras fluorescentes de seu colar chegam a estalar, batendo umas nas outras.
– Meu irmão.
– Verdade. E ele acaba de ser coroado. Tudo agora está subordinado a isso. Não querem distrações. Nem para o reino, nem para ele, que, como líder supremo, tem de aprender a ser político e... líder.
– Eu... eu entendo.
– Vire-se e olhe para mim, criança. Dito isso, esta incumbência será sua passagem ou sua ruína... só sua. O que pretende que seja? Cabe à pessoa que vê no espelho. Antes que meu corpo seja levado à temível Necrópolis, Birnin

Mutata, antes que meu espírito responda a Bast e se junte ao seu avô Azzuri, o Veloz, e ao seu pai T'Chaka... eu peço, menina, que seja sua passagem. Não pela glória de Wakanda... mas por toda a humanidade. Sem *atalhos*, pequenina!

Shuri concorda com a cabeça.

– Eu vou obter a bênção de T'Challa. Ele ainda precisa ser fortalecido pela força do trono e o peso da coroa. – Quando o velho toca a bochecha dela, Shuri revira os olhos e bufa. – E vou *tentar* viver minha vida com controle, professor.

Em vez de demonstrar o sorriso irônico de sempre, favorecendo suas travessuras, N'Gassi está repentinamente solene, com o rosto impassível.

– Como você sabe, seu pai me autorizou a extrair o DNA do dente em meu museu. Seu irmão não sabe que você tem a amostra. O palácio não quer que o povo saiba que um wakandano pode ter sido levado como escravo às Américas trezentos anos atrás. O conhecimento é, portanto, um escudo e uma lança.

– Pentoh... o Viajante.

N'Gassi começa uma tosse dolorosa, que estremece todo o seu corpo. Após um gole de água, ele conclui:

– Mas é no que Pentoh descobriu... sob as ondas... que seu irmão deve realmente prestar atenção. Você viu por que... naquele volume final de minhas anotações, correto?

Ela balança a cabeça para aliviar seu desconforto, sabendo bem que não revisou tudo. E embora um sorriso siga seu beijo de despedida, por dentro ela está sombria, abatida. Para se preparar, ela canta, interiormente, durante os meros minutos de traslado dentro do bonde de levitação magnética para os subníveis do laboratório biológico...

"Eu vou, sim... Eu sou Shuri... diz pro Einstein e pra Beyoncé... que eu vou vencer!"

E então, no laboratório, ela descobre que T'Challa está sozinho, como ela esperava. Eles trocam abraços. O rei pede que um extravagante *reality show* do Zimbábue seja transmitido nas enormes telas de plasma acima, como ruído de fundo, pois de fato ele odeia agulhas...

Com o trabalho concluído, Shuri diz ao irmão, ainda sem camisa e sentado na mesa de exame:

— Eu tive que usar a hipodérmica com bainha de adamantium desta vez, então me desculpe pela dor.

— Não desculpo – zomba o rei. – Vi você rir. Não temos agulhas de vibranium?

— Eu precisava de algo *afiado*, e não supercondutor, agora que sou sua flebotomista, além de sua geneticista chefe e...

— Nãããão... geneticista em treinamento. Tem certeza de que terminou sua lição de casa?

— Tanto faz. Sua pele e suas veias são mais duras que couraça de rinoceronte.

— Você pegou cinco frascos, sua vampira – reclama T'Challa, brincando. – Pensei que teria que chamar o Blade para lidar com você!

A visão periférica da jovem atinge o rei supremo, o Pantera Negra... *bombado*, como dizem os estrangeiros, pulsando os peitorais, flexionando os bíceps, franzindo os lábios comicamente para provocá-la. Sozinhos no laboratório biológico, eles podem ser irmão e irmã. Eles podem se provocar, ser bobos, ser felizes.

No entanto, agora, ela deve fazê-lo ver imagens de um mundo que enlouqueceu.

— Eu não fui... honesta com você, meu irmão. Tem mais... coisas neste projeto.

O rei puxa a camiseta bordada pela cabeça, envolve seu abadá e diz a ela:

— Shuri, me desculpe. Assuntos de estado são implacáveis... às vezes minha cabeça é como uma pele de tambor, batida incessantemente, ou uma xícara, transbordando...

— O que eu quero dizer é que... é mais do que mapear o genoma da realeza, ou sintetizar antídotos para esses venenos, essas armas biológicas. As duas coisas estão... relacionadas. Integradas e emaranhadas.

— Vejo que também andou estudando vocabulário – comenta T'Challa com uma risada.

O semblante de Shuri fica sério.

— Os últimos ataques... Londres... Joanesburgo... separatistas no Congo, no Chifre da África... agora em Nova York. Uma forma superpotente de ricina, o antraz mutante geneticamente modificado, vírus. Um agente químico que nem mesmo nós neste laboratório podemos duplicar, espalhado sobre cem mil pessoas na Síria. E eu tenho ouvidos, irmão... ouvidos bisbilhoteiros, admito... e eles ouvem falar de velhos e novos inimigos usando armas que podem chamuscar o próprio ar que respiramos, derreter o alicerce sobre o qual nossas cidades estão. Enquanto essa desgraça assola o planeta, tudo o que fazemos é negar e fazer política. Ao contrário de você, existem heróis e mutantes que não são imunes aos venenos... – Shuri faz uma pausa e manipula imagens no plasma flutuando acima do chão do laboratório. – Veja...

De fato, lá está Tempestade... Ororo... olhos úmidos de tristeza enquanto ela se dirige a um mar de câmeras de TV e microfones *boom* após o ataque com antraz no metrô de Nova York para mascarar o furto na Torre Stark. Ela promete encontrar e apresentar os perpetradores desconhecidos por homicídio.

O rei suspira e afirma:

– Shuri, ela e eu conversamos todos os dias. Quando a crise passar, nós vamos...

– Vão o quê, irmão? Contar juntos os mortos enquanto a violência ferve o mundo como se fosse um tacho de sangue?

O plasma aparece com animações da pesquisa de Shuri, aplicando as palavras favoritas do velho N'Gassi: escudo e lança.

Shuri narra:

– Qualquer *wawa* pode ver que mapear um genoma real é presunção... quando o objetivo deve ser uma cápsula genética de cada wakandano vivo agora ou já nascido. Em seguida, codificar e proteger essas informações... criando uma matriz viva, o escudo, para que nosso povo, nossa cultura, nossa ciência, até mesmo nossas plantações e nossa pecuária possam sobreviver a uma catástrofe, à extinção.

– Você está me chamando de *wawa*? – O rei pressiona Shuri, encerrando a diversão de seus olhos brilhantes. – Isso excede... de maneira insana... os parâmetros dos experimentos que você descreveu.

– Sim, você é *wawa*, se não vê como isso se relaciona com Wakanda e com o mundo! – zomba Shuri.

– Cuidado – sussurra o rei, com a cabeça abaixada diante da dela.

– Meu irmão... você é a lança. Seu sangue é infundido com a flor da erva-coração. Sem ela, não posso codificar as memórias coletivas do genoma, o espírito... e protegê-la por séculos. Tampouco posso criar um antídoto universal contra essas armas exóticas, químicas, biológicas, horrores que W'Kabi e Okoye não podem sequer começar a compreender, mas você viu com seus próprios olhos...

– Shuri... acalme-se antes de dizer ou fazer qualquer coisa que...

– Mas ouça! Você é a lança, sim, mas a chave que destranca tudo, escudo, lança, está enraizada no passado distante, um galho da árvore real, e no presente. Um ancestral comum. Além do tempo, tudo o que temos é um oceano entre eles. Sem a chave, o DNA desse ancestral comum, o projeto falha e não posso moldar o escudo e a lança para proteger Wakanda e toda a humanidade. – O semblante de Shuri muda da fúria justificada para o orgulho quase radiante. – Tudo o que eu preciso é da sua permissão... tácita, não preciso contar a ninguém... para uma expedição...

Quando ela olha para T'Challa, em busca de afirmação, sente o ânimo afundar até os pés calçados com sandálias. O olhar do irmão é severo, frio.

– Diante de prioridades nacionais mais imediatas, não posso nem prometer por quanto tempo esse projeto pode continuar.

– M-mas você concordou no jantar...

– *Deixe-me terminar*. Eu não concordei com tudo isso. Você mesma admitiu que não foi honesta. E enquanto você faz trabalhos escolares, experimentos, estou de fato me preparando para ameaças futuras. Sim, algumas são microscópicas, você está correta. No entanto, algumas são titânicas, multidimensionais, incompreensíveis.

– Irmão! Você não viu? Os líderes deste mundo querem proteção apenas para si próprios, para os ricos e seus bens.

Shuri observa T'Challa se mover para o lado dela, pegar sua mão. Mas ela se solta e aponta para novas imagens de guerra, privação, suspensas no plasma...

– Não posso me intrometer – repreende T'Challa, girando no ar para interromper o fluxo de notícias.

– M-mas meu projeto vai...

– Não! Nem pense nisso que está pensando. – Depois de um suspiro profundo, ele sussurra: – Mantenha-me informado sobre o seu progresso com esta nova amostra de soro sanguíneo. O aspecto do antídoto universal é... promissor.

– S-Sim, majestade...

T'Challa acaricia a bochecha dela, e dirige-se para o elevador que conduz à superfície.

– Será que devemos lutar apenas contra monstros e loucos? – Shuri de repente deixa escapar, e suas pálpebras se fecham rapidamente, como quando ela era pequena e Ramonda a repreendia. – E quanto à crueldade e o caos?

– Eu não sou nenhum Messias – ela ouve –, nem um policial. Eu sou um adulto. Adultos são estratégicos, Shuri... Shuri, olhe para mim quando falo com você!

Ela tem medo de abrir os olhos, para que não fiquem úmidos e denunciem sua fraqueza. Ela os abre, fixando-os nos do irmão com esforço.

– A lança de Bashenga estilhaçou na pele dos monstros que uma vez se banquetearam com petróleo e urânio, ou antes disso se empanturraram de ouro, especiarias... escravos... quando tais monstros arranhavam *nossas* portas? – T'Challa volta para o elevador. – Você recebeu um pacote da Califórnia... escaneado e esterilizado. E como você é a princesa deste reino, ninguém questionou seu conteúdo. Olhe na sua mesa. Dê lembranças ao professor N'Gassi.

As portas do elevador se fecham com um chiado e ele sai.

Com a adaga, ela abre uma caixa carimbada com o endereço do remetente de São Francisco.

O pacote interno revela o endereço de um laboratório no Vale do Silício, nos Estados Unidos. *FamilyGen DNA...*

As palavras da carta de apresentação roubam o fôlego de Shuri. "Eu sou uma adulta", Shuri sussurra interiormente, "e estou fazendo isso com ou sem você."

Um minidisco brilhante vem com o kit. Ela o coloca e imediatamente uma colonizadora loira aparece no plasma... o rosto maquiado como o de uma modelo, salto alto e vestido preto justo, tudo incongruente com o jaleco branco.

Shuri ri dessa representante, mas observa atentamente enquanto a guia virtual orquestra mapas de computação gráfica e raios azuis, alaranjados e vermelhos: cores e ícones que denotam padrões de migração cromossômica e a jornada do DNA mitocondrial da Rainha-Mãe e do Y-DNA de T'Chaka, seu pai.

As linhas e os glifos interconectam o avatar de Shuri com um punhado de rostos menores no continente africano fora de Wakanda. Era de se esperar, dada a herança sul-africana de Ramonda.

No entanto, esses tentáculos desaparecem quando um rosto se torna tão proeminente quanto o de Shuri. Agora, ela vê uma linha vermelha unindo Wakanda a um ponto nos Estados Unidos chamado Baltimore.

– *Conheça seu parente genético* – relata a alegre guia. – *Correlacionando com a terceira amostra extraída do dente...*

Coretta Goins, sessenta e seis anos. Seus afetuosos olhos verdes são um contraste maravilhoso com a pele escura. Rugas e linhas contam uma história. "Mas qual?", resta a Shuri pensar. As trancinhas enraizadas grisalhas se entrelaçam e caem em cascata de sua cabeça, e Shuri se sente mal por ela, pois o estilo é tão desacertado quando comparado à arte do cabelo aqui na cidade de Birnin Zana.

Ela é enfermeira, explica o dossiê, e cuida dos pais idosos de americanos ricos e, portanto, teve de ceder uma amostra de DNA como condição para conseguir o emprego. Ela é viúva. Seu único filho, um rapaz, morreu aos vinte e dois anos, de causa desconhecida. Shuri suspira, ponderando sobre a perda, mas sem nada com que comparar a não ser a própria vida. Na adolescência, Shuri já dominava a física, a mecânica quântica e a nanoengenharia.

– Vou chamá-la de tia – projeta Shuri, dando uma pirueta de dançarina e fazendo como se estivesse abraçando a nova parente. – Tudo devido a um molar dolorido... e ela salvará nosso povo, toda a humanidade.

Os técnicos voltam, e o riso deles interrompe os pensamentos agitados de Shuri. Ela ejeta o disco e enfia tudo na bolsa de couro e fibra de sisal tingida.

– Mal consigo manter os olhos abertos – diz ela com um bocejo. – Talvez seja melhor eu me deitar um pouco.

– Essa é nova! – um técnico brinca. – Normalmente você relaxa fazendo kickboxing ou correndo na pista de obstáculos da Tribo da Fronteira!

– Eu preciso de projeções de proteínas do sangue agora! – bufa Shuri.

Ela entra no banheiro, deixando seu pessoal fofocando e boquiaberto.

Mas não encontra nem Einstein nem Beyoncé no espelho. Apenas uma criança impertinente, mimada apenas porque é um prodígio...

– Não! – Ela reage, então remove o computador de mão e passa a conexão do hospital para a suíte de N'Gassi.

Ainda assim, reza para que ele esteja dormindo, para não precisar se despedir de novo. Um enfermeiro está trocando seu soro, e confirma que o velho está de fato dormindo.

– Diga a ele, quando acordar, que não há espaço na Necrópole até que ele saiba da minha passagem.

Com a palavra-código dada, Shuri cobre a cabeça e se dirige aos táxis elétricos com cúpula em bolha e pintados de cores vivas enfileirados ao longo de uma alameda apinhada de trabalhadores indo para casa ou para os mercados de Steptown. Alguns táxis são guiados por inteligência artificial, outros têm humanos como motoristas. Ela pula para dentro de um casulo com rodas guiado por uma mulher mais velha bebendo um gole de chá. Certamente, a motorista humana passa mais tempo reclamando da barriga do marido do que adivinhando a identidade da jovem no banco de trás.

Até mesmo a obstinada Okoye conhece o *wageni soko*, onde o táxi deixa Shuri em outra alameda fervilhando de gente.

Esta é uma multidão de boêmios falantes, em vez de engenheiros, acadêmicos e burocratas exigentes. Esta é a tribo de Shuri: os jovens wakandanos reunidos com alunos intercambistas, expatriados e estrangeiros a quem T'Challa concedia vistos. E dentro dos prédios em forma de colmeia do distrito, enfeitados com faixas e decorados com tecidos exóticos que sombreiam as ruas, Shuri não é uma princesa. Ela é Shani para quem serve o chá, ou "Shurai" para seus jovens seguidores em todos os continentes.

Ela toma um gole de chá, batuca ao som da música ritmada. No entanto, para seus amigos amontoados em cima das almofadas de pelúcia, suas revelações são amargas, chocantes.

– O câncer deixou nosso avô N'Gassi louco – reclama um adolescente musculoso, de folga, mas ainda com a faixa de cadete. – É uma nave comercial, mas os códigos são militares, e o próprio W'Kabi me jogaria de cabeça nos Jabaris se eles estivessem comprometidos.

– Não fale disso como um crime – rebate Shuri.

Uma jovem, com a cabeça raspada e adornada com filigrana de hena vermelha e miçangas, rebate:

– Quero me juntar às *Dora Milaje* quando terminar os estudos. Nunca serei aceita se for pega.

– Sim, o rei está contra mim, e ainda assim... eu insisto!

Um menino com enormes olhos negros ovais e fios de cabelos escuros entrelaçados nas costas cutuca a jovem com seu tablet brilhante.

– Devemos persistir... descobrir. Isto é da minha mãe... ela está entre os colonizadores, enviada pelo rei. Leiam!

A tela descreve os naufrágios de imensos navios-contêineres no Atlântico. Bilhões em tonelagem e dinheiro desapareceram, nenhum vestígio. Os poucos sobreviventes resgatados em botes salva-vidas não tinham memória das catástrofes.

– O professor N'Gassi diz que isso aconteceu apenas duas vezes antes – relata o adolescente. – Durante as horríveis guerras mundiais... então, há muito tempo, quando a árvore baobá perdeu seus frutos para o mar...

Shuri faz que sim com a cabeça.

– Tantos eufemismos para isso, Kwami, já que não nos afetou. Seus frutos eram milhões de nossos primos, enviados para morrer nas minas ou nos campos de cana, anil, fumo e algodão. Nós, os jovens, vamos iluminar este iconoclasta que se recusou a ser rei, se recusou a ser o Pantera Negra para servir ao conhecimento. Ele viu o holocausto e foi consumido pela grande besta.

– Aquela fábula do colonizador... – a jovem mulher bufa. – Pessoas engolidas por uma baleia?

– Parem! – repreende o menino Kwami. – Eu quero ouvir sobre a besta!

Shuri diz a ele que a "besta" é uma alegoria para os comerciantes ingleses, holandeses, portugueses, espanhóis... e também os árabes que faziam incursões e escambo.

– Um wakandano prestou testemunho e pode ter impedido. Aquele cujo sangue tinge a diáspora de hoje. – Shuri faz uma pausa, enquanto apenas o jovem Kwami está paralisado. – Griô está programado para cobrir seus rastros – ela garante aos outros dois. – E apagar o meu. Ninguém vai pensar que fui sequestrada por terroristas. Vou transmitir uma mensagem ao rei do meio do oceano. Agora, quem vai ajudar no pré-voo?

Quando os irmãos dão de ombros, Kwami se levanta e proclama:

– Eu serei seu *umncedisi*!

À noite, o hangar se assemelha a uma gigantesca carapaça de tartaruga curva, com o dobro do tamanho de estádios esportivos além da fronteira. Membros da Tribo da Fronteira em trajes ocidentais o operam a serviço da única pista que Wakanda fornece para aviões primitivos de grande porte e jatos particulares menores. A "borda" da concha, no entanto, abriga uma aeronave magnética militar preparada para o voo global.

A lua e os holofotes impedem a pouca cobertura que a noite oferece. Ainda assim, com as imagens em realidade virtual da cabine se materializando em seu dispositivo portátil, Shuri analisa a lista de verificação pré-voo com Kwami... no veículo elétrico emprestado de sua mãe.

– Não acredito que estou no banco de trás com uma princesa – diz ele, extasiado.

– Concentre-se, garoto! – rebate Shuri, que no entanto sorri para ele.

Pelo menos alguém a notou, apesar da idade. Na verdade, sua inocência acalma sua culpa sobre o que está prestes a fazer.

– Essa pessoa, Pentoh – Kwami pergunta quando eles chegam ao fim do protocolo –, por que ele foi embora?

– Ele queria ser um explorador... como eu. Usou uma infecção dentária como cobertura para a fuga. Por ser descendente de Bashenga, aquele dente teve que ficar na Necrópole, Birnin Mutata...

– Eles guardam seus dentes de leite... e os restos de unha?

– Não seja nojento! Eles pararam de fazer isso. Para a nossa sorte, o rei abriu o arquivo da cidade morta. E para a sorte de Pentoh, seu substituto de vibranium poderia comunicar sinais de volta para casa...

– Sorte porque ele ensinou nosso vasto conhecimento a estranhos?

– Não... porque ele *aprendeu*. Com os estudiosos de Jojof e os escribas do Benin. Depois, com os povos da Gâmbia, onde serviu ao vice-rei Fulani que governava de Timbuktu. Ele estudou as plantas e criaturas do estuário e do oceano. Descobriu um fóssil que foi o ancestral terrestre de baleias e golfinhos. Ele publicou suas descobertas um século antes de

Charles Darwin e examinou as profundezas em submersíveis feitos de madrepérola, ferro e madeira.

– Maneiro! O que aconteceu?

Shuri salta do veículo.

– O vice-rei pode ter vendido o fóssil para os *tuabo* em troca de pólvora.

– *Tuabo*?

– Escravizadores europeus. Os Jojof dizem que o colocaram em um barracão, um forte de escravos, e ele desapareceu. – Ela toca o queixo dele. – Adeus, meu *umncedisi*.

Ela ativa o dispositivo em sua roupa, que distorce a luz, e desaparece. Para as distorções que despistam seu caminho, Kwami diz:

– Os *tuabo* tomaram a mesma rota dos navios-contêineres, sabia?

Shuri está mais focada nos guardas que nas palavras de Kwami. Ainda assim, a segurança é voltada para alguém *entrando* em Wakanda, e não saindo...

E quando Kwami ativa os motores, feixes de luz azul surgem entre os vãos do enorme edifício. A aeronave magnética sobe e depois desaparece muito antes de os caças desordenados chegarem e pairarem sobre o campo de pouso como zangões gigantescos.

– As coordenadas da tia estão marcadas – Shuri fala para o registro ativado por voz. – Manter o silêncio da comunicação até o outro lado do Atlântico... Não preciso ser importunada agora.

Ela aciona a interface telepática do piloto automático... em seguida, pega um picolé de manga na cozinha. Deliciando-se com a sua recompensa, ela dá uma olhada nas últimas notas de N'Gassi, não lidas, no computador de mão...

Os escribas Fulani, Jojof e Benin falam sobre os Aykoja [clique para ver pictogramas e morfologia, assecla dos "Povos do mar", veja, por ex. Atlântida]. A criatura com tentáculos é semelhante ao polvo vermelho, embora dezenas de toneladas métricas maiores. Assim, os relatos de Pentoh eram sobre uma besta corpórea, e não alegórica.

– *Umbono!* – zomba Shuri, e estremece com o congelamento do cérebro causado pelo picolé.

Um aviso de drenagem de energia soa do gerador de camuflagem invisível. O piloto automático detecta uma correção, então ela continua lendo. A falha pode esperar. Esse negócio é destruidor, como dizem os adolescentes de outro continente!

Dos arquivos da União Real do Açúcar de Lisboa e da Companhia Britânica das Índias Ocidentais, três escunas e dois brigues rápidos foram perdidos ao sul do Mar dos Sargaços nos primeiros seis meses de 1756. Um sobrevivente, um padre que também era intérprete, falou de um leviatã com os olhos arregalados como o braço de um homem, e afirma que a criatura provou a sujeira sugando a estiva da carga humana... traduzido do documento original: "...e os negros cantaram alegremente acima dos gritos de terror da tripulação, enquanto os mastros estalavam como galhos. 'Livra-nos, teus filhos roubados, do esquecimento, para que possamos morrer livres..."

O sobrevivente jurou que o monstro foi chamado por um Senhor dos Povos do Mar, um homem, embora seus capitães fossem mulheres. E enquanto as sereias eram "lentas fora das ondas", ele "voou acima dos destroços... com asas nos pés levando-o quase até o cordame da vela principal.

– Devia estar tomando analgésicos quando escreveu isso – murmura Shuri.

No entanto, cada ponto cita fontes documentais e tangíveis, e não feitiços *nsangoma*...

E logo o alerta de proximidade da terra soa. Nuvens baixas, boa visibilidade sobre a costa, então a Baía de Chesapeake... força de camuflagem ao máximo, mas nada além do tráfego aéreo comercial local para incomodá-la.

De Wakanda chega uma mensagem concisa. "Irmã, volte para casa antes de causar estragos."

O único estrago que Shuri está fazendo agora é com os propulsores derrubando bicicletas velhas, uma geladeira e alguns móveis destruídos quando ela pousa a nave em um terreno baldio. Em seu monitor, dois gatos estão estranhamente perplexos com o espetáculo.

Shuri veste um xale com capuz para se misturar. Ela não tem arma, exceto seu corpo muito bem treinado; a zarabatana no cinto serve apenas para imobilizar. Foi ideia de N'Gassi que a trouxesse. "As pessoas vão pensar que você está louca ou terão medo de você", alertara ele, "e, portanto, precisarão ser persuadidas." Não é um gato, mas um ancião hesitante, com cabelos brancos, pele preta, um casaco de lã esfarrapado, que a surpreende. Ela usa o computador de mão como *bioscanner*. Infelizmente, há narcóticos em seus tecidos. Pior, ele está com uma leve febre.

– Zona Oeste ou Zona Leste? – murmura ele, antes que ela pudesse ajudá-lo. – Ei, tá me ouvindo? Se você é da Zona Leste, o lado de cá não é o melhor, não, e vão desmanchar esse teu ônibus aí em uma horinha...

– O dreno de energia... – Shuri se engasga no idioma do homem. A aeronave está sem camuflagem, exposta! – Hum... eu sou da tribo da Zona Leste?

– Bom! Cê é jamaicana, moça? Teu pai é o dono do quilo na rua Orleans?

– Hum, é, sim. Estou procurando a casa da enfermeira Coretta Goins. Sabe onde é? Eu tenho algo para ela.

– A dona C? Vira pra esquerda nessa esquina e vai até o ponto de ônibus. Se você chegar no Johns Hopkins, é que tá bem longe...

– O famoso hospital! Posso levar o senhor até lá? Está precisando de tratamento e desintoxicação.

O semblante dele se fecha.

– Tem séculos que aquilo lá só apavora a gente. Eu tô legal, moça...

Ele vai embora, trôpego, e Shuri está quase tão preocupada com aquela visão quanto estava com N'Gassi. Mas Shuri não pode ceder, seu objetivo é uma casa de tijolos, e degraus de pedra branca indistinguíveis das outras.

Ela aperta a campainha. As luzes do corredor acendem...

– Que foi agora? Meu cachorro é dos brabos, hein? – Shuri ouve lá de dentro.

– Senhora Goins? Podemos conversar?

O cachorro que agora a ameaça pela porta aberta tem a cara de um gremlin e orelhas de morcego. A mulher segurando seu corpinho que rosna e se contorce é baixa e esguia, tranças soltas, pele escura, olhos verdes. Ela usa a roupa azul de um curandeiro.

– Menina, eu saí de um turno dobrado... então seja lá o que você quer que eu boicote ou compre, desculpe.

– Eu sou Shuri, sou uma princesa de Wakanda.

– Ah, pronto! Boa noite, tá?!

Coretta não fecha a porta externa rápido o suficiente. O dardo atinge seu ombro, e Shuri pega a minifera no momento em que Coretta a solta...

A mulher acorda, tremendo e ofegante, em seu sofá. Shuri se senta ao lado dela, acariciando a cabecinha do animal feio.

– V-você... vai me machucar?

– O dardo... me perdoe. É para torná-la... flexível, disposta. Eu amei o seu cachorro...

– M-Millie? Millie odeia todo mundo... deixa para lá... estou sonhando?

Shuri olha para o monitor plano primitivo conectado a um Wi-Fi patético.

– Este filme é tão engraçado, tia: um príncipe e seu amigo vêm de um reino mítico africano... para encontrar uma rainha... no Queens! Ha!

– Que o Senhor tenha piedade.

– Vou colocar uma porta neural em sua têmpora. Não vai doer.

Ela coloca Millie no sofá com sua mãe humana. Com uma das mãos, dá a Coretta uma moeda prateada. Com a outra, ela prende um dispositivo vermelho na cabeça da enfermeira. A moeda zumbe na palma da mão da mulher.

– Vibranium – explica Shuri. – Já ouviu falar do Pantera Negra? Dos Vingadores?

– E eles lá servem para alguma coisa ultimamente?

– Estou aqui para mudar isso.

Shuri ativa a interface neural, e Griô faz o restante. Coretta fica mole novamente, e percebe Shuri como se fosse uma convidada espectral dentro de sua cabeça.

– Sim, eu sei sobre um africano no meu passado, mas passado é passado – Coretta bufa para a imagem. – No momento, estou preocupada com meus pacientes, se eu sair... e não tenho dinheiro para deixar a Millie passar a noite no hotel de cachorro... o aluguel vence em uma semana... e cortaram meu pagamento, aumentaram minhas horas...

– Seu sangue pode ser a resposta para tudo – declara o avatar de Shuri enigmaticamente.

Assim que Shuri remove a interface, ela acompanha o passo tonto de Coretta até o quarto e encontra uma mala.

– O que você gostaria de levar? – Ela treme, como se fosse uma neta obediente.

– V-você colocou tudo isso na minha cabeça – queixa-se Coretta. – Eu não duvido de quem você seja, mas...

– A "moeda que canta" é para o seu senhorio – Shuri a interrompe –, um pagamento para proteger sua casa e suas coisas enquanto Wakanda se prepara.

– Prepara para quê? Vocês vão transformar a Zona Leste em Vegas, Wall Street? Menina...

Shuri acena com a cabeça enquanto dobra uma camiseta.

– Algo melhor do que tem aqui.

– O que tem aqui não é muito, mas é um lar de gente muito boa.

– Há violência, contágio chegando, tia. É inevitável. Tão inevitável que nosso povo suportará o peso enquanto seus líderes festejam e bebem em seus *bunkers* elegantes.

– Então, o que mais há de novo, menina? – Coretta se senta ao pé de sua cama e se afasta de Shuri para olhar os contornos na parede, onde fotos emolduradas deviam estar penduradas. – O que você não viu na minha cabeça... foi que enterrei meu Albert faz oito meses. Câncer. Ele morreu bem mal.

– Haverá uma recompensa, tia...

– Eu não quero recompensa, e pare de me chamar assim!

Shuri está confusa. Coretta não estava maravilhada... grata?

– Sinto muito.

– Esse telefone de gente rica diz a você o que é ser enterrado como indigente?

Shuri balança a cabeça, lutando contra as lágrimas.

– Foi o que aconteceu com meu bebê, André, e isso vai completar quinze anos neste Natal. Ele foi preso em uma festa no Sul quando estava visitando os primos... ficou muito alterado, o xerife veio. Eu admito que ele estava bêbado, que destruiu propriedade... a gente não podia pagar fiança, então ele teve que trabalhar como um *escravo* até o julgamento.

Morreu em um acidente, pavimentando uma estrada. Não tinha encarado nem juiz nem júri. O condado enviou uma conta alta para a gente, que tinha de ser paga integralmente antes de receber o corpo de volta. Sabe o fundo do poço que é enterrar um filho? Imagina quando nem enterrar você consegue. É por isso que o passado é passado.

– Você é uma filha de Bast. Uma descendente de Bashenga.

– Não, eu simplesmente sou a velha Goins, especialista em cuidados para idosos, trabalho no Centro de Vida Assistida e Idosos de Brookmead, e deve ter um jeito melhor de resolver este mundo do que você me sequestrando, como no tráfico de gente em sentido inverso.

As palavras empurram Shuri para perto de Coretta na cama. Ela mergulha a cabeça no ombro de Coretta, xingando-se interiormente por não conseguir encontrar as próprias palavras, palavras que fluem tão facilmente de seu irmão quando ele precisa motivar alguém...

Coretta suspira e pergunta baixinho:

– A gente vai para o aeroporto? Qual deles? O BWI, o Reagan ou o Dulles?

Renovada, Shuri transborda.

– Ah, tia... quero dizer, Coretta... você vai adorar isso!

Não é o que acontece.

A decolagem abala Coretta a ponto de ela permitir que Shuri a chame de "tia" novamente.

Rapidamente, o horizonte brilhante de Baltimore, os rios cintilantes e a ampla baía desaparecem, e tudo abaixo delas são nuvens, oceano aberto... e os pontos móveis que são os cascos iluminados de grandes navios e petroleiros.

Millie logo se liberta de sua caixa e late. A passageira de Shuri agora olha para as estrelas acima, o mar abaixo. A alma de Shuri é aquecida enquanto ela observa um sorriso de admiração crescer no rosto de Coretta.

– Tem comida na cozinha, tia – informa Shuri. – E remédios para enjoo.

Coretta se liberta do cinto da cabine e vai para a parte traseira...

...quando a primeira onda de choque atinge a nave.

Coretta grita, pega uma ofegante Millie e corre de volta para seu assento. Shuri não quer permitir que ela perceba o pânico. Deve ser o dreno de energia novamente, desta vez paralisando a propulsão do campo magnético, que mantém a aeronave no ar.

A segunda onda quase vira a nave.

– V-veja! – aponta Coretta, com a cabeça inclinada para o monitor de estibordo que faz a varredura abaixo, em visão noturna verde-rosada. – Meu pai do céu, o que é... aquilo?

Griô identifica um superpetroleiro, o *Triton V*, vindo de Abu Dhabi para Norfolk, na Virgínia. Trezentos metros de comprimento... e agora jogado como um brinquedo de banheira por bolhas espumantes do tamanho de casas. Então Griô relata algo impensável. Um vapor de hidrato de metano está destruindo a flutuabilidade do navio gigante enquanto varre o ar com íons crepitantes... puxando Shuri, Coretta e Millie para mais perto das ondas.

Shuri luta com o leme, gritando:

– A profundidade é de mais de sete mil metros aqui! O metano congelado não poderia... não...

– Não o quê? – pergunta Coretta.

– Nossa localização... dois mil quilômetros... mais de mil milhas... Sudeste do Mar dos Sargaços... ponto onde África e América do Sul são mais próximas... foi aqui que... os naufrágios...

Coretta agarra Millie enquanto ela observa o enorme navio sugado em um impulso, com um raio atingindo a ponte como um insulto final. Em um instante, há apenas uma escuridão silenciosa e dois botes salva-vidas alaranjados cobertos balançando nas proximidades.

– Griô está enviando um socorro marítimo – explica Shuri, fazendo um enorme esforço para se manter calma. – As respostas estão sendo registradas.

– Você vai descer para ajudar as pessoas, de qualquer maneira, não vai?

– Partículas carregadas danificam os motores... e, tia, você é indispensável para a diáspora...

– Ajude essa gente!

A aeronave paira acima das ondas, disparando feixes de luz em direção aos botes salva-vidas semelhantes a cápsulas. O dreno de energia evita que Shuri mude para o piloto automático. Isso e os sobreviventes falando vários idiomas em seu ouvido sobrecarregam sua capacidade para coordenar um reboque.

– Eu sou enfermeira – diz Coretta. – Apenas chegue perto. Millie, você fica quietinha esperando a mamãe, ok?

Mas a estranha calma é perturbada mais uma vez.

Desta vez, não por causa das bolhas subindo da escuridão.

Desta vez, Millie late e rosna enquanto um tentáculo transparente e cheio de ventosas se enrola no céu noturno, a dezenas de metros de altura, mais grosso do que a maior acácia já vista. O braço se enrosca em torno de um dos botes salva-vidas.

– Você está vendo isso? – Coretta se engasga.

– Sim... eu tenho armas guardadas na antepara!

– N-não, querida. Não essa bobagem. E-eu estou falando... dele...

Flutuando... na verdade, suspenso na luz da nave além da janela da cabine está um homem... Será? O peito musculoso arfa com o oxigênio da superfície; as pernas e os braços musculosos brilham com a água do mar. Ele inclina a cabeça, estudando Shuri, e ela acompanha seu movimento. Seu cabelo é preto, cortado em forma de quadrado, e se é aparado, trata-se de alguém civilizado. No entanto, suas orelhas são estranhas, como as de um elfo, e aqueles olhos, opalescentes, cintilam e a atravessam...

...e ela vê as asas em seus pés descalços.

A figura cai de volta na água e, em seguida, salta novamente, como um golfinho, e bate no tentáculo segurando um dos botes salva-vidas como se fosse um pedaço de caranguejo. A besta cede, e Shuri e Coretta ficam boquiabertas enquanto ele ergue o barco acima das ondas e o levanta a uma distância segura. Com movimentos ondulados semelhantes aos das enguias, ele empurra o segundo barco para fora do alcance do monstro.

Chocada, Shuri grunhe, porque a atenção da besta está em sua aeronave agora.

Uma descarga no casco queima um tentáculo, mas os outros sete puxam a nave para a escuridão. Shuri fecha as entradas de ar no último segundo... e tudo que ela vê quando vai para baixo são os tentáculos sobre o holofote. Até que a luz apaga...

– Eu não deveria ter metido a senhora nisso, tia – sussurra ela, e lágrimas fluem enquanto os sistemas da nave afundando piscam, estalam.

As luzes vermelhas de emergência se acendem. – Griô, sinal de emergência... casa.

Pela primeira vez, Shuri pede a ajuda do irmão. Com ou sem sinal, será tarde demais. Ela pega a mão de Coretta e a aperta... Millie choraminga... a embarcação rola pelos tentáculos cheios de ventosas em direção a um bico de papagaio que mastiga...

...há um solavanco e a nave se solta.

– Veja! – Coretta grita, apontando para um monitor piscando.

O demônio do mar, grande como a praça do palácio em Birnin Zana, flutua para o abismo, ferido.

Há outra guinada, e ali, na janela da cabine... ele encara.

No entanto, desta vez, seu rosto está contorcido e seus dentes, cerrados enquanto ele respira a água salgada, assim como respirava o ar acima. Com aquele aparente desdém, ele aponta um dedo em direção ao brilho de uma crista de montanhas submarinas, aparentemente rachadas como cascas de ovos, expelindo lava e uma química quente na água gelada.

Shuri balança a cabeça e faz sinais universais com as mãos, esperando que ele entenda.

– A água vai nos esmagar como uma lata de refrigerante, querida! – Coretta se engasga.

– É isso o que estou tentando dizer para ele, mas...

Ela fica em silêncio porque outro distúrbio balança a nave. O homem está nadando ao redor deles agora, incrivelmente rápido. A água esquenta em um redemoinho brilhante. Griô confirma a suposição insana de Shuri.

– A v-velocidade dele – gagueja Shuri, horrorizada. – Ele suga a água mais fria e, em seguida, tira sua densidade!

A última coisa que Shuri vê da cabine, através da turbulência branca, é o poderoso *Triton V* encravado em uma parede de desfiladeiro... com o casco esmagado... mas o cuidado por uma nave estranha, sugando seu óleo como um pulgão em um caule suculento...

• • • •

Uma rajada de ar fresco a agita. Ela está deitada de bruços... e chama pela rainha-mãe. A resposta vem com a respiração ofegante e a língua molhada de Millie em sua bochecha.

Eu não morri...

Shuri estende a mão, mas seu toque é retardado por uma membrana entre o ar e o líquido... outro estado da matéria muito parecido com o plasma carregado de vibranium que mantém telas e imagens em casa.

– Fique quieta, Roncadora. – Ela ouve uma voz de mulher, cadenciada e leve... falando o idioma de Coretta.

O choque disso não é nada comparado ao que Shuri enxerga além da membrana. A mulher tem pele azulada. Seus olhos são amarelos, suas orelhas tão pontudas quanto as do homem da água. Sua roupa é um material translúcido e justo, costurada com conchas, pérolas e fios de um tecido púrpura iridescente. Seu cabelo é curto e liso, cor de laranja queimado, adornado com pedaços de coral.

– Roncadora? – rosna Shuri. – Como ousa! Eu sou uma princesa em meu reino!

– Princesa? Reino? – a mulher azul bufa. – Bah! – Millie agora está rosnando, e então a mulher azul brinca: – Se você estiver com fome, podemos cozinhar esta coisa... ou você a come viva?

– Não toque na minha Millie, Smurfette! – Shuri ouve de repente.

Shuri fica repleta de alegria e alívio quando vê que Coretta está deitada em um bloco adjacente, também envolta em uma membrana. Com uma facilidade bizarra, o cão pode vagar entre as duas, arrancando pequenas bolhas do material enquanto caminha pelo chão cintilante com incrustações de pérolas. Shuri ergue os olhos. Em vez de lâmpadas, ela vê criaturas marinhas brilhando com bioluminescência.

– Onde você aprendeu o idioma?

– Eu conheço todas as línguas da superfície, pois eu, e não você, sou uma princesa do meu reino. O reino eterno. Nós sabemos tudo.

– Você é... esposa dele?

A mulher azul ri.

– Não, roncadora. Eu sou Dorma. Somos parentes. Eu estudo e colho o gelo fervente neste posto avançado em seu nome.

– Gelo fervente... hidrato de metano? Eu também sou uma cientista. Magia feminina, é?

A insolência provoca apenas um olhar distante nos olhos amarelos de Dorma, um que Shuri já vira antes. No espelho.

No entanto, a autorreflexão da mulher azul não dura muito.

– Nosso monarca as quer na inquisição. *Imediatamente*.

– Por quê? A marinha da superfície estará atirando em você em breve?

– Eu gostaria que fosse assim. De batalha, eu entendo. Mas a curiosidade incessante do monarca, não compreendo.

• • • •

Coretta pega a mão de Shuri. As membranas que envolvem as duas mulheres se combinam em um único envelope, permitindo-lhes agarrar e sussurrar palavras de encorajamento. Um enorme tubo de lava resfriada, agora um túnel inclinado, as recebe.

– Mais perto – uma voz masculina estrondosa, porém hostil, fala, também no idioma da enfermeira de Baltimore.

O tubo se abre em um grande salão de paredes metálicas cintilantes... e Shuri vê que não é metal, mas o revestimento vibrante de muitos milhões de conchas. De repente, as membranas evaporam, e lá está sentado o homem da água em um trono de corais. Respirando ar frio.

Ele está descoberto, exceto por um material que cobre seus quadris e suas pernas. Shuri olha para os pés descalços dele. Dez dedos, assim como ela. Ainda assim... *asas*.

Mas esse ser todo-poderoso, esse manipulador da física e da dinâmica dos fluidos... cruza timidamente os tornozelos quando a percebe olhando para eles...

– Como você fala a língua dela? – pergunta Shuri. – Não houve avistamentos de atlantes desde a guerra que os colonizadores chamaram de Segunda Guerra Mundial.

– Você não está em posição de fazer perguntas, *garota*.

– *Garota*?

– Querida, não mexe com ele. Hoje, não – aconselha Coretta, agarrando Millie.

– Sábio conselho, anciã...

– O senhor me chamou de *velha*, hein, Spock peladão?!

– Sou o soberano! Sou o imperador! Sou... *Namor*!

Shuri fica maravilhada com a maneira como Coretta retruca o homem.

– Benzinho, eu vim da Zona Leste de Baltimore! Já trouxe uma dúzia de amigos da tumba, cuidando deles quando os médicos vagabundos disseram que eles já eram, sabia?! Então, não venha falar grosso comigo aqui embaixo d'água que eu não arrego, não...

Namor ri.

– Oh, seus olhos enrugados já viram coisas terríveis e místicas, e esta é a única razão pela qual não as sirvo, incluindo o quadrúpede, como alimento para nossos animais. – Ele se vira então para Shuri. – Você, garota, é a presa. Sua nave é diferente de tudo o que a gente da superfície possui. A fonte de força e o couro são da mesma substância.

A mandíbula de Shuri fica tensa quando ele estende o punho fechado e abre a mão, mostrando uma pepita prateada, na forma de um molar humano.

– Como a moeda que canta! – exclama Coretta.

– Sim, mulher. E ainda canta.

Shuri vê Dorma se curvar e soprar algo ao seu senhor. Ele a repreende no idioma de Coretta:

– Não! Este questionamento suplanta qualquer perigo exagerado. Obedeça-me!

Quando Dorma se levanta, ela olha fixamente para Shuri, e lentamente abaixa o olhar. Por um instante, a wakandana tem pena da mulher.

Em wakandano, Shuri pergunta:

– *Meu nobre N'Gassi me falou do Viajante. Pentoh. É tudo o que resta dele, homem aquático chamado Namor.*

Ela treme quando Namor responde, também no idioma de Wakanda:

– *Sim. Noto que você é uma descendente do Viajante... homem da superfície com pele preta que afundou até Atlântida quando embarcações de madeira vinham roubar almas em troca de rum e bugigangas. Foi meu avô que o viu em suas amarras, iluminando as profundezas...* – Ele passa então a falar no idioma de

Coretta. – Assim, quando meu avô e seus animais destruíram os navios de escravos, como eu fiz com os submarinos, as fragatas e os petroleiros enquanto os mais claros entre os seus guerreavam ao redor do planeta, o Viajante ofereceu, em troca de sua vida, o metal que canta... de sua boca.

A mente de Shuri projeta imagens do que poderia ter acontecido. O parente de Namor deve ter indagado Pentoh sobre os segredos de Wakanda, e então o entregou aos *tuabo*.

– Desgraçado! Sua gente pegou o que desejava e o entregou à escravidão!

Namor se inclina para a frente, furioso.

– Você estava lá, criança? Leu a mente e o coração de meu avô? Sim, ele aprendeu as histórias de um outro grande reino, no continente do qual todos emergiram. Não, ele não traiu uma alma sequer. Ele levou o Viajante a uma canoa veloz, mas não veloz o bastante para se esquivar do bergantim americano. Seu compatriota foi vendido em um local chamado de *Carolinas*, pois meu avô, abatido, viu o ocorrido quando caminhou na superfície!

– Carolina do Sul? – disse Coretta, repentinamente.

– *Silêncio*! Na verdade, em tempos tão perigosos, busco mais deste metal e deste conhecimento!

– O vibranium é o nosso rum e as nossas bugigangas! – grita Shuri, furiosa.

Ele fica de pé, e os olhos opalescentes brilham na direção de Coretta e Shuri.

– Minha raça é gerada uma vez a cada longo período de tempo... para levar paz e segurança àqueles reunidos ao redor de vocês. *Eles*... que não estão imunes ao seu lixo, suas pragas, mudam conforme essas coisas afundam.

Ele põe a pepita de vibranium na mão de Shuri, e, quase flutuando, vai até Coretta. Millie rosna e fica de orelhas em pé, como as de um morcego.

– É uma buldogue francesa – explica Coretta. – Melhor deixar para lá.

– Sim. Da mesma maneira que os seus, nossos animais também podem ser destemperados, cruéis. – Ele então toca as tranças de Coretta, cheira sua pele. Os olhos dele, como os de um felino, se estreitam. – O sangue é *limpo*. Carrega um *escudo* contra a pestilência, doenças intrínsecas...

– *Ele sabe* – Shuri resmunga para si mesma.

Namor ergue uma sobrancelha.

– Rum e bugigangas, princesa? Esta mulher é sua própria carga!

Espantada, Coretta olha para Shuri, que protesta:

– Não! Ela é um símbolo, ela é a *esperança!*

– Esperança é mingau para gente fraca, garota. Eu desejo armas forjadas com o metal que canta, que vocês devem conseguir em troca de sua respiração continuada, depois de removermos um suprimento inicial de sua nave. – Ele volta ao trono. – Você e os seus são tutelados pelo reino eterno a partir de agora.

– O gelo fervente ficou instável, majestade – interrompe Dorma. – Se usarmos mais, uma reação em cadeia poderia aquecer a superfície e prejudicar as águas...

– Prossiga.

– Majestade, eu suplico... não foi o que combinamos quanto a pegar os navios da superfície.

– *Prossiga...* suas palavras fedem ao inexequível. Cresça!

– Conheço alguém que fala igualzinho a você – grita Shuri. – Ele se recusa a responder a perguntas difíceis... *porque não lidou com isso da maneira que deveria.* Mas o homem a quem me refiro não é assassino, nem faz reféns como se fosse um pirata. Você *não é* um rei.

– Criança insolente! Lady Dorma... detenha-as para nossa viagem, e resguarde sua nave para fazermos coletas.

• • • •

De uma cela esculpida em rocha de lava, adjacente a um convés ou compartimento para estranhas embarcações submarinas, Shuri observa os lacaios de Namor embalarem provisões, incluindo cargas roubadas de navios.

De repente, Coretta a confronta.

– Quer dizer que não era apenas por amor e história, hein, querida? Eu também era... cobaia do projeto de ciências de vocês...?

– Tia... eu sou... uma garota. Não tão forte quanto eu quero que todos pensem que sou...

– *Então seja forte.* Se seu irmão se for... quem se tornará o Pantera Negra?

– Talvez meu tio, S'yan... se houver um desafio, então devemos...
– Para o diabo com isso! *Quem se torna o Pantera Negra?*
– Eu, Shuri.
– Então diga! – E Millie late para Shuri a fim de implorar, inspirar.
– *Eu, Shuri!*
– Você ou seu irmão comprariam o que Namor está vendendo?
– Não. Isso significaria... *guerra*.
– Uh-hum... e este mundo já está sofrendo o suficiente. Tudo bem começar pequeno, querida. Faça o que é certo!

Shuri abre um sorriso gigante. Ela toca o molar de metal que Namor tão alegremente lhe entregou.

– Apresentado ao vibranium ativo, pode ser o choque de que precisamos. Mas devo dar um palpite.

Dorma está perto, coordenando o salvamento do casco da aeronave magnética e a evacuação da base.

Shuri grita da cela quando Dorma passa:

– Então é você que faz as tarefas servis quando o hidrato de metano fica crítico?

– Não me teste, criança da superfície.

– Você é uma empregada doméstica, uma carcereira. E seu suserano a obriga a ir para uma guerra. Ele escuta o que diz, mas nunca lhe dá atenção. Eu sei como é. Mas posso lhe dar vantagem sem custo, uma vitória sem guerra.

– Eu posso lhe dar a *morte*.

– Então não teríamos nenhuma utilidade para Namor.

A expressão de Dorma muda de intensa para tranquila.

– Fale. Você não é monitorada aqui.

– Leve nós duas para a nave, para a superfície. Deixo você com uma arma que pode usar para conquistar a boa-vontade de Namor. De boa-fé, você me deu a tecnologia para a membrana que você gerou. Você e eu, e mais ninguém, devemos manter contato... *estrategicamente*.

– Contato? Por que não governar se temos poder?

– Porque não somos *tolas*... como os rapazes.

– De fato...

Rapidamente, a captora de Shuri arranca um dispositivo da cintura, e chama em sua própria língua. Duas mulheres azuis aparecem, brandindo armas, junto com um homem azul carregando um dispositivo estranho com cerdas de anêmonas oscilantes. O dispositivo parece modular o tamanho das membranas.

– Você realmente achou que eu trairia Namor por causa de seus sentimentos feridos? – Dorma pergunta com um sorriso malicioso. Ela se vira para seus companheiros: – Levem-nas para a nave. Lá, vamos torturá-las, para que digam quais peças salvar primeiro. – Ela encara Shuri. – No caso de uma tentativa cômica de fuga, para ter uma chance, como você teria energizado sua nave morta?

Shuri troca um olhar de cumplicidade com Coretta.

– Com algo pequeno.

As guardas levam Shuri, Coretta e a pequena Millie para a aeronave magnética, envolta em outra cavidade mais espessa, parecendo conter milhões de toneladas métricas de oceano. As pessoas azuis andavam livremente no ar, mantendo apenas um bolsão de água na boca, semelhante às aranhas-d'água, que têm bolsas de ar no abdome.

Dorma reaparece de repente. As guardas, distraídas, ficam confusas e abaixam as armas.

– Agora! – grita ela.

Antes que as mulheres pudessem reagir, os chutes e socos precisos de Shuri arrancam as armas de suas mãos e as mandam para o chão. O homem se volta para as mãos de Dorma, e fica atordoado com a picada ardida na mão delicada. Ela pica as servas também.

– O veneno faz dormir. Agora... aos negócios.

Shuri passa para Dorma uma pistola embutida em uma adaga. Dorma arranca o dispositivo dos tentáculos da anêmona e o empurra através da membrana.

– Isso regula a interface ar-água. Com ele é também possível se comunicar. Assim como com este painel na arma.

Dorma suspira.

– Você acabou de desativar a configuração de matar?

– E você, o disruptor de ligação covalente? – Shuri responde com uma risada. – Não é que formamos uma boa dupla?

– Adeus... Princesa Shuri.

– Adeus, Princesa Dorma.

– Tia, pegue a Millie. Deslize as telas para a direita. Se ouvir um zumbido, grite. Se não ouvir... grite *mais alto!*

Dorma observa Shuri engatar uma pequena escotilha que se abre no casco como por mágica, sem emendas. Ela insere o dente de vibranium de Pentoh, o Viajante.

– Deu certo! – grita Coretta.

A cavidade no oceano agora pulsa com uma luz azul. Shuri põe o cinto de segurança; a nave está subindo tão depressa que ela ouve a pobre Coretta gemer com a pressão do ar. Em uma explosão de luz e gases comprimidos, a nave rompe a superfície para o sol glorioso!

Porém, Shuri deve parar a nave antes que mais sistemas sejam ativados.

– Computador de bordo acionado. Oi, Griô!

Mas Griô diz que algo está impedindo seu avanço. Novamente, o pânico toma o rosto de Shuri quando tentáculos gigantes envolvem o casco... e uma visão familiar surge diante da janela da cabine de comando.

– Não! Eu proíbo isto! – brada Namor.

Mas sua fúria é interrompida pelo ensurdecedor ruído dos projéteis que se aproximam. Ao serem diretamente alvejados, os tentáculos voltam para as profundezas.

Com um sorriso, Shuri indica um ponto acima do ombro de Namor. Jatos pairam acima deles... e, à distância, há cruzadores de batalha com cascos cinzentos. Não são wakandanos, mas são bem-vindos. Mas ele ainda está agarrado à cabine de comando.

Coretta aprende depressa. Ela limpa um painel e ri:

– Vai doer só um pouquinho.

Com o choque do casco, Namor se solta, mas, antes de despencar de volta ao seu reino, ele esboça um sorriso.

– Chega de escravidão. – Shuri ouve ele dizer em wakandano, enquanto cai na direção das ondas...

Quando aterrissam em Birnin Zana, não há banda nem festa na entrada do hangar; não há Ramonda para beijar e abraçar, ou mesmo N'Gassi, pois foi sepultado na Necrópolis horas depois de saber da aventura de Shuri e sua passageira.

Lá estavam apenas T'Challa, ladeado por Okoye e uma de suas auxiliares *Dora*.

– O senhor é bem mais bacana ao vivo do que na televisão – diz Coretta ao vê-lo pessoalmente. – Eu sei que dá para dizer que o passado já passou, mas... ele fez o *agora*. Sabe, minha avozinha na Carolina do Sul contava de um bisavô africano dela, que veio de um canto que ninguém mais sabia onde era, e o chamavam de curandeiro. O homem liderou uma massiva revolta de escravos em Charleston.

O rei aquiesce.

– Bem-vinda à sua casa.

Nem Okoye nem a *Dora* impedem Coretta de correr para os braços de T'Challa, e eles se abraçam afetuosamente. Soluçando, ela diz que o filho tinha a altura do rei. Como que concordando, a pequena Millie funga nos pés do rei, lambendo-os. Até mesmo a assustadora Okoye suspira e sorri.

– Mas, e essa outra moça? – sussurra Coretta para T'Challa. – Não a reconhece mais? Cresceu, não é mesmo?

Shuri recua, reticente.

– Claro que sim, senhora Goins – reconhece T'Challa, com os olhos lacrimejando de tanto orgulho. – Ela é o cérebro, o coração e a alma de nosso povo. E é minha irmã.

O sorriso de Shuri é largo e brilhante como o sol que ilumina o reino. Mas ela toma um fôlego solene.

– Há muito a ser feito, majestade. A inquietação que existe no exterior... e agora este demônio de pés alados das profundezas do oceano.

– É verdade. São presságios de coisas terríveis vindo do outro lado da Terra, ou do cosmo... amigos que se tornam inimigos, amores postergados. Eu *preciso de você*, minha irmã.

– Vou tentar não lhe dar ordens na frente dos outros, meu irmão.

Eles se abraçam e riem. Por enquanto...

SOBRE DIREITOS E PASSAGEM

DANIAN DARRELL JERRY

T'SWUNTU ODIAVA A ROUPA DOS PATRIOTAS.

O algodão grosseiro provocava coceiras na virilha e nas costas. Ele reclamava dos barcos de junco que os patriotas chamavam de sapatos. Os pregos espetavam seus calcanhares e ele amaldiçoava as fivelas sobre seus pés.

"Você tem um pé esquerdo e um direito", disse Bast na mente de T'Swuntu, como fazia desde que salvara a vida dele e o tornara rei de Wakanda. "Estes sapatos fazem seus pés parecerem iguais. Dois esquerdos, dois direitos, quem vai saber?"

A deusa Pantera reclamava desde o momento em que T'Swuntu deixou Wakanda em busca do sobrinho N'Sekou.

T'Swuntu queria responder, mas comungar abertamente com Bast chamaria uma atenção indesejada. Em vez disso, ele observou os rebeldes coloniais que se autodenominavam patriotas. A raiva e a curiosidade que os rebeldes esconderam no olhar baixo e os sussurros encobertos divertiram T'Swuntu. A ideia desses vira-latas machucando seu sobrinho enfureceu o Pantera Negra. Ele queria pressionar a lâmina de uma faca contra a garganta de um patriota. Suavemente, apenas o suficiente para romper a pele. Ele tirou o ridículo chapéu de feltro para uma jovem, que ria atrás de um leque.

A erva-coração corria por suas veias. Ele caminhava no espírito de uma deusa Pantera que ninguém via. Ele ansiava pela guerra, quente e úmida, pingando de sua lança. Ele olhou além de um grande edifício que os rebeldes chamavam de Alfândega e encontrou conforto no pôr do sol. O horizonte dourado como mel lembrava-o do pôr do sol em Alkama, e de como sua irmã riu quando seu sobrinho N'Sekou caiu ao tentar escalar um rinoceronte.

– Meu sobrinho, Crispus – T'Swuntu murmurou o pseudônimo do sobrinho.

Ele passou o dia perguntando aos bostonianos sobre Crispus, mas sempre queria dizer N'Sekou.

"Você conhece N'Sekou de Wakanda, o último reino civilizado? Isso é o que você deve dizer, porque essa é a verdade", repreendeu a Deusa Pantera.

N'Sekou se juntou aos Cães de Guerra, contra o desejo do tio, e seguiu a rede de espionagem de Wakanda desde a Cidade Dourada até as rotas comerciais estabelecidas no Ocidente. Como prática, T'Swuntu evitou os estrangeiros e seus jogos de guerra. Ele manteve Wakanda isolada, mas os Cães de Guerra prestaram um serviço inestimável.

T'Swuntu havia viajado três semanas pelo mar, dois dias ao longo da costa e meio dia pelas ruas de Boston. Com o fim da manhã e da tarde, T'Swuntu sorriu com a noite que guardou para si mesmo. Ele precisava de comida e bebida. Depois do pôr do sol, veria seu velho amigo e encontraria o sobrinho.

O vento varria as ruas de Boston. Ar quente vindo da floresta densa e das montanhas a Oeste. Uma brisa fresca carregou o oceano do Leste. Os patriotas, ou rebeldes, se você perguntasse a T'Swuntu, saíam pelas ruas. Boston havia tirado a peruca e colocado um vestido longo de festa feito sob medida. T'Swuntu lembrou-se dos festivais na terra natal, onde seu povo celebrava o florescimento da erva-coração. Em sua mente, Safia chicoteou o cabelo em um círculo, balançou os quadris, chamou-o com o dedo. Com a lembrança, T'Swuntu fechou os olhos, e suas narinas ficaram repletas dos cheiros fantasmas de sândalo e almíscar.

Ele avistou uma estalagem a duas ruas da Alfândega. Um homem de barriga redonda e braços gorduchos e fortes abriu um par de portas. Os rebeldes, triunfantes e alegres, passaram correndo pelo homem obeso enquanto uma gargalhada estremeceu seu estômago. Ele usava óculos de prata presos ao nariz. A cabeça calva brilhava em contraste com a penugem branca brotando nas laterais. Lábios finos, vermelhos e brilhantes, envolviam um sorriso de meia-lua. O homem roliço fez uma reverência e acenou para T'Swuntu lá do bar. Sobre a porta, pintado em letra cursiva vermelha, T'Swuntu leu: *Smitty's City Tavern*.

T'Swuntu caminhou até o bar. Na porta, examinou o lugar, enquanto Smitty corria para atender os clientes. O dono do bar encheu canecas e copos de cerveja e uísque. Homens com casacos empoeirados e botas sujas de lama, chapéus tortos e camisas amassadas enxugavam o suor das sobrancelhas e descarregavam seus problemas. Mulheres com camadas de meias, camisas longas, lenços e anáguas cantavam do lado de fora da taverna, chamando os pecadores a desistir do bar e seguir o evangelho.

Smitty colocou uma caneca sobre o carvalho escuro em frente a T'Swuntu. O homem redondo parecia nervoso, olhando para a porta. A apreensão incomodou T'Swuntu, mas ele não sentiu nenhum perigo imediato. Antes de deixar Wakanda, os griôs o avisaram sobre os traficantes de escravos e a tensão entre os britânicos e os rebeldes. Ainda assim, ninguém o havia atacado ou incomodado desde sua chegada a Boston naquela manhã.

"Mas o pôr do sol ainda não se deu", respondeu a deusa Pantera.

– Cerveja ou uísque? – Smitty ergueu duas jarras.

– Cerveja. – T'Swuntu enfiou a mão na bolsa e deixou cair uma moeda de ouro no balcão. – Isto deve pagar a conta.

Cerveja servia para o momento. T'Swuntu comeria quando visitasse L'Musa.

T'Swuntu se perguntou se o amigo de infância teria mantido os velhos hábitos. Olhou ao redor da taverna, imaginou seus súditos caindo diante dos canhões e baionetas dos intrusos.

Pela vontade de Bast, Wakanda permanecia intocada. O sacrifício exigia isolamento e, com o tempo, a solidão desgastou o espírito de seu país.

"Ninguém sacrificou mais do que o rei de Wakanda", a deusa Pantera consolou T'Swuntu, ronronando em seu ouvido.

Quatro soldados britânicos passaram pela porta aberta. Os casacas-vermelhas mantinham-se próximos uns dos outros, com a mão na alça do rifle. Os rebeldes encararam os soldados com ódio e punhais no olhar enquanto um soldado com um rabo de cavalo loiro e bigode comprido se aproximava do bar. Ele tinha o rosto redondo e uma cicatriz desde o couro cabeludo até o maxilar. O soldado loiro se apoiou no balcão e sorriu.

– Não quero problemas – disse Smitty, puxando um pano do bolso de trás e limpando o balcão de madeira.

– Você não terá problema algum. Meus homens e eu precisamos de provisões. Entregue alguma comida e seguiremos nosso caminho. Não precisamos de muito. – O soldado ajustou a alça do rifle pendurada no ombro. Sua voz se tornou amarga. – Não precisa se preocupar, não comeremos aqui.

Smitty desapareceu por uma porta atrás do balcão. Houve som de metal batendo e o praguejar do dono do bar atrás da parede. O soldado loiro se aproximou de T'Swuntu. O Pantera Negra sentiu o cheiro de suor do soldado e do sabão barato usado para lavar suas roupas. T'Swuntu tomou um gole da cerveja, batendo na barra no ritmo do batimento cardíaco do soldado.

– Eu vi você nas docas hoje cedo – disse o soldado loiro, apontando para T'Swuntu. – Tenha cuidado. Boston é uma cidade de escravos. Eles fazem sua gente trabalhar de sol a sol. – O soldado se aproximou. – Não somos donos de pessoas na metrópole. Se os rebeldes pudessem, eles o acorrentariam a um arado ou o fariam cortar tabaco até seus braços caírem. A Coroa quer proteger sua espécie. Ajude-nos a devolver o poder do trono a esta terra sem rei antes que seja tarde demais.

– Não estou aqui para a guerra, estou apenas de passagem.

Ignorando a mentira do soldado, T'Swuntu olhou para os patriotas assistindo à conversa no bar escuro. Ele se perguntou se eles conheciam N'Sekou.

"Lembre-se de dizer Crispus", acrescentou a deusa Pantera.

Smitty saiu apressado pela porta atrás do balcão. Ele carregava uma caixa de madeira cujo peso exigia toda a força de seus braços redondos. Colocou-a no balcão com um grunhido cansado. O soldado loiro agarrou a caixa e olhou para T'Swuntu.

– Montamos acampamento nos arredores da cidade. Apareça, se mudar de ideia. – O soldado loiro caminhou até a porta aberta e falou, olhando por cima do ombro: – Você pode ser um homem livre, mas esses homens não se importam. Em um minuto, eles servem suas bebidas. No minuto seguinte, vendem você nos leilões no porto de Boston.

O soldado cumprimentou-o com o chapéu e conduziu seus homens para o anoitecer que se aproximava.

– Aproveite sua cerveja – gritou ele.

Uma vez livre, o bar explodiu em uma confusão de obscenidades, chapéus voando e punhos ameaçadores. T'Swuntu sorriu. A bravata repentina divertiu o Pantera Negra e a deusa Pantera. Ele imaginou que a Coroa enviaria reforços e anularia aquela rebelião heterogênea. A essa altura, planejava estar de volta a Wakanda. Observou o dono do bar limpar o local onde o soldado britânico havia descansado os cotovelos.

– Evite aquele homem. É melhor que ninguém os veja conversando – Smitty limpou o balcão e balançou a cabeça. – As pessoas podem pensar coisa errada.

Smitty encheu outra jarra de cerveja para um homem de ombros largos usando uma camisa cinza esfarrapada, com as mangas enroladas até os cotovelos, enfiada em calças marrons sujas.

Um homem de barba ruiva ralinha e queixo largo, com cachos ruivos penteados para o lado, sorriu, evidenciando a falta de três dentes.

– Para onde vai, amigo? – perguntou ele, sem tirar o palito do canto da boca. O homem tinha olhos secos, cercados por manchas escuras.

– Você chama estranhos de amigos? – T'Swuntu ergueu a sobrancelha.

– Eu não quis ofender. Pela primeira vez, concordo com Sua Majestade Real. A maioria de sua gente não conta muito, especialmente em uma luta, mas eu conheço o coração de um guerreiro quando o sinto. Nem todos da sua espécie são escravos aqui. Boston é um lugar de recomeços, uma terra sem reis, governada pelo povo. Recebemos libertos em nossa cidade, e precisamos de bons lutadores.

T'Swuntu contou cinquenta e dois homens e doze pistolas no coldre no bar. Comparou as estúpidas armas de fogo patriotas aos rifles polidos carregados pelos britânicos. T'Swuntu ouviu o coração do homem de barba ruiva. O batimento constante entregava um comportamento calmo, sem malícia, mas o ritmo acelerou quando o barba-ruiva falou sobre Boston, o que T'Swuntu esperava.

O Pantera Negra admirava o coração do patriota, mas desconfiava da ideia de nações sem reis.

– Mantenha a mente aberta. – O barba-ruiva se inclinou para perto de T'Swuntu, a ponta desalinhada do bigode a um fio de cabelo da bochecha do Pantera Negra. – Aqueles porcos gananciosos do outro lado do Atlântico nos sangram até secar. Eles nos rejeitaram, então deixamos a tal Coroa. Estamos construindo uma nação maior do que qualquer coisa que eles possam imaginar. Essas senhoras lá fora têm boas intenções, mas o Bom Livro nos profetizou. O último se tornou o primeiro.

T'Swuntu olhou para o barba-ruiva. O Pantera Negra notou antebraços rígidos e músculos salientes sob a camisa empoeirada. Mandíbula e olhos fortes denunciavam guerra e assassinato.

A deusa Pantera se enfureceu.

"Corte sua garganta, agora. Você é o Rei de Wakanda. Você fala por Bast, a deusa Pantera. Poderíamos matar uma centena desses homens e nadar de volta ao seu trono antes que o primeiro corpo sem vida atingisse o solo."

– Uma terra sem reis, você disse? – T'Swuntu ergueu as sobrancelhas e tomou um gole de cerveja. – Em meu país, o rei destruiria qualquer um, qualquer grupo que desafiasse seu trono.

A tensão aumentou entre os patriotas e o rei wakandano. Ele considerou as roupas sujas, os rostos com barba por fazer, as mãos inchadas do trabalho duro.

– Este não é o seu país. – O barba-ruiva levantou a camisa e revelou dois facões no coldre contra seu estômago.

Os patriotas se levantaram, mas o barba-ruiva ergueu a mão. Ele abaixou a camisa e parou diante de T'Swuntu. Peito contra peito, o barba-ruiva falou. T'Swuntu sentiu cheiro de uísque e de dois dentes podres.

– Você parece um bom homem, mas veremos.

O barba-ruiva pegou uma garrafa do bar. Ele voltou ao seu lugar com os patriotas, enchendo as canecas vazias que fervilhavam como vaga-lumes.

T'Swuntu terminou sua cerveja, deixou outra moeda de ouro no balcão e se dirigiu para a porta. Smitty examinou seu pagamento e correu atrás de T'Swuntu.

– Obrigado pelo ouro, estranho. – Smitty segurou as moedas nos últimos vestígios do crepúsculo. – Isto vai alimentar minha família por um mês.

– Estou atrás de um fugitivo da Virgínia – disse o Pantera Negra. – Talvez você possa me ajudar. Ele é conhecido por Crispus, um jovem garanhão, meio índio *choctaw*, meio africano. Ele usa um rabo de cavalo preto, como o soldado real. Devo encontrá-lo, vivo ou morto.

"Mentira! Diga a verdade. Você busca seu sobrinho N'Sekou, estimado membro da família real de Wakanda", ordenou Bast.

– Desculpe, mas Crispus não é um nome seguro para ser mencionado em Boston – Smitty cobriu a boca e sussurrou. – Há problemas à frente, espíritos malévolos agindo. Siga em frente, se conseguir.

T'Swuntu queria esmurrar a mandíbula de Smitty, mas a deusa Pantera protestou. Um oponente tão indigno não valia o esforço.

– Eu sei que Crispus está aqui, e não vou embora sem ele.

T'Swuntu cumprimentou com o chapéu uma das mulheres que pregava o evangelho.

Ela sorriu para T'Swuntu, mas abanou a Bíblia Sagrada para Smitty.

O Pantera Negra seguiu para o Oeste, na direção da lua que nascia e pairava sobre Boston.

• • • •

T'Swuntu encontrou a mansão holandesa branca no fim de uma longa trilha ladeada pela floresta. Trabalhadores exaustos, imundos e suados vinham de um campo de tabaco que se estendia em linhas verdes até as árvores escuras que limitavam a distância.

Apoiado em um galho, ele observou os trabalhadores se arrastando para cabanas de madeira em péssimo estado, arranjadas em semicírculo. T'Swuntu aguardava até que a lua chegasse ao topo e as estrelas surgissem. O vento carregava sussurros e louvores, uma canção noturna digna dos melhores griôs. Ele pensou no sobrinho e nas mentiras que ouviu na taverna.

"Tanto faz, N'Sekou vai receber os ritos de seu rei", disse a deusa Pantera.

T'Swuntu saltou para a noite e o vento. As vozes o chamavam, e chamavam a deusa Pantera que rugia em seu coração.

Ele escorregou pelas copas das árvores e pela noite quente. A canção espiritual o lembrou dos curandeiros em sua terra natal. Em pouco tempo, as palavras tomaram forma e chamaram o Pantera Negra nas línguas de seus ancestrais. Em sua noite de núpcias, sua nova rainha Safia cantou sobre seus ancestrais. Ela cantarolou e beijou T'Swuntu enquanto cem flechas voavam pela janela do quarto.

O primo de Safia liderou uma rebelião pelo trono e pela mão dela, mas T'Swuntu pôs fim à insurreição antes que começasse. Safia viu o marido decapitar o primo. Horrorizada, ela fugiu de Wakanda e se refugiou nas terras Jabari, tornando-se uma sacerdotisa do Gorila Branco.

Desde então, ele está só.

T'Swuntu saltou para uma clareira e encontrou um círculo de cantores e dançarinos. Um círculo de mulheres cantava louvores, erguendo as mãos negras e as vozes ainda mais negras sobre a cabeça. Um casal dançava no centro do círculo. T'Swuntu tinha visto o homem alto a cavalo, escoltando os trabalhadores cansados para seus aposentos. O Pantera Negra reconheceu a mulher do grupo das pregadoras do evangelho no bar de Smitty. O casal estendeu as mãos e saltou simultaneamente.

Ao seu redor, as pessoas dançavam e cantavam com toda a paixão e voz que seus corpos podiam reunir. Os braços cortavam o vento. Eles balançavam a cabeça e saltavam sobre os calcanhares. Eles louvavam Bast por sua generosidade sem fim, por ter lhes dado braços e pernas fortes e pela saúde de suas famílias perdidas.

Acima de tudo, eles agradeciam a ela por seu rei, o Avatar, que foi profetizado para um dia vir e libertá-los da escravidão.

O ar tremeluzia. Cada partícula refletia o luar. O trabalho de conjuração lembrou T'Swuntu das antigas canções usadas para ocultar as fronteiras em torno de Wakanda.

Enquanto T'Swuntu se aproximava, o homem alto parou de dançar e foi em sua direção, examinando cuidadosamente seu rosto. Quando enfim o identificou, arregalando os olhos, o homem imediatamente caiu de joelhos, chorando:

– Graças a Bast! Graças a Bast!

"Viu? Mesmo no Ocidente eles sabem como tratar uma divindade", exclamou a deusa Pantera.

T'Swuntu olhou ao redor enquanto os adoradores se ajoelhavam e baixavam a cabeça em reconhecimento. Alguns usavam trapos e sapatos feitos de casca de árvore e barbante. Outros usavam jaquetas e calças justas que mal lhes cobriam os joelhos. Algumas mulheres usavam vestidos e aventais simples. Outras usavam vestidos esfarrapados que pendiam em trapos sobre os tornozelos.

"Primos wakandanos distantes", disse Bast a T'Swuntu. "Sangue na alma, se não no corpo."

O Pantera Negra ergueu as mãos. Seguindo o sinal de seu rei, o povo se levantou. Ele odiava wakandanos se ajoelhando.

O tórax e os ombros largos familiares, assim como a pele escura como a de um corvo, as pernas arqueadas que montavam cavalos e os louvores. Todos dançaram, se separaram da multidão e abraçaram T'Swuntu. O homem com pele de corvo tinha mais de dois metros de altura. Braços longos e músculos rígidos salientes sob as mangas. Suas coxas ficavam apertadas nas calças. T'Swuntu maravilhou-se com as grandes botas do homem corvo; imaginou os pés escuros e avermelhados do amigo dançando em vidros quebrados e brasas.

– Meu rei, eu sabia que viria. – O homem alto agarrou os ombros de T'Swuntu e vasculhou à distância o topo das árvores que cercavam a clareira. – Onde estão as *Dora Milaje?*

– Eu tenho a deusa Pantera. Do que mais preciso?

"Ah, agora precisa de mim?", rugiu Bast na cara de T'Swuntu.

– Deem graças e louvores! A deusa Pantera trouxe nosso rei. – O homem sorriu para T'Swuntu.

– Eu viajei uma distância impossível, L'Musa. – T'Swuntu se inclinou na direção do amigo de infância. – Precisamos conversar a sós.

L'Musa apontou para as árvores que circundavam a clareira. Ele chamou dois dos adoradores, um jovem e uma mulher. Uma corda puída prendia as calças do homem em volta da cintura. Pernas fortes, abdome definido. Ele lembrava T'Swuntu dos guerreiros em casa. Em seus olhos, o Pantera Negra viu a escuridão da escravidão humana e a força se tornarem animalescas.

– Meu rei – disse o jovem, curvando-se.

A mulher tinha o queixo fino e os malares altos, sobrancelhas grossas e olhos felinos. Ela exalava força, um espírito testado por limites extremos de sofrimento.

A deusa Pantera rugiu, "Gostei dela!".

Ele esperava que a mulher se curvasse, mas ela olhou através de T'Swuntu. Bast ronronou na barriga do Pantera Negra. Ele não gostava da mulher que estava diante dele, e a reconheceu do grupo espalhando a boa palavra na frente da taverna de Smitty.

– Esses são Benji e Gladys – disse L'Musa, apontando para o irmão e a irmã.

– Eu sonhava com esse dia – disse Benji, com voz oscilante. – L'Musa disse que você viria para libertar nosso povo.

– Você é wakandano? – T'Swuntu esperou o jovem mostrar as cicatrizes que provariam sua linhagem.

– Viemos de Charleston – interrompeu Gladys. – Fica na Carolina do Norte. Meu pai era plantador, e mamãe era escrava. Foi assim que me envolvi com as boas senhoras.

– Benji e Gladys nasceram aqui, meu rei. – L'Musa pegou Benji e Gladys pelos ombros. – Reúnam os fiéis. Nosso rei precisa de comida e alojamento.

– Vai para além das árvores? É seguro? – Gladys fechou os punhos e endireitou as costas. – Vou com você, L'Musa.

– Precisamos de você cuidando dos fiéis – disse L'Musa com voz firme.

– A deusa Pantera nos protege – disse T'Swuntu.

– Tenho certeza que sim, mas creio que por aqui ela precisa de um pouco mais de ajuda – disse Gladys, puxando Benji de volta para perto das pessoas.

Benji ralhou com a irmã quando eles se afastaram.

"Espere! Eu devo ter falado cedo demais. Vou cuidar dela eu mesma", rosnou a deusa Pantera.

T'Swuntu espantou-se com Gladys, mas L'Musa levou seu rei para o círculo escuro da floresta. T'Swuntu sentiu o ar mudar ao deixar a clareira e a parede encantada que escondia os adoradores. A escuridão dava poder ao Pantera Negra e deu-lhe as boas-vindas na natureza. Ele queria correr e pular por entre as árvores.

– Você quer saber por que não relatei o desaparecimento de N'Sekou? – perguntou L'Musa.

T'Swuntu procurou nos olhos do amigo algum indício de traição.
- O que aconteceu com o primogênito de minha irmã?
A deusa Pantera ficou impaciente. "Eu quero encontrar N'Sekou. A alma dele está presa nesta cidade."
O Pantera Negra se lembrou do último dia em que viu o amigo de infância. L'Musa o havia derrotado no treinamento de combate.
A única derrota de T'Swuntu o enfureceu. Eles se evitaram até que L'Musa se juntou aos Cães de Guerra e desapareceu. A rede de espionagem levou L'Musa através dos campos de prisioneiros das tribos vizinhas, através do Oceano Atlântico, através das plantações que se espalhavam para cima e para baixo na costa do chamado Novo Mundo.
- Eu senti N'Sekou deixar o plano temporal. Procurei-o em Djalia, mas não consegui sentir sua presença. Ele não foi enterrado.
T'Swuntu se aproximou de L'Musa.
- A mãe dele me preocupou por semanas com seus rituais de transição.
- Kandika ainda é tão forte quanto eu me lembro? - L'Musa sorriu, perdido na memória.
- Minha irmã quer guerra contra este país. Devo enviar N'Sekou para Djalia, para que ele possa se comunicar com seus ancestrais antes que a mãe queime seu Novo Mundo.
- Os Filhos da Liberdade estão com N'Sekou. - L'Musa olhou para o chão. - Estão com o corpo dele.
- Você chama os cães que escravizam seus compatriotas de Filhos da Liberdade?
- Eles se nomearam assim, meu rei. Estou neste país há mais tempo do que gostaria de me lembrar. As coisas parecem simples. Você vê terras, recursos, nações lutando, mas este Novo Mundo, esta terra sem rei, está mudando nosso povo. Eu liberto o máximo que posso e ajudo a todos que encontro.
- L'Musa, você é um dos meus amigos mais antigos, mas o propósito dos Cães de Guerra é reunir informações para o seu rei. - T'Swuntu observou um rato passar correndo por seu pé, pela grama. - Conte-me tudo.
- N'Sekou se juntou aos Filhos da Liberdade. - L'Musa esfregou a cabeça careca e olhou para a lua. - Gladys relatou que você parou na

taverna do Smitty. O soldado britânico que você conheceu na taverna atirou em N'Sekou.

T'Swuntu cerrou o punho ao imaginar que tinha conversado com o assassino do sobrinho.

"Você deveria ter arrancado o coração dele quando teve a chance", a Deusa Pantera rosnou.

– N'Sekou renunciou a você. Ele renunciou a Wakanda. Ele renunciou inclusive à deusa Pantera. Amaldiçoou os reis ausentes do outro lado do oceano. Ele falava como os Filhos da Liberdade. Tentei argumentar com ele. Mas ele queria deixar de ser N'Sekou e se tornar Crispus. Queria viver a história que lhe contamos.

T'Swuntu agarrou a garganta de L'Musa e o jogou contra uma árvore.

– Nada disso explica por que tive que atravessar um oceano para descobrir a verdade.

– Tudo começou à tarde – L'Musa continuou calmamente. – Com um jovem aprendiz cobrando uma dívida em frente à Alfândega. O soldado real com rabo de cavalo loiro devia ao rapaz um dinheiro pelo serviço de aparar a barba. Em vez de pagar, o soldado bateu no jovem aprendiz com o rifle. A multidão cercou os soldados reais, mas foi N'Sekou quem atingiu o soldado loiro e deixou uma cicatriz no rosto dele. O soldado atirou em N'Sekou primeiro, no coração, e os seus companheiros seguiram o exemplo. Seu sobrinho foi o primeiro homem a derramar sangue pela rebelião dos patriotas, e ainda assim a revolução deles não pôde suportar sua cara preta.

– Você os deixou matarem meu sobrinho. Eles tomaram seu sangue e descartaram seu nome. A alma presa de N'Sekou compromete Djalia. Kandika não vai descansar até que seu filho atravesse a planície. – T'Swuntu o apertava firmemente, enquanto L'Musa relutava. – E vou ter que dizer à minha irmã que o filho dela é um traidor.

Ele jogou o amigo no chão.

– Eu jurei ajudar nosso povo nas colônias e reunir informações que impedissem os mercados de escravos de penetrar em Wakanda. – L'Musa se levantou, esfregando a garganta.

Ele olhou para a lua, seus olhos refletiam a luz, úmidos pelo fracasso.

– Eu não sei o que seus griôs lhe disseram, mas meu trabalho é bastante difícil. N'Sekou colocou todo o nosso continente em risco, e sabe por quê? Seus irmãos libertadores venderam seu corpo para os fazendeiros na periferia da cidade. Os plantadores têm poderes sombrios, mais antigos do que essas colônias. Você deveria ter ficado em Wakanda.

Benji emergiu da clareira, onde uma fogueira foi acesa. O vento carregava o cheiro de carne apimentada. Ele se ajoelhou diante de T'Swuntu.

– Meu rei, sua comida e bebida estão prontas. Esta noite, louvamos a deusa Pantera. – Benji, alheio às atitudes sombrias dos dois, levantou e apontou na direção da clareira.

T'Swuntu olhou para as chamas lambendo o céu negro e avaliou os muitos problemas que surgem em uma terra sem rei.

Na clareira, os adoradores dançavam em círculos. Cheio de raiva e dor, T'Swuntu tentou resistir aos tambores e gemidos que possuíam suas pernas e coluna, mas L'Musa dançou em direção ao meio do círculo. Ele jogou os braços e saltou simultaneamente com o restante dos dançarinos. Ele desafiou Gladys, e ela dançou em círculos ao redor de L'Musa. Sua força e fluidez surpreenderam T'Swuntu. Embora nunca tivesse visto o Reino Oculto, ela combinou seu ritmo com a história wakandana como ninguém que o Pantera Negra já tinha visto.

T'Swuntu se recusou a permitir que um estrangeiro executasse as danças sagradas melhor do que seu próprio povo. Ele não se importava se ela louvava ou não a deusa Pantera. Essa Gladys não era wakandana.

Ele deslizou em direção a ela, balançando os braços e as pernas em padrões intrincados que imitavam o nascimento de Wakanda e a chegada de seu vibranium sagrado. Gladys personificou Bast marcando o rosto de Bashenga com o sangue da erva-coração.

"Será que L'Musa mostrou a essa insolente todos os nossos passos?", reclamou a deusa Pantera.

Para a frente e para trás, eles dançaram por horas. T'Swuntu lutou contra a raiva e a dor de ter perdido N'Sekou. Ele se perdeu na dança e na música, com a deusa Pantera crescendo dentro dele.

Depois, todos dançaram, comeram e beberam. T'Swuntu se perguntava como tinha se apaixonado por essa mulher tão rápida e completamente.

"Isso é tudo de que precisa, uma dança? Eu poderia ter me casado com você anos atrás", riu a deusa Pantera.

T'Swuntu adormeceu ao lado de Gladys e sonhou com sua noite de núpcias, com sua noiva mergulhando entre ele e um aglomerado de flechas voando pela janela do quarto.

Algo explodiu e ele acordou, sentindo cheiro de fumaça e aço ensanguentado, mosquetes e gritos. Gladys mexeu-se no catre onde acabara de dormir com uma expressão angelical e tirou lá de baixo um mosquete, um saco de balas e uma faca de caça.

Ele ouviu um assobio e mergulhou sobre Gladys. Uma bala de canhão atingiu a choupana, derrubando os aposentos sobre os azarados companheiros. Gladys praguejou e rastejou pela confusão de madeira e escombros.

– Eu deveria saber – sussurrou ela. – Corteje um rei, e terá os problemas de um rei.

Ela deu um tapinha na bochecha de T'Swuntu e ofereceu-lhe a faca.

O Pantera Negra abriu uma bolsa costurada na cintura da calça. Uma centopeia rastejou até seu dedo. O inseto preto tinha uma concha plana e redonda feita de vibranium. A centopeia correu sobre os nós dos dedos de T'Swuntu e se dividiu em duas. Os dois insetos se dividiram então em quatro. T'Swuntu fechou os olhos. As criaturas se multiplicaram, espalhando a armadura de vibranium sobre sua pele. Enquanto as centopeias cobriam seu rosto, ele olhou para Gladys, esperando choque e reverência.

Em vez disso, ela parecia irritada, como se quisesse perguntar se ele estava pronto. Ela carregou o mosquete com chumbo grosso.

– Precisamos encontrar L'Musa e Benji. – Gladys saiu engatinhando dos destroços e sumiu em meio à fumaça, às folhas de tabaco em chamas e a corpos se debatendo.

T'Swuntu agachou-se perto do solo e analisou os arredores. Alguém havia posto fogo no campo de tabaco. Os alojamentos em semicírculo irregular estavam destruídos.

Fogo e mais fumaça se elevavam da mansão holandesa. Patriotas armados com mosquetes caminhavam por entre a fumaça, atirando nos trabalhadores agitados. T'Swuntu viu Gladys marchando em meio à confusão em direção à mansão holandesa, gritando o nome do irmão.

Um patriota correu em sua direção gritando obscenidades, amaldiçoando a mulher mestiça e toda sua espécie. Esquivando-se dos golpes do homem, ela enfiou a coronha do mosquete em sua virilha. O homem cruzou as pernas, gemeu e caiu de cara no chão.

Outro jurou lealdade aos Filhos da Liberdade e apontou um mosquete para a têmpora dela. Quando o patriota puxou o gatilho, T'Swuntu agarrou a boca do cano e pegou o tiro de chumbo disparado do mosquete quente. O vibranium em sua mão e braço ressoou. T'Swuntu adorava o som do vibranium contra sua pele. Ele pegou a arma e quebrou a mandíbula do homem com um movimento.

Vozes clamavam na floresta escura. Doze homens correram para a clareira e cercaram T'Swuntu.

O Pantera Negra saltou no ar. Ele riu quando o tiro passou por ele e arranhou a armadura de inseto. Ele saltou das árvores e atacou cada patriota. T'Swuntu cortou rostos com suas garras e quebrou ossos com as mãos e punhos envoltos em vibranium. Os Filhos da Liberdade o viam passar como uma série de borrões rápidos e sombras nítidas.

Gladys e T'Swuntu atiraram e abriram caminho por entre as árvores escuras e a clareira até subirem à varanda da mansão holandesa. Gladys chutou a porta e T'Swuntu salpicou a sala com os pequenos dardos que chamava de "dentes de pantera". Passando por cima dos corpos, os dois vasculharam a casa, da sala até o quarto principal, e encontraram L'Musa pregado na parede ao lado da cama, com os braços cruzados no peito, na saudação ancestral de Wakanda. Os olhos, as orelhas e a língua dele tinham sido arrancados.

Na parede perto de um armário, alguém deixara uma mensagem escrita com o sangue de L'Musa:

Os plantadores estão esperando, Majestade.

Estamos com seu sobrinho. Esperamos muito por sua chegada. Você será nosso maior triunfo.

T'Swuntu cambaleou com as lembranças de L'Musa. O Pantera Negra viu seu amigo dançando com Gladys e rindo com a irmã Kandika quando criança. Ele viu cada memória que tinha de L'Musa em um único momento. Ele se sentou na cama e cobriu o rosto com as mãos, triste pelo amigo de infância.

Gladys pisou em falso, sentou-se e olhou para seu mentor morto.

– Baba – lágrimas escorreram por seu rosto –, você me deu tudo. Você ajudou tanta gente.

Ela segurou o mosquete contra o peito, puxando com força as mandíbulas cerradas.

"Você deve enterrá-lo. Preste-lhe homenagem com os rituais", a deusa Pantera gemeu.

– Se a deusa aprovar, vou resgatar N'Sekou e realizar uma cerimônia.

– Com quem você está falando? – perguntou Gladys.

– Eu sei para onde ir. Sinto o espírito do meu sobrinho, mas não conheço o terreno. – T'Swuntu voltou-se para a nova companheira. – Eu preciso que você me guie. Vou protegê-la.

– Você já ouviu falar dos Plantadores? – perguntou Gladys. Depois de um momento de silêncio desconfortável, ela continuou. – Eles têm plantações em todos os estados. Negociam escravos, colheitas, barcos, armas. O que quiser, eles vendem.

– Esses Plantadores levaram meu sobrinho. Como rei, devo a ele um enterro apropriado.

– Isso é tudo que o sangue real compra hoje em dia? Um funeral de luxo? – Gladys verificou a arma.

"Ela é impetuosa. Fique atento", aconselhou a deusa Pantera.

– Eu sei para onde podemos ir até o anoitecer.

Depois de uma busca inútil pelo irmão, Gladys levou T'Swuntu à cozinha. Ela acendeu uma lamparina a óleo que encontrou ao lado de uma porta no canto e conduziu T'Swuntu até uma despensa. Panelas e sacos cobriam as paredes. Prateleiras abastecidas continham potes de vegetais em conserva. Na parede posterior, eles encontraram uma arca de ferro. Gladys apontou para o objeto.

– Você consegue tirar isto do lugar?

– Quem construiu esta casa? – T'Swuntu resmungou.

O metal se moveu como um bloco sólido de ferro. Ele imaginou L'Musa movendo o bloco com facilidade e praguejou baixinho. Quando olhou para cima, encontrou Gladys admirando seus braços. Ela apontou para um buraco no chão, onde a caixa de metal estava apoiada.

– Esta terra pertenceu à família do meu pai desde os primeiros colonos – Gladys parou na frente do buraco, encarando T'Swuntu. – Meu pai era o dono desta casa. Minha mãe trabalhava na cozinha. Meu pai a visitou, sabendo que ela não poderia recusar. Cresci nos alojamentos e na cozinha, mas sempre gostei dos alojamentos. Quando conheci L'Musa, não enxerguei, mas ele mudou tudo. Através deste buraco, ele libertou muitos. Apenas Baba, Benji e eu vimos este lugar com nossos próprios olhos. Agora, você também.

• • • •

Sob o véu da noite, Gladys conduziu T'Swuntu a uma mansão cinza com janelas altas que transformavam a fachada em uma piscina de vidro. Os Filhos da Liberdade vigiavam o jardim da frente. T'Swuntu estimou cinquenta homens. O barba-ruiva tirou a camisa enquanto caminhava pelas fileiras. Ele carregava o mesmo par de facas que mostrara na taverna. Erguendo as lâminas brilhantes, o barba-ruiva reuniu a milícia animada por uma fileira de canhões alinhados no jardim da frente.

"Eles prepararam uma festa gloriosa", a deusa Pantera e Gladys sussurraram em uníssono.

T'Swuntu viu a deusa Pantera em Gladys. Ele queria se ajoelhar e oferecer a ela sua vida, mas, em vez disso, pegou sua mão. Uma centopeia preta, fininha, pulou em seu braço. O inseto se multiplicou até que pequenas escamas de vibranium vivo cobrissem seu corpo. Gladys tentou se livrar do aperto de T'Swuntu e bateu nos insetos que se espalhavam em seu peito.

– Segure firme. Aceite este presente da deusa Pantera. – T'Swuntu observou os insetos cobrirem Gladys para a aprovação de Bast. – Eu sei que você precisa encontrar seu irmão, mas quero incluir meu sobrinho nessa busca. Você o conheceu como Crispus.

– N'Sekou. – Gladys apertou a mão de T'Swuntu. Os projéteis de vibranium zumbiam em suas palmas.

– N'Sekou – confirmou o Pantera Negra. – Meu sobrinho está naquela casa. Eu sinto sua alma queimando.

"Em nome de nossas origens! O que esses monstros fizeram ao meu filho!?", a deusa Pantera gritou.

T'Swuntu tapou os ouvidos.

– Sua Majestade! – uma voz berrou da mansão, zombando de T'Swuntu. – Junte-se a nós. Deixe-nos aproveitar o seu esplendor, T'Swuntu.

Ao ouvir seu nome, o Pantera Negra emergiu do denso arbusto que cercava a mansão. Ele viu Smitty acenando de uma sacada sobre a porta da frente.

Abaixo da sacada, um gigante curvado com antebraços enormes rosnou na varanda da frente. A besta rosnou e sorriu com dentes afiados, pingando saliva. O rosto de Benji se contorceu. Um olho estremeceu. Ele rugiu quando viu T'Swuntu.

Gladys gritou.

– Olha o que fiz ao seu irmão – riu Smitty, e sua voz sacudiu as árvores. – Um pouco de pó aqui, algumas poções ali. Você ficaria surpresa com o que descobrimos ao redor do mundo.

– Achávamos Benji muito chato, então decidi melhorá-lo um pouco. Ele mal pode esperar para ver a irmã mais velha.

Smitty encostou-se na grade da varanda.

– T'Swuntu, quero falar sobre Wakanda. O Pantera Negra buscaria o resgate de um rei no mercado, ou você pode nos garantir o comércio e a exploração exclusivos de suas terras?

"Ele quer o quê e de quem?", disse a Deusa Pantera, incrédula.

– Eu sou o filho de Bast e de Bashenga. Eu sou o sol nascente de Wakanda – rugiram T'Swuntu e a deusa Pantera. – Você confia demais na pólvora e na bruxaria. Você tirou a vida da minha família. Você barganha com a alma do meu sobrinho. Você quer meu país e quer desfilar me levando acorrentado. Você conhece meu reino. Você sabe meu nome. Você deve saber que nenhum de vocês vai sair deste lugar vivo.

T'Swuntu sentiu a Deusa Pantera crescer. Suas mãos doíam de tão ansiosas por alvos.

– Fogo!

O barba-ruiva apontou os facões para T'Swuntu. Os patriotas saíram das laterais da casa, entraram nas janelas e subiram no telhado da mansão. Os patriotas apontaram os mosquetes e atiraram em T'Swuntu. Manchas de grama e fumaça subiram do quintal. O Pantera Negra riu em meio à fumaça e aos tiros. A deusa Pantera rugiu pela voz de T'Swuntu.

T'Swuntu atacou o barba-ruiva. O patriota agitou os facões contra T'Swuntu, que se esquivou das lâminas e cortou o rosto e o peito do ruivo. T'Swuntu admirou a velocidade do barba-ruiva, mas o patriota atirou uma grande faca em sua garganta. O Pantera Negra atingiu a mandíbula exposta com o punho e o cotovelo. O vibranium zumbiu em seu braço quando ele passou por cima do barba-ruiva e abriu caminho através da multidão de patriotas.

– Você vai dar um espécime maravilhoso. – Smitty riu. – Os Plantadores vão vendê-lo de volta para Wakanda logo, logo.

Benji passou por uma nuvem de fumaça e acertou T'Swuntu com um soco duro como pedra. O vibranium ressoou. T'Swuntu tentou se levantar, mas Benji uivou e esmagou o Pantera Negra com os dois punhos.

– Você matou L'Musa? – Os milípedes caíram da cabeça de T'Swuntu.

Seu peito chiava ao respirar, e havia sangue escorrendo da boca, mas o cheiro ao redor do corpo de Benji era inconfundível.

– Ele não consegue ouvir você. – Smitty saiu pela porta da frente e parou em frente a T'Swuntu. – Eu usei os mesmos feitiços em seu amado Crispus, e, sim, Benji matou seu amigo. Gostou da mensagem que deixamos para você? Esse foi o meu toque especial. Wakanda para sempre!

Smitty imitou a saudação antiga e riu.

– Todos os vizinhos de Wakanda trabalham conosco de alguma forma, mas nunca Wakanda, nunca o coração coroado da escuridão. Queremos mudar isso. Vamos ver se isso o convence.

Benji agarrou T'Swuntu pela garganta e a apertou, pressionando os insetos de vibranium.

A deusa Pantera preencheu todo o corpo de T'Swuntu. Ele fechou os olhos, mas Bast os abriu.

Antes que T'Swuntu pudesse se mover, ouviu um tiro. Benji caiu e voltou a ser o menino de rosto redondo que ele encontrara no campo de fumo. T'Swuntu sabia que Benji havia deixado o mundo físico, e que Gladys puxara o gatilho.

T'Swuntu falou, mas era a voz de Bast misturada com a sua.

"Você é um flagelo tanto para o velho como para o novo. Esta terra não conhecerá a paz até que seu império caia. Deixe meu filho agora."

T'Swuntu agarrou Smitty, que rapidamente começou a barganhar.

– Wakanda contém um tesouro de recursos naturais. Os plantadores podem mostrar como lucrar com seus recursos. Podemos torná-lo o rei mais rico da África. – Smitty cobriu o rosto com os braços.

– O que você acha, Gladys? Devo aceitar a oferta dele? – T'Swuntu colocou Smitty aos pés de Gladys.

– Vamos ver se ele negocia bem com o "senhor esfolamento" – disse ela.

– Espere. Eu tenho algo melhor. – T'Swuntu mostrou uma pequena folha da erva-coração. Ele apertou a garganta de Smitty e enfiou a folha na boca do escravizador. – Coma.

O Pantera Negra segurou Smitty até que ele engolisse. Os olhos do taverneiro se arregalaram e ele chorou com o sofrimento de todas as almas que havia roubado. T'Swuntu fez um movimento de aprovação com a cabeça. Os ancestrais haviam entrado em Smitty e destruiriam sua mente.

T'Swuntu estava prestes a se afastar quando Gladys mirou o mosquete e disparou um tiro na cabeça de Smitty.

– Ele pode sofrer no inferno – disse ela.

• • • •

T'Swuntu recuperou os corpos de L'Musa e N'Sekou e os enterrou com Benji nos túneis secretos sob a despensa de Gladys. Ele realizou os ritos sagrados de Wakanda e abençoou os restos mortais dos três homens com uma prece de proteção.

Um dia depois, após os rituais funerários e uma viagem especial de volta à cidade, ele levou Gladys a uma parte mais reservada da praia, onde um pequeno navio esperava a uma curta distância. Ele pegou a mão de Gladys, mas ela se afastou.

– Isso é o mais longe que eu vou, T'Swuntu – disse ela, olhando-o nos olhos. – Tenho que continuar o trabalho que comecei com L'Musa.

– Você não tem família aqui, Gladys. Serei sua família e você será minha rainha. Há uma vida inteira esperando por nós através dessas águas, uma vida boa. Uma terra sem rei não pode florescer. Você pode libertar alguns, mas a maioria deve escolher a liberdade por conta própria.

T'Swuntu segurou Gladys e a beijou. Ela se inclinou para beijá-lo com tanta paixão que ele pensou por um momento que a havia convencido.

Mas ela se afastou e olhou para ele por um momento antes de se virar e ir embora para a escuridão. Ela parou, lançou um último olhar ardente e então desapareceu.

T'Swuntu sabia que nunca esqueceria aquele momento. A luz brilhando em seus olhos, desejando-lhe a vida maravilhosa que ele queria compartilhar com ela.

Em vez disso, T'Swuntu partiu de Boston, observando o local por onde Gladys desaparecera até que não pudesse mais ver a costa. E, então, o Pantera Negra sentou-se no convés e chorou.

"Alegre-se. De qualquer maneira, você já tem muitas esposas", a deusa Pantera consolou seu rei.

Ele olhou para as ondas e se perguntou como contaria a Kandika sobre seu filho, seu sobrinho.

– Espero que este presente alivie sua dor, irmã. – T'Swuntu fechou os olhos enquanto o navio voltava para casa.

Ele enfiou a mão no bolso e puxou um rabo de cavalo loiro, o sangue ainda pingando no mar escuro e infinito.

EU HEI DE VER O SOL NASCER

ALEX SIMMONS

COMO A MORTE PODE TER UM CHEIRO TÃO DOCE?

N'Yami apertou-se contra a casca de uma árvore escondida por trepadeiras, galhos e folhas, adornadas com as mesmas flores amarelas e rosadas que ela amava tanto quando criança.

Um vislumbre da inocência da infância cintilou diante de seus olhos, assim como o brilho do facão a trouxe de volta para a realidade da condenação que se aproxima. O homem foi avançando lentamente, não por medo ou por cautela, e sim para estender o prazer de persegui-la. Sem pensar, ele girou a arma mortal na mão esquerda. A lâmina grande e plana captando hipnoticamente a luz dourada e flamejante do sol, sinalizando uma morte horrível.

Ele era como um animal perseguindo sua presa, e N'Yami se sentiu abençoada por ele não ser um gato selvagem capaz de detectar o cheiro de sangue que escorria dos inúmeros cortes que tinha nos braços e nas pernas.

"Você não devia ter saltado do jipe", ela brigou consigo mesma.

"Mas era minha única chance", disse a outra parte dela. "Eles queriam me matar. Queriam matar nós dois."

Ela acariciava a discreta elevação na barriga.

Conforme o homem se aproximou, N'Yami segurou o fôlego e sua mente voltou a poucos minutos antes daquilo.

Ela era a esposa de T'Chaka, o rei de Wakanda e o mais poderoso guerreiro conhecido, o Pantera Negra. Ela era a rainha de Wakanda, além de cientista-chefe do reino. Era em nome dessa segunda qualificação que ela estava viajando pela estrada que conduzia às minas de vibranium.

Era costume visitar as minas uma vez por semana. Ela estava trabalhando em um projeto especial relativamente secreto, o culminar de anos de pesquisa e experimentos próprios. Mesmo os homens que viajavam com ela, O'Kolu, o segundo no comando do laboratório, e seus dois assistentes, T'Baa e Ngabo, não sabiam a verdadeira natureza de seu trabalho.

Quando começou seu trabalho, ela não era a esposa de T'Chaka, o rei no trono e Pantera Negra. Ela não era a rainha de Wakanda, apenas desempenhava o papel de que mais gostava: era cientista, exploradora do desconhecido. E, como tal, não sentia necessidade de guarda-costas e extravagâncias. Apenas a companhia dos três assistentes.

Ela conhecia O'Kolu desde que começara a trabalhar no laboratório. Ele a recebera de braços abertos, encantara-a com sua tranquilidade, e ela discutiu muitas de suas ideias com ele sem reservas. Portanto, as palavras que ele proferiu naquele dia foram mais do que uma surpresa. Eram palavras mordazes de traição.

– Você não é digna de carregar a semente de nosso rei – ameaçou O'Kolu. Ele se sentou ao lado dela na parte de trás do jipe. A parte plana do facão descansou em sua barriga, e ela estremeceu com suas intenções. – Você é filha de fazendeiros imundos – sussurrou ele, com os dentes cerrados. – Você é a própria sujeira, não importa o quanto estude. Apesar de seu conhecimento infantil da ciência e de seus experimentos, você achou que seus brinquedos seriam iguais aos de homens que trabalham lá há anos.

N'Yami percebeu seu preconceito tácito.

– Homens como você?

O'Kolu girou a lâmina e cortou levemente o tecido da roupa dela.

– Vamos levá-la para conhecer os outros que também juraram que nenhum filho real de Wakanda nascerá da imundície.

N'Yami explodiu em fúria.

– Foi o seu rei que me escolheu!

– Ele foi enganado – rosnou O'Kolu. – Cegado por sua pretensão de descobrir novos usos para nosso vibranium. Mas isso acabou.

Ele riu, erguendo a lâmina. Talvez para ameaçar, talvez para matar. Mas ela não podia correr o risco.

Em um movimento rápido, N'Yami afastou rudemente a mão do homem. A lâmina foi para a esquerda, cortando o pescoço do motorista. Enquanto o homem gritava, N'Yami sussurrou uma oração por seu filho e saltou do veículo.

A estrada era de cascalho e pedras, que rasgaram sua carne dolorosamente, e a queda no lado gramado da colina ocorreu em violentas reviravoltas antes de ela parar bruscamente entre os arbustos. N'Yami tinha ouvido o jipe bater na estrada, mas isso não era indício de segurança. Ela conseguiu se levantar, então tropeçou e correu. E continuou correndo... até agora.

N'Yami não sabia onde O'Kolu poderia estar, mas o homem que segurava o facão agora era T'Baa, e ele estava mais perto. Agora ele movia a lâmina para ambos os lados, cortando a folhagem que a protegia. Cortando a mesma beleza que antes lhe dera paz. Mais duas vezes ele balançou a lâmina. O mato alto, as folhas e as pétalas das flores caíam como flocos de neve.

Ele parou, como se sentisse sua presença.

N'Yami mordeu o lábio, abafando qualquer som. Prendendo a respiração. "Por que eu insisto em não ter segurança? As *Dora Milaje* teriam despachado esses homens antes que eles dessem dois passos."

T'Baa continuava avançando, sorrindo, com a lâmina erguida, pronto para atacar. Sabia que ela estava perto. E ela sabia o quão ansioso ele estava para matá-la. "Não apenas a mim, mas também meu filho", pensou ela.

Como se respondesse, o bebê ainda não nascido se mexeu dentro dela. O filho de T'Chaka – aquele que, um dia, seria rei dos wakandanos –, mas, o mais importante, também seu filho.

T'Baa estava a menos de meio metro dela e certamente a teria visto através das folhas se tivesse se virado.

N'Yami saiu correndo do esconderijo. T'Baa girou para encontrá-la, empurrando a lâmina contra ela, mas a jovem agarrou seu braço e puxou-o em sua direção. Seu ímpeto trabalhou contra ele. De repente, ele cambaleou para a frente quando ela se desvencilhou dele e rapidamente voltou à direção oposta. Com o movimento, o agressor tombou violentamente para trás, espatifando a espinha em uma grande pedra.

T'Baa gritou, e seus olhos se encheram de raiva. Ele poderia ter se levantado se a rainha não tivesse caído sobre um joelho e aplicado três golpes afiados em sua garganta. T'Baa engasgou e não se mexeu mais. Os poucos movimentos que as *Dora Milaje* lhe ensinaram foram bastante úteis a N'Yami.

Ainda assim, ela sabia que o grito de T'Baa atrairia os outros. Então segurou firme o facão e saiu correndo.

"Eles me odeiam", pensou ela, correndo desesperada pela vegetação rasteira. "Mas por quê?"

Ela tropeçou quando a resposta subitamente lhe veio em memórias de apenas alguns anos atrás.

N'Yami podia ver os destroços de sua aldeia, os homens feridos e as famílias destruídas. As guerras tribais dentro de Wakanda terminaram. Seu povo nunca tivera uma chance. Ela nunca entendeu por que eles precisavam lutar contra o governante de Wakanda e suas políticas.

Sim, houve guerras em outras partes do mundo. Na Alemanha Oriental, no Iraque, nas Malvinas, na Somália e no Sudão. Mesmo ali em Wakanda, onde nenhum homem branco jamais governara, havia dissensões.

– Basta falar com o rei – ela implorou a muitos de seus amigos.

Ela acreditava em T'Chaka desde aquele tempo.

Mas algumas vozes influentes eram muito mais altas. Houve uma facção entre seu povo que queria ser ouvida, que queria suas demandas atendidas. Eles insistiam que era tudo "para o povo!".

Mas, nos momentos finais, os líderes dessa facção simplesmente quiseram governar, estabelecer os limites dentro dos quais os outros viveriam. Mas não tinham o poder que o rei de Wakanda tinha. Eles careciam da tecnologia e, é claro, de vibranium.

Além de tudo, não tinham o espírito sagrado da Pantera Negra. Esse foi o verdadeiro poder que os rebeldes vislumbraram apenas um pouco antes de serem esmagados.

As memórias de N'Yami se despedaçaram quando uma dor incandescente percorreu seu abdome. Ela se encolheu no chão e, pelo que pareceu uma eternidade, não se moveu nem respirou.

"Eles vão me encontrar", pensou ela. "O'Kolu ou talvez o motorista, se não estiver gravemente ferido. Eles vão me encontrar aqui e me matar como um porco."

"Não, eles não vão", sua mente insistiu. N'Yami colocou as mãos no chão e empurrou com toda a força. A dor veio forte novamente e as lágrimas correram por seu rosto.

"Não vamos cair aqui", disse ela com os dentes cerrados.

"Não, meu filho, nós vamos ficar em pé."

Ela empurrou novamente. Uma vez, duas vezes, novamente e novamente até que finalmente estivesse de joelhos. A dor diminuiu ligeiramente quando ela estendeu a mão e se apoiou em uma árvore para se levantar.

"Eu não posso continuar correndo", disse a si mesma. "Eles vão me ultrapassar, e este facão não é suficiente contra homens armados."

A jovem rainha respirou fundo e acariciou a barriga.

– Não se preocupe – disse ela com voz suave. – Eu vou lutar por você, meu filho... e pela minha vida. Mas minha força não está nas habilidades de combate, e sim em minha mente.

Ela esquadrinhou a área, e logo uma ideia começou a se formar.

– Minha mente... Sim, é usando a mente que poderei nos salvar.

N'Yami sabia que a salvação deles estava em voltar ao jipe, caso o veículo não tivesse sido destruído. Se ela pudesse voltar lá, teria uma chance... Eles teriam uma chance.

Com cuidado, N'Yami se localizou, então mudou de direção, girando para fora e de volta na direção do local do acidente. Uma ou duas vezes ela ouviu um movimento à esquerda ou à direita. O'Kolu procurando-a, ou talvez o motorista? Ou pior... algum animal perseguindo sua próxima refeição? As panteras não eram os únicos predadores em Wakanda.

Ela precisava afastar da mente aqueles pensamentos, então as memórias do passado vieram novamente à tona. Ela vislumbrava-se anos antes, quando pensava em ir estudar nos Estados Unidos. Seu povo não entendia, especialmente seus pais, o que a tornava uma estranha, mesmo em sua própria casa.

– É seu dever permanecer aqui! – A mãe esmurrou a mesa de vime, pontuando cada palavra. – Você deve se casar e ter filhos, para trazer uma nova vida às nossas aldeias e nos fortalecer, e assim podermos ressuscitar!

Pelo menos a mãe discutiu com ela. O pai sequer lhe dirigiu a palavra. Ele reconhecia que N'Yami tinha talentos e habilidades científicas, mas era inflexível em sua opinião. Ela estava abandonando todas as tradições e seu papel como mulher na tribo para, na visão dele, definhar em outro país. Isso era imperdoável.

Ela ainda podia vê-lo parado do lado de fora da casa após a última discussão.

– Meu pai, você sabe que eu o amo e respeito – implorou ela, com lágrimas nos olhos. – Mas você me ajudou a ser quem eu sou. Como pode me negar o direito de buscar ainda mais, para me tornar melhor do que sou?

N'Yami tentou tocá-lo, mas ele se afastou.

– Eu voltarei – disse ela. – Vou aprender tudo o que puder e voltar, e talvez então...

O pai não respondeu, então ela saiu naquela noite para uma caminhada carregando seu silêncio, com as palavras duras da mãe pesando no coração. Embora fosse sua escolha, ela se sentiu irremediavelmente exilada do coração dos pais, da aldeia.

Eles morreram logo depois, e ela tomou a decisão de ir embora.

As memórias desapareceram brevemente quando N'Yami parou perto de um lago. Ela bebeu moderadamente, então procurou abrigo entre os arbustos próximos. No frescor da sombra, cercada pelas belezas naturais, as lembranças voltaram.

A Europa foi sua primeira parada. Lá seu amor e interesse pelas ciências da Terra começaram a florescer.

Dois anos depois, ela pediu transferência para uma universidade em Nova York, para prosseguir os estudos em ciências moleculares. É verdade que a tecnologia de Wakanda era muito mais avançada, mas, vindo de onde vinha, ela não tinha acesso àquilo. Foi lá que N'Yami começou a testar suas teorias sobre os efeitos das vibrações na fisiologia humana.

Ela se encantou com a oportunidade de aprender, e então levar esse conhecimento de volta para casa, para seu povo. Ela sabia que o que restara da família não a aceitaria de volta. Apesar disso, ela tentou.

Seu coração se partiu quando seu tio bateu a porta de sua casa ancestral na cara dela no segundo em que a viu. Seus gritos, suas súplicas e seus pedidos não resultaram em nada além do silêncio do tio e dos olhos marejados de lágrimas dos primos antes que ela desistisse e fosse embora.

Enquanto carregava suas poucas malas pela pequena vila, ela percebia os antigos vizinhos sussurrando, julgando-a, rindo dela, a exilada que pensava que poderia voltar para casa. No momento em que ela chegou ao único ponto de táxi da vila, sabia que teria que encontrar um novo lar, no qual sua mente importasse mais do que o dever de uma filha.

A deusa Pantera tinha sido boa para ela, e as coisas funcionaram melhor do que ela poderia ter imaginado. N'Yami estava de volta havia menos de um ano quando foi chamada ao salão de ciências do palácio real. O ex-cientista-chefe tinha ouvido falar de seu trabalho e suas habilidades, e falou com T'Chaka para oferecer à jovem uma posição no laboratório principal.

No início ela estava em conflito. As memórias da guerra ainda estavam frescas na mente de seu povo. Mas N'Yami ainda se importava e sabia que a oportunidade traria estabilidade para sua família e lhe permitiria aumentar ainda mais seus conhecimentos. Havia tantas coisas emocionantes que ela queria fazer, tantas coisas que queria criar. Tudo de que precisava era espaço e recursos. E a capital Birnin Zana, especialmente o centro de ciências, oferecia ambos.

Por um tempo, foi perfeito.

Ela desempenhou bem seus deveres e, lentamente, as pessoas no laboratório começaram a lhe dar mais responsabilidades. Eles também ouviram suas ideias e até exploraram aspectos de sua curiosidade sobre os poderes das vibrações.

Então o impossível aconteceu. O rei T'Chaka a notou. Ele parecia gostar de sua inteligência e de seu entusiasmo. Quanto mais tempo passavam juntos, mais os dois percebiam que estavam apaixonados.

Houve alguma relutância, especialmente da parte dela. Mas a paciência e persistência de T'Chaka venceram suas preocupações sobre estar presa em um palácio como um adereço, em vez de usar a mente que ela havia sofrido tanto para exercitar.

E depois de um namoro adequado, eles se casaram. Agora, a chegada do filho deles ao mundo estava a apenas alguns meses de distância. Faltavam apenas alguns meses... Essa percepção assustadora a trouxe de volta à realidade do momento.

Ela não poderia correr para sempre. Não desses homens, e não dos ressentimentos que tinham dela. O'Kolu disse que havia outros que se sentiam como ele. Simplesmente nada disso havia sido dito. Como ela poderia se defender deles? Eles viriam por ela e pela criança?

Ela finalmente tinha que enfrentá-los. Mas, por enquanto, precisava voltar para o jipe.

Ela não gostou da ideia de usar uma lâmina ou uma arma. E sua mão ainda doía pelo golpe aplicado em T'Baa. Ela tinha uma esperança, que estava em sua mochila naquele veículo. Era para onde tinha que ir.

Ela seguiu em frente com cuidado. A dor aguda não havia retornado, mas o que significava? Ela estava ansiosa para voltar ao palácio, e pedir aos médicos que examinassem o bebê.

Ainda assim, N'Yami não conseguia se esforçar tanto quanto queria.

À sua mente voltavam as imagens de quando ela costumava correr com T'Chaka. Muitas vezes, ele esperou que ela o alcançasse. E, em certa ocasião, até a carregou nas costas enquanto corria pela selva, com a graça do nome que ostentava.

Não havia uma única indicação quanto a ela ser um fardo, já que ele corria tão suavemente com ela quanto sem ela. Tinha sido isso o que ele realmente sentiu?

Mais uma vez, a criança se mexeu.

– Sim, jovem rei – ela sussurrou para o vento. – Você também terá sua chance aqui. Você se tornará quem precisa ser. Eu prometo.

Ela sorriu, e foi então que percebeu onde estava. Em linha reta encosta acima, a cerca de trinta metros, ficava a estrada onde ela havia abandonado o jipe antes do acidente.

Rapidamente, mas com cuidado, N'Yami escalou o aterro íngreme, torcendo angustiadamente para que o veículo não tivesse sido destruído por um incêndio ou uma explosão.

Até então, ela não se perguntara se alguém a encontraria. Ela sabia que, quando não aparecesse nas minas, como era sua rotina, a notícia se espalharia, e logo T'Chaka viria procurá-la. Mas poderia levar horas até ele saber que ela estava desaparecida, e ainda mais tempo até encontrá-la.

Ela sabia que o marido tinha habilidades únicas. Ela o tinha visto em combate pelo menos uma vez. Mas esta situação parecia muito diferente, intransponível. Ou talvez fosse apenas porque ela havia passado a maior parte das últimas horas preocupando-se consigo mesma e com o filho ainda não nascido.

De qualquer maneira, até que provassem o contrário, cabia a ela salvar os dois.

Esse foi seu pensamento principal quando ela alcançou a estrada e viu o jipe alguns metros à frente. O veículo tinha desviado para a esquerda em direção à encosta da montanha e subido em uma rocha. Quando chegou perto, N'Yami viu que uma de suas preocupações era agora inútil. O motorista ainda estava lá, afundado em seu assento. Mas ela não sabia dizer se fora o golpe do facão ou a queda que o matou.

N'Yami agarrou rapidamente a mochila no banco traseiro e estava prestes a estender a mão para dentro quando ouviu um barulho vindo da trilha logo atrás. Felizmente, ela se jogou no chão no momento que uma bala atingiu o veículo, exatamente onde ela estava.

– Eu errei da outra vez – gritou O'Kolu. – Mas não vou errar de novo!

N'Yami rastejou até a pequena área onde a dianteira do jipe estava apoiada na pedra, ouvindo O'Kolu correndo pela trilha em sua direção. Ela tateou e conseguiu pegar o objeto que procurava.

O'Kolu contornou a lateral do veículo e disparou contra a fenda, mas ela havia sumido.

– Onde você está!? – gritou ele, pulando e girando rapidamente.

Ele contornou o jipe por trás, certo de que ela estava escondida do outro lado. Mas ela não estava ali.

– Onde você está?!

Não havia ruído algum. O'Kolu olhou embaixo do jipe, para verificar se ela havia engatinhado para lá.

– Você não tem para onde ir. – Mais uma vez, O'Kolu deu a volta pela parte de trás do jipe. – A estrada está aberta em ambas as direções – continuou ele. – Você não pode correr morro acima deste lado. E há a queda para o vale do outro.

Não havia sinal dela em lugar algum. Ele sabia que ela estava por perto, ele sentia isso. Mas onde?

O'Kolu virou-se rapidamente para a esquerda e depois para a direita. Nada... Exceto um som fraco, como o zumbido de pequenas moscas. Ele sentiu alguém logo atrás, girou e disparou.

Novamente, não havia ninguém.

– Seus truques não vão salvá-la!

O'Kolu não era um homem nervoso, mas sentiu um arrepio, pois tinha a impressão de estar sob a mira de alguém. Mas não havia ninguém em direção alguma.

O estranho zumbido foi ficando mais alto. Assim que O'Kolu começou a se virar, foi atingido por trás.

Ele caiu no solo empoeirado, e a arma saiu de seus dedos, retinindo no chão. Quando começou a rastejar em direção a ela, sentiu a lâmina do facão pressionada contra sua garganta.

– Você não vai usar isso – zombou ele. – Você não tem o...

O'Kolu sentiu uma pontada quando a lâmina cortou a pele logo acima da veia jugular.

– Você ameaçou meu filho. Você não tem ideia do que sou capaz. Vire-se.

O'Kolu virou a cabeça ligeiramente e olhou para cima, e viu a ameaçadora lâmina perto de sua garganta. Um segundo depois, N'Yami apareceu. A lâmina não se moveu.

– Como?

– Um dos meus... brinquedos – respondeu N'Yami. – É um protótipo de dispositivo de camuflagem, baseado em meus experimentos *infantis*. Acontece que, se o corpo humano for vibrado na frequência certa e houver um metal especial para absorver essas vibrações por tempo suficiente para mantê-lo vivo, ele pode simplesmente desaparecer por um curto período de tempo.

– Lembra daquilo que fomos buscar no Grande Monte? Se você tivesse sido paciente, teria visto sua rainha demonstrá-lo mais tarde hoje.

O'Kolu fez uma careta e cuspiu no chão desafiadoramente.

– Você nunca será...

Sentindo a pressão da lâmina, O'Kolu congelou.

– Eu não vou tirar sua vida – disse N'Yami calmamente. – Mas não posso falar por ele.

Bem acima deles, dois veículos voadores cintilantes pousavam. Mas o Pantera Negra saltou antes de as máquinas tocarem o chão, e vinha na direção de O'Kolu com as garras expostas.

• • • •

Horas depois, após receber cuidados médicos, N'Yami sentou-se com o rei T'Chaka no Grande Salão de Conferências, ainda furiosa. Vários membros do Alto Conselho se sentaram em frente a eles.

– Pelo que a rainha nos contou, há mais desses dissidentes aqui na cidade – disse um dos conselheiros, ao referir-se às anotações em seu *tablet*.

N'Yami concordou com a cabeça.

– Foi o que eles disseram.

– Então, encontre-os, até o último deles – ordenou T'Chaka. – E seja criativo quanto à sua punição. Eu não me importo, desde que, por terem ousado colocar em perigo não apenas a rainha, mas também o futuro rei, morram da forma mais dolorosa possível.

N'Yami estendeu a mão e tocou a do marido.

– Meu rei, talvez você possa encontrá-los e trazê-los à minha presença.

Ela podia sentir o olhar questionador de T'Chaka. Antes, ela pouco se importava com a segurança de Wakanda, e raramente falava nas reuniões do conselho se o tema não fossem as conquistas científicas e tecnológicas do país. Esse incidente, pensou ela, mudou tudo isso.

– Você deseja dar a ordem de punição pessoalmente? – perguntou T'Chaka, hesitante.

N'Yami olhou para o outro lado da sala do conselho com uma expressão determinada no rosto. Ela podia sentir o silêncio pesar no ambiente enquanto todos esperavam sua palavra.

"É isso", pensou ela, repentinamente, "o que realmente é ser rainha." N'Yami pigarreou e falou sem emoção.

– Eu gostaria que eles dissessem na minha cara que eu não sou digna de ser sua rainha. – Ela sentiu o bebê se mexer. – Eu gostaria que eles dissessem que eu sou incapaz de dar à luz nosso filho.

– E depois? – perguntou T'Chaka.

– E então – respondeu N'Yami –, vou rir quando você os condenar ao exílio.

T'Chaka esfregou a cabeça e olhou para seu ministro da Justiça, que deu de ombros, como se dissesse: "Se é isso o que a rainha quer...".

– O exílio não é uma punição tradicional em Wakanda, minha querida – respondeu o rei. – Os exilados trariam nossos inimigos diretamente aos portões da Cidade Dourada. Uma sentença de exílio é uma sentença de morte. Esse não é o nosso jeito.

– Então talvez isso precise mudar. – O tom dela era baixo, porém firme. N'Yami se virou para ele.

– Lembro-me de suas palavras, meu rei, durante as guerras tribais contra meu povo. Ninguém deve questionar o governo de Wakanda. Jamais.

O rei se levantou da mesa.

– Não importa o que aconteça, nosso povo entende isso. Mesmo aqueles que desafiam o trono sabem que, em seus corações, da linhagem de Bashenga vêm os governantes legítimos desta terra – explicou ele. – Por milênios, tivemos nossos próprios caminhos, nossas próprias crenças, nossa própria terra. Nós possuímos tudo o que somos.

– E, independentemente do que aconteça, qualquer um que faça parte de Wakanda é um wakandano.

N'Yami o encarou.

– Nem todas as pessoas acreditam nisso – rebateu ela com raiva, ainda não recuperada dos eventos do dia. – Para alguns, pelo fato de eu não ser da Cidade Dourada, de uma linhagem da nobreza da corte, não sou considerada verdadeiramente wakandana. Eu sou a forasteira, a exilada. Deixe-os ver o que realmente é o verdadeiro exílio, e viverem para conhecer pelo menos um pouco da minha dor.

– E se eles falarem do Reino Oculto? – questionou T'Chaka.

– A tradição Wakanda então permanece verdadeira, meu rei – sussurrou ela.

T'Chaka se virou para uma varanda que dava para a bela cidade à sua frente. Com as mãos cruzadas atrás das costas, ele estava orgulhoso, ponderando as palavras de N'Yami por um momento, e então se virou para encarar a esposa antes de pegá-la nos braços.

– Como sempre, minha rainha, suas palavras provam que você é a pessoa mais inteligente em meu reino – afirmou ele. – Para ser a força que somos, a unidade, a própria alma desta terra, devemos saber quem somos. E devemos proteger isso a todo custo.

– Então, silenciamos qualquer um que tente questionar nossos costumes? – perguntou ela.

– Tiramos qualquer um que tente nos conquistar, que tente nos fazer o que quer que sejamos.

– E se nosso próprio povo se recusar... ou questionar o quão certas são suas regras para eles?

– Eles são livres para falar o que pensam e depois ir embora – respondeu T'Chaka. – Se eles escolherem nos fazer mal, vão pagar o preço. Não há outro caminho.

– Poderia haver. – N'Yami se levantou e se aproximou do marido.

– Devemos sair, Vossas Altezas? – perguntou um dos conselheiros.

T'Chaka balançou a cabeça e se voltou para N'Yami.

– O que você quer dizer?

– Já estive no mundo exterior – respondeu ela. – Há guerras em todo lugar. E alguém sempre diz as mesmas palavras que você. Eles usam isso como uma justificativa para a guerra e a conquista. Como Wakanda poderia ser diferente?

– Porque não usamos os nossos poderes nem a nossa ciência para conquistar os outros. Mas lutamos até a morte para proteger o que temos. Essa é a diferença. Você entende?

– Sim – respondeu N'Yami –, mas...

O rei segurou a mão dela.

– Depois do que eles fizeram a você e ao nosso filho... Por que insiste que eles vivam?

N'Yami respirou fundo, permitindo que seu ódio por aquele dia e por seus perpetradores seguisse para o fundo de sua alma. Aquilo não a mudaria, assim como ela se recusou a permitir que seu próprio exílio mudasse quem ela realmente era.

– Porque não desejo que mais ninguém morra em nome do nosso filho que está para nascer. Wakanda significa a vida e a promessa de um futuro magnífico, e não uma morte inevitável.

O rei sorriu e se voltou para os conselheiros.

– Encontrem os outros e tragam-nos até mim... até *nós*. Em nome do nosso futuro filho, T'Challa, eu... *nós* vamos tomar uma decisão.

N'Yami sorriu enquanto colocava delicadamente a mão de T'Chaka em sua barriga, para que ele pudesse sentir seu filho concordar.

FÉ

JESSE J. HOLLAND

OS CASAMENTOS SÃO SEMPRE HORRÍVEIS.

As recepções, no entanto, T'Challa pensava consigo mesmo, faziam tudo valer a pena.

A música retumbante reverberou pelo corpo do rei enquanto ele se recostava em seu trono de ônix e observava a multidão animada se jogar de um lado para o outro. Uma cantora em trajes mínimos cantava o que garantiram a ele ser música apropriadamente popular. Uma onda de calor gerada por humanos passou por ele, levando o cheiro de perfume caro, comida saborosa, álcool e o maravilhoso aroma de seres humanos, alegres e cheios de vida.

As festividades ocorreram fora do *Ifokanbale Tempili*, um dos locais mais sagrados de Wakanda. De cada lado do rei, suas duas guarda-costas *Dora Milaje*, Okoye e Arnari, usando vestidos formais pretos sem alças, completamente inúteis para disfarçar a letalidade delas, examinavam a massa se contorcendo, em busca de qualquer problema. Mas, se o Escolhido de Bast, a deusa Pantera, não tivesse confiança em sua segurança aqui, T'Challa pensou, então não poderia ter esperança de estar seguro em qualquer outro lugar.

O vestido branco rodopiante da recém-casada Dominique Namvadi era claramente visível enquanto ela balançava os longos cabelos escuros, dançando freneticamente ao redor do marido uniformizado, Obiejen Namvadi. Mesmo depois de todos aqueles anos, T'Challa pensou, achando graça, Obie ainda dançava como se suas calças estivessem engomadas com ferro.

Anos atrás, em um baile do colégio interno, Obie, ignorando os olhares de suas guarda-costas, aproximou-se e convidou uma delas para dançar. T'Challa cobriu o sorriso com a mão e observou a mulher, acostumada a ser ignorada pelos amigos e colegas de escola do príncipe, gaguejar nervosamente um "n-não" antes de Obie olhar para a outra e perguntar se ela estaria interessada.

Desta vez, ele recebeu um sorriso e um "não, obrigada".

T'Challa considerou que qualquer pessoa corajosa o suficiente para se aproximar de suas guerreiras *Dora Milaje* era alguém que valia a pena conhecer, então ele e Obie se tornaram amigos rapidamente, e depois confidentes. Assim que foi coroado rei, T'Challa promoveu o ousado Obie a um dos cargos mais importantes de seu país, o de embaixador nos Estados Unidos, e o enviou a Washington, D.C.

Uma vez lá, foi apenas uma questão de tempo até que Obie se deparasse com *outra* mulher impressionante, uma estudante do curso preparatório para Medicina da Universidade de Howard, Dominique Rutherford, e pedisse seu número de telefone. Como costuma ocorrer entre duas pessoas perdidamente apaixonadas, as coisas aconteceram rapidamente, e Obie perguntou a seu amigo, chefe e sumo sacerdote se ele lhes daria a honra de se casarem em solo wakandano.

T'Challa, é claro, concordou.

Com toda a honestidade, não era sempre que ele tinha a oportunidade de desempenhar funções formais como o sumo sacerdote do Clã Pantera, e quando Obie perguntou se ele poderia usar o templo principal para seu casamento com a bela Dominique, T'Challa não conseguiu pensar em uma única razão para dizer não ao amigo. Se isso significava que ele teria que se sentar em um trono de ônix usando suas desconfortáveis calças cossaco de contas pretas por uma noite, ouvindo uma banda reconhecidamente agradável e assistindo à família americana de Dominique tentar as mais recentes danças wakandanas, bem, esse era o preço da amizade.

"Afinal", pensou ele, "reis não dançam."

No entanto, quase todo mundo dançou, e o luxuoso salão de festa na tenda armada no terreno do templo estava cheio na mesma proporção com as famílias tanto da noiva quanto do noivo, muitos deles dançando em torno dos esquecidos recém-casados, que só tinham olhos um para o outro.

Todos pareciam estar se divertindo, observou T'Challa, exceto o pai da noiva. Ele se sentou sozinho em sua mesa, braços cruzados, olhando para a filha.

T'Challa suspirou inaudivelmente.

Casamentos. Sempre acontece algo.

O reverendo Wilberforce Rutherford, do estado do Mississippi, recusou-se a comparecer à cerimônia de casamento da única filha, apesar das lágrimas que ela derramou ao pisar nos degraus de mármore preto do *Ifokanbale Tempili*. Enquanto T'Challa se vestia com o traje sacerdotal em seus aposentos privados no andar superior, seus ouvidos hipersensíveis captaram os apelos de Dom, tentando persuadir o rechonchudo pai de que o serviço seria interconfessional. Ela garantiu que a bênção do sumo sacerdote do Clã Pantera não a condenaria, nem a seus netos, ao inferno.

O reverendo Rutherford permaneceu decidido, preferindo sentar-se sozinho na tenda até o término da cerimônia. Mesmo durante a cerimônia, no entanto, T'Challa podia ouvir o homem de barba grisalha resmungando condenações ao "paganismo" e ao "politeísmo pagão". Ele também viu a preocupação que isso causou à noiva ao abençoar sua união em nome de Bast.

Mesmo agora, com toda a frivolidade ao seu redor, Rutherford ainda estava sentado sozinho e zangado, olhando furioso para ambas as famílias, a própria e a nova, por terem a ousadia de estar desfrutando a hospitalidade wakandana e ignorando seu boicote de um homem só ao que deveria ser o dia mais feliz da vida de sua filha. Sua hostilidade ergueu uma barricada invisível ao seu redor.

T'Challa bufou, um som muito estranho, e considerou a ironia. Os únicos dois homens com uma conexão direta com o céu eram os únicos dois que não estavam desfrutando a abençoada união daquelas pessoas maravilhosas.

"Bem", decidiu T'Challa, levantando-se do trono, "é hora de isso acabar."

• • • •

Seus aposentos privados no *Ifokanbale Tempili* não eram tão luxuosos quanto a sala do trono de seu palácio. As suítes eram revestidas com mármore preto e madeira Ovangkol, e ao redor das paredes o próprio T'Challa havia colocado símbolos do domínio de Bast, seu *Ankh* da Vida Eterna de um lado e sua Varinha de Papiro do outro.

Lá de baixo, vinham os sons da celebração. Havia prateleiras de esculturas e frisos wakandanos e egípcios antigos, alguns com milhares de anos, com várias representações de Bast, desde sua manifestação de leoa até miniaturas de gato e ícones de pantera esculpidos por alguns de seus ancestrais.

No centro da parede principal, em vez de um trono, havia uma escultura em arenito preto-azulado em tamanho natural de Bast em sua forma humana, em pé na frente de uma coluna egípcia, as orelhas de gato empinadas para a frente no alto das longas e curvadas tranças. Seu elegante traje descia em cascata até os pés, onde uma enorme pantera de ébano mostrava os dentes. Um exame atento da pedra entregava sua herança wakandana, com as veias brilhantes de vibranium riscando a rocha escura, facilmente vistas por aqueles corajosos o suficiente para se aventurar em uma aproximação.

Ao redor do santuário havia almofadas de seda multicoloridas para quando T'Challa desejasse se prostrar diante de sua deusa.

Ao lado dessa estátua, T'Challa mantinha sua mesa. O computador estava conectado à central do palácio. Algumas lembranças pessoais estavam ao lado dele, como fotos autografadas de Nelson Mandela, John Lewis e outros, além de bugigangas adquiridas em Atlântida ou oferecidas a ele por seus amigos no Edifício Baxter. Hologramas da família e de seu pai.

Enquanto a sala do trono pretendia intimidar e impressionar, esta sala tinha um propósito maior. Era ali que o rei ia quando queria estar mais perto de seu espírito-guia, ou se precisasse reunir coragem para uma tarefa desagradável, como a que teria de cumprir agora. Essa suíte era o espaço mais pessoal de T'Challa, e poucas pessoas podiam entrar ali. Seus únicos assentos para os visitantes eram um sofá preto e uma poltrona banida para um canto da sala.

Houve uma batida à porta e ele a abriu.

– Dr. Rutherford – disse ele, fazendo um gesto para o visitante entrar.

O reverendo corpulento hesitou na porta dupla, de pé com sua escolta de *Dora Milaje* e olhando boquiaberto para o opulento aposento. T'Challa acenou com a cabeça para as *Dora Milaje*, que respeitosamente retribuíram seu reconhecimento antes de partir, fechando silenciosamente as portas atrás de si. O rei serviu dois copos de sua garrafa de água.

– Por favor, por favor, chegue mais perto – disse T'Challa, acenando para o reverendo e apontando na direção do sofá, enquanto colocava os copos em uma bandeja e caminhava pela sala. O reverendo o seguiu hesitante, os olhos percorrendo os artefatos antes de pousar na estátua.

Puxando ligeiramente o colarinho clerical e esforçando-se para abotoar novamente o paletó preto, Rutherford caminhou gingando em direção ao sofá antes de cair para trás e sentar-se nas almofadas.

Respirando pesadamente, ele puxou um lenço do bolso interno e enxugou as gotas de suor que lhe escorriam na testa. Em seguida, bebeu a água fresca. T'Challa observou em silêncio até que o homem mais velho se recompôs. Como que para evitar perder alguma vantagem imaginária, Rutherford também permaneceu em silêncio. Sua respiração difícil parecia um ronco.

Finalmente, T'Challa quebrou o silêncio desconfortável, escolhendo o que parecia ser um assunto seguro.

– Sua filha estava deslumbrante na cerimônia – disse calmamente.

Rutherford pigarreou alto e olhou T'Challa diretamente nos olhos.

– "Para que revestir-te de púrpura, engalanar-te com ornamentos de ouro, e alongar-te os olhos com pinturas? Em vão tentas ser bela. Desprezam-te os amantes. É tua vida que odeiam" – recitou ele.

T'Challa sorriu para o homem mais velho.

– Jeremias, capítulo 4, versículo 30. Pessoalmente, prefiro 1.João, capítulo 4, versículos 7 e 8: "Caríssimos, amemo-nos uns aos outros, porque o amor vem de Deus, e todo o que ama é nascido de Deus e conhece a Deus. Aquele que não ama não conhece a Deus, porque Deus é amor".

Rutherford inicialmente arregalou os olhos, e depois os estreitou, apontando o dedo com raiva, mas então se recompôs.

– Não zombe de mim apropriando-se indevidamente da palavra de Nosso Senhor, majestade. – Ele acenou com a mão em direção à porta, através da qual podiam ouvir a música da festa tocando abaixo. – O Bom Livro é claro. "Se tua filha tentar seduzir-te, dizendo em segredo: 'Vamos servir outros deuses', desconhecidos de ti e de teus pais, ou deuses das nações próximas ou distantes que estão em torno de ti, de uma extremidade da terra a outra, tu não cederás no que te disser, nem a ouvirás. Teu olho não terá compaixão dela, não a pouparás e não ocultarás o seu crime..."

Rutherford parou de repente, e não concluiu.

– "Você deve matá-la." – T'Challa bebeu calmamente um gole de água. – É assim que o versículo termina. "Você deve matá-la."

Olhando Rutherford nos olhos, ele pousou o copo na bandeja.

– É por isso que você veio a Wakanda? Para impedir sua filha? Dom me disse que ela teve que atrair o senhor para cá com a promessa de uma viagem a Israel, mas com certeza ela não sabia o que você estava planejando.

Rutherford arregalou os olhos e começou a se contorcer na cadeira.

– A alma da minha filha deve ser salva. Ou então ela estará perdida.

– Salva? De quê? – T'Challa se levantou e começou a andar de um lado para o outro na frente do reverendo.

– Daquilo! – Rutherford apontou o dedo acusador para o santuário de Bast. – Aquele paganismo ardiloso que você e seus irmãos africanos estão vendendo para ela, em detrimento do único Deus verdadeiro!

– Ardiloso? Por Bast, eu me lembro de que amava a cadência e a entonação da tradição norte-americana de sermões quando estava nos Estados Unidos. – T'Challa se controlou e continuou. – De qualquer forma, você acha que Bast é falsa?

– Não serei ridicularizado por nenhum rei pagão, senhor. – À medida que ficava mais irritado, Rutherford esbugalhava os olhos. Então bufou e se ergueu do sofá acolchoado, abrindo o único botão restante do paletó. – Eu não sou um idiota do interior que fica impressionado com riquezas. Tenho um rebanho para cuidar e estou sem tempo para ficar debatendo zoolatria com gente como você.

– Paz, reverendo. – T'Challa ergueu a mão, em uma tentativa de aplacar o homem de olhos vermelhos, e tentou controlar a respiração. – Não quis desferir nenhum insulto contra o pai da noiva, especialmente neste dia. Eu estava simplesmente tentando evitar uma cisão entre você e sua filha, já que ela se tornará uma súdita. Eu realmente admiro Dominique e só desejo a ela muita felicidade com meu amigo Obie.

– Se você deseja a felicidade dela – bufou Rutherford –, mande-a de volta para casa comigo.

– Isso eu não posso fazer. – T'Challa foi até um pequeno bar e se serviu de mais água. – Fico surpreso que um mundo que aceita deuses como Thor e Hércules duvide da existência de Bast.

Rutherford bufou novamente.

– Esses supostos super-heróis estão apenas usando nomes que soam impressionantes, como Senhor Dinamite, Meia-Noite ou qualquer um daqueles outros lutadores da televisão, não são deuses reais, e ninguém os adora.

– Hércules ficaria encantado em ouvir isso. – T'Challa sorriu para si mesmo. – Além disso, minha deusa é tão real para mim quanto o seu deus é para o senhor. Assim como seu deus o conduz e age de maneiras misteriosas, Bast faz o mesmo por mim, e assim como seu deus tem um filho unigênito, a minha também.

Rutherford cruzou os braços e olhou com raiva para seu anfitrião.

– Já ouvi essa frase antes, em casa, homens mortais reivindicando a divindade e conduzindo seu rebanho diretamente para o inferno. De certa forma, não me surpreende você afirmar que é um ser divino, o filho de Deus.

– Eu, um filho de Bast? – T'Challa riu alto. – Eu não posso reivindicar essa honra, mas eu conheci a filha dela. Ao fazer isso, me vi forçado a enfrentar o futuro e questionar minha própria fé da maneira mais... direta que o senhor possa imaginar.

• • • •

T'Challa estava sentado em sua sala do trono, recebendo o relatório do conselho de segurança, quando a porta se abriu.

Seu fiel chefe de guerra, W'Kabi, entrou na sala excepcionalmente tarde e sentou-se desconfortável e silenciosamente contra uma parede. Ao contrário de T'Challa, que usava um terno de seda de três botões, sem gravata, W'Kabi vestia um traje wakandano tradicional completo: tanga marrom com faixa verde solta em volta do pescoço e tronco. O cocar vermelho habitual mantinha seus longos cabelos grisalhos afastados do rosto carrancudo.

Normalmente, o homem rude de temperamento quente estaria batendo na mesa com algum desprezo imaginário à honra wakandana, T'Challa pensou com o semblante fechado, em vez de ficar sentado em silêncio com um olhar severo no rosto. Embora mal-humorado, W'Kabi não era alarmista, e qualquer coisa que distraísse o principal guerreiro de seu conselho merecia ser atendida imediatamente.

A sala ficou em silêncio quando T'Challa ergueu a mão. O rei se levantou e deu a volta na mesa para ficar ao lado do homem taciturno.

– W'Kabi, diga o que pensa. – T'Challa colocou a mão no ombro musculoso do homem e apertou levemente.

– Eu acho que... – o homem sussurrou, com voz rouca – devíamos falar sobre isso em particular, Vossa Alteza.

T'Challa olhou nos olhos do homem mais velho e viu desespero, uma expressão que o gelou até os ossos. Ele rapidamente dispensou os homens e as mulheres presentes e então se sentou à mesa ao lado de W'Kabi. A última vez que ele vira tanta dor no homem foi quando as *Dora Milaje* trouxeram o corpo do pai de T'Challa para o palácio, após ter sido assassinado pelo criminoso Klaw.

W'Kabi tinha sido uma rocha naquele dia, mas T'Challa, durante uma corrida tarde da noite, encontrou o homem mais velho caído, encostado em uma das paredes do palácio, com lágrimas escorrendo pelo rosto.

Mais tarde naquela semana, T'Challa começou seu treinamento Pantera para valer. A família de W'Kabi há muito foi incumbida de preparar reis, rainhas, príncipes e princesas wakandanos para ascender à posição de Pantera Negra. Não havia ninguém que soubesse mais dos segredos de T'Challa, ou tivesse ganhado mais de sua confiança.

Aquela ocasião foi a única vez que ele viu W'Kabi chorar. Agora, no entanto, quando ele olhou para o rosto de W'Kabi, teve a impressão de que as lágrimas romperiam a qualquer momento. Ele ergueu uma pasta e colocou-a na mesa à sua frente. Continha fotos, com imagens granuladas, como se tivessem sido tiradas de uma longa distância.

– Diga o que pensa, velho.

W'Kabi fungou, passando a mão pelo nariz. Ele puxou a foto de cima e a arrastou pela mesa até T'Challa.

– Há quanto tempo você sabe, T'Challa? – W'Kabi enfatizou o nome do rei, em vez de seu habitual "Vossa Alteza".

T'Challa ergueu os olhos com a inesperada familiaridade do chefe da guerra.

– Sei o quê, W'Kabi?

T'Challa pegou a fotografia borrada e olhou para a imagem sombria de uma mulher parecida com um gato, saltando pelo horizonte de uma cidade.

– Que a filha de Bastet tinha assumido a forma humana. – W'Kabi demonstrou cansaço na voz ao usar o título formal de Bast. – Que a filha de nossa deusa estava presente na Terra e perdida sem seu reino e seu povo.

– Não entendo – disse T'Challa. – O que o faz pensar que eu sabia a respeito? Ou, mesmo que eu soubesse, o que garante que esta é a filha de Bastet, e não um mutante, um inumano ou um ser humano aprimorado?

– A deusa falou comigo, T'Challa. – Os olhos de W'Kabi refletiam uma traição. – Ela disse que minha linhagem seria encarregada de treinar seus filhos, assim como seus avatares, e que seus filhos governariam Wakanda.

Ele fez uma pausa, então continuou, com voz mais firme.

– Não é preciso dizer que os filhos de Bashenga, a atual família governante, não gostariam que isso fosse conhecido. Então eu pergunto novamente, por que você não a trouxe para casa, T'Challa?

T'Challa colocou a mão em cima da de W'Kabi e a apertou. Seu amigo e mentor estremeceu.

– Você me conhece melhor do que isso, W'Kabi – disse T'Challa. – Qualquer seguidor de Bast é bem-vindo na Cidade Dourada, e qualquer filho dela realmente pertence à Wakanda, onde pode ser nutrido, amado e reverenciado da maneira que a deusa aprovaria. – T'Challa franziu a testa. – Acontece que Bast não... me contou sobre nenhuma filha dela, nem aqui em Wakanda, nem na África, nem em qualquer outro lugar do mundo. Isso realmente é novidade para mim.

T'Challa respirou fundo e se encostou na cadeira.

– Eu não posso dizer como ela se manifesta para os outros, mas comigo ela vem quando e como quer, fala quando quer, diz apenas o que quer e ponto. Eu posso passar um mês de joelhos e ela não se manifestar, e também posso estar no meio de um discurso nas Nações Unidas e ela aparecer como uma pantera gigante enrolada na mesa do embaixador da Latvéria, brincando como se estivesse comendo a cabeça dele. Posso estar no Grande Monte falando com os mineiros e ela aparecer como uma criança em meio à multidão.

– Ela é tanto o felino essencial quanto a mulher essencial – continuou ele –, todas em uma só. Não me surpreende que ela esteja retendo informações. Eu só não entendo o motivo.

O rosto de W'Kabi se iluminou com aquela identificação.

– Ela sabia que, se me contasse, eu diria a você.

T'Challa concordou.

– A pergunta passa a ser: por que é mais importante que eu descubra dessa maneira?

– No fim das contas, isso não importa, meu rei. – W'Kabi ficou de pé. – A filha de Bastet tem de ser trazida de volta para casa.

T'Challa também se levantou.

– Nisso concordamos, meu velho amigo.

Quando ele se preparava para sair, no entanto, não pôde deixar de pensar na mulher que estava na imagem como o anúncio de um evento muito maior do que eles ousaram dizer.

• • • •

Algumas horas depois, o rei voava em meio a uma tempestade em seu jato particular *Quinjet* em direção às ruínas de Tell-Basta, no Egito. Ele deixou para trás suas leais guarda-costas *Dora Milaje* com a promessa de chamá-las a qualquer sinal de problema.

As nuvens escuras, os ventos assustadores e a chuva forte que atrapalhava a visão pareciam propositais, pensou T'Challa enquanto contornava a Costa do Sudão. Ele atravessou a tempestade e pousou a aeronave às margens de um oásis a muitos quilômetros de Tell-Basta.

Trajando botas, calças cáqui e uma camiseta ridiculamente desnecessária com proteção contra os raios do sol, ele colocou uma muda de roupas e seu traje de Pantera em uma mochila simples e ativou a tecnologia de camuflagem da nave. Em seguida, começou a caminhar em direção às ruínas.

Dois passos depois, o mundo se apagou.

• • • •

T'Challa estava deitado no chão com a cabeça apoiada em uma pequena inclinação, em um campo de capim seco. À distância, conseguiu identificar apenas uma selva verde.

Uma mão feminina tocou seu cabelo. Ele olhou para cima, nos olhos de Bast, que estavam mais cheios de alegria e sofrimento do que alguém poderia mostrar em um milhão de vidas. Ela vestia uma roupa de lã marrom, e apareceu diante dele como uma mulher de pele muito escura, olhos cinzentos penetrantes e cabelos brancos compridos trançados. T'Challa sabia que era apenas uma de suas muitas formas, mas era aquela que mais o cativava, e ele imaginou que a deusa estava fazendo aquilo de propósito.

– Talvez eu esteja, meu avatar – ronronou ela com sua voz suave e melódica enquanto colocava a cabeça dele em seu colo.

T'Challa franziu a testa. Nunca gostou da capacidade de Bast de ler seus pensamentos. Ela riu de novo, e seu desagrado foi esquecido.

– Você não poderia ter contado para mim primeiro... – Ele olhou para ela, com a sobrancelha arqueada. – Antes de contar para W'Kabi?

– Por quê? – Ela sorriu. – Você planeja que sua linhagem substitua a dele e treine meus filhos para governar? Ou isso é ciúme, meu avatar? Você se sente um pouco menos especial?

T'Challa se ergueu e ficou de joelhos, pois assim poderia olhar diretamente nos olhos felinos de sua deusa.

– Minha família sangrou por você. Minha família matou por você. Minha família foi morta por você, e agora descubro que éramos apenas... o quê? Marcadores de posição? Antecedentes, meros arautos de seus verdadeiros filhos? O que eu devo fazer?

– A sua obrigação.

T'Challa suspirou.

– Eu sei que você é a deusa, e eu sou o mortal, mas eu apreciaria um pouco menos de impenetrabilidade. O que você quer que eu faça? Encontre sua filha? Lute com sua filha? Proteja sua filha?

Ela sorriu novamente, mostrando algumas presas muito parecidas com as de pantera.

– O que você acha que deveria fazer?

T'Challa olhou para ela frustrado. Ela nunca lhe dizia diretamente o que fazer, e nessa situação não era diferente. Ele teria que decidir por si mesmo, confiando em seu julgamento e no conhecimento que tinha de Bast para tomar a decisão certa. Mesmo que isso significasse renunciar e permitir que seu povo fosse liderado por seu verdadeiro filho, em vez de seu avatar terreno, o Pantera Negra.

– Hmmm – ronronou ela.

Sua forma foi lentamente mudando para a de um enorme gato preto-azulado com brilhantes presas brancas e um nariz rosado que se contraía. Ela balançou a cauda quando se aproximou do rosto de T'Challa, o hálito quente fazendo cócegas em seu nariz.

– Você faria isso, em vez de lutar pelo direito de me representar? – Ela se afastou, mas sustentou seu olhar. – Interessante.

– Você está brincando comigo.

– Não estou. – A pantera começou a ronronar e se enrolou em volta de T'Challa ajoelhado. – Estou tentando determinar o que realmente está em seu coração... e no meu, ó rei. De todos os meus avatares, você é o menos envolvido nas partes mais... "místicas", digamos, de nosso relacionamento; mais do que qualquer antecessor, talvez por causa da morte prematura de seu pai. Mas suas habilidades "super-heroicas" espalharam meu nome por toda parte, aumentando meu poder. No entanto, quantos outros atos de heroísmo ainda virão dos frutos reais de minhas entranhas? – Ela olhou para o sol se pondo sobre a selva. – Quantas pessoas ainda falam de Asgard e Odin por causa de Thor e Loki? Do Olimpo por causa de Hércules e Ares? No entanto, eles não têm mais culturas presas à terra dedicadas à sua glória, lideradas por uma linha ininterrupta de avatares mortais, têm? – A pantera bocejou, deixando as presas claramente visíveis. – E, sim, em resposta à sua pergunta não dita, nem eu mesma sei o que quero. Ainda não. Teremos apenas de esperar para ver, não é?

T'Challa ia começar a falar.

– Sim, sim – disse Bast, interrompendo-o. – Eu arranjei uma forma de vocês dois se encontrarem na minha cidade para "resolver isso", como os humanos diriam.

T'Challa ergueu a sobrancelha, e a pantera sorriu.

– Você verá.

Ela caminhou sedutoramente em direção à selva.

T'Challa observou o enorme gato desaparecendo lentamente na escuridão. Assim que sumiu de vista, Bast se virou e olhou para ele, seus olhos cinzentos brilhando na escuridão.

– O nome dela é Nefertiti, não importa como prefira ser chamada.

Então tudo ficou escuro.

• • • •

T'Challa abriu os olhos. Já era tarde da noite novamente, e ele estava no pátio de um antigo templo de arenito ao ar livre, cercado por altas colunas entalhadas com imagens de Bast em suas diferentes encarnações. As paredes em ruínas haviam desmoronado de um lado, enormes lajes de pedra estavam viradas, cobrindo os assentos do estádio em ruínas ao sol poente.

No centro da área do tamanho de um campo de futebol, em frente a T'Challa, havia uma garota sentada, com os braços em volta das pernas, balançando-se silenciosamente. Estava com o rosto escondido em sua postura infantil, e, à primeira vista, ele pensou que ela estivesse chorando. Esbelta, apesar das pernas musculosas, ela usava um vestido simples de alcinhas branco que contrastava com a pele escura. O longo cabelo preto e liso caía em cascata sobre os ombros. Apesar da aparência jovem, ela parecia alta e esbelta, como se perseguisse antílopes regularmente.

"A única coisa que ela não parece", T'Challa pensou, "é uma deusa". Poderia ser aquela que Bast planejou para substituir toda a sua linhagem? Esse pensamento por si só gerou uma série de emoções conflitantes, que ele reprimiu.

Lentamente, ele caminhou na direção dela, percebendo que se comportava como uma pantera. Coisa de Bast. Parando a um braço de distância da jovem, T'Challa respirou fundo, inalando o cheiro exuberante e terreno que ela exalava, que imediatamente conectou sua mente à Bast nas Planícies Ancestrais, embora de alguma forma mais leve e floral.

– Nefertiti?

A garota o ignorou, e continuou a se balançar para a frente e para trás. Um lamento muito baixo escapou-lhe da garganta, e o suor escorria de sua testa.

T'Challa hesitou, e seu próximo movimento não estava claro. Era assim que se parecia quando estava em comunhão com Bast? Ele nunca considerou o que as *Dora Milaje* ou os outros pensavam a seu respeito quando o olhavam enquanto ele conversava com sua deusa. Será que ele gemia e se balançava daquela forma?

Ele achou que não.

Se ela fosse filha de Bast, seria o cúmulo do desrespeito tocar a manifestação terrena de sua deusa, especialmente enquanto ela estava nesse estado? Bast o queria ali, isso estava claro, mas quais seriam os protocolos? Haveria um ritual? Era isso que Bast queria dizer ao lembrá-lo de que ele havia perdido partes de seu treinamento religioso por causa da morte prematura do pai?

"Se eu não me arriscar, não tenho como saber", pensou o rei de Wakanda.

T'Challa se abaixou lentamente na frente dela, apoiado em um joelho, e colocou gentilmente a mão nas costas dela.

– Nefertiti? – sussurrou ele.

Sem aviso, a mulher empurrou a cabeça para cima, atingindo o queixo de T'Challa. Ele mordeu a língua, e a dor produziu faíscas em sua visão quando ela o jogou de costas no chão, para longe dela. Fazendo um esforço para se recuperar, T'Challa lambeu o sangue da boca e sentiu que havia sangue na máscara. A mulher ergueu-se assustadora, saltando em toda a sua altura. Ela era tão alta quanto ele, e ficou tensa enquanto assumia uma posição pronta para a batalha.

– Enganei você, não foi? – perguntou. – A propósito, é Neffie – acrescentou ela, saltitando como uma lutadora de boxe.

T'Challa balançou a cabeça, para organizar as ideias. Já fazia um tempo desde que alguém chegara perto o suficiente dele para conseguir lhe acertar um golpe tão forte. Fingindo achar graça, ele se levantou tão tranquilamente quanto pôde e examinou a oponente.

"Um pouco demais para uma abordagem diplomática..."

Ela não aparentava ter mais de dezoito anos, apenas nos primeiros passos da idade adulta. As mãos trêmulas e a postura de combate prometiam dor, mas ele podia detectar em seus padrões musculares uma falta de familiaridade com os movimentos. Foram os anos de estudos da linguagem corporal com W'Kabi que o ensinaram a detectar e reconhecer isso.

T'Challa cruzou os braços, olhando para ela.

– Bastet me disse que você se chama Nefertiti.

Ela sorriu, e era a própria imagem da confiança juvenil, então deu a volta ao redor dele.

– Mamãe sabe tudo, não é?

– Considerando que ela é sua deusa, sim, presumo que saiba tudo – respondeu T'Challa, girando lentamente em círculo para acompanhar os movimentos de Nefertiti.

A jovem franziu a testa.

– Minha mãe é Angela DeLaroux, do Cairo, Egito, e mora em New Orleans. Bast pode ser minha mãe adotiva e minha deusa, mas onde ela estava quando fomos expulsos da Ala Nove durante o Katrina, e minha mãe teve que nos mandar para a casa dos pais dela no Egito? Onde ela estava quando um câncer de pulmão levou meu pai? Agora que... coisas aconteceram – continuou Nefertiti –, ela quer que eu seja sua filha e governe seu reino? – Ela encolheu os ombros. – Ela tem um argumento convincente, e há coisas piores do que ser um deus preso à terra, mas eu sei quem sou e de onde venho, e sei o que tenho que fazer agora.

Ela curvou os lábios em um grunhido, olhando atentamente para o Pantera Negra.

– A única questão é: você está no meu caminho – recomeçou ela – ou vai apenas me servir de impulso para que eu chegue à minha posição de direito?

Ela enrijeceu o corpo, preparando-se para se lançar sobre ele, e T'Challa fez que não com o dedo enquanto colocava o pé para trás e reajustava o peso, aprontando-se para a batalha.

– Uh-uh, mocinha – disse ele –, você me pegou de surpresa da primeira vez, mas agora, se me atacar de novo, vou me defender. Semideusa ou não, vou derrubá-la desta vez.

Neffie sorriu.

— Sim, mamãe me contou tudo sobre sua "erva-coração" e os poderes que ela lhe confere – bufou. – Você não acha estranho que uma deusa que o visita regularmente nunca compartilhe de seu poder real? Que você tenha que contar com a química e o cultivo de uma planta para conseguir fazer o que ela lhe ordena?

De repente, seu comportamento se tornou mais sombrio, mais ameaçador.

— Bastet é a Senhora do Pavor e a Senhora do Massacre, a felina defensora dos inocentes, a vingadora dos injustiçados e a deusa da justiça – disse Nefertiti. – Ela não precisa de nenhuma planta terrena para manifestar seus poderes.

Ela deu alguns passos para trás e estreitou os olhos. Manchas de pelo escuro acinzentado começaram a aparecer nos seus braços e pernas, e os olhos mudaram de cinza para um amarelo pálido. Ela começou a fazer pequenos movimentos bruscos e se agachou; e pedaços do vestido que se rasgava caíam no chão conforme um sedoso pelo preto brotava por todo o seu corpo.

Um gemido doloroso escapou de seus lábios. A audição aprimorada do Pantera captou o som forte de trituração quando os ossos dela começaram a se contorcer e alongar, sibilando e estalando. Então, os músculos foram saltando e se recolocando, e as articulações estalavam conforme se modificavam.

O rosto dela se transformou. Uma sobrancelha protuberante projetou-se de sua testa, enquanto a face cobria-se lentamente de pelo brilhante e as orelhas iam se alongando e afinando. A mandíbula se esticou e o nariz encolheu e ficou rosado, então novas presas brilhantes projetaram-se de sua boca. Na extremidade de cada membro, as unhas se tornaram garras longas e irregulares, e os músculos outrora tensos tornaram-se protuberantes e firmes. Atrás dela, uma enorme cauda preta surgiu, balançando para a frente e para trás em antecipação.

A Nefertiti transformada ficou sobre duas pernas e olhou para T'Challa com olhos semicerrados. Uma pantera humana perfeita. Ela jogou a selvagem cabeleira para trás e tentou um sorriso, mas as presas o tornaram mais um rosnado do que uma saudação.

– É assim que uma verdadeira filha de Bastet se pareceria, ó poderoso rei. – A voz de Nefertiti estava rouca de dor, mas ainda alterada pela arrogância anterior. – É assim que eu sei quem sou. Quando a transformação ocorreu pela primeira vez, Bastet veio a mim em uma visão e explicou minha herança e meus poderes. Ela me contou sobre seu reino oculto, onde eu seria reverenciada como uma deusa e tratada como uma rainha. Ela disse que seus avatares há muito preparavam um lugar para seus filhos – continuou a jovem deusa. – Isso não é verdade?

T'Challa ergueu as mãos. Ele precisaria reestabelecer essas coisas, e rapidamente. O próprio destino de seu reino dependia disso.

– Até hoje, eu não tinha ouvido nada sobre essa "profecia" – disse ele, mantendo a calma. – A linhagem orgulhosa de Bashenga governou Wakanda por milênios em nome de Bastet, e o Pantera Negra é conhecido em todo o mundo como seu avatar e campeão. – Ele baixou as mãos. – Eu, T'Challa, sou seu atual defensor, e foi uma honra trazer glória ao nome de Bast quando Wakanda entrou na vanguarda dos assuntos globais. O mundo está muito delicado agora – continuou ele –, e uma mudança na estrutura governante de nosso país poderia não atender aos melhores interesses de seu povo. – Ele a observou cuidadosamente, sem fazer nenhum movimento brusco. – Talvez se consultássemos...

– Chega – Nefertiti rosnou baixinho, interrompendo a ladainha de T'Challa. – Parece que você está desafiando o desejo de sua deusa, T'Challa. – Ela estava zombando dele.

T'Challa foi pego de surpresa.

– Minha deusa não deixou claro para mim o seu desejo – disse T'Challa, baixando a voz para um sussurro ameaçador. – O que quer que você diga, devo fazer o que considero melhor para o meu povo, e não acho que uma divindade imatura no trono de Wakanda seja a melhor ideia.

– Imatura? – retrucou Nefertiti, ofendida, com um rosnado estrondoso na voz.

Com uma de suas garras afiadas, ela cutucou T'Challa no peito. Ainda assim, ele permaneceu decidido.

– É você o imaturo, Pantera Negra – rosnou ela. – Você e seus antepassados presumiram que Wakanda lhes pertencia. Bast nunca disse isso. Vocês presumiram. Você, seu pai e seu avô pensaram que contavam com os favores de Bast e que sua deusa sempre sorriria para sua família. Foram vocês, e não Bast, que criaram a erva-coração e projetaram geneticamente sua linhagem, para assim poderem explorá-la. E como qualquer boa mãe, ela deixou vocês serem tudo o que poderiam ser. Mas, adivinhe? – continuou ela. – Seu tempo acabou. O Pantera Negra está obsoleto, esgotado. Você sabe disso, e acho que isso o está incomodando. – Nefertiti gesticulou na direção do próprio corpo. – A manifestação física da aprovação de Bast está bem diante dos seus olhos, e acho que você está com um pouco de ciúme, não está, T'Challa?

Ela estreitou os olhos e se exibiu, estendendo as garras das mãos e dos pés.

– Como diriam meus amigos em casa, você acabou de descobrir que é João Batista, e não Jesus Cristo, e está tendo alguns sentimentos a respeito, mas isso não muda o fato de que Wakanda pertence a Bast, e que é meu direito de nascença, e não seu. Minha mãe, minha verdadeira mãe, deixou todo o seu panteão aqui no Egito para favorecer o seu reino, T'Challa. Ela já era adorada aqui em Bubastis. – Nefertiti gesticulou para o templo ao seu redor. – Ela não precisava de outro reino, mas teve pena de seu Bashenga; quando ele orou a ela, ela o levou a uma terra prometida de leite, mel e poder. Sem Bast, essa história da qual você tem tanto orgulho nunca teria existido.

Ela se virou para ele novamente, e seus olhos estavam cheios de malícia.

– Agora que ela lhe pede que coloque seu verdadeiro descendente no trono, você quer, o que... consultá-la? – Ela rosnou novamente.

T'Challa apenas olhou para ela, estático como uma rocha.

– Bast não me disse isso – respondeu ele –, mas talvez você possa me convencer de que é digna.

– Convencer... *você*?

Com um grito, Nefertiti se lançou em direção a T'Challa, com as garras e os dentes cintilando. Ele se desviou daquele ridículo ataque emocional e ficou observando Nefertiti deslizar pelo chão de pedra, com as garras de obsidiana faiscando ao tentar se agarrar às pedras empoeiradas para deter o impulso.

Recuperando-se rapidamente, ela se agachou como uma verdadeira pantera e saltou de volta através do espaço aberto, com as presas brilhando na luz.

No último segundo, T'Challa saltou bem alto, sentindo as garras de Nefertiti arranharem o exterior de sua armadura, pois calculara mal o impulso. Ele girou e pousou com perfeição, e imediatamente desferiu um golpe na nuca da semideusa que o atacava.

Uivando de dor, Nefertiti rolou para longe e ele se afastou.

Ela fez que sim com a cabeça e começou a andar ao redor dele, balançando o rabo. T'Challa se posicionou, ajustando o equilíbrio para o confronto inevitável.

Nefertiti se endireitou e olhou para ele com desdém.

– Você se move como uma bailarina, e não como uma pantera, T'Challa. O que há de errado com você? – zombou ela, lambendo o braço como um gato. – Está com medo de me enfrentar, garra contra garra? Só sabe usar truques e a inteligência?

– Esse combate é uma futilidade, Nefertiti. – Apesar das provocações, T'Challa não baixou a guarda. Ele, mais do que ninguém, sabia o quão rápido um felino selvagem poderia ser. – Bast sabe o que está em meu coração, assim como em minha mente. Eu gostaria de recebê-la em meu palácio e em meu reino, mas não vou deixar sua impetuosidade e inexperiência levarem meu país à ruína...

Nefertiti investiu contra ele.

T'Challa mal teve tempo de erguer as mãos para prender as garras cortantes. Ela o derrubou, esticando-se para alcançar seu pescoço.

Posicionando os pés, o Pantera se preparou para tirar a grande besta de cima dele. Era hora de acabar com aquilo, e ele usaria o gás atordoante das garras da armadura, destinado apenas para combates corpo a corpo.

Ele só precisava de um momento para ativar os frascos...

Nada aconteceu.

Nefertiti percebeu sua surpresa e aproveitou para mover as garras para mais perto. Traído pela tecnologia, T'Challa a arremessou para o alto e para longe. Como um gato, entretanto, Nefertiti deu uma cambalhota no ar e caiu de pé. Ela tinha um sorriso largo no rosto.

– Ah-ah, T'Challa – ronronou ela. – Sem truques, lembra-se? – Ela gesticulou ao redor deles. – Aqui, ciência e tecnologia, mesmo em sua famosa armadura de batalha, não contam tanto quanto fé e crença. Aqui, suas únicas armas são sua força e sua habilidade, circuitos e dispositivos não funcionam. Seu coração tem que liderar, e, infelizmente, isso parece estar em falta.

T'Challa estreitou os olhos.

Então, por uma das rachaduras denteadas nas paredes do templo, ele avistou uma selva nebulosa à distância.

– Ainda estou nas Planícies Ancestrais – sussurrou para si mesmo.

– O quê? Você achou que era tudo selva, savana e árvores okoumé? – zombou ela. – Posso ter estado aqui apenas uma ou duas vezes, mas até eu sei que pode ser o que Bast quiser.

Olhando para a parede do templo, T'Challa viu Bast em forma de pantera, recostada no topo de uma parede, arrumando-se e observando preguiçosamente o combate. Ela piscou para ele e voltou sua atenção para o próprio pelo.

"Então é assim", pensou o rei de Wakanda.

Respirando fundo, T'Challa voltou à sua posição de combate.

– Independentemente de onde eu esteja, Bast conhece meu coração – disse ele. – Eu e meus ancestrais conquistamos a devoção de Bast por meio de sangue, suor e lágrimas, através do sofrimento e da oração, da guerra e da paz. Tudo o que fizemos ao longo das gerações foi para a glória de nossa deusa e o aprimoramento de seu povo.

T'Challa estreitou os olhos.

– Não governamos simplesmente por causa de ancestrais ou poderes. Ficamos diante de nossa deusa e nos declaramos dignos de governar por meio de um ritual de combate. Bast então nos julga dignos ou não. Eu sofri e sangrei por minha deusa. – Ele vislumbrava um desafio. – E você?

Nefertiti bufou.

– O sangue é mais espesso que a fé, rei. Você pode orar de joelhos o quanto quiser, mas o fato é que eu sou a filha de Bast. Eu ainda sou sua encarnação viva, a única filha da Senhora do Pavor e a governante legítima de Wakanda. Eu sou da família. – Mais uma vez ela sorriu. – Não há nada que você possa fazer quanto a isso.

Com o rabo balançando, Nefertiti avançou, as orelhas para trás, achatadas contra a cabeça.

– Odin entregaria Asgard a um humano, preterindo seu filho? – desafiou ela. – Zeus consideraria deixar um mortal, ou mesmo um semideus como Hércules, governar o Olimpo? Então, por que você esperaria que Bast fizesse algo que nenhum outro panteão faria? Vocês, Panteras Negras, se escondem do mundo, reunindo recursos para uma batalha que nunca chega, em vez de liderar e governar abertamente. – Sua voz foi tomada pela raiva. – Quantos sofrem de doenças que sua erva-coração pode curar? Quantos vivem na pobreza, na escravidão, porque você se esconde, acreditando que é especial? O que você vai fazer, agora que sabe que sua preciosa deusa favorece outro? – continuou ela. – Agora que sabe, e é claro que você sabe, que é apenas um homem, e não o herdeiro de sua deusa?

T'Challa fixou os olhos em Nefertiti.

– Eu farei o que sempre fiz – rosnou ele. – Servirei à minha deusa com o melhor de minha capacidade, seja como rei, como Pantera Negra ou simplesmente como homem. Minha fé não depende de recompensas. Eu ajo como Bast instrui, como minha consciência dita, conforme as necessidades de meu país e conforme meu coração exige. Isso nunca vai mudar.

Com um rugido, Nefertiti avançou.

T'Challa se preparou.

– *PAREM!*

A voz de Bast soou ensurdecedoramente em suas cabeças, prendendo-os no lugar. T'Challa olhou para onde a enorme pantera estivera descansando, mas ela havia sumido. Em vez disso, a forma humana de Bast atravessou o pátio, com o traje marrom esvoaçando. Um pequeno sorriso enfeitou o belo rosto da deusa enquanto ela os circulava lentamente, parecendo perfurá-los até a alma com seu olhar felino.

T'Challa ajoelhou-se e olhou para baixo.

– Quanto respeito – sussurrou ela, com um largo sorriso.

Nefertiti fungou com desdém e cruzou os braços em desafio.

– É como ele deveria estar desde o início.

Bast suspirou.

– Tire isso, querida. – A voz musical de Bast deu poucas dicas do que ela poderia fazer.

Com um aceno, Bast transformou Nefertiti de volta em sua forma humana, vestido branco, sandálias e tudo. A jovem olhou para baixo e examinou a mão, boquiaberta com aquela demonstração de poder.

– Vamos todos falar como iguais, e tentar chegar a um... acordo justo – disse Bast, e gesticulou para que Neffie se sentasse.

A filha se sentou de pernas cruzadas no chão, emburrada e com o semblante fechado. Então Bast se esticou para tocar o ombro de T'Challa. Ele graciosamente se juntou à sua oponente no chão, e ela olhou para ele.

Com graça divina, Bast cruzou as pernas sob o corpo, sentou-se sobre os calcanhares e olhou com carinho para T'Challa e Neffie antes de falar.

– Gostei de vê-los se debatendo, física e verbalmente. Se é isso o que acontece quando vocês estão voltados um contra o outro, que o mundo tome cuidado se estiverem juntos lutando contra um mesmo alvo.

Neffie pigarreou e revirou os olhos. T'Challa manteve os olhos em Bast, cujo sorriso apenas aumentou.

– Neffie, você é minha única filha e, portanto, é meu coração – disse ela. – Como herdeira do meu poder, não há dúvida de que um dia tudo o que é meu será seu, tanto aqui em Bubastis quanto em Wakanda ou nas Planícies Ancestrais e nos Desertos Sem Fim. Você é minha família e minha herdeira, e nada vai mudar isso.

Bast olhou para T'Challa. Para seu espanto, uma lágrima se formou em seus olhos.

– T'Challa, filho de T'Chaka, o Pantera Negra. Meu avatar, meu defensor. O fruto de Bashenga não é a família na qual nasci, mas a família que escolhi. Apesar de anos de serviço, nenhum dos meus Panteras jamais me pediu mais terras, mais riquezas, mais poder. Quiseram apenas servir a mim e a seus filhos wakandanos. Não vejo melhor modelo para minha filha do que os homens e as mulheres de sua dinastia.

As costas de Neffie ficaram rígidas com as palavras da mãe, e ela olhou para T'Challa com um sorriso malicioso. Bast captou seu olhar e franziu a testa.

Nuvens escureceram o céu acima deles.

– Devo concordar com T'Challa, Neffie. Você ainda não está pronta para liderar. Com o poder que você detém e a divindade que herdará, seria temerário colocar milhões de meus adoradores, minha base de poder no reino terreno, sob seus cuidados. Não até que você amadureça.

Neffie olhou para Bast com lágrimas nos olhos.

– Você prometeu que Wakanda seria minha – murmurou ela. – Você me deve duas décadas de solidão, de não saber por que eu era do jeito que era, de não poder ajudar as pessoas mais próximas de mim apesar de ter poderes para mudar as coisas.

Ela apontou para T'Challa.

– Eu não sou como eles – disse ela. – Eles tinham poder e optaram por não o usar. Eu não sabia que tinha poder... e, depois que descobri, não sabia como usá-lo para ajudar aqueles de quem eu gostava.

– Não, não, você não sabia. – Bast começou a brilhar. – Razão pela qual decidi passar algum tempo com você pessoalmente, para que possa aprender. Somos eternas, criança. Podemos ter perdido um tempo, mas temos milênios para compensar. Wakanda estará lá para você, algum dia, eu prometo.

Ela sorriu com orgulho para T'Challa.

– Os Panteras Negras vão mantê-la segura e pronta para você.

T'Challa olhou para o rosto de Bast.

– Você tem alguma ideia sobre quando... poderia ser a coroação de Neffie? – perguntou ele.

Nefertiti começou a brilhar. As duas mulheres sorriram, movendo-se assustadoramente juntas enquanto Bast encolhia os ombros.

– No próximo ano, na próxima década, no próximo século, no próximo milênio. Sendo imortais, temos tempo. Assim que ela tiver o controle que é exigido dela, Neffie aparecerá para você ou seus descendentes em meu templo em Wakanda. Ela fará isso com a minha bênção.

– Você vai me mostrar como percorrer os sonhos? – perguntou Neffie, empolgada. – É que tem algumas cabeças em que eu preciso muito entrar.

Bast franziu a testa gentilmente para a filha, então se voltou para T'Challa.

– W'Kabi tem algumas instruções para prepará-lo para a chegada dela – disse a deusa. – Nada muito extremo e nada que precise ser feito imediatamente, mas você deve começar a se preparar. Você e aqueles que o seguem.

Neffie mostrou a língua, e T'Challa quase não conseguiu conter a risada que borbulhava dentro dele.

– Hoje, Wakanda é sua, T'Challa – disse a jovem, e sorriu. – Amanhã, será minha.

– Eu acho que consigo lidar com isso. – Ele sorriu de volta.

Bast fechou os olhos, e então direcionou a ele um olhar significativo.

– Sim, T'Challa, direi a W'Kabi o que combinamos.

Neffie começou a pular no chão.

– Ei! Você lê mentes! Me ensina, me ensina, me ensina!

T'Challa e Bast suspiraram em uníssono. Ela se levantou e T'Challa ofereceu a mão a Neffie, para ajudá-la a se levantar. Bast ergueu a sobrancelha para ele.

– Sabe, meu avatar – disse ela incisivamente –, há uma maneira de todos nós conseguirmos o que queremos, agora mesmo. – Ela olhou para as mãos dos dois, brevemente entrelaçadas. – Minha filha seria uma rainha impressionante para um Pantera Negra...

Neffie imediatamente puxou a mão, deu-lhes as costas e saiu correndo. No entanto, T'Challa jurou que tinha visto um leve sorriso em seu rosto e um quase imperceptível balançar de quadris enquanto ela desaparecia na luz, deixando Bast e seu campeão sozinhos no templo.

– ...algum dia – concluiu a deusa.

Quando um brilho intenso começou a envolver o templo, ela cutucou T'Challa de maneira provocante com a unha bem cuidada antes de voltar à sua forma de pantera.

– Lembre-se, a mãe da menina pode ler sua mente – disse ela. – Avise seus filhos.

Enrolando-se em torno de suas pernas, ronronando, Bast inclinou a cabeça para permitir que T'Challa coçasse um ponto particularmente bom sob sua orelha.

– Você a verá de novo, meu defensor. Firme e adiante, meu Pantera Negra. Saiba que sua deusa está satisfeita com você, e que sua adoração é amada e apreciada. Você é minha família, T'Challa, e isso eu nunca esquecerei.

A pantera caminhou para a luz brilhante.

– Wakanda para sempre, T'Challa.

– Wakanda para sempre, Bast.

Um pensamento flutuou pelo éter.

"Wakanda para sempre! Uau, acertei uma."

• • • •

Quando T'Challa piscou para desofuscar os olhos, ainda estava ao lado do *Quinjet* do lado de fora de Tell-Basta, vestido com suas roupas originais. Ele se apalpou, sem notar nada faltando ou perdido. Mas em sua pele ainda podia sentir o perfume da pantera, além de uma essência floral fresca, mais jovem.

Ele subiu na aeronave, sorrindo para si mesmo, e foi para casa.

• • • •

O reverendo Wilberforce Rutherford recostou-se no sofá e soltou um suspiro. Ele pareceu surpreso ao descobrir que o estava segurando no peito durante a história de T'Challa.

– Você a viu desde então?

Com a garganta seca, T'Challa se serviu de mais um copo d'água, estendendo outro para o convidado.

– Nem uma palavra, nem um pensamento, nem um indício de Nefertiti. Ela está lá fora, em algum lugar, aprendendo e esperando sua hora de voltar para casa, de estar com seu povo para liderá-lo.

– E Bast? – questionou o reverendo.

– Oh, ela está sempre por perto. – T'Challa olhou para a pantera enrolada em cima de sua mesa, uma forma que só ele podia ver.

– Mas... não entendo o que você está querendo dizer – declarou o reverendo. Sua postura antagônica anterior parecia ter suavizado, no entanto. – Por que me contou tudo isso?

– Humm... – disse T'Challa, caminhando até seu santuário antes de olhar para o reverendo, ainda sentado. – O senhor queria saber se Bast é real. Foi o que perguntou, mas o que realmente queria saber era sobre fé. – Ele se virou para a estátua e continuou. – Tenho fé na minha deusa e na filha dela. Eu as vi. Eu as conheci. Eu as toquei. Eu sei que elas são reais, porque todos os meus sentidos me dizem que elas são reais.

– Mas, mesmo agora, hoje, reverendo, sua fé é tão forte e poderosa quanto a minha – continuou ele. – Por que eu sei disso? Porque o senhor e sua filha têm fé em um deus que não pode ser visto, não pode ser ouvido, não pode ser tocado. Seu deus só pode ser sentido... aqui. – Ele tocou o homem no peito. – Esse é o tipo de fé ensinada por pais e mães, e que não é abandonada facilmente, apesar de uma mudança de continente, apesar da crença do cônjuge e apesar de viver entre aqueles que acreditam de forma diferente.

T'Challa estendeu a mão para o reverendo, para ajudá-lo a se levantar.

– Talvez deva dar à sua filha a chance de mostrar como a criou bem dentro de sua fé. Meu único arrependimento, reverendo, é de não ter mostrado ao meu pai como ele me instruiu tão bem nos poucos anos que passamos juntos. Não tire isso de sua filha.

– Bem, talvez eu tenha sido muito precipitado – ponderou o reverendo. – E ela é minha única filha. – Ele segurou a mão oferecida e se levantou.

– Se nos apressarmos, acho que ainda há tempo para a dança da noiva com o pai – respondeu T'Challa. – Uma tradição americana encantadora, que Dom insistiu que deveria fazer parte da celebração.

O homem rotundo esticou o paletó sobre a barriga e permitiu que o anfitrião o acompanhasse até a porta. Acenando para as *Dora Milaje* que aguardavam, T'Challa enviou o reverendo Rutherford em direção à recepção do casamento, prometendo que estaria junto deles em um minuto.

Fechando a porta atrás de si, T'Challa sorriu para a pantera descansando em sua mesa.

– Ela perguntou sobre você outro dia – disse Bast, cantarolando.

– Diga a ela... que seu reino e seu avatar a estarão esperando em Wakanda – disse ele com um sorriso. – Um dia.

UKUBAMBA

KYOKO M

NÃO HÁ HONRA ENTRE LADRÕES.

Okoye sabia. Ela sempre soube. Viu isso por si mesma nas ruas de Wakanda. Viu isso no mundo caótico fora de sua amada cidade. Viu como os homens estavam dispostos a trair uns aos outros, mas acima de tudo a si mesmos, pela necessidade de lucro. Viu o que aconteceu com homens como Ulysses Klaue. Ele roubara a vida do rei T'Chaka.

Para ela, poucas coisas na Terra eram tão baixas quanto um ladrão.

E o rei T'Challa também sabia disso.

Ele ficou de frente para a janela da sala do trono, com as mãos cruzadas atrás das costas, a postura perfeita e reta, como deveria ser, pois era da realeza. T'Challa havia sofrido muito ao longo da vida. Fora convidado a carregar um fardo pesado como rei e líder das tribos de Wakanda. No entanto, esse fardo não transparecia em sua postura: régia, firme e poderosa. Ele não era simplesmente um rei, mas um líder. Ele sabia como reunir seu povo e a melhor forma de protegê-lo, fosse sozinho, com as *Dora Milaje* ou mesmo com os Vingadores. Okoye valorizava sua inteligência tanto quanto sua força, pois um verdadeiro guerreiro precisava de inteligência e força.

E ele a apreciava da mesma forma.

Depois de cumprimentar a companheira *Dora Milaje*, a general caminhou à sua direita e o saudou.

– Meu rei.

T'Challa acenou com a cabeça para ela em respeito.

– General. Peço desculpas por convocá-la tão repentinamente, mas temos uma emergência.

O rei a encarou com uma expressão séria, mas ela podia ver sinais de raiva queimando em seus olhos castanhos.

– Uma menina de sete anos foi levada de uma das cidades fronteiriças.

Ele tocou as contas da pulseira kimoyo em torno do pulso esquerdo. Um holograma de uma criança sorridente com cachos grossos que caíam em torno das bochechas com covinhas apareceu.

– O nome dela é Nandi.

Okoye estreitou os olhos.

– Quando?

– Menos de uma hora atrás. A mãe dela, Liyana, a levara ao mercado. Elas foram perseguidas e atacadas em um beco. Agarraram Nandi e quebraram a perna de Liyana para que ela não pudesse segui-los. Ela disse que eles foram para o Sul.

– Quantos homens?

– Três. Ela não conseguiu identificá-los, pois usavam máscaras. Ela ouviu dois deles falando nigeriano. Ela os ouviu dizer, "a janela está fechando, rápido". O terceiro carregava uma arma incomum: uma pistola com cabo de pérola. De fabricação americana, pelo que Liyana conseguiu perceber. Você trabalhou diligentemente com nossas tribos de fronteira no policiamento da área contra escravizadores e traficantes de seres humanos. Se alguém pode saber para onde Nandi está sendo levada, esse alguém é você.

Okoye caminhou ao longo da janela, com a testa franzida, pensando.

– Com os membros das tribos locais alertados sobre o sequestro, os sequestradores não tentariam sair imediatamente da cidade. Para cruzar as fronteiras, precisariam do barqueiro. O nome dele é Kamari. Ele transporta carga ilegal para dentro e para fora da África Oriental, mas quem pagar uma taxa substancial consegue fazer tráfico humano. O problema é que encerramos as operações dele há um mês. Todos os seus bens foram apreendidos e seus cúmplices estão presos. Ele está cumprindo sentença de dez anos em Addis Abeba.

– A natureza abomina o vácuo – disse T'Challa. – Se ele não está mais lá, quem tentaria ocupar seu lugar?

– Essa é a questão, meu rei – disse ela, ainda andando pela sala. – Eu acredito que há apenas duas maneiras de recuperar a criança antes que ela seja tirada da África. A primeira é encontrar o esconderijo onde está sendo mantida. Eles vão esperar até a noite para então tentar levá-la até a fronteira. A segunda é interceptar a troca. Muito provavelmente, esses homens são contratados apenas como observadores, para sequestrar meninas quando surge uma oportunidade. É assim que faziam no passado. Eles permanecem aqui em vez de levar as crianças ao destino. Mas tem certeza de que Liyana e Nandi não foram alvos por outro motivo?

– Não que eu saiba – disse T'Challa. – Ela é uma mulher nobre de nossas cortes, mas não detém um assento de poder específico que eles poderiam usar. Ela também não recebeu nenhum pedido de resgate.

– Se ela não é um alvo e esse é realmente um sequestro aleatório, então devemos começar com quem poderia transportá-la até a fronteira. Vou visitar Kamari na prisão, e descobrir quem tentaria ocupar seu lugar em sua ausência. Vou instruir as *Dora Milaje* a vasculhar sistematicamente a cidade fronteiriça e encontrar qualquer testemunha da fuga. Se Kamari nos levar ao novo barqueiro, armaremos uma emboscada para resgatar a criança. Se ele não o fizer, devemos nos coordenar para fechar qualquer saída da cidade. Se eles não puderem escapar para completar a troca, há uma chance de que tentem pedir resgate a Liyana para devolver a menina. Se for esse o caso, podemos recuperar Nandi assim que estipularem hora e data.

T'Challa fez que sim com a cabeça.

– O que você precisa de mim?

– Acesso total a Kamari. Ele está em uma prisão de segurança máxima, isolado, pois suas associações o tornaram famoso. Há muitos prisioneiros que gostariam de vê-lo morto.

– Você o terá, general. Quando pousar na capital, ele será todo seu. – T'Challa colocou a mão no ombro dela e pressionou levemente. – Boa sorte, Okoye.

– Bast será minha testemunha – disse Okoye, tocando o pulso do rei em solidariedade –, eu vou trazer Nandi para casa.

• • • •

Para Okoye, Kamari era a própria definição de escória.

Ele nasceu na Etiópia, mas deixou o país na adolescência e foi para o exterior. Ele se envolveu em pequenos crimes na cidade de Nova York, o que não lhe rendeu nada além de ossos quebrados e uma cicatriz feia que atravessava sua testa, terminando no olho esquerdo arruinado. Os americanos descobriram sua tendência de trair os clientes, caso alguém oferecesse mais dinheiro, e o expulsaram. Por sorte conseguiu escapar com vida, e quando retornou à África Oriental, trouxe para casa somente conexões com os Estados Unidos. Ele havia coordenado com os criminosos locais o transporte de armas ilegais, bens roubados e dinheiro falsificado para a fronteira e para fora da África. Foram meses de investigação para conseguir qualquer informação que permitisse embasamento nas acusações. O que finalmente derrubou Kamari foi seu ego. Disfarçada, Okoye o abordou com o pretexto de fazer um acordo e ele caiu na armadilha graças ao seu ego imponente, pois sabia pouco sobre as *Dora Milaje* além de sua reputação. Ela sentiu certa satisfação mesclada com ódio quando viu as autoridades enfiando o homem na traseira de uma viatura policial. Supostamente, ele arranjara a transferência de pelo menos cem meninas para fora da África Oriental.

Portanto, Okoye não estava muito ansiosa para ficar diante daquele homem novamente.

O calor vinha de todos os lados enquanto Okoye caminhava pelo corredor até as celas isoladas da prisão. Cada uma ficava a cerca de seis metros de distância da outra, seguras com barras de ferro forjado, posicionadas de forma que os internos não pudessem ver uns aos outros. O chão de pedra não tinha sido varrido recentemente. Suas sandálias deixavam marcas enquanto ela caminhava em direção à cela de Kamari. Os outros internos a chamavam aos gritos ao perceberem sua presença ali, fazendo sugestões obscenas ou gritando insultos ao reconhecerem seu uniforme.

E Okoye simplesmente sorria.

Ela tinha colocado muitos daqueles homens ali. Uma de suas maiores conquistas como guerreira.

Finalmente, chegou à cela de Kamari.

Ele era um homem baixo, com menos de um metro e setenta, e magro como uma aranha desnutrida. Seu braço direito estava engessado do cotovelo ao polegar, coberto de sujeira e fiapos do uniforme da prisão. Estava com a barba desgrenhada e o cabelo despenteado. Os pequenos olhos castanhos eram sem vida. Os dois dentes incisivos eram de ouro, não como uma demonstração de riqueza, mas porque ele teve os dentes originais arrancados por um mafioso de Nova York na mesma noite em que adquiriu a cicatriz. Okoye lembrou-se de ele se gabar de que não fora ninguém menos que Willson Fisk, o Rei do Crime, quem lhe fizera aquilo, mas ela sabia que o Rei do Crime não se dava ao trabalho de arrancar os dentes da frente, simplesmente afundava os crânios dos adversários com um único golpe. Mas a história parecia boa para outros criminosos desprezíveis, então ele continuou mentindo para aumentar sua reputação.

– Que irônico – disse Kamari, levantando a cabeça do travesseiro ao vê-la. – Minha única visitante é aquela que me colocou aqui.

Okoye abriu um leve sorriso.

– Você deveria ser grato. Qualquer visitante além de mim só viria com a intenção de acabar com a sua vida.

Kamari mostrou a ela os dentes de ouro.

– Você não veio para me matar? Sorte minha.

– Pela primeira vez, você é mais útil para mim vivo do que morto – disse ela, revirando os olhos. – Eu preciso de informações.

– Ah, é mesmo? – disse Kamari, levantando-se da cama e lançando um olhar feroz em sua direção. – E por que eu teria a obrigação de lhe ajudar, sua bruxa?

– Se não fizer isso, eu quebro seu outro braço.

Kamari fez uma careta.

– Você já quebrou o primeiro.

O sorriso afiado de Okoye se alargou.

– Eu estava gentil naquele dia.

Kamari cuspiu no chão.

– Vá para o inferno. A ameaça de um braço quebrado não é o suficiente para me fazer abrir o bico. Você sabe o que fazem aqui com delatores.

– Sim, por isso mesmo – disse ela. – Imagine tentar se defender deles com os dois braços quebrados.

– Você não me assusta – zombou Kamari.

Okoye encolheu os ombros.

– Talvez não. Talvez o seu tempo aqui o tenha forçado a se tornar o tipo de homem que não tem medo de uma guerreira de elite do meu calibre.

Ela se encostou na parede de pedra e olhou para baixo.

– Mas... e Sturgess?

Kamari enrijeceu. Okoye cruzou os braços e observou as engrenagens girando na cabeça do criminoso.

– Diga-me, Kamari, o que você acha que Sturgess faria se soubesse onde você está?

Kamari lambeu nervosamente os lábios rachados.

– Ele não pode me pegar aqui. Ele voltou para Nova York.

Okoye se inclinou ligeiramente para a frente.

– Você está disposto a apostar sua vida nisso?

Com raiva, ele apertou ainda mais as bochechas encovadas sobre os ossos.

– Você está blefando.

Ela soltou uma risada curta.

– Por que eu precisaria blefar? Você é um inseto sob o vidro. Eu posso esmagá-lo a qualquer momento. Não preciso mentir. Vou tornar isso mais fácil para você: responda às minhas perguntas e não digo a Sturgess onde você está.

A falsa diversão sumiu de suas feições, substituída por uma rigidez inabalável.

– Caso se recuse, desconfio que serei a última visita que receberá pelo resto de sua curta vida.

Kamari atirou o sapato nas barras, que retiniram quando atingidas. Ele vociferou por alguns segundos e então ergueu o braço bom em derrota.

– Tudo bem, bruxa. O que quer saber?

Okoye se afastou da parede.

– Uma menina chamada Nandi foi tirada da mãe quando elas faziam compras em uma de nossas cidades fronteiriças. Preciso saber quem é seu sucessor.

Ele olhou para ela.

– Por que acha que eu tenho um sucessor?

– Porque você não quer morrer aqui – disse ela categoricamente. – Mesmo com a saúde debilitada e nessas condições precárias, você planeja sobreviver e voltar aos negócios assim que cumprir a pena. Para isso, com certeza deixou alguém no comando. Provavelmente, seu sucessor foi instruído a "fechar a loja" temporariamente até a poeira baixar para então retomar os trabalhos ilegais, embora em diferentes partes da cidade e sob um olhar mais atento. No entanto, eles ficaram impacientes e decidiram agir mais cedo do que você os instruiu, como esse sequestro demonstrou. Alguém ficou ganancioso. Alguém foi descuidado. Você vai me dizer quem são e onde posso encontrá-los.

Kamari resmungou algo baixinho enquanto coçava o cabelo rebelde, e então suspirou.

– O nome dele é Senai.

– Há quanto tempo trabalha para você?

– Ele era um mensageiro – disse Kamari. – Usei seus serviços para transportar pagamentos aos meus homens, por isso ele não caiu com o restante durante as prisões. O menino sabia o suficiente sobre o negócio de comércio ilegal para ser deixado no comando enquanto eu estou... – Ele soltou uma risada feia, olhando para o ambiente úmido ao seu redor. – ...hibernando, por assim dizer. Dei instruções a ele sobre o que fazer enquanto isso. Deve ter se precipitado. Garoto estúpido.

– Onde posso encontrá-lo?

– Da última vez que verifiquei, ele estava no subsolo. Não sei onde.

– Então, como você fala com ele?

– Eu não falo – grunhiu Kamari. – Eu disse para ele tudo o que precisava saber antes de ir a julgamento. Eu não recebo ligações, não com meu histórico. Não tenho família. Só eu e estas quatro paredes.

– Se Senai está coordenando o transporte da menina para fora da África Oriental, onde eles a manteriam?

Kamari encolheu os ombros.

– Não posso ajudar você nisso. Há muitos locais.

– Dois dos homens que a levaram pareciam ser nigerianos. Isso faz alguma diferença?

Ele pensou por um momento.

– Pode ser. A mãe conseguiu fazer uma descrição?

– Não, estavam com o rosto coberto. O terceiro homem a ameaçou com uma pistola de cabo de pérola.

Kamari bufou.

– Ah, então eu sei com quem você está lidando. Eles são Faruq, Habib e Imam. São uns vigaristas, geralmente cometem furto ou assalto à mão armada. Eles trabalham por ninharias e estão sempre juntos para proteger uns aos outros e assim não serem pegos. Eles são mais propensos a falar do que Senai. Você nunca consegue fazer aqueles três calarem a boca. Geralmente estão escondidos em um centro recreativo perto do rio, onde funciona um cassino clandestino no porão. É por isso que eles aceitam qualquer trabalho, porque gastam no jogo todo o dinheiro que ganham.

– Se eles são insignificantes, por que apelar para sequestro?

– Paga melhor.

Okoye apertou a mandíbula.

– Como você deve saber muito bem.

Os lábios de Kamari se curvaram em um sorriso desagradável.

– Eu encostei em um ponto dolorido, general?

– Vá para o inferno.

– Meio tarde para isso – riu ele. – Tudo tem um preço. Até vidas humanas. É possível ganhar dinheiro com isso.

– Sim – disse ela friamente, apontando para a cela da prisão. – Posso perceber que vale a pena.

Kamari soltou uma risada sarcástica enquanto se levantava e cambaleava até as barras, fixando os olhos mortos nela.

– Vai valer. Eu vou sair daqui, general. E quando isso acontecer, você será a primeira a receber minha... – Seus dentes de ouro brilharam. – ...visita.

Okoye sorriu novamente.

– Tomara que seja. – Ela se inclinou em direção a ele, baixando a voz e perfurando os olhos dele com seus olhos de ônix. – Mas tenha cuidado. Não será possível substituir com ouro o que vou remover de você.

Ela saiu sem olhar para trás.

• • • •

Sinceramente, Okoye se sentia estranha sem sua armadura. Estava acostumada a movimentar-se sentindo-a contra a pele, ou balançando, quando ela lutava contra um inimigo. Ela amava o contraste brilhante da armadura contra sua pele escura e o respeito que impunha quando a usava. Qualquer um que tivesse olhos sabia quem ela era: uma das *Dora Milaje*, as Adoradas, as guerreiras de elite encarregadas de proteger o rei de Wakanda.

Mas ela também era uma general. E generais tinham que saber as melhores táticas para completar uma missão.

O centro recreativo à beira do rio era modesto. Apenas um grande espaço aberto com piso de cerâmica e placas de metal para a cobertura. Ventiladores enormes foram conectados nos cantos do salão. Havia famílias e idosos nos bancos jogando vários tipos de jogos. A música tocava alegremente nos alto-falantes fixados nas vigas do teto. Ela quase lamentou não poder se juntar a eles. Se não fosse pelo sequestro, seria um bom dia para fazer aquilo.

Okoye usava um vestido de verão esmeralda e um xale preto. Ela passou pelos rostos amigáveis e seguiu até o balcão, na extremidade oposta à entrada. Um homem careca e obeso sentado lá atrás folheava uma revista, cantarolando para si mesmo. Ele olhou para cima quando Okoye se aproximou, e ela notou em seus olhos o quanto apreciara a sua beleza ao se levantar para cumprimentá-la.

– Como posso ajudar?

– Estou aqui para ver uns amigos – disse ela. – Eles estão no porão.

O homem a encarou com um olhar educadamente perplexo.

– Aqui não tem porão.

Okoye sorriu.

– Oh, talvez eu tenha me enganado...

Ela puxou a carteira da pequena bolsa e tirou um grande maço de dinheiro.

– Posso deixar isto com você?

O homem olhou para o dinheiro no balcão e o pegou.

– Sim, é claro que pode. Caso a gente tivesse um porão, seria no fim do corredor, pela porta à direita.

– Obrigada – agradeceu ela, e passou por ele.

Ficava ainda mais escuro e frio conforme Okoye seguia adiante pelo corredor. Ela ficou atenta, observando o homem pela visão periférica, com receio de que ele fosse fazer alguma coisa, mas ele apenas contava as notas, então teve certeza de que não seria um problema. Depois de passar pelos banheiros, encontrou uma única porta à direita. Tentou a maçaneta, mas não se moveu.

Okoye bateu. Depois de um momento, um homem de trinta e poucos anos, alto, magro e de cabelo trançado atendeu, com o semblante fechado, mas imediatamente abriu um sorriso depravado ao ver seu rosto bonito.

– O que posso fazer por você, linda?

– Senai me mandou aqui – disse ela. – Nós precisamos conversar.

O sorriso dele vacilou.

– Ah. Negócios, então... e não prazer.

– Desculpe ter de dizer, mas, sim.

Ele suspirou e abriu completamente a porta para deixá-la passar. Ela parou no topo da escada. Era um espaço estreito com apenas uma lâmpada nua para iluminar o caminho. Okoye manteve o homem em seu campo de visão periférica enquanto descia até o primeiro patamar e depois virava à direita novamente para outro lance de escadas. Ela não conseguia ouvir nenhuma movimentação vindo de cima, o que provavelmente significava que o porão era à prova de som.

Bom. Isso funcionaria a seu favor, pela primeira vez.

No fim da escada, ela se deparou com um amplo porão, com várias mesas arrumadas e um bar muito equipado contra a parede esquerda. Ainda era fim de tarde, então não havia muitos jogadores por ali, apenas três homens, a crupiê e o barman. As características do barman eram semelhantes o suficiente às do homem no balcão do andar de cima para ela presumir que eles fossem irmãos. A crupiê na mesa do canto era uma garota baixa e bonita, com o cabelo preso em um elegante coque afro *puff*. Ela usava um vestido roxo e não parecia afetada pelas gargalhadas dos dois homens à sua frente. Eles disputavam algum tipo de jogo de cartas, pelo que parecia.

– Sim – disse o homem magro, virando a cabeça para o lado. – Nós temos alguns negócios.

Os outros dois homens tinham mais ou menos a mesma idade que ele. Um tinha a pele mais clara, algumas sardas no nariz e corte de cabelo baixo.

O outro tinha pele escura e usava *dreadlocks* com anéis na altura dos ombros largos. Os dois a avaliaram enquanto recolhiam seus ganhos da mesa e caminhavam em direção ao sofá manchado no canto esquerdo da sala. O homem alto permaneceu de pé. Os outros se sentaram, e discutiram por um instante sobre o que haviam ganhado antes de se dirigir a ela.

– E aí, mana? – perguntou o homem com *dreadlocks*. – O Senai nunca enviou alguém tão bacana antes.

Ela mostrou um sorriso superficial.

– Só para ter certeza de que estou com os homens certos, eu procuro Faruq, Habib e Imam.

– Em carne e osso – disse o de pele clara. – Eu sou Faruq, e esse é Imam. – Ele apontou para o homem alto.

O homem com *dreadlocks* sorriu.

– E eu sou Habib. Prazer.

– Certo. Onde está a garota?

Habib adotou um olhar confuso.

– Onde dissemos que ela estaria. Por quê?

– Houve uma mudança de planos – disse ela. – Vou escoltá-la até a fronteira. Uma mulher com ela vai levantar menos suspeitas do que um grupo de homens. Como devem ter visto, a polícia se espalhou pela cidade inteira, então Senai achou melhor me mandar para uma cobertura melhor.

Imam pegou o telefone celular.

– Claro, só vou confirmar primeiro.

– Você está questionando a autoridade dele? – perguntou Okoye asperamente.

Imam franziu a testa.

– Não, eu só...

– Você realmente acha que ele quer desperdiçar seu tempo com ligações? Especialmente agora? Ele já está zangado o suficiente com você.

– Zangado? – estranhou Faruq. – Por quê?

– Você foi desleixado – retrucou ela. – Agarrar uma criança em plena luz do dia. Você não pensou na ira que recairia sobre suas cabeças, nem na dele, com essa ação impulsiva. É melhor não incitar mais a fúria dele e me entregar logo a criança antes de causar uma confusão ainda maior.

— A gente não tinha como saber que as coisas dariam tão errado — resmungou Habib. — Imam deveria bater na cabeça da mãe e a gente pegaria a criança, mas ela deu alguns golpes malucos de Krav Maga e nós tivemos que lutar com ela para pegar a menina. Não foi nossa culpa.

— A ganância é o pecado de todos os homens — zombou ela. — A menos que você queira descobrir como é a punição por essa falha, entregue-me logo a criança.

— Tudo bem, pelo amor de Bast — grunhiu Habib, levantando-se do sofá.

— É inacreditável como ele não pode nos deixar fazer uma única coisa sem implicar.

Ele caminhou pela porta aberta, atravessando uma cortina de miçangas, até outra sala menor. Okoye respirou fundo enquanto esperava que ele voltasse.

Ele voltou. Mas trazendo uma arma em vez de Nandi.

— Quem é você? — Habib exigiu saber, apontando a pistola com cabo de pérola para a cabeça de Okoye.

— Mano, que diabo é isso? — gaguejou Faruq com os olhos arregalados. — Você ficou louco?

— Essa irmã não cheira bem — disse Habib, encarando Okoye. — Olhe bem para ela. Veja a qualidade desse vestido, e como mantém contato visual quando fala. Você sabe que o Senai odeia essa porcaria toda. Ela não trabalha para ele, é uma espiã.

Imam e Faruq se afastaram dela e pararam ao lado de Habib, sacando os canivetes. Okoye olhou para os três enquanto o barman e a crupiê disparavam escada acima sem dizer uma palavra.

— Tem certeza de que é assim que você quer? — Okoye perguntou baixinho. — Se me entregar Nandi, será rápido e indolor. Se não fizer isso, vou ensinar a você o significado do arrependimento.

— São três contra um, Grace Jones — zombou Habib. — Eu gosto dessas probabilidades.

Okoye assentiu solenemente.

— Que seja, então.

Ela balançou o pulso. A lança dobrável pousou em sua palma e se estendeu no momento que Habib abriu fogo.

Ela atingiu o cano da arma, jogando-a para o lado. A bala atingiu a parede atrás dela e o braço de Habib deu um solavanco. Imam e Faruq investiram contra ela simultaneamente. Okoye se esquivou dos golpes desajeitados iniciais e os derrubou, atingindo-os nas pernas com a lança. Habib praguejou e cambaleou para trás, tentando manter a arma apontada para ela. Okoye balançava e ziguezagueava, disparando na direção dele. Ele errou os três tiros seguintes por centímetros. Ela o acertou no pé e ele gritou, tentando golpeá-la com a pistola. Ela o atingiu na testa com a ponta da lança e então puxou a pistola de sua mão, quebrando seu pulso. A arma caiu no chão entre eles, e ela a chutou para a despensa atrás deles antes de jogá-lo contra os parceiros, que ainda tentavam se levantar, com uma violenta manobra *hip toss*.*

Imam se recuperou primeiro e mirou a garganta de Okoye com o canivete. Ela tomou impulso jogando a cabeça para trás e então lhe deu uma violenta cabeçada, estilhaçando seu nariz. Ele caiu no chão segurando o rosto, chorando, com sangue escorrendo pela boca e pelo queixo.

Faruq agarrou uma cadeira e atirou nela. Okoye esticou o braço e a partiu ao meio antes mesmo que chegasse perto, e então o chutou na patela esquerda, que se deslocou com um estalo agudo, e ele bateu no chão com o outro joelho, gritando. Ela empurrou com força o cabo da lança em sua têmpora e ele caiu de cara no chão, inconsciente.

Habib partiu para cima de Okoye. A lança atingiu o chão e rolou, fora de alcance. Ele agarrou as duas pontas do xale dela, estrangulando-a. Manchas brancas surgiram nas bordas de sua visão enquanto o furioso mercenário tentava esmagar sua traqueia. Ela estendeu a mão e mergulhou os polegares em suas órbitas oculares. Ele gritou e afrouxou um pouco o xale, o suficiente para ela conseguir respirar. A guerreira torceu as pernas em volta do pescoço dele e se levantou do chão, prendendo-o embaixo dela. O vilão se debateu, arranhando-a, mas não conseguiu evitar que ela se ajoelhasse em cima dele. Ela se apoiou e foi pressionando cada

---

* Na luta livre, para aplicar uma manobra *hip toss*, o lutador prende o braço sob um dos ombros do oponente, segura o outro braço dele, vira-se de costas e o levanta com o quadril, fazendo-o girar e cair de costas. (N.P.)

vez mais forte, até que os movimentos dele diminuíram, enfraqueceram e então pararam. Ele desmaiou com um gorgolejo.

Imam tinha conseguido se levantar e estava fugindo quando Okoye o alcançou. Ela o chutou na barriga e pressionou o fio afiado da lança em sua garganta.

– Não tenho o hábito de me repetir – murmurou Okoye. – Agora, me diga onde está a garota ou vai morrer aqui neste chão sujo.

• • • •

Okoye prendeu a lâmina de vibranium da lança no cadeado de uma porta no porão, no mesmo corredor do depósito, e abriu a fechadura com um esforço considerável. Ela sentia o coração bater forte contra o esterno quando segurou a porta e a abriu, espalhando luz no pequeno espaço de armazenamento.

E lá, toda encolhida, estava Nandi.

Ela havia sido amordaçada e amarrada com cordas de náilon. A criança estava deitada de costas para a porta e estremeceu ao ouvir que alguém entrava. Seus ombros minúsculos tremeram. Okoye pôde ouvir soluços abafados, e seu coração quase se despedaçou dentro do peito.

– Shh, está tudo bem, pequenina – sussurrou ela enquanto se ajoelhava. – Estou aqui para ajudar. Fique quietinha, ok?

O mais delicadamente que pôde, Okoye cortou as amarras e desamarrou a mordaça. Nandi se encolheu mais ainda. A guerreira wakandana colocou a lança de lado, então pousou a mão suavemente nos cachos macios da criança e esfregou suas costas fazendo círculos suaves.

– Está tudo bem, Nandi. Vai ficar tudo bem. Sua mãe Liyana me mandou aqui.

Ao ouvir o nome da mãe, Nandi ficou em silêncio. Lentamente, ela esticou o pescoço. Lágrimas escorriam por seus cílios e pelos cantos de seus olhos. Ela os enxugou e disse com voz fraquinha:

– Minha mãe mandou você aqui?

Okoye sorriu calorosamente.

– Isso mesmo. É hora de ir para casa, criança.

Nandi gritou de alegria e se jogou nos braços de Okoye, soluçando. Okoye segurou a garota, esperando que ela se acalmasse, e a confortou pelo tempo que precisava. Assim que suas lágrimas secaram, Okoye a pegou em um braço e se levantou, empunhando a lança no outro, para ter certeza de que ninguém ousaria interferir quando elas saíssem. Ela levou Nandi para cima e as duas saíram do prédio. De lá, percorreu as ruas da cidade carregando a garota, em direção à periferia, onde o jato as esperava para levá-las de volta a Wakanda.

– Quem é você? – perguntou Nandi.

– Meu nome é Okoye. Eu sou general da *Dora Milaje*, a guarda real do rei T'Challa.

Nandi arregalou os olhos.

– Uau. Você trabalha para o rei?

Okoye deu uma risadinha.

– Isso mesmo.

– Então você luta e tudo o mais?

– Sim, eu luto.

– Como você aprendeu?

– Fui escolhida para lutar por Wakanda quando era jovem. Eu treinei muito, durante muitos anos.

– Oh! – Nandi parou por um momento, pensativa. – Você acha que eu poderia ser uma *Dora* algum dia?

– Com certeza, menina – disse Okoye. – Você é uma jovem muito corajosa e especial. Afinal, toda menina é uma guerreira, só precisa receber as ferramentas para ter sucesso nas batalhas que deverá enfrentar.

– Eu não me senti muito corajosa naquele lugar... – murmurou Nandi tristemente. – Eu estava assustada.

Okoye parou e a colocou de pé no caminho de terra, agachando-se para olhá-la nos olhos.

– Vou lhe contar um segredo, Nandi, mas você tem que me prometer que não vai contar a ninguém.

– Eu prometo! – Nandi esticou o dedo mindinho. Okoye envolveu o dedo mindinho no dela. – Eu prometo.

Okoye sorriu para ela.

– Eu também estava com medo. Ser corajosa não significa não ter medo. Ser corajosa significa fazer a coisa certa, apesar do medo que está sentindo. Não é fácil, mas você consegue. Existem pessoas que a amam e a apoiarão para que se torne mais forte. Nunca se esqueça disso.

A menina fez que sim com a cabeça.

– Não vou esquecer.

– Boa menina. – Okoye ofereceu sua mão e Nandi a segurou.

Juntas, elas voltaram para casa.

• • • •

– Oh, Nandi, minha florzinha! – Liyana caiu de joelhos e abraçou a filha, com lágrimas escorrendo pelo rosto.

– Mamãe! – Nandi abraçou a mãe com força.

Liyana se afastou e beijou a testa e cada bochecha da garota, acariciando seus cachos com amor.

– Você está bem, minha filha?

– Sim, mamãe. E você?

– Agora eu estou, minha querida. Eu te amo muito.

– Eu também te amo, mamãe.

Okoye ofereceu a mão a Liyana enquanto ela se levantava, equilibrando-se cuidadosamente nas muletas. Liyana apertou a mão de Okoye com força.

– Muito obrigado, general. Tenho uma dívida com você.

– Não mesmo! – repreendeu Okoye. – Eu sirvo ao meu país com orgulho. Estou feliz por poder devolvê-la sã e salva.

Liyana pressionou a testa na mão de Okoye, em reverência.

– Mesmo assim, do fundo do meu coração, eu agradeço. Nandi é o mundo para mim.

Ela se virou para T'Challa e fez uma reverência profunda.

– Obrigada por sua ajuda, majestade.

T'Challa sorriu e acenou com a cabeça, em respeito.

– Foi uma honra.

O rei se ajoelhou na frente de Nandi.

– E eu tenho um presente para você, pequena guerreira.

T'Challa ergueu um alfinete de ouro com a insígnia das *Dora Milaje* e o prendeu no vestido de Nandi.

– Pronto. Saiba que você será sempre bem-vinda no palácio, Nandi. Você é uma *Dora Milaje* honorária.

– Uau! Obrigada!

Ela deu um abraço bem forte no Pantera Negra, que retribuiu o aperto, rindo.

Nandi abraçou Okoye em seguida. Okoye beliscou a bochecha da garota depois que as duas se afastaram.

– Até a próxima, pequenina.

– Venha, Nandi, é hora de ir para casa – disse Liyana. – Diga adeus.

Nandi cruzou os braços sobre o peito e sorriu para a dupla.

– Wakanda para sempre!

Então ela correu para alcançar a mãe, e as duas deixaram a sala do trono.

– Agradeço seu trabalho árduo, general – disse T'Challa. – É bom ver Nandi voltando para casa em segurança, e você também.

– Obrigada.

Eles se viraram para a janela com vista para Wakanda. O sol começava a se pôr e a noite apareceu no horizonte.

– Mas ainda há muito trabalho a ser feito.

– Sempre – disse T'Challa, pousando a mão no ombro dela. – Pelo menos sabemos que uma mãe pode dormir profundamente esta noite. Isso é o suficiente por enquanto.

Ela apertou os dedos do Pantera Negra e olhou para o pôr do sol.

– Por enquanto.

O QUE OCORRE NO ESCURO

TROY L. WIGGINS

ACORDO BEM ANTES DE MEU ESTRANHO DESPERTADOR DE VIBRANIUM

wakandano ter a chance de interromper meu sono. O alarme está ajustado para tocar às 5 horas, no horário de Wakanda, mas logo depois da meia-noite já estou de pé, apenas olhando para o apartamento.

Tudo é novo, reluzente. Paredes de madeira acetinada, cobertas com a colorida arte de Wakanda. A mobília é toda polida e luxuosa, mais elegante do que a de qualquer ambiente em que eu já tenha estado em toda a minha vida. E o mais impressionante são as janelas, grandes o suficiente para entrar por elas com um caminhão, que me dão uma vista fantástica do esplendor da Cidade Dourada e da cidadela à distância. Depois de tantos anos batalhando dentro de uma delegacia de polícia em Nova York, o lugar onde estou agora é inacreditável... e não é só por causa do estranho relógio.

Vejo um reflexo de mim mesmo enquanto olho para a Cidade Dourada: pele marrom polida, cabelo ainda aparado bem curto, mesmo depois de deixar a força. Há anos que corro pelas ruas prendendo traficantes de drogas de baixo escalão e desmantelando assaltos de bandidos de rua. Todo aquele trabalho árduo e nenhuma diversão começam a surgir como pés de galinha nos cantos dos meus olhos e marcas de expressão na minha boca. Mesmo tendo tomado a erva-coração, o catalisador wakandano para habilidades sobre-humanas do rei T'Challa, ainda não consigo esconder as marcas dos anos em meu rosto, ou o anseio por ver minha família, minha garota e meu filho que ainda estão em Nova York.

No entanto, aqui estou eu, neste fabuloso apartamento em Wakanda, aguardando a convocação do rei T'Challa. Eu fui chamado, chamado para longe das ruas e para o lado do rei T'Challa.

Pela milionésima vez, me pergunto:

– Quem sou eu?

– Umoya – eu mesmo respondo, pegando uma xícara de café da elegante máquina de café prateada.

Como o relógio e o apartamento, a assistente pessoal movida a inteligência artificial que adquiri foi comprada com dinheiro depositado em minha conta no Banco Real de Wakanda, autorizado pelo rei T'Challa.

– Você chamou, Kevin? – pergunta Umoya, ganhando vida como uma representação luminosa de uma jovem afro-americana composta de milhões de pixels lilás. Sua voz holográfica tem sotaque wakandano, e sua imagem está vestida com um envoltório estampado estiloso, saia e tênis populares entre as mulheres jovens e elegantes de Wakanda. Ela é bonita, mas de uma forma... desencarnada.

— Por que você não me chama de Kasper?

— Esse não é o seu nome — diz ela com naturalidade, e ainda tendo a coragem de inclinar a cabeça para o lado como um cachorrinho curioso.

— Você me chamou?

— Chamei. Pode me dar as notícias de hoje? Globais e as locais de Nova York, por favor.

— É claro — responde ela em sua voz estranha e oca.

Minha gigantesca tela holográfica ganha vida na parede e as vozes uniformemente ásperas dos apresentadores enchem minha sala de estar de um som envolvente de alta definição que parece vir de todos os lugares.

Nada disso faz sentido algum.

Eu tomo outro grande gole de café parado na frente da imensa janela, observando a transição de Wakanda ao raiar do dia. Apartamento enorme e todo esse dinheiro para gastar, mas Gwen ainda não quer falar comigo. Ela vai pegar meu dinheiro, mas não vai falar comigo. Isso me faz querer esmurrar as coisas. Por isso, prefiro ouvir notícias mundiais. Isso é o que se parece com uma promoção.

— *Três mineiros em busca de prata na costa do Chile encontram um enorme meteorito...*

— *Mais uma onda de assaltos e roubo no Mog...*

— *O proprietário de um carro de luxo causa um prejuízo de 750 mil dólares ao colidir com vários veículos...*

— *Presuntos defumados sofrem aumento à medida que a primavera se aproxima...*

Eu absorvo, filtro e ejeto as informações conforme elas chegam, andando como um autômato enquanto me preparo para o treino diário. Assaltantes no Mog, um nome bonito para um bairro ruim que é conhecido como Pequena Mogadíscio, não são novidade. Eu espreitei aquelas ruas por semanas, meses seguidos, tanto como detetive quanto na minha segunda vida como um substituto fantasiado para o Pantera Negra: o Tigre Branco.

As outras histórias não chamam minha atenção. Estou prestes a pedir a Umoya que ligue o chuveiro quando ela faz *ping*, e então aparece bem na minha frente.

– Kevin, você tem um visitante prioritário.
– T'Challa?
– Sim, o rei T'Challa – ela me corrige em tom repreensivo.
"Certo. Tenha modos."
– Por favor, deixe-o entrar.

A porta do meu apartamento se abre e, de pé no corredor à minha frente, está um homem imponente e estoico, com olhos duros como pedra e um comportamento perigoso. Mais rápido do que um piscar de olhos, me encontro cara a cara com o Rei dos Mortos. *Haramu-Fal*. O Rei Perdido. O Soberano Governante de Wakanda. Desnecessariamente, ele espera meu aceno antes de entrar no apartamento que providenciara para mim. Suas perigosas e belas guardas *Dora Milaje* ficam do lado de fora, mas posso sentir seus olhos fixos em mim mesmo depois que a porta se fecha.

O rei e eu nos encaramos por um minuto antes de eu baixar os olhos para o chão e, em seguida, ir em direção à cozinha, que é maior do que qualquer apartamento que eu já tive na vida.

– Kevin – ele me cumprimenta. Sua voz é calma, controlada, suave como uísque. – Espero que você esteja bem.

Eu me inclino contra a geladeira e faço um amplo gesto com o braço, indicando o apartamento lindamente iluminado como o apresentador de um programa de auditório apresentando um grande prêmio.

– Você sabe que estou. O que posso fazer por você?
– Sempre achei que seu talento para resolver problemas e encontrar coisas perdidas era incomparável. Foi por isso que eu forneci a você a erva-coração e o chamei aqui. Espero que seja a ponta da lança para missões que requerem... um toque mais delicado. Agora é um desses momentos. Eu preciso de sua ajuda.

Estou lisonjeado, embora deva me perguntar o que o rei está prestes a pedir que eu faça. Não gosto de assassinatos ou eliminações. Eu fui treinado como policial. "Servir e proteger", e tudo mais.

Ainda assim, faço que sim com a cabeça respeitosamente:

– Claro, meu rei. É para isso que você me paga.

T'Challa mexe nas contas da pulseira kimoyo e, em seguida, aponta para a holo tela, que muda dos noticiários para algo diferente. Todo o clima no ambiente muda conforme a imagem na tela se expande para preencher toda a sala, nos envolvendo em uma representação de holograma real de um depósito em local indefinido, do tipo em que passei muito tempo dentro, buscando prender drogados, criminosos e aberrações fantasiadas.

A imagem do vídeo está cheia de sombras projetadas sobre corpos estranhamente iluminados, todos se movimentando e murmurando em ansiosa expectativa. O espaço foi filmado com uma boa câmera: enxergo muito claramente as manchas nos dentes de um homem e a gota de suor escorrendo pela nuca de uma mulher. Parte dessa distorção sombria se deve aos intensos globos de luz forte que só poderiam vir dos tipos de lâmpadas nuas que ficam penduradas em cômodos onde coisas ruins acontecem. Muitos caras mascarados estão por ali, brandindo suas armas, fazendo de tudo para parecerem perigosos. No meio de todos esses caras estão dois prisioneiros bem vestidos, um homem e uma mulher. O terno do homem está amarrotado, rasgado e o lado direito de sua testa está pegajoso com sangue seco que permaneceu lá durante a noite, pelo menos. O cabelo da mulher está puxado para trás em um belo afro *puff*, e seu traje escuro com xale estampado e impecável, como se ela tivesse acabado de sair do escritório para pegar uma xícara de café. Ambos parecem zangados o suficiente para cuspir fogo em seus detentores.

– O que é isso?

– Você vai ver – diz T'Challa, acenando com a cabeça para a tela.

Instantaneamente, meu quarto se encheu de barulho: o assobio dos ventiladores da fábrica, o ruído suave dos trens próximos, o gotejar rítmico da água escapando de canos velhos, a respiração ofegante de prisioneiros e capangas. Há algo mais lá, zumbindo sob todos os outros sons. É tecnologia. Sei dizer pelo gemido baixo e uniforme do cabo óptico, o assobio sussurrante das nanoventoinhas injetando gás refrigerante através dos componentes de mobilidade. Eu viro a cabeça inconscientemente, procurando o som.

– Você também ouve – diz T'Challa, e faz que sim novamente.

Se eu não soubesse, poderia jurar que sinto... aprovação sob aquele gesto. Meu devaneio é interrompido quando um dos capangas, de dentes escuros e barba desalinhada, vestindo uma camisa de flanela escura manchada, fala.

– *Não há mais tempo para medo* – começa ele, em um barítono suave e bem articulado.

Eu seguro a tosse. Não esperava que esse cara soasse tão culto.

– *Não há mais tempo para falsidades, para corrupção sem fundamento e cooperação sem sentido. Não há mais tempo para abrir espaços, seguros ou não. Não há mais tempo para nada... exceto para a caça.*

Seus companheiros idiotas gritam. A câmera amplia os prisioneiros. Ambos olham destemidamente direto para a câmera. A mulher torce os lábios, cospe na direção da câmera. A bota de alguém vem de fora da tela e atinge o lado da cabeça do homem. Ele cai, mas alguns o levantam, e um gemido profundo escapa de seus lábios. A bota abriu outro corte, desta vez na bochecha. A mulher continua a olhar fixamente, os olhos brilhando com ódio.

A raiva nos olhos dela me deixa inquieto.

– O que é isso?

T'Challa permanece normal, estoico, com expressão imutável.

– Continue assistindo.

Aparentemente, a violência rápida satisfez o capanga. Ele sorri, dá um passo à frente dos prisioneiros e continua falando.

– *Nós estamos cansados. Estamos com fome. Somos pobres. E somos forçados a rastejar, a passar dificuldades e nos contentar com restos enquanto lixos de imigrantes como essas criaturas se banqueteiam com a gordura que pertence a nós! Não há mais tempo. A caça começa. Nossa presa: todo aquele que for diferente de nós. Estamos caçando e não seremos parados. Não pela aplicação da lei, nem por políticos e...* – O capanga sorri e olha diretamente para a câmera, como se soubesse que T'Challa está assistindo. – *...nem por reis.*

Com um rugido, ele rasga a camisa, expondo o peito, que é apenas uma massa de tecido cicatricial. A câmera perde o foco, depois o recupera e posso ver a cicatriz com mais clareza. É uma marca. Uma marca em forma de... um leão?

– *Nós somos os bravos* – rosna o valentão. – *E os inimigos dos Estados Unidos são nossas presas. Vamos mordê-los e ranger os dentes para eles. E depois de nos saciarmos?*

– *Voltamos nossos olhos para o mundo!* – gritam os capangas em uníssono.

A tela escurece. T'Challa sai silenciosamente para o espaço deixado pelo vídeo e olha para mim, esperando que eu diga alguma coisa.

– Aqueles eram wakandanos – começo.

– Sim. Azzin Merkeba e J'kaya J'kina. Dois de meus enviados diplomáticos de maior confiança aos Estados Unidos. Registros de serviço impecáveis. Azzin supervisiona o apoio aos wakandanos que vivem e trabalham nos Estados Unidos. J'kaya gerencia todos os tipos de negócios e nosso relacionamento com várias agências estrangeiras, incluindo sua rede de inteligência aqui.

– Ambos são Cães de Guerra?

– Não. Apenas J'kaya. Azzin é civil.

– A tarefa dela?

– Confidencial.

– Eu pensei que você confiasse em mim, meu rei.

– Eu estou protegendo você. Negação plausível.

– Ah.

Tomo um gole de café. Está frio. Um mau sinal para o meu dia.

– Por que me chamar? Como posso ajudar? Isso parece um trabalho para seus outros Cães de Guerra incorporados.

Maravilha das maravilhas, T'Challa começa a andar.

– Não temos conseguido manter nossos níveis normais de inteligência nos Estados Unidos nos últimos anos. Não posso usar meus Cães de Guerra locais porque a descoberta de qualquer atividade autorizada em seu nome provavelmente interferiria nas investigações locais em andamento e possivelmente exporia minha rede de inteligência aos americanos. Eu levaria pelo menos dois dias para organizar e enviar um destacamento de Cães de Guerra a partir daqui, e isso antes de considerarmos que meus dois oficiais estrangeiros mais experientes foram sequestrados por uma célula terrorista nativista. Meu pessoal estaria morto até então.

– Sim. – Eu despejo o café gelado na pia da cozinha. – Eu entendo como isso é difícil. Então você está me chamando porque...

– Eu gostaria que você os encontrasse, sim. Mas isso não é tudo. Esse grupo, os "Bravos". Há algo estranho sobre eles. Alguns dos homens... sinto que os reconheço.

Eu bufo.

– Se você conheceu um homem da Klan, conheceu todos eles.

– Não, não é isso. Não tenho a sensação de ter conhecido esses homens em outra vida. Quer dizer, acredito que já conheci alguns desses homens antes. Durante um momento da minha vida em que homens assim poderiam ter acesso mais próximo a mim. O ódio deles tem um gosto... familiar. E eu esperava que você me ajudasse com isso, Kevin. Meus deveres exigem que eu esteja em muitos lugares diferentes, na maior parte do tempo simultaneamente. Eu simplesmente não tenho tempo para estar em todos os lugares ao mesmo tempo. Gostaria que você fosse eu em lugares onde eu não pudesse estar, para usar suas habilidades únicas de maneiras que meus outros agentes não podem.

– Eu deduzi isso pelo apartamento e o equipamento novo – respondo, pensando na armadura de malha branca de vibranium reforçada, as facas de vibranium, a lança sônica, as contas da pulseira kimoyo e a pistola de 9 mm reforçada com vibranium que eu tenho adornando um suporte de armadura no meu quarto. – Eu aceitei sua oferta. Eu dei a você minha resposta final.

T'Challa ergueu uma sobrancelha.

– Ah – diz ele. – Eu preparei esse discurso caso você precisasse de mais convencimento. Não sabia que ter aceitado os meus presentes significava aceitar também minha proposta.

– Você elevou minha situação. Eu absolutamente aceito sua proposta. Seus técnicos tiveram a chance de localizar a fonte desse vídeo?

– Ainda não, mas estão trabalhando nisso. Os Bravos não são tolos. Eles usaram servidores seguros, randomizaram os IPs e os carregaram em fóruns da *darknet* para distribuição. Ainda assim, usando dados visuais e auditivos do vídeo, conseguimos identificar cerca de trinta e quatro usinas de processamento diferentes ou espaços de depósito onde o vídeo original poderia ter sido gravado.

Minha tela holográfica volta à vida, projetando meu próprio mapa tridimensional de Washington, D.C., exatamente sobre a grande mesa de madeira disposta imponentemente na sala de estar. Trinta e quatro pontos vermelhos se acendem por toda a cidade.

T'Challa se inclina sobre a mesa, com os cotovelos apoiados na borda.

– Eu fiz algumas análises adicionais e consegui remover vinte e três desses locais. Todos tinham pequenas inconsistências com o vídeo. Mas estes onze locais...

Ele faz um gesto, e a maioria dos pontos vermelhos se apaga, restando apenas onze. Não estão muito espalhados. Todos parecem se concentrar em *Ivy City*, uma área anteriormente industrial.

– Então esta é a área que eu tenho que cobrir? Onze locais espalhados por uma área menor é uma situação mais adequada à minha velocidade. Eu não sou o Homem-Aranha, como você deve saber. Preciso pagar pela gasolina.

– Sim, eu concordo que isso é muito mais administrável. Não posso dar a você nenhuma informação adicional, a não ser que meu pessoal tenha estado em um desses depósitos nas últimas vinte e quatro horas.

Depois de alguns segundos estudando o mapa na mesa, obtenho um mapa mental muito bom dele. Demoraria um pouco, mas eu poderia dar uma boa busca em cada local, com tempo suficiente.

– Quanto tempo tenho para isso?

T'Challa é um cara mau. Nunca é fácil esquecer que ele é um gênio, ou que é régio como o inferno, ou que definitivamente poderia chutar seu traseiro na rua.

Mas veja, T'Challa tem uma arma mais poderosa do que vibranium. Meu parceiro é mau porque tem gelo nas veias. Há alguém no caminho dele? Logo estará fora. Há alguém ameaçando seu povo? Ele vai derrubá-lo.

Eu sei que ele não vacila quando dá más notícias, porque me olha nos olhos até que eu me sinta desconfortável.

– Meu pessoal tem apenas vinte e quatro horas. O que significa que você, Kasper, tem vinte. Vinte horas para encontrá-los, ou estarão mortos antes de você chegar.

— Boa maneira de colocar pressão — digo, mas não tenho nada contra T'Challa.

Eu vou salvar essas pessoas, seja no inferno ou em alto-mar. Isso é tudo o que realmente importa.

• • • •

— Umoya — chamo, estudando o mapa holográfico que T'Challa criou para mim. Ele também me forneceu um *Quinjet* desenvolvido pelo Grupo Wakandano de Design, que voa pelo espaço aéreo americano sem ser detectado. Estou armado, blindado e pronto para partir. — Comece a coletar todas as informações que puder encontrar sobre este grupo... os Bravos. Quero informações gerais, arquivos de casos, qualquer coisa que você possa encontrar na Segurança Interna dos EUA, registros de infrações à lei, qualquer coisa.

— *E você gostaria de leite para o seu chá?*

— Eu... hã... — Juro que Umoya ri por eu estar nervoso.

— *Vou pesquisar e envio um sinal quando encontrar algo.*

— Obrigado — murmuro, voltando a atenção para o mapa.

Onze pontos vermelhos equivalem a onze estaleiros, estações de trens, depósitos ou fábricas em que as condições vistas e ouvidas no vídeo correspondam às condições da área onde o referido vídeo poderia ter sido filmado. Cada local é, por si só, um cenário inteiro para examinar, para revirar atrás de pistas, para explorar. E embora eu possa ver no escuro e sentir o cheiro da cor e as condições exatas das meias de um homem a sessenta metros de distância, ainda levo um tempo para vasculhar um depósito inteiro. A pesquisa do primeiro local, uma fábrica de papel de dois andares, leva cerca de noventa minutos. E se T'Challa é confiável, e ele sempre é, eu não tenho muito mais tempo para encontrar seus diplomatas sequestrados antes que sejam mortos a serviço da boa e velha baboseira americana.

Demoro menos tempo, cerca de 45 minutos, para passar pelo local 2.

Os locais 3, 4, 5 e 9 foram todos demolidos na última semana.

O local 6 já foi convertido em lofts de pé-direito alto.

Meu *Quinjet* pousa no local 8 e há sangue por toda parte.

Nas paredes, respingado no chão, pingando do teto.

Antes que eu possa chutar meu próprio traseiro, algum idiota com o rosto cheio de espinhas ilumina meu rosto com um holofote.

É um novo filme de terror sendo rodado no local. Encontrei o vídeo errado.

Restam os locais 7, 10 e 11.

Bem, eu fui um policial da narcóticos por um bom tempo antes de aceitar a oferta generosa de T'Challa. E durante todos esses anos, minha roda motriz foi uma coisa: o dinheiro manda em tudo ao meu redor. Mas agora, correndo os mesmos riscos que costumava correr na esperança de ser notado e promovido de graça, estou fazendo isso armado, equipado e recompensado pela grande nação de Wakanda.

Minha armadura agora é voltada para o serviço pesado, com um colete tático de vibranium cinza-escuro, três vezes mais resistente que a microtrama abaixo dele; uma longa faca de vibranium e um lugar para guardar minhas adagas de vibranium evitando que eu me apunhale acidentalmente – é uma mudança bem-vinda com a qual ainda estou me acostumando.

Eu já estive no espaço. Já vi todos os tipos de coisas em todos os tipos de lugares, mas nada me preparou para o que encontro ao chegar no local 10. Isso porque 7 e 11 eram as únicas outras opções e não tenho essa sorte. Lá dentro, o forte odor de corpos banhados apenas uma vez por semana. Mas há algo mais, algo por baixo de tudo aquilo que me incomodava muito.

Medo em estado puro.

Eles estiveram aqui, Azzin e J'kaya. Além do limite da abertura. Para a área de preparação. O centro de controle do armazém está dois lances de escada acima e eu passo pelos dois com um salto, pulando direto para a sacada que se projeta do centro de controle e virando o parapeito.

De perto, o cheiro de corpos, sangue e gordura é quase insuportável. Eu balanço a cabeça, foco no que consigo enxergar. Luzes brilhantes iluminam tudo, incluindo respingos de sangue no chão e nas paredes, pedaços de pano manchados de suor e sobras de lixo, alguém esteve comendo barras energéticas baratas e deixou embalagens rasgadas em um pequeno monte em um canto da sala. Eles não tinham limpado o lugar, mas também não tinham deixado muito para trás: dois fios longos de cabelos loiros em uma cadeira, uma mancha de óleo esfregada em uma mesa telefônica, um cadarço cortado.

Fácil de se perder na cacofonia de informações sensoriais. As visões, os cheiros, os sinais de memória que as pessoas inadvertidamente deixam para trás. No centro dessa sala, para cada pergunta que J'kaya recusou ou evitou, o Bravo atacou Azzin. Seu sangue está no tapete. Na parede. Respingado contra uma cadeira. Esse sangue é a chave.

– Umoya.

Quando estou caçando, ela não aparece pixelada na minha frente. Em vez disso, fala diretamente na minha cabeça.

– *Sim, Kevin?*

– Você pode ver o que estou vendo?

– *Sim, Kevin.*

– Por favor, se não se importa, examine esta sala e envie as informações ao rei T'Challa. Diga que estou no encalço dos dois desaparecidos.

– *Que bom ver que você está aprendendo* – diz Umoya em tom amistoso, como se estivesse me dando tapinhas na bochecha. – *Vou avisar o rei.*

– Ah, e mais uma coisa? Conecte-me ao Bailey na 74ª. Vou precisar dos olhos dele também.

Umoya me conecta, mas há um intervalo de meio segundo antes do toque na mesa do sargento na 74ª e, nesse meio segundo, eu ouço. Um tilintar de metal, uma bota raspando. Alguém, e alguém bem treinado, está aqui. Antes que ele possa se mover, estou fora da sala de controle, seguindo seu movimento. Ele está no andar seguinte, onde as peças de reposição do maquinário são mantidas. Invisível para minhas varreduras e, até agora, para meus sentidos. Há uma escada subindo, mas eu corro pela parede, chegando ao próximo andar a tempo de ver uma figura escura com armadura empurrando o alçapão do telhado, quase arrancando-o das dobradiças. Forte. Isso está ficando empolgante.

– *Você acessou a 74ª Delegacia, Sargento Nunez falando.*

– Nunez, é o Kasper. Você pode me conectar à mesa do tenente Bradley? Não me lembro do celular dele.

– *Kasper? Achei que você estava curtindo a licença com sua garota e seu filho.*

– Estou tentando, Nunez, mas o trabalho continua interferindo. Pode me passar para o Bradley?

– *Claro, amigo. O que está fazendo? Correndo? Muita estática do seu lado da linha.*

– Nunez! O Bradley, por favor!

– *Beleza, beleza. Um segundo, cara.*

Quem quer que seja, ele é rápido. Quando eu passo pelo alçapão, ele está empoleirado na beirada do telhado. Ele olha para mim e eu tenho que desacelerar um segundo.

Grandes olhos amarelos me encaram de um capacete blindado. Ele está me analisando, me avaliando. Também está blindado: todo vestido de preto, um colete com placas sobrepostas que parecem penas e botas de combate resistentes. Sem resquício de medo. Mas eu não preciso que ele me tema. Eu preciso saber o que ele viu.

– Espere bem aí – grito.

Ele balança a cabeça ligeiramente, quase como se estivesse irritado, e se vira para correr.

Puxar uma faca de vibranium é tão rápido quanto respirar. Eu puxo, coloco na configuração mais baixa e disparo uma rajada de energia no momento em que o cara de armadura pula do telhado.

Eu posso sentir mais do que ver a energia se conectar com o cara de armadura. Sou recompensado com um ruído pesado quando ele perde o controle no meio do salto e cai com força contra algo. Eu realmente espero que ele não esteja morto ou ferido. Bradley escolhe o momento perfeito para entrar na linha.

– *O que você tem para mim, Kasper?*

– Merda – murmuro, correndo em direção à beirada do telhado.

O cara blindado caiu, certo. Em um maldito planador de metal em forma de pássaro, que sai velozmente com ele ferido, deitado. Mesmo com a velocidade de uma pantera, é impossível alcançar. Sento no telhado e balanço as pernas na beirada.

– *Não tem graça, Kasper. Por favor, não me diga que você está me passando trote enquanto está de licença e eu preso aqui com os cidadãos mais interessantes da cidade.*

– Ei, Bradley. Desculpe, cara.

– *Tudo certo?*

– Sim, eu só... acabei de pegar um cara mexendo no meu lixo. Persegui, mas ele fugiu.

– *Que azar. É melhor cancelar todos os seus cartões e essas merdas todas antes que ele compre meias no valor de mil dólares.*

– Obrigado pela dica – respondo, observando a trilha de fumaça do pássaro desaparecendo no meio da tarde. – Será você pode me dar outra ajuda? O cara tem uma tatuagem, parece que está em algum grupo chamado Os Bravos. Já ouviu falar deles?

O suspiro de Bradley é longo e sonoro.

– *Esses caras. São um pé no saco. Quanto tempo você tem?*

– Não muito, Bradley – respondo, quando o pássaro finalmente se afasta do alcance da vista. – Não muito mesmo. Então me diga o que você tem. Rápido.

• • • •

O braço longo do rei T'Challa se estende até a capital: ele armou para mim um posto avançado em um pequeno hotel turístico no subúrbio, ruim o suficiente para que ninguém se importe muito com isso. Do local 10, levo uma hora para voltar para o meu quarto, entrar despercebido, me reequipar e baixar novas informações de Umoya para comparar com as anotações que recebi de Bradley. O que o mano de terno preto não sabe é que minha adaga de vibranium o marcou, e agora que ele parou de se mover, eu sei onde está escondido: uma base em um armazém de bairro em uma cidade chamada Lanham. Umoya me atualiza enquanto eu caminho em direção ao sinal identificado em meu *Quinjet* enviado por T'Challa.

– *Os Bravos são uma organização terrorista nacionalista branca originária de Birmingham, Alabama* – ela me informa. – *Os Bravos eram uma organização marginal até o início dos anos 2000 e seu número de membros aumentou depois dos ataques terroristas de 11 de setembro de 2001. Mudaram sua base de operações para a Ilha de Monroe, na costa da Geórgia. Operam principalmente em segredo e não tiveram muitas operações ou incidentes de grande porte até este sequestro. A maioria de suas postagens on-line gira em torno de manter a América "forte", fechando suas fronteiras e removendo imigrantes do país. Parece ter havido um cisma recente na organização, que levou a uma mudança na liderança.*

– Problemas no paraíso, é? Pode ser uma pista para mim. Continue pesquisando e me mantenha informado sobre o que você encontrar. Por favor?

– *Claro, Kevin.*

Eu percorro o restante do caminho juntando as peças. Os Bravos estão com os wakandanos, mas eles se esconderam. Recebi uma identificação de sangue de Azzin, mas não tenho como rastreá-la ainda. Quem quer que fosse aquele com a armadura preta, estava bisbilhotando o mesmo local que eu, o que significa que ele pode saber de algo, e que ele é minha próxima parada.

Voo de Ivy Park para o sul da cidade. Ao passar pelo edifício do Capitólio, pelo Monumento a Washington e pela *porcaria* da Casa Branca, tenho um momento de estranha histeria quando percebo que estou em um jato vedado com vibranium escondido dos sistemas de rastreamento do meu próprio país, olhando para monumentos que não conheci como civil. Eu sou um cidadão americano, mas estou agindo em nome de uma nação estrangeira e, se eu for pego, quem sabe onde eu posso parar ou se T'Challa poderá me libertar. Deixo esse sentimento estranho e terrível tomar conta de mim e volto a atenção para a jornada.

A assinatura de rastreamento da faca de vibranium me mostra um local na última hora: um pequeno conjunto de escritórios. Fica a trinta e cinco quilômetros do meu ponto de acesso. Meu *Quinjet* pilotado por controle remoto chega lá em cerca de cinco minutos. Ele me coloca a cerca de trezentos metros de distância do ponto de origem do sinal. Eu verifico minhas armas e saio no meio da tarde. Conforme vou me movendo pelas sombras na direção do sinal, reparo que meu traje, que era meio branco e cinza padrão no *Quinjet*, começa a ficar camuflado; sua cobertura está sendo acionada para me manter quase invisível à maioria das formas convencionais de detecção.

Esse conjunto de escritórios é bem comum: dois prédios de seis andares cercando um pequeno parque artificial com espaço suficiente para algumas árvores, uma trilha para caminhada e um lago com peixes. O sinal alerta para o segundo prédio, no quinto andar.

Depois de descartar a ideia de dar um bom susto nos funcionários que estão perdendo tempo no parque, dou a volta pelos fundos do primeiro prédio, me preparo, corro e salto para uma das paredes de tijolos que cobrem as laterais do segundo prédio, contando com a biocamuflagem para me proteger de bisbilhoteiros. Eu paro no quinto andar e fico escutando. Há batidas vindas de uma das janelas dos andares superiores: confio no meu traje para correr pelas janelas, até encontrar uma entreaberta e deslizar para um escritório vazio onde alguém está ouvindo *I'm all out of love*, do Air Supply, em um volume embaraçosamente alto.

Eu pulo para o outro lado do escritório, dou um passo para fora...

Então, percebo rapidamente três orbes em forma de pássaro antes que explodam ao meu redor. Nenhum deles é forte o suficiente para prejudicar a armadura de vibranium, mas são barulhentos, cheios de fumaça e desorientam. Se isso tivesse sido há alguns anos, eles teriam sobrecarregado meus sentidos, mas eu tive tempo para me adaptar às mudanças que a erva-coração operou em meu corpo.

As bombas vieram da escada em frente. Eu percorro uma curta distância pela parede e salto pela passagem da porta, projetando-me para a escada no momento em que o cara de armadura preta salta um lance de escada.

Ele irrompe no quinto andar comigo logo atrás. Antes que eu possa agarrá-lo, ele gira e me dá um chute no peito que me faz tropeçar. Volto à ativa quase imediatamente, mas dessa vez com expectativas ajustadas. Esse cara é inteligente e rápido, mas eu também não sou ruim em perseguições a pé. Lá fora, no quinto andar, eu o percebo entrando por um corredor e o persigo.

– Umoya – eu chamo. – Esse pássaro está se tornando um problema. Você pode me dar informações sobre ele?

– Só um momento – responde ela. – De acordo com o projeto da armadura, sua presa parece ser o Falcão Noturno, um pseudônimo de Raymond Kane, empresário da área de Chicago e vigilante disfarçado. De acordo com meus registros, ele não é visto atuando como vigilante há pelo menos seis meses.

– Ele já se envolveu em alguma atividade criminosa?

– *Não* – responde Umoya –, *mas seus métodos geralmente são letais. Tome cuidado, Kevin.*

Viro o corredor a tempo de ver o Falcão Noturno correr direto para a janela do quinto andar. Cubro a distância entre nós em três grandes saltos, chegando perto rápido o suficiente para conseguir atacá-lo e agarrar sua perna quando ele bate na janela. E então estamos no ar; e giramos quando eu agarro seu tornozelo.

Eu ouço o pássaro antes de vê-lo. Ele emite um fraquíssimo gemido elétrico ao cortar o ar. Tenho que fazer isso de maneira precisa. Ele se vira no ar para agarrar o planador-pássaro, e quando o agarra, eu seguro sua perna novamente. O planador nos carrega por algumas centenas de metros antes de derrapar no chão, atirando nós dois no estacionamento. Ele se levanta quase tão depressa quanto eu, mas vacila um pouco. A queda o deixou um pouco fora de si. Ponto para a armadura de vibranium.

– Você me diz o que eu quero saber e as coisas não pioram – digo, avançando sobre ele. Ele estende a mão, puxa um par de granadas inspiradas em corujas de aparência perversa. – Oh, então é assim que você quer jogar. Ótimo. Vou arrancar de você a localização dos embaixadores.

Ele levanta as mãos, segurando uma granada em cada uma, e eu desacelero.

– Espere. Eu o reconheço. Você não está com os Bravos – diz ele.

Não é uma pergunta, e sim uma afirmação. A voz dele é mecânica, oca.

– Você também não está?

O capacete do cara se inclina ligeiramente para o lado. Por algum motivo, detecto aborrecimento, embora a voz permaneça neutra.

– Eu também estou caçando os Bravos.

– Sério? Apoio nunca é demais. Acha que podemos bater nossas informações?

Ele abaixa as mãos e recoloca as granadas na bolsa do cinto, de onde as tinha puxado.

– Você pode me dizer o que sabe.

– Não foi isso que eu quis dizer – digo, embainhando as facas de vibranium. O estacionamento ficou vazio, as poucas pessoas que estavam ali, desocupadas, tiveram o bom senso de desaparecer. – Há algum lugar onde possamos conversar sobre os próximos passos?

O Falcão Noturno não diz nada, apenas se vira e faz um gesto para que eu o siga. Ele me leva de volta para o prédio de onde saímos. Enquanto passamos pela recepção, o segurança, no meio de uma ligação para a polícia, olha boquiaberto para nós. Eu aceno para ele.

O Falcão Noturno passa pela mesa com indiferença, em direção aos elevadores. Ele acena na frente de um painel de aparência normal e uma seção da parede se abre, revelando um elevador diferente, mais escuro e menos chique que os elevadores de prédios comerciais, mais do tipo *Missão: Impossível*.

Entramos no elevador, que é muito mais espaçoso do que parece por fora, e desde o momento em que as portas se fecham até que se abram, eu nem percebo que estamos nos movendo.

– Passeio tranquilo – digo, enquanto as portas se abrem, deslizando silenciosamente.

O Falcão Noturno olha para mim, depois sai do elevador e entra no tipo de sala em que já estive muitas vezes na vida. Monitor imenso, luzes piscando sem manutenção e um suporte para armas cheio de fuzis, granadas e lançadores de foguetes de aparência desagradável, todos com tema de pássaros.

– Seu planador vai ficar bem? Você o deixou lá fora.

– Ele vai voltar – diz o Falcão Noturno.

Ele segura as laterais do capacete e puxa rápida e firmemente. O capacete se solta do pescoço da armadura com um sibilo e ele o puxa sobre a cabeça, revelando a base do cabelo raspado e então... cachos pretos caem do capacete, sobre o rosto *dela*, e a *mulher* que eu estava chamando de "cara" se vira para mim.

– E então? – Ela me encara com olhos fixos, rosnando, e observo duas presas de prata brilhando em sua boca. – Não fique tão surpreso. T'Challa mandou você?

Eu também tiro o capacete, e sento-me em uma das mesas menos bagunçadas.

– Sombra da Noite... Tilda?

Não posso acreditar que estou diante da doutora Tilda Johnson, anteriormente conhecida como *Mortal Sombra da Noite*. Vilã em tempo integral, inventora genial e extraordinária trapaceira. Ela teve alguns desentendimentos com o rei T'Challa, e não era vista havia algum tempo.

– Meu Deus, eu não tinha ideia de que era você debaixo daquela armadura. Eu não a vejo desde... hã... desde que estava correndo com aquela equipe que imitava a da Misty Knight! O que você está fazendo aqui? E esse traje?

– Eu troquei de time – diz ela, suspirando. – Eu me juntei aos mocinhos, por todo o bem que isso me fez. Sou aliada do dono original desta armadura.

– O Falcão Noturno? O que aconteceu com ele?

Ela olha para baixo, para longe, e não responde à minha pergunta.

– Por que você está aqui?

– Responda você – retruco, cruzando os braços sobre o peito. – Aposto que você já entendeu.

– Claro que T'Challa o enviou. Você está atrás dos diplomatas wakandanos desaparecidos. Estou atrás dos Bravos só porque eles precisam ir, mas sua presença aqui deve significar que os Bravos os pegaram? Para quê? Certamente não estão atrás de tecnologia ou segredos de Wakanda?

– Não – eu interrompi –, nada tão complicado. É simplesmente o velho racismo de sempre.

– O que me diz agora?

– Umoya, mostre o vídeo. Por favor.

– *Ok, Kevin* – diz Umoya, e reproduz o vídeo no monitor de computador superdimensionado da Sombra da Noite.

Nós vemos a última imagem tremeluzir e desaparecer.

– Quero dizer, faz sentido – diz Sombra da Noite, franzindo a testa. Ela vira os olhos severos para mim. – Deve ser um saco ser o *office-boy* de T'Challa. Mesmo que isso lhe dê uma doce companheira de Inteligência Artificial.

– *Eu gosto dela* – Umoya cantarola em meu ouvido.

Ignorando Umoya, eu encolho os ombros.

– É um tipo de vida. Então, há uma coisa que nem o vídeo nem suas respostas esclareceram para mim. Por que você está aqui?

– Eu tenho motivos.

– Importa-se de compartilhar um deles?

– Eu não gosto de racistas.

– É justo. Mas... – Eu aceno para ela continuar.

– Os Bravos são apenas os últimos em uma longa linhagem de comedores de restos hiperviolentos e ineficazes que não têm um propósito melhor do que arruinar a vida de pessoas boas e inocentes que estão apenas tentando levar uma vida decente em um sistema que os despreza. É melhor não ter escórias como os Bravos por aqui. Estou garantindo isso.

– São razões bastante sólidas, mas ainda sinto que está deixando algo de fora.

– Você é mesmo tão inteligente quanto parece.

Eu juro que Umoya riu.

– Você sabe onde os Bravos estão agora?

Ela se senta em sua cadeira giratória e a move para ficar de frente para o monitor. Ela acena novamente e ele se conecta. A imagem na tela mostra uma casa de fazenda e um grande celeiro vermelho no meio de um campo gramado verde e brilhante, cercado por uma densa cobertura de árvores e colinas onduladas.

– Imagens de drones – explica ela. – Você provavelmente tem informações sobre os Bravos operarem fora da Geórgia. Isso está obsoleto, é informação inútil. Eles atualmente estão escondidos em uma fazenda nos arredores de Eaton, New Hampshire. Nada de mais lá fora, ninguém para incomodá-los. Perfeito para eles providenciarem um monte de coisas ruins.

Ela aciona um botão e a tela fica preta, alterna para infravermelho. Uma grande bola branca brilha dentro do celeiro.

– Que diabos é isso?

– Isso, meu amigo felino, não é bom.

Ouço um barulho e um ruído surdo quando as portas do elevador se abrem. Antes que eu possa puxar a faca de vibranium, o planador-pássaro entra mancando, soltando fumaça e faiscando. Tilda olha para ele, e depois para mim.

– Tenho certeza de que T'Challa deu um veículo a você e à sua doce parceira de IA. Prepare-se, benzinho. Estamos indo para New Hampshire.

• • • •

Aterrissamos quase silenciosamente em uma clareira a cerca de 19 quilômetros de Eaton, a oeste da rodovia I-93. A nave wakandana é suave, silenciosa e, como fizemos nossa jornada aqui depois de escurecer, quase invisível graças à sua tecnologia de camuflagem. Sombra da Noite está armada e blindada novamente, seu planador pássaro silenciosamente se autorreparando no porão do *Quinjet*. Nós pousamos e Umoya desliga a nave.

– *Estaremos aqui de prontidão até você voltar, Kevin* – anuncia ela pelos alto-falantes da nave.

– Tenho que conseguir uma dessas – murmura Falcão Noturno antes de apontar para o Leste, mais para dentro da floresta. – O celeiro é por ali. Vamos fazer isso em silêncio.

– Antes de irmos – digo, ativando o capacete –, preciso saber seus motivos para fazermos toda essa coisa como equipe. Eu me lembro das rixas que você já teve com o rei certa vez.

– Isso é história – sussurra ela asperamente. – As pessoas à nossa frente são muito mais horríveis. Meu tempo com o Falcão Noturno me mostrou isso.

– Sim – digo, esperando que ela continue.

Em vez disso, ela fixa os olhos amarelos do capacete em mim e se inclina para perto.

– Vamos.

Eu mal posso ouvi-la se movendo por entre as árvores, embora consiga ver o brilho opaco de seus olhos na escuridão. Não demora muito até chegarmos à cerca que separa a fazenda da floresta. Procuro sensores ou armadilhas e, depois de não encontrar nenhum, pulamos a cerca e continuamos na direção das fracas luzes da fazenda. Há caminhões e equipamentos agrícolas, mas nenhuma pessoa à vista. A maior parte da luz que podemos detectar vem do celeiro vermelho. Chegamos um pouco mais perto e nos abaixamos atrás de um trator enquanto uma lâmina de luz divide a noite, espalhando-se pela grama. A porta do celeiro range quando alguém a fecha, convidando a noite de volta ao seu devido lugar.

É então que eu capto algo. Do celeiro, vem um perfume. O cheiro da embaixadora J'kina.

– Vamos em frente – rosno, e saímos do trator, atravessando rapidamente o gramado, abaixados.

Não há luar para nos denunciar enquanto nos encostamos na lateral do celeiro. Há uma janela atrás de mim, no alto.

Eu aceno para Sombra da Noite, então me movo, saltando até a janela, agarrando o peitoril e chegando ao alto. A janela está trancada. Uma faca de vibranium acaba com isso, e logo estou dentro. Fácil.

Mas você sabia que nunca se está realmente preparado para o que se pode encontrar atrás de uma porta trancada?

Não há nada normal dentro do celeiro. Uma bancada de trabalho, enormes botijões de gás e gaiolas. Fileiras e mais fileiras de gaiolas. A luz suave não esconde muito de mim. Quase todas estão vazias. Todas, exceto uma. Eu olho para baixo, onde Sombra da Noite está esperando, e faço um sinal de que estou entrando. Ela balança a cabeça e acena para que eu vá até ela. Em vez disso, eu me jogo e caio suavemente no chão coberto de serragem.

A embaixadora J'kina está ali, em uma gaiola com grades de aço grande o suficiente para conter um homem. Sozinha. Ela está suja e cansada, com as roupas, antes imaculadas, rasgadas e molhadas de suor. A respiração lenta e superficial dela é a única na sala além da minha. Na verdade, o único som ali, além do zumbido dos holofotes, é o ruído baixo de alta tecnologia.

Abaixado e em silêncio, eu me arrasto até a gaiola da embaixadora J'kina.

A fúria ferve em meu peito. Um ser humano ser enjaulado pelo simples fato de ter tido a ousadia de não nascer no lugar certo, ou não parecer de um certo jeito? Não no meu turno. A faca de vibranium cortará essas barras sem problemas.

– Embaixadora J'kina, consegue me ouvir? – A resposta dela não é reconfortante. – Mantenha-se firme. Eu vou tirar você daqui. Mas, primeiro, preciso de sua ajuda para encontrar o embaixador Merkeba.

– Meu rei... – ela consegue dizer. – Eles estão... preparados para pegá-lo...

Estou de pé, segurando as facas, quando o telhado do celeiro implode com um impacto repentino. Há um estampido, um baque profundo e um tremor, e o que parece ter durado vinte minutos de barulho. A poeira ondula no espaço fechado e, antes mesmo que se assente, vejo dois raios de luz... olhos mecânicos... olhando diretamente para mim.

– Eu sabia que você viria... Pantera!

Ele explode através do celeiro nebuloso, com as garras estendidas. Ele é rápido. Eu mal consigo bloquear seus golpes com a faca antes de girar para longe e cair agachado. Conforme a poeira vai baixando, consigo analisá-lo. É perturbador, realmente.

Ele também é uma pantera, uma versão mais estrelada e aprimorada de mim. Sua armadura é espessa, pesada, uma reminiscência de algo que Tony Stark construiria. É chapeada, escura, mas não preta. E ele tem uma estrela colada bem na testa. Uma faixa branca emoldurada em vermelho corta seu torso, parando no símbolo da estrela no cinto. A armadura nos joelhos e cotovelos também é estrelada, mas a maior mudança no conjunto da pantera é a grande juba branca em torno da cabeça e dos ombros.

– Pantera errada, irmão. – Eu me levanto, puxando a arma do coldre no quadril. – E você é o chefe agora, cara. Que tipo de gato você é? Umoya?

– *Se eu estiver correta quanto a isso, seu nome verdadeiro é desconhecido, mas a insígnia em sua armadura já foi encontrada antes* – Umoya vibra em minha cabeça. – *Durante uma das passagens do rei como combatente do crime urbano. Este pode estar conectado a um ex-lacaio do Monge do Ódio, de codinome Pantera Americana.*

– Eu sou o Leão de Columbia, protetor desta grande nação.

– *O Pantera americano foi um criminoso anti-imigrantes que cruzou com o rei há vários anos. Ele despertou turbas na Cozinha do Inferno, em Nova York.*

– Eu protejo os legítimos habitantes desta terra de pessoas como você e do homem que você representa.

– *Ele é um ex-policial de Nova York e foi visto pela última vez sob custódia da Vara de Execuções Penais da Cidade de Nova York.*

– Pessoas como eu? Você nem sabe como eu sou.

– Você parece uma presa. – Ele avança em mim outra vez.

Suas garras atravessam a mesa de trabalho, rasgando o aço em pedaços. Eu me esquivo do golpe, bloqueio um joelho que me levanta do chão, mas consigo liberar a arma e disparar alguns tiros contra ele. Ele se esquiva, as balas de vibranium penetram na terra.

Ele avança contra mim, cortando, golpeando. Um chute na barriga me joga no chão. Antes que eu possa me recuperar, ele enfia o punho em meu ombro, e teria sido meu crânio se eu não tivesse me contorcido. Preciso de espaço. Eu levanto ambas as pernas e dou um chute em seu peito, que o faz recuar alguns passos.

– Achei que enfrentaria o Pantera pessoalmente, e não sua pálida cópia de carbono. – Ele anda enquanto eu me levanto. – Ainda assim, você me faz lembrar dele, em algo além de sua maneira de se vestir. O jeito como se move, suas armas, tudo. Você e sua espécie são uma mancha neste país. Você nos enfraquece com sua presença. Os espiões que você enviou acreditavam que nos enfraqueceriam ainda mais, espalhando segredos e mentiras. Mas meus Bravos e eu os descobrimos. E depois que encontramos a doença, a eliminamos.

– Onde está o embaixador Merkeba?

– O homem? Lixo insignificante. Nós o enterramos com o resto. Você vai se juntar a ele em breve.

Ele corre até mim novamente, mas desta vez, em vez de enfrentá-lo de frente, eu me esquivo para trás e arremesso as facas em seus órgãos vitais, então imediatamente mudo de direção e armas, acertando alguns tiros nas articulações de sua armadura. Acabou.

É o que eu acho. Ele se levanta e ergue as mãos na frente do rosto. Seus olhos brilham por uma fração de segundo, e então ele abre os braços, liberando uma explosão de energia em um arco à sua frente. Com a explosão, minhas facas são projetadas, minhas balas saem do alvo inofensivamente e eu voo. Eu consigo ter um vislumbre da embaixadora protegendo os olhos antes de bater violentamente contra as portas do celeiro e derrapar pela terra fofa. Tudo fica embaçado, o que me impede de ver ou ouvir a aproximação do Leão. Mas eu sinto sua bota blindada cravando em minha armadura. A escuridão vem rápido.

• • • •

A primeira coisa que noto ao acordar é que está escuro. Sinto o cheiro do meu próprio sangue. Minha armadura se foi. O que significa que estou desarmado. O que significa nada de Umoya. Estou sozinho. Sombra da Noite nem apareceu. A embaixadora! Eu me sento rapidamente, o que faz minha cabeça girar dolorosamente, fora de controle. Um zumbido agudo subitamente pressiona meu cérebro, e aperto a cabeça com as mãos. Tudo volta. Os embaixadores. T'Challa. Os Bravos.

E então percebo as barras. Estou enjaulado. Encurralado. Eu pulo, agarro a grade, tento arrancá-la das barras, mas o material é muito forte. Ela me contém, me mantém preso. Isso não é bom. Sinto outros cheiros. Há outros corpos. Alguns estão mortos. O cheiro da embaixadora J'kina ainda está no ambiente. O do embaixador Merkeba também. Ambos vivos. Se eu fosse o homem que minha armadura significava, agradeceria a Bast. Em vez disso, me contento com um suspiro de alívio. Se eu tirar os embaixadores disso com vida, vou pedir um aumento a T'Challa.

– Não lute – adverte o Leão, do lado de fora da jaula. – Este é o lugar certo para você. Sem a sua armadura, você não é nada mais que outra cepa do vírus que prejudica nosso país. Outra mancha de sangue fraco na grandeza desta nação. Meus Bravos e eu vamos acabar com todos vocês e limpar este país. Você terá a honra de ser o primeiro entre os purificados.

– Você disse que o embaixador Merkeba estava morto.

– Ele estará, em breve. Juntamente com você.

– Por quê? Eu sei que você foi policial. Eu também servi. Você tem que saber, essas pessoas que você mantém enjauladas têm famílias. Pessoas que os amam. Você está colocando seus homens, seus "Bravos", em perigo? Assim que o machado cair, todos vocês podem ir para a prisão, ou pior.

Ele se aproxima da minha jaula e aponta um dedo blindado para mim.

– Já cometi crimes pelo bem da minha nação. As coisas que fiz quando estava na polícia. Engolindo meu orgulho e o que eu sabia ser certo e verdadeiro. Servindo e protegendo escórias como você... Não temos nada em comum. Meus Bravos e eu governaremos este país de uma costa à outra. Estamos prontos para morrer pelo futuro de nossa nação. Todos nós. Você está pronto para morrer pela sua?

– Esta *é* a minha nação!

– Sua armadura diz o contrário. – Ele flexiona os dedos, e garras escuras se desembainham. – Talvez minha limpeza deva começar com você.

Antes que ele alcance a jaula, nossa conversa é interrompida por dois membros dos Bravos. Eles usam jeans e camisetas normais, mas escondem a identidade atrás de máscaras escuras com estrelas brancas na testa, similares à que seu líder usa.

– Senhor – um deles se intromete e se inclina para perto do fanático blindado.

Eu escuto ele dizer "perturbação... pode ter sido um cúmplice... vários homens já perdidos".

O Leão fica ereto e olha para mim.

– Sua espécie é complicada. Voltarei para continuar o que começamos. Vocês dois, fiquem aqui e vigiem-no.

Ele sai, e toda a tensão que eu estava segurando drena do meu corpo, me deixando suado e cansado. Eu estudo as barras da jaula, a porta, os suportes que a sustentam. Estou travado em algum tipo de bloqueio de padrão magnético, talvez acessado com um pino eletromagnético. O que significa que deve haver um quadro de distribuição mestre para as gaiolas. Foi por isso que eu não consegui abrir. T'Challa poderia ter arrombado essa fechadura num piscar de olhos. Eu não sou T'Challa, mas posso pensar como ele. Toda jaula tem pontos fracos. Minha próxima etapa é descobrir onde estão os pontos fracos desta gaiola.

– Parece que Spook está pensando muito – um dos membros dos Bravos diz para o outro.

São apenas dois deles, sozinhos. Pelo que posso sentir no cheiro deles, desarmados. Bingo. Encontrei os pontos fracos.

– Aposto que vocês não têm ideia de como é isso – eu rosno de volta.

– Belas palavras, vindas de um macaco preso em uma gaiola.

– Você não reconheceria uma bela palavra nem se ela batesse no bigode de sua mãe, seu lambedor de botas.

– O que diabos você disse da minha mãe?!

– Ei – o outro Bravo interrompe. – Tenha calma. O Leão vai cuidar dele.

– Estou decidido a cuidar dele *agora*, já que é tão inteligente.

Uma voz metálica sussurrante atravessa a escuridão.

– Vamos para a escola.

Naquele segundo, tanto o ar quanto a garganta dos membros dos Bravos são divididos por quatro facas cor de chumbo, em forma de pena, que surgem voando das sombras. Os dois caem, afogados no próprio sangue. Droga. O policial em mim reage ao ver como Tilda mata casualmente os dois capangas.

– Droga! Você não precisava matá-los.

– Não banque o sensível – repreende Falcão Noturno, pousando suavemente na frente da minha jaula. – Ninguém vai chorar por esses caras.

– Você não sabe disso. Além disso, a contagem de corpos complica as coisas.

– Não na minha experiência.

– Cara, onde você estava? Sua ajuda poderia ter sido útil.

Ela começa a vasculhar a sala. É quase uma réplica do celeiro em que o Leão e eu cruzamos as garras, com várias bancadas de trabalho, prateleiras com ferramentas agrícolas penduradas e gaiolas. Muitas gaiolas, e todas elas, desta vez, cheias.

– Você estava pensando com o coração, e não com a cabeça. Eu fiz a jogada mais segura. Agora, preciso tirar você daqui e ir atrás da sua armadura.

— E todos aqui? Os embaixadores. Podemos resgatá-los se conseguirmos embarcá-los no meu *Quinjet*.

— Por que você sempre tem que complicar as coisas? Vamos dar um passo de cada vez e tirar você daqui primeiro. Ah, encontrei.

Ela corre até um painel montado na parede de trás da sala em que estamos. De onde estou sentado, tudo o que posso ver são botões coloridos e um *touchpad*. Sombra da Noite brinca um pouco com aquilo.

— Você pode se apressar? O Leão vai voltar logo.

— Não, não vai – garante ela, enquanto uma enorme explosão reverbera pela sala. – Quando causo uma distração, é das grandes.

Ela digita uma sequência rápida nas teclas e, em seguida, pressiona o *touchpad*.

A fechadura da minha gaiola se abre.

— Muito bom. – Ela corre de volta para mim. – Nossa! Você precisa de um banho.

— Apenas me ajude a encontrar minha armadura. Posso rastreá-la pelo cheiro. Não está longe daqui.

A porta do celeiro bate. O Leão avança em meio à fumaça, com a minha armadura pendurada no ombro.

— Está bem aqui – diz o Leão, jogando a armadura no chão.

— Eu vejo tudo o que acontece na minha sala. Nenhum de vocês pode me enganar. Agora, vocês dois serão eliminados.

Sem dizer nada, Sombra da Noite levanta o braço e dispara contra ele uma saraivada de facas de prata de um lançador em seu pulso. As facas ricocheteiam na armadura do Leão quando ele a ataca. Eu parto para cima dele com um golpe no ombro, mas fico mais machucado do que ele. O Leão me encara por um momento, e então me afasta com um golpe do punho. Eu rolo com o impacto e chuto desastradamente a lateral de seu capacete, machucando dolorosamente o tornozelo. O Leão me vê mancando e ri de meus esforços. Meu tornozelo dói, mas desviei sua atenção de Falcão Noturno. Ela puxa das costas uma pistola prateada e um par de granadas em forma de pássaros. Ela joga as granadas aos pés do Leão, e eu rolo para longe quando elas explodem embaixo dele. Enquanto o Leão tropeça com a força da explosão, Sombra da Noite salta e atira nele. As balas da arma brilham douradas na sala escura, e seu impacto contra a armadura do Leão as faz explodir. Um cheiro acre se alastra enquanto as balas atravessam a blindagem.

– Não vai ser suficiente – eu grito para ela, e me movimento para voltar a lutar com o Leão enquanto ele se levanta do chão. – Tome cuidado. Ele tem armas...

Ele levanta os braços para ativar a explosão de energia, mas é desequilibrado por outra granada. Quando cambaleia até mim, o empurro tão forte que ele sai tropeçando em outra direção. Sombra da Noite avança com as facas em punho, mas o Leão é rápido e quase não está danificado. Ele agarra Sombra da Noite pelo braço e a joga do outro lado da sala, fazendo-a bater na parede oposta.

Antes que eu possa me mover, ele se vira e crava a bota no meu peito, atirando-me com força no chão.

– Isso é o melhor que você consegue fazer? – ruge ele.

Eu pulo, batendo nele. Meus golpes vêm rápidos e acerto alguns, mas, mesmo com os aprimoramentos da erva-coração, meus punhos nus ricocheteiam na armadura.

– Temos que passar por ele! – grito.

– Sobre ele! – diz Sombra da Noite, esquivando-se entre as bancadas.

O Leão se vira para atacá-la, com um disparo de uma rajada em sua direção. Um chute rápido em seu ombro redireciona o tiro, que abre um buraco na parede à nossa frente. Ele me acerta com as costas da mão, mas eu absorvo o golpe, embora isso me faça sentir como se tivesse acabado de engolir uma das granadas de Tilda. Rangendo os dentes com a dor, eu ataco, acertando uma cotovelada em seu rosto blindado.

– Essa é a última vez que você me atinge – rosna o Leão, estendendo as garras.

Por estar quase completamente nu, não fico muito animado com essa parte da luta. Eu me preparo quando ele pula em mim, mas de repente ele se sacode e fica rígido, e então desaba no chão.

Sombra da Noite reaparece, com o painel que controla as gaiolas na mão.

– Eles usam uma intranet local. Foi assim que ele soube que estávamos aqui. Eficiente, mas burro.

Ela toca em alguns botões, e os segmentos da armadura vão se abrindo ao longo da costura espinhal, expondo o homem lá dentro. Quando a armadura está aberta o suficiente para ser tirada dele, ela se abaixa e o puxa para fora. O choque da desconexão repentina o faz gemer.

– Seu idiota! Você quase me matou – grita ela, sacudindo o homem.

A cabeça dele desaba sobre os ombros.

– E você evidentemente matou algumas pessoas que se parecem comigo. Deixe-me retribuir esse favor.

– Não! Vamos. Precisamos tirar os embaixadores e os outros imigrantes daqui.

– Precisamos evitar que isso aconteça novamente.

– Você não está fazendo a jogada mais inteligente. – Eu tento adverti-la, na esperança de demovê-la da ideia de assassinato.

– Esta tem sido a minha jogada desde sempre. Achei que você já tivesse entendido. Não sabia que você era tão escoteiro.

– Então vale trocar a vida dele pela de todos os outros?

Ela me considera por um longo momento. Posso sentir seu olhar incisivo por trás do visor do capacete.

– Pegue a armadura e chame sua nave. Vamos embora daqui.

Ao longo de todo o caminho até as jaulas, as portas se soltam e se abrem. Eu volto para minha armadura.

– Umoya?

– *Bem-vindo de volta* – cumprimenta ela. – *Estou movendo o* Quinjet *para a sua localização agora e alertando as autoridades competentes. Você gostaria de chamar o rei?*

– Não. Vamos nos concentrar em tirar todos daqui.

O *Quinjet* demorou alguns minutos para chegar, então Sombra da Noite e eu ficamos cuidando dos imigrantes. Colocamos todos de pé, tratamos os ferimentos mais graves e os deixamos preparados para correr, se a situação assim exigisse.

– Vamos – chamou Sombra da Noite.

Reunimos cerca de 25 imigrantes sequestrados ao todo, todos parcialmente nus e com os mais diversos tipos de ferimentos. As luzes do *Quinjet* atravessaram o céu noturno, e alguns membros perdidos dos

Bravos, cujos contornos eram iluminados por um enorme fogo visível à distância, atiram contra a nave, mas os projéteis não conseguem perfurar os escudos de vibranium e caem na terra.

– Os membros dos Bravos estão vindo! – grito. – Vamos colocar as pessoas na nave.

As balas atingem o celeiro de madeira à nossa volta. Os Bravos se aproximam. Os imigrantes libertados se movem o mais rápido que podem, mas estão exaustos e famintos, e por isso seus movimentos estão muito comprometidos. Então, um som diferente corta a noite. Membros dos Bravos nos atacam despejando tiros do planador do Falcão Noturno, que voa como uma ave de rapina gigante, mas com armas montadas no lugar de garras.

– Bem – diz ela, encolhendo os ombros para mim enquanto ajuda um senhor mais velho a subir no *Quinjet*. – Você disse que eu não deveria matar *o Leão*, mas esses caras estão pedindo.

Eu olho para trás e vejo o Leão, de joelhos, olhando para nós.

– Você não vai vencer! – grita ele. – É minha incumbência divina purificar este país da doença dos imigrantes, e não serei dissuadido! Se eu não conseguir vencer com minhas próprias habilidades, vencerei por puro poder destrutivo. Armadura, ativação da sequência de autodestruição, código de autorização...

Seu comando morre, assim como ele, com uma lâmina de prata na garganta.

– Pronto – Sombra da Noite dá de ombros. – Acabou.

Os únicos sons que ainda atravessam a noite enquanto carregamos os prisioneiros imigrantes são o crepitar do fogo à distância e os disparos de alerta restantes do planador do Falcão Noturno. Pego a embaixadora J'kina pelo braço e levanto o embaixador Merkeba no ombro. Ambos estão cansados e sujos, mas vivos. Isso basta por ora.

● ● ● ●

Estou de volta ao meu apartamento elegante, assistindo por vídeo à visita do rei T'Challa aos embaixadores na enfermaria. Fui verificado e liberado para repouso em casa, felizmente. Alguém bate à porta.

– Umoya, abra a porta. Por favor.

– *Eu sabia que você tinha boas maneiras* – brinca ela.

A porta do apartamento se abre. Vejo Tilda ali parada, sem armadura. Ela entra na sala, olhando amorosamente para uma pulseira de contas kimoyo no braço.

– Eu realmente odeio ter passado tanto tempo brigando com T'Challa. Toda a boa tecnologia está aqui em Wakanda. – Ela olha para mim. – Como você está?

– Melhorando. Meu cheque caiu na conta esta manhã. O maior número de zeros que já vi em toda a minha vida. Vou mandar a maior parte para Gwen, em parcelas, é claro. Talvez eu consiga fazer uma visita em casa depois disso, para ver meu filho.

– Que fofo. Sabe, eu tive a chance de falar com T'Challa. Ele me convidou para acompanhar você em... nem sei o que é.

– O que você disse?

– Que pode ser. Eu ainda tenho algumas ponderações a fazer. – Ela vai até a janela e olha para a cidade real. – Sabe, formamos uma boa equipe. E ainda há muito para consertar. O rei, o mais fodão de todos os fodões, concorda comigo.

Ela se vira para mim, com um brilho animado nos olhos.

– Depois que melhorar, quer continuar? Que tal uma clássica temporada trabalhando em equipe?

Vou também até a janela e fico olhando para Wakanda, que se estende até o horizonte. Olho para Sombra da Noite, agora um Falcão Noturno letal, que brinca com as contas kimoyo enquanto espera minha resposta.

Eu respiro fundo e deixo acontecer. É hora de decidir. Pela milionésima primeira vez:

Quem sou eu?

O LADO INFERIOR DA ESCURIDÃO

GLENN PARRIS

COMO ALGUÉM DESCREVE A DOR QUE CEGA?

Por uma eternidade fugaz, o mundo de T'Kayla não tinha cor, nem som, nem sensação alguma. A realidade invadiu aquele momento atemporal de êxtase com definição enquanto seu braço direito pendia inerte e entorpecido. O torque dilacerante exercido pelo adversário Jabari torceu o ombro do príncipe como o pescoço de uma galinha. A chave de braço não era usada em um ritual de combate, mas também não era oficialmente considerada ilegal. O campeão do Clã Pantera enfrentava seu terceiro desafio do dia e estava perdendo.

– Decisão! – T'Kayla resmungou uma objeção.

Com os dedos fortes, T'Kayla tentou massagear o ombro ferido enquanto esperava uma resposta. Ele ergueu os olhos para os anciãos, aguardando a decisão deles. "Aqueles que julgavam a disputa" permaneceram impassíveis, mas voltaram os olhos apenas por um instante para o ofensor. Oriku, o desafiante do Clã Gorila, ajoelhou-se segurando a própria garganta e sugando o vento a cada respiração difícil.

Um falou por três entre os mais velhos.

– O combate continuará sem clemência.

Oriku abriu os joelhos na areia da batalha. Com o suor escorrendo pela testa, o príncipe Jabari tirou as mãos da garganta para se apoiar desesperadamente nos quadris, e assim atenuar o esforço do peito arfante. Ele encheu lentamente os pulmões, sentindo o ar gotejar pelas cordas vocais cerradas. Doloroso e deliberado, cada chiado sucessivo assobiava da boca escancarada de Oriku com um tom mais baixo. Ele contemplou a tática do príncipe Pantera.

O contra-ataque improvisado de T'Kayla provou ser tão inesperado quanto eficaz. O candidato a Pantera Negra agarrou o próprio punho direito, obviamente em agonia com a manobra violenta. Mas em vez de segurar o membro afetado, T'Kayla, com a mão esquerda, empurrou de repente o antebraço para cima como uma lança, golpeando com o cotovelo a região logo acima do esterno de Oriku, num golpe fatal. A pancada fechou a traqueia de Oriku, e o desafiante fortemente musculoso quase desmaiou. Um oponente menor teria perdido a consciência e a batalha teria terminado. Mas aquele não era um soldado comum. Como T'Kayla, Oriku foi cultivado e endurecido a partir da semente de gerações de guerreiros.

Lentamente, Oriku se recuperou do violento golpe na base da garganta. Logo voltaria ao ataque. A previsão de T'Kayla de estar pronto para a batalha parecia menos otimista.

O peso dos golpes das partidas anteriores recaíra agora sobre ele. T'Kayla tinha hematomas cobrindo metade de seu corpo como consequência das centenas de ataques bloqueados e não controlados. Ele tinha mais lacerações do que dedos. Quando o formigamento deu lugar a uma dor torrencial, ele testou a funcionalidade da cintura escapular.

"Pelo menos três tendões do manguito rotador rompidos", T'Kayla contou. "Sem truques da mente sobre a matéria desta vez." Ele sabia que a anatomia humana simplesmente não funcionava assim, nem mesmo quando alguém lutava por sua vida. "Eu vou me levantar para enfrentar Oriku como se tivesse apenas um braço."

Embora quase não conseguisse abrir o olho esquerdo por causa do inchaço, a visão de T'Kayla finalmente se fixou em uma única imagem. Com a mandíbula travada devido à joelhada no queixo que levou do primeiro desafiante, o príncipe Pantera acenou para Oriku com os dentes cerrados:

– Venha!

Oriku ergueu o olhar do chão. Parou de babar quando finalmente recuperou o fôlego. Um sorriso cruzou relutantemente o rosto de Oriku quando o príncipe Jabari avaliou o vulnerável campeão. Ele observou o braço direito de T'Kayla se balançar solto e indefeso.

Trabalho breve.

O trono estava ao alcance de Oriku. Como a vida de T'Kayla, ele só tinha que estender a mão e tomá-lo.

T'Kayla pesquisou o cenário de combate em busca de vantagens. Claramente exausto, o movimento de cada um de seus músculos transmitia uma angústia até os ossos. Apoiado em uma rocha solitária com o braço bom, T'Kayla se amparou miseravelmente no joelho, aberto ao inevitável.

Por um breve instante, o tempo parou novamente para os dois lutadores. Oriku reduziu a distância em três passos medidos e então desferiu um golpe para baixo com a mão aberta. A cabeça de T'Kayla balançou uma vez e recuou com o tapa sem resposta. Ele agarrou a rocha como se fosse o único vestígio da realidade: uma âncora para a própria vida.

– Boa noite, príncipe negro – Oriku sussurrou com o hálito quente no ouvido de sua vítima, que se segurava à rocha.

Ele avançou a perna para prender a mão boa de T'Kayla sob os pés contra a rocha. Ele estava testando T'Kayla. Seu adversário foi incapaz de levantar o braço direito destroçado para se defender, Oriku tinha certeza de que o príncipe Pantera não poderia responder a um ataque aéreo.

– O reinado do Clã Pantera termina hoje. – Oriku saboreou seu momento, e então sussurrou: – E eles pensavam que você era o melhor...

Oriku ergueu os punhos cerrados acima da cabeça para desferir um golpe, visando quebrar o pescoço.

Existem seis ligações musculares na cabeça do osso umeral. Quando avaliou seus ferimentos, T'Kayla percebeu que, apesar de não poder levantar o braço, ainda podia girar o ombro para trás e para cima, embora a um grande custo. A manobra rasgaria o pouco que restava de seu manguito rotador. O príncipe Pantera observava de lado, cronometrando seu próximo movimento.

"Desça um pouco mais perto...", T'Kayla desacelerou a respiração e baixou a cabeça, em aparente resignação. Oriku ajustou a postura para desferir o golpe mortal ideal no alvo inferior.

T'Kayla levantou o cotovelo e então atingiu a virilha de Oriku. O príncipe Gorila se encolheu e se dobrou.

– Isso foi golpe baixo! – o Jabari gritou da grama. – Falta!

– Oriku aplicou uma chave de braço não convencional para desabilitar T'Kayla – rebateu o Clã Pantera. – E nós não gritamos "falta".

T'Kayla girou contra a rocha para pegar Oriku com uma tesoura de perna em torno de suas costelas.

– Renda-se! – impôs ele a Oriku, então olhou para os anciãos, para que acabassem com aquela farsa que dera errado.

– Apesar de enfrentar um oponente que acabou de lutar duas partidas – observaram os anciãos –, Oriku falhou em oferecer a T'Kayla a oportunidade tradicional de se render quando estava indefeso.

Eles permaneceram com a expressão impassível.

– O embate continua.

T'Kayla travou os pés e apertou. A caixa torácica de Oriku explodiu com um som de trituração e o desafiante engasgou.

– Oriku, renda-se! Esta competição não precisa terminar em morte – murmurou T'Kayla, fazendo um esforço descomunal para conseguir falar com a mandíbula quebrada enquanto mantinha o esforço constrangedor das pernas.

O desafiante do Clã Gorila olhou para fora, com olhos selvagens, para os pares reunidos do reino. De repente, ele estava perdendo. O orgulho de Oriku, considerando que era cinco anos mais velho e dez quilos mais pesado, exigia que ele se libertasse do jovem campeão e terminasse com aquela farsa. A dor na virilha era persistente e intensa, e ele fazia novo esforço para conseguir respirar. Forçando o braço para quebrar a tesoura, Oriku se agachou, na tentativa de desequilibrar T'Kayla.

T'Kayla esperava por esse movimento.

Ele suavemente executou uma torção e virou Oriku, que bateu de cabeça na rocha. O impacto tirou-lhe o fôlego pela segunda vez em sua primeira competição. Atordoado, Oriku havia perdido vantagem naquela manobra, e ainda não recuperara o fôlego.

– Bata com a mão livre duas vezes na areia, se quiser desistir, Oriku.

T'Kayla ofereceu uma terceira chance de rendição. Oriku lutou e apoiou a cabeça na rocha para ganhar apoio contra o tornozelo do oponente. T'Kayla ainda lutou com um braço. Em desvantagem. Vulnerável.

Ao conseguir separar as pernas de T'Kayla, Oriku teve um alívio e pôde finalmente respirar depois de mais de um minuto.

– Eu vou matar você, filhote de pantera! – jurou ele.

Oriku apoiou a cabeça na rocha, tentando se levantar e erguer T'Kayla com o pescoço musculoso. T'Kayla reaplicou a pressão total e quebrou as costelas de Oriku; em seguida, houve um estalo mais suave, e o pescoço exausto do homem pendeu. O corpo do desafiante Jabari ficou mole, e os olhos vidrados reviraram sob as pálpebras caídas.

T'Kayla teve um merecido descanso antes de se levantar para receber as honras como vencedor. Entre os aplausos dos espectadores, o Clã Pantera manteve seu controle tradicional do poder em Wakanda.

Triunfante sobre um recorde de três desafiadores em um único dia, T'Kayla se tornou o herdeiro indiscutível de Wakanda e permaneceu como o Pantera Negra.

••••

O sol se pôs na África Central, encerrando aquele dia repleto de provações sem precedentes. Cansado até os ossos e muito ferido, o vencedor prevaleceu. No fim, o dia pertencia ao príncipe mais jovem do reino. A erva-coração curou rapidamente o corpo de T'Kayla e restaurou seu vigor.

A noite finalmente envolveu Wakanda em um cobertor de estrelas e uma escuridão calorosa e acolhedora. Gafanhotos preguiçosos cantavam sem preocupação alguma. A lembrança do combate seria um eterno alerta de que ninguém realmente ganha uma luta. Alguns podem sair com menos cicatrizes que outros, apenas isso. Para os sobreviventes, as cicatrizes ficam por dentro e por fora. Ter tirado uma vida wakandana naquele dia marcará a alma de T'Kayla para sempre.

O príncipe estava na varanda. Seu corpo ainda nu permanecia no limite, apesar de uma massagem indulgente e um banho relaxante. Enquanto ele inspecionava o reino, o palácio real descansava com a tranquilidade de um bebê recém-nascido.

Asalatu acordou.

– Meu príncipe, você está com problemas.

T'Kayla virou-se para a amante, e atrás dele a lua crescente surgia. O luar atravessava a geada que se refletia na pele preta perfeita.

– Uma afirmação, e não uma pergunta, mesmo na escuridão. – Palavras severas compensadas apenas pelo brilho perolado dos dentes em seu sorriso.

T'Kayla cruzou a câmara em quatro passadas felinas. Ele se desculpou por suas palavras com um abraço amoroso. A pele nua dela brilhava com tons terrosos reminiscentes de argila vermelha, e sua suavidade derretia facilmente naqueles braços de aço.

T'Kayla beijou sua testa.

– Você também está inquieta, minha Asalatu.

Ouvir alguém a chamar pelo nome sempre fez Asalatu sentir saudades de casa. Ela apertou sua cintura.

– Você me chama de Aurora no momento mais escuro da noite – repreendeu ela –, no auge do nosso amor. Então por que, meu Senhor, me chamou de Asalatu, "a Aurora"?

– Ainda temos que terminar a Daré. Eu apenas espero a renovação de suas forças.

T'Kayla dominava perfeitamente as línguas Hausa e Bantu. Ele gostava do jogo de palavras linguístico em que Asalatu o envolvia. T'Kayla sabia em seu coração que Asalatu sentia falta da família e dos próprios súditos. Mas, por uma vida em Wakanda, qualquer princesa Bahaushiya livre dos reinos externos venderia a alma para até mesmo desempenhar o papel de cortesã na corte de Wakanda.

– Você é para sempre a minha Aurora e a minha Noite; Asalatu e Daré.

– Você deveria dormir. – Ela sorriu. – Apesar de se vangloriar das proezas físicas que lhe são conferidas por sua erva-coração, eu o desidratei. Admita, Alafin!

Alafin, o "dono do palácio". Um título conquistado, não concedido. A primogenitura foi abandonada em Wakanda havia muito tempo. Ao contrário dos reis europeus que cresceram dentro da aristocracia, Wakanda buscou os melhores traços dos homens originais. Esperava-se que as filhas das terras vizinhas se submetessem. A lei de Wakanda obrigava os descendentes dos Panteras Negras a terem muitas parceiras, misturando-se ao maior número possível de linhagens. O legado do Pantera Negra precisava permanecer forte.

Esse programa de reprodução gerou T'Kayla, o melhor espécime de inteligência e paixão, cuja força não tinha comparação. As quatro casas nobres de Wakanda questionaram a sabedoria de conferir o título de Escolhido ao terceiro filho do rei. Desafios surgiram. Oriku, o príncipe Jabari, levantou-se como o último dos campeões.

A astúcia concluiu que, certamente, sem o aprimoramento da erva-coração, e depois de derrotar dois rivais poderosos, T'Kayla, de 21 anos, não seria páreo para um terceiro desafio. Oriku, maior, mais forte e mais experiente em batalha, não poderia perder.

A descrença persistiu além da oferta final de rendição. Oriku estava caído em uma pilha destroçada para ser removido como um saco de grãos. O Clã Jabari desdenhou da multidão, mas, para seu crédito, eles carregaram o cadáver quebrado de seu campeão caído para a montanha coberta de neve com dignidade condizente a uma casa nobre.

Todos os reis Hausa e Bantu mantiveram a existência de Wakanda sagrada por séculos. O Hausawa sempre considerou Wakanda a Joia do Continente. A escassez de águas abertas sustentava a vida selvagem esparsa em contraste com os vastos rebanhos de zebras ao sul que caracterizavam o Serengeti. Apenas os reis wakandanos tiveram o privilégio de montar o sagrado cavalo listrado. Dizia-se que os deuses não permitiam que outros homens domassem as zebras. Para que os homens mortais nunca se esquecessem, os Orixás Celestiais moldaram todo o continente para se parecer com a cabeça da zebra. Foi um ponto de consternação entre os reis wakandanos recentes o fato de que zebras foram roubadas da pátria-mãe e colocadas em cativeiro.

"Como era mesmo o nome dos lugares...", T'Kayla pensou por um momento. "Zoológicos!" Seu rebanho particular descansava no curral, seguro de que nenhum leão, hiena ou bárbaro vindo do além-mar ousaria se aproximar da capital Wakanda.

– Nossos Cães de Guerra relatam progresso no Novo Mundo e na Europa. – T'Kayla olhou para longe enquanto falava. – Mas o Farol da Liberdade uma vez chamado de Moisés se aproxima do fim de sua vida.

– Então essa é a fonte de seus problemas – concluiu Asalatu. – A decisão de semear o Novo Mundo com nossa diáspora foi dolorosa para todos. Apenas as famílias reais sabiam que a escravidão servia como nossa motivação inicial. Guiados por Cães de Guerra wakandanos, eles secretamente alavancaram a direção da civilização ocidental. Impediram a consolidação do poder e a destruição final da civilização. Evitamos que os mongóis estendessem seu reinado pela Eurásia, e vamos direcionar esses novos americanos também. Eles são o gigante adormecido que teremos de vigiar nas próximas décadas.

– Mas o sofrimento... – T'Kayla hesitou em sua resposta. – Isso nós não esperávamos. A escravidão nunca foi assim... essa abominação que *eles* criaram. Até os mongóis usavam escravos no máximo de suas habilidades. Tratavam-nos como... bem, como pessoas.

– Americanos. Eles podem realmente progredir além da colônia para uma coalizão de iguais, tanto estrangeiros quanto domésticos, no fim – ponderou T'Kayla. – Eles são extremamente inovadores.

– Ouvi dizer que desenvolveram uma capacidade de voo limitada – disse Asalatu.

– Você fala daquelas engenhocas assassinas movidas a hélice? – T'Kayla não conteve o riso. – Elas têm tanta probabilidade de cair quanto voar toda vez que forem lançadas. Essas carruagens sem cavalos que eles estão promovendo são mais seguras.

– Talvez devessem retomar o uso daqueles balões de ar quente – disse ela. – Pelo menos assim poderiam simplesmente flutuar até o solo quando algo desse errado.

– Essas pessoas não podem viver uma única geração sem passar por uma grande guerra – disse T'Kayla. – E sua tecnologia está cada vez melhor.

– Não se desenvolve tão depressa quanto a nossa – Asalatu o tranquilizou.

– Talvez, mas rápido o suficiente para ameaçar os cinco continentes. Pode chegar o momento em que não conseguiremos detê-los antes que despertem a ameaça das profundezas.

– Alafin, Wakanda é dona dos céus, desde a névoa baixa até as estrelas. Não há façanha além de você.

– Que os ancestrais me deem força e sabedoria para cumprir minha primeira missão. – T'Kayla baixou o queixo na escuridão. – O Pantera Negra parte ao nascer do sol, Daré. Uma aurora que eu atrasaria muitas luas, se pudesse. – Ele acariciou seu rosto. – Para estar com você, minha Asalatu.

• • • •

Antes de o sol surgir alto no céu da manhã, as *Dora Milaje* se reuniram na plataforma de voo. T'Kayla inspecionou sua guarda de elite e o esquadrão especial. As mulheres estavam em formação como estátuas, olhos fixos, ferozes como a tempestade que eram. Para todos os que as enfrentaram em batalha, as *Dora Milaje* representaram uma força maior. Elas ganharam vida quando o príncipe mostrou sua aprovação com um aceno de cabeça e a tradicional saudação wakandana. Essas mulheres estavam com ele até a última gota de sangue. Ele esperava não desperdiçar essa moeda preciosa.

– Odobale, suas tropas parecem adequadas para a batalha – gritou T'Kayla, suprimindo um sorriso.

– Você me ofende, meu príncipe – disse ela, assumindo uma expressão similar à dele. – Suas *Dora Milaje* estão sempre prontas!

– Temos uma missão, Odobale. Uma missão que todo rei de Wakanda teme.

A general das *Dora Milaje* não conhecia o medo, mas havia um perigo capaz de despertar o pavor no coração de uma protetora de Wakanda.

– Atlântida?

– Possivelmente – sussurrou T'Kayla.

A voz de Odobale tornou-se áspera.

– Mas o Tratado...

– Não os atlantes. – Ele balançou a cabeça. – Os franceses.

– Os franceses, meu príncipe? Sério? – Odobale riu aliviada.

T'Kayla assumiu uma expressão feroz para trazer seriedade à conversa.

– Eu pareço estar brincando, general?

– Perdoe-me, meu príncipe. – Odobale curvou-se profundamente em contrição. – Você falou dos franceses.

– Os franceses e os alemães, na verdade. – T'Kayla fez uma careta.

– Madame Marie Curie e esse jovem alemão, Albert alguma coisa. Ambos estão brincando com o átomo. Eles não têm noção das consequências que podem advir de tal loucura.

– Nossos Cães de Guerra estão cientes desses esforços, meu príncipe. Disseram-me que podemos parar, ou pelo menos atrasar, a fissão nuclear por cem anos. Com sorte, conseguiremos introduzir opções seguras de energia renovável que os induzirão a abandonar completamente essa pesquisa idiota. Você não deve se preocupar com essas coisas.

– Não é uma guerra atômica que eu temo, general. É a exploração.

– Meu príncipe? – Odobale parecia confusa.

– Um arqueólogo, um certo Jean Baptiste Batroc, tem uma pretensão perigosa. – T'Kayla caminhou com a general, para instruí-la longe dos ouvidos curiosos das *Dora Milaje*. – Ele segue os passos de Schliemann. Só que, em vez de Troia, ele busca a Atlântida da lenda. Ele começou com textos antigos. Poucos papiros sobreviveram quando queimamos a Biblioteca de Alexandria. Esse doutor Batroc encontrou um. Ele está começando pelos históricos Pilares de Hércules e seguindo para o sul até o rio Estige. Convencido de que a África é o ponto de partida, está usando os isótopos radioativos de madame Curie para marcar peixes migratórios na corrente que leva até a Garganta da Zebra.

– A entrada em Atlântida – concluiu Odobale com compreensão desolada. – Peixes envenenados fluindo para as águas da Atlântida. Eles vão nos responsabilizar primeiramente por isso, na pior das hipóteses. – Ela sempre começava com o pior cenário possível. – Na melhor das hipóteses, vão nos culpar por não mantermos nossos irmãos de pele clara sob controle e fora de seu reino.

– Nossos Cães de Guerra me disseram que esse Batroc encomendou um navio experimental. – T'Kayla nivelou o olhar para Odobale. – Um navio com o qual ele pode navegar sob as águas.

– Namor nunca suportará essa violação – concluiu ela.

– Não haverá como impedir que ele e 300 milhões de guerreiros atlantes ajam em retaliação. Seremos arrastados para uma guerra em que teremos que lutar com todos os nossos recursos. Teremos que executar o Protocolo Arco-Íris. Um mundo inteiro em guerra. Você sabe o que isso significa para Wakanda, não é? – perguntou T'Kayla.

Eles responderam à pergunta em uníssono:

– Nós quebramos, nós pagamos.

– Wakanda será responsável pelo restante da humanidade, por um período infinito. Algum conhecimento já é muito perigoso para a compreensão da humanidade. Não há como queimar essas informações de suas memórias coletivas. – T'Kayla encolheu os ombros, em resignação.

– Estamos perdendo tempo pensando no fracasso de uma batalha que ainda temos que travar, meu príncipe.

– *Dora Milaje!* – gritou Odobale.

– *Yibambe!* – veio a resposta.

Satisfeita, Odobale gritou orgulhosamente em coro com suas tropas:

– Wakanda para sempre!

• • • •

– Passamos pelos Pilares de Hércules, doutor Batroc – anunciou o capitão alegremente. – E as sereias não nos levaram à perdição. O dia promete!

– Outros chegaram até aqui, nos tempos modernos, *mon ami* – advertiu o doutor Batroc. – Ainda temos que lidar com a lenda do Estige. Se pudermos quebrar essa barreira e voltar para contar sobre isso, teremos o direito de nos gabar.

O capitão bateu no casco com o punho.

– Este casco é tão resistente quanto o do Titanic.

Batroc sorriu com a piada.

– E isso deveria inspirar confiança?

– Temos os novos foguetes subaquáticos de fabricação alemã entre os explosivos detonados em profundidade – gabou-se o capitão – e nossa metralhadora *Gatling* à prova d'água. Não há nada a temer no mar, na terra ou no ar.

– Nada além dos atos de Deus, *mon frère*. – Batroc parecia forçar o pessimismo para reprimir a exuberância de seu capitão pela supremacia.

– Capitão, chegamos ao ponto de lançamento. Os tanques de peixes estão preparados. – O alferes parecia estranhamente nervoso.

– O que me diz? – O Capitão exigiu saber depois de um instante. O alferes entregou-lhe um maço de papéis. O capitão franziu a testa profundamente. – Todos os cálculos até este estágio estavam corretos.

Chegou a vez de Batroc se preocupar.

– Mas?

– Mas as correntes fluem para o leste, em direção à África, e não para o oeste, em direção ao Atlântico aberto, como você previra.

O capitão Aristead olhou para Batroc, aguardando esclarecimentos.

– Vamos para o convés de observação. Quero ver isso com meus próprios olhos, antes de desperdiçarmos um tanque de peixes inestimáveis.

Os três homens subiram a escada para o pequeno convés de popa. Batroc cerrou os punhos nos quadris.

– A corrente não está apenas fluindo para o lado errado, é uma ressaca. Olhe aquele redemoinho ali.

Batroc apontou para um redemoinho cada vez mais profundo a bombordo do navio. Ele considerou o dilema por um momento.

– Quantos peixes sobreviverão nas próximas quarenta e oito horas? – perguntou ele.

– Já houve uma queda para sessenta por cento e estamos há apenas três dias fora da Sardenha – respondeu o alferes.

– Abaixo de cinquenta por cento de nosso número original não será possível rastrear o sinal – disse Batroc. – Devemos abrir os tanques e ver para onde eles vão. Vamos submergir, capitão?

– Por que não? – declarou Aristead. – Vamos descer pela toca do coelho, doutor, e ver o que há do outro lado do espelho.

Batroc e Aristead se acomodaram atrás do Geigerscópio para a visão bem-vinda de um sinal forte. Um violento solavanco tirou o sorriso do rosto de ambos. Aristead foi o primeiro a notar que a embarcação não submergiu.

– Chefe da guarda, o que está acontecendo? Atingimos um recife?

– Maldito seja o Titanic! – murmurou Aristead.

O chefe fez uma varredura completa de 360° antes de responder ao capitão.

– Não, senhor. Não há nada ao redor. – Ele prendeu o periscópio. – Simplesmente não estamos nos movendo!

– Dê-me aqui esse periscópio.

Aristead agarrou as alças, levantou a janela do periscópio acima do nível do mar e fez outra observação 360°.

– Há cabos presos ao casco, marinheiro. Você não viu isso? – Aristead intensificou a busca. – Não há outro navio no horizonte, no entanto. – Frustrado, ele bateu com força no periscópio. – De onde estão vindo esses malditos cabos e como estão nos segurando? Se tivessem perfurado o casco, estaríamos fazendo água. – Aristead acelerou ao máximo, mas o navio foi puxado de volta. – Ainda assim, não conseguimos nos libertar.

– Podemos virar a embarcação? – sugeriu Batroc.

– Maldito seja se não pudermos. – Aristead entendeu aonde ele queria chegar. – Temos duas dúzias desses foguetes subaquáticos. Dispare-os em todos os quatro pontos da bússola. Antes que o inimigo possa responder, vamos perfurá-lo como queijo suíço com a metralhadora Gatling. – Aristead sorriu.

O artilheiro saiu imediatamente para cumprir a ordem. Na torre, segundos depois, ele disparou uma rajada, mas não viu nada.

– Capitão, os cabos de amarração estão vindo do céu!

– Idiota. Não existe um balão grande o suficiente para suportar uma força desse tipo. – Aristead começou a demonstrar medo.

– Um avião? – arriscou Batroc.

Aristead refutou a sugestão.

– O melhor biplano alemão mal consegue manter o peso de dois homens no ar por algumas horas. – Ele verificou os mapas. – Estamos a cem milhas da costa mais próxima. Nenhum avião tem esse tipo de alcance!

Gotas de suor se formaram ao longo de sua testa. Se nenhuma explicação natural surgisse, apenas o sobrenatural restaria.

– Eu nunca acreditei na lenda do Holandês Voador, mas serei amaldiçoado antes de acreditar em um navio fantasma.

Aristead abriu a escotilha da torre. A tarde estava fria e nublada. O vento soprava do norte da Antártica.

– Lá! – O capitão apontou para os cabos de amarração. – Dois deles. Sobem para as nuvens. Não, não exatamente para *as* nuvens... para *aquela* "nuvem".

No alto, o objeto de sua cólera parecia mais escuro do que o restante do céu. O espectro pendurado era quase opaco em um exame mais atento.

– Esse não é um sistema climático natural, capitão – disse Batroc. – Há algo no meio disso, tenho certeza.

– Canhão a postos – ordenou Aristead, encorajado por uma possível explicação científica. – Mire no centro desse halo, alferes. – Posicionando a mão como uma bandeira de corrida, o capitão a baixou com uma saudação de aspirante. – Fogo!

O impacto claramente atingiu um material sólido, mas o estrondo não soou como aço ou ferro. Como consequência, o *Netuno* sofreu outro solavanco.

– De novo! – Veio a ordem.

Desta vez, o canhão foi recarregado e disparado duas vezes sem aviso. A nuvem se dissipou, revelando uma estrutura aerodinâmica ampla e plana, estranha tanto para Aristead, como para o doutor Batroc e todos os marinheiros experientes a bordo.

Um dos cabos de amarração se quebrou na fonte. O dirigível wakandano rolou para o lado e o segundo cabo solitário se separou, liberando o *Netuno*.

– Estamos livres – observou Aristead. – Mergulhe. Mergulhe. Mergulhe!

– Guinar para bombordo, timoneiro – ordenou Aristead. – Funcionamento silencioso até novo aviso.

– Boa manobra, capitão. As correntes subterrâneas nos levarão juntamente com os peixes radioativos.

– Para o inferno com seus peixes brilhantes, doutor. Estou tentando salvar os cinquenta marinheiros sob meu comando! – O capitão encarou Batroc, desaprovando sua insensibilidade, antes de se voltar para a tripulação. – Relatório de danos, chefe.

– Surpreendentemente, estamos indo muito bem, capitão. Um pouco de tensão para o motor número um, mas temos outros três, então eu diria que estamos aproximadamente noventa e seis por cento em ordem, senhor.

• • • •

– Relatório de danos! – Odobale se preparou enquanto a aeronave wakandana se recuperava do tiro de canhão e do giro, após a liberação repentina de amarrações eletromagnéticas.

– General, sofremos rupturas na fuselagem em dois lados, e a tração eletromagnética da direita está completamente arruinada. Podemos consertar o segundo aqui no campo, pois temos as peças para isso, mas receio que tenhamos perdido a embarcação francesa.

– Mas ainda podemos voar, correto? – perguntou T'Kayla.

– Podemos voar, meu príncipe, mas a navegação está muito limitada – respondeu a piloto. – Grave dano na rede de computação. Os resistores trans estão quase todos queimados e irreconhecíveis. Tentamos segurá-los por muito tempo.

– Meu príncipe, tenho uma ideia – disse Odobale. – Apesar de não termos uma navegação sofisticada, podemos recorrer à navegação marítima tradicional.

– Tradicional? Como faziam há centenas de anos? – perguntou T'Kayla, intrigado. – Ninguém em nosso complemento tem esse conjunto de habilidades.

– Não, Alafin, mas olhe lá – disse uma voz familiar do convés distante, apontando para a janela de bombordo. Uma bandeira tricolor com uma estrela no centro. – Um navio de pesca Koume.

– Asalatu? – perguntou T'Kayla. – Daré? Por que está aqui entre as *Dora Milaje?*

– Meu príncipe, estou em treinamento há dois anos – respondeu Asalatu.

– E não me contou? – perguntou T'Kayla, mais surpreso do que verdadeiramente magoado, enquanto resistia ao desejo de acariciar o couro cabeludo recém-raspado da guerreira.

– Meu príncipe, a ideia foi minha – disse Odobale. – Pareceu-me que, como ela se tornou tão próxima de você nos últimos anos, possivelmente representava uma... fraqueza para o Pantera Negra.

Odobale baixou a cabeça, arrependida por sua presunção.

– Como membro das *Dora Milaje*, ela tem habilidades para proteger a si mesma e seu príncipe. Pensei que seria melhor.

– Você pensou... – repreendeu-a T'Kayla.

– Eu também pensei, Alafin – sussurrou Asalatu. – Em breve, você não será apenas o Pantera Negra, mas também o rei de Wakanda. Não vou deixar sua segurança a cargo de mulheres que não conheço. – Ela buscou a mão dele, mas parou perto de tocá-la. – Não há relação mais íntima entre as mulheres do que compartilhar o serviço e a segurança de seu rei. Você discorda?

T'Kayla ficou em silêncio. Aprovação alguma se fazia necessária. Mesmo que isso não o agradasse, o príncipe sabia que ela estava certa. Sem mais brincadeiras soberbas a partir de então. Ela era agora reconhecidamente uma *Dora Milaje*.

– Contate o comandante daquele navio, Odobale. – Ele girou nos calcanhares e seguiu na direção dos aposentos reais. – Desejo falar com ele, e apenas com ele. Fui claro? – Seu tom era cortante e Odobale entendeu sua dor.

Cada *Dora Milaje* prometia entregar a vida se preciso fosse para impedir qualquer possível ameaça à família real, independentemente de quão remota fosse. Ainda que os Panteras Negras fossem mais bem preparados para enfrentar uma ameaça, as *Dora Milaje* sairiam na frente, mesmo em uma missão suicida. E por causa desse *Netuno* francês, eles enfrentariam Atlântida agora. Não havia dúvida.

• • • •

– Onde você acha que estamos agora, capitão? – perguntou Batroc.

Aristead enxugou o suor que começava a escorrer da testa.

– Esta é a Senegâmbia. Novembro e ainda está quente como o fogo.

O *Netuno* surgiu em uma praia arenosa. Aristead estava de joelhos havia uma hora, analisando o aparelho de amarração. Seus homens mais fortes finalmente conseguiram arrancá-lo do casco de aço, com uma pilha de pés de cabra entortados para mostrar o esforço.

Batroc se ajoelhou para ver a máquina de perto pela primeira vez. Ele se manteve discreto desde a reprimenda dada por Aristead no campo de batalha.

– O que acha disto, doutor Batroc?

Aristead bateu no disco de vinte e cinco centímetros ao perguntar.

– É uma placa EM – disse Batroc finalmente.

– EM? – perguntou Aristead.

– Uma placa eletromagnética – explicou Batroc.

– Doutor, eu sei alguma coisa sobre ímãs. Não há na Terra um ímã poderoso o suficiente para superar quatro motores a diesel.

Aristead passou a estranha corda pelas palmas das mãos abertas.

– Eu não entendo.

– Não é um ímã, capitão, é um eletroímã – explicou Batroc. – Veja, você pode multiplicar a força de um ímã natural enrolando-o em uma bobina condutiva e passando uma corrente elétrica por ele. Mas você está certo. Nunca vi nada assim no continente ou no Oriente. Mesmo aqueles americanos malucos não têm nada assim.

– Então, o que está me dizendo, doutor Batroc?

– Capitão – sussurrou Batroc –, acredito que esta é a primeira vez que estamos diante da tecnologia Atlante!

– Um momento, doutor Batroc, isso é um salto e tanto...

Aristead considerou alternativas, mas nenhuma lhe veio à mente. "Atlantes", Aristead lidava com a ideia em sua mente por um momento. "Mais plausível do que enfrentar o Holandês Voador."

– Eu não acho que você teria chegado a lugar algum com aquele canhão contra um navio fantasma, não é? – Batroc deu um sorriso irônico. – Apenas pense a respeito. A história nos diz que os atlantes estavam anos à nossa frente, com tecnologias inexplicáveis que pareciam mágicas há dez mil anos. Os poucos fragmentos de registros que recuperamos descrevem feitos de engenharia que não podemos explicar, muito menos duplicar com o melhor de nossa ciência moderna. Bem, acabamos de ver outro exemplo disso hoje. Procurávamos as ruínas de um continente perdido. E se estivermos realmente na trilha de uma civilização oculta?

– E se eles estiverem nos dizendo que não querem ser encontrados? – perguntou Aristead.

– Estamos chegando perto de descobrir uma lenda. Você quer voltar, capitão?

– De jeito nenhum! Não há marinheiro vivo que não daria o braço direito pela chance de descobrir Atlântida. Quer aqueles demônios gostem ou não.

Aristead se levantou e olhou para o disco sendo carregado a bordo.

– Estou dentro, doutor. E que os céus ajudem o melhor anjo ou demônio astuto que tentar me impedir.

• • • •

– Você sabe quem eu sou, Daouda?

T'Kayla estava a três metros da costa da Ilha de Goreia, no que parecia ser uma mesa de água jorrando do mar.

Conforme instruído, Daouda ficou na proa de seu barco de pesca. Quantos de seus ancestrais cruzaram esses mares nas entranhas de navios estrangeiros, para nunca mais serem vistos? O comércio de escravos fora abolido havia sessenta e cinco anos, mas os homens ainda não eram livres. Agora, essa aparição falou com ele enquanto caminhava sobre as águas. Ele era um fantasma? Alguma alma perdida no mar décadas atrás que voltou para assombrar um pobre marinheiro?

Daouda caiu de joelhos.

– Espírito do mar, se você veio finalmente reivindicar minha alma, estou pronto. Eu criei minha família. Meus filhos aprenderam bem meu ofício. Minhas filhas provaram ser férteis e tiveram filhos saudáveis. Por favor, permita que haja peixes suficientes de sua generosidade para sustentar minhas esposas...

– Pare de implorar, homem. Não é algo à sua altura – T'Kayla falou com impaciência e irritação. – Eu sou... um emissário dos Deuses do Céu. Eu preciso de ajuda. Meus mestres buscam uma audiência com os elfos marinhos. Fomos informados sobre onde procurar, mas não tenho como encontrar a porta de entrada para o reino deles. Se eu lhe der instruções, você pode empregar suas habilidades para nos navegar até o portal?

Daouda baixou a cabeça.

– Então chegou a minha vez. Você veio para me transportar para a Terra da Morte.

– Acabei de lhe dizer que não sou um prenúncio de morte. Por que você insiste em me contradizer? – A irritação real sobressaiu-se no pedido gentil de T'Kayla.

– Eu sei que, quando chega a nossa hora, os deuses misericordiosos costumam apresentar um convite aparentemente inócuo – disse Daouda. – Escapei da morte muitas vezes para os deuses do mar me perdoarem desta vez. Chegou a minha hora e eu aceito. Peça-me o que quiser.

T'Kayla refletiu sobre o sentimento do homem antes de retomar.

– Estou falando a verdade, Daouda dos Pescadores. Mostre-me o caminho e será poupado. Contanto que você não diga uma palavra sobre esta busca a outra alma vivente pelo resto da vida, nós vamos lhe fornecer uma passagem segura de volta para sua aldeia e sua família.

– Eu nunca tinha ouvido falar de tal barganha entre deuses e homens, estranho homem do céu. Por que eu deveria acreditar que isso não passa de uma trapaça dos Orixás?

– Se você não me ajudar, procurarei o conselho dos elfos marinhos por conta própria – disse T'Kayla. – Mas se eu não chegar a tempo, haverá fogo e fúria como o homem nunca viu. Tanto você quanto sua família e seus amigos, e até mesmo os seus inimigos, serão conduzidos à Terra da Morte. Não haverá pesca para a sua aldeia até o fim dos tempos. Você pode arriscar isso, pescador? Eu não posso.

– Vou guiá-lo com o melhor de minhas habilidades, senhor – garantiu Daouda. – Minha tripulação é formada por meus três filhos e cinco pescadores aprendizes, aldeões que tenho ajudado. Posso dizer a eles com o que me comprometi?

– Não – disse T'Kayla com raiva. – Eu ofereço poupar você de uma morte muito merecida. Se contar a eles, até marinheiros experientes podem correr de medo. Por que tentar homens valentes? Salve sua aldeia. Dê-lhes a honra da ignorância. Confie que eles o seguirão cegamente e farão o que foram treinados para fazer tão bem.

Daouda considerou as palavras do Pantera Negra.

– Este é um salto de fé, Daouda. Você vai me guiar?

Daouda tocou o peito sobre o coração e estendeu a mão aberta para T'Kayla.

– Qualquer coisa que desejar, senhor. Você tem meu juramento de fidelidade e silêncio.

T'Kayla conduziu o humilde pescador ao fascinante navio celeste dos céus. Daouda olhou, mas não tocou em nada.

T'Kayla se juntou à general no assento do comandante.

– O que me diz? – Odobale se esqueceu de sua ânsia pela missão. Um olhar penetrante de T'Kayla não precisou de palavras para repreender a familiaridade. – Meu príncipe – acrescentou ela com urgência.

— Ele vai nos guiar. Eu o fiz jurar segredo. Mostre-lhe os mapas antigos que ele nos levará direto para a Garganta da Zebra. É irônico que, com toda a nossa tecnologia, a ameaça da Atlântida e dos franceses, nosso futuro dependa das antigas habilidades de navegação desse humilde pescador.

— E se ele sair de si? — perguntou Odobale. — Os homens temem a morte mais do que as lendas dos deuses, meu príncipe.

— Eu vi em seus olhos, em seu coração, General. Este não vai fugir. Confie no julgamento que faço das pessoas.

— Não temos escolha, meu príncipe. O destino do mundo depende de você estar certo em todos os aspectos.

O piloto voltou-se para Odobale.

— Estamos chegando perto, general. Há uma boa leitura sobre o farol.

• • • •

— Temos bastante água potável e estoque de alimentos — anunciou Aristead. — O ar comprimido dos tanques nos manterá respirando três dias sob as ondas, doutor. Nossa localização atual fica a cinquenta milhas náuticas ao sul da fronteira com o Senegal. Estamos em águas territoriais portuguesas. Se formos pegos... — Aristead abriu bem as mãos, indicando consequências obviamente terríveis. — Devemos submergir agora ou perder os peixes para as profundezas. Você tem certeza disso?

Batroc franziu a testa.

— Não tenho certeza de nada neste momento. Agora vimos uma pequena amostra da tecnologia Atlante. Eles demonstraram superioridade em relação a tudo o que temos, mas sem armas que rivalizem com as nossas no ataque ou na defesa. Talvez jamais tenhamos outra chance. Se você pedir meu voto, eu digo que sim, mergulhe.

— Então, enfrentaremos Hades e Netuno em seus próprios termos. — Aristead pegou o comunicador e a ordem soou pelo alto-falante. — Todos a bordo, preparem-se para submergir.

O Geigerscópio foi acionado e projetou seus alvos no vidro fosco entre ele e a tripulação. As imagens cintilantes que representavam peixes irradiados fluíam com as correntes pelas falésias calcárias da costa da

Guiné Portuguesa, nas profundezas de um labirinto arbóreo de baías e enseadas florestadas.

– Os peixes estão mergulhando quase em linha reta, capitão – disse o navegador. – Podemos segui-los nesta velocidade por mais vinte minutos antes que a profundidade ultrapasse as tolerâncias do *Netuno*.

– O Estige, o rio da morte. Vou levar isso ao limite, doutor, sem permitir que esta embarcação se torne a tumba de bravos marinheiros. – Aristead acenou com a cabeça. – Só para você saber.

– Eu também não sou suicida, capitão. – A resposta de Batroc foi perdida quando o navio deu um tranco e os marinheiros se estatelaram.

– Que raios foi isso? – disse Aristead, ao perceber que permanecera de pé apenas porque teve o reflexo de se agarrar ao corrimão com rapidez suficiente.

– Não sei, capitão, mas foi diferente do primeiro contato – observou o chefe da guarda. – Este pareceu mais uma arma!

Aristead fez que sim com a cabeça.

– Relatório de danos.

– Isso levará alguns minutos, capitão – gritou o primeiro imediato, para ser ouvido acima da sirene.

As luzes piscaram e se apagaram dentro do *Netuno*. Nenhuma luz brilhou através de seus portais.

Aristead silenciou a sirene.

– Bem. Então, eles são hostis. Já podemos vê-los?

– Não, senhor.

Aristead reconheceu a voz do navegador no escuro.

– Está escuro como breu lá fora – observou Aristead. – Use os foguetes de fósforo.

– Espere um pouco. – Uma amazona apareceu das sombras e falou em tom autoritário. – Instrua seus homens a se retirarem, capitão.

Uma figura imponente: pele escura, cabeça raspada e tão alta quanto qualquer homem no navio, ela se mantinha ereta sobre pernas esguias e compridas, próprias de um nadador olímpico.

– Capitão! – o chefe da guarda gritou.

Odobale apontou para Aristead o que parecia ser um cajado sólido, uma ameaça óbvia.

O chefe não era o imediato, mas era o melhor marinheiro a bordo e um soldado experiente. Ele avançou em direção ao esconderijo de armas até que encostou na extremidade de uma haste semelhante.

Ele se virou para avaliar a situação, apenas para descobrir que havia cinco mulheres na ponte do *Netuno*. Todas trajadas e armadas de forma semelhante.

– Sua embarcação agora é nossa, capitão – anunciou Odobale. – Não vamos tornar isso mais difícil do que deve ser. Ajoelhe-se.

Os homens obedeceram às silhuetas delineadas na fraca e avermelhada iluminação de emergência. Todas as mulheres usavam óculos peculiares com lentes escuras.

– A embarcação está tomada, meu príncipe. Junte-se a nós – pediu Odobale.

Um raio de luz acompanhou a abertura da escotilha que admitiu T'Kayla no *Netuno*.

– Tudo bem, vocês já foram longe o suficiente. Vamos levá-los de volta à superfície conosco.

Então, em um sussurro mais suave, porém mais intenso:

– Precisamos chegar a um entendimento, você e eu, capitão Aristead.

O chefe se ajoelhou, assim como todos os outros, mas pegou no coldre uma pistola sinalizadora sob o painel de navegação. Ele tocou a pistola por um momento. Instinto. E disparou contra o teto do compartimento, iluminando o espaço como o sol por um momento. As *Dora Milaje* protegeram os olhos da iluminação repentina. Foi quando o chefe se moveu. Ele lutou com a mulher atrás dele por sua arma.

Ela o despachou com pouco esforço, mas descarregou sua arma no processo. A carga atingiu o painel, mas não antes de passar por outro alvo indesejado. Asalatu desabou quando recebeu a rajada no abdome.

T'Kayla correu até ela e ficou na mira da arma do capitão Aristead.

– Este homem parece ser o líder deles. – O oficial executivo estava no lado oposto da câmara.

Eles colocaram T'Kayla em um fogo cruzado.

Um poderia errar, mas não ambos.

– Mire na cabeça, como eu. Atire se ele se mover. Fui claro, Christophe?

– Sim, senhor. – O primeiro imediato encontrou os olhos do capitão antes de vociferar ordens que ecoavam o comando de Aristead.

Aristead deu novas instruções.

– Use os sinalizadores. Lance alguma luz sobre esses canalhas.

Na ofuscante luz branca, o brilho de meia dúzia de naves de ferro em forma de arraias e tubarões cercou o *Netuno*. Torres com canhões de boca larga foram preparadas no submarino francês. Todas as sete embarcações continuaram a combinar curso e velocidade.

– Capitão, o senhor precisa ver isso. – O primeiro imediato cedeu o periscópio a Aristead.

– O que é isso, homem? – Aristead avaliou a mira na nave de outro mundo, espantado. – Que diabos? Esses homens são... azuis?

– As orelhas, senhor, veja as orelhas! – disse Christophe. Ele esperou que Aristead confirmasse o que tinha visto. – No começo, eu pensei que a silhueta azul era um truque da luz. Então vi as orelhas. São pontudas!

– Doutor, o que acha disso? – Aristead passou o controle do periscópio a Batroc. – Algum de seus registros indica que Atlântida era povoada por demônios azuis?

Batroc considerou o que viu através das lentes e disse:

– Não, nunca li nada sobre isso.

Relutantemente, ele devolveu o periscópio ao capitão enquanto as chamas morriam. Aristead ergueu os olhos e se dirigiu ao oficial encarregado das armas.

– Artilheiro, ative as luzes de funcionamento e conquiste esses seis alvos. Foguetes primeiro. Se eles recuarem, vá atrás deles com a metralhadora Gatling. Quero capturar pelo menos uma dessas coisas para análise.

O artilheiro concordou, mas outro ataque sônico penetrou no casco quando os lançadores de foguetes miraram nas naves.

– O casco está vibrando novamente, senhor. Mas é diferente desta vez. Não é como um ataque, de alguma forma. Ouça.

Com o caráter harmônico do *Netuno* estabelecido, começa a conversa entre atlantes e wakandanos.

– Isso é algum dialeto dos bantos, senhor. – O chefe da guarda reconheceu as vibrações como linguagem. – Não consigo entender o que estão dizendo, mas já ouvi esse jargão antes. Estão falando conosco através da água.

– Não com você, capitão Aristead, mas comigo – disse T'Kayla, sem mover um músculo.

Ele poderia facilmente desarmar os dois homens, mas Asalatu estava ferida, e ele não sabia o quanto. Ela não se mexia.

– Soa como incompreensível para mim, chefe – disse Aristead. – Alguém a bordo fala alguma coisa em banto?

Antes que qualquer membro da tripulação pudesse falar, vibrações semelhantes surgiram pela embarcação, da popa à proa. As naves com tripulação azul entraram em movimento mais rápido do que o artilheiro poderia responder.

Aristead lançou um olhar furioso para o artilheiro.

O artilheiro encolheu os ombros em frustração.

– Sem tiro, capitão. Não há nada além de água onde eu mirei. – O artilheiro rastreou a nave ao longo de ambos os lados do navio e direcionou as luzes para a popa. – Veja, senhor.

O capitão girou o periscópio para a popa e viu o mesmo que o artilheiro vira. A nave wakandana lançou um caleidoscópio de luzes para os recém-chegados. O *Netuno* foi praticamente ignorado.

Enquanto as naves das profundezas se reuniam no navio wakandano maior, a vibração que permeava o casco do *Netuno* desapareceu.

– O que diabos eles estão fazendo aí? – perguntou Aristead.

Batroc cruzou os braços.

– Conversando, ao que parece.

• • • •

Depois de alguns flashes trocados entre as duas naves estranhas, o casco do *Netuno* começou a roncar, depois a emitir sons semelhantes a instrumentos de sopro e, finalmente, uma articulação misteriosa foi ouvida reverberando através do navio. T'Kayla podia ouvir as palavras atlantes através do casco como se fosse uma cabine telefônica.

— *Este é um de seus navios, wakandano?* — Um comandante atlante invisível falou em um dialeto banto arcaico.

A tripulação do *Netuno* percebia que um diálogo ocorria ao seu redor, mas não conseguia traduzi-lo.

— Não. É um país de fora. — T'Kayla manteve a voz calma. — Origem europeia. Não é nosso, nem está sob nossa jurisdição.

— *Se é assim, por que está aqui?* — perguntou o atlante, com cautela deliberada.

— Eles estavam atrás de vocês. Ficamos sabendo de seus esforços e tentamos interceder. Falhamos. — T'Kayla aparentava arrependimento. — Eu falhei.

— *Normalmente, cabe aos reis assumir o fardo do fracasso. Espere, então você é o chamado Pantera Negra?* — o comandante se deu conta. — *Ouvimos lendas, mas nunca...*

— Eu me chamo T'Kayla. Comandante?

— *Pinzir, majestade.*

— Comandante Pinzir, esses intrusos viram muito da sua cultura e da minha. Não podemos permitir que voltem ao mundo ocidental com o conhecimento da tecnologia atlante ou wakandana.

— Seria desastroso — acrescentou Odobale.

— *Concordo, wakandano.* — Um não podia ver o outro, e isso era proposital — *Se dependesse de mim, eu executaria toda a tripulação e afundaria suas embarcações nas profundezas do mar. Mas é preciso lidar com a transgressão radioativa. O que você propõe?*

— Deixe-me... — começou T'Kayla, mas perdeu o equilíbrio com o terremoto de uma explosão de foguete.

— O que, em nome dos ancestrais...

— Meu príncipe. O artilheiro francês disparou contra o navio atlante. Os atlantes de alguma forma escaparam do ataque.

Odobale analisou o ataque, mas ela parecia focada em sua guerreira caída. Asalatu sangrava incessantemente. Os tremores cessaram e a cor desapareceu de seu rosto núbil.

Como um raio, T'Kayla desarmou e subjugou os distraídos marinheiros franceses. Quando ficou claro que seu príncipe estava seguro, as *Dora Milaje* novamente afirmaram seu domínio e retomaram o *Netuno*.

T'Kayla aninhou a cabeça de Asalatu.

– Cuide dela quando puder, Odobale. Por enquanto, devemos acalmar os atlantes antes que eles agravem a situação.

– Antes que ELES agravem? – Odobale não era conhecida como uma mulher paciente. Ela falou com T'Kayla em francês perfeito para informar claramente à tripulação do *Netuno* de sua própria loucura. – Esses malditos invasores são os cães loucos desta arena. Como podemos contê-los?

– Rei T'Kayla! Você está bem? – perguntou o comandante atlante.

– Eu não fui ferido, comandante – respondeu T'Kayla. – Mas temos alguém... excepcionalmente próxima a mim, que está à beira da morte. Podemos ainda ter uma chance, mas perdemos nossa vantagem aqui. Temo que demore mais do que o tempo de vida desta mulher.

A qualidade da transmissão mudou sutilmente. Indistinta e carregada de estática. O comandante atlante falou diretamente no corpo de T'Kayla, que podia ouvir as palavras atlantes através de seus ossos como se estivesse na nave do homem azul.

– *Falando agora apenas para seus ouvidos, acredito que sei a quem você está se referindo, rei T'Kayla. Conceder esse favor libertaria Atlântida de sua dívida de sangue. Pouco mais do que isso obrigou os governantes atlantes a tolerar as intrusões ocasionais de seu povo. Você realmente quer abrir mão dessa vantagem?*

– Você fala como um homem sábio de paz, comandante.

– *Para os atlantes, essas duas palavras não combinam.*

A transmissão ficou mais clara, e propagou-se para o público atlante e wakandano.

– *Peixes radioativos invadiram nosso reino, explosivos sacudindo nossa infraestrutura? E você me pede favores?* – A voz do atlante parecia tensa. – *Atlântida não vai tolerar tais incursões por parte de sua espécie. Se você não consegue controlá-los, posso aconselhar o imperador. Teremos que patrulhar nossas próprias águas. Lidar com os humanos terrestres como acharmos adequado.*

– Devo pedir que você não interfira. Ainda podemos salvar esta situação – implorou T'Kayla.

A metralhadora Gatling encontrou seus alvos indescritíveis desta vez. A nave em forma de tubarão do comandante atlante estremeceu, mas manteve sua integridade. A blindagem wakandana desviou as balas de fabricação alemã.

– *E agora temos um ataque direto!* – O banto do comandante atlante vacilou.

– Comandante, Atlântida é um império formidável com certeza, mas se o imperador seguir esse curso de ação, vocês enfrentarão Wakanda e suas forças estendidas, bem como as forças combinadas das nações industrializadas dos *Homo sapiens*. Eles brigam entre si agora, mas se você montar um ataque com sua arma avançada, poderá uni-los em todo o mundo. Não será possível contê-los. Quem perde na luta? Atlântida e Wakanda. Deixe-nos lidar com esta incursão na parte rasa de suas fronteiras.

T'Kayla decifrou uma única palavra atlante, "Fogo", antes que o *Netuno* sentisse a vibração do casco de armas sobrenaturais.

O míssil perfurou o casco do *Netuno*, mas não explodiu.

O furo também não fez entrar água. T'Kayla semicerrou os olhos para a ponta do projétil, então sua careta se inverteu em um sorriso sombrio. T'Kayla tirou uma cápsula e se virou para Odobale.

– Leve isto ao seu médico imediatamente. Asalatu não tem mais tempo.

– *Se eu tivesse autoridade para declarar guerra hoje, eu o faria.* – O comandante atlante fez um som estranho que T'Kayla não conseguiu interpretar, sem ser visto. – *Portanto, estou feliz hoje por ser um simples comandante de um esquadrão de patrulha. Terminamos nossa missão prematuramente e sem sucesso. Devo fazer um relatório ao Império. E eu prometo a você, isso não vai parecer bom para Wakanda, Vossa Majestade.*

– Vou entrar em contato com seu imperador e tentar fazer as pazes. Não mencionarei sua missão, a menos que ele o faça. Posso perguntar se ajudá-lo em seu esforço puder corrigir isso. Afinal, Wakanda respeita as fronteiras soberanas de seus vizinhos.

– *Você é um rei sábio e nobre, Vossa Majestade. Transmitirei seus sentimentos ao Império.*

T'Kayla voltou sua atenção para Odobale.

– Desembarque o *Netuno* e use o gás *tsé-tsé*. Quando os franceses se aquietarem, rebocaremos a embarcação deles para águas abertas e os deixaremos à deriva nas profundezas do oceano ocidental. Talvez eles sejam salvos por saqueadores indo para o Novo Mundo.

– Você não os matou – observou Odobale. – Por que tanta misericórdia, meu príncipe?

– O gás vai induzir amnésia retrógrada. Eles não vão se lembrar deste ou dos últimos dois dias. – T'Kayla falou com um ar de sabedoria resignada.

– O fracasso de uma missão tão cara deve dissuadir a França e a Alemanha de encomendar futuras expedições em busca de impérios perdidos. Eles também não terão conhecimento da intervenção de Wakanda aqui. Agindo assim, protegemos Atlântida de futuras incursões e Wakanda de ser descoberta, e os franceses de si mesmos, pelo menos por um tempo. E preservamos o acesso tácito de Atlântida ao nosso vibranium, que alimenta sua economia, tecnologia e infraestrutura.

– Sem mencionar todas as suas armas avançadas – disse Odobale. – Eles não colocarão em risco esse recurso que acreditam secretamente sugar de nosso monte.

– De acordo. – T'Kayla deu duas batidas fortes no painel. – Quando as forças atlantes se viraram, você não perguntou por que eles estavam no raso? O comandante devolveu a Wakanda o que é nosso. Uma coisa ilegal que ainda pode salvar a vida da minha amada.

Um comunicado chegou para Odobale da câmara médica da aeronave wakandana. Ela balançou a cabeça como se pudesse ser vista pela outra mulher.

– Há um detalhe, meu príncipe. – Odobale baixou a cabeça com tristeza. – Asalatu viverá, mas seu sangue estará contaminado para sempre. O extrato é uma dose única de folhas fermentadas e descartadas de nossa erva-coração. Disseram-me que nenhum ser humano comum deveria ser exposto a isso. Qualquer troca de fluidos corporais tornará o herdeiro entre você e Asalatu, ou qualquer mulher que você semear depois disso, imune aos benefícios da erva-coração. Seu legado para a linhagem dos Panteras Negras terminaria. Eu...

– Tudo o que foi feito foi feito na hora certa e pelos motivos certos, general. Nenhum rei poderia pedir mais. Não podemos prever o curso de tais eventos. – T'Kayla entendeu as ramificações da poção atlante. "Sempre minha Aurora, mas nunca mais poderemos compartilhar nossa *Daré*." – Asalatu vai ser uma ótima *Dora Milaje*. Talvez até uma general algum dia...

– O desenvolvimento do extrato da erva-coração para fazer superguerreiros é ilegal e cruzaria a linha da paz para Wakanda. Aqui entre nós, os imperadores atlantes tornaram-se... inquietos nas últimas décadas. Alguns podem descrever o sentimento como ambicioso, não acha Odobale?

– Aquele comandante atlante conhece as consequências de sua descoberta. Pinzir ofereceu tudo, sabendo que era a única chance de sobrevivência para Asalatu. Ele também sabe que seu imperador jamais deve ter acesso a esse elixir de superguerreiros. Estou em dívida com ele, e Pinzir comigo. Neutralidade mantida.

– Você confia nele, general? – perguntou T'Kayla, com um sorriso irônico.

– Sim, meu príncipe. Eu confio em você, no pescador e nos exploradores atlantes. Você é sempre um excelente juiz de caráter. Anexamos um ímã ao *Netuno*, meu príncipe.

– Só um, Odobale? – perguntou T'Kayla, escondendo o sorriso.

– Sim, meu príncipe. Desta vez, fisgamos uma baleia adormecida. Não devemos ter problemas para transportá-los.

– Então vamos para casa – disse T'Kayla enquanto as portas se fechavam atrás deles.

– Como você acha que Namor receberá a notícia da invasão ocidental, meu príncipe?

– Eu não sei, mas este ataque de tecnologia está tornando muito menor um mundo que já foi grande. Vivemos em tempos explosivos, Odobale. O marco zero está abaixo do nosso continente, onde todos os homens começaram. Mesmo para aquelas lendas que já foram chamadas de elfos. Os atlantes também têm conhecimento do vibranium, e acesso a ele.

– Wakanda deve caminhar com cuidado. Para sempre.

O RETORNO DA RAINHA

TANANARIVE DUE

"VOCÊ NÃO TEM COMO REALMENTE CONHECER NENHUMA NAÇÃO A MENOS

que seus pés tenham tocado seu solo", T'Chaka costumava dizer nas longas caminhadas que forçara seu filho a suportar quando menino, respondendo às reclamações de T'Challa sobre caminhar tantos quilômetros quando havia tantas motos voadoras. Como príncipe, ele poderia escolher entre uma frota de motos voadoras!

Seu pai era menos severo durante suas longas caminhadas, uma das razões pelas quais T'Challa secretamente ansiava por elas, apesar das bolhas nos pés. Ao longo dos anos, parecia que eles haviam atravessado Wakanda de ponta a ponta a pé, um trecho de cada vez. Como o pai esperava, T'Challa aprendeu a valorizar a diferença na textura e na cor das gramas em Birnin Azzaria e nos Campos de Alkama, o frio do ar da montanha nas Terras de Jabari, os campos encharcados com os ricos tons dourados e avermelhados do crepúsculo. Quando repórteres e pesquisadores pediram que ele descrevesse seu apego à sua terra natal, ele não pensava antes, como eles faziam, nas valiosas reservas das minas de vibranium, no legado místico da erva-coração ou nas maravilhas em seu laboratório, mas sim nas safras incomparáveis de café, na abundância de corvos-do-cabo e na beleza da poderosa espuma nas Cataratas do Guerreiro que ele contemplava ao lado de seu pai.

Você não pode realmente conhecer qualquer nação a menos que seus pés tenham tocado seu solo. T'Chaka sempre terminava seu ditado dizendo: "Assim como você não pode conhecer o coração de outra pessoa antes de caminhar ao lado dela".

Hoje, depois de uma curta caminhada sob o sol do meio-dia com a rainha de Canaã, T'Challa tinha aprendido o valor de uma vida inteira sobre a monarquia vizinha, não com as palavras tomadas de luto da mulher, mas com seu solo. E pelo andar cansado da velha rainha.

A terra no reino de Canaã estava morta. Veios escuros de sombra atravessavam o solo como incontáveis dedos retorcidos, fazendo a planície parecer uma rede de pedras enfileiradas. A rainha Sojourner Truth, uma expatriada americana como muitos dos cidadãos dessa nação, às vezes tropeçava no solo irregular, mas, mesmo em sua idade avançada, ela era orgulhosa demais para aceitar a ajuda do braço sutilmente estendido de T'Challa. Nenhuma terra em Wakanda foi tão árida, jamais conheceu a seca. Quando menino, T'Challa não tinha percebido o quão pouco Wakanda se parecia com o restante do mundo, mesmo com as nações mais próximas. As árvores mopane que compartilhavam sua fronteira não sabiam se eram wakandanas ou cananeias. Mas o solo de Wakanda cantava de tanta fertilidade. Aqui, a poeira flutuava como se a própria nação pudesse ser levada pelo vento.

– Droga. Nós vimos a seca na África do Sul e tivemos pena de seu dilema – disse a rainha Truth. – O que acha da ironia? Recursos compartilhados. Empréstimos. E então, quase da noite para o dia, temos o mesmo problema, e pior. Mesmo quando chove, o solo encharca tão rápido que não sobra água para as plantações. Ela evapora. A agricultura está deteriorada, é claro. E o pior é que nosso suprimento de água está diminuindo como se estivesse sendo sugado para baixo do solo. Simplesmente não é algo natural.

– Claro que não – concordou T'Challa. – É um ataque.

Mas quem seria o responsável e por quê? O reino de Canaã teve uma história de turbulência, mas as reformas radicais da rainha Truth nos últimos anos, revertendo a negligência de seu falecido pai com a saúde e a educação, conquistaram a alta consideração de seus vizinhos. Portanto, esse ato de guerra, independentemente de como tenha ocorrido, provavelmente não surgira de perto de casa. E, com a manipulação do conteúdo de água nas profundezas do solo, até mesmo a tecnologia de Wakanda teria dificuldades para desferir um golpe tão devastador.

O traje de Pantera de T'Challa deslizou em seu corpo enquanto ele se ajoelhava para tocar o solo com a luva sensora. Ele considerava desrespeitoso esconder o rosto atrás do traje no primeiro encontro com a rainha, mas agora estava feliz por tê-lo feito, e não apenas para analisar o solo. Seus instintos lhe disseram que o perigo estava próximo.

– Eu já tenho amostras do solo, meu irmão – a voz de Shuri brincou em seu fone de ouvido. – Podemos comparar a amostra que você tirou hoje com a que está comigo desde a semana passada. E a da semana anterior.

A repreensão em sua voz era óbvia: ela acreditava que ele deveria ter se interessado mais pela seca de Canaã e estava atrasado para fazer uma visita pessoalmente. Ele sentiu uma pontada de vergonha por sua resposta anterior a ela: "Como Wakanda pode parar uma seca?".

Seu Conselho foi inundado com súplicas de todo o mundo, enquanto investigadores e diplomatas esperavam que Wakanda pudesse consertar tudo, desde pragas até crises de empregos e agitação civil. E T'Challa tinha ficado inquieto com a promessa implícita de que a intervenção daria a Wakanda uma influência política desproporcional, o início da noção de "superpotência" a respeito da qual o pai advertira Wakanda para que evitasse a qualquer custo. T'Challa confessou a si mesmo sob o sol escaldante de Canaã que a seca não o havia afetado tão profundamente até que viu o solo danificado com os próprios olhos. Shuri estava certa: ele deveria ter vindo antes. Certamente tinha poder para ajudar Canaã, começando com redes subterrâneas de vibranium que ajudaram a preservar as águas subterrâneas nas regiões secas de Wakanda.

A leitura de solo do computador de seu traje veio com um *ping* suave: **0,00.** O Índice Fracional de Água era sem dúvida zero para a camada superior do solo, o que era de se esperar, mas essa sonda mais profunda, a 60 centímetros, depois a 120 centímetros, deveria ter encontrado alguma evidência de água armazenada!

A rainha Truth estava certa: era como se a água estivesse sendo sugada de alguma forma.

– Mas por quem? E como? – sussurrou ele.

Seu computador acionado por voz sugeria um rosto familiar de holograma.

– Moses – sussurrou ele.

Afinal, Moses Magnum já havia assumido o controle de Canaã.

Sob sua liderança, muitos expatriados americanos, como a atual rainha, batizada em homenagem a uma heroína nascida nos Estados Unidos e que tirou tantos da escravidão, se mudaram para lá.

Ao lado dele, a rainha Truth suspirou.

– Sim – concordou ela. – Como eu temia. Um velho inimigo retorna.

Pronunciar o nome de Moses Magnum era semelhante a uma conjuração. Um tremendo som de estalo os atingiu, vibrando sob os pés de T'Challa enquanto o solo vinte metros à frente deles se partia como as duas metades de um desfiladeiro. A rainha Truth engasgou e deu um passo para trás no terreno instável, e T'Challa a afastou ainda mais.

Os seguranças da rainha gritaram atrás deles, mas T'Challa duvidava que aqueles homens armados, ou mesmo as *Dora Milaje*, os livrariam da ameaça com a qual haviam se deparado. Ou para a qual haviam sido atraídos. Se não fosse tarde demais, ele teria aconselhado a rainha a correr.

– Diga a seus homens que não atirem – pediu T'Challa, e ela obedientemente gritou a ordem de volta para seus homens em suaíli, a única língua que aquela nação havia adotado em sua criação.

A voz de Okoye veio ao fone de ouvido de T'Challa desta vez.

– *Você deveria transformar Magnum em pó, já que ele gosta tanto de sujeira.*

A general Okoye e as *Dora Milaje* de sua guarda real estavam assistindo de um posto na encosta, longe o suficiente para dar privacidade a T'Challa e a rainha Truth, mas perto o suficiente para evitar problemas. Okoye disse com voz ofegante que ela e as *Dora* estavam indo até eles. Mas era tarde demais para isso também.

– Primeiro, vamos conversar – disse T'Challa a Okoye.

Ela emitiu um som sarcástico, quase imperceptível. Uma figura emergiu como se subisse uma escada do subsolo, e de repente Moses Magnum estava a vinte metros de T'Challa, cada centímetro dele coberto de solo castanho-avermelhado, exceto por seu largo sorriso.

"Como uma gigante minhoca sorridente", pensou T'Challa. Uma minhoca gigante com um corte de cabelo moicano e o corpo envolto em Kevlar.

INSTABILIDADE DO SOLO, o computador do traje o avisou dentro do capacete.

– Meu irmão... – Shuri começou em seu ouvido, alarmada.

– Sim – T'Challa disse a ela. – Eu sei.

Diplomacia primeiro, T'Challa se lembrou. Ele inclinou a cabeça em saudação, já que não tinha planos de se aproximar o suficiente para apertar a mão de Magnum, e quando chegasse perto, não seria para gentilezas.

– Que sorte você não estar morto, afinal, Magnum – disse T'Challa, falando da forma mais educada que conseguiu. – Eu continuo ouvindo relatos.

– Ah, você enfrentou algumas de suas próprias provações, rei T'Challa – disse Magnum. – Mas como é mesmo o ditado? Não se pode manter um homem bom caído. – Seu sorriso se alargou inacreditavelmente.

– Você está banido desta nação! – gritou a rainha Truth. – Nós ordenamos que saia agora! E imediatamente interrompa sua sabotagem inescrupulosa contra nós!

Magnum riu estrondosamente, segurando a barriga.

– Sinto muito – disse ele, quando pôde se conter. – É tão ridículo. Essa velha desarmada tentando me dar ordens. – Ele fez um gesto, convidando T'Challa a participar da piada. – Quero dizer, olhe para ela, homem! É uma pulga dando ordens para...

T'Challa alcançou Magnum com um salto, movido pelo traje, antes que ele pudesse completar o vil insulto. Surpreso, Magnum arregalou os olhos quando T'Challa o empurrou violentamente, atingindo-o com ambas as mãos no peito.

Apesar do conselho de Okoye, T'Challa não aplicou toda a sua força, com receio de quebrar a caixa torácica do homem e parar seu coração: ele precisava saber mais a respeito do processo de evaporação da água ou Wakanda corria o risco de não conseguir reverter aquilo. Mas T'Challa também julgou mal o *kevlar* de Magnum, que poderia absorver balas... bem como um golpe do Pantera. Magnum voou de um lado ao outro, pousando com um uivo de dor a trinta metros de distância, mas o golpe em si nem mesmo o deixou inconsciente.

– T'Challa – disse Okoye –, *você deve detê-lo antes que...*

T'Challa saltou novamente, desta vez ficando aquém do comprimento de um elefante enquanto observava Magnum sentar-se ereto e balançar a cabeça, atordoado, um pouco fora de alcance.

Aquele sorriso maldito se abriu novamente, mas os dentes de Magnum estavam tingidos com sangue dessa vez.

Magnum ergueu o indicador, zombando de T'Challa, e então baixou o dedo para tocar o chão. Seu sorriso estava travado como ferro.

– Magnum, NÃO! – gritou T'Challa.

T'Challa ouviu um estranho e ensurdecedor estalo, que fez vibrar seu tímpano.

A terra tremeu e o arremessou para longe... e então o sugou. Durante algum tempo, houve apenas a escuridão.

Sem luz. Seus ouvidos ainda zumbiam, mas não havia som. Mesmo em seu traje de Pantera, T'Challa não conseguia se mover. Sentiu gosto de terra na boca. Por um instante, ele se perguntou se havia retornado ao Domínio da Morte. Sempre soube que voltaria em breve, assim como todas as pessoas.

Apenas a voz de Okoye em seu ouvido, ligeiramente distorcida, o informou de que estava vivo:

– *Não se preocupe, vamos desenterrá-lo!* – disse Okoye.

T'Challa reuniu as reservas de energia de seu traje e sentiu que balançava ligeiramente. Ele poderia pelo menos cerrar o punho por um momento, mas então estava preso novamente: de alguma forma, poderia estar mais fundo no subsolo. Podia muito bem estar envolto em ferro. Ele não se atreveu a tentar usar o traje para sair novamente. T'Challa viu a luz azul dentro do capacete, indicando que as reservas de oxigênio estavam funcionando, como ele havia projetado cuidadosamente para emergências na água. O ar que alimentava suas narinas era frio e estéril. O traje produziria oxigênio por pelo menos doze horas, o que daria às *Dora Milaje* bastante tempo para desenterrá-lo.

A tutela de Magnum sob o louco ditador mutante Apocalipse lhe conferiu poderes muito maiores do que durante seus dias como traficante de armas na esperança de invadir Wakanda. Naqueles dias, ele havia tentado desestabilizar o reino de Canaã para se aproximar de Wakanda. Desde então, T'Challa tinha ouvido falar da capacidade de Magnum de mover a terra, mas aquela fora sua primeira demonstração pessoal. Era uma habilidade terrível e invejável, de fato.

– E a rainha? – perguntou T'Challa, ansioso.

– *Ela está viva* – disse Okoye. – *Felizmente, ela estava livre do pior. Aparentemente, Magnum pretendia apenas assassinar o senhor. A seca pode ter sido uma armadilha. Pelo menos em parte.*

RESERVAS DE OXIGÊNIO – ABSTENHA-SE DE FALAR – o sensor indicou.

– *Irmão, poupe seu fôlego!* – ecoou Shuri.

O fluxo de oxigênio diminuiu e os pulmões de T'Challa se contraíram, inquietos. Mas ele tinha que perguntar.

– Onde está Magnum? – perguntou T'Challa suavemente, tentando economizar fôlego.

– *Foi embora* – respondeu Okoye. – *Mapeamos um labirinto de túneis subterrâneos, mas ele não está aparecendo nos sensores.*

– Não o persiga – pediu T'Challa.

No longo silêncio, T'Challa se perguntou se sua comunicação havia falhado.

– Estou perdendo fôlego para dizer isso duas vezes – reclamou T'Challa. – Deixe-o ir. Por enquanto.

– *Sim, meu rei* – respondeu Okoye calmamente, embora ele pudesse imaginá-la franzindo a testa de irritação.

Depois de uma tentativa de assassinato tão descarada, a *Dora Milaje* não descansaria até que Magnum fosse capturado, ou, mais provavelmente, morto. Mas um confronto direto era muito arriscado, especialmente com um contingente tão pequeno, nem mesmo uma dúzia. As *Dora* eram ferozes, mas eram humanas.

Mas um homem que podia engoli-lo até o solo com um toque não era inteiramente humano.

T'Challa precisaria de mais planejamento para Moses Magnum. Persegui-lo sem avaliação e estratégia seria uma grande loucura. Ele teve sorte de não ter sido morto.

Preso em sua pretendida sepultura e impotente contra o peso do solo, T'Challa se sentiu pequeno pela primeira vez desde que conseguia se lembrar; menor do que em sua infância, andando na sombra do pai. Ele era a pulga da qual Magnum riu e provavelmente ainda estava rindo. Mas Magnum não riria por muito tempo.

Na prisão do solo, os pensamentos ocultos de T'Challa sussurraram a verdadeira razão de ele se lembrar das longas caminhadas com o pai, a única memória que ele tentou enterrar sob todo o restante: quando ele era adolescente, como parte de um treinamento mais rigoroso para a coroa, o pai o havia enviado para caminhar sozinho. E essa caminhada o levou a um encontro inesquecível.

A voz de Shuri vibrou em seu ouvido, quase escondida no áudio, enquanto Okoye e as guardas do rei davam ordens para a escavação frenética acima dele.

– Irmão – disse ela. – Você promete não ficar com raiva? Silêncio significa sim.

T'Challa não respondeu, mas não faria a tal promessa.

Encorajada, Shuri continuou:

– Quando vi as primeiras leituras do solo que a rainha nos enviou, soube que precisávamos de ajuda. Eu também sabia que você seria orgulhoso demais para perguntar. Então, já que você está preso aí, este é um bom momento para dizer que já pedi ajuda...

"Os Vingadores?", T'Challa se perguntou. "Precisaríamos de todo o exército deles."

– ...e ela está voando para Wakanda enquanto falamos – continuou Shuri.

Ela está voando? Apenas uma ajudante? Mas o tom de travessura na voz de Shuri deu a resposta!

T'Challa sentiu o coração disparar contra o esterno, como se fosse saltar para fora; uma sensação que poderia ser interpretada como medo se ele não tivesse entendido sua verdadeira origem. Ele não precisava perguntar a Shuri para quem ela havia ligado. O nome lhe veio aos lábios em um sussurro:

– Ororo.

••••

Quando atingiu uma grande altura, Ororo aumentou a temperatura corporal, para que os cílios não congelassem e os cabelos não chicoteassem seu rosto como o gelo que seus fios claros imitavam tão de perto. Nuvens se espalharam em névoa por sua pele enquanto ela fazia um *looping* lúdico através do buraco aberto de uma imensa nuvem cumulonimbus com um grito agudo de deleite. Ela construía as nuvens enquanto voava, mal ciente de como floresciam atrás dela enquanto riscava o céu. Jamais se cansaria disso! De todos os seus dons, nenhum lhe trazia tanta alegria como voar.

Por anos, mimada pela adoração e pelos talentos sem esforço que eram temidos até mesmo por seus inimigos mais poderosos, Ororo subestimou seus dons. Mas quando Forge a despojou de seus poderes, traindo seu amor e sua aliança, ela não sentiu falta de nada, exceto da capacidade de voar bem acima do mundo, longe do barulho caótico, livre do confinamento em quartos, edifícios ou nações. Ou obrigações. Estar de castigo parecia a morte. E, depois de um tempo, seu dom de voar foi o primeiro a retornar. Longos saltos no início, depois lançamentos como um foguete para o alto, a distâncias cada vez maiores. Seu maior amor havia retornado a ela antes mesmo que ela reacendesse seu domínio do clima que lhe rendera o codinome: Tempestade.

Ela jamais subestimaria novamente a capacidade de voar ou a liberdade.

Ororo não se preocupou com a segurança de T'Challa após o relatório de Shuri, pois seu traje o protegeria, mas ela não conseguia se imaginar suportando seu destino! Nada havia apagado a claustrofobia paralisante que a dominava quando estava presa em pequenos espaços, a longa sombra que a acompanhava desde a infância. "Até mesmo uma deusa deve ter uma fraqueza", uma vidente em um shopping center em Nairóbi certa vez lhe disse, com uma piscadela maliciosa.

A alegria de Ororo foi diminuindo enquanto ela descia, as miríades de cores da terra perfurando as nuvens.

Abaixo dela, Wakanda era uma joia verdejante. Nenhuma outra nação parecia brilhar tanto no céu. Como Tempestade, Ororo podia jogar fora os oponentes como papel, mas contra as memórias era mais difícil de lutar.

Ela já tinha sido a rainha de Wakanda uma vez, servindo ao lado de T'Challa.

Os dois eram adolescentes tolos se vendo em um espelho pela primeira vez: a realeza e os poderes dela combinando-se desde o momento em que se conheceram, quando ele fora sequestrado no Quênia durante uma caminhada cerimonial. Amor instantâneo que nenhum deles havia esquecido.

O casamento deles serviu como uma trégua alegre no meio de uma guerra civil.

Mas isso foi há muito tempo. Agora ela era uma visitante de Wakanda, ou pior, uma estranha. Ele infantilmente a culpou pela destruição que ela não causara, acreditando que ela havia traído Wakanda quando se aliou aos X-Men em vez de aos Vingadores. As palavras frias de T'Challa naquele dia terrível ainda lhe doíam:

– Por favor, não volte mais aqui.

Bem, ela *estava* voltando. Shuri e Ramonda imploraram que ela voltasse. Mas não foi o suficiente. As terras áridas de Canaã eram visíveis de cima também, tons de cinza e marrom despojados das cores do crescimento e da vida. Um monstro mesquinho como Moses Magnum não tinha o direito de sugar a terra de qualquer nação! Mas Ororo ficou especialmente furiosa por ele ter feito isso para tentar machucar Wakanda, onde uma vez ela reinara.

Para tentar matar T'Challa.

Tempestade soltou outro grito, desta vez para direcionar as nuvens com ainda mais velocidade, para inchar seus estômagos escurecidos com umidade, para lançar relâmpagos e acender um duelo de fogo no céu.

Abaixo dela, o reino de Canaã cantava com o som de chuva torrencial.

• • • •

– ...e nós vamos erradicá-los – a voz de T'Challa veio forte, flutuando pelo corredor que conduzia à sua Sala de Guerra com as *Dora Milaje*.

Ororo não conseguiu evitar o sorriso quando se aproximou da porta com Shuri e Ramonda. Ladeado pela irmã e a mãe (com tão pequena família, os termos "cunhada" e "sogra" não tinham sentido, e seu coração nunca "anularia" aquela menina brilhante e feroz ou sua mãe sábia e régia), Ororo se sentiu novamente parte de uma procissão real. Em sua mente, ela estava envolta em um manto cerimonial de cores predominantemente turquesa, verde, roxo e azul, de duas camadas, como o que Ramonda usara para saudá-la.

Ramonda ergueu a mão para impedir a entrada de Ororo antes que ela ficasse visível.

– Ele vai querer que a reunião seja privada – disse Ramonda.

Shuri fez menção de protestar, mas Ramonda nivelou o olhar penetrante que Ororo lembrava bem, tão poderoso quanto um raio, usando apenas o ângulo dos olhos.

– Não vamos armar um espetáculo, Shuri. Não na frente das *Dora*.

– Que espetáculo? – sussurrou Shuri. – Ela está aqui para nos ajudar a planejar o contra-ataque.

– Este aqui – disse Ramonda, sinalizando a Shuri e fingindo irritação. – Shuri, você conhece mesmo seu irmão? Viu o humor dele quando ele voltou de Canaã.

T'Challa ergueu o tom, com raiva:

– ...vasculhem de ponta a ponta, não importa de onde ele surja em seu esconderijo!

T'Challa geralmente não se mostrava tão zangado. Ororo estremeceu com a lembrança dos olhos de T'Challa quando ele a mandou embora: além de raiva, uma fria indiferença. Shuri e Ramonda convidaram Ororo para Wakanda sem a bênção de T'Challa, e pela primeira vez ela duvidou de uma recepção feliz. Ororo nunca teria feito nada para prejudicar Wakanda, mas sua lealdade aos X-Men a separou de T'Challa. Ele culpou sua equipe pela inundação e pelos incalculáveis danos em Wakanda. Ororo conhecia T'Challa desde que os dois eram praticamente crianças, e seus olhos naquele dia eram estranhos para ela. Desde que a mandara embora, Ororo combinou a raiva dele com a sua: como ousava não confiar nela! Como ousava culpá-la pelas ações dos outros! Mas hoje... Ororo sentia apenas um novo nervosismo acelerando seu coração, como se ela fosse uma menina novamente. Ela sentia muita falta da liberdade e do poder que os céus lhe proporcionavam.

– Meu irmão? Ela está aqui. Estamos do lado de fora. – Shuri pressionou o dedo contra o dispositivo de comunicação no ouvido.

A voz de T'Challa parou, fria. Seus passos rápidos se aproximaram.

– Respire fundo, filha – Ramonda disse baixinho, conhecendo o coração de Ororo. – Ele precisa de você.

Ororo sorriu ao ouvir a palavra "filha". Ela já tinha sido chamada de Tempestade, Deusa, Anjo, Demônio. Mas muito raramente, muito brevemente, tinha conhecido o título de filha. Ororo devolveu o aperto de Ramonda, embora com um pouco mais de força.

Ororo estava de mãos dadas com Ramonda quando T'Challa saiu pela porta e a viu. Ele não conseguiu dissimular o susto, a raiva gravada em sua mandíbula, acusando... o espanto. Como se não pudesse acreditar no que via. Ele olhou para ela primeiro, depois para Ramonda, como se precisasse confirmar que não estava imaginando coisas, e então para Shuri, que estava sorrindo.

— Eu lhe trouxe um exército de uma pessoa – disse Shuri. – Disponha sempre.

— Acho que temos coisas a fazer em outro lugar – Ramonda disse a Shuri.

— Que coisas? – perguntou Shuri, e então sorriu alegremente. – Ah, "em outro lugar". Claro.

Shuri entrou na Sala de Guerra para se juntar às *Dora*. Ramonda lançou um sorriso encorajador por cima do ombro para Ororo quando se virou para deixá-los sozinhos no corredor, que era adornado com lanças reforçadas com vibranium em cores decorativas.

T'Challa voltou o olhar para Ororo. Ele poderia ser chamado Tempestade, pela forma como suas emoções nadavam furiosamente em seus olhos: admiração, saudade, vergonha, arrependimento. Mas não havia decepção. Nem fúria. Esse passado se fora. Ela notou um pequeno aglomerado de terra nas mechas de seu cabelo e gentilmente o afastou. Hábito.

— Ororo – disse ele, quase inaudível. Ele segurou os cotovelos dela nas mãos quentes. – Bem-vinda à casa.

• • • •

Um silêncio recaiu sobre as *Dora Milaje* quando T'Challa voltou para a Sala de Guerra com Ororo caminhando passo a passo ao lado dele pelo corredor central, como ela fazia nas funções de estado como sua rainha. Okoye mal conseguia manter os olhos no rosto, tal o escrutínio com que os observava. Nos dias após T'Challa anular seu casamento com Ororo, Okoye foi sua voz de encorajamento para abafar as objeções intermináveis de Shuri e Ramonda: "Você fez a coisa certa, T'Challa. Ela nunca foi casada com Wakanda. Não se pode prever de que maneira uma árvore dividida em duas pode cair".

Mas agora o estômago de T'Challa se revirava com as dúvidas ácidas que roubaram seu sono nas semanas seguintes depois de tê-la mandado embora. Uma dúzia de vezes ele quase a convocou, até que a agitação finalmente se acalmou e ele se convenceu de que estava certo em sacrificar o coração por Wakanda. Mas ele não tinha percebido como a parede ao redor de seu coração era frágil até Ororo voltar. Os hipnotizantes cabelos prateados emoldurando seu rosto... e aqueles olhos de feiticeira. O tempo passou e ele se sentiu como um menino na presença de seu primeiro e único amor novamente. Não houve nenhum outro como Ororo.

Ororo caminhava confiante, ignorando os olhares de espanto e choque.

– Por favor, continue a reunião – disse Ororo. – Não quero interromper.

Em vez de se juntar a Shuri e às *Dora*, Ororo manteve seu lugar ao lado de T'Challa enquanto ele se posicionava de frente para sua guarda real. Okoye baixou o queixo e o olhava fixamente, sem se importar com a quebra de protocolo. Shuri fez um esforço imenso para manter o sorriso no rosto.

– Como eu estava dizendo... – T'Challa começou, e então pigarreou, para conseguir um timbre mais profundo – ...como eu estava dizendo, nossa inteligência revela que Moses Magnum montou um exército próprio, escondido em túneis subterrâneos ao longo da fronteira de Wakanda, não muito diferente dos túneis entre as antigas igrejas em sua terra natal, a Etiópia. Presumo que ele tenha planejado me assassinar e então aproveitar o vácuo de liderança para tentar armar um ataque maior. Eu também suponho que ele tenha desenvolvido uma nova arma para tentar capturar Wakanda.

– Concordo – disse Ororo. – Em seus sonhos, ele é Tony Stark. Sempre trazendo novos brinquedos.

– Seu aparente acampamento pode ser apenas outra armadilha – disse T'Challa. – Portanto, vamos identificar suas capacidades. E esperar até o amanhecer para contra-atacar.

– Sua Alteza! – contestou Okoye. – Estamos prontas para contra-atacar agora. Este ataque é o assunto do mundo! O vídeo de você sendo retirado do solo como um osso de dinossauro viralizou. Nossos inimigos estão se regozijando! Uma resposta tardia faz Wakanda, e você, parecerem fracos.

– Quem é verdadeiramente forte não tem medo de parecer fraco – disse Ororo antes que T'Challa pudesse responder, refletindo seus próprios pensamentos. – Wakanda não toma decisões com base nas aparências e em tolas redes sociais. Que eles se alegrem! Nossos inimigos tremerão novamente em breve.

As *Dora Milaje* se mexeram e resmungaram, chocadas, embora mantivessem a voz baixa, para evitar desrespeitar T'Challa. Ororo falando por Wakanda! E ainda teve a audácia de usar o termo "nossos inimigos", como se o casamento deles nunca tivesse sido anulado. T'Challa deu um tapinha carinhoso nas costas de Ororo, alertando-a de que fosse mais diplomática.

— Sua objeção é notória, Okoye — disse T'Challa. — Todas essas conversas dos nossos inimigos cessarão à luz do dia.

• • • •

A festa real de Ramonda para dar as boas-vindas a Ororo foi planejada às pressas e realizada tarde da noite, mas a maioria dos membros do Conselho estava presente, ao que parecia, apenas para ficar boquiaberta. T'Challa sentou-se lado a lado com Ororo na cabeceira da mesa, como sempre fizeram, os dedos entrelaçados. Por enquanto, os pensamentos de Moses Magnum deram lugar ao deleite com o toque de Ororo, descoberta a memória valiosa nesse momento estranho que viveu no presente e no passado.

E o futuro? O pensamento veio espontaneamente, surpreendendo T'Challa, tanto que ele olhou para Ramonda, como se ela pudesse ter plantado esse pensamento. Ramonda parecia saber, sorrindo com os olhos para ele enquanto bebia seu vinho de palma nigeriano.

E que festa! As delícias típicas wakandanas de cordeiro e arroz com especiarias eram aromáticas à mesa, é claro, mas os chefs que haviam estudado em todo o continente também prepararam arroz jollof, cabra, fufu, couve, banana queniana crocante, o chakalaka, condimento favorito de Ramonda, típico da África do Sul e, claro, delícias egípcias, como pombo, e o prato nacional, sopa Molohia, em homenagem ao local de nascimento de Ororo. Mesmo com pouca antecedência, os chefs wakandanos não decepcionaram.

Ramonda fez a taça tilintar com uma colher e se levantou. O zumbido da conversa desapareceu.

— Um brinde — disse ela, erguendo a taça. — Em homenagem ao retorno de minha... outra filha, Ororo, conhecida no mundo como Tempestade. Eu não poderia estar mais orgulhosa de como ela fez jus ao seu nome.

Todo mundo voltou os olhos primeiramente para T'Challa, para ver se ele honraria o brinde. Ele lançou um rápido olhar para Ororo e viu seu sorriso frágil. Ela também aguardava. Ororo era temível no campo de batalha, mas parecia tão hesitante quanto ele em navegar em seu coração. Para deixá-la à vontade, T'Challa também se levantou. Ele se virou para Ororo com a taça erguida.

– Sim – disse ele. – Ao regresso de Ororo a Wakanda. Nós sentimos sua falta.

Shuri soltou um resmungo divertido em desaprovação quando o rei disse a palavra "nós", mas o som se perdeu principalmente nas afirmações, já que o restante do Conselho se sentiu obrigado a participar do brinde. Vários membros exibiam sorrisos tensos que traíam suas objeções. O Conselho, assim como as *Dora Milaje*, apoiara a anulação do casamento. Na verdade, alguns acreditavam que ele nunca deveria ter se casado com ela.

– *Eu* senti sua falta – corrigiu-se T'Challa, e tocou a taça de Ororo com a sua.

O rosto de Ororo parecia brilhar tão intensamente quanto seus cabelos.

– E eu a sua – disse ela. – Vossa Alteza.

Com os olhos dela fixos nos dele, o resto da sala pareceu desaparecer para T'Challa.

• • • •

T'Challa convidou Ororo para entrar em seus aposentos enquanto se debruçava sobre as informações jorrando do computador: localização de tropas, inspeções por *body scan*, distúrbios geológicos em Canaã. Apesar de sua mente estar conectada às informações na tela, cada centímetro de sua pele estava ciente da proximidade de Ororo. Um cobertor quente parecia ter caído sobre os dois, e até a respiração deles passou a ser sincronizada.

As tropas de Magnum pareciam estar confinadas a Canaã, o que era bom, mas isso significava que simpatizantes daquela nação haviam permitido sua presença. O terno de T'Challa não detectara nenhuma mentira da rainha Sojourner Truth, então, por ora, ele acreditava que ela fora pega de surpresa tanto quanto ele. Talvez Magnum tivesse desencadeado a seca para que os cananeus ficassem insatisfeitos com sua liderança, amolecendo Canaã para um golpe a fim de reforçar seus planos de tentar tomar Wakanda novamente. Magnum governou lá por um tempo e certamente gostaria de recuperar seu poder.

– Mas qual é a arma real dele? – T'Challa meditou em voz alta.

Ororo moveu-se ao lado dele, apenas ligeiramente, mas seu braço parecia em chamas perto do dela. Ele estava ciente de cada movimento e gesto dela.

– Independentemente do que tenha usado para ressecar a terra? – ela tentou avaliar.

– Isso seria o suficiente para desestabilizar Canaã, sim – disse ele.

– Mas não Wakanda. Ele precisaria de uma força muito mais poderosa.

Ele então voltou os olhos para Ororo, como se a tivesse chamado pelo nome.

– Você é uma distração, Ororo – disse ele. – A maior que eu já conheci.

Ela prendeu os lábios, parte magoada, parte irritada.

– Então vou deixá-lo aqui – disse ela. – Acorde-me para a luta.

– Tenho outra ideia – disse ele. – A maior parte do que me distrai é... não saber.

– Não saber o quê, T'Challa?

Em vez de responder, ele tocou seu queixo.

– Não saber... se posso beijar você.

A expressão de Ororo se suavizou com um sorriso quase adolescente.

– Eu estava pensando a mesma coisa.

– Mas... você tem obstáculos. – T'Challa se recusou a mencionar o nome de seu famoso amante.

Ao longo dos anos, T'Challa treinou para evitar qualquer pensamento sobre ele, ou qualquer um da família dos X-Men que ela escolheu.

– Eu tenho? – De brincadeira, Ororo examinou o aposento, que estava vazio, exceto pela cama e pelos tecidos e tesouros wakandanos com os quais ele havia decorado cada centímetro do espaço. – Não vejo obstáculos aqui. E você?

Eles se beijaram. A sensação era a mesma que mergulhar novamente na infância. Até as palmas de suas mãos estavam suadas, como na primeira vez em que beijara Ororo. Ele viu essas mesmas sensações refletidas no rosto dela.

— E quanto aos seus... obstáculos? – perguntou ela. – Existe outra Ororo?
— Isso seria impossível – disse ele. – Só existe uma.

Eles se beijaram novamente. Quase sem consciência, passaram uma hora preciosa nos braços um do outro. Uma hora mais perto do amanhecer.

• • • •

Muito depois da meia-noite, T'Challa sentou-se com a mente em chamas. Inspiração!

— As tropas de Magnum são uma distração – disse ele. – É aí que ele quer que eu me concentre. Mas eu fiz a varredura de suas armas, e não são dignas de nota. Nada como o domo que ele usou uma vez contra Wakanda. As tropas em si são comuns, dificilmente uma centena delas. Não são páreo para as *Dora*, estando eu vivo ou morto. Eles não são a força invasora, querem apenas se exibir. Eles devem marchar somente depois de...

— Depois de quê? Wakanda está muito bem fortificada para seus terremotos.

— Sim, e com um terremoto muito poderoso, ele ficaria preocupado em enterrar os depósitos de vibranium, que é tudo o que realmente deseja.

— O que todo mundo deseja – ponderou Ororo.

T'Challa foi ao computador novamente. Estava sincronizado com seu traje, mas, quando não estava blindado, ele se sentava à mesa para digitar rapidamente no teclado. Ele havia perdido algo em suas varreduras? Sem perguntas sobre Ororo bloqueando sua mente febril, T'Challa notou flutuações sônicas incomuns enquanto revisava os dados de seu confronto com Magnum. Ele não tinha tido uma sensação estranha de estalo nos ouvidos, mesmo com o traje?

— É sonoro – percebeu ele, compartilhando seus pensamentos em voz alta. – Ele acionou... um tom. O terremoto fez com que parecesse trivial, mas... se eu senti as orelhas estalando mesmo dentro da armadura Pantera, imagine o que tal tom poderia fazer com...

— Claro! – disse Ororo, parando ao lado dele. A mão dela deslizou pelo ombro de T'Challa como se fosse a coisa mais natural do mundo. – Com você morto, ele pode esperar uma arma sônica para dominar seus oponentes.

— E ele sabe que vamos voltar para enfrentá-lo. Não há nada que o impeça de usar os terremotos e sua nova arma para tentar impedir nosso contra-ataque. Nada exceto...

— Nós — completou Ororo.

As mentes de ambos eram uma.

Eles não convocariam as *Dora*, nem mesmo Shuri. Não esperariam até o amanhecer. Responderiam ao ataque de Magnum naquela noite mesmo, sozinhos.

Juntos.

• • • •

T'Challa havia esquecido como o amor, ou mesmo a memória dele, iluminava o coração e o espírito. Seu batimento cardíaco parecia impulsionar seu voo enquanto ele planava alto sobre o Grande Monte de Wakanda, de mãos dadas com Ororo. Mas o poder era dela, é claro: ela manipulava o campo eletromagnético para impulsioná-lo como se ele compartilhasse sua habilidade de voar, e eles subiam e mergulhavam como um só. A lua cheia brilhava nos cabelos ondulantes de Ororo como se os fios tivessem capturado sua luz. Que visão maravilhosa eles devem ser para uma criança insone olhando para o alto pela janela do quarto! Ela olhou para ele, compartilhando sua alegria quase vertiginosa.

Ele mal conseguia se lembrar do homem que era quando a mandou embora, tão devastado pelos danos a Wakanda, culpando-se... mas ele só sabia como canalizar sua raiva para Ororo, a quem até mesmo a deusa Pantera tinha abençoado como sua companheira. Ele acreditava que sabia mais do que a deusa Pantera? Ele tinha o direito de anular uma união que havia sido abençoada? Em sua covardia, disse a Ororo que o sumo sacerdote havia anulado o casamento, quando ambos sabiam que ele mesmo usava aquele manto, além do de rei. Ele se partiu em dois no dia em que a mandou embora.

E agora...?

Os comunicadores de T'Challa dentro de sua armadura iluminaram-se em vermelho com uma mensagem de emergência.

– Irmão! – disse a voz de Shuri. – *Por que minha digitalização mostra que você saiu da Cidade Dourada? E você está... a dez mil pés no ar sem um jato?*

– Você sabe o motivo – respondeu T'Challa. Seu sorriso era óbvio em sua voz. – Foi você que ligou para ela.

– *Eu liguei para ela para que viesse ajudar, e não para levar você até...*

– Eu quis vir – disse T'Challa. – Nós sabemos o que Magnum está fazendo e vamos dar um jeito para que ele nunca mais incomode Wakanda. Não acorde Okoye...

– *Você acha que estou dormindo?* – interrompeu a voz de Okoye. – *Depois de Magnum ter enterrado o rei de Wakanda como se fosse lixo? Nós vamos nos encontrar com você...*

– Ninguém vai se encontrar comigo – disse T'Challa. – Isto é uma ordem. Eu direi quando estiver pronto.

Ele silenciou o canal de comunicação para não ter de aguentar reclamações, então ativou seu mapa holográfico de Canaã, que lhe mostrou o sistema de túneis que Magnum havia criado perto de sua fronteira. Magnum brilhava como um ponto verde no mapa: afinal, ele estava na superfície! Aparentemente, preferia o conforto de uma cama, ao contrário de suas tropas, forçadas a dormir no subsolo, e havia criado um abrigo. Estava tão seguro das capacidades de sua nova arma que ousou dormir ao ar livre.

– Ele não deve ver nossa aproximação – disse T'Challa a Ororo.

– Claro que não! Você acha que eu ainda sou criança? – questionou Ororo. Apesar da leve irritação, isso era uma lembrança feliz e familiar agora. – Para os sensores deles, nós parecemos apenas um grande pássaro.

– Você voa como uma criança – T'Challa a provocou. – Como se estivéssemos a caminho de ir brincar, e não para uma guerra.

– Guerra é brincadeira – disse Ororo. – Quando bem-feita.

Rindo, Ororo começou uma descida íngreme, mergulhando-os quase em linha reta como na montanha-russa de um parque de diversões. Se não fosse pelo equilíbrio do traje, o estômago de T'Challa teria subido à sua garganta.

Uma cabana de concreto com telhado de aço apareceu abaixo deles. Recentemente construída. T'Challa ofereceu a Ororo duas contas kimoyo que ele transformara em brincos para ela.

— Tome, use isto. Sua audição não será prejudicada, mas isto deve bloquear todas as ondas sônicas.

— "Deve"? – perguntou ela, hesitando.

— Com certeza... sem dúvida... deve.

Fingindo uma expressão mal-humorada, Ororo colocou os brincos e afastou os cabelos, para que ele os inspecionasse.

— Como ficaram? – perguntou ela.

— Não são tão bonitos para fazerem jus à mulher que os está usando – disse ele. – Mas ficaram perfeitos. Afinal, são wakandanos.

— Meus para sempre, espero.

— Claro.

Satisfeita, Ororo interrompeu a descida. Eles ainda flutuavam alto sobre o telhado de Magnum.

— Então é hora de inspirar e soprar – disse ela, erguendo os braços. – E derrubar a casa dele.

Uma repentina tempestade de vento abaixo deles agitou os arbustos e o solo ainda úmido da tempestade anterior de Ororo, sacudindo as vidraças da cabana. Rapidamente, os ventos uivaram com a intensidade de um furacão, até que o jipe estacionado do lado de fora virou e o teto de Magnum foi destruído. Roupas, papéis e outros itens lá dentro reviraram-se descontroladamente no vendaval. Magnum ficou na concha que restara, com os braços erguidos para proteger o rosto.

Então, com a mesma rapidez, o vento de Tempestade cessou. Magnum deixou cair os braços enquanto olhava para eles.

— Saia, Magnum! – ordenou T'Challa. – Você está sendo acusado de tentar assassinar o rei de Wakanda.

T'Challa direcionou o holofote para Magnum, que estava pronto para eles, totalmente blindado.

Seu sorriso brilhou na luz.

— Voltou para apanhar mais, T'Challa? Você viu? Seu vídeo teve cinquenta milhões de visualizações, em apenas algumas horas!

— Diga a seus homens para se renderem. Vidas não precisam ser perdidas.

— Você quer dizer... estes homens? – disse Magnum.

Um buraco se abriu no solo atrás da casa, e as tropas de Magnum precipitaram-se para fora, com as armas em punho. Coluna após coluna, eles emergiram, não muito diferente de formigas.

– Vou torná-lo uma estrela, T'Challa – zombou Magnum. – Vamos ver se desta vez conseguimos ainda mais acessos com o novo vídeo. – Ele ergueu a voz para suas tropas. – Preparar... apontar... fo...

Magnum não conseguiu terminar, e gritou assustado quando se viu flutuando no vento, puxado em direção a T'Challa enquanto Tempestade o atraía para o alto.

– Se eles tentarem atirar em nós, poderão acertar você – advertiu Tempestade.

– Aqui em cima, você está indefeso – T'Challa o lembrou. – Não pode sacudir a terra sem tocá-la. Agora você será julgado em Wakanda.

– Ah, não, eu não estou indefeso – disse Magnum, apertando um botão em um dispositivo portátil, que T'Challa só podia ver agora que ele tinha se aproximado.

Novamente, T'Challa ouviu um estalo, e um som agudo reverberou em seus ouvidos, comprimindo seus tímpanos. Ororo soltou um grito e de repente todos estavam mergulhando em direção ao solo, cinquenta metros abaixo deles.

– Idiota! – disse T'Challa. – Se ela cair, nós cairemos!

O traje Pantera o protegeria da queda, mas ele tinha de fazer algo para proteger Ororo. Se Magnum morresse, que assim fosse.

– Ninguém vai cair – disse Ororo com os dentes cerrados, tentando recuperar o controle.

Ela balançou a cabeça, como se quisesse clarear a mente, e eles flutuaram firmemente de novo, e então subiram ligeiramente.

Ela olhou para T'Challa.

– Mas, e esses brincos wakandanos? Eles ainda não são "perfeitos".

T'Challa agarrou Magnum pelos ombros, com mais força do que pretendia, e afundou as garras de pantera na armadura até alcançar a pele... e então foi além, atingindo os tendões. O grito de dor de Ororo o enfureceu, e agora Magnum gritava em resposta, contorcendo-se de dor.

– Você nunca terá o controle de Canaã ou Wakanda! – exclamou T'Challa. – Vai ficar trancado por tanto tempo que ninguém mais se lembrará de você!

T'Challa deu uma cabeçada em Magnum, deixando o homem flutuando frouxamente, inconsciente. Estaria morto? T'Challa não tinha certeza a princípio, mas os sensores de seu traje leram os fracos batimentos cardíacos de Magnum. T'Challa arrancou o controle portátil da mão de Magnum, com cuidado, para não pressionar o botão. Ele e Shuri investigariam como Magnum havia se aproveitado desse poder para tentar desativar as forças wakandanas.

Tiros soaram abaixo, e T'Challa se inclinou para que as balas das tropas raspassem em seu traje, para assim desviarem de Ororo. Uma bala errante floresceu vermelha na manga de Magnum.

– Vocês estão atirando em seu próprio homem, seus idiotas! – gritou T'Challa.

– Chega! – disse Ororo, invocando um novo vento.

Abaixo deles, cem soldados caíram, espalhados e indefesos. T'Challa desejou não ter perdido tanto de sua noite com Ororo apenas planejando como derrotar tão inúteis bonecos de papel. Eles não eram dignos dessa luta.

Quando ela e T'Challa estavam baixo o suficiente para que Magnum não morresse na queda, Ororo o largou. Ele caiu em uma pilha emaranhada, rolando como uma bola de mato seco do deserto. Agora eram apenas os dois no ar, dois guerreiros sem batalha para lutar, exceto talvez um.

T'Challa retirou a máscara Pantera para que Ororo pudesse ver seu rosto.

– Senti falta disso.

E estava prestes a continuar: "Volte para Wakanda. Retome seu lugar como rainha. Eu fui impetuoso e não enxerguei direito. Nenhuma outra mulher pode ficar a meu lado".

Mas foi Ororo quem falou primeiro.

– Você estava certo, T'Challa. De alguma forma, você sabia antes mesmo de eu me conhecer.

As palavras não ditas de T'Challa murcharam.

– Eu estava certo sobre o quê?

A luz da lua revelou linhas sombrias no rosto de Ororo, apesar de seu sorriso.

– Você sempre soube quem nasceu para ser. Você me disse quando éramos jovens, e invejei sua confiança. E eu? Eu... tive muitas vidas. Muitas nações. Mas nunca um lar. Eu não poderia ser uma rainha adequada. Não a rainha que Wakanda merece. Percebo isso agora. Talvez seja uma maldição que vem com o dom de voar. Eu nunca consigo ficar em um lugar por muito tempo. Eu só sonhei que conseguiria... porque eu o amo muito.

Se o peso no estômago de T'Challa fosse real, o teria jogado no chão, separando-os. Logo, aquele peso derreteria em ácido e o queimaria enquanto dormisse. Mas ainda não. Em um canto de sua mente, ele se perguntou se Ororo estava realmente falando o que ela queria... ou apenas dizendo a ele o que achava que ele precisava ouvir.

– Então... eu fiz uma escolha sábia – disse T'Challa, e suas palavras eram mais seguras do que sua voz. – Mas seria melhor se fosse uma escolha *nossa*, Ororo.

Não no pretérito, no presente. Agora. Esta noite.

– Sim – disse Ororo por fim. – A escolha mútua é sempre a melhor escolha.

Ororo juntou as mãos com as dele. Eles olharam profundamente nos olhos um do outro até que cada um tivesse certeza de que não conseguiria encontrar vislumbres ocultos da verdade, e mais nenhuma pergunta, exceto aquelas que nenhum deles poderia responder. O futuro era um território misterioso e desconhecido que eles poderiam, ou não, percorrer juntos. Os olhos de Ororo eram chamas cinzentas dançantes, hipnóticas.

Um ano deve ter se passado até que alguns dos homens de Magnum meio que acordaram, gemendo abaixo deles. Magnum ficaria muito mais tempo inconsciente.

– Obrigado pela ajuda, Ororo – agradeceu T'Challa. – As *Dora* podem limpar o resto.

Ainda de mãos dadas, eles flutuaram de frente um para o outro, emoldurados pela lua enevoada.

– As *Dora* teriam se saído bem sem mim. Você poderia ter dado brincos a todas elas... ou algo melhor. Mas não pude resistir à chance de ver Wakanda. É adorável nesta época do ano.

T'Challa ergueu uma sobrancelha para ela.

– Ei! Em *todas* as épocas do ano.

Ororo sorriu, embora T'Challa achasse ter visto uma lágrima sua no canto do olho.

– Nenhuma mentira detectada. Mas os wakandanos precisam mesmo ser as pessoas mais arrogantes do planeta?

– Como você sabe – começou T'Challa –, eu sou um rei muito importante. Minhas obrigações me mantêm ocupado. Um rei nunca tem um dia de descanso. E, se acrescentar as chamadas de socorro... um governante aqui, outro ali. Os Vingadores sempre me chamam para ajudá-los a salvar o mundo. – Ele fez uma pausa. – Mas não consigo pensar em um único motivo para eu precisar voltar para casa esta noite. Ou amanhã.

Ororo ficou muito tempo em silêncio, um tempo interminável. Quem era o arrogante agora? Ela estava pensando a respeito!

– É mesmo uma pena desperdiçar uma lua tão bonita – disse Ororo finalmente.

– Para onde devemos ir, minha rainha?

– Onde conseguirmos pousar. – Ela sorriu, mantendo-o cativo com os olhos. – Meu rei.

Enquanto a chuva tamborilava no solo sedento de Canaã, Ororo e T'Challa voavam.

CONCEPÇÃO IMACULADA
UMA REALIDADE ALTERNATIVA

NIKKI GIOVANNI

OAKLAND, CALIFÓRNIA, 1978

DURANTE UMA VISITA EXTENSIVA À COMUNIDADE EM UM PROGRAMA ESCOLAR, o rei T'Challa de Wakanda e uma delegação de cinco diplomatas chegam à Washington Elementary School para se encontrar com um grupo de alunos e seus tutores.

O grupo sai de dois Rolls-Royce Phantoms, pretos, acompanhados por dois utilitários esportivos. O capô de cada veículo é adornado com pequenas bandeiras de sua terra natal. Entrando no prédio, eles caminham pelo corredor, e todos os olhares seguem o ilustre grupo.

A senhora Saunders, diretora da escola, acompanha a comitiva real até uma sala de aula e anuncia o convidado especial para as crianças.

• • • •

– Por que um rei da África está visitando nossa escola? A gente está em perigo?

A menina de sete anos com olhos brilhantes e uma disposição curiosa coloca a questão para a professora. O rei T'Challa apenas ri.

– Claro que não, minha jovem aluna – diz ele. – Há muitos anos, morei neste mesmo bairro de Oakland com minha mãe adotiva. Eu gosto muito de vir aqui visitar, sempre que minha agenda permite. Se você tiver tempo, gostaria de lhe contar uma história sobre isso.

– Sim! – grita um dos jovens estudantes. – Por favor, fica! – Outros se juntam ao coro.

Sorrindo amplamente com o entusiasmo dos alunos, o rei se lembra de uma história que lhe contaram quando ele tinha a idade daquelas crianças. Com o passar dos anos, ele percebeu que era fantasiosa, mas continha muitas verdades. Com alguns ajustes, ele falará com esses jovens como fizeram com ele.

Quando o rei começa sua história, algumas crianças do programa complementar ficam claramente fascinadas. Outras parecem desconfiadas, talvez porque T'Challa e os cinco homens com ele, todos membros de sua delegação real, parecem muito ricos.

O rei começa.

• • • •

— Há muitos anos, na cidade de Almeda, uma águia-careca encontrou em seu ninho um ovo que não pertencia a ela – diz T'Challa. – A águia americana é uma ave muito forte, com uma história orgulhosa. Essa águia era o pai do ninho, e rejeitou o ovo. Ele tinha uma pequena rachadura na casca e, de forma intermitente, um leve brilho azul irradiava através da falha.

O Pai Águia alçou voo com o ovo nas garras. Da maneira mais deliberada, pois as águias raramente fazem algo por engano, a águia jogou o ovo em um riacho. A corrente do riacho carregou o ovo para uma cidade próxima chamada Oakland...

• • • •

Era noite de primavera, e uma mulher sentou-se ao lado do Lago Merritt e ficou escrevendo um poema em seu diário. Com o canto do olho, ela avistou um objeto vagando muito lentamente, e viu que havia um brilho azul em torno dele. Ela entrou no lago, então se assustou e saiu, mas a curiosidade a levou de volta à água.

Aquele brilho azul lhe parecia familiar.

A mulher pegou rapidamente o ovo e o enxugou no vestido. Depois de recolher o diário e as sandálias, ela levou o ovo para a pequena casa em que morava, ali perto. Mariam era uma mulher pequena e adorável, com olhos honestos e pele bonita. Ela foi sentindo uma conexão cada vez maior com o ovo, então lhe pareceu muito natural construir um ninho quentinho usando pedaços de lindos tecidos vindos de sua terra natal, a África.

• • • •

— Por que ela estava em Oakland? – um garotinho não contém a pergunta.

— Ela deixou a África porque não podia ter seus próprios filhos – responde o rei T'Challa. – Às vezes, na África, quando uma mulher não pode ter filhos, as pessoas de sua tribo a fazem se sentir menos importante do que as outras mulheres da tribo.

O menino fez que sim com a cabeça e T'Challa continuou.

• • • •

    Mariam então migrou para Oakland, na Califórnia, onde trabalhou durante anos como babá. Uma das crianças sob seus cuidados não conseguia pronunciar seu nome corretamente e Mariam adotou o nome Mary. Vivendo modestamente, ela tinha o prazer de criar muitos filhos como se fossem seus.

    Mary sabia que seu ovo recém-adotado não era comum. Mas o que ela não sabia era que esse ovo era uma pequena máquina feita de um mineral muito raro chamado vibranium, e continha o que se chama de nanotecnologia.

    Um cientista muito brilhante da África colocou dentro do ovo o DNA retirado de um rei que vivera lá duzentos anos antes.

    Ele fez isso porque acreditava que, no futuro, esse rei precisaria renascer em sua amada pátria. O DNA seria a chave para que isso acontecesse. Esse mesmo cientista passou muito tempo aprendendo sobre magia, as artes místicas que lhe permitiam ver coisas que escapavam ao olho humano.

    Com o passar das semanas, o ovo de Mariam começou a se mover e depois a mudar de forma. Isso assustou aquela mulher reservada, pois ela não tinha ideia do que estava acontecendo, mas decidiu simplesmente amá-lo. Ela cantava canções de sua terra natal e às vezes mantinha o ovo na cama com ela enquanto dormia.

    Em trinta dias, o ovo mudou de forma três vezes. No início, sua forma lembrava um filhote de águia, um passarinho. Depois de mais alguns dias, parecia um pequeno gato preto. Finalmente, o que ela encontrou originalmente na forma de um ovo começou a tomar a forma de um bebê humano com feições africanas muito nítidas.

    Quando o bebê abriu os olhos, Mariam ficou em choque. Ela não sabia o que fazer com aquele filho, a não ser alimentá-lo, vesti-lo e, o mais importante, continuar a amá-lo. Ele era, na verdade, tudo o que ela desejara em sua vida na África, mas que não pôde ter. Era quase como se aquela criança tivesse sido entregue especificamente a ela.

    Ela deu à criança um nome africano. Conforme ele crescia, as crianças da vizinhança não conseguiam pronunciar seu nome, então naturalmente o provocavam.

Nos dezenove anos seguintes, Mary fez de tudo para que seu filho adotivo fosse educado. Que tivesse bons modos. À medida que crescia, ficou claro que ele era diferente das outras crianças do quarteirão. Embora ensinado a ser gentil, ele derrotava qualquer valentão que o desafiasse para uma luta. Na verdade, o fato de o filho enfrentar com tanta facilidade, e destemidamente, outros meninos muito maiores do que ele incomodava Mariam.

Os jovens em Oakland passaram a respeitá-lo e pararam de provocá-lo por causa de seu nome. Em vez disso, deram a ele o apelido de TC.

No ensino médio, TC se destacou no futebol, nas práticas de exercícios físicos e nos estudos. Em seu tempo livre, era obcecado por artes marciais. Pegava emprestado todos os livros da biblioteca sobre o assunto e passava centenas de horas praticando cada movimento demonstrado naquelas páginas. Seu sucesso na escola rendeu-lhe uma bolsa de estudos na Universidade da Califórnia, em Santa Cruz. Pela primeira vez na vida, TC morava a mais de setenta quilômetros de casa.

Na universidade, alguns de seus relacionamentos mais significativos começaram na sala de aula. Enquanto estudava engenharia e ciências sociais, TC fez amizade com um colega estudante de Oakland, um jovem chamado Huey. Ele também chamou a atenção de um professor africano, o doutor Mwambi, que o afastou dos esportes e o encorajou a desenvolver a mente.

Sempre que visitavam a casa de Huey, TC e seu amigo reparavam na mudança da cidade de Oakland. Anteriormente, era uma comunidade muito unida, em que todos se sentiam amigos, mas acabou se tornando hostil. Domínios eminentes desalojaram muitas famílias locais de suas casas à medida que terras eram retiradas delas em nome do desenvolvimento. O clima de tensão era sustentado pelo relacionamento entre muitos residentes de Oakland e policiais que haviam migrado para a Califórnia dos estados do Sul, como o Alabama.

Os "Oaklandites" passaram a acreditar que o departamento de polícia era racista por natureza, um sentimento alimentado pelo fato de que *apenas dezesseis dos seiscentos e sessenta e um policiais da cidade eram negros*. Para piorar, a divisão de Oakland dos Hells Angels crescia rapidamente, assumindo a Alameda Foothill de Oakland e reivindicando seu patrimônio nas ruas. As forças policiais consideravam os Hells Angels nada mais do que um sindicato nacional do crime organizado.

Huey começou a sair com um novo amigo, Bobby. Em resposta ao que consideravam discriminação racial e assédio da polícia local, Huey e Bobby decidiram formar um grupo próprio para defender a si próprios e a vizinhança. Claro, Huey, Bobby e os outros tentaram recrutar TC, por causa de sua força, inteligência e natureza destemida.

Mary era totalmente contra essa ideia. Ela julgava que os jovens americanos tinham liberdade demais e acreditava que todos deveriam ser mais humildes. TC não tinha certeza sobre qual direção tomar, por isso levou suas preocupações ao Dr. Mwambi.

Em vez de tentar impedir que TC se juntasse aos jovens revolucionários nas ruas, o mentor de TC sugeriu que o jovem o acompanhasse até a África em um estágio escolar, onde ele poderia aprender mais sobre um país chamado Tanzânia. Mas TC tinha pouco interesse em visitar a África. Estava mais motivado a viajar para lugares como a China, onde poderia estudar artes marciais.

A verdade é que TC nunca tinha saído da Califórnia. Conforme os filmes da época, a África parecia um lugar cheio de doenças e selvagens. Pelo menos essa era a versão hollywoodiana do continente.

Mesmo assim, TC ficou curioso sobre a terra natal da mãe e decidiu que aquela poderia ser uma oportunidade velada. Ele contou a Huey sobre o estágio, e o amigo concordou que poderia ser uma aventura mágica para ele.

– Na África, a gente era rei! – disse Huey.

● ● ● ●

Nas semanas que se seguiram, Mary estava terrivelmente ansiosa enquanto TC se preparava para a viagem. Mas, apesar disso, ela acreditava que uma viagem à África seria algo bom para um jovem tão preocupado com a cultura de outro povo mais do que com a sua.

Na noite de terça-feira antes do início da aventura, Huey e os amigos da vizinhança levaram TC a alguns bares e a uma lanchonete, para uma festa de despedida. TC não costumava beber, mas, mesmo depois de muitas cervejas e costeletas de porco, lembrou-se das regras da mãe sobre beber e dirigir. Ele adormeceu em seu Chevy Impala 1961 enferrujado, mas confiável.

Foi acordado abruptamente por um policial batendo à janela do motorista às 8 horas, seis horas depois de ter cochilado e uma hora depois do horário do voo que partira para a Tanzânia.

– Se eu voltar aqui e tiver que olhar para essa sua cara preta – gritou o policial com voz áspera e grave –, você vai dormir em uma cela, garoto!

TC estava com muita ressaca para discutir. Ao constatar que havia perdido o voo, ficou com vergonha e constrangido. Como pôde decepcionar o doutor Mwambi assim? Depois de o homem ter se dado ao trabalho de ser seu mentor, até mesmo pagando suas passagens aéreas e a hospedagem na Tanzânia.

Aquilo era *péssimo*.

• • • •

A mãe o estava esperando na varanda da frente quando ele parou o carro e estacionou.

– Meu filho, você está com o diabo no couro, é? – perguntou ela. – Está cheirando a bebida, e parece que acordou debaixo da ponte.

Antes que ele pudesse se explicar, a mãe empurrou um envelope em sua mão direita. Era uma carta do doutor Mwambi.

Esperei-o por mais de uma hora, TC. Você me assustou, e à sua mãe também. Espero sinceramente que não tenha mudado de ideia sobre o estágio. Quando receber esta carta, por favor, pegue o próximo voo saindo de Oakland e me encontre na Tanzânia. Procure o endereço abaixo. Você vai me encontrar na residência de um colega, o doutor Abasi, sobre quem já lhe falei muitas vezes. Lembre-se de que o prazo para sua orientação é segunda-feira. Vou orar para que chegue bem.

TC sentiu um grande alívio ao saber que tinha recebido uma segunda chance. Em vez de permitir que ele dirigisse naquelas condições, a mãe o instruiu a pegar o ônibus nº 4, até uma oficina de manutenção de silenciadores perto dali.

– Pegue a porta à direita do prédio e suba as escadas, e vai encontrar uma agência de viagens. – Ela colocou algum dinheiro na mão dele. – Isto é suficiente para fazer uma reserva em um voo para a Tanzânia. Apesar de não ser em um avião sofisticado, você vai conseguir chegar lá.

• • • •

A agência de viagens parecia nunca ter feito reserva alguma. Cheirava a incenso e um estranho almíscar animal. Um homem idoso estava sentado atrás de uma grande mesa de madeira com entalhes exóticos, tão intrincados que de certos ângulos pareciam se mover quase como água.

O velho usava um *dashiki*, espécie de bata africana muito colorida, e adereços com muitas pedras azuis que brilhavam quase como as luzes de uma árvore de Natal. As pedras pareciam piscar quando TC entrou no escritório empoeirado. Quase como uma atração de circo, pensou ele, para enganar o cliente e conseguir pegar seu dinheiro.

– Seja bem-vindo à Turismo Transpacífico, meu jovem – saudou o senhor idoso em um tom familiar. – Como está sua mãe atualmente?

Sua mãe era a única pessoa a quem TC já tinha ouvido usar a palavra "mãe".

– Como você sabe quem eu sou e como conhece minha mãe? – perguntou TC, incomodado e desconfiado.

– Todo mundo em Oakland conhece todo mundo, meu jovem – respondeu o homem mais velho. – Agora, me diga, qual é o seu destino hoje?

– Eu preciso estar na Tanzânia na sexta ou no sábado.

– Isso é lamentável, filho – disse o agente de viagens. – Não há voos da Costa Oeste para a Mãe África até a próxima terça-feira.

Destemido, TC explicou que precisava estar na Tanzânia no sábado, para se preparar para a orientação em uma universidade.

– Minhas desculpas, jovem, uma pena você não ter planejado essa viagem trinta dias atrás. É simplesmente impossível. – Quando TC se virou e baixou a cabeça, derrotado, o agente de viagens falou novamente. – Há outra maneira de fazer isso, mas talvez você não tenha coragem de encará-la.

– Você está falando sério? – perguntou TC.

O agente de viagens fez que sim com a cabeça, levantou-se e foi até um belo baú de madeira e latão. Ele o abriu e puxou lá de dentro o que parecia ser um cobertor chique.

– O que é isso, um tapete voador? – perguntou TC em um tom sarcástico.

– Filho, algumas coisas não podem ser explicadas na aula de ciências – respondeu o velho. – Amanhã de manhã, antes do nascer do sol, esteja no porto de Oakland. Use este pano nos ombros e encontre um lugar confortável para se sentar. Mantenha a mente aberta e seu transporte chegará dentro de uma hora.

TC revirou os olhos e balançou a cabeça em descrença.

– Isso parece loucura – disse ele –, mas estou desesperado, então acho que não tenho escolha, tenho?

– Você encontrará seu caminho, filho – disse o senhor idoso, confiante. – E, por favor, me mande um cartão-postal.

TC apertou a mão do agente de viagens, agradeceu e voltou para casa no ônibus seguinte.

• • • •

Quando ele chegou em casa, a mãe estava animada. Tinha chegado um telegrama do doutor Mwambi: *"TC: não se preocupe em trazer bagagem. Você terá tudo de que precisar nos próximos meses. Estou ansioso para ter você comigo aqui em breve"*.

Ansiosamente, TC explicou à mãe sobre o agente de viagens e o estranho xale de tecido que recebera.

– Eu conheço esse tipo de tecido – disse a mãe, examinando a peça –, e o senhor estava falando a verdade. Por mais estranho que possa parecer, o fato de ele não ter aceitado dinheiro deve indicar que suas intenções são honrosas e que ele quer ajudar você a chegar ao seu destino.

Na manhã seguinte, TC chegou ao porto de Oakland às 6h30. Estava cerca de dez graus à beira-mar, e ele ficou feliz ao enrolar o tecido em volta dos ombros. O jovem fechou os olhos e orou para que fosse possível corrigir seus erros e receber os presentes que a mãe e o professor estavam lhe oferecendo.

Em minutos, ele se sentiu... intoxicado. Inicialmente, supôs que ainda houvesse álcool em seu organismo, mas então começou a entrar em um estado de transe, em algum ponto entre o sonho e a inconsciência. Logo estava praticamente em coma.

• • • •

– O que significa "engoma"? – pergunta um menino na Washington Elementary School.

O rei T'Challa pega um pedaço de giz e escreve a grafia da palavra no quadro-negro.

– Estar em coma é como estar em um sono muito profundo, quase morto – explica ele. – Mas ainda vivo e respirando.

Isso causa um murmúrio entre os alunos, mas eles aceitam a explicação, e o rei T'Challa continua sua história.

• • • •

TC caiu em um sono muito profundo, e parecia que tinha entrado em um sonho. Ele não sentia mais o frio de dez graus daquela manhã, e o estranho cobertor africano começou a tomar a forma de...

Penas.

Essas penas lhe eram familiares... penas de águia-americana, e quando TC moveu as asas, elas o levaram instantaneamente para o ar.

No sonho, todo o seu corpo assumiu a aparência de uma orgulhosa e poderosa águia.

Enquanto voava, uma voz lhe disse que, embora aquele tecido que TC considerava um "cobertor estranho" se originasse na África, em algum momento ele fora ungido por uma tribo de nativos americanos chamada Ohlone. Esses índios americanos viviam ao longo da costa da Baía de São Francisco, alguns na área de Oakland. Depois de ter sido ungido, o tecido foi devolvido ao seu dono original, um visitante da África.

– A águia não o rejeitou quando você estava naquele ovo – disse a voz misteriosa. – A águia o deixou onde você precisava estar, para ficar seguro. Ela foi usada para levá-lo de um ponto a outro, evitando assim que pessoas erradas descobrissem sua localização. Sua existência seria intimidante, e até mesmo ameaçadora, para algumas pessoas.

Depois de horas de voo na forma de águia, TC começou a sentir fadiga. Com o canto do olho, avistou um pardal sem cor, um albino. O pardal falou com ele, mas sem emitir um único som.

– Vamos ver quem chega primeiro? – perguntou o pardal.

– Estou voando há três horas – respondeu TC –, e procuro um lugar para pousar e descansar.

– Mas uma águia pode voar muito mais do que isso – argumentou o pardal. – Será que você não está apenas sendo preguiçoso? – TC não respondeu, e o pardal continuou. – Não se preocupe, você está se aproximando de um pequeno grupo de ilhas e pode descansar lá. Você perderia a nossa corrida, de qualquer maneira. – E o pardal albino mergulhou a uma velocidade incrível, desaparecendo na névoa.

Apesar de as palavras do pardal terem sido ofensivas, TC, a águia, sentiu-se motivado por elas. Ao se aproximar das ilhas, resolveu não parar; continuou por um pouco mais de oito horas antes de parar para descansar em um grande recife de coral, parte do qual se projetava acima da água.

Um grupo de leões-marinhos fazia ali uma enorme confusão lutando por um grande atum que ainda estava se movendo. De repente, um pássaro majestoso desceu da névoa e agarrou o peixe com as garras afiadas. Era uma outra águia, que pousou perto de TC.

– Uma refeição assim cabe muito mais a um de nossa espécie – disse a águia.

TC então se deu conta de que não estava realmente com fome e disse isso para a outra águia.

– É porque você está viajando no plano espiritual, meu amigo – explicou a águia –, e não no plano físico.

Estranhamente, isso começou a fazer sentido. A outra águia partiu.

Pouco depois, TC alçou voo novamente e logo se aproximou do Sudeste Asiático. Ele foi atingido por ventos muito agressivos e a ansiedade o dominou. Instintivamente, posicionou a cabeça e as asas para aproveitar o poder esmagador do vento. A velocidade que atingiu foi tão grande que ele desmaiou.

Quando acordou, estava de volta à forma humana, deitado em posição fetal em uma cama e envolto em uma umidade que parecia a sauna do vestiário da escola. Uma macia mão feminina colocou um pano quente em sua testa. Uma mulher de pele muito escura, com lindos traços e sem cabelos, falou com ele em uma língua estranha.

Uma figura familiar entrou na pequena cabana úmida.

– Bem-vindo à pátria, jovem estudante! – saudou o doutor Mwambi.
– É hora de conhecer o povo Maasai.

• • • •

Com alvoroço, TC se inscreveu em seu programa de estudos na Universidade Muhimbili de Saúde e Ciências. Nas primeiras semanas, ele aprendeu sobre o povo Maasai e rapidamente sentiu que tinha uma conexão com eles. Na verdade, toda a África lhe parecia familiar.

Certa manhã, quando se vestia para ir estudar na biblioteca da universidade, o doutor Mwambi veio procurá-lo, trazendo uma câmera fotográfica. O professor o instruiu a pegar a câmera e sair para explorar o lugar.

– Tire muitas fotos, pois vou avaliar o que você registrar – disse o professor. – Primeiro, pegue o ônibus para o Lago Vitória; e quando chegar lá, vá ao mercado e contrate um guia turístico. Por cerca de um dólar, um guia vai lhe mostrar as belas reservas naturais. Essa é a sua tarefa.

Embora achando estranho, TC obedeceu e se sentou em um ônibus lotado, sem o ar-condicionado a que estava acostumado nos ônibus públicos. Por causa de seu estado de humor, as pessoas o observavam, pois ele parecia perdido. As crianças o olhavam como se ele fosse um alienígena.

Desceu do ônibus muito perto de um mercado de rua, nas proximidades do Lago Vitória, um dos Grandes Lagos africanos. Caminhou pelo mercado e comprou uma manga. Enquanto comia, ele ouviu a voz de uma mulher falando seu idioma.

– Você está pronto para ver as mais belas maravilhas naturais desta terra? – perguntou a mulher.

Ela usava tinta tribal no rosto e belos anéis em oito de seus dedos. As joias se pareciam com as que ele vira no agente de viagens em Oakland. Por alguma razão, ele tinha a impressão de que conhecia aquela mulher havia anos, e imediatamente se sentiu confortável na presença dela.

Colocando a mão no bolso, ele tirou um dólar americano.

– Sim, senhora. Estou pronto.

• • • •

Sua nova companheira de viagem o conduziu ao longo das margens do Lago Vitória e ele se maravilhou com aquele que foi um dos mais belos pontos turísticos que já conhecera. Agora que já tinha se acostumado com o calor, a África parecia um planeta diferente para ele. O ar estava mais limpo, a comida o deixava mais forte e até as roupas que vestia eram mais confortáveis.

A mulher se apresentou como Imani. Era um nome suaíli, e ela explicou que significava fé. Saber disso deixou TC de alguma forma tranquilo... mas isso não durou. Os dois viajantes seguiram por uma trilha durante mais ou menos uma hora, e então TC começou a perceber coisas que já havia visto e fotografado.

– Existe uma razão para estarmos caminhando em círculos, Imani?

– Às vezes, uma linha reta não é a resposta, senhor.

TC não tinha ideia do que a mulher queria dizer com isso, mas não a pressionou.

Enquanto desciam uma colina íngreme por cerca de oitocentos metros, a paisagem começou a mudar. As árvores e as plantas ali pareciam menos convidativas. O caminho desapareceu e o céu ficou menos iluminado. Grande parte da folhagem tinha espinhos longos e agressivos ou bagas que não pareciam comestíveis, e estavam ali as maiores vespas que ele já tinha visto.

– Onde estamos? – perguntou TC.

– Você está no Vale dos Espinhos, meu amigo – respondeu Imani.

TC começava a se sentir desidratado.

– Quanto tempo antes de chegarmos a algum lugar onde eu possa beber um pouco de água?

Imani enfiou a mão na bolsa de viagem e entregou a ele uma garrafa de cerâmica.

– Beba isso – ofereceu ela. – Vai hidratá-lo e fazer você sentir como se tivesse acabado de comer.

– O que é isso? – perguntou TC.

Imani explicou o que era aquela bebida misteriosa.

– São principalmente plantas verdes locais e uma fruta muito difícil de encontrar. – Enquanto TC despejava um pouco do líquido para ver o que estava prestes a ingerir, Imani gritou: – Ei! Aqui não é como nos Estados Unidos, nós NÃO desperdiçamos comida!

TC se desculpou e tomou um gole da bebida. A consistência era pesada, mas a bebida era realmente hidratante, e apenas um gole serviu como suplemento alimentar. Seja lá qual fosse a causa, TC queria continuar seu caminho.

– Por favor – pediu Imani –, dê licença para que uma senhora possa encontrar um lugar discreto para aliviar a bexiga.

Ao desaparecer atrás de alguns arbustos, TC procurou um lugar para se sentar, onde não houvesse espinhos ou vespas. Ele continuou bebendo, e logo sentiu o corpo começar a formigar. Então suas mãos ficaram trêmulas e todos os pelos de seu corpo de um metro e oitenta e cinco se arrepiaram.

Ele percebeu que perdia a noção do tempo, e Imani já estava sumida por quase trinta minutos. Ele gritou o nome dela, mas não obteve resposta. Quando se levantou, com a intenção de ir na direção que ela tinha ido, começou a ouvir tambores a distância. O som parecia vir de cima.

Embora surpreso, TC não demonstrou ansiedade. Ao contrário, estava quase disposto a também bater em um tambor. O som era emocionante. O padrão de percussão parecia conflituoso.

Finalmente ignorando os tambores, TC caminhou em direção aos arbustos por onde Imani havia desaparecido. Enquanto avançava, ele roçou em uma videira cheia de espinhos que parecia venenosa. Olhando para a manga de linho branco, ele viu sangue e oito longos espinhos perfurando seu bíceps e antebraço.

Ele puxou os espinhos ensanguentados cravados em sua pele e achou bizarro não ter sentido dor. Se estivesse em Oakland, estaria destruindo o banheiro em busca de água oxigenada.

O som dos tambores ficou mais alto, mas ele ainda estava preocupado em encontrar Imani.

Sem nenhum sinal de onde a vira pela última vez, TC virou na direção oposta, e lá estava ela. Imani segurava uma longa haste de metal com uma lâmina azul brilhante na ponta. Aos seus olhos, parecia um machado com uma lâmpada dentro dele.

– Que tipo de guia turístico é você? – perguntou ele, percebendo que tinha que elevar a voz acima do som dos imponentes tambores. – Deixando que eu ficasse sozinho numa selva por quase quarenta e cinco minutos?

– Eu nunca disse que era guia turística – respondeu ela. – Eu simplesmente perguntei se você estava pronto para ver a natureza.

– Então, por que puxou uma arma para mim? – perguntou TC. – E o batuque desses tambores malucos, que fica cada vez mais alto e rápido?

A resposta de Imani mudaria sua vida para sempre.

– Esta arma pertence a você – disse ela. – Na verdade, foi *feita* para você! Os tambores que você ouve estão se comunicando com você. Querem que saiba que a hostilidade e a dor estão se aproximando.

Imani entregou a arma a TC.

O diâmetro da haste cabia em sua mão como uma luva de couro.

– O que devo fazer com isto? – perguntou TC.

Antes que ela pudesse responder, entretanto, a haste se moveu. Era como se o metal o envolvesse. Ele vibrou e brilhou em um azul ainda mais brilhante e lilás. Imani respondeu, enquanto dava um passo para o lado, como se quisesse evitar ser atropelada por um ônibus.

– Às vezes, é preciso parar de falar – respondeu ela –, e deixar que nosso terceiro olho nos guie.

A próxima coisa que TC percebeu foi o anoitecer. Ele não tinha notado o pôr do sol. Entre a bebida que Imani tinha lhe dado e o cajado em sua mão, seu corpo estava diferente. Era como se os músculos tivessem crescido, e ele descobriu que podia enxergar na escuridão.

Havia um cheiro, e seu olfato indicou a seu cérebro que seis homens se moviam em sua direção.

Rapidamente.

– Então você me trouxe para esses espinhos e esse ninho de vespas gigantes com a intenção de me matar – vociferou TC.

Imani apenas fechou os olhos, curvou-se e começou a andar para trás em posição curvada, como se TC fosse a rainha da Inglaterra.

Houve um movimento, e TC viu seis guerreiros africanos carregando armas exóticas correndo em sua direção. Seria uma reação normal, ele sabia, entrar em pânico.

Mas não naquele momento.

TC se sentia como um jogador conduzindo uma bola de futebol. Conforme os guerreiros se aproximavam, ele baixou a cabeça e pensou consigo mesmo: "Se eu morrer durante meus estudos, vou arruinar a vida da minha mãe". Naquele momento, a arma que ele segurava começou a vibrar como um despertador, como se dissesse "hora do show".

Enquanto os seis guerreiros cercavam TC, logo ficou evidente que aquela luta não era justa. No entanto, eles pareciam nervosos, e ele os atacou. Um deles brandiu uma espada, e a ponta de metal tocou sua lâmina iluminada de azul, estilhaçando-se. O que se seguiu foi um turbilhão de combate, e três guerreiros assustados foram derrubados com ferimentos na carne.

Os outros três guerreiros simplesmente largaram as armas, para que pudessem fugir mais rápido.

Enquanto TC os perseguia para dar cabo dos três restantes, uma força de cerca de duas dúzias de guerreiros apareceu na escuridão, correndo em sua direção. Alguns desses guerreiros eram mulheres com cabeças raspadas e brilhantes. A ideia de lutar contra uma mulher deixou TC desconfortável e, em sua hesitação, uma guerreira o derrubou no chão e o apunhalou no rim.

Mais uma vez ele pensou na possibilidade de partir o coração da mãe.

Lutando contra esse pensamento, ele fechou os olhos e saiu de dentro de si mesmo. Em uma tempestade ofuscante de metal, faíscas e sangue, o jovem guerreiro americano se sentia como se estivesse em um balé, movendo-se em câmera lenta. Ele coreografou cada golpe e chute que desferiu.

A certa altura, ficou tão confortável que largou a arma e confiou em seus movimentos de artes marciais autodidatas aleatórios, nada ortodoxos. Ele adorava desferir golpes com as mãos, os pés e os cotovelos. Também percebeu que, a cada golpe que desferia, os oponentes voavam vários metros no ar. Aquele não era seu grau normal de força.

Quando o resultado da batalha ficou aparente, os cinco guerreiros restantes largaram as armas e se ajoelharam em submissão. Em menos de trinta minutos, tudo acabou.

Imani se aproximou dele e se voltou para os cinco guerreiros derrotados. A uma ordem dela, os homens se levantaram e desapareceram na mesma direção de onde tinham vindo.

– Por que você armou essa emboscada para que eu fosse assassinado? – perguntou TC, magoado. – Eu a ofendi? Eu não tenho dinheiro...

– Precisávamos verificar suas capacidades – respondeu Imani, desculpando-se.

– "Nós"? De quem você está falando? – perguntou TC.

Em vez de responder, Imani agarrou seu braço e foi conduzindo-o na mesma direção pela qual seguiram os guerreiros que haviam desaparecido na escuridão. A essa altura, os tambores, que tocaram o tempo todo, soavam submissos. Ela acompanhou TC pelo Vale dos Espinhos.

Depois de cerca de uma hora de silêncio constrangedor, eles se aproximaram do que parecia ser uma margem de rio. Amarrado a uma doca estava o barco mais bonito que TC já vira, mas não tinha vela, nenhum motor visível e ninguém para remar. A embarcação tinha pelo menos trinta metros de comprimento e se assemelhava às que TC vira em pinturas do Egito Antigo. Era o tipo de embarcação em que Osíris ou Rá, o Deus Sol, poderiam navegar em majestosas obras de arte.

Os dois entraram no barco e Imani subiu um lance de escada no centro. TC a seguiu. No topo da escada havia um luxuoso assento almofadado, parecendo de veludo. Assim que eles se sentaram, a embarcação começou a se mover.

"Onde está o capitão?", pensou ele. "E quem está dirigindo?"

– Como este barco se move sozinho? – perguntou a Imani.

Sem responder, ela se levantou, desceu o lance de escadas e continuou por mais um lance, que conduzia a uma cabine no nível inferior. TC a seguiu, observando-a. Ela abriu uma porta, revelando um computador diferente de tudo o que ele já vira antes. Os computadores de última geração da universidade pareciam gabinetes enormes com rolos de fitas giratórias comparado àquilo. No centro desse computador havia um círculo que abrigava uma brilhante e reluzente pedra azul.

TC reparou que o surgimento daquelas gemas azuis estava se repetindo, e talvez elas servissem para orientar sua vida.

– Este barco é movido por um motor de turbina e dirigido por um computador – explicou Imani. – Ambos são movidos a vibranium, esta pedra azul.

TC ficou fascinado.

– Essa pedra é a fonte de combustível?

– Essa pedra poderia fornecer energia para cerca de metade da cidade de Nova York – respondeu Imani.

TC balançou a cabeça, descrente.

– Sem chance.

Imani se virou e começou a subir as escadas.

– Estou levando você a um lugar onde tudo isso fará sentido – disse ela, enquanto seguiam para o convés.

Elegantes tapeçarias roxas e douradas adornavam as colunas de pedra que sustentavam o teto acima deles. As colunas pareciam pesadas demais para permitir a um barco flutuar, mas aquela evidentemente não era uma embarcação comum.

• • • •

Quando o barco real se aproximou de uma cachoeira, TC disse a Imani:

– Precisamos parar este barco, senão vamos morrer!

Imani fez um gesto leve e casual com a mão, como se estivesse secando o esmalte das unhas, e a embarcação subiu cerca de dois metros acima da água. O barco pairou graciosamente além da cachoeira e das rochas gigantes abaixo dela.

– Uau. Então você é uma bruxa? – perguntou TC.

– Bem... já fui chamada de bruxa, mas não posso levar o crédito pelas capacidades deste barco. Tudo o que você está experimentando remonta à tecnologia e à pedra azul que lhe mostrei lá embaixo.

O navio pairou e continuou por cerca de quatrocentos metros sobre um riacho abaixo deles, antes de alcançar outra cachoeira. Depois de passar por ela, desceu e voltou a assentar-se sobre a água, mas desta vez a água era diferente. De um belíssimo tom azul-claro, aquela água estava cheia de peixes exóticos que compunham todas as cores do espectro.

– Que tipo de peixes são esses? – perguntou TC.

– Receio não poder responder – disse Imani –, porque não tenho a sua capacidade de enxergar na escuridão. Posso ver algumas coisas, mas não os peixes abaixo da superfície.

– Bem, este lugar não se parece com nada que eu tenha visto na enciclopédia ou na National Geographic – observou TC. – Em que cidade estamos... em que parte da Tanzânia?

– Você não está mais na Tanzânia, senhor – disse Imani.

Ele a encarou.

– Você está em Wakanda.

"Senhor?", TC pensou consigo mesmo. "Por que ela está me chamando de 'senhor' agora?"

TC sentiu o belo navio desacelerar e pôde ver as luzes de uma cidade a distância. Em pouco tempo, o horizonte surgia repleto de arranha-céus e luzes piscando. Os arranha-céus eram mais altos do que qualquer edifício de Oakland, ou da maioria das cidades que ele tinha visto pela televisão em preto e branco de casa.

– Não estamos mais na África? – perguntou ele. – Porque Wakanda não está em nenhum mapa que eu já tenha visto.

– Você está no coração da África – respondeu Imani. – Wakanda não está em nenhum mapa porque o rei não o permite. A maioria dos africanos acredita que Wakanda é um lugar de contos de fadas, como a Terra do Nunca, e preferimos que seja assim.

O barco atracou e TC seguiu sua companheira de viagem para fora, e então por um exuberante tapete roxo. O tapete logo ficou escuro, com listras douradas.

– Parece que estamos caminhando sobre mármore negro e ouro – disse ele.

– Quase – disse Imani. – Você está caminhando sobre ônix e ouro. Mármore é um material barato, e não é digno de ficar sob os pés do rei.

Ele se perguntou o que ela estaria querendo dizer com isso.

Os dois logo chegaram a um grande edifício, e para TC aquela construção pareceu uma casa de ópera que ele havia visitado com os colegas de classe em São Francisco. Dois guardas enormes estavam na frente do prédio. Ambos pareciam ter cerca de dois metros de altura, e ele avaliou que pesassem mais de cento e vinte quilos. Os homens reconheceram Imani e não fizeram nenhuma menção de detê-la enquanto ela conduzia TC por outro exuberante tapete roxo.

Duas portas parecidas com portas de castelo se abriram para eles. Ao entrarem na luxuosa câmara, TC viu um balcão com oito africanos mais velhos sentados acima dele. Estavam vestidos como se estivessem em uma versão africana de uma produção teatral de Shakespeare. Havia muitas penas, pedras preciosas, marfim, belíssimos vestidos longos e outros tipos de vestimentas requintadas.

Os oito assentos pareciam tronos, e em um deles, de espaldar alto estofado, estava ninguém menos do que o doutor Mwambi, empoleirado orgulhosamente e sorrindo como um pai em uma cerimônia de formatura.

Uma voz estrondosa veio de um dos dignitários sentados acima dele.

– Bem-vindo a Wakanda, T'Challa!

Ninguém nunca o havia chamado assim, pensou TC, exceto sua mãe. Ela também lhe dera o apelido de "Sua alteza".

O cavalheiro que falava se apresentou como lorde Amari das Planícies, depois apresentou cada um dos outros. Eles incluíam um senhor, um cientista, uma general militar e, claro, o doutor Mwambi. Lorde Amari explicou a TC que a tarefa de trazê-lo de Oakland para Wakanda fora atribuída ao doutor Mwambi e a Imani.

– Temos observado você desde seu nascimento – contou ele. – Tenho certeza de que está confuso sobre o motivo de termos trazido você a esta terra e até mesmo o submetido à violência.

– Você foi trazido aqui para ser testado antes de o prepararmos para a liderança. Algumas pessoas nesta sala acreditam que você seja o futuro rei deste país. E alguns acham que tudo isso é uma piada, porque você não nasceu aqui.

– O que você acha, T'Challa? – perguntou lorde Amari.

– Acho que preciso falar com a minha mãe sobre isso – respondeu TC. – Ela é da Tanzânia e sabe mais sobre a África do que eu.

– Isso não é totalmente verdade – disse Mwambi calmamente.

Ele explicou que tanto ele como sua mãe eram de Wakanda.

– Ela foi embora porque seu marido era da família real que agora governa o país. Ele era abusivo com ela porque ela não podia ter filhos, então ela pediu permissão para partir. Foram impostas algumas condições a ela, como levar consigo apenas dez mil dólares e as roupas do corpo.

– Ela também teve que concordar em ter algumas de suas memórias apagadas – continuou Mwambi –, para não haver o risco de ela comprometer seu local de nascimento trazendo ocidentais para nossas fronteiras. Com isso, sua mãe logo chegou à Califórnia.

– Tudo o que for discutido entre você e este corpo governante deve permanecer confidencial – explicou lorde Amari. – Qualquer coisa mencionada fora deste grupo será punida com a morte. Somos um parlamento secreto e autoproclamado, formado para orientar o futuro desta nação em uma direção mais digna.

– Conforme aprendi na escola, isso se chama "golpe" – disse T'Challa. – Então, a meu ver, vocês não passam de um grupo de revolucionários bem-vestidos.

– Soubemos recentemente que nosso rei pretende vender balas de vibranium para alguns países prestes a entrar em guerra – continuou o professor. – Ele planeja isso em segredo, para ganhar bilhões de dólares e esconder em contas secretas. Acreditamos que essa seja sua estratégia de retirada caso perca o trono. Ele sabe que sua liderança é questionável para muitos de nós.

Com isso, e embora TC tivesse muito mais perguntas, o doutor Mwambi indicou que a discussão estava encerrada.

• • • •

Nas semanas seguintes, T'Challa, que era conhecido como TC de Oakland, foi levado de volta para a Tanzânia. Ele e a mãe ficaram alojados em um castelo de trinta cômodos que pertencia a lorde Amari, e com a ajuda dela ele começou sua preparação real.

Amari queria que T'Challa se acostumasse a um estilo de vida luxuoso, para que sua eventual transição não fosse culturalmente chocante. Por razões de segurança, o treinamento e a preparação não puderam ocorrer em Wakanda.

Aceitando esse raciocínio, ele realmente começou a acreditar que herdaria a coroa em Wakanda, mas o que ele não entendia era como havia sido selecionado para tudo aquilo. Sua mãe e o doutor Mwambi lhe explicaram que, quase cem anos antes de seu nascimento, o místico mais poderoso do país havia dado voz a uma profecia dos deuses, direta e detalhadamente.

A missão divina delineada pelo místico incluía instruções para retirar o DNA de um rei específico, que seria colocado em uma incubadora e levado para fora do país.

Embora achasse toda aquela história muito fantástica, T'Challa sentiu que era inútil discutir. Então, ele aceitou suas responsabilidades e foi bem-sucedido além das expectativas de todos.

• • • •

Após dois anos de treinamento extensivo e muitas vezes cansativo, T'Challa tornou-se versado nas artes da guerra. Ele também foi educado na história de Wakanda, incluindo seus avanços tecnológicos e o valor do vibranium.

Independentemente da natureza da conversa, as coisas sempre pareciam apontar para o vibranium. Era como se esse mineral precioso fosse o sol e tudo girasse em torno dele.

Quando o conselho sentiu que T'Challa estava pronto para cumprir a profecia, lorde Amari passou seu treinamento para o mais novo membro do conselho secreto: o grande general Bakari.

O general Bakari colocou T'Challa no exército real, em um destacamento que guardava os diferentes palácios ocupados pelo rei. T'Challa se mantinha sozinho e falava o menos possível, por receio de que seu sotaque deixasse evidente que ele era americano.

Uma guerra civil estava se formando em Wakanda, e às vezes os conflitos dentro de uma família podem ser os mais traiçoeiros, T'Challa sabia.

• • • •

A princesa Olu tinha quase dois metros e dez de altura. Como a filha mais velha do rei Kamali, ela deveria ser a próxima na linha de sucessão a herdar o trono, mas esse não era o desejo do rei. Apesar da aparência e do porte poderosos, ela era muito sensível e se ressentia do preconceito do pai.

Ainda assim, outro comitê clandestino foi formado, com o objetivo de cortar a cabeça do rei, com a coroa ainda presa.

A princesa Olu estava muito ciente quanto a quais líderes globais queriam um pedaço da torta wakandana e, sabendo disso, ela organizou uma reunião secreta nas Ilhas Canárias, onde todos esperavam, no fim, esconder sua riqueza roubada. Vários reis, presidentes e líderes militares decidiram por unanimidade apoiar o plano da princesa Olu em troca de vibranium. Cada líder envolvido concordou em libertar alguns de seus criminosos de guerra e terroristas mais cruéis. Todos seriam motivados a lutar, com a falsa promessa de que seriam libertados após terem se livrado do rei.

Nenhum dos assassinos libertados jamais voltaria à vida civil, já que todo o conselho concordou que eles seriam assassinados por causa do que sabiam.

Todos os criminosos de guerra estrangeiros foram trazidos para o Vale dos Espinhos. O protocolo padrão para lidar com visitantes indesejados na fronteira de Wakanda era enviar uma unidade de elite do exército real, conhecida como "Caçadores de cabeças".

O general Bakari instruiu T'Challa a se juntar aos Caçadores de cabeças em sua batalha, mas para agir como observador.

O que se seguiu ficou conhecido como a Batalha do Vale dos Espinhos. O conflito se arrastou por quase trinta dias, e a maior parte da tropa original de Caçadores de cabeças foi morta. Os mercenários lutaram sem medo, parecendo totalmente à vontade no Vale dos Espinhos, e os wakandanos nunca haviam experimentado uma guerrilha tão fora dos padrões.

T'Challa contatou o general Bakari, e compartilhou sua estratégia pessoal para eliminar os soldados estrangeiros. Com a aprovação do general, T'Challa liderou cem soldadas do exército real até o vale para enfrentar mais de duzentos terroristas e criminosos de guerra.

Isso confundiu muito os invasores estrangeiros. Em uma trama genial equivalente às do lendário general chinês Sun Tzu, setenta e cinco das mulheres soldadas *se renderam* aos mercenários.

Quando os mercenários começaram a lutar para ver quem ficaria com as soldadas, T'Challa liderou mais cinquenta mulheres assassinas até o vale. Juntas, suas forças dominaram o inimigo, e a batalha que se arrastava por um mês acabou em um único dia.

As soldadas provaram que eram ainda mais cruéis do que os homens. Elas foram pacientes e lutaram sem ego. T'Challa sabia que esse seria o caso, porque ele tinha lido sobre as Kunoichi do Japão, que eram ninjas.

– Eu deveria ter enviado minha esposa, teria acabado mais rápido – ouviu-se o general Bakari comentar.

• • • •

Ninguém em Wakanda sabia que a princesa Olu havia orquestrado o ataque na fronteira de Wakanda. Os mercenários sobreviventes foram interrogados, mas os líderes estrangeiros enviaram criminosos e terroristas que nada sabiam sobre a princesa.

A batalha validou o argumento de T'Challa sobre a ferocidade feminina. O general Bakari ficou tão impressionado com a maneira como usou a estratégia para reivindicar a vitória durante a guerra que ele e os outros dignitários wakandanos que compunham o conselho decidiram que era hora de expulsar o rei Kamali. Em apenas três dias, o grande general Bakari reuniu mil homens de suas tropas para cercar o palácio, a fim de fazer uma visita ao rei Kamali.

Bebendo vinho com o rei, o general explicou que alguns sabiam de seu plano de esconder dinheiro e vibranium fora do país. O rei Kamali dissimulou, dando a desculpa de que o vibranium era tão inebriante que, tal como os efeitos do vinho, poderia fazer um homem perder o bom senso.

Bakari então "explicou" ao rei que ele deveria anunciar sua aposentadoria. A nova mentira política seria que Kamali faria uma jornada espiritual para se tornar sacerdote. A verdade é que o rei e sua família seriam banidos para uma bela ilha na costa da África do Sul, onde viveriam seus dias sob o olhar atento de um satélite a doze mil metros acima deles, munido com armas sofisticadas para dissuadir qualquer pessoa de deixar a ilha. Eduardo VIII, da família real britânica, viveu um destino semelhante nas Bahamas, sem o satélite repleto de armas acima de sua cabeça.

Esse banimento era um estilo de vida que a princesa Olu descreveria como o de "reféns privilegiados". Ela deixou claro que, de uma forma ou de outra, encontraria uma maneira de sair daquela ilha... no devido tempo.

Durante seu "discurso sobre o estado do reino", o rei Kamali trouxe Abu Ra, o místico mais respeitado do país. Abu Ra, que teria duzentos e doze anos, era o mesmo místico que entregara a profecia dos deuses de que T'Challa seria a manifestação genética de um antigo rei. Abu Ra era respeitado em Wakanda da mesma forma que Moisés era respeitado por qualquer um que lesse a Bíblia, então ninguém sugeriu, ou poderia imaginar, que a política estava em jogo nos bastidores e que o rei Kamali fora seduzido pela ganância.

• • • •

A celebração da coroação do rei T'Challa durou uma semana. Todos no país foram convidados a conhecê-lo. O mistério de seu passado desvaneceu-se rapidamente, pois as pessoas foram hipnotizadas pelo fato de que ele estava disposto a tirar uma foto com todos que lhe pedissem. Nunca antes um rei fora tão acessível.

Mariam, a rainha-mãe, achou engraçado que ele tivesse dominado o sotaque wakandano. Era algo que ele poderia desligar e ligar à vontade.

Após um desfile militar, um show aéreo com jatos acrobáticos e uma apresentação com tambores de guerra, o rei T'Challa estabeleceu seu novo perfil real com a rainha-mãe ao seu lado. Uma de suas primeiras ordens reais foi nomear Imani a nova ministra da Cultura. Ela foi responsável por tê-lo trazido para Wakanda, e o rei sentiu que ela faria uma boa representação do país. Ele também sentia que ela tinha natureza de líder.

Talvez até mais do que ele mesmo.

O rei T'Challa passou a ser um rei progressista assim que assumiu o trono. Ele reduziu o tamanho das forças militares e começou a exibir mais música e arte do país em nações estrangeiras. Wakanda não precisava se preocupar com sua ganância, porque o rei T'Challa não estava intoxicado com a riqueza.

Ele gostava do luxo de ter tudo sob seu comando, mas também poderia se sentir tão confortável quanto, tomando o ônibus em Oakland. Contudo, com o passar do tempo, T'Challa ficou ansioso e triste.

Ele sentia que perdera o controle da própria vida. Ele nunca pediu para ser o rei de Wakanda, e isso começou a lhe parecer um fardo. Certa noite, ele sonhou que era uma águia e voava sobre Oakland, na Califórnia.

Depois de apenas três anos de serviço real, ele convocou o grande místico Abu Ra para um conselho. Quando Abu Ra chegou ao palácio real, o rei T'Challa já havia ensaiado o que pretendia dizer ao velho mago, mas Abu Ra assumiu a liderança da conversa antes de T'Challa se pronunciar.

– Você sente falta de sua casa na América, Excelência – disse o místico. – Já estou ciente. Isso me veio em um sonho, e pude ver você na forma de uma águia, voando sobre o lugar para onde nós o enviamos no começo.

O poderoso místico viu o sonho de T'Challa e entendeu que era uma profecia.

O rei T'Challa começou a se explicar.

– É um fardo enorme para mim sentir que meu coração está enraizado em outro lugar, e ainda assim estou envergonhado da ideia de decepcionar você e o conselho. Tenho observado minha cidade natal, Oakland. Está mudando rapidamente, e nem sempre para melhor. Os Estados Unidos em geral estão tendo um despertar cultural, e sinto que devo ter uma voz no novo mundo.

– Você é descendente de linhagens lendárias – explicou Abu Ra. – A profecia afirmava que você e um outro trariam paz e tranquilidade a Wakanda.

Essa resposta trouxe um pouco de paz de espírito a T'Challa, e ele teve um *déjà-vu*.

Imani foi a segunda pessoa a compartilhar sua linhagem. Eles eram parentes, então talvez por isso ela lhe parecesse familiar. Eles se encontraram naquele mercado, não aleatória, mas instintivamente.

– Você fez o que se esperava de você quando foi decidido trazê-lo aqui – continuou Abu Ra. – O rei Kamali não era bom para o povo de Wakanda. Você veio aqui e se apresentou quando derrotou nossos agressores na fronteira. Você também mudou a cultura nacional ao nos mostrar que a vida é mais pacífica quando nos concentramos mais na arte e menos na guerra. Essa é uma grande declaração, vinda de um guerreiro e um veterano de combate. Você está deixando Wakanda melhor do que estava quando chegou, e isso é uma conquista histórica. Só peço que nos ajude a identificar um novo rei, alguém que compartilhe seus valores e princípios.

• • • •

Imani ficou chocada e quase oprimida quando o rei T'Challa explicou que a estava escolhendo para ser sua noiva e a próxima governante de Wakanda. Os dois não tinham nenhum interesse romântico um pelo outro, mas aquela era a única maneira de ele colocá-la no poder antes de retornar à sua terra natal americana.

Historicamente, Wakanda nunca teve uma governante feminina no trono.

– Eu acho que você está prestes a liderar Wakanda como uma mãe provedora – o rei T'Challa explicou humildemente a Imani –, e não como um senhor da guerra.

Ele também explicou que ambos eram descendentes de reis, conforme revelado por uma profecia.

Imani contou que, na primeira vez que viu T'Challa, sentiu como se estivesse falando com alguém que já conhecia. Ele sabia que era verdade.

Mariam ficou feliz quando o filho pediu que ela voltasse para a Califórnia com ele. Ela também sentia falta da vida simples, e foi ela quem primeiro havia deixado Wakanda, porque se sentiu desrespeitada quando estava se tornando mulher.

Eles, entretanto, não deram a Wakanda o grandioso casamento real que o povo gostaria de ver. Ele sentiu que isso seria hipocrisia, já que estava fazendo a transição de volta para os Estados Unidos.

• • • •

O rei T'Challa passou o ano seguinte ajudando a rainha Imani a se sentir confortável com seus novos deveres. Ao mesmo tempo, ele e a mãe começaram a fazer arranjos para voltar a Oakland.

Mariam voltou aos Estados Unidos antes do rei e reformou a casa. Abu Ra fez um anúncio nacional de que o rei estava deixando Wakanda para explorar terras estrangeiras, pelo potencial de construir uma colônia fora da África. A rainha Imani garantiu ao rei T'Challa que governaria a terra dignamente, da mesma maneira que ele fez. Ela também estabeleceu uma doação diplomática de um bilhão de dólares para T'Challa, para que ele pudesse desenvolver no exterior qualquer projeto que considerasse importante.

Abu Ra, o grande místico, disse que queria visitar o rei T'Challa. O rei sempre quis conversar com o velho mago e, dessa vez, o homem lhe trouxe um presente. T'Challa reconheceu imediatamente o "cobertor colorido" que o agente de viagens lhe dera em Oakland. Era o mesmo tecido africano que lhe concedeu a capacidade de assumir a forma de uma águia e voar para a África. Esse mesmo tecido africano também deu a T'Challa seu primeiro vislumbre das artes místicas.

A rainha Imani organizou um grande banquete para a despedida do rei e do conselho que o preparou para a liderança. Todos lamentavam sua partida, e tinham grande apreço pela influência que ele trouxe para a cultura nacional em Wakanda.

Na manhã seguinte, sozinho durante um magnífico nascer do sol, T'Challa se enrolou em seu cobertor e se transformou. Ele alçou voo na forma de uma águia, e dessa vez a trajetória de voo não foi estressante. Ele tinha uma compreensão muito melhor do plano espiritual.

Após três dias de voo tranquilo, estava de volta à orla do porto de Oakland. Ele planou graciosamente até um telhado, onde poderia pousar e retomar a forma humana.

Demorou alguns minutos para digerir o fato de que estava realmente de volta em casa, pois sentia que tinha acabado de sair de um filme. Pela primeira vez em anos, T'Challa sentiu que era TC novamente.

Curiosamente, ele sentiu falta do cheiro da fumaça dos ônibus e de *fast-food*. Quando visitou a casa de sua infância e passou um tempo com a mãe, a casa parecia muito menor, apesar das reformas. Suas necessidades tinham mudado. T'Challa não precisava de um palácio, mas precisava de seu próprio espaço.

T'Challa então se estabeleceu em um apartamento elegante no centro de Oakland. Enquanto se mudava, ele organizou seus pensamentos sobre a direção que deveria dar para sua vida. Certa vez, em uma cafeteria, de repente ele começou a escrever pensamentos aleatórios em um guardanapo. Essas coisas que ele considerava significativas, e escrevia por hábito, transformaram-se em poemas. E por meio da arte da poesia, T'Challa descobriu que podia expressar pensamentos que lhe eram difíceis de dizer em voz alta.

Enquanto assistia à TV e lia jornais, T'Challa percebeu que tinha aspirações políticas. Ele queria se envolver no processo político de sua terra natal, mas não buscou os holofotes.

O abuso de substâncias ilegais e a prostituição infestavam o antigo bairro de T'Challa. No ano seguinte, haveria uma eleição para prefeito em Oakland. T'Challa conheceu um jovem que tinha ótimas ideias sobre como combater o crime dando empregos aos jovens.

Esse jovem era Andy, o dono da cafeteria onde T'Challa gostava de se sentar e escrever poesias. Andy havia empregado muitos jovens da vizinhança. Na verdade, ele trabalhou muito para conseguir ter algum lucro, porque tinha mais funcionários do que realmente precisava. Conforme sua amizade com Andy se estreitava, T'Challa o convenceu a se candidatar a prefeito e fez um acordo com ele.

T'Challa comprou o prédio ao lado do *Andy's*, reformou-o e derrubou a parede que fazia divisa com a cafeteria, para aumentar o espaço. Mais assentos significavam mais potencial de gerar lucro. O prédio de T'Challa tinha quatro andares, e ele decidiu que ali seria a livraria Águia Negra.

• • • •

Todos conheciam a livraria, um lugar onde qualquer criança pode escolher um livro para levar para casa, desde que prometa devolvê-lo em bom estado. Eles constataram que T'Challa não estava realmente preocupado em ganhar dinheiro com a venda de livros; acima de tudo, a intenção dele era manter um lugar em que pudesse se conectar com os jovens e alimentar seu interesse pela leitura e escrita.

• • • •

T'Challa pediu a Andy que se concentrasse em sua campanha, e em troca o ajudaria a administrar as operações comerciais da cafeteria e livraria.

Andy convenceu T'Challa de que ele deveria compartilhar sua poesia com o povo de Oakland. Ele sentia que a poesia era consistente com o que estava acontecendo em uma comunidade e em um país em constante mudança.

Ele apresentou T'Challa a um cliente que comandava um programa de rádio local. O cliente propôs a T'Challa que participasse como convidado em um dos episódios, e depois dessa primeira entrevista ele ganhou um espaço para recitar um poema semanalmente no programa, que era transmitido de uma torre de rádio AM. Na época, a rádio AM era a mais ouvida.

Então, T'Challa passou a conversar todos os dias com Oscar, um senhor idoso que gostava de ler a poesia de T'Challa e adorava falar sobre os times esportivos locais. T'Challa nunca disse a ninguém que era um rei errante da África; de qualquer maneira, a maioria das pessoas não teria acreditado.

O senhor Oscar encontrou um piano abandonado em um beco e o consertou, depois o doou para a livraria. Ele costumava tocar piano no fundo da loja, enquanto T'Challa compartilhava sua poesia com os clientes que bebiam café. Numa sexta-feira à noite, ele convidou alguns amigos músicos para participar, e isso se tornou um evento regular todas as sextas-feiras, com música, poesia e reunião da comunidade local.

• • • •

Os dias de solteiro de T'Challa terminaram quando ele aceitou um convite para visitar a igreja que o senhor Oscar frequentava. Oscar o convidara porque queria que T'Challa conhecesse sua linda neta, Erica, que estava estudando em uma universidade local para se tornar bibliotecária e ficou impressionada com o que ouviu sobre T'Challa e a livraria Águia Negra.

Andy ganhou a eleição para prefeito. A maior parte da cidade percebeu que ele se preocupava mais com as pessoas, e não com ganhos pessoais.

Quando T'Challa convidou Erica para jantar em seu apartamento, pois pretendia cozinhar para ela, a moça recusou. Então, duas semanas depois, ela aceitou o convite para conhecer a mãe dele e jantar em sua casa. A garota imediatamente simpatizou com Mariam, que gostou tanto de Erica que T'Challa começou a pensar em seu futuro.

Um ano depois, T'Challa e Erica se casaram.

T'Challa e Erica mudaram-se para uma rua mais tranquila, e Mariam morou com eles durante o ano seguinte, enquanto Erica se preparava para dar à luz o filho deles. Logo depois, T'Challa comprou uma casa maior em uma colina e treinou um grupo de seguranças para a proteção de sua família. Ele não era ingênuo, sabia que, se as pessoas descobrissem que ele já tinha se sentado em um trono, haveria riscos para a sua família.

Ele se tornou menos público à medida que passava mais tempo com a família e menos tempo na livraria Águia Negra. Além disso, ele e a esposa decidiram que queriam comprar um terreno grande o bastante para construir uma biblioteca pública, um teatro e uma escola de literatura e arte.

Sua vida mudara dramaticamente desde a batalha no Vale dos Espinhos.

• • • •

Depois de uma hora contando essa história para os jovens estudantes em Oakland, o rei T'Challa olhou para o relógio e se preparou para ir resolver questões financeiras em outras partes da Califórnia. Mas ele sorriu e esperou, é claro, pelas crianças e pelos funcionários que queriam fotos ao lado dele para o Instagram e Snapchat.

Como sempre, ele não recusou.

Enquanto eles saíam da escola, o ministro das Artes de Wakanda, Jarobi, fez uma pergunta.

– Perdoe-me, majestade, mas toda essa história era verdadeira?

O rei respondeu com outra pergunta.

– Jarobi, você se esqueceu da Aranha Anansi? Você não ouviu essa história dos mais velhos quando era criança? E não acreditou que o conto de fadas do povo Ashanti era um fato histórico?

Jarobi fez que sim com a cabeça.

– E o que você aprendeu com aquela aranha voadora? – perguntou T'Challa.

– Aprendi que a adversidade é inevitável – respondeu Jarobi. – E que, com perseverança, grandes feitos são possíveis. Os escravos que deixaram a África carregaram essa história pelo mundo.

– Obrigado, Jarobi – agradeceu o rei T'Challa. – Lembre-se sempre: "Alimente a imaginação e eles descobrirão o resto".

Mais tarde naquela noite, T'Challa reclina-se no sofá da sala, assistindo na televisão ao jogo de basquete dos Golden State Warriors, com o filho dormindo em seu colo. A esposa está sentada a seu lado, lendo uma revista *Ebony*. De repente, a tecnologia wakandana interrompe a transmissão da televisão, e Abu Ra surge na tela.

– Perdoe-me por interrompê-lo, meu rei – diz Abu Ra, em tom decepcionado. – Não me importo muito com política, mas sempre me encontro no meio dela. O conselho está pressionando a rainha Imani a fazer uma declaração de guerra. Eles querem derrubar o governo da Tanzânia, para conquistá-la e torná-la uma colônia sob a nossa bandeira. Erica se levanta e sai da sala.

– Se a rainha não ceder – continua Abu Ra –, o conselho provavelmente encontrará uma maneira de destituí-la sem muito alarde. Ela não era a líder escolhida, para começar, foi uma opção sua. E, como você, ela nunca requisitou o trono.

Antes que Abu Ra pudesse terminar, T'Challa percebe quando a esposa retorna e lhe entrega seu cobertor colorido.

• • • •

Erica não está nada feliz com o que acabou de ouvir, mas ela é forte e sabe que o que T'Challa precisa fazer...

Mwisho (suaíli)
O começo

LEGADO

L. L. MCKINNEY

ERIKA PASSOU OS DEDOS PELA IMPRESSÃO DA PASSAGEM AÉREA APOIADA
na palma da mão. Destino: *Birnin Zana, Wakanda.*

A onda familiar de empolgação que a envolveu quando ela abriu o cartão e encontrou esse mesmo itinerário aumentou novamente. Foi a única coisa que ela pediu, em seu aniversário de dezesseis anos, e agora estava finalmente acontecendo.

E ela mal podia acreditar.

– Você está bem, meu amor? – A voz da mãe se elevou sobre o som de Normani fazendo uma serenata para eles com seu último single.

Erika ergueu o olhar para pegar o da mãe no espelho retrovisor.

– Eu estou... melhor do que bem!

Ela colocou a passagem de volta no envelope e guardou-o na bolsa, que colocou no assento entre ela e o irmão. O garoto estava empolgado demais com algo em seu celular para se incomodar com qualquer outra pessoa no carro.

A mãe sorriu, a expressão enrugando seus olhos.

– Isso vai ser épico. Não é assim que as crianças dizem?

– Na real, não. – Erika balançou a cabeça, mas continuou sorrindo.

Não havia nada que pudesse diminuir seu ânimo naquele dia, nem mesmo a cafonice usual da mãe.

Erika voltou a atenção para a janela, seu olhar vagando pelas vias do trânsito entrando e saindo do aeroporto, pessoas chegando ou saindo de viagem.

Por um breve instante, ela se perguntou se algum deles estaria também indo para Wakanda. Ou talvez alguns deles estivessem chegando de lá, como sua avó, tantos anos atrás.

A vovó May havia falado muitas vezes sobre quando ela chegara à América, como tudo era tão grande, barulhento e sujo!

– Tanta fumaça – dizia vovó, apertando o nariz. – Muito lixo. Que desperdício! Não me causou uma boa primeira impressão.

– Mas do vovô, teve. – Miles, o irmão mais novo de Erika, sorriu, antecipando a menção ao avô.

Ambos tinham ouvido a história o suficiente para saber o que viria a seguir.

— Ah, sim. — A vovó ria e revirava os olhos, deliciando-se com a memória. — Ele era grande e barulhento também, mas no bom sentido.

A vovó sempre contou histórias assim, sobre o vovô e sobre Wakanda. Ela pintava imagens com palavras, contando-lhes sobre as torres cintilantes e os trens velozes que serpenteavam entre elas.

Sobre as luzes dançantes que ladeavam as ruas e as telas que surgiam de seus dedos para mostrar o caminho. Ela falava sobre a comida e as pessoas, os festivais e encontros, as lojas e os mercados, tanto que suas histórias quase a faziam se sentir em casa.

Quase.

— Espero poder mostrar a você, algum dia — disse a vovó, com uma ruga sob os olhos, que era muito parecida com a da mamãe.

Erika engoliu em seco quando uma onda repentina de emoção fechou sua garganta. Seus olhos queimaram com a ameaça de lágrimas, e ela escondeu uma fungada tossindo no punho.

Quando ergueu o braço, a luz do sol entrando pela janela bateu em uma das miçangas metálicas pretas enroladas em seu pulso. Miçangas da vovó. A pulseira tinha sido dela antes...

Antes.

A pulseira era a segunda metade de seu presente. Primeiro veio a passagem, depois veio uma caixinha peculiar, cuidadosamente embrulhada em papel dourado e prateado. Escondido dentro estava um bilhete escrito nas letras conhecidas, apertadas, mas elegantes, que a avó conseguia escrever perfeitamente toda vez que pegava uma caneta.

Erika,

Eu sempre quis levar você e seu irmão de volta a Wakanda, para que pudessem ver de onde eu vim. De onde você vem. Mesmo que não tenha sido possível, quero que você fique com isso, e assim guarde para sempre uma parte de casa e uma parte de mim. Eu sei que é difícil agora, mas tenha coragem, baby. Yibambe.

Te amo enquanto o sol brilhar,
Vovó.

A pulseira estava no pacote, escondida em um pequeno pano de cetim que brilhava mesmo na sombra. Erika a colocou no punho naquele dia, três semanas antes, e a usou todos os dias desde então.

Havia também mais duas passagens. Uma para Miles e uma que teria sido da vovó, mas agora mamãe estava indo em seu lugar. Ela também nunca tinha estado em Wakanda, então era a oportunidade perfeita.

Papai decidiu ficar. Ele estava no meio de um grande projeto no trabalho e não queria abandoná-lo tão cedo, mas também não queria que a família ficasse esperando ele terminar, já que poderia levar meses. Além disso, alguém precisava ficar de olho nos gêmeos. Ninguém desejava levar crianças de dois anos em uma viagem ao outro lado do mundo.

– Vamos voltar a ficar juntos, mais cedo ou mais tarde – prometeu papai.

Por sua vez, Erika havia prometido trazer-lhe uma lembrança, para compensar.

Assim, os planos foram feitos e as passagens, confirmadas. Enquanto mamãe e Miles tinham cópias digitais, Erika pediu uma passagem impressa e guardou no cartão da vovó. Quase todas as noites que antecederam a viagem, ela tirava a passagem e ficava olhando para ela, ainda sem conseguir acreditar que fosse real. Ela disse a si mesma que não faria isso até que estivesse no aeroporto, e agora...

Agora ela mal conseguia se conter quando a mãe parou embaixo de uma placa onde se lia "Embarque".

O carro mal havia parado antes de Erika escancarar a porta e sair correndo para a parte de trás assim que o porta-malas se abriu. Ela começou a puxar as malas e colocá-las no chão, e uma delas tombou forte.

– Uau, qual é a pressa? – O pai deu a volta pelo lado do passageiro, estendendo a mão para ajudar com a última bagagem, que estava presa entre a lateral do porta-malas e um pneu sobressalente. – Vocês têm tempo de sobra.

– Ela está muito animada. – A mãe se inclinou em direção a ele para um beijo rápido. – Você tem os números de emergência?

– Sim – disse papai.

– O cardápio?

– Sim.
– A tabela dos jogos?
– Sim...
– A lista de comp...
– Eu sei cuidar dos meus próprios filhos, mulher – disse papai antes de fechar o porta-malas. – Deixa comigo.

Mamãe arqueou uma sobrancelha, com expressão divertida.

– Ah, você é o sabe-tudo, não é?

Papai sorriu então, suas mãos serpenteando ao redor da cintura de mamãe.

– Eu tenho uma coisa para você.

Ela riu e deu um tapa no ombro dele antes de se inclinar para um beijo mais demorado, os braços em volta do pescoço dele.

– Que nojo! – murmurou Miles, sem tirar os olhos do celular.

– Como você acha que chegou aqui? – bufou o pai, e então estendeu a mão para agarrar Miles pela nuca, puxando-o para um abraço. – Divirta-se e obedeça sua mãe.

– Sim, senhor. – Miles tentou agir desinteressado, mas retribuiu o abraço, brevemente, antes de se afastar imediatamente e se virar para a porta, arrastando a mala atrás de si, a cabeça ainda inclinada sobre o celular.

Ele ficou grudado naquela coisa. A maioria dos meninos de dez anos gosta de videogame, futebol ou algo assim. Não Miles. Ele gostava de fazer vídeos, o que significava que gostava de assistir a vídeos. O tempo todo.

O pai balançou a cabeça antes de olhar para Erika.

– Sua vez – disse ele, mantendo os braços abertos.

Erika se estreitou em seu abraço, fechando os olhos enquanto o pai a apertava. Empolgada como estava, sentiria falta dele. Uma semana não era tanto assim, mas ao mesmo tempo podia parecer uma eternidade.

– Tire muitas fotos, para me mostrar quando voltar – ele murmurou em suas tranças. – E coma por nós dois.

– Eu vou, mesmo. Te amo, papai.

– Amo você também. – Ele deu-lhe outro aperto antes de se soltar e se mover em direção ao lado do motorista.

Erika pegou a mala e arrastou-a para a calçada atrás dela.

A mãe estava curvada no carro, dizendo adeus aos gêmeos, que ainda estavam sonolentos demais para saber o que realmente estava acontecendo enquanto ela os cobria de beijos.

Logo o pai partiu, deixando Erika e a mãe acenando atrás deles.

Mamãe fungou e enxugou o rosto.

– Pronto. Vamos encontrar seu irmão antes que ele acabe causando um incidente internacional.

– A menos que haja um aplicativo para isso, não vai acontecer.

Erika acompanhou a mãe no aeroporto. Seu rosto se enrugou com o ar quente que soprou quando elas atravessaram pelas portas. *Ugh*, ela odiava quando faziam isso. Qual era o objetivo?

Evidentemente, Miles estava parado ao lado, fones de ouvido, ainda movendo os dedos pela tela. Não parecia nem um pouco incomodado com o fato de que as pessoas tinham que contorná-lo com suas coisas para continuar seu caminho.

A mãe balançou a mão para chamar sua atenção, e os três se dirigiram para o balcão, ziguezagueando entre as pessoas e os grupos enquanto caminhavam.

Aquela não era a primeira vez que Erika voava, mas vir para o aeroporto, onde as pessoas se mexiam, grunhiam umas para as outras e eram conduzidas para uma área ou para outra, sempre a lembrava do zoológico, exceto que o aeroporto era fechado e tinha ar-condicionado, graças a Deus. E as filas, gente, as filas. Felizmente, a fila para despachar a bagagem não parecia muito longa e eles tinham muito tempo, então ela não estava preocupada.

A fila única para passar pela segurança, entretanto, era gigantesca. Seguia para fora da área isolada e ao longo da lateral do balcão de passagens, uma cobra de pessoas que pareciam irritadas por estarem ali, mas sabiam que realmente não tinham escolha, então ninguém reclamava. A maioria, pelo menos.

– Nem... parece tão comprida – disse a mãe, embora não parecesse convencida.

– Uh-hum – Erika e Miles responderam ao mesmo tempo.

Quarenta e cinco minutos, uma sacola revistada e cinco passagens pelo detector de metais mais tarde, pois a mãe sempre se esquecia das joias que estava usando, os três emergiram carregando suas bolsas em uma mão e os sapatos na outra.

– Viram, só? Não foi tão ruim!

Mamãe se acomodou em um banco para calçar as botas, como se não tivesse xingado papai o tempo todo por ele não ter comprado a checagem antecipada para a família este ano, porque eles não viajaram o suficiente para precisar.

– O que aconteceu com a sua pulseira? – Miles fez uma careta, a testa franzida.

Levou um segundo para Erika perceber que o irmão estava falando com ela.

– O quê? – Ela se endireitou depois de amarrar o tênis Converse e ergueu o pulso, olhando para as miçangas.

No início, ela não sabia do que ele estava falando, mas, quando torceu o pulso, ela viu. Uma das contas pulsou sutilmente, um leve tom azul envolvendo-a, que foi desaparecendo com um suave som trinado a cada poucos segundos.

– Uau, isto é... bizarro – murmurou ela, virando a mão para olhar para as outras miçangas. – Talvez o detector de metais a tenha acionado?

Ela lançou um olhar na direção dos *scanners* pelos quais eles tinham passado. A pulseira era definitivamente feita de metal, mas ela tinha esquecido que a estava usando e... nada aconteceu.

Muito estranho...

– Certo. – A mãe rolou a tela do telefone enquanto eles saíam do caminho de outras pessoas mancando descalças e sem cinto em direção aos bancos. – Nosso portão ééééé... por aqui.

Ela os conduziu até o terminal, discutindo opções de comida, o que, curiosamente, chamou a atenção de Miles. Erika, no entanto, continuou sendo atraída de volta para sua pulseira reluzente. Parecia que estava começando a brilhar mais rápido... ou talvez fosse um efeito da luz.

– Ei, mãe? – chamou Erika.

– ...embora eu não esteja com humor para pizza. O que é, meu bem? – perguntou a mãe.

– Isso já aconteceu antes?

Mamãe finalmente parou de andar e se virou para olhar para ela, depois para a pulseira, quando Erika ergueu o braço.

– Hã? – A mãe estendeu a mão para tocar a conta pulsante. – Não que eu saiba. – Ela fez uma careta, erguendo as sobrancelhas e abaixando a boca enquanto dava de ombros. – Talvez você deva guardar isso, se estiver lhe incomodando. Alguém em Birnin Zana talvez saiba nos dizer o que há de errado, se é que tem alguma coisa errada.

– Não, está... está tudo bem. – Erika baixou o braço. – Eu quero tacos.

– Você sempre quer tacos – reclamou Miles. – Eu quero um hambúrguer.

– E eu quero paz, então que tal isso... A fila de taco não está tão longa. Aqui...

Mamãe tirou uma nota de vinte e estendeu a Erika.

– Vá buscar seus tacos, então encontre a gente... ali naquelas mesas. Vou pegar um *wrap* de frango enquanto ele pega o hambúrguer. Nós já estaremos lá. Eu estarei olhando você o tempo todo.

Erika revirou os olhos.

– Eu *consigo* pegar comida, mãe.

– Eu nunca disse que você não conseguia. Tenha cuidado, meu amor. Vamos lá, pare de agir como se nunca tivesse sido alimentada na vida.

Rindo, Erika se virou para ir para a fila de tacos. Ela podia ver mamãe e Miles deslizando no meio da multidão na frente do Biggie's Burgers.

Prrlrlrl, prrlrlr. Prrlrlrl, prrlrlr. Prrlrlrl, prrlrlr.

Erika olhou para as miçangas. Não apenas aquela estava piscando mais rápido, como também ficando mais alto. O suficiente para que as pessoas próximas começassem a olhar ao redor, depois para ela, em busca da origem do som. Seu rosto esquentou e ela bateu com a mão no pulso.

– Desculpe! Desculpe!

Quando o casal à sua frente olhou para trás, ignorando o cardápio que estavam discutindo, Erika espiou a pulseira entre os dedos. Seu coração deu um pulo e seus olhos se arregalaram quando viu que agora não apenas uma, mas três contas tremeluziam e zuniam, cada vez mais alto, e MAIS ALTO.

Olhando ao redor, ela viu a placa de um banheiro próximo e, com um rápido olhar na direção do Biggie's, correu pela praça de alimentação e empurrou a porta.

PRRLRLRL, PRRLRLRL. PRRLRLRL, PRRLRLRL. PRRLRLRL, PRRLRLRL.

O trinado ecoou ainda mais alto lá dentro. O que estava acontecendo com aquela coisa?!

Ela correu até o balcão que ficava na frente de um espelho comprido, colocando-se entre duas mulheres brancas, uma enrolando o cabelo e a outra aplicando rímel. Ambas olharam para ela, como se ela tivesse soltado um pum ou algo assim, depois que ela arrancou a pulseira e a colocou no chão.

E a coisa continuou vibrando.

– Desculpe – murmurou Erika para as mulheres enquanto virava a pulseira.

A maldita coisa tinha que ter um botão de desligar ou algo assim.

– Aí está você – uma voz chamou de perto, o sotaque forte e familiar.

Erika olhou para cima e para o rosto de uma mulher negra que ela não conhecia preenchendo a porta, com os olhos nela.

– Hã? Oi?

A mulher ergueu as sobrancelhas, surpresa.

– Americana. Interessante. – Ela olhou de Erika para a pulseira e de volta para ela. – Onde conseguiu isso? Se não se importa que eu pergunte.

Erika agarrou a pulseira, abafando o trinado com a mão.

– Foi um presente.

– Que adorável. – Os olhos da mulher moveram-se sobre Erika, do topo da cabeça aos pés, depois voltaram. – Quem deu a você?

Lutando contra a vontade de sair correndo dali, para se livrar daquela inquisição, Erika desviou o olhar brevemente.

– Minha avó – explicou ela.

A mulher murmurou para si mesma enquanto avançava. Seus saltos bateram contra o azulejo. O tom vermelho do vestido fazia sua pele marrom-clara brilhar onde era visível. Ela parecia uma modelo, mas algo na maneira como se movia dizia a Erika que era mais do que isso.

Depois de mais de dez anos no caratê, Erika conseguia identificar um lutador no meio da multidão. Era a maneira como eles mantinham os ombros para trás, as mãos prontas para bloquear ou atacar a qualquer momento. É assim que Erika se portava sem nem mesmo pensar nisso.

– Posso perguntar quem era sua avó?

A mulher se aproximou, mas não de forma desconfortável. Ainda não.

As mulheres brancas fingiam estar ocupadas fazendo qualquer coisa, mas olhavam furtivamente para Erika e a senhora negra do espelho.

Erika engoliu em seco, o coração batendo forte no peito.

A mulher sorriu, com a expressão genuinamente tranquila.

– Está tudo bem.

Ela ergueu o pulso e revelou uma pulseira de miçangas idêntica à que Erika apertava na mão.

O alívio que a percorreu foi instantâneo, e quase forte o suficiente para deixá-la de joelhos. O choque que se seguiu, felizmente, travou suas pernas. Erika arregalou os olhos. É por isso que o sotaque era familiar. Parecia sua avó.

– Você é de... – adivinhou Erika.

– Sim – interrompeu a mulher, baixando o braço. – E pensei que você também fosse, por um segundo, quando a vi pela primeira vez na praça de alimentação. Mas quando você não desligou o sinalizador, me perguntei se havia algo errado.

– Sinalizador? – Erika abriu a mão e olhou para a pulseira acomodada na palma.

Continuava bipando e piscando rapidamente.

Sinalizador. Claro. Agora que ela ouviu a palavra, fazia tanto sentido que se sentiu boba por não ter percebido antes.

– Mmm. As contas kimoyo conseguem rastrear umas às outras, se você souber a frequência certa.

A mulher cruzou os braços sobre o peito, parecendo encantada. Foi quando Erika percebeu outra pulseira no pulso oposto da mulher. Mais de uma... ela contou três, pelo menos. Uma das contas piscou junto com a de Erika.

Um calafrio traçou a extensão da coluna de Erika como um dedo gelado. Ela franziu o cenho.

– Você estava... me rastreando?

A mulher riu, e seu sorriso se aguçou.

– Não se preocupe, pequena *Dora*. Eu prometo fazer isso rápido.

– *Dora*? Meu nome não é... – Foi tudo o que ela conseguiu dizer antes que um punho viesse na direção de seu rosto.

Ela se esquivou para a direita, levantando a mão para afastar o braço da mulher, bem a tempo de bloquear um segundo golpe.

– Ah! – A dor latejou em seu braço quando um punho a atingiu.

Melhor do que no rosto.

As mulheres brancas gritaram e correram para a porta, abandonando seus pertences.

Erika recuou quando a mulher entrou em seu espaço e apontou uma joelhada em seu estômago. Ela se virou, mas o chute giratório a acertou bem nas costas. A dor foi rapidamente dominada pelo pânico quando ela ergueu as mãos para se apoiar contra a parede, mas rolou com o impulso.

Foi a coisa certa a ser feita, porque a mulher bateu no azulejo durante o salto, com um "crack" alto, exatamente onde o rosto de Erika estava.

Os lábios da mulher se curvaram em um rosnado e ela soltou o pé, ajustou a postura e, em seguida, partiu para cima de Erika mais rápido do que qualquer pessoa que ela já enfrentara, dentro ou fora do tatame.

Uma rajada de golpes choveu sobre ela, rápidos e decisivos. Erika ficou na defensiva, abaixando-se e esquivando-se conforme podia, ou bloqueando, quando não conseguia sair do caminho a tempo. O fogo dançou através de seus membros. Seu coração trovejou dentro do peito, o medo disparando por seus membros. "*Berra!*", ela gritou para si mesma. "Peça ajuda!", mas ela não conseguiu. A garganta estava apertada, a atenção fixada em se manter fora do alcance da mulher, mas ela era muito rápida.

Um forte soco quase arrancou sua cabeça pela segunda vez. Ela ergueu o joelho para bloquear um chute repentino com a canela, então se jogou, com o objetivo de acertar o salto do sapato na têmpora da agressora.

A mulher se retirou, mal conseguindo se esquivar, a surpresa cintilando em seu olhar. Ela sorriu.

– Muito bem, pequena *Dora*, mas você não pode fugir de mim para sempre.

Com um movimento do punho, algo reluziu no brilho frio das luzes do banheiro.

Erika mal teve tempo de registrar o gume de uma lâmina antes que a mulher a golpeasse com ela. Erika sentiu a arma prender no tecido da jaqueta, depois sentiu a queimação incandescente quando a pele ao longo de seu braço se partiu.

Ela finalmente gritou, apertando a mão sobre o ferimento. O sangue jorrou liso e quente sob seus dedos.

A mulher puxou a arma de volta. Desta vez, Erika se abaixou, e impulsivamente deu um chute lateral no estômago da mulher. Isso a fez recuar alguns metros, mas ainda estava entre Erika e a saída.

Com pânico e terror revolvendo-se em suas veias, Erika girou e correu para o fundo do banheiro. Ela não sabia o que fazer, nem para onde poderia ir. E não havia para onde ir! Seu braço latejava. O coração batia tão forte que parecia prestes a pular para fora do peito, e ela sentiu um tamborilar nas têmporas.

O *toc-toc* daqueles saltos a levou a outro pico de pavor. Ela alcançou a parede oposta e se jogou quando virou para o outro lado do espaço em L... e tropeçou num balde e esfregão.

Esbarrou neles com os pés, espirrando água suja no chão. Ela escorregou e caiu estrondosamente, e a água espirrou em seu rosto e ensopou suas roupas. Fazendo um esforço para se levantar, ela deslizou no chão escorregadio. A batida aguda daqueles saltos veio atrás dela. Pela visão periférica, viu o vestido vermelho da mulher quando ela ergueu a arma.

Erika escorregou os dedos na água, roçando em algo rígido. O esfregão. Ela o agarrou e o puxou bem a tempo de desviar a lâmina. A surpresa no rosto da mulher rapidamente se transformou em raiva. Ela ergueu a lâmina novamente.

Erika girou o esfregão, balançando a ponta cega na direção da mulher, que conseguiu se afastar, mas não antes de o cabo acertá-la com um estalo!

– Ahh! – A mulher balançou o pulso. – Sua pequena...

Atordoada, mas apenas por um segundo, Erika ficou de pé, brandindo a arma improvisada. Não era um bastão *bo*, mas teria que servir. Ela lançou um olhar assustado para a saída.

– Não há como escapar, pequena *Dora* – sussurrou a mulher.

– M-meu nome não é Dora! – gritou Erika, com a voz embargada.

A familiar torrente de lágrimas desceu por seu rosto, ardendo em seus olhos.

– Por favor, só... me deixa em paz!

A mulher riu e deu um passo devagar na direção de Erika, que recuou, para manter a distância entre elas. Se ela fugisse, conseguiria alcançar a porta antes que a mulher estivesse em cima dela?

– É a isso que as *Dora* chegaram? Mesmo no treinamento, você não deve sorrir afetadamente assim. – A mulher ergueu a arma, uma lâmina longa e impossivelmente fina feita de um metal que parecia dobrar conforme ela se movia. – Aceite a morte de sua guerreira com orgulho, se puder.

O segundo golpe veio mais rápido do que o anterior e, se não fosse pelo esfregão, provavelmente teria arrancado o braço de Erika. Em vez disso, ela conseguiu abri-lo, embora a lâmina cortasse o topo do esfregão como uma faca quente na manteiga.

A mulher golpeou, investiu, golpeou com a arma e o punho, empurrando Erika para trás com firmeza, mantendo-a na defensiva. Era tudo que Erika podia fazer para ficar fora de seu alcance, especialmente porque ela sempre perdia pedaços do esfregão. As lágrimas turvaram sua visão. Ela piscou rapidamente para limpá-las enquanto cambaleava para trás.

"Não pare de se movimentar", seu sensei dizia durante as sessões de treino. "Nunca pare de se movimentar. Se não puder atacar, recue. É preciso mais energia para balançar e errar. Se o seu oponente é mais forte do que você, faça com que se canse!"

Mas não parecia que aquela mulher se cansaria tão cedo.

Na verdade, ela se movia mais rápido agora. Ou talvez Erika estivesse se movendo mais devagar.

Erika sentia os músculos dos braços queimando, especialmente o ferido. O sangue escorreu quente contra sua pele e deixou seus dedos lisos, tornando sua empunhadura desajeitada.

O golpe seguinte atirou longe o esfregão, e Erika tropeçou para trás, caindo no chão.

A mulher avançou, com a arma levantada.

– Mais uma para a minha coleção.

Ela abaixou a lâmina.

Erika fechou os olhos e ergueu os braços.

Clang!

Erika bateu os dentes involuntariamente, de pavor daquele som, e abriu os olhos a tempo de ver como a lâmina chegara perto de abrir seu rosto antes que algo se interpusesse. Uma lança?

Ela não conseguiu olhar direito antes que a mulher recuasse, em choque, com o rosto contraído de raiva. Mas essa raiva não era dirigida a Erika.

A agressora olhou na direção oposta, para outra mulher preta, que segurava a lança que salvara a vida de Erika. A mulher recém-chegada se colocou entre as duas, protegendo Erika com o corpo.

– Hoje não, Ysra.

A mulher, Ysra, zombou. Rindo, ela endireitou-se e saiu da posição de luta.

– Talvez não, Ayo. Mas você não pode proteger todas elas. Não para sempre. Não de mim.

Ayo começou a avançar na direção de Ysra, mas esta foi mais rápida. Ela deu um passo para trás, levantando os braços para segurar a pulseira e girar. A luz projetou-se na sala, tão forte que Erika precisou desviar o olhar.

Quando finalmente desapareceu, junto com Ysra, Erika piscou algumas vezes para afastar os pontos escuros da visão. Ayo sibilou algo em um idioma que Erika não reconheceu, mas entendeu que era um xingamento.

– Ahh. – Ayo torceu o pulso, e a lança estalou e... se fechou?

A arma encolheu com uma série de cliques, até ficar pequena o suficiente para ser colocada em uma bolsa que Ayo trazia amarrada na parte externa da coxa.

Em qualquer outro momento, Erika teria pensado que aquilo era a coisa mais legal que já tinha visto. Ela gostava de armas e estilos de luta diferentes, e provavelmente teria perguntado se poderia dar uma olhada mais de perto. Mas a garota realmente não se importava com isso, no momento. Não conseguia pensar em nada além do fato de que alguma mulher aleatória tinha apenas... tentado *matá-la*.

"Oh, Deus... Oh, Deus..." O coração dela ainda batia forte no peito. A respiração acelerou. Era como se ela não conseguisse respirar o suficiente, por mais que tentasse. A dor queimou ao longo de seu braço e ela o apertou contra o peito, tremendo e choramingando. Seu corpo parecia muito pequeno, muito apertado para ela. Tudo ficou meio confuso e um soluço escapou de sua garganta. Então outro.

E outro. Ela se encolheu, exausta e tonta, fazendo um esforço imenso para vencer o terror que ainda a dominava.

– Ei... – Ayo se ajoelhou na frente dela, e falou com voz suave. – Respire, criança. – Ayo inspirou lentamente pelo nariz e depois soltou o ar pela boca. – Assim. – Ela repetiu a ação. – Respire comigo. Vamos. – E de novo.

Por um segundo, Erika olhou para ela, sem compreender totalmente o que estava acontecendo, mas então se deu conta, e começou a imitar a lenta inspiração e expiração demonstrada por ela.

– Assim – Ayo a incentivou. – Isso mesmo. Respire. Está tudo bem. Você está segura. Deixe-me ver.

Ela enrolou os dedos em torno do braço ferido de Erika. Seu toque era gentil. Erika relaxou o braço, fungando e choramingando enquanto Ayo inspecionava o ferimento. As lágrimas não paravam, mas ao menos não se sentia mais tonta.

Ayo puxou o tecido manchado de sangue da manga rasgada.

– Um corte limpo. Não é profundo, mas provavelmente dolorido.

O sotaque era parecido com o da avó e o da mulher Ysra. Ayo puxou um lenço verde-escuro do pescoço e começou a enrolá-lo no braço de Erika como uma bandagem.

Doeu, e ela gritou, apertando os punhos.

– A-ahh!

– Respire – pediu Ayo.

Erika respirou fundo mais algumas vezes, trêmula, enquanto Ayo terminava a bandagem.

– Pronto. Isso deve servir, por enquanto. – Ayo ergueu os olhos do lenço, seu olhar capturando o de Erika. – Você cruzou espadas com Ysra, e foi só isso que conseguiu?

Engolindo em seco, Erika lançou um rápido olhar para o que restava do esfregão.

Ayo seguiu seu olhar.

– Ahh. E sequer tinha espada. Impressionante. Ou foi sorte. – Um sorriso curvou seus lábios. – Talvez um pouco dos dois. Levante-se. Isso, assim. – Ela agarrou os cotovelos de Erika e ajudou a garota a se levantar.

– Mas por que ela a atacou? Você sabe?

As pernas de Erika tremeram, assim como o restante do corpo, mas ela se manteve em pé. Ela fungou e enxugou o nariz com a mão boa.

– E-ela pensou que eu fosse outra pessoa – murmurou ela. – Uma garota chamada D-Dora.

Ayo franziu as sobrancelhas.

– Por que ela pensou isso?

Erika hesitou. A última vez que ela mostrou a alguém a pulseira que ganhara da avó, tentaram cortar sua cabeça.

– Eu prometo que você está segura agora – insistiu Ayo.

Cautelosamente, Erika tirou a pulseira do bolso e a ergueu. Ainda piscava e tilintava, porém mais devagar agora.

Ayo olhou para a pulseira, evidentemente surpresa.

– Onde você conseguiu isso?

Erika deu um passo para trás. Ysra havia feito a mesma pergunta.

– Por quê?

– Porque eu acho que é por isso que Ysra a atacou.

Aquilo não fazia sentido.

– Era da minha avó.

Ela guardou rapidamente a pulseira.

– Mas o nome dela também não era Dora.

– Eu imagino que não seja. Qual é o seu?

– Erika...

– Bem, Erika. *Dora* não é uma pessoa. É um título. Uma posição que alguém ocupa, como uma guerreira. Ou guarda-costas, talvez isso defina melhor. Por causa dessa pulseira, Ysra pensou que você fosse uma dessas protetoras, uma *Dora*. Ou pelo menos uma em treinamento, considerando a sua idade.

– Protetora? – Erika piscou rapidamente, sem entender. – Peraí, a pulseira? Vovó disse que todos em Wakanda tinham uma.

– E têm. Mas as que as *Dora* usam são um pouco especiais.

Ayo estendeu o braço. Em torno de seu pulso estava uma pulseira idêntica à da avó.

Erika olhou para as miçangas, com os pensamentos aos tropeços, tentando assimilar a nova informação. Ysra a atacara porque julgou que ela fosse uma *Dora*. E pensou que ela fosse uma *Dora* porque viu a pulseira dela. Não, não *dela*...

Erika arregalou os olhos.

– Espere... então a vovó era... uma *Dora*?

O mais sutil dos sorrisos transpassou os lábios de Ayo.

– É o que parece.

– E... *você* é uma *Dora*... – disse Erika, apontando.

– Eu sou. E Ysra também era, mas isso faz muito tempo.

A expressão de Ayo se distorceu ligeiramente, indicando profundo pesar. Erika estremeceu.

– Agora, ela é uma assassina de aluguel, e mata para usurpar as pulseiras de suas antigas aliadas em seu tempo livre. Eu a estava seguindo, tentando descobrir seu próximo alvo, mas, ao que parece, a pulseira de sua avó chamou a atenção dela.

Erika sentiu um aperto no peito, então respirou profundamente de novo.

– A pulseira da minha avó... – Erika colocou a mão no bolso, para tocar as contas da pulseira novamente. – Quer dizer que você conhecia a minha avó?

Ayo fez que não com a cabeça.

– Eu sinto muito, mas, não.

Erika lamentou ter demonstrado desapontamento.

– Oh...

– Mas – disse Ayo – eu sei de alguém que provavelmente a conheceu.

Parecia que Ayo tinha mais a dizer, mas elas foram interrompidas pelo barulho da porta sendo aberta com estrondo.

– Erika? Erika?

O estômago de Erika se revirou quando ela viu a mãe entrando ali, com os olhos arregalados, desesperada.

– Erik... oh, meu Deus! – Com uma expressão de alívio, a mãe avançou para segurar Erika contra o corpo. – Oh, obrigada, Jesus... Você está bem. – Ela apertou Erika com tanta força que a garota quase não conseguiu respirar, então recuou para olhá-la nos olhos, tão profundamente que poderia ter derretido seu rosto completamente do crânio. – Onde diabos você estava? Procurei você em todos os lugares por... olá? – A mãe finalmente avistou Ayo parada atrás de Erika e olhou para ela. – Posso ajudar?

Por sua vez, Ayo conseguiu parecer despreocupada, apesar de estar recebendo um olhar mortal da mulher.

– Me desculpe. Eu estava...

– Falando comigo sobre a pulseira da vovó – interrompeu Erika, as palavras correndo em sua língua antes que ela pudesse detê-las. – Ela também tem uma, e é de Wakanda, como a vovó. Elas são de Wakanda. Estávamos conversando sobre Wakanda... – Seu coração batia tão rápido e alto que ela tinha certeza de que todos podiam ouvir.

– Ah. – O olhar de mamãe sumiu enquanto ela olhava para trás e para a frente entre Erika e Ayo. – Então era por isso que estava demorando tanto.

– S-sim. Desculpe. – Erika pressionou os dentes contra o lábio inferior.

Mamãe suspirou pesadamente, seu rosto cheio de compreensão enquanto alisava as tranças de Erika e beijava a filha na testa.

– Está tudo bem, querida. Eu só estava preocupada.

– Sinto muito – repetiu Erika.

– E preocupada em perder o voo. As passagens para Wakanda não são baratas.

– Vocês estão viajando para Wakanda? – perguntou Ayo, erguendo as sobrancelhas. – Então acho que vamos no mesmo voo. – Ayo se esticou para pegar a bolsa de Erika, estendendo-a a ela. – Posso acompanhar vocês até o portão?

Erika pegou a bolsa, murmurando um agradecimento.

– Claro. – A mãe encolheu os ombros. – Talvez você possa nos dizer o que fazer enquanto estivermos lá. É sempre melhor perguntar a alguém que conhece a vizinhança.

Quando elas saíram do banheiro, a mãe tentou chamar a atenção de Miles.

Sem levantar os olhos do celular, ele se juntou a elas enquanto caminhavam.

– Seria um prazer – disse Ayo. – Então podemos continuar nossa conversa sobre a pulseira, Erika, e o legado vinculado a ela.

O aperto que Erika sentia no peito, que quase a arrancara da própria pele, finalmente aliviou. Ela tirou a pulseira do bolso e abriu os dedos. As contas estavam escuras e silenciosas contra a palma da mão dela, mas a promessa da história que contavam, o legado de que Ayo falava, brilhou no coração de Erika.

Vovó May sempre a apoiou na prática das artes marciais. No início, quando seus pais tinham medo de que ela se machucasse, foi vovó May quem matriculou Erika nas aulas. Ela a levou aos treinos e lutas até que, finalmente, sua mãe e seu pai aceitaram a ideia. E, mesmo assim, ela era sua líder de torcida mais empolgada.

Olhando para trás, fazia um sentido estranho. Sua avó era uma guerreira, e tinha compartilhado isso com ela, mesmo dessa forma.

– Legado. – Erika enxugou os olhos. – É o que eu gostaria.

– Oh, minha querida! – A mãe passou o braço em volta dos ombros de Erika e a apertou.

– Ótimo. – Ayo assentiu com a cabeça. – Mas, vamos às prioridades. Precisamos encontrar o quiosque médico mais próximo para que seja feito um curativo adequado nesse ferimento.

A mãe parou onde estava e deteve Erika.

– Desculpe. Como é que é?

Erika se encolheu, embora não tivesse nada a ver com o ferimento desta vez.

– Então, mamãe... sobre isso...

OS MONSTROS DE MENA NGAI

MILTON J. DAVIS

O CHEFE GAKURE SALTOU DA CAMA, AGARRANDO O ESCUDO E A LANÇA quando os gemidos começaram. A esposa e os filhos também acordaram, assustados com aquela movimentação.

– O que houve? – perguntou Njoki, a esposa.

– Provavelmente um *simba* atacando o rebanho – disse Gakure.

Njoki pegou sua lança e seu escudo também. Ela se virou para Gathu, o filho mais velho.

– Corra para a aldeia e pegue os outros – disse ela. – Diga a eles que um *simba* chegou.

– Sim, mamãe – disse Gathu.

Ele agarrou a faca e saiu às pressas da cabana.

– Mukami, cuide de seu irmão e de sua irmã – disse Gakure para a segunda filha mais velha. – Não saia da cabana.

Mukami acenou com a cabeça.

– Sim, baba.

Gakure e Njoki correram para o curral. Juntos, eles tinham acumulado um dos maiores rebanhos em sua aldeia, se não de toda a terra. Então não estavam dispostos a perder sua riqueza para a fome de um *simba* perdido.

Quando alcançaram o curral, sua ansiedade aumentou. Aquela não era a primeira vez que um predador faminto invadia a propriedade, mas havia algo estranho no comportamento do gado.

Gakure esperava ver o rebanho correndo e forçando a cerca, mas em vez disso os bovinos estavam parados, mugindo lamentosamente.

Eles estavam quase no portão quando um de seus maiores touros voou pelo ar na direção deles.

– Saia! – gritou Gakure.

Ele empurrou Njoki para longe. O touro caiu no chão perto de Gakure, seus longos chifres rasgaram seu escudo e arranharam seu braço. Ele gritou de dor, largando a lança e agarrando o ferimento. Njoki correu para o seu lado.

– Meu esposo! – gritou ela.

O olhar de Gakure não estava nela. Ele observava o curral, com medo. Njoki olhou para cima, para descobrir o motivo do pânico do marido. Algo com forma humana pairava sobre o gado; um gigante disforme, diferente de tudo o que ela já vira. Ele jogou a cabeça para trás e gritou antes de pular do cercado e aterrissar ao lado do touro ferido. Mas Njoki não correu amedrontada. Todos naquela tribo eram guerreiros. Ela ficou entre o marido e a monstruosidade, com o escudo e a lança erguidos. Gakure estava ao lado dela, erguendo a lança sobre a cabeça com a mão boa. Eles sussurraram para os ancestrais, a quem logo se juntariam, pedindo forças para lutar contra o que estava diante deles.

Gritos surgiram atrás deles quando os outros aldeões chegaram. O monstro olhou para eles e emitiu outro grito. Ele agarrou as pernas do touro e o jogou sobre o ombro como se fosse uma boneca quebrada. Com outro grito, ele saltou para o mato.

Njoki baixou o escudo e a lança. Gakure largou a arma e caiu de joelhos, agarrando o ferimento novamente. Gathu foi o primeiro a se aproximar, caindo de joelhos diante de seu *baba* ferido. Njoki jogou as armas de lado, então abraçou brevemente sua família antes de cuidar do ferimento de Gakure.

– O que foi isso, *baba*? – perguntou Gathu.

– Não sei – respondeu Gakure. – Mas sei de onde veio.

Os outros se reuniram perto deles. O curandeiro, Gatimu, se ajoelhou diante deles.

– Mais uma vez, Mena Ngai nos amaldiçoa – disse Gatimu, colocando a mão no ombro de Gakure. – O que você vai fazer?

– A única coisa que posso fazer – respondeu Gakure. – Mandar chamar Bashenga e o Clã Pantera.

– Não há necessidade disso.

O povo da aldeia virou a cabeça na direção da voz desconhecida.

Um grupo de guerreiros emergiu do arbusto, seguindo um homem que era pelo menos um torso mais alto do que o homem mais alto que Gakure já tinha visto.

– Eu sou Oboro – apresentou-se o homem.

Oboro esticou a mão para trás e pegou algo que um de seus guerreiros trazia. Ele jogou a coisa na direção de Gakure. Aquilo bateu no chão e em seguida rolou até os pés do guerreiro ferido. Era a cabeça do monstro. Gakure se inclinou para a frente, para avaliar de perto, e levantou os olhos para Oboro.

– Você é do Clã Pantera? – perguntou ele.

Oboro cuspiu.

– Não. Nosso povo vem de além das montanhas. Você não precisa mais confiar em guerreiros que estão muito distantes para salvá-lo dos perigos que estão à espreita nas sombras das montanhas. Nós iremos protegê-lo.

••••

Bashenga enfrentou uma dúzia de seus melhores guerreiros no círculo de treinamento. Seus oponentes empunhavam espadas e lanças cegas, mas isso não era nada comparado à dor que eles lhe poderiam infligir sem rasgar sua pele. Bashenga, o melhor guerreiro e líder do Clã Pantera, não carregava armas. Ele se agachou, tensionando as pernas musculosas, enquanto se virava ao mesmo tempo que os guerreiros, para mantê-los diante de si. Quando atacassem, seria cara a cara, como fazem os guerreiros. Mas no mundo real, a vantagem sempre superou a honra.

Os tambores tocaram e a luta começou. Um oponente apareceu ao lado de Bashenga, e em seguida o abraçou por trás com os braços musculosos, prendendo seus braços contra o corpo. Bashenga jogou a cabeça para trás, esmagando-a contra o nariz do atacante desconhecido. Ele jogou o corpo para trás, empurrando o guerreiro e caindo por cima dele. Com o impacto, o guerreiro abriu os braços, liberando Bashenga, que rolou para trás do guerreiro e ficou de pé, a tempo de enfrentar o ataque dos outros. Ele correu até se aproximar um pouco deles e então saltou, batendo com o pé descalço no escudo do guerreiro mais próximo e forçando-o contra os outros.

Bashenga segurou a lança apontada para suas costelas e a arrancou das mãos do guerreiro, jogando-a no rosto do guerreiro atrás dele. O guerreiro se esquivou da lança, mas caiu, quando Bashenga esmagou sua mandíbula com o cotovelo. O ataque se tornou um confuso corpo a corpo, Bashenga abrindo caminho através dos guerreiros enquanto usava pés, mãos, cotovelos e joelhos para lutar contra os agressores. Quando os tambores finalmente tocaram a cadência finalizando o treinamento, apenas Bashenga se levantou. Os outros guerreiros permaneceram no chão, gemendo e esfregando os ferimentos.

Inspecionando o corpo, Bashenga franziu a testa. Embora tivesse poucos hematomas, alguns ferimentos teriam sido incapacitantes se as armas dos guerreiros fossem reais. Ele olhou para os lutadores derrotados, e alguns deles sorriram de volta, mas outros o observaram com o rosto inexpressivo. Cada um era um desafiante em potencial para sua posição. Eles voltariam para casa, analisando aquela luta e buscando vantagens para o próximo encontro. Embora fossem leais a ele, não eram seus amigos. E nunca seriam.

Bashenga voltou para sua casa, no centro da aldeia. As pessoas abriram caminho para ele e acenaram com a cabeça em sinal de respeito. Bashenga lhes devolveu a atenção, parando para brincar com as crianças ao longo do trajeto. Ele levava sua posição a sério, mas não a ponto de não ter tempo de compartilhar alguma alegria com seu povo. Estava se aproximando de casa quando ouviu alguém chamar seu nome. Ele se virou para ver Chipo, o arauto dos anciãos.

– O que é, Chipo? – perguntou ele.

– Os anciãos pedem sua presença – respondeu Chipo. – Há problemas na montanha.

Bashenga arregalou os olhos. Ele passou correndo por Chipo e atravessou a aldeia até chegar à árvore da reunião. Os anciãos se reuniam lá, trajados com vestes cerimoniais. Seus rostos não eram agradáveis.

– Vim assim que fui avisado – disse Bashenga. – O que está acontecendo na montanha?

A anciã Chana, matriarca dos anciãos, levantou-se apoiada no cajado.

– Há meses não recebemos tributo algum das aldeias perto da montanha, apesar de nossa aliança, nosso acordo para protegê-los de danos – disse ela. – Suspeitamos de que eles haviam decidido que não precisavam mais de nossa proteção, então enviamos nossos mensageiros para descobrir a verdade. Eles voltaram com notícias perturbadoras.

– Os monstros voltaram – disse o ancião Kimbo. – As aldeias estão sendo devastadas por seus ataques.

Bashenga olhou ferozmente para os anciãos.

– Por que estou sabendo disso apenas agora?

– Não cabe a você questionar nosso conhecimento nem quando o compartilhamos – disse calmamente o ancião Kimbo.

– Vou reunir meus guerreiros e partir imediatamente – disse Bashenga.

– Não há necessidade disso – disse o ancião Chani. – As tribos do Norte encontraram um novo campeão.

– Impossível! – disse Bashenga, num impulso. – Não há guerreiros no vale que possam lidar com os monstros, exceto o Clã Pantera.

– Aparentemente, há um – disse o ancião Maana. – Ele se autodenomina Oboro. E não apenas derrotou os monstros como reivindica a montanha como sua.

– Partiremos em uma semana, depois de construirmos mais armas e consultarmos Bast – disse Bashenga. – Vou enfrentar esse Oboro e recuperar o que é nosso.

– Precisamos discutir isso – disse o ancião Maana. – Queremos ser sobrecarregados com esse fardo?

– A montanha é nossa – argumentou Bashenga. – Foi dada a nós por Bast. Todos vocês sabem o quão valiosa ela é.

– Também sabemos o custo de protegê-la – disse o ancião Cama.

– Estamos dispostos a pagar esse custo – respondeu Bashenga.

– Estamos?

Bashenga podia ver aonde aquela discussão ia chegar. Os anciãos o convocaram assim que tomaram uma decisão. E aquele encontro era apenas para comunicar a ele a decisão tomada.

– Não falarei mais sobre isso até retornar da montanha – disse Bashenga.

– Não lhe demos permissão para ir – disse o ancião Chani.

– Eu não pedi permissão – disse Bashenga.

Bashenga ignorou os protestos raivosos dos anciãos enquanto se afastava. Ele era o líder de seu povo. Embora fosse costume consultar os anciãos, não era necessário seguir suas recomendações. A situação na montanha era muito mais séria do que eles podiam supor. Eles não lutaram contra os monstros que o metal da montanha criou, não testemunharam o terror em primeira mão, como ele, nem sofreram a dor de ver tantos guerreiros valiosos morrerem. Mas veio algo de bom: a descoberta de como domar o metal que causara a doença. O que quer que esses outros líderes estivessem fazendo, não duraria. Havia apenas uma maneira de parar os monstros, e Bashenga sabia como.

Bashenga entrou em casa. Felizmente, sua esposa e seus filhos não estavam. Ele empurrou a cama para o lado, e em seguida cavou com as mãos a poeira compactada até surgir uma caixa de madeira e ferro de tamanho médio. Apesar de sua espessura, Bashenga podia sentir nas mãos a vibração do metal celeste. O Clã Pantera aprendera cedo os efeitos transformadores do metal, pois perderam muitos guerreiros tentando descobrir seus segredos. Ele havia guardado essa parte para o caso de chegar o momento de precisar dele novamente. Aquela era a hora.

Bashenga partiu para seu destino sozinho, com um pesado cobertor jogado sobre o ombro para esconder a caixa. Seu destino era secreto. Ele viajou para um local conhecido apenas por ele e por outros como ele, homens a quem foi confiado o segredo dos metais e as habilidades para moldá-los. Ele viajou o restante do dia até o anoitecer, montando um poleiro em uma alta acácia para se proteger de predadores que espreitavam na escuridão. Depois de prender a caixa entre os galhos, Bashenga encontrou um lugar na árvore para descansar durante a noite.

O calor do sol o despertou. Ele abriu os olhos e foi saudado pelo olhar intenso de seu totem. A pantera aparentemente deslizou para dentro da árvore durante a noite, buscando o mesmo descanso que Bashenga, que precisou se controlar para não gritar de alegria. Bast enviou seu servo para protegê-lo durante a noite, um sinal claro de que sua jornada era verdadeira.

– Eu vejo você, irmão – sussurrou ele.

A pantera bocejou e se espreguiçou, estendendo as garras mortais. Ela se ergueu no galho, saltou da árvore e se afastou vagarosamente.

Bashenga recolheu a caixa e continuou sua jornada. Seu estômago roncou de fome, mas ele não conseguiu parar até chegar ao seu destino. Era quase meio-dia quando parou e ficou olhando para o Vale de Ferro. O desfiladeiro íngreme era conhecido apenas pelos ferreiros. Colinas abundantes de minério usado para fazer as armas das várias tribos da região, incluindo o Clã Pantera. Bashenga desceu a encosta, apoiando os pés corretamente para evitar cair no desfiladeiro. No meio da encosta, encontrou seu destino final, uma pequena abertura que levava à caverna sagrada.

Dois homens viraram a cabeça em sua direção quando ele entrou. Não havia nenhuma palavra secreta a dizer, nenhum gesto especial para conseguir entrar. Apenas ferreiros sabiam da existência daquela caverna, um testamento aos juramentos e iniciação do culto aos forjadores.

Bashenga foi primeiro ao santuário do ferreiro, fazer oferendas ao espírito da forja, levando grãos e frutos. Depois de pedir a bênção dos espíritos da forja para uma fundição bem-sucedida, ele se aproximou dos homens sentados perto do forno.

– Bem-vindo, Bashenga do Clã Pantera – saudou o mestre da fornalha. – O que o traz ao Sopro?

– Estou aqui para forjar armas de guerra – disse Bashenga.

O mestre da fornalha olhou por cima do ombro para o santuário.

– Essa é uma oferta insignificante para o que você deseja fazer – comentou ele. – Você deveria ir embora, e voltar aqui trazendo algo mais adequado.

Bashenga assumiu uma expressão séria.

– Algo mais adequado para o espírito da fornalha ou para você? – perguntou ele.

– Não faz diferença – disse o ancião. – Você não usará este forno até que o faça.

O primeiro instinto de Bashenga foi matar o homem, para o inferno com a fraternidade. Mas isso de nada serviria. Ele não poderia trabalhar no forno sozinho e fundir o metal do céu, então precisava da ajuda do homem.

– Eu voltarei – disse ele finalmente.

Bashenga saiu da caverna e escalou o vale. Ele vagou pelo mato em busca de algo que serviria para um sacrifício adequado. Sua busca foi logo recompensada, pois encontrou uma manada de antílopes bebendo em uma lagoa. Bashenga, o guerreiro, tornou-se Bashenga, o caçador. Usando o escudo para esconder as feições, ele rastejou em direção ao poço até estar perto o suficiente para arremessar a lança. Ficou de joelhos, mirou e depois arremessou. Sua mira era precisa, e a lança perfurou a lateral de um antílope. Ele saltou para reclamar sua recompensa e o outro antílope fugiu. Ele estava quase chegando ao seu prêmio quando descobriu um concorrente para a sua caça.

Bashenga não viu o crocodilo se aproximando até estar quase em cima da carcaça. Ele correu mais rápido, na esperança de alcançá-la antes da besta. Bashenga agarrou os chifres do antílope assim que o crocodilo prendeu as poderosas mandíbulas em seus quartos traseiros. Um cabo de guerra desesperado se seguiu com Bashenga sendo puxado para a beira da água. Ele tinha ido longe demais para perder sua caça para um crocodilo ou qualquer outra besta. Ele ergueu a lança e então a atirou. A lança afundou no olho do crocodilo.

Com a dor, o bicho abriu as mandíbulas e Bashenga caiu para trás com seu prêmio. Mas o crocodilo não desistiu. Ele investiu contra a terra, a lança saindo de seu olho. Bashenga jogou o antílope para trás e se virou para o réptil que o atacava. Ele era um Pantera, e não fugiria de nenhuma batalha. Quando o crocodilo abriu as mandíbulas, Bashenga saltou. Ele passou pela bocarra escancarada do bicho, descendo em direção à cabeça, e pegou a haste da lança quando pousou, cravando-a mais profundamente no lagarto aquático até atingir seu cérebro. O crocodilo estremeceu e então caiu inerte. Bashenga levantou-se e puxou a lança com um largo sorriso no rosto de ébano. Essa era uma oferta muito melhor.

Ele arrastou as caças para longe da lagoa e continuou seu trabalho. Arrancou a pele do crocodilo e depois esquartejou o antílope para torná-lo mais fácil de transportar. Quando voltou para a caverna, seus confrades ficaram surpresos.

– O espírito de ferro está satisfeito – disse o homem mais velho.

Bashenga acenou com a cabeça.

– Você está pronto para trabalhar?

Ele revelou a caixa e a entregou ao velho. Ele sentiu as vibrações e engasgou.

– Metal celeste!

O homem mais jovem arregalou os olhos.

– Vou buscar os outros!

Bashenga ajudou o mestre da fornalha a prepará-la. Os confrades apareceram quando o forno estava pronto, com seus tambores sonoros debaixo do braço. Havia muito tempo, o Clã Pantera percebera que a vibração do metal celeste fazia adoecer quem entrasse em contato com ele. Tentaram várias maneiras de controlá-lo, mas foi por acaso que descobriram a solução.

Durante o tratamento de um guerreiro, o curandeiro da aldeia notou uma melhora na condição dele sempre que uma determinada nota era tocada pelos tamborileiros. A vibração da nota combinava com a do metal do céu, anulando sua energia letal. Os ferreiros adaptaram o toque do tambor ao seu processo de forjamento, permitindo-lhes tornar o metal celeste seguro ao misturá-lo com o ferro para criar uma liga que, embora mais forte do que qualquer metal conhecido, fosse segura.

Os confrades se banquetearam com o antílope e o crocodilo antes de iniciar sua séria tarefa. Os tamborileiros tocaram e a caixa ficou imóvel. Bashenga abriu-a, retirando o metal do céu e dando-o aos mestres forjadores. Ele ajudou a misturar o metal celeste com as quantidades adequadas de ferro antes de despejá-lo no forno. Na hora certa, o forno foi aberto e a flor, removida. Era hora de Bashenga mostrar suas habilidades. Ele martelou a flor até a espessura adequada, depois a passou para seus companheiros para moldá-la em pontas de lança e lâminas, o suficiente para armar os guerreiros e caçadores de que Bashenga precisava para executar seu plano.

Bashenga voltou à aldeia duas semanas após sua partida secreta. Quando entrou em casa, encontrou o sorriso aliviado seguido do olhar furioso da esposa, Aminali.

– Onde você esteve? – repreendeu ela. – Ninguém sabia onde estava. Pensamos que você tinha ido para a montanha sozinho.

Bashenga abraçou a esposa e eles se beijaram. Braços pequenos abraçaram suas pernas; ele olhou para os gêmeos, Azizi e Amani. Então se ajoelhou e abraçou os dois.

– *Baba*, onde você esteve? – perguntou Azizi. – Amani disse que um *simba* tinha comido você!

Bashenga estreitou os olhos quando olhou para Amani; a filha travessa riu.

– Eu estava apenas brincando, baba – disse ela. Ela empurrou a cabeça de Azizi. – Você acredita em qualquer coisa!

Bashenga sentou-se na cama e sua família se aglomerou ao seu redor.

– Eu fui para o vale – contou ele. – Havia algo que eu precisava fazer que não podia esperar.

– Nem mesmo o tempo suficiente para contar à sua família? – reclamou Aminali.

– Sim – respondeu Bashenga. – E agora devo ir de novo.

Aminali se afastou dele.

– Para onde, agora?

– Devo ir ao santuário – disse ele. – O Clã Pantera deve marchar em breve, e devemos estar preparados.

– Então, você vai para a montanha, apesar do conselho dos anciãos?

– Sim – disse Bashenga. – Os mais velhos não entendem como isso é importante para nós.

– Para nós ou para você? – perguntou Aminali.

– Eu direi a vocês o mesmo que disse a eles. O que é importante para mim é importante para o nosso clã. Não tomo essa decisão de forma egoísta. Sou guiado pela sabedoria de nossos ancestrais e pelas bênçãos de Bast. É por ela que irei agora.

Aminali se levantou.

– Agora?

– Sim – disse Bashenga.

– Você não pode ao menos fazer uma refeição conosco antes de sair?

Bashenga se levantou e abraçou a esposa novamente.

– Voltarei amanhã, prometo – disse ele. – Tenho de fazer isso hoje.

– Leve alguém junto – sugeriu ela.

Bashenga balançou a cabeça.

– Eu devo ir sozinho. O que quer que Bast compartilhe será apenas para mim. Sempre foi assim.

Bashenga beijou os filhos e saiu de casa novamente. Muitos dos guerreiros se reuniram ao seu redor enquanto ele caminhava pela aldeia, curiosos sobre suas intenções.

– Estejam prontos quando eu voltar – disse ele. – Temos muito trabalho a fazer.

Mais uma vez, Bashenga se viu sozinho em uma importante jornada, mas, ao contrário de sua viagem ao vale, o resultado dessa permanência era incerto. Já fazia muito tempo que ele não se prostrava aos pés de Bast e implorava por sua sabedoria. Ele falhou, deixando de honrá-la ao longo dos anos para, em vez disso, seguir os conselhos dos anciãos, então não tinha certeza se ela iria ouvi-lo. Suas dúvidas foram dissipadas ao se lembrar da pantera que o visitou durante sua jornada ao vale. Pelo menos, sabia que ela o observava.

Bashenga chegou à base da montanha ao pôr do sol. Ele montou acampamento e então comeu carne seca de antílope que trouxera da caverna. Ficou pensando na família. Naquele momento, poderia estar com a esposa e os filhos, fazendo uma deliciosa refeição com eles, ouvindo suas empolgantes histórias e aproveitando a agradável companhia da esposa, que sempre o tranquilizava. Ele chacoalhou a cabeça, para afastar aqueles pensamentos. Teria todo o tempo do mundo para estar no conforto do seu lar. Naquele momento, precisava fazer o que era o melhor para o clã.

• • • •

À luz da manhã, ele levantou acampamento e escalou a montanha até o templo de Bast. Ninguém sabia quando o edifício sagrado fora construído ou quem cortara e erguera a pedra. O edifício existia muito antes da memória de qualquer um dos povos que agora habitavam o vale, e a linguagem inscrita nas pedras havia muito tinha sido esquecida. No entanto, a estrutura permaneceu, uma prova de seu poder.

Bashenga verificou a bolsa com as lâminas antes de iniciar a etapa final da jornada. A escada de pedra que conduzia ao templo era incrivelmente íngreme, tanto que uma pessoa podia colocar as mãos nos degraus à frente sem se dobrar. Quando ele deu o primeiro passo, uma figura irrompeu da folhagem próxima, colocando-se entre Bashenga e a subida. Bashenga reconheceu a pantera que estava na árvore. Quando seus olhos se encontraram, Bashenga não teve certeza se a fera o reconhecera. O instinto o incitou a abaixar a lança e se defender, mas ele sabia que não era prudente. Aquela era a mensageira de Bast. Ela iria deixá-lo passar ou matá-lo ali onde estava.

A pantera se aproximou de Bashenga, ficando cara a cara com ele. Nervoso diante de sua deusa, ele viu as narinas do animal se dilatarem, farejando ao redor dele, como se confirmasse que ele era a pessoa que encontrara antes. A pantera rugiu brevemente e então se virou e subiu as escadas. Bashenga não se moveu, observando a fera se afastar. A pantera parou, virou a cabeça para ele e rugiu novamente. Bashenga subiu as escadas em direção à pantera. O animal permaneceu imóvel por um momento, e então continuou a subir a escada.

Eles alcançaram o topo. A pantera desapareceu pela borda e Bashenga a seguiu. O templo surgiu diante dele, exatamente como se lembrava. No terreno não havia mato, como se fosse cuidado por mãos invisíveis. No fim do pátio estava Bast. Ela irradiava poder em sua pose majestosa; o corpo humano ereto e rígido, os braços pressionados contra as laterais do corpo. A cabeça de pantera coroava seu pescoço real, os olhos voltados para o céu. A pantera que acompanhava Bashenga caminhou até a estátua e se deitou a seus pés. Seus olhos se encontraram mais uma vez e a pantera rosnou. Tomando o som como um sinal, Bashenga se aproximou da estátua. Ele parou a alguns metros de distância, e em seguida prostrou-se diante dela.

– Minha Deusa – disse ele. – Eu venho diante de você como seu servo. Peço sua bênção para o que carrego.

Bashenga tirou a cesta de lâminas das costas. Ele pegou as lâminas, espalhou-as diante de Bast e se afastou.

– Essas lâminas são forjadas com o seu presente – disse ele. – Nós descobrimos o poder do metal celeste e como aproveitá-lo. Peço apenas que compartilhe sua bênção com o que trago, para garantir nossa vitória na batalha que se aproxima.

– *Por que demorou tanto, Bashenga?*

A voz de Bast soou clara em sua mente, assustando-o.

– *Eu dei isso a você há muito tempo, mas você hesita em reivindicá-lo.*

– Perdoe-me – pediu ele. – O metal celestial carregava uma doença que precisávamos superar.

– *E você conseguiu, mas ainda assim ficou longe* – respondeu Bast.

– Foi por isso que você deu a montanha para Oboro?

– *Não dei nada a ninguém exceto para aquele que se ajoelha diante de mim.*

– Mas os anciãos...

– *Eu não falo com os anciãos* – interrompeu Bast. – *Eu falo apenas com você e com aqueles de seu sangue. Você é o meu Pantera.*

A lâmina de metal celeste brilhou tão intensamente que forçou Bashenga a desviar o olhar. Momentos depois, a luz espiritual diminuiu. Bashenga olhou para eles.

– Pelos ancestrais – disse ele.

As lâminas brilharam, sua superfície polida com perfeição. Ele estendeu a mão para tocar a ponta da lança perto dele, mas puxou a mão em seguida. Vibrava como a matéria-prima, porém parecia diferente.

– *As lâminas que você criou durarão incontáveis gerações* – disse Bast. – *Elas serão passadas de guerreiro para guerreiro, de clã para clã. Enquanto elas existirem, a montanha pertencerá ao Clã Pantera.*

Bashenga recolheu as lâminas e colocou-as de volta no saco.

– *Vá, Bashenga do Clã Pantera* – disse Bast. – *Reivindique o que é seu.*

• • • •

– Alguém está vindo!

O pastor de cabras correu o mais rápido que suas pernas magras lhe permitiram, uma inesperada vanguarda de guerreiros em fila logo atrás. Seus gritos alertaram a aldeia, e os aldeões saíram das cabanas, com escudos, lanças e espadas em punho. Quando eles viram os guerreiros seguindo os pastores de cabras, seus corações caíram em desespero. Bravura alguma poderia resistir àquela frente.

Os guerreiros pararam na orla da aldeia. Um dos homens, usando uma coroa com dentes de pantera, seguiu em frente.

– Não temam – gritou ele. – Eu sou Bashenga do Clã Pantera. Viemos protegê-los das feras da montanha.

Gakure, o chefe da aldeia, deu um passo à frente.

– Não precisamos de proteção, especialmente do Clã Pantera – gabou-se ele. – Temos Oboro, que é quase pior do que os demônios.

– Esta montanha não foi dada a você, que é incapaz de defendê-la. Também não foi dada a Oboro – argumentou Bashenga. – É nossa, e lutarei com Oboro por esse direito.

– O que isso significa? – perguntou Gakure. – Nós trocamos um tirano por outro? Melhor fugir de vocês dois e enfrentar nosso destino sozinhos.

– O que foi que ele fez? – perguntou Bashenga.

– Ele diz que nos protege, mas os demônios ainda vêm – disse Gakure. – Sim, ele os mata, mas depois de eles terem causado muitos estragos.

Um sorriso malicioso surgiu no rosto de Bashenga.

– As pessoas que faltam em sua aldeia são os próprios demônios que a devastam.

– O que você está dizendo? – perguntou Gakure.

– Oboro está expondo seu povo ao metal bruto do céu e os transformando em demônios. Então ele os mata e diz que está protegendo vocês. Ele está usando o medo que sentem para controlá-los.

– E o que você vai fazer? – perguntou Gakure, com expressão de raiva.

– Vamos lhes mostrar – disse Bashenga.

Bashenga voltou para perto de seus guerreiros. Ele ergueu a lança e eles correram pela aldeia e então para o mato, em direção à montanha.

– Para onde eles estão indo? – a esposa de Gakure perguntou.

– Para a montanha e para a própria morte – respondeu Gakure. – Se os demônios não os matarem, Oboro fará isso.

• • • •

Bashenga olhou para Mena Ngai cheio de apreensão.

As palavras de Bast eram verdadeiras, mas ele ainda estava preocupado. Ele olhou para seus guerreiros, empunhando as lanças com pontas de metal celeste e espadas, cujas lâminas eram feitas do mesmo material. Os tocadores de tambor circulavam entre eles com facas de metal celeste penduradas na cintura. Sua tarefa era a mais importante de todas. Bashenga quebrou o juramento sagrado entre os ferreiros, ensinando-lhes o ritmo que acalmava o fogo do metal celeste, mas era necessário. As palavras de Bast anularam todas as outras. Mena Ngai fora dada ao Clã Pantera, e eles a reivindicariam.

– Tambores! – gritou Bashenga.

Mãos calejadas bateram nas peles de couro de vaca, tocando no ritmo outrora secreto. Os guerreiros Panteras acertaram seus escudos a tempo, seguindo Bashenga para o mato que cercava a montanha. Ao contrário de seus guerreiros, Bashenga não tinha escudo. Ele carregava uma lança penetrante na mão direita e um tacape de guerra na esquerda. Ele observou o arbusto e a grama, com as mãos apertadas ao redor das armas. Depois de apenas alguns minutos de avanço, um grito estridente se elevou sobre o batuque dos tambores. Bashenga avistou o monstro à esquerda, correndo na direção de seus guerreiros. Os tamboreiros recuaram enquanto os guerreiros avançavam, formando uma parede de escudos. Todos os olhos se voltaram para Bashenga e ele correu em direção à besta. A primeira morte seria por suas mãos.

A besta colidiu com a parede de escudos. Os guerreiros a empurraram para trás e a criatura tropeçou. A besta gritou e investiu contra o escudo novamente, mas dessa vez o ataque foi interrompido.

– Venha para mim, monstro! – gritou Bashenga.

Eles se confrontaram, e Bashenga correu agachado. Quando alcançou a besta, ele girou para a esquerda. A criatura tropeçou quando ele a atingiu nas costas com o tacape. Enquanto arqueava as costas de dor, Bashenga a esfaqueou atrás do joelho, cortando seus tendões. A besta caiu de joelhos e tentou girar, mas Bashenga atingiu-a novamente com a clava. A bola de metal celeste rachou seu crânio, atirando a fera de cara na grama. Bashenga largou a lança e o tacape e puxou o facão da bainha de madeira. Com dois golpes, a cabeça do monstro rolou livre. Bashenga agarrou o cabelo da fera e exibiu a cabeça decepada. Os tambores tocaram um ritmo de vitória, os guerreiros dançando com escudos e lanças erguidas. Ele havia mostrado o caminho, e os outros o seguiriam.

A caçada começou. As criaturas não afetadas pela doença do metal celeste fugiram dos tocadores de tambor e dos guerreiros, e aqueles infectados atacaram. Apesar da extrema disciplina, guerreiros foram perdidos. Bashenga considerou cada morte algo pessoal; ele havia tomado aquela decisão por todos eles, então era o responsável. No entanto, a promessa de Bast o motivou. Ao final de dois dias, as terras nas sombras de Mena Ngai estavam livres dos monstros.

Os guerreiros Panteras comemoravam sua vitória quando Oboro e seus guerreiros chegaram. Bashenga estava sentado em seu banquinho, saboreando uma tigela de ensopado de cabra, quando os viu chegando no topo do horizonte oriental, com os anéis de cabeças emplumadas balançando no ritmo de seu andar. Oboro correu na frente, batendo no escudo com a lança para definir o ritmo. Kabongo apareceu com suas armas ao lado de Bashenga.

Ele largou a tigela, pegou o tacape e a lança de Kabongo e caminhou em direção a Oboro, seus guerreiros alinhando-se atrás dele.

Cada um dos grupos parou, alertado pelo arremesso de lança do lado oposto. Oboro e Bashenga continuaram caminhando um em direção ao outro.

– O que você está fazendo aqui, homem-pantera? – gritou ele.

– Protegendo o que é nosso – Bashenga gritou de volta.

– Você desistiu de sua reivindicação quando não atendeu ao pedido de ajuda de Bandele.

– Não podemos atender um chamado que nunca foi enviado.

Bashenga e Oboro estavam à distância de um braço um do outro.

– Vá para casa, homem-pantera – disse Oboro. – Ou eu farei sua esposa ficar viúva.

– Você pode tentar – respondeu Bashenga. – É seu direito me desafiar pelo direito de governar. Pelo menos dessa forma sua reclamação seria legítima, e não um roubo.

Oboro gritou e então se lançou contra Bashenga com a lança.

Bashenga bateu a lança para o lado com o tacape, e em seguida apunhalou Oboro nas costelas. Oboro bloqueou a facada com o escudo. Os dois trocaram estocadas e golpes, estimulados pelos cantos dos guerreiros. Bashenga atingiu o escudo de Oboro com a clava, e o metal celeste causou estragos no couro de vaca e na estrutura de madeira. O escudo por fim se estilhaçou. Oboro praguejou e jogou-o de lado.

– Renda-se, Oboro – exigiu Bashenga. – Eu não quero matá-lo.

Oboro respondeu com um olhar furioso. Bashenga acenou com a cabeça em resposta e jogou fora sua lança. Oboro sorriu e retomou o ataque. Bashenga lutou com a agilidade de seu totem, esquivando-se dos golpes poderosos de Oboro, golpeando os braços e as pernas do guerreiro com o tacape. Oboro finalmente atingiu seu alvo com a lança, e a lâmina fez um vinco nas costelas de Bashenga. O chefe Pantera respondeu batendo o tacape contra o pulso de Bashenga. Oboro gritou de dor sentindo o osso quebrado. Ele largou a lança e caiu de joelhos, agarrando o braço. Bashenga avançou, colocando-se diante de Oboro, e ergueu o tacape acima da cabeça.

– Eu me rendo! – gritou Oboro. – Eu me rendo!

Bashenga abaixou o porrete. Ele se virou para seus guerreiros, e em seguida assentiu.

– Clã Pantera! Avançar! – gritou Kabongo.

Os guerreiros Panteras avançaram para o lado de Bashenga. Os guerreiros de Oboro fugiram, deixando seu líder derrotado nas mãos dos inimigos.
– Está feito – disse Kabongo.
– Sim, está – respondeu Bashenga. – Hora de ir para casa.

• • • •

Os habitantes da vila continuaram com sua rotina diária, apesar da tensão da visita do Clã Pantera. Um dia, Gakure foi acordado por gritos e aplausos. Quando saiu da cabana, encontrou as ruas cheias de aldeões.
– O que está acontecendo? – gritou ele.
– O Clã Pantera voltou! – alguém gritou de volta.
Gakure reuniu a família e correu para a árvore de reunião da aldeia. Quando chegou, teve uma visão incrível. Os guerreiros do Clã Pantera estavam reunidos sob a enorme copa das árvores, com os rostos severos focados em seu líder, Bashenga. À esquerda de Bashenga estavam as cabeças dos demônios, tantas que Gakure não conseguia contar. À sua direita, estava Oboro. De joelhos, o guerreiro estava com a cabeça baixa e as mãos amarradas nas costas.
Gakure se aproximou de Bashenga.
– Você é um homem de palavra – disse ele.
– Sim, eu sou – respondeu Bashenga.
Gakure olhou para Oboro e franziu a testa.
– O que você vai fazer com ele? – perguntou.
– O que você deseja que eu faça? – retrucou Bashenga.
– Que ele volte para seu povo – disse Gakure. – Ele foi humilhado. Duvido que volte aqui.
– Você é generoso – disse Bashenga.
Ele entregou uma faca a Gakure.
Gakure foi até Oboro e cortou suas amarras.
– Vá embora – disse ele.
Oboro se levantou, esfregando os pulsos. Ele olhou para Gakure, mas o olhar arrogante se transformou em uma expressão contida quando

Bashenga olhou para ele. Ele saiu correndo da aldeia, sendo bombardeado com lixo.

– Você reivindica ser nosso mestre agora? – perguntou Gakure.

– Não – respondeu Bashenga. – Tudo o que peço é o que nos foi dado, e que você se junte a nós na colheita de sua generosidade.

– Aquela montanha sempre nos trouxe muitos problemas – disse Gakure.

– Não trará mais – respondeu Bashenga. – Juntos iremos prosperar, e o Clã Pantera protegerá nossa terra daqueles que ousarem interferir.

– Como Oboro – disse Gakure.

– Qual é a sua decisão, Gakure? – perguntou Bashenga. – Você vai se juntar a nós? Vai se tornar parte de Wakanda?

Bashenga estendeu o braço. Gakure considerou sua decisão.

Ele olhou para seu povo, então para os guerreiros severos sob a árvore da reunião. Ele agarrou o antebraço de Bashenga.

– Vamos nos juntar a você, Bashenga do Clã Pantera.

Bashenga puxou Gakure para um abraço.

– Que assim seja – disse ele. – Então está começando.

Os Bandele não perderam tempo em organizar uma grande festa. Gakure deu três touros como oferenda aos ancestrais e a Bast, fornecendo muita carne para a celebração. Os aldeões e os guerreiros se reuniram no centro da vila, desfrutando boa comida, agradável som de tambores e excelente dança. Por dois dias eles festejaram, e no terceiro Bashenga reuniu seus guerreiros nos arredores da aldeia.

– Kabongo, deixo você no comando. Envie patrulhas para a montanha, mantenha todos afastados e cuide dos que adoecerem.

– Farei isso, Bashenga.

– Voltarei em breve com os outros – disse ele.

Bashenga partiu sozinho, levando uma bolsa com provisões amarrada às costas.

Ele fez um bom tempo, correndo no ritmo de um guerreiro, seguindo trilhas bem usadas entre sua aldeia e as terras altas. Foi quando se aproximou de sua terra natal que seu bom humor se dissipou. Colunas de fumaça subiam dos acampamentos próximos à aldeia, cheios de guerreiros de tribos da região. Bashenga deslizou para o mato, cobrindo discretamente os quilômetros restantes até a aldeia.

Quando chegou lá, pôde sentir a tensão entre seus amigos enquanto realizavam as tarefas diárias. Ele decidiu esperar até o anoitecer antes de prosseguir.

Bashenga entrou na aldeia assim que o sol desapareceu sob as colinas ocidentais. Evitou encontrar um aldeão que estava casualmente ali aproveitando a noite fria, e chegou em casa sem incidentes. Ele se agachou e bateu à porta.

– Quem está à minha porta a esta hora? – perguntou Aminali lá de dentro.

– Sou eu, Bashenga – disse ele.

Bashenga olhou em volta enquanto Aminali abria a porta. Ela agarrou seu braço e o puxou para um abraço.

– Meu esposo! Você está vivo!

Bashenga abraçou a esposa com força.

– O que faria você pensar que eu estava morto?

Aminali o levou para a cama.

– Os anciãos convocaram um conselho um dia depois que você e os guerreiros partiram. Eles disseram que você desafiou seus comandos e falou contra os ancestrais. Disseram que você não era mais digno de liderar nosso povo.

– É por isso que os outros estão aqui – disse Bashenga.

– Sim. Eles pretendem escolher outro chefe entre os candidatos à linhagem amanhã. Haverá um desafio.

Uma onda de fadiga tomou Bashenga. Ele deitou-se na cama e Aminali deitou-se ao lado dele.

– O que pretende fazer? – perguntou ela.

– Por agora, vou descansar. Amanhã, tomarei parte do desafio.

Aminali sentou-se.

– Você não pode! Não sem seus guerreiros!

– Se eu esperar até que Kabongo e os outros descubram o que aconteceu, será tarde demais. Devo ir, e rezo para que Bast esteja comigo.

A manhã chegou e os aldeões se reuniram na árvore da reunião.

Os mais velhos se sentaram sob o dossel, com a seriedade do momento expressa no rosto. Um círculo de tocadores de tambor formou um anel no espaço livre antes da árvore da reunião, e as pessoas se reuniram atrás deles. A anciã Chana entrou no círculo, perscrutando tudo com os olhos.

– Estamos aqui para escolher um novo chefe – disse ela. – Bashenga desafiou os ancestrais. Para aplacá-los, devemos escolher um líder que reconquiste seu respeito. Quem deseja competir por essa homenagem?

O círculo se separou quando os contendores entraram. Cada pessoa era um guerreiro supremo de sua tribo e possuía a linhagem adequada para servir como chefe. Os guerreiros se prostraram diante da anciã Chana em respeito.

– Há mais alguém? – perguntou a anciã Chana.

– Sim.

Bashenga entrou no ringue e houve um suspiro coletivo na multidão. O rosto da anciã Chana se contorceu quando ela apontou o dedo em sua direção.

– Você não tem lugar aqui!

– Sim, tenho – disse Bashenga. – Como os outros aqui, eu sou um guerreiro e tenho a linhagem. E da última vez que olhei, ainda era o chefe.

– Você desrespeitou os ancestrais! – gritou Chana.

– Se desrespeitei, então serei derrotado – disse Bashenga. – Eu vou tornar mais fácil para você. Vou lutar com todos os desafiantes ao mesmo tempo.

A anciã Chana sorriu.

– Que assim seja – disse ela. – Comecem!

Os tambores tocaram e os desafiantes atacaram. Bashenga correu na direção deles, com a mente e os olhos focados. Quando os agressores convergiram, ele mudou de direção, virando para a direita para enfrentar o guerreiro mais próximo. Ele deu um soco no estômago do homem e então uma joelhada no rosto, jogando-o para trás. O homem caiu inconsciente. Um segundo desafiante se chocou contra ele, envolvendo os braços grossos em volta da cintura de Bashenga, que lhe deu uma cabeçada na ponta do nariz e depois acertou-lhe com o cotovelo. O homem gritou e então o soltou. Os outros atacantes convergiram para Bashenga simultaneamente, golpeando-o com punhos, pés, joelhos e cotovelos. Ele lutou, mas cada golpe cobrou seu preço, até que caiu de joelhos, cobrindo a cabeça sob o dilúvio de golpes. Ele finalmente se encolheu, sua consciência o deixando lentamente.

Bast, pensou ele. Você me abandonou? Suas palavras foram verdadeiras? *VOCÊ É O MEU PANTERA. LEVANTE-SE E TOME O QUE É SEU!*

A energia explodiu de seu peito, e em seguida correu para seus membros como um rio transbordante. Bashenga levantou-se de um salto, atirando para longe os atacantes. Ele estava entre eles antes que se recuperassem, vencendo-os como eles o venceram, enviando-os ao esquecimento momentâneo. O último desafiante perdeu a bravura e fugiu do círculo de tambores para a multidão. Uma quietude tomou conta da aldeia, e até os mais velhos ficaram em silêncio. A calma foi quebrada por um rugido alto de um arbusto próximo. As pessoas correram em todas as direções enquanto uma pantera negra emergia do matagal. Ela saltou para o ringue de desafio e subiu até Bashenga. A pantera esfregou a cabeça contra sua perna e se deitou a seus pés, lambendo a pata dianteira.

– Bast nos abençoou com Mena Ngai, e ela me escolheu como guardião – disse Bashenga. – Como eu derrotei todos os adversários, os ancestrais também estão satisfeitos. Nosso futuro está na montanha. Lá, aprenderemos os segredos do metal celeste e compartilharemos a generosidade com todas as tribos que estiverem aqui. Vocês me seguirão?

Aminali entrou no círculo, com os filhos atrás dela. Ela ficou ao lado do marido enquanto os filhos cercavam a pantera, brincando com ela como se fosse um animal de estimação.

– Eu irei me juntar a você – disse ela.

As famílias de seus guerreiros vieram, depois outras. Os últimos a entrar foram os anciãos. A anciã Chana se aproximou dele.

– Nosso destino está em suas mãos – disse ela.

– Está nas mãos de Bast – respondeu Bashenga.

Os tamboreiros tocaram e Bashenga olhou para o Norte.

SONHOS VAGOS

LINDA D. ADDISON

DERA NUNCA TINHA VIAJADO PARA TÃO LONGE DE SUA ALDEIA EM SEUS

quatorze anos, exceto em sonhos. Mas aquilo não era um sonho. Ela estava em um trem rumo à capital de Wakanda. Além de empolgada com a expectativa de treinar para se tornar uma *Dora Milaje*, Dera estava também muito nervosa. Todos na aldeia estavam animados, especialmente seus pais e sua irmã. Dera faria o que fosse preciso para deixá-los felizes.

Mais do que tudo, Dera queria deixar a avó orgulhosa. Foi por causa do falecimento da avó que Dera atrasou duas semanas o início do treinamento. A mãe tentou persuadi-la a ir embora mais cedo, mas quando ficou evidente que a avó não estava melhorando, Dera decidiu não sair do seu lado.

As últimas palavras de sua avó foram: "Faça seu melhor por Wakanda".

O trem parou na estação principal, onde a maioria dos passageiros desceu. Dera estava esperando na plataforma com uma bolsa pendurada no ombro quando uma garota alta, da idade dela, vestida com uma túnica e calças brancas, e um lenço vermelho, aproximou-se. Ela tinha uma espada curta no cinto e parecia forte.

– Olá, você deve ser Chidera! Eu sou Uto. Bem-vinda a Birnin Zana, a Cidade Dourada.

– Todo mundo me chama de Dera. Você também veio fazer o treinamento? – perguntou Dera com um sorriso.

– Sim, espero que você não esteja desapontada porque uma *Dora Milaje* oficial não tenha vindo para levá-la ao centro de treinamento. – Uto ficou com as mãos na cintura. – Elas têm coisas mais importantes a fazer.

– Ah, não. – Dera balançou a cabeça. – Eu não sabia que tínhamos permissão para sair de Upanga como iniciadas.

Uto riu e deu um tapinha no ombro de Dera.

– Bem, não é uma prisão. Embora, com o cronograma pesado do treinamento, uma prisão pudesse ser mais tranquila.

Dera franziu a testa.

– Não se preocupe, você vai ficar bem. Apenas as melhores têm a chance de treinar. Agora, vamos para sua nova casa.

Dera tentava não parecer turista, mas era difícil. Havia tanto para ver, tantas pessoas usando padrões intrincados e coloridos representando diferentes tribos. Os atraentes aromas de carne picante e dos vegetais vendidos pelos comerciantes ambulantes que ofereciam amostras lhe deram água na boca. As ruas da Cidade Dourada estavam lotadas, mas Dera permaneceu ao lado de Uto enquanto elas caminhavam para o centro de treinamento das *Dora Milaje*.

As pessoas abriam espaço para elas enquanto caminhavam, por respeito e porque ninguém queria esbarrar num guerreiro em treinamento. O edifício Upanga erguia-se bem alto no céu. Antes de entrarem, Uto encarou Dera e colocou as mãos em seus ombros.

– Sua aldeia agora é Wakanda, você é de Wakanda, de todas as aldeias. Você entendeu?

Dera olhou em seus olhos e assentiu com a cabeça.

– Responda em voz alta.

Dera respirou fundo.

– Sim.

Quando passaram pela entrada, Dera olhou para a direita, onde o Palácio Real podia ser visto através das grandes janelas do saguão.

– Posso fazer uma pergunta?

– Claro.

Dera acenou com a cabeça para o palácio.

– Não sabia que era tão perto. Qual é a melhor forma de proteger Wakanda? E o rei? – perguntou Dera.

– O rei é Wakanda, mas você sabe disso – disse Uto.

Dera baixou a cabeça.

– Sim. Desculpe.

Uto levantou suavemente a cabeça de Dera.

– Nunca inclinamos a cabeça para ninguém, exceto para o rei. Ok?

– Sim – disse Dera.

– Você deve estar cansada da viagem – disse Uto. – O que gostaria de ver primeiro, o dormitório ou a área de treinamento?

– Quero ver a área de treinamento – respondeu Dera, animando-se.

Uto sorriu.

– Por aqui.

Elas subiram três andares de elevador e caminharam por um longo corredor até chegarem à área de entrada de uma grande sala aberta. Cada um dos cantos tinha sido configurado para um tipo diferente de treinamento de luta corpo a corpo, com armamentos e de artes marciais. Havia uma parede de escalada à direita e uma pista de corrida ao redor da sala.

– Deixe a bolsa aqui e escolha uma arma. – Uto apontou para as prateleiras abertas à esquerda.

Dera colocou a bolsa em uma prateleira e selecionou uma lâmina curta da parede, antes de seguir Uto para a sala de treinamento.

Todas as estagiárias estavam vestidas de branco, como Uto. Dera sentiu-se deslocada com a túnica e as calças com detalhes verdes e dourados de sua aldeia. Elas se aproximaram de um grupo sentado na beirada de uma área acolchoada, observando duas jovens treinando com espadas curtas enquanto a professora lhes explicava os movimentos. Dera e Uto estavam por perto, mas Dera mal conseguia entender o que a professora dizia, porque ela falava muito rápido. No final, uma das garotas usou um bloqueio com os punhos para dominar a outra, que acabou deixando cair a espada. Elas se sentaram com o grupo sem dizer uma palavra.

A professora fez sinal para que Dera e Uto fossem para a frente do grupo.

Ela bateu na lâmina de Dera.

– Então, você é a recém-chegada?

– Sim.

– Eu mal posso ouvir sua voz. – A professora se abaixou. – Você disse *mesmo* alguma coisa?

– Sim – repetiu Dera, dessa vez mais alto.

Várias garotas do grupo que estava no chão batiam nas espadas umas das outras em apoio.

A professora contornou Dera, observando-a.

– Qual é o seu nome?

– Chidera, mas sou conhecida como Dera.

– E de onde você é, Dera?

Dera abriu a boca para dizer o nome de sua aldeia, mas, em vez disso, disse:

– Sou de Wakanda.

– Bom, você aprendeu sua primeira lição.

A professora acenou com a cabeça para Uto, que estava sentada no chão com as outras.

– Vamos ver você me desarmar.

A professora agarrou o cabo da espada de Dera, aplicou uma chave e a atacou com a própria espada, parando a poucos centímetros do pescoço dela. Quando Dera não se moveu, ela a soltou, e Dera tropeçou para trás e caiu no chão.

– E-eu não estava... – Dera parou de falar, percebendo o que acabara de acontecer.

A professora se abaixou, agarrou a mão de Dera e a colocou de pé.

– Você não estava pronta?

– As *Dora Milaje* estão sempre prontas – disse Dera.

– Sim, mesmo durante o sono.

A professora apontou para uma das estagiárias, sentada com sua lâmina.

– A cada inspiração e expiração – disse a aluna. – Pronta para defender, para morrer pelo rei, por Wakanda.

As outras estagiárias bateram as espadas e gritaram:

– Por Wakanda.

– Você ainda não é uma *Dora Milaje*, é por isso que está aqui – disse a professora. – Mostre-me a primeira forma de desarmar a faca.

Ela ficou com a lâmina apontada para Dera, então fechou os olhos.

Dera repetiu o mais rápido que pôde o procedimento que lhe ensinaram desde os oito anos de idade e fez uma reverência ao terminar.

– Que belíssima fluência.

A professora abriu os olhos e sorriu levemente. O coração de Dera parou.

– Sua lâmina fez muito barulho. Ouça. – A professora ergueu sua lâmina e rapidamente a balançou na frente do rosto de Dera, perto de seu nariz. – O que é bom, se você deseja dar um tapa em seu oponente.

Ela balançou a lâmina novamente. Dera não conseguia ver a diferença no ângulo, mas podia ouvir enquanto a arma assobiava no ar.

– Que som é esse, Dera?

– O som da morte – disse Dera, olhando a professora nos olhos.

– Bom, pelo menos você sabe a diferença. – A professora acenou com a cabeça para as estagiárias sentadas, que se levantaram. – Depois do jantar, você deve voltar aqui para começar o treinamento da lâmina.

Dera esperou que as outras estagiárias fossem embora. Tinha perdido Uto de vista.

A professora veio até ela.

– Suas roupas são lindas, mas você precisa usar as roupas de treinamento. Você foi até o dormitório antes de vir aqui?

– Não, professora. – Dera acompanhou-a até a área de saída.

– Meu nome é Okoye. Venha, eu vou lhe mostrar.

– Obrigada, professora Okoye.

Okoye puxou a bolsa de Dera da prateleira, entregou a ela e sorriu.

– Pode me chamar apenas de Okoye.

– Obrigada, Okoye.

Dera colocou a espada curta de volta na prateleira, mas Okoye a devolveu.

– Que esta seja sua primeira arma.

Ela pegou um cinto de couro para espadas na prateleira de cima e o estendeu a Dera, que o amarrou na cintura e colocou a lâmina nele.

Okoye cruzou os braços e sorriu.

– Isso, assim é melhor.

• • • •

O alojamento das aprendizes ficava no quinto andar. Era um grande quarto com beliches, e cada cabeceira de cama tinha dois armários estreitos.

Okoye apontou para o terceiro beliche inferior. Havia uma muda de roupa cuidadosamente dobrada sobre a cama.

– Vou esperar você no corredor.

Dera trocou de roupa rapidamente, enfiou a bolsa e as roupas no armário com o nome dela ao pé da cama e correu para o corredor.

Ela caminhou com Okoye até a sala de jantar no andar de baixo. Havia fileiras de mesas, e a comida ficava em uma sala separada, onde eram servidas bandejas de legumes e carne temperada.

Dera seguiu o exemplo de Okoye, pegando a mesma comida e bebida, e sentou-se à mesma mesa.

Ela ouvia mais do que falava, embora todas estivessem bem quietas enquanto comiam. Dera viu Uto em uma mesa do outro lado da sala. A garota acenou para ela e voltou a conversar com as outras. Mesmo cansada depois do jantar, Dera voltou com Okoye para a sala de treinamento. Algumas estagiárias também voltaram a praticar diferentes estilos corpo a corpo, algumas com armas, outras sem, treinando artes marciais.

Dera não sabia dizer quanto tempo elas treinaram lado a lado, executando repetidamente a primeira forma de movimento com a lâmina curta, primeiro devagar e depois mais rápido, até que ela tropeçou, quase caindo.

– Hora de você ir para a cama. – Okoye ajudou Dera a se levantar. – Vejo você amanhã, depois do café da manhã.

Dera voltou para o dormitório, mal dizendo boa-noite às outras aprendizes. Ela se deitou na cama e dormiu sem nem ao menos tirar a roupa.

Sonhou que executava o gestual com a faca, uma e outra vez. O sol mal havia nascido quando alguém balançou seu pé. Era Uto.

– Bom dia. Eu durmo na cama de cima. – Ela apontou para a cama acima da de Dera. – Não quero que você perca o café da manhã. Eu ouvi você se mexendo na cama a noite toda.

Dera se sentou e esfregou os olhos sonolentos.

– Acho que sonhei que ainda estava praticando os movimentos com a lâmina curta.

– Bem, essa é uma maneira de conseguir tempo extra de prática – Uto riu.

Levantando-se e se espreguiçando, Dera estremeceu. Parecia que todos os músculos de seu corpo doíam.

Uto franziu os lábios.

– Isso não vai passar tão cedo, mas você acaba se acostumando a ficar toda dolorida. Depois do almoço, algumas vão tomar um banho quente de banheira, ajuda muito.

– Obrigada.

– Temos alguns minutos para um banho rápido e para trocar de roupa. O banheiro fica do lado esquerdo da porta. Vejo você no refeitório.

Uto saiu do quarto.

Dera chegou ao refeitório minutos antes de as bandejas serem retiradas.

• • • •

Esse dia e muitos outros depois passaram rapidamente. Uma vez por semana, elas não treinavam. Metade do dia faziam trabalhos de caridade, ajudando em hortas comunitárias, parques públicos ou centros de idosos, em diferentes bairros da cidade. No restante do tempo, eram livres para explorar a cidade em grupos de duas ou três. Havia muito para ver. Vendedores oferecendo produtos de toda Wakanda, e a comida era preparada de uma forma que Dera nunca tinha visto ou provado. Elas recebiam uma pequena mesada para gastar, mas nunca precisavam se preocupar em pagar a comida, pois todos os vendedores ficavam felizes em lhes oferecer uma porção de cortesia. As aprendizes não compravam joias nem roupas, porque, como tal, eram desencorajadas a acumular itens que não se adequavam à função de seu treinamento.

Dera praticava todos os exercícios pelo tempo que seu corpo lhe permitia, muitas vezes ultrapassando seus limites. Ela sentia que não estava ganhando rapidez e resistência na mesma velocidade que as outras aprendizes. Uto estava em um dos grupos mais avançados, por causa de sua força e agilidade.

– Cada uma se desenvolve no próprio ritmo – disse Okoye quando viu a decepção de Dera por não ter conseguido passar para outro grupo. – Se eu achasse que você poderia fazer mais, você saberia.

Na maioria das noites, Dera sonhava que estava fazendo os exercícios, o que não parecia ajudar muito, já que acordava cansada. Ela havia chegado ao ponto de saber que estava sonhando e assim direcionava os exercícios que queria praticar.

– O sonho lúcido é algo que poucos podem fazer naturalmente tão bem – disse Okoye, quando se sentaram em seu escritório para falar a respeito do progresso de Dera.

– Mas isso não está me deixando melhor quando eu acordo.

– Alguma coisa deve estar fazendo. Tudo tem um propósito. Seja paciente.

Dera concordou, mas não sentia aquilo em seu coração.

••••

Ela passava muito tempo treinando, o quanto seu corpo podia aguentar. A ideia de não ser uma das melhores lutadoras era obsessiva. Quanto mais ela direcionava seu tempo de sono para certas práticas de treinamento, mais fácil ficava sonhar. Em seus sonhos, ela conseguia ter um desempenho melhor sem se cansar, mas, quando acordada, constatava que isso não a fazia correr mais rápido, saltar mais alto ou lutar mais forte do que no dia anterior.

Na terceira semana, Dera decidiu que, se não sobrevivesse ao treinamento, não voltaria para casa. Era melhor arranjar um emprego e ficar na Cidade Dourada do que voltar para casa envergonhada.

– Dera, por que você está pensando assim? Está apenas no início – Uto lhe disse após o treinamento enquanto estavam indo jantar.

– Eu sei, eu sei. – Dera balançou a cabeça. – É que eu sou uma das piores da turma.

– Isso não é verdade. – Uto colocou o braço em volta de Dera.

Dera afastou-se rapidamente e correu de volta para o dormitório, vazio naquele horário. Ela bateu a porta e deslizou para o chão, socando o chão acarpetado. Se ela não podia ser uma *Dora Milaje*, qual seria o significado de sua vida? Isso tinha sido tudo em que ela tinha pensado, tudo pelo que ela havia trabalhado desde que aprendera a andar. Seria ela apenas uma dançarina bonita?

Dera decidiu pular o treinamento noturno opcional e foi para a cama. Caindo em um sonho familiar, ela estava na sala de treinamento, mas pela primeira vez não estava sozinha. Uma jovem, muito semelhante a ela, escalava a parede de rocha, subindo e atravessando mais rápido do que qualquer ser humano que Dera tinha visto na vida real.

Ela caminhou até a parede de pedra e olhou para a garota. Quem ela colocara em seu sonho? A garota desceu a parede como uma aranha e saltou no chão diante de Dera. Ela olhou para o rosto da garota, mas estava borrado. O corpo da garota era uma cópia do de Dera.

Não importava o que ela fizesse, o rosto da garota não entrava em foco. Isso nunca acontecera. Aquele era o pesadelo que sua vida havia se tornado.

– Quem é você? – ela deixou escapar em voz alta.

– Estou aqui para ajudá-la, Dera.

– O quê? – Ela deu um passo para trás, para longe da garota turva.

Era assim que tinha começado um colapso nervoso, sonhando com uma versão sem rosto de si mesma?

– Posso ajudá-la a se tornar a melhor Adorada, ainda melhor do que suas professoras, se quiser.

Dera balançou a cabeça.

– Agora fiz uma cópia sem rosto de mim mesma para me convencer de que posso fazer melhor.

– Eu não fui criada por você, mas, se precisa acreditar nisso, que assim seja.

A garota se aproximou de Dera, seu rosto ainda era uma imagem borrada.

– Você pode me chamar de Iyawa. Eu vivo em um universo paralelo que é uma versão de Wakanda, a não ser pelo fato de que estamos doentes e morrendo. Em nossa Wakanda, usávamos vibranium para aumentar nossos poderes e derrotar nossos inimigos vizinhos, mas não percebemos que sua radiação também estava destruindo nossa estrutura genética.

– Perdemos muita coisa e, embora eu não vá viver muito, pude usar meu poder para contatá-la em seus sonhos porque temos um grau de parentesco distante. Não consigo me curar, mas senti sua dor em meus sonhos e posso ajudá-la.

– Um universo paralelo?

– Sim, você deve ter lido sobre múltiplas realidades.

– Sim, mas não há provas...

– Os melhores cientistas em sua realidade estão investigando o conceito. As provas que encontraram não foram compartilhadas com as pessoas comuns, mas existem. Eu existo.

– Este é o sonho mais estranho que já tive.

Dera esfregou o pescoço e fechou os olhos. Ela estava cansada. Em sua exaustão, criara aquele sonho estranho para se sentir melhor.

– Você não faria nada para ser melhor? – perguntou Iyawa.

Dera abriu os olhos.

– Sim, eu tentei, quando estava acordada, quando estava sonhando. Ainda assim, o meu desempenho é o pior.

– Então, deixe-me ajudá-la agora – implorou Iyawa.

– Estou definitivamente perdendo o controle. – Dera balançou a cabeça. – O que posso fazer de diferente que ainda não tentei? Eu fiz todos os exercícios aqui, só que melhor. Não importa o quanto eu vá bem em meus sonhos, eu acordo do mesmo jeito, em vez de mais forte. Treinar comigo mesma não mudará nada.

– Há algo nos genes que ajuda nosso corpo a decidir quanto de músculo criar. Ele impede o corpo de fazer mais músculos. Se esse inibidor for liberado, seus músculos podem crescer.

– Ok, isso faz algum sentido, mas como posso mudar meu corpo a partir daqui? – Dera gesticulou para a sala.

– Nós podemos fazer isso juntas. – Iyawa segurou a mão de Dera. – Seu corpo e sua mente podem fazer qualquer ajuste necessário com a minha orientação. A mente pode controlar todas as partes do corpo, até as menores.

Dera olhou para as duas mãos. Exatamente as mesmas mãos, as suas mãos.

– Como?

– Vá dormir. Vou ensinar seu corpo a mudar. Você vai acordar mais forte a cada dia.

Dera encolheu os ombros.

– Desisto. Estou cansada, de qualquer maneira. Dormindo em um sonho. Eu já fiz isso antes.

• • • •

Dera acordou bruscamente em seu beliche.

Uto se inclinou na cama de cima.

– Esta foi a sua noite mais silenciosa de todas.

Dera riu.

– Eu tive um sonho louco.

Uto saltou para o chão.

– Como foi?

– Você não acreditaria se eu contasse.

– Humm, não sei. Eu tive alguns sonhos estranhos na minha vida. – Uto enfiou o moicano no lenço noturno. – Vou tomar banho. Podemos fazer um duelo com estranhas histórias de sonhos durante o café da manhã.

Dera se sentou. Pelo menos ela se sentia mais descansada do que há algum tempo, e com fome. O que quer que sua mente tenha feito para criar o sonho, não foi de todo ruim. No café da manhã, Dera comeu quase o dobro do que costumava comer, e então correu para a sala de prática para chegar a tempo.

Na semana seguinte, o desempenho de Dera em todas as áreas começou a melhorar. A cada dia ela corria um pouco mais, pulava mais alto, lutava melhor com a espada curta e lançava mais rápido. À noite, ela praticava em seus sonhos contra sua versão borrada, mas se corrigindo.

As correções ficavam em sua memória corporal e mental quando ela estava acordada.

Na segunda semana, as professoras começaram a notar sua melhora e a colocaram em um grupo mais competitivo. O medo de que tudo acabasse em desgraça se dissipou quando Dera começou a se sobressair.

Após o café da manhã da terceira semana, quando Dera e Uto caminhavam para a sala de prática, Uto deu um soco de brincadeira no braço de Dera.

– Seus músculos estão realmente aparecendo. Acho que a comida a mais que você tem ingerido se transformou em músculo.

Dera riu e deu um soco em Uto, desequilibrando-a. Ela rapidamente agarrou Uto, para que a companheira não caísse.

– Oh, me desculpe. Eu não queria ter batido em você com tanta força.

Uto esfregou o braço.

– Está tudo bem. Eu acho que você não sabe o quanto está ficando forte. Qual é o segredo?

Dera deu de ombros, decidindo que a explicação do sonho era ridícula demais para ser repetida.

– Não sei. Acho que é efeito de todo o exercício que tenho feito nos meus sonhos.

Assim que elas entraram na sala de prática, Okoye designou Dera para correr na pista. Ela deu uma volta em um ritmo tranquilo, para se aquecer. Suas pernas e seus braços bombearam sem esforço, como se ela não estivesse correndo. Na quinta tentativa, Dera não estava nem um pouco cansada ou sem fôlego, aquilo era como voar. Ela sentiu que poderia correr o dia todo sem parar.

Perguntando-se o quão rápido conseguiria correr, Dera mudou-se para a pista interna, reservada para as corredoras mais rápidas, e acelerou o ritmo, até que as estava contornando, ultrapassando. Algumas delas aumentaram a velocidade, para tentar alcançá-la, mas ninguém conseguiu.

Dera estabeleceu um ritmo tranquilo, sentindo que poderia correr mais rápido, se quisesse, mas havia outras na pista.

– Dera! – gritou Okoye do centro da sala.

Dera foi diminuindo a velocidade e mudou-se para a pista externa até começar a trotar. Quando ela saiu da pista, não podia acreditar que se sentisse tão energizada. Nem sem fôlego, nem cansada. Ela nunca tinha experimentado nada parecido na vida. Todas as outras olhavam para ela, incluindo Uto, que se aproximou, trazendo um recipiente com água.

– O que diabos tinha no seu café da manhã? – Uto entregou-lhe a água.

– Nada demais. – Ela bebeu a água.

– Dera – Okoye chamou novamente.

Dera devolveu o recipiente para Uto e correu até Okoye.

– Vamos andar. Mesmo que você não pareça precisar de muito mais tempo de descanso – disse Okoye.

– Eu poderia descansar mais – disse Dera, apesar de sentir que precisava correr mais.

Elas caminharam pela parte externa da pista.

– Isso foi muito impressionante. Você nunca correu tão rápido. Não tenho certeza se alguém em seu grupo tenha conseguido esse resultado. Parece que você encontrou uma maneira de aumentar seu desempenho. Eu percebi uma grande melhora em todo o seu trabalho.

– Eu pensei por um tempo que não seria capaz de completar meu treinamento e me tornar uma *Dora Milaje*, mas agora vejo que é possível.

– Sim, mais do que possível. Nesse ritmo, você pode se tornar uma das mais fortes que já treinamos.

Dera não sabia o que dizer. Essas palavras a lembraram do que sua versão borrada havia dito em seus sonhos.

– Obrigada, Okoye. Eu só quero servir Wakanda da melhor maneira possível.

– Sim, eu sei que tem sido uma força motriz para vocês, para todas vocês. Estou curiosa, o que acha que mudou para você?

Dera parou de olhar para a frente e se virou para Okoye.

– E-eu acho que todo aquele trabalho em meus sonhos finalmente começou a ajudar meu corpo quando estou acordada.

– Nada mais?

– Eu não tomei nada, se é isso que está perguntando – disse Dera, olhando feio para Okoye.

– Humm, eu acredito em você.

Elas pararam em frente ao canto onde ficavam as espadas curtas.

– Vamos ver como seus sonhos ajudaram na sua luta. – Okoye puxou a espada.

Isso a lembrou de seu primeiro dia em Upanga, mas ela não era mais a mesma garota. Dera puxou sua espada e investiu contra Okoye, que deu um passo para a direita e passou a parte plana da lâmina nas pernas de Dera. Isso deveria ter feito ela cair de costas no chão, mas em vez disso Dera deu uma cambalhota e caiu de pé, e então girou para enfrentar Okoye em uma postura mais baixa, simulando uma estocada pela direita.

Okoye percebeu o falso golpe e saltou para a esquerda. Elas continuaram assim por mais alguns minutos sem que ninguém ganhasse o ponto de vitória.

– Basta – disse Okoye.

Nenhuma delas estava sem fôlego.

– Vamos ver sua dupla empunhadura – disse Okoye.

Ela acenou para duas aprendizes que estavam por ali, observando-as. Cada uma delas entregou uma espada a Okoye e a Dera.

Ambas começaram em posição defensiva, com uma espada nas costas. O som das lâminas em atrito uma contra a outra atraiu a atenção de quem estava por perto. Mais uma vez, depois de um curto período de tempo sem nenhuma delas ganhar o controle, Okoye disse que parassem.

– Como se sente, Dera?

– Eu me sinto bem.

– Sim, eu entendo. – Okoye embainhou a espada e devolveu a outra à aprendiz. – Eu gostaria que você fizesse um check-up.

– Mas nunca me senti tão bem.

– Sim. Quero ter certeza de que você continuará se sentindo bem.

Dera devolveu a espada à outra aprendiz.

– Você quer que eu vá depois do treino?

– Eu quero que vá agora, Dera.

Dera guardou a espada e saiu da sala sem olhar para ninguém.

Okoye pressionou a conta de comunicação em sua pulseira kimoyo e surgiu uma imagem do médico principal do ambulatório.

– Ela está a caminho.

• • • •

O médico terminou a tempo de Dera ir almoçar. Ela se sentou com sua bandeja ao lado de Uto. Algumas aprendizes olharam para o lado e depois para longe.

– Então, o que disseram? – perguntou Uto.

– Nada. Fizeram muitos testes, colheram amostras de tudo e me disseram que eu podia ir embora.

– Ah... – Uto continuou comendo.

– Você parece triste. É porque estou me saindo melhor do que você? – Dera bateu com o garfo no prato.

– Não, Dera, não é isso. – Uto segurou a mão de Dera. – Eu quero que você se dê bem. Se é a melhor de todas nós, ótimo. Estou preocupada com você. Se você está bem.

Dera se levantou.

– E por que eu não estaria bem? Eu nunca me senti... tão forte.

Ela empurrou a cadeira para o lado e correu para a sala de treinamento. Quando entrou, Okoye a encontrou na entrada.

– Eu preciso falar com você.

Elas foram para o escritório atrás das arquibancadas. Em vez de se sentar à mesa, Okoye se sentou em uma das cadeiras e indicou outra para Dera.

– Recebemos os resultados dos seus testes.

– E como foram?

– Não há materiais estranhos em seu corpo, nem nanitas, exceto as mesmas coisas que já havia quando você chegou aqui. No entanto, quando comparamos as estatísticas do seu corpo agora com as de quando você chegou, há uma grande diferença. Algo nos genes relacionados aos seus músculos. Os médicos acham que isso pode ter algo a ver com o motivo de você estar ficando mais forte de repente.

– Você acha – Dera disse lentamente. – Você acha que uma pessoa pode mudar as coisas no corpo apenas com a mente, se ela quiser muito?

– Você conhece esse gene? – Okoye perguntou, inclinando-se para a frente.

– Sei um pouco.

Dera olhou para os próprios braços; estavam mais musculosos do que os braços de Uto.

– Se você está perguntando se alguém poderia mudar o corpo apenas com os pensamentos, a resposta é sim. Em geral, fazemos isso o tempo todo, geralmente por meio de situações que causam estresse e resultam em uma redução das defesas do corpo, nos deixando doentes. Mas fazer essa mudança em particular envolve compreensão em um nível de detalhe científico que poucos têm. Levaria anos treinando o cérebro, a mente e a conexão do corpo para acessar frequências fora do normal.

– Usar vibranium ajudaria a aumentar esse controle? – perguntou Dera.

– Essa é uma pergunta interessante. Por que quer saber?

– Aprendemos que o vibranium pode aumentar os poderes dos humanos.

– O uso de vibranium é estritamente controlado, por causa de seus efeitos colaterais. Pode ser muito perigoso, dependendo de como é usado.

Okoye se levantou.

– Não sabemos nesse momento por que o seu corpo mudou, mas, já que você está se saindo tão bem, vou colocá-la no grupo de nível mais avançado. Você pode voltar a praticar.

— Obrigada, Okoye.

Dera se levantou para sair. Olhando uma vez para Okoye, ela não conseguiu decifrar a expressão no rosto da professora, mas era perturbadora.

• • • •

Naquela noite, Dera sonhou, como sempre, que estava na sala de prática. Iyawa, a garota borrada, apareceu em segundos, carregando uma lança. Dera tinha se acostumado com a presença de seu eu dos sonhos.

— Hoje foi mais emocionante do que o normal — disse Dera, caminhando até Iyawa.

— Espero que tenha mesmo sido emocionante, porque você está se saindo muito bem no treino.

Iyawa girou a longa lança de arremesso no ar.

Dera inclinou a cabeça para a esquerda. Por que sua cópia não sabia o que havia acontecido naquele dia?

— Foi mais do que isso.

Iyawa jogou a lança para Dera, que a pegou facilmente. Outra lança apareceu na mão de Iyawa.

— Então me conte.

— Você não sabe?

Iyawa bateu a ponta da lança no chão.

— Eu disse que não sou você, não sou sua imaginação. Depois de todo esse tempo, você ainda não acredita em mim.

Dera recuou.

— O que aconteceu hoje? — perguntou Iyawa.

Fingindo concordar, Dera disse:

— Okoye me mandou ao médico para um check-up. Ela queria ter certeza de que meu aumento no desempenho é natural.

— Parece mesmo algo que ela faria.

— Como sabe disso?

— Como eu expliquei, minha realidade é uma cópia da sua, nós temos nossa própria Okoye também. Tínhamos. Ela morreu em decorrência de mutações. Como tantas de nós, principalmente as *Dora Milaje*.

Usamos o vibranium em tudo, em armas, escudos, até que fosse tarde demais. O que os testes mostraram?

— Nada foi introduzido de fora em meu corpo, mas eles descobriram que o inibidor muscular é diferente. Eles não sabem por quê.

— Você contou a eles sobre seus sonhos, sobre mim?

Dera balançou a cabeça.

— Por que eu contaria a eles sobre você? Achei que você fosse apenas minha imaginação, mas agora...

— Agora você está começando a acreditar em mim?

Dera balançou a cabeça lentamente.

— Bom, porque precisamos da sua ajuda.

Dera apertou ainda mais a lança.

— Como posso ajudar?

— Nosso rei está morrendo, Dera. Fizemos tudo o que podíamos para ajudá-lo, mas nada está funcionando. Precisamos que obtenha uma amostra do DNA de seu rei, para que possamos usá-lo para tentar corrigir o código genético danificado de nosso rei.

Dera entrou em posição de ataque com ambas as mãos na lança longa.

— Agora eu sei que, ou eu perdi a cabeça, ou você realmente não sou eu. Eu nunca pensaria em algo assim, algo que pudesse colocar nosso rei em perigo.

Iyawa avançou para a lâmina da lança.

— Como tirar uma amostra de DNA pode colocar seu rei em perigo?

Dera não sentiu resistência quando a garota se aproximou dela, a lança passando por seu peito.

— Você realmente acha que pode me machucar aqui? — Ela acenou com as mãos.

Dera largou a lança e ela desapareceu.

— Eu-eu não confio em você, seja quem for, ou o que quer que você seja.

— Então confie em si mesma. Eu disse que meu nome é Iyawa, mas não é. Usei esse nome porque a verdade seria muito mais difícil para você aceitar, até agora.

— O que você quer dizer?

O corpo de Iyawa se transformou até que ela parecesse uma versão mutante de Dera com quatro braços: dois normais, dois encolhidos, dedos faltando e pernas feitas de um material metálico.

– Não...

– Sim – disse Iyawa. – Eu sou você na minha realidade. De que outra forma eu poderia saber exatamente como mudar nosso DNA? Minhas habilidades aprimoradas permitem que eu me comunique com você do meu universo quando você dorme. Não há mais ninguém com essa habilidade.

– Não – disse Dera, balançando a cabeça. – Isso é impossível. Não importa de que universo eu venha, nunca faria nada para colocar Wakanda ou o rei em perigo.

– Como você, eu daria nossa vida por Wakanda – disse Iyawa. – Isso é exatamente o que estou tentando fazer. Para salvar Wakanda, a minha Wakanda.

– Mas, mas você está me pedindo para ajudá-la a usar nosso rei. Eu não posso, e não vou.

– Não, não estou pedindo a você que coloque seu rei em perigo. Existe apenas um rei. Para todas as realidades infinitas, estamos todos conectados. Somos uma coisa só. Nosso rei está morrendo. Nosso rei é o seu rei. Podemos conectar os dois, e os dois viverão.

Dera balançou a cabeça. Ela fechou os olhos com força, desejando acordar. A última coisa que ela ouviu antes de acordar foi a própria voz, a voz de Iyawa, sussurrando:

– Que perigo pode haver, se você carrega seus genes de volta ao seu universo? Você não pode escapar de mim. Você terá que dormir, mais cedo ou mais tarde.

Dera sentou-se abruptamente.

– Não, não!

Uto se inclinou sobre o beliche de cima.

– Está tudo bem? Teve um pesadelo?

– Sim – sussurrou Dera.

– Bem, ainda dá tempo de dormir mais um pouco, Dera. – Uto se jogou de volta na cama.

Dera balançou a cabeça.

– Não tenho tempo para dormir.

Ela saiu da cama, calçou os chinelos e saiu correndo do dormitório. Subindo as escadas correndo para o sexto andar, ela bateu à porta do apartamento de Okoye, e ficou batendo, esperando que ela abrisse.

– Por favor, eu preciso falar com você.

– Não pode esperar até de manhã?

– Não, não! Ou eu estou enlouquecendo, ou o rei pode estar em perigo.

Okoye abriu a porta e deixou Dera entrar.

Elas se sentaram no sofá e Dera contou tudo. Okoye a deixou falar sem interromper.

– Se eu estou ficando louca ou não, acho que me tornei um perigo para Wakanda. Eu me jogaria do prédio mais alto, mas não sei o que Iyawa quis dizer sobre eu carregar perigo em meus genes. Temo que ela tenha feito algo comigo que não possa ser interrompido nem mesmo se eu morresse. – Dera cobriu o rosto com as mãos.

Okoye tirou gentilmente as mãos de Dera de seu rosto e as segurou nas dela.

– Eu não acredito que você esteja ficando louca. Espere aqui.

Okoye foi para o quarto. Dera podia ouvi-la falando, sem dúvida em sua conta de comunicação kimoyo. Ela saiu e disse:

– Alguém de nossa equipe de pesquisa avançada está vindo aqui falar com você.

Em poucos minutos, houve uma batida à porta. Okoye abriu a porta e Dera viu parada ali uma mulher mais velha, usando um macacão roxo.

– Esta é a cientista de pesquisas avançadas Zira. Dera, por favor, conte a ela tudo o que você acabou de me contar – pediu Okoye.

Zira se sentou ao lado de Dera.

– Você se importa se eu colocar a mão em seu braço? Isso me ajuda a sentir a verdade do que você diz.

– Tudo bem – Dera parecia perplexa.

Quando Dera terminou de explicar tudo de novo, Zira acenou com a cabeça para Okoye.

– Dera – disse Zira –, você deve voltar a dormir e descobrir mais sobre essa outra garota que, conforme disse, representa um perigo para Wakanda.

– Você acha que ela é real? Eu não estou louca?

– Às vezes, o que parece loucura se explica com o inexplicável. O que você disse faz sentido, considerando as mudanças em seu corpo, e se encaixa em algumas pesquisas emergentes que temos feito em universos paralelos. Sabemos que a radiação de vibranium bruta pode causar mutações. Seja lá o que essa versão de você disse, há mais no plano deles do que eles compartilharam. É possível que seus genes tenham passado por algo mais do que apenas a supressão de NCoR1, então seus músculos poderiam aumentar.

– Supressão do quê? – perguntou Dera.

– É o inibidor que encontramos alterado em você – explicou Okoye.

– Você disse que ela não sabe o que acontece quando você está acordada? – perguntou Zira.

Dera fez que sim com a cabeça.

– Bom, então volte a dormir. Veja se consegue descobrir o que mais ela fez com você, mas não diga nada sobre ter falado conosco. – Zira entregou a Dera uma pulseira kimoyo com duas contas.

Dera reconheceu uma delas. Era uma conta de comunicação. Ela colocou a pulseira.

– Para que serve isso? – Ela apontou para a miçanga estranha.

– Para rastrear seus sinais biológicos.

Dera olhou para Okoye.

– Você quer que eu volte para o dormitório? Não sei se consigo dormir agora. Eu estou...

– Com medo? – perguntou Okoye.

Dera baixou os olhos.

Okoye sentou-se ao lado de Dera e ergueu a cabeça da garota.

– Nem tudo o que fazemos para proteger o rei é uma batalha. Você pode fazer isso, Dera. Por Wakanda.

Dera respirou fundo e se levantou.

– Por Wakanda.

– Seria melhor se fôssemos para o meu laboratório – disse Zira. – Podemos lhe dar um calmante leve e monitorar seu sono, para saber quando você está sonhando e avaliar quaisquer outras mudanças em seu corpo.

As três foram para o laboratório, que estava vazio. Dera deitou-se em uma cápsula especial, tomou um sedante leve e adormeceu.

• • • •

Dera estava na sala de treinamento sozinha.

– Iyawa! Iyawa!

Um segundo depois, a versão com o rosto borrado de Dera estava na frente dela.

– O que você quis dizer sobre eu ser um perigo para Wakanda?

– Achei que isso poderia chamar sua atenção. Que bom que você finalmente acredita que isso é real.

– Não sei quanto disso é real, mas sei que você não é minha imaginação.

– Bom...

Iyawa se aproximou de Dera.

– O que você fez para me tornar um perigo? – Dera perguntou mais alto.

– Eu programei um vírus em seus genes. – Ela encolheu os ombros. – Está dormente agora, mas eu posso ativá-lo. Aprendemos muito sobre como o genoma humano funciona enquanto tentamos nos salvar, para salvar Wakanda, mais do que os cientistas em sua realidade sabem. É um vírus muito letal, que se espalha rapidamente, permanece aparentemente inativo por alguns dias, para ter mais tempo para se replicar.

Dera tropeçou para trás.

– Você nos destruiria para salvar sua Wakanda moribunda.

– Não podemos simplesmente ficar sentados esperando a morte. – Iyawa ergueu a voz. – Não queremos que Wakanda seja destruída. Queremos que ambas vivam.

Dera balançou a cabeça e caiu no chão.

– Eu sou aprendiz, não tenho acesso algum ao rei. Eu só o vi no meio da multidão desde que cheguei aqui. Como posso enviar a você esse DNA?

– Você não precisa estar perto do rei. Encontre algo que ele tenha usado ou tocado, como um recipiente ou um fio do cabelo dele. Se você não pode pegar algo em que ele tocou, então esfregue em sua mão ou braço, para transferir o DNA dele para sua pele.

– Não entendo como você vai levar isso para o seu universo.

– Não se preocupe com isso, apenas faça. – Iyawa acariciou a cabeça de Dera. – Eu sei que é difícil confiar em mim. Mas confie em si mesma. Ainda que em outro universo, seu compromisso com Wakanda é completo.

Dera ergueu os olhos.

– Como vou saber se você não está planejando que seu rei faça com o nosso o mesmo que você fez comigo?

– Porque eu sou a única que... – Iyawa parou e inclinou a cabeça para a esquerda. – Você contou a alguém sobre nós e agora está tentando arrancar mais informações de mim?

Dera se afastou dela.

– Não! Quem acreditaria em mim? Prefiro morrer do que fazer parte de algo assim.

Iyawa estava de repente ao lado dela, no chão. Ela cutucou o ombro de Dera com o dedo.

– Você deve cuidar muito bem do seu corpo. Não pense que morrer protegeria Wakanda, apenas liberaria o vírus mais cedo. Só quem pode dissipar o vírus sou eu. Para quem você contou?

– Para ninguém! – Dera gritou.

Iyawa agarrou o pulso direito de Dera.

– Eu não acredito em você. Eu não queria fazer isso da maneira mais difícil, mas você me deixou sem escolha.

Ela agarrou o outro pulso de Dera.

– O que você está fazendo?

– Se você não fizer o que é necessário, terei que fazer sozinha.

Uma dor ardente entrou em Dera pelos pulsos. Ela gritou, tentou se afastar, tentou se imaginar em outro lugar no sonho, mas não conseguiu. A dor entrou em suas veias e começou a se alastrar por suas mãos.

Através da dor, Dera viu o que pareciam ser as mãos de Iyawa se fundindo em seus pulsos. Ela tinha que acordar, mas não conseguia. Dera ergueu as mãos no ar, desequilibrando Iyawa. Com todas as suas forças, ela tentou se soltar, sentindo como se estivesse rasgando os pulsos, e caiu para trás, para longe de Iyawa. Ela se imaginou do outro lado da sala segurando duas espadas curtas.

– O que você está pensando? – Iyawa caminhou em sua direção, e espadas curtas surgiram em suas mãos. – Que você pode me parar aqui, lutando contra mim? – Ela riu e jogou as espadas para o ar, pegando-as facilmente durante o giro, então assumiu uma postura de ataque e depois correu na direção de Dera.

Elas lutaram pelo que pareceram horas. Nenhuma se cansou, nem ganhou nem perdeu. Quando Dera arrancou uma das espadas das mãos de Iyawa, todas as espadas desapareceram e Dera não conseguiu fazer que a dela voltasse. Elas começaram a lutar corpo a corpo, com chutes e golpes, e foram girando cada vez mais rápido.

Até que Iyawa gritou:

– Basta!

Imobilizada no chão, Dera sentiu recomeçar a dor que se alastrava com a sensação de queimação, fluindo ao mesmo tempo para a coluna, as coxas e os ombros. Ela gritou quando Iyawa se fundiu em seu corpo, até que ficou sem voz, sem corpo, sem dor.

– *Onde eu estou?*

– Então você ainda está aqui? Não tinha certeza se alguma parte de você sobreviveria. Você verá como uma verdadeira *Dora Milaje* protege Wakanda.

– *Uma verdadeira* Dora Milaje *não colocaria o rei ou Wakanda em perigo, não importa de que realidade sejam.*

– Vamos acordar e ver.

Iyawa acordou em um laboratório com duas mulheres a observando. Ela reconheceu Okoye imediatamente, mas a outra mulher lhe era apenas vagamente familiar.

– Como você está se sentindo? – perguntou Okoye.

Ela tentou levantar a cabeça, mas não conseguiu mover o corpo.

– Estou bem, exceto que não consigo me mover.

– Seus sinais são bons, embora tenham ocorrido picos, como se você estivesse tendo um pesadelo. A outra apareceu em seus sonhos como antes?

– Sim – Iyawa disse lentamente. – Por que não consigo me mover?

A outra mulher colocou as mãos em cada lado do rosto de Iyawa.

– Nós lhe aplicamos um forte sedativo que impede os movimentos. Para sua própria segurança, até termos certeza de como foi seu encontro.

De repente, Iyawa reconheceu a mulher. Ela tentou sacudir a cabeça.

– Você é Zira. Uma mutante.

– Sim, Dera, mas como você sabe que sou uma mutante?

– Hã... foi só um palpite.

Zira fechou os olhos.

– *Dera, você está aí?*

– *Sim, ela assumiu o controle do meu corpo, ela também está aqui. Ela colocou um vírus em mim que pode matar qualquer pessoa, e ela tem o poder de ativá-lo. Acho que eles querem transferir o rei deles para o nosso usando o DNA para ligá-los, como ela fez comigo.*

– *Tínhamos medo de que algo assim acontecesse. Fui chamada porque posso sentir e me comunicar diretamente com a mente dos outros. Fique calma, Dera.*

Zira olhou para Okoye.

– As duas estão aqui.

– Dera está segura?

– Sim, mas Iyawa está controlando seu corpo.

– Então ela lhe contou tudo – Iyawa disse com resignação.

– Sim, sabemos que você ajustou o NCoR1 dela, mas e esse vírus? – perguntou Zira.

– Não há vírus. Eu só disse isso para forçá-la a nos ajudar, mas quando percebi que ela poderia ter contado para outra pessoa, essa foi a última coisa que tentamos.

– Como podemos saber que ela está dizendo a verdade? – perguntou Okoye.

– Eu saberia se ela estivesse mentindo. Não está.

Okoye entrou na linha de visão de Iyawa.

– Você deve retornar ao seu universo e libertar Dera.

Iyawa fechou os olhos antes de responder.

– Não adianta voltar. O corpo que deixei vai viver apenas mais alguns dias. – Ela abriu os olhos. – Não tínhamos certeza se Dera sobreviveria à fusão, mas ela sobreviveu.

– E essa viagem só de ida é o que você tinha planejado para o nosso rei? – Okoye perguntou com raiva. – Se nossa Dera não estivesse aí nesse corpo, eu a estrangularia com minhas próprias mãos.

– Eu sou a única com a capacidade de fazer a travessia – disse Iyawa. – Queríamos apenas o DNA do seu rei, para assim talvez curar nosso rei e dar esperança ao povo. Nossos cientistas estão trabalhando dia e noite para encontrar uma maneira de ajudar aqueles que não estão tão doentes. Eu falhei. Vou devolver o controle para Dera.

Iyawa fechou os olhos.

Dera se viu emergindo de um lugar sem corpo. Ela abriu os olhos cheios de lágrimas.

Zira olhou para Okoye.

– Nossa Dera está de volta.

– Para sempre? – perguntou Okoye.

Zira assentiu, dando a Dera uma injeção para reverter o efeito paralisante do bloqueio corporal.

– A outra está trancada bem dentro de mim – disse Dera.

Dera olhou para Zira.

– Eu senti a Wakanda de Iyawa, quando ela me soltou. O povo está sofrendo e desistiu. Há algo que possamos fazer para ajudar seu rei?

Zira suspirou.

– Eu também senti a tristeza daquela Wakanda quando fiz contato com Iyawa. A questão de interferir em outra realidade é algo pelo que nós três não podemos responder. Teria que ser discutido em uma reunião com nossos cientistas, os anciãos e o rei.

Dera se sentou lentamente.

– Talvez devêssemos ajudar. Por mais que meu outro eu tenha feito isso comigo, o que foi feito está no passado. Agora que nossas realidades mudaram, talvez não haja certo ou errado daqui para a frente, apenas futuros que surgirão a partir daqui.

Okoye ajudou Dera a se levantar.

– Parece que não foram apenas os músculos do seu corpo que ficaram mais fortes. Isso é pensamento avançado.

– E não está errado – disse Zira. – Entrarei em contato com todos que possam ajudar, para fazermos uma reunião hoje.

Dera bocejou.

– Acho que preciso dormir um pouco. Ter um sono de verdade, sem compartilhar sonhos.

Okoye franziu a testa.

– Você estará segura enquanto ela ainda estiver aí com você?

Zira segurou a mão de Dera.

– Iyawa não tem nenhum poder no lugar onde está trancada dentro de Dera.

– Sou forte o suficiente para manter o controle, mesmo durante o sono – disse Dera. – Iyawa aguarda com esperança pela primeira vez.

BON TEMPS

HARLAN JAMES

SHURI QUERIA GRITAR E ARRANCAR OS OLHOS DE T'CHALLA.

Mas o olhar no rosto de sua mãe... além do fato de que seria traição atacar aquele seu irmão sem emoção, presunçoso, autoritário e tão confiante em cada decisão tomada, fez a princesa herdeira cerrar os punhos com tanta força que ela tinha certeza de que as unhas estavam tirando sangue das palmas.

Ela engoliu em seco e estreitou os olhos para T'Challa, que a encarou com aquela expressão neutra que ela odiava. Ela respirou fundo, cerrou os dentes e falou agressivamente, tentando, sem sucesso, esconder as emoções.

– Posso perguntar, poderoso rei, por que não posso ir a Ibiza para a minha conferência? Vou todos os anos, e todos os anos trago informações vitais sobre as famílias governantes da Europa e da América. Informações, devo apontar, que seriam valiosas à medida que Wakanda avança com mais força no mundo exterior, conforme você comandou.

T'Challa parecia quase divertido quando se reclinou, comendo uvas durante aquele raro momento de silêncio na sala do trono.

Sua sempre presente *Dora Milaje* havia despachado a corte real, até que apenas eles e a família real permanecessem. O traje real de T'Challa era relativamente casual, uma blusa de gola alta verde, um terno de seda preta e mocassins, além de um lenço roxo amarrado firmemente nos ombros e na cintura. Shuri estava vestida casualmente também, usando apenas uma camiseta, jeans e seu *All Star* preto favorito.

Como de costume, a presença da rainha-mãe estragara tudo. Ramonda, como sempre, parecia uma rainha em cada centímetro daquele seu vestido de tecido *Kente* esvoaçante. Ela exalava contenção e graça confiante, seus longos cabelos grisalhos escorrendo pelos ombros. Shuri suspirou ao observar a mãe com o canto do olho e sentiu todas as suas inadequações usuais.

A rainha-mãe, é claro, nunca acreditara na ideia de trajes casuais às sextas-feiras. Ela também não concordou quando T'Challa permitiu que Shuri fosse com seus amigos para a Espanha nos anos anteriores. Depois do fiasco do ano passado, no entanto, em vez de confrontar a filha, envenenou T'Challa com muito mais facilidade e deixou a decisão para a única pessoa que ela sentiu que Shuri não desafiaria.

Exatamente como T'Challa estava prestes a fazer. Ele se ajeitou no trono, olhou para ela e colocou outra uva na boca. Bast, ela odiava quando ele a olhava como se ela ainda fosse uma menininha precoce, em vez da princesa herdeira e a próxima na linha de sucessão ao trono de Bashenga.

– Informações, você disse? – comentou Ramonda. – No ano passado, você nos trouxe os números dos celulares pessoais de Harry e Meghan. – Ela ficou ao lado de T'Challa, em seu lugar habitual. – E, se bem me lembro, houve um incidente com Idris Elba que tivemos que resolver.

– Isso – Shuri puxou os ombros para trás e ergueu o queixo, recusando-se a encontrar os olhos da mãe, mantendo o olhar diretamente em T'Challa – não foi minha culpa, meu irmão.

– Nunca é sua culpa, então? – A mãe suspirou. – Quando você vai crescer, garota? Você é uma princesa, pelo amor de Bast.

T'Challa apenas a olhou com aquele olhar penetrante dele, o mesmo que usou tantas vezes quando avaliara a alma de Shuri, para decidir se ela era digna de sua coroa e posição.

– Independentemente do que houve nos anos anteriores, você não pode ir, irmãzinha – disse T'Challa por fim, com um tom de voz que ela aprendera a reconhecer. – É uma perda do seu tempo... e do nosso.

Aquela foi a gota d'água. "Dane-se o decoro", pensou ela.

– Você pode se sentar no trono de nosso pai, irmão – chiou Shuri –, mas isso não o torna meu pai! Você pode relaxar aí e se enfeitar, mas não se esqueça de que eu sei que você é um arrogante, sem emoção... *emnweni*, fingindo ser um rei!

– Shuri! – repreendeu Ramonda, elevando a voz. – Peça desculpas ao seu rei agora mesmo!

– Eu não vou fazer isso, mãe! Não peço muito ao meu rei, mas exijo que meu itinerário seja apenas meu, fora dos meus deveres reais. – Ela olhou para o perplexo T'Challa, que continuou comendo uvas. Você me pediu, irmão, que diminuísse minhas atividades extracurriculares e me concentrasse em meus deveres reais – continuou ela. – Fiz o que você pediu. Você me pediu que aumentasse meu cronograma de treinamento com Zuri, e eu fiz isso. Você me pediu que fosse mentora na Academia de Ciências, e eu fiz isso, inclusive assumindo um cargo de professora e ministrando seminários avançados. Eu fiz tudo o que você me pediu, então não entendo por que você está agindo como se de repente não confiasse em mim.

T'Challa mudou de posição no trono novamente.

– Eu confio em você, irmã – disse ele calmamente. – É por isso que tomei minha decisão, apesar de sua atual violação do decoro.

– Mas T'Challa... – começou a mãe, hesitante.

– Essa é minha decisão final, mãe.

T'Challa olhou calmamente para a mãe, que se encolheu quase imperceptivelmente com aquela comunicação silenciosa do rei. Shuri não fazia ideia do que eles falavam. De temperamento explosivo, ela não conseguiu se conter.

– Eu já não avisei vocês dois que não podem planejar minha vida sem me consultar primeiro?

Ela já tinha explodido com eles durante o jantar, não muito tempo atrás, sobre a intenção de enviá-la para uma reunião da realeza africana na Nigéria. Aconteceu de ser agendada para o mesmo horário de outro de seus eventos "imperdíveis", seu safári anual com alguns amigos da corte de T'Challa. A reunião nigeriana era bem conhecida como um evento casamenteiro para os solteiros da realeza. Nem morta ela ficaria com o filho de algum daqueles ditadores tiranos, que compareciam aos eventos, mesmo tendo se recusado a isso, e depois sumiam.

T'Challa não a tinha impedido então. Desta vez, ele estava expressando suas demandas como uma ordem real, colocando-a em uma situação insustentável.

– Há algo que preciso que você faça para mim, Shuri.

T'Challa ergueu-se mansamente do trono e desceu alguns degraus para ficar na frente dela, colocando a mão em seu ombro. De repente, Shuri percebeu que T'Challa não a tocava fisicamente havia meses. Eles eram muito próximos antes de ele se tornar rei.

O que tinha acontecido?

– Há uma missão que preciso que você assuma – T'Challa sussurrou para ela. – Tenho alguma experiência nessa área, mas pode ser o único momento em que... você seja a *melhor* escolha para isso. Deve ser uma tarefa fácil, mas, por precaução, mantenha o juízo sobre si mesma e concentre-se no objetivo. Nunca sabemos muito a respeito dos planos alheios.

Olhando para seu trono, ele acenou com a cabeça em direção a uma jovem guarda *Dora Milaje* estranhamente pálida à esquerda, que saiu da sala do trono, e então retornou rapidamente, entregando a Shuri um pequeno cofre revestido de seda.

– Dentro dessa caixa está um dos maiores tesouros de nossa nação. Não é perigoso, mas é valioso para mim, e possivelmente para outras pessoas.

T'Challa falou alto enquanto caminhava de volta para seu trono e se sentava na beirada.

– Confio esta entrega a você, Shuri, minha amada irmã. Deve chegar ao seu destino, não importa como.

Shuri virou a caixa nas mãos, erguendo-a facilmente. Era leve. Ela voltou os olhos questionadores para o irmão.

– Para o caso de haver algum problema, estou enviando Bolanle Zidona com você – continuou T'Challa, indicando a *Dora Milaje* esguia e de pele clara, ainda em posição de sentido. – E Hatut Zeraze poderá ir encontrá-la, se necessário, mas Zidona será seu maior apoio para esta missão.

– A lança é maior do que ela! – protestou Shuri, recebendo um olhar furioso da insultada *Dora*, cujas bochechas ficaram profundamente vermelhas. Seja lá para onde esteja me enviando, não preciso de nenhuma de suas preciosas guarda-costas comigo, T'Challa. Posso cuidar de mim mesma. Se for perigoso, chamarei alguns dos Cães de Guerra locais.

– É sério? – disse a mãe, com as mãos na cintura. – Tal como aconteceu com os homens que você enganou em um bote de borracha e deixou abandonados no meio do Mediterrâneo em sua última expedição desastrosa?

– Ou – acrescentou T'Challa – como os que você abandonou na reunião em Mykonos, depois de ter entrado em um banheiro reclamando que estava com "problemas femininos", que coincidentemente desapareceram algumas horas depois, de acordo com as fotos de paparazzi publicadas no dia seguinte.

– Ou então – continuou a mãe – os Cães de Guerra que você expulsou, ordenando que bebessem com você em Gstaad para depois abandoná-los em um bar de hotel, chorando em cima das canecas de cerveja?

Shuri olhou para os tênis, arranhando o chão com as solas de borracha. A mãe olhou para ela.

– O que quero dizer é que você já se aproveitou de guarda-costas masculinos, então, desta vez, haverá alguém com você aonde quer que vá, e não há desculpa para ter um pingo de privacidade.

– E ela – Ramonda olhou para T'Challa, que acenou com a cabeça em confirmação – recebeu ordens de não a deixar sair de sua vista naquela cidade perversa.

Isso chamou a atenção de Shuri.

– Que cidade perversa? – Ela ergueu os olhos. – Já estive ao redor do mundo, mãe, e me saí muito bem.

T'Challa inclinou a cabeça.

– Você nunca foi ao *Mardi Gras*.

• • • •

Durante toda a jornada, Shuri se recusou a falar com Bolanle, e ficou olhando pela janela do jato particular enquanto a guerreira com rosto de bebê digitava em seu laptop. A *Dora Milaje* havia acompanhado a princesa, conforme Ramonda havia ordenado, desde o ponto em que ela deixara a sala do trono até quando elas entraram na limusine em frente ao palácio para ir pegar o jato.

Se Shuri fosse ao banheiro, a alegre Bolanle estaria ali, cantarolando para si mesma do lado de fora da cabine. Na única vez em que Shuri encontrou um banheiro com cabine única no campo de aviação, ela colocou uma rede de vibranium sobre a janela, para ter certeza de que Shuri não teria vantagem se tentasse escapar.

Enquanto caminhavam até o jato real, Bolanle entregou-lhe um copo térmico exalando seu aroma favorito de café jamaicano comprado em uma cafeteria local. Shuri avaliou a oferta de paz por um segundo, e então a aceitou assentindo com a cabeça.

Isso não significa que tenho que falar com ela, Shuri se convenceu. Mas este café é realmente bom, pensou ela enquanto bebia, antes de acenar com a cabeça em agradecimento à jovem guerreira.

Ao passarem pela alfândega em um aeroporto particular no Mississippi, foram recebidas por um carro relativamente indefinido. Pouco tempo depois, Shuri equilibrou a preciosa caixa no colo enquanto o motorista as conduzia através do tráfego intenso para o centro de Nova Orleans, e então até a luxuosa residência que Bolanle havia alugado para elas passarem o fim de semana.

A fada *Dora Milaje* arrastou sem esforço todas as malas para dentro da enorme casa de vários quartos, e deixou a própria bagagem no quarto ao lado da suíte master de Shuri. As duas foram tomar banho antes de se encontrarem novamente no terraço que cercava uma piscina aquecida e uma cachoeira.

Secando o cabelo com uma toalha branca muito macia, Shuri se jogou em uma espreguiçadeira. Bolanle a seguiu alguns segundos depois, com uma toalha igual à de Shuri enrolada na cabeça, e finalmente quebrou o silêncio.

– Vossa Alteza está pronta para o interrogatório?

A vozinha aguda parecia o ajuste perfeito para seus traços delicados, que ela completou com uma peruca curta de estilo americano com tranças, selecionada para aquela missão.

Shuri bebeu um gole de água com gás. Os amigos dela provavelmente estavam em Ibiza naquele momento, bebendo champanhe em uma das maiores banheiras de hidromassagem que existem, especialmente aquele fofo do Winthrop. Em vez de se juntar a eles, ela estava ali em Nova Orleans com uma pequenina *Dora Milaje*, e o único conforto era que ela já havia sido convidada para uma festa.

O lado negativo era o fato de ter sido preparada por um dos super-heróis negros mais antigos da América. T'Challa realmente se apegou a ela.

– Não – disse Shuri, e fez beicinho. – Aqui estou, na maior festa que os americanos criaram em sua curta história e, em vez de sair para me divertir, estou presa brincando de entregadora com você e uma caixa.

Bolanle não disse nada.

Depois de um silêncio desconfortável, Shuri olhou por cima dos óculos escuros.

– Bem, acho que a gente pode se conhecer melhor – sugeriu ela taciturnamente. – Parece que vamos ficar próximas nesses dias. Se eu conheço meu irmão, ele não a teria enviado comigo se você não fosse boa em rastrear pessoas. E por quê? – Shuri jogou as mãos para o alto. – Eles parecem convencidos de que vou ter algum tipo de problema. Ninguém nunca considera que eu possa saber exatamente o que estou fazendo. Em vez disso – bufou ela –, todo mundo espera que eu seja a encrenqueira, aquela que envergonha a família real. Wakandanos acham que sabem tudo sobre mim, mas se colocarem qualquer um no mesmo holofote... exponha tudo o que fazem e veja como eles se parecem.

Ela cruzou os braços e recostou-se na cadeira, amuada.

– Bem, vamos começar de uma forma diferente, Bolanle – continuou ela. – Você vai me dizer algo pessoal sobre você, e vamos encontrar uma situação de igualdade. Não é justo que você saiba tudo sobre mim e eu não saiba nada sobre você. Antes de prosseguirmos, quero saber quem você é e por que está aqui.

Bolanle sorriu.

– Um discurso muito bom, Vossa Alteza – disse ela, enfatizando o título de Shuri. – Não importa o que eu diga, uma pessoa aqui sempre será um pouco mais "igual" do que a outra. Apenas uma de nós pode dar ordens, em vez de fazer solicitações.

Shuri sorriu com o atrevimento da garota.

– Eu não me importo de falar, porque não há muito o que contar. – Bolanle olhou para o chão, raspando as sandálias para a frente e para trás no piso de mármore. – Esta é minha primeira missão no exterior como *Dora Milaje*, então não sei por que a general Okoye me designou para ela. Não tenho nenhum conhecimento especializado que tornará a entrega desse pacote mais fácil. Acabei de receber o básico do treinamento *Dora Milaje* e o treinamento avançado de infiltração urbana...

Ela parou quando percebeu o olhar de Shuri e suspirou.

– Não é isso o que você quer ouvir. Ninguém quer saber sobre isso. Você quer saber sobre *isto*. – Ela apontou para a própria mão, virando as mãos pálidas de um lado para outro. – Como é que uma filha de Wakanda pode ter a pele quase branca, olhos verdes e o que seria um cabelo preto comprido e liso se eu o deixasse crescer?

– A história que minha família conta é que um caçador branco vagou por Wakanda algumas gerações atrás e amou tanto o lugar que decidiu ficar – continuou ela. – Ele o fez com a bênção do rei, ou assim dizem. Provavelmente é uma mentira educada sobre os verdadeiros fatos, mas nenhum de nós jamais quis entender o que acontecera há tanto tempo. – Ela olhou para o céu azul e as nuvens manchadas que passavam.

– Como... como isso poderia ter acontecido? – Shuri se sentou e olhou para a jovem *Dora*. – Wakanda nunca foi conquistada pelos colonizadores.

Bolanle olhou para ela e revirou os olhos.

– Sério, princesa? É isso o que eles lhe ensinaram? E você acreditou totalmente?

Shuri baixou o olhar.

– Para falar a verdade, sou melhor em ciências exatas do que em história.

– Bem, pense bem, Alteza. Existe um único Pantera Negra e uma enorme Wakanda. Você acha que nunca ninguém conseguiu entrar um centímetro dentro das fronteiras wakandanas? – Bolanle a olhou fixamente. – Não quero ser indelicada, mas considere quantas vezes no passado um Pantera Negra impediu invasores wakandanos. É sempre na fronteira, certo? Algum rei já viveu na fronteira? Não, sempre leva um tempo até o rei chegar à capital. Você acha que eles trataram os aldeões da Tribo da Fronteira com gentileza durante esse tempo? Que eles não tiraram qualquer... vantagem das mulheres que encontraram?

Shuri ficou sentada em silêncio, enquanto Bolanle olhava para as mãos.

– A verdade é que é um gene recessivo que surge na minha linhagem materna de vez em quando. Tenho irmãos e primos de pele escura que se parecem com você, Vossa Alteza, mas, por algum motivo, fiquei presa a uma pele sardenta, feições de fada e cabelos longos e lisos. – Bolanle encolheu os ombros. – Isso significa apenas que eu tive que trabalhar um pouco mais duro, lidar com mais piadas do que o normal e dar uma surra em alguns idiotas antes de me formar. Então, quando eles vieram à procura de alguém para representar nossa tribo como um dos concomitantes do rei, bem, eu era tão boa quanto qualquer outra pessoa. – Ela olhou para Shuri com expressão de desafio. – Você sabe o que é ter que provar algo a si mesma, não é?

– Isso parece ser tudo o que estou fazendo hoje em dia – murmurou Shuri.

Ela se sentou e olhou para Bolanle. Fazia muito tempo que não tinha alguém com quem pudesse apenas... conversar. A política da corte significava que ela não podia confiar em ninguém no palácio, e falar com a rainha-mãe, bem, essa era uma receita para magoá-la.

E T'Challa? Ele era o rei... e o problema.

– Às vezes, sinto que estou desperdiçando minha vida – disse ela finalmente. – Eu fico quicando; em um determinado mês sou a genial inventora salvando Wakanda com seu cérebro, e no mês seguinte sou a vergonha nacional por ter sido vista em uma banheira de hidromassagem com Idris Elba.

Bolanle ergueu uma sobrancelha.

– Você vai me contar sobre isso depois.

Shuri riu por um segundo.

– É só que... T'Challa e eu somos tão diferentes. Ele é quieto, eu falo alto. – Ela foi indicando nos dedos. – Ele espera e planeja, eu sou do tipo que pula do precipício. Ele é basicamente um monge, e eu, bem, todo mundo viu as fotos dos paparazzi. Ele é musculoso e eu sou... – ela contornou a silhueta com a mão ao longo do corpo esguio. – Nossa deusa até fala com ele, mas nunca se deu ao trabalho de aparecer para mim. Eu devo acreditar, porque meu irmão mais velho me disse para acreditar, o mesmo homem com quem eu brincava de blocos quando criança. Eu sou uma cientista e devo ter fé simplesmente porque meu irmão me dá ordens e eu sou uma princesa? E nada disso importa, porque ele está sentado no trono. Ele é o rei e eu sou apenas um sobressalente, para o caso de algo acontecer com o responsável. Essa é a minha vida, apenas esperando para ver se eles precisam de mim. – Ela suspirou. – Uma vida nada extraordinária.

– Cheia de danças, viagens internacionais, a melhor educação que o dinheiro pode comprar e uma fortuna que se equipara a de todas as famílias reais da Europa juntas – observou Bolanle sarcasticamente.

Ignorando o comentário, Shuri olhou para a piscina.

– Penso em desafiar T'Challa pelo trono em todos os Dias de Desafio. – Ela observou uma pequena mosca lutar na água, chutando com as pernas e batendo as asas. – Ele teria que aceitar, você sabe. E eu sei que somos diferentes, mas não posso deixar de pensar que, um dia, eu o levaria. Isso provaria para minha mãe que sou tão digna quanto seu filho santificado.

Shuri olhou para Bolanle.

– Você me aceitaria como rainha?

Bolanle olhou para baixo.

– As *Dora Milaje* aceitariam qualquer um como governante legítimo de Wakanda que fosse abençoado por Bast para vencer uma batalha sancionada pelo trono – disse ela cuidadosamente.

Shuri balançou a cabeça.

– Não, quero dizer *você*, Bolanle Zidona, cidadã de Wakanda. Sabendo o que você sabe, eu poderia ser sua rainha?

Bolanle sorriu melancolicamente.

– Pergunte de novo, mais tarde, depois de cumprirmos nosso dever. Quanto a uma briga entre você e seu irmão... quero dizer, Adorada – ela se corrigiu rapidamente. – Eu não vou responder. Honestamente, não sei por que estou aqui e, francamente, Vossa Alteza, não sei por que está aqui. Qualquer um poderia ter feito isso. – Bolanle se ergueu e gesticulou para a caixa ao lado dela. – No entanto, por algum motivo, seu irmão a queria aqui e me enviaram junto com você. Eu sugiro que façamos o melhor com isso.

Shuri puxou a caixa para o colo e balançou-a levemente, na esperança de ouvir um barulho que pudesse identificar seu conteúdo.

– Você sabe o que tem dentro?

– Sim, princesa – disse Bolanle desafiadoramente. – Você não perguntou?

– T'Challa e eu não estávamos exatamente nos falando quando saí, Bolanle, caso você não tenha percebido.

– Percebi que você estava zangada com ele. Mas o rei parecia mais divertido do que qualquer outra coisa. – Bolanle cortou a réplica de Shuri. – Sim, sim, princesa. Vamos apenas dizer que você está certa e seguir em frente. O seu trabalho é entregar aquela caixa para Jericho Drumm, na rua Dauphine, número 11.716, e colocar seu conteúdo nas mãos dele antes de retornar para Wakanda. – Bolanle sorriu. – O meu trabalho é garantir que você faça o seu trabalho.

– Há um limite de tempo para isso – perguntou Shuri – ou eu só preciso ter certeza de que chegará lá antes de eu ir para casa?

Ela abriu a caixa e encontrou um colar prateado cintilante disposto cuidadosamente em um suporte de espuma. Pegando-o, ela o colocou em volta do pescoço. No centro do colar estava um ícone de Bast, o rosto de uma pantera rosnando.

– Bem, é vibranium, princesa. Não vai estragar ou algo parecido, mas, de acordo com minhas instruções, este lote absorveu alguma energia que normalmente não deveria, e o Adorado quer uma opinião externa.

– Que tipo de energia?

Shuri cutucou o colar com a unha. Nada aconteceu.

– Magia, Vossa Alteza. É por isso que fomos enviadas ao baile de *Mardi Gras* do Doutor Voodoo amanhã à noite.

– Outro baile? – Shuri suspirou. – Iupi.

– Eu não sei, Alteza. Parece divertido para mim. Um baile de *Mardi Gras* à fantasia? Um colar mágico? E um dos principais praticantes da arte mística fora da África? Na verdade, parece bastante incrível.

Shuri tomou um gole de sua água.

– Uma terça-feira normal para mim, Bolanle. – Sentando-se, ela sorriu. – Não há nada que determine que tenhamos que ficar sentadas aqui esta noite, não é?

A jovem *Dora Milaje* encolheu os ombros.

– Eu tenho que fazer o check-in, mas, dada a diferença de fuso horário, não vai demorar muito. O que você tem em mente, princesa?

– Ora, o que mais? – Shuri bateu palmas. – A rua Bourbon!

• • • •

Quando elas chegaram ao famoso local no centro do Quarteirão Francês, o sol tinha se posto e a festa começara para valer. Música estrondosa vinha dos bares, das varandas e dos músicos de rua, todos competindo pela atenção da multidão.

A rua Bourbon era uma massa sólida de turistas e foliões, alguns usando fantasias caras, outros vestindo tudo o que podiam chamar de fantasia. Muitos usavam roupas normais, mas todos seguravam algum tipo de bebida em um copo plástico e muitos ofereciam bebida a Shuri, que educadamente recusava. Havia alguns pontos turísticos muito interessantes, no entanto.

Shuri riu enquanto rodeava uma mulher voluptuosa de peruca branca vestida de Ororo, mas com muito menos fantasia do que sua amiga jamais seria vista usando em público, especialmente desde que ela se tornara a líder dos X-Men. Ela viu também um par de Panteras Negras caminhando pelas ruas. Isso a fez se sentir um pouco estranha. No irmão dela, a roupa ficava justa nos músculos, enquanto a última Pantera que ela viu era baixa, branca, arredondada com os músculos de espuma e tinha um pouco de barriga para fora da meia-calça preta. Ainda assim, pensou ela, o efeito era... bom, especialmente os olhos brancos e as orelhinhas.

Bolanle franziu o cenho para o impostor.

Ele pegou Shuri o observando, e ela engasgou quando o impostor engoliu um gole de cerveja, soprou um beijo para ela e girou os quadris sugestivamente.

T'Challa nunca foi assim.

Bolanle a empurrou rua abaixo antes que ela dissesse algo rude para o homem. Talvez ela se sentisse melhor contando ao sujeito o que realmente pensava, mas Bolanle insistia que havia muito mais para elas verem.

Brancos, negros, asiáticos, todos pareciam alegres, amorosos e exuberantes, sem nenhuma preocupação no mundo a não ser chegar ao próximo bar ou conseguir o próximo drinque. As pessoas dançavam e balançavam, movimentando os quadris e agitando os braços. Estavam nas portas, nas varandas, onde quer que estivessem, de bom humor, conseguindo ou não ficar de pé.

Sem perceber, Shuri se viu dançando ao ritmo de uma batida em um grande balde de plástico que um jovem negro tamborilava, enquanto uma pequena multidão se reunia em torno de sua lata de gorjetas na calçada. Ela jogou alguns dólares na lata e vagou pela rua, com os olhos arregalados e espantados, Bolanle logo atrás.

Alguns quarteirões adiante, a multidão ficou mais densa, com mulheres e homens gritando, dançando e bebendo, olhando de varandas decoradas do segundo andar para um enorme aglomerado de pessoas avançando lentamente por um único quarteirão, todos adornados com algum tipo de miçanga e procurando mais. Homens agitavam cordões de miçangas para jovens universitárias, algumas das quais saltavam gritando:

– Aqui! Joga para mim!

Shuri ficou boquiaberta com as placas obscenas que alguns dos foliões americanos carregavam. "Patrulha das Panteras", dizia uma série, acenada no ar por alguns universitários bêbados. Bolanle franziu a testa para outro que dizia: "Mostra os... argumentos".

As pessoas estavam ficando um pouco próximas demais para o seu gosto, começando a esbarrar em Shuri enquanto ela tentava manobrar através da multidão restrita. Logo atrás, ela podia ver Bolanle abrindo caminho entre alguns estudantes bêbados, tentando ficar um passo atrás. Então Shuri estendeu a mão, agarrou seu braço e a puxou para perto, e seguiu de braço dado com a jovem guerreira.

Ela levou uma cotovelada na lateral do corpo e começou a engasgar com o cheiro de álcool, lixo úmido e urina. Ela apertou o nariz e olhou para Bolanle.

– Ninguém sente esse cheiro?

Bolanle apenas deu de ombros e gesticulou em direção a uma porta aberta.

– Será que não é melhor entrar?

No momento em que ela falava, parecia que a rua inteira havia parado, com os corpos presos um contra o outro tentando, sem conseguir, avançar mais. Shuri e Bolanle, que não eram as mulheres mais altas, não podiam ver o que tinha acontecido. No entanto, de repente, elas não podiam se mover um centímetro e foram cercadas por americanos altos, suados e bêbados.

A atitude da multidão começou a mudar, tornando-se desesperada, à medida que mais e mais pessoas tentavam forçar a saída da paralisação.

Alguém à frente dela gritou:

– Tire essa mão da minha bunda!

Então a mesma pessoa disse:

– Valeu, cara. Eu não sei por que a mãe desse mané não o ensinou a deixar a mão no bolso.

Houve gritos e vivas logo à frente. Aparentemente, alguém tinha derramado bebida nas pessoas, e uma briga começou. Pressionada contra Bolanle, Shuri tentou ajustar os braços levantando-os acima da cabeça, mas isso só piorou as coisas.

– Acho melhor a gente ir... – disse ela, então sentiu uma mão ofensiva subindo por sua perna.

Com o aperto da multidão, Shuri não sabia se a mão vinha da frente, de trás ou do lado dela. Ela empurrou o corpo na direção da mão e olhou feio, na esperança de sair e ainda ficar de pé na multidão.

Ela ouviu algo estalando, e então outro grito ébrio de dor. De repente, um homem gritou.

– Ela quebrou meu dedo – ele uivou com a voz embriagada.

– E vou fazer pior com a próxima pessoa que tentar tocar minha... amiga. – Bolanle rosnou em voz alta. – Eu posso fazer isso a noite toda.

Atrás dela, Shuri podia sentir a multidão mudando e empurrando-os em direção às bordas externas. Bolanle agarrou sua mão e a arrastou em direção a uma porta. Shuri olhou para baixo e viu a guerreira *Dora Milaje* segurando firmemente na mão de um estranho, um jovem que abria caminho com o corpo enorme até um bar escuro. Atrás dela, alguém colocou as mãos em suas escápulas, incitando-a a seguir em frente.

– Vocês estão bem? – Um jovem robusto e bonito atrás de Shuri parecia preocupado quando elas entraram no bar, que estava lotado, mas não o puro caos da cena lá fora. – Sua amiga parecia pronta para começar um motim.

À frente dela, Bolanle torcia o braço do outro homem, forçando-o sobre um joelho. Em torno do bar, os clientes observavam divertidos a pequena mulher arremessar o homem muito maior que ela no chão imundo.

– Ei, ai, ai, ai! Isso dói, senhora. – O grandalhão fez uma careta. – Escute, você pegou o cara errado. Eu estava tentando tirar vocês de lá.

Bolanle apenas estreitou os olhos, torcendo o pulso grosso com ainda mais força.

– Eu não precisava da sua ajuda – disse ela.

– Precisava, sim... droga, isso dói. Jay, pode me ajudar aqui?

O jovem contornou Shuri e deu um passo em direção a Bolanle, com as mãos para cima.

– Ouça, amiga, eu juro, meu irmão é um estúpido, trapaceia no baralho e ainda me deve quinhentos dólares, mas ele nunca faria uma coisa assim. – Jay olhou de Bolanle para Shuri. – A gente só estava tentando ajudar. Mesmo. Solte o Rick e seguiremos nosso caminho.

Bolanle olhou para Shuri, que fez um aceno quase imperceptível. A guerreira *Dora Milaje* empurrou o braço de Rick para o lado e deu um passo para trás. O homem corpulento balançou o punho, tentando fazer a circulação voltar. Aquele chamado Jay estendeu a mão para agarrar o braço bom do irmão e ajudá-lo a se levantar.

Rick olhou para Bolanle antes de se virar e pegar apressadamente um assento vago no bar, ainda sacudindo o pulso direito.

– Deixa eu dar uma olhada – disse Jay calmamente.

– Eu tô bem – murmurou Rick.

Jay se espremeu perto do bar, recebendo um olhar de desagrado da senhora no assento ao lado. Ele agarrou o pulso de Rick.

– Ei, cara, eu disse que tá tudo bem.

Ignorando-o, o homem menor flexionou o punho ferido para a frente e para trás, de um lado para o outro, observando as caretas do irmão a cada movimento.

– Sim, você vai ficar bem – disse ele finalmente, e então sorriu. – Da próxima vez, salve e deixe ir embora.

Rick sorriu de volta.

– Mas a mão dela era macia. – Então ele franziu a testa, olhando para as duas mulheres. – No começo.

Shuri os observou enquanto conversavam, gracejando sobre uma coisa ou outra, e Jay pediu um pouco de gelo a um barman muito jovem. Os dois usavam jeans, tênis e suéteres pretos de futebol americano. Jay, o rapaz alto e magro, mais jovem, usava um com o logo azul e prata do Panthers e o maior e mais musculoso, Rick, usava um com o logo dourado do Saints.

Apesar de terem diferentes estruturas, ela podia perceber a semelhança familiar: os mesmos olhos castanhos, a mesma barba rala, o mesmo sorriso torto. Ambos falavam com um leve sotaque e jeito sulista, embora parecesse mais pronunciado no irmão mais velho. Havia também mais travessura nos olhos do mais velho, um pouco mais do espírito encrenqueiro, enquanto Jay parecia um tanto sério, educado e, francamente, mais bonito.

O jovem percebeu sua avaliação, sorriu e acenou para ela.

– Meu irmão pode pagar uma bebida para vocês, para compensar sua tolice e a estupidez daquela multidão lá fora? Não quero que esta seja sua impressão da hospitalidade sulista.

– Uma bebida? – gaguejou Rick. – A garota quase arranca meu braço, e agora devo pagar uma bebida para ela?

– Em primeiro lugar – disse Jay pacientemente –, não foi esta... – Ele apontou para Shuri. – Foi aquela. – Ele gesticulou para Bolanle. – Em segundo lugar, você pode descontar do que me deve, então sou eu que vou pagar as bebidas, e não você. Em terceiro lugar – continuou ele –, sua mãe o ensinou a fazer boas ações para o seu próprio bem, e não para receber recompensa ou agradecimentos, nem mesmo por punição.

– Mano, chega de sermão – disse Rick. – Já chega os da mamãe. – Ele se virou na direção do bar e ergueu a mão enorme para acenar ao barman. Olhando por cima do ombro, ele perguntou: – O que você quer?

Shuri e Bolanle se entreolharam. Bolanle acenou com a cabeça e se apertou com mais força no bar.

– Vou tomar uma água mineral, e ela vai querer o mesmo.

– Vai? – Jay olhou para Shuri, erguendo ligeiramente as sobrancelhas. – Ela sabe falar?

Shuri pigarreou.

– Uma água mineral seria ótimo.

– Ah, a bonitona fala – Jay proclamou com voz provocante, arrancando uma carranca surpresa da *Dora Milaje*. Ele se virou. – Parceiro, manda três garrafas da sua água mais cara, por minha conta!

– Não me provoque – disse Rick.

Ele riu enquanto tomava um gole de uma cerveja gelada.

Bolanle sorriu também, adotando o espírito de sua provocação.

Imitando um sotaque inglês, ela fez uma reverência.

– E eu? Também não sou bonita, meu nobre jovem? Não mereço vossa predileção? – ela perguntou a Jay enquanto aceitava a garrafa de vidro que o irmão lhe estendia.

– Ah, minha senhora. – Jay fez uma reverência de brincadeira. – Vosso semblante é como o sol da manhã, e vossos olhos como o orvalho mais fresco, mas eles empalidecem na presença de vossa companheira, a estrela d'alva de meu coração.

Os quatro se entreolharam... e caíram na gargalhada.

– Droga, mano – disse Rick, com lágrimas escorrendo pelo rosto. – Eu sei que você gostava de medicina, mas aquela onda de teatro? Não sabia que tinha talento.

– Acho que estou lisonjeada. – Shuri riu enquanto Bolanle socava o braço de Jay em protesto.

Parecia um leve toque, mas Shuri ficou admirada.

Jay balançou as sobrancelhas para ela.

– Tenho um milhão deles – disse ele com orgulho.

– Algum deles funciona? – perguntou Bolanle.

– Eu vou deixar você saber mais tarde – disse Jay com confiança, olhando para a agora corada Shuri. – As madames gostariam de se juntar a nós para uma verdadeira refeição local? A propósito, sou Jason. – Ele estendeu a mão e pegou a mão de Shuri em um aperto suave. – Este grande sujeito é meu irmão mais velho, Richard. E vocês...

– Eu sou Sh... – Shuri começou, mas Bolanle deu um passo à frente e a cortou.

– Ela é Shia e eu sou Tawny – interrompeu ela.

Jason coçou a cabeça.

– Shi-a? Esse é um nome interessante. Como se soletra?

– S-h-i-a – Shuri percebeu seu erro rapidamente, e falou com um leve sotaque francês. Ela ouvira dizer que os americanos não sabiam distinguir entre o sotaque de um nigeriano e o de um haitiano. – Significa "presente de Deus" em meu país.

– Olha, é isso mesmo que você é – disse Jay, mas uma cotovelada de Rick o fez voltar do mundo dos sonhos. – De qualquer forma, conhecemos um ótimo restaurante aqui no bairro que serve os melhores po'boys, os famosos sanduíches de peixe e camarão, de toda a região.

– Isto é – Rick acrescentou, olhando para Bolanle –, se vocês já terminaram de quebrar dedos esta noite.

Ela encolheu os ombros.

– Eu já terminei. E você, Shia?

– Só se você insistir... – Shuri riu – ...Tawny.

Com os rapazes ao lado de cada uma delas, os quatro saíram à noite e pegaram táxis para o Garden District. Em um restaurante chamado Julie's, Rick e Jay as presentearam com jambalaya, camarão, ostra po'boys e gumbo de crocodilo. Em seguida, voltaram ao Quarteirão Francês para comer os famosos bolinhos fritos *beignets* em um lugar chamado Café Dumont.

Enquanto comiam, os dois jovens contaram a Shuri e Bolanle seus bons tempos na faculdade, onde Jay era estudante de medicina, um aficionado por teatro e um colunista em ascensão do jornal do campus. Rick concluiu um curso de engenharia e fez especialização em química. Elas expressaram alguma surpresa com isso, mas Rick deu de ombros.

– Posso ser grande, mas isso não faz de mim um burro – disse ele.

– Não, ficar de bobeira é que deixa você burro, mano – disse Jay provocativamente.

– Olha, eu trabalho pesado, mas me permito um momento de diversão, mano.

Quando foi a vez de Bolanle e Shuri falarem de si, precisaram inventar algumas histórias. Disseram que eram "quase parentes", pois Tawny era noiva do irmão de Shia. Fazendo um esforço imenso para não rir, elas inventaram histórias absurdas sobre infâncias perdidas, primeiras paixões e férias rebeldes em locais exóticos que as levaram a se tornarem amigas para a vida toda. E faziam agora sua primeira viagem à América e ao sul dos Estados Unidos.

Algumas horas depois, eles estavam em um bar sofisticado no subúrbio, perto da Universidade de Tulane. Rick jurava que conhecia uma das bartenders, e logo lembrou que ela o havia largado alguns meses antes. Porém agora, a bartender, Roxanne, estava disposta a dar-lhes alguns drinques, dizendo ironicamente que tinha namorado "o irmão errado".

– Então, o que você faz no seu país? – Jay olhou para Shuri quando lhe entregou uma bebida, olhando de relance para Bolanle e Rick.

Os dois pareciam estar se dando muito bem. Bolanle mostrava ao homem maior a chave de braço que ela lhe aplicara antes.

Shuri tomou um pequeno gole e franziu os lábios com o sabor forte do licor.

– Eu sou cientista – admitiu ela, sabendo como isso normalmente não era bem recebido em seu grupo de amigos. Jay começou a falar, mas ela rapidamente ergueu a mão para detê-lo. – Eu sei, eu sei, não é muito emocionante – disse ela. – Eu não conto isso a muitas pessoas fora da minha família, mas é quem eu sou.

Jay olhou para ela, assumindo uma expressão confusa.

– E por que esconder isso? – perguntou ele calmamente. – Beleza e inteligência? Isso faz de você a presa do século, e não alguém que vai acabar solteirona, morando sozinha com seus dois mil e onze gatos.

Shuri o olhou com desconfiança, sem acreditar em sua reação. Jay tomou calmamente um gole de sua bebida e se inclinou para ela.

– Qual é o seu principal campo de estudo? – perguntou ele. – Eu estudo para ser médico, mas estou me concentrando em pesquisa de laboratório e imunologia, em vez de cuidar do paciente propriamente dito. Vou fazer isso quando estiver velho e cansado.

Ele fez uma pausa e então acrescentou:

– E você?

– Ninguém nunca tinha me perguntado o que eu faço exatamente – disse Shuri pensativamente, coçando o queixo. – Acho que dá para dizer que sou principalmente da área da metalurgia e da ciência da computação. – Ela se animou. – Ultimamente, tenho entrado no folclore e em lendas africanas para tentar descobrir, ou, mais precisamente, recuperar, parte do conhecimento antigo de nossos ancestrais, para ver se posso aplicar tudo isso às formas mais tecnológicas de hoje.

Jay fez que sim com a cabeça.

– As pessoas esquecem que os antigos egípcios tinham aspirina e usavam suturas para fechar feridas. Se pudéssemos pegar conhecimento antigo e complementá-lo com nossa tecnologia moderna...

– Você entendeu! – disse Shuri. – Uma fusão do velho e do novo, do antigo e do moderno, tudo para criar um futuro de que possamos nos orgulhar! Na verdade, eu estava apenas dizendo ao meu irmão T...

Bolanle estava lá, atenta, e colocou a mão na boca de Shuri.

– Nós combinamos de não falar sobre meu noivo neste fim de semana, lembra, Shia? – ela rangeu os dentes, enquanto Rick sorria para Jay. – Nós juramos que seria uma viagem só das garotas, certo?

Ela afastou a mão do rosto de Shuri.

– Você está certa, Tawny... – Shuri parecia envergonhada. – Perdoe-me, Jay. Eu não tive a intenção de trazer para a conversa meus problemas familiares.

– Não se preocupe, linda – disse Rick antes que Jay pudesse dizer algo. – Estamos impondo nosso maravilhoso relacionamento familiar a você, então pode falar sobre o seu irmão idiota o quanto quiser.

– Sim, de fato – concordou Jay. – Não pare de falar por nossa causa, mas... – Ele se levantou. – Será que você pode segurar o pensamento até voltarmos do banheiro, Rick?

– O quê? – Rick ainda sorria para as duas mulheres. – Oh, claro, sim, eu preciso ir também. Senhoras, já voltamos.

– Achei que somente as mulheres iam ao banheiro em bandos – brincou Bolanle.

Rick encolheu os ombros.

– Ah, é apenas uma desculpa para o meu irmão discutir comigo se vale a pena continuar escoltando vocês duas pela cidade, especialmente...

– Vamos, cara. – Jay deu um tapa na nuca do irmão e o arrastou para longe.

– O quê? – Rick esfregou a nuca enquanto eles se afastavam.

Shuri e Bolanle se entreolharam e começaram a rir novamente.

– Eles são divertidos! – admitiu Bolanle. – E fofos, especialmente o que está grudado em você.

– Ele é bastante... interessante, não é? – Shuri disse evasivamente, mas não conseguiu evitar um leve sorriso. – E você? Não deveria estar protegendo todos os meus movimentos?

– Você me mostrou que consegue se controlar em situações como esta. Parece que devemos entregar a caixa o mais rápido possível, e você pode ver o que acontece alguns dias antes de voltarmos para casa. Além disso... – Bolanle colocou as mãos sob o queixo e olhou para Shuri. – ...só trabalho e nada de diversão...

– Vão deixar uma bela dama sozinha à noite.

A voz sedosa era masculina.

Shuri e Bolanle ergueram os olhos. De pé ao lado da mesa, ladeado por dois homens arrogantes, obviamente guarda-costas, estava um homem esguio e bonito, mas de feições severas, sorrindo para elas. Como um leão faria com um antílope, Shuri pensou. Terno de seda, lenço, polainas pretas, tudo significava riqueza, assim como os anéis vistosos nos dedos pálidos. Realeza europeia ou pequena nobreza, talvez, mas seus olhos a incomodavam. Eram os olhos de um caçador: azuis, frios e intensos, combinando com o cabelo castanho penteado para trás e sua postura de prontidão.

Era um homem tentando se disfarçar de charme e civilização, Shuri pensou consigo mesma. Um homem perigoso.

– Com licença? – Bolanle olhou para ele. – É uma conversa particular.

– Ah, mas quando alguém recebe uma deixa tão perfeita, é importante aproveitar – disse o homem, cujo sotaque denunciava herança sulista.

Ele pegou a mão de Shuri e a beijou.

– Eu sou Elijah DePortes, ao seu dispor – disse ele suavemente. – Peço desculpas por ter escutado a sua conversa, mas não pude deixar de ouvir que as duas lindas damas ficarão em nossa bela cidade apenas por um curto período de tempo. Gostaria de apresentar a vocês a oportunidade de ver nossa bela cidade no seu melhor, durante a maior festa que tem a oferecer.

– Acho que vamos ficar bem por conta própria – disse Bolanle, puxando a mão de Shuri de volta para a mesa.

– Acredito que sim – Elijah manteve o tom de voz brando, apesar da hostilidade de Bolanle. – Mas há algo sobre vocês, senhoras... Não consigo definir exatamente o que, mas me intriga. Posso? – Ele gesticulou para a mesa, mas Shuri balançou a cabeça, tocando o colar de vibranium.

– Estamos acompanhadas – disse ela educadamente –, então temos que recusar sua graciosa oferta.

Elijah sorriu com a boca, mas seus olhos pareceram mudar, ficando mais estreitos, com sugestões de veias vermelhas salientes nas pupilas.

– Eu insisto. – Ele começou a puxar uma cadeira, que foi bloqueada por uma perna musculosa.

– Acho que as garotas disseram que estavam acompanhadas – disse Rick, sua voz soando mais profunda e cruel do que antes. – Siga em frente, antes que as coisas saiam do controle.

Parado ao seu lado estava Jay, que olhou para ela, avaliando se estava tudo bem.

Shuri acenou com a cabeça e Jay relaxou visivelmente.

Os guarda-costas avançaram e Elijah ergueu as mãos para detê-los.

– Eu só estava oferecendo minha hospitalidade a duas visitantes que pareciam estar sozinhas.

Ele deu um passo para trás, para permitir que Rick e Jay passassem. Então sorriu novamente para Shuri.

– Há algo sobre você que... eu não consigo identificar, e vai me incomodar até que eu consiga – insistiu ele. – Se me permitem fazer uma sugestão, senhoras, há uma reunião, uma espécie de *soirée*, que acho que vocês podem gostar. Algo típico de Nova Orleans. Por favor, venham como minhas convidadas, amanhã à noite.

– As agendas delas já estão cheias – Jay pareceu irritado com o convite descaradamente desrespeitoso. – Elas não precisam da sua... companhia, falastrão.

– Ah, insultos. – Elijah parecia divertido. – O sinal de uma mente imatura. Senhoras, se vocês querem ver a Nova Orleans adulta, onde realmente reside a magia, podem se juntar a mim na mansão na Rua Dauphine, 11.716, amanhã depois de escurecer. Vou deixar seus nomes e suas descrições na porta. Eu prometo, será uma noite que vocês jamais esquecerão. – Elijah curvou-se para a mesa, depois se virou e começou a se afastar. – Ah, uma última coisa. – Ele parou e olhou para trás. – Vistam algo bonito. Tenho certeza de que as mulheres da sua... estatura podem causar algo durante o Mardi Gras.

Ele olhou com desdém para Rick e Jay e saiu andando, seus guarda-costas logo atrás. Assim que sumiram de vista, todos os quatro ficaram aliviados.

– Isso foi estranho, mesmo para Nova Orleans – disse Jay.

— Ah, nós poderíamos ter pegado eles – gabou-se Rick.

Shuri e Bolanle se entreolharam.

— Não sei – disse Bolanle com ceticismo. – Esses guarda-costas tinham um equipamento impressionante.

Shuri olhou para Bolanle, que deu de ombros.

— Você quer ouvir algo ainda mais estranho? – Shuri sussurrou para seus companheiros. – Já temos um convite para esse baile.

Rick e Jay se entreolharam.

— Uma festa em uma mansão na Rua Dauphine? – admirou-se Rick. – Você está na lista de convidados?

— O quê? Acha que não estou à altura? – Bolanle sorriu, gostando da expressão no rosto dos irmãos.

— Não daquela gente – Jay disse suavemente.

— Oh. – Shuri estendeu o braço e segurou sua mão. – Não queríamos dizer nada com isso, apenas que temos a obrigação de ir àquele baile. Se vocês tivessem smokings...

— No meu guarda-roupa não há nada para o Mardi Gras – disse Jay.

— E encontrar um para alugar agora – acrescentou Rick – seria impossível.

Shuri segurou a mão de Jay, seu calor convidativamente confortável. Ele agarrou a dela com um pouco mais de força.

— E que tal se – disse ela – vocês dois nos encontrassem quando saíssemos da festa. Podemos sair para mais uma noite divertida. Vamos trazer uma muda de roupa e saímos de lá. O que acham?

Jay começou a sorrir novamente.

— Parece maravilhoso. Certo, Rick?

— Ai! Cara, para de me chutar por baixo da mesa – resmungou Rick. – Claro, vou como vela acompanhando a garota que vai se casar, em vez de sair para encontrar uma garota para mim.

— Você supõe que estarei lá. – Bolanle olhou para Jay e Shuri, e carregou um sotaque britânico. – Sementes de amor florescendo na savana... Não vou conseguir suportar isso por muito mais tempo.

— Você vai ter que fazer isso. – Shuri sorriu. – Porque nós temos um encontro.

••••

Um SUV Suburban preto blindado passou pelas mansões históricas da Rua Dauphine. Shuri queria alugar uma limusine.

– Por que não aparecer com estilo? – argumentou ela. – E quem precisa se preocupar com o estacionamento?

Mas Bolanle argumentou que elas não tinham tempo para liberar um serviço de limusine, muito menos um que pudesse fornecer um veículo blindado.

– O que eu diria ao seu lindo namorado se você fosse sequestrada? – provocou ela, olhando para Shuri enquanto dirigia o SUV alugado até uma vaga de estacionamento a alguns quarteirões de seu destino.

Shuri sorriu, alisando o vestido preto de gala em volta das pernas. Era um de seus favoritos, feito de um tecido macio e sedoso, apertado no peito e na cintura, mas solto e fluido em torno das pernas. Sem mangas, é claro.

No palácio, Zuri pode arremessar uma lança de qualquer canto na direção dela e chamar isso de "treinamento". Isso a ensinou a manter os braços e as pernas livres de emaranhamentos. O colar de vibranium descansava em seu peito em uma visão proeminente.

Bolanle usava um vestido semelhante, mas verde. Ela queria que entregassem o colar prateado na caixa, mas a princesa argumentou com sucesso que ninguém sabia o que elas estavam entregando.

– Além disso – Bolanle foi forçada a concordar –, fica bem em você.

Shuri retocou a maquiagem uma última vez no espelho do quebra-sol antes de sair do SUV.

– Ei, Bolanle, devo me preocupar em usar este colar em público, se é tão importante?

Bolanle encolheu os ombros.

– Ninguém mais deve saber que o estamos trazendo aqui para o doutor Drumm – disse ela. – O Adorado disse que não era perigoso e combinava perfeitamente com aquele vestido. E daí? Você planejava fazer sua grande entrada no baile carregando uma caixa? Ou pretendia me fazer carregá-la?

Shuri riu.

– Eu acho que não. E T'Challa me disse para manter as mãos nele.

As duas mulheres pegaram suas pequenas bolsas e caminharam pelas ruas arborizadas do Garden District em direção à casa do doutor Drumm, o anfitrião da noite. Shuri caminhou propositalmente na luz do dia cada vez menor, os saltos batendo na calçada.

Completamente de volta ao trabalho, Bolanle examinou as poucas pessoas na calçada, alerta a qualquer perigo que pudesse surgir para colocar a princesa em perigo.

Shuri diminuiu a velocidade enquanto se aproximava de seu destino.

– É isso? – engasgou ela.

Bolanle franziu a testa ao parar diante do portão.

– Você quer dizer aquela espelunca?

Shuri olhou para ela com espanto.

– Você não vê? – Ela voltou os olhos para a mansão. – Ok, diga o que você vê.

Bolanle franziu a testa e se concentrou.

– Vejo uma velha mansão branca de estilo vitoriano, coberta de musgo, que já viu dias melhores, e não um lugar onde haverá um baile chique de Mardi Gras. Parece mais uma casa mal-assombrada condenada do que a casa de um dos principais praticantes das artes místicas.

Shuri olhou novamente com os olhos arregalados.

– Não acredito que você não esteja vendo – disse ela. – É *totalmente* onde um mestre feiticeiro moraria.

Diante delas estava uma mansão negra reluzente de dois andares, com altas colunas, escondida nas sombras da noite de um belo jardim. Musgo verde pendia dos sicômoros que desciam por um caminho iluminado passando por exuberantes cortes de topiaria em formas que ela não reconheceu. Um trio de fogueiras crepitava e estalava no jardim, com pessoas usando smokings e vestidos de gala, rindo e bebendo sob as luzes sempre mutantes e a fumaça com cheiro de incenso.

Visíveis através das janelas de corpo inteiro, luzes coloridas dançavam e tremeluziam no interior, enquanto leves acordes de jazz de Nova Orleans flutuavam no ar da noite.

– Por que não consigo ver o que você vê? – Bolanle ponderou, impedindo Shuri de entrar no portão. – Um feitiço, talvez?

– Só tem uma maneira de descobrir. – Shuri apontou para um pequeno interfone pendurado no portão de entrada. – Talvez seja melhor nos anunciarmos.

– Permita-me, princesa – Bolanle instruiu com cautela.

Lentamente, ela apertou um botão frágil no interfone enferrujado. Uma voz profunda, grave, áspera e com uma leve cadência francesa, respondeu.

– Pois não?

Shuri sorriu.

– Princesa Shuri de Wakanda e Bolanle Zidona. Eu tenho algo para você.

– Shuri! Seu irmão nos falou muito sobre você. Por favor, entre e seja bem-vinda. – Shuri pôde ouvir o sorriso na voz quando o portão se abriu.

Ela e Bolanle avançaram lentamente, os saltos batendo no caminho de paralelepípedos. Assim que pisaram além dos portões, Bolanle engasgou quando a verdadeira forma da mansão se revelou a ela.

– Eu falei! – Shuri riu e a empurrou com o quadril enquanto caminhavam no meio da multidão em direção às portas duplas da mansão. – Magia.

As portas se abriram quando elas se aproximaram, e as duas entraram em um grande saguão, tão suntuoso quanto qualquer sala do palácio real de Wakanda. Uma única escada, acarpetada de preto com filigrana de ouro, dominava o centro da sala. Painéis de madeira escura, quase preto-azulados, cobriam todas as paredes, e um enorme lustre de cristal balançava do teto sob uma enorme claraboia que deixava a lua cheia da noite brilhar diretamente no saguão, refletindo sua luz na madeira polida. Vários dos convidados do doutor Drumm vagaram do saguão para salas diferentes, muitos usando pequenas máscaras de Mardi Gras que combinavam com seus trajes de noite. Vários pararam na frente das estátuas e curiosidades penduradas nas paredes e espalhadas por todo o hall de entrada.

Shuri entrelaçou seu braço no de Bolanle e se aventurou pelo salão principal, olhando para as pinturas e máscaras de madeira na parede. Bolanle passou a mão por uma estátua de pedra negra de um homem de pescoço comprido e duas cabeças com os punhos cerrados ao lado do corpo, enquanto Shuri olhava para uma figura de madeira azul de cabeça pontuda segurando uma cesta e correntes, olhos brancos famintos encarando a quem ousava se aproximar.

Bolanle puxou Shuri pelo braço e as duas atravessaram a sala até uma enorme vitrine. Lá dentro, colocado em uma plataforma em um óbvio lugar de honra, estava o maior gato preto que qualquer uma delas já tinha visto, olhos verdes em chamas, dentes arreganhados, mas congelado com os pelos eriçados, como se estivesse eternamente pronto para atacar. Shuri colocou a mão na janela de vidro e olhou nos olhos sem vida do gato, tentando sentir uma conexão.

Tudo o que ela sentia era o frio.

– Interessante, não é? – Uma voz profunda com sotaque caribenho falou atrás dela. Era a voz do interfone. – Tanto na adoração a Bast quanto no Voudon, os gatos pretos são considerados símbolos de sorte.

Shuri se virou para encontrar um sorridente Jericho Drumm andando atrás delas. Alto, com ombros largos, ele estava vestido todo de preto, com uma blusa de gola alta de seda e terno. Os dreads, sua marca registrada, estavam amarrados em um rabo de cavalo elegante, com uma faixa prateada exatamente no centro. Em volta do pescoço, ele usava vários colares de miçangas multicoloridas de todas as formas e tamanhos, e ao redor dos ombros estava uma capa vermelha, presa por um símbolo de algum tipo.

No meio da testa, ele pintou o que parecia ser um pequeno "v" dentro de um círculo entre os olhos, cujas íris pareciam piscar e mudar de cor a cada poucos segundos.

Shuri gostou dele imediatamente.

– Os nossos são maiores do que os seus – disse ela descaradamente, mas com um sorriso, ao estender a mão para apertar a de Drumm.

Jericho riu ruidosamente.

– A pura verdade, a mais pura verdade, mocinha. Deuses, um membro da realeza de Wakanda com senso de humor. Você é uma lufada de ar fresco, Shuri, em comparação a seu irmão. – Ele voltou o olhar.

– E esta jovem?

Bolanle curvou-se formalmente.

– Bolanle Zidona, *Dora Milaje*, doutor Drumm, ou prefere sua nomenclatura heroica, Doutor Voodoo?

– Os nomes são importantes nas artes místicas, Bolanle – respondeu Jericho, gesticulando para que entrassem na mansão. – Obrigado por perguntar, mas, esta noite, doutor Drumm, ou mesmo Jericho, vai servir. Por favor, venham ao meu escritório.

Ele as acompanhou através da multidão e ao redor dos garçons carregados de canapés até um aposento bem trancado nos fundos da residência. Ele indicou uma travessa, que era carregada por um garçom apressado, e agarrou uma das taças de martini equilibradas precariamente.

– Não vão embora sem experimentar o gumbo. – Ele bebeu a mistura de cheiro delicioso antes de passar a mão sobre a fechadura da porta. – É uma receita antiga muito deliciosa.

Ele empurrou as portas duplas e as levou para o que parecia ser uma suíte de escritório comum, com uma estante transbordando, uma mesa de madeira e um sofá com várias poltronas posicionadas ao redor de uma mesa de centro de vidro. Nas paredes havia certificados observando vários graus e, Shuri sorriu para si mesma, um pôster de gato em preto e branco que proclamava: "Aguente firme, querida".

Jericho seguiu seus olhos e encolheu os ombros.

– Isso deixa as pessoas à vontade – disse ele ao oferecer-lhes lugares. Então ele relaxou em sua cadeira. – Primeiro, os negócios. Eu acredito que você tenha algo para mim, não?

Shuri se inclinou para falar, mas uma mão em sua perna a impediu.

– Perdoe-me, doutor Drumm – disse Bolanle –, mas primeiro precisamos de garantias de que o senhor é quem diz ser. Este... – Ela indicou o ambiente ao seu redor – ...não parece o cargo do Supremo Houngan. Isso parece... o consultório de um terapeuta. Pelo que sabemos, você pode ser um impostor, um metamorfo ou alguma outra criatura fingindo ser o doutor Drumm.

Jericho acenou com a cabeça em aprovação.

– Posso ver por que T'Challa mandou você aqui, Bolanle. Desconfiada, preocupada, meticulosa e disposta a falar, mesmo na frente da realeza. Meus cumprimentos. Quanto ao escritório, bem, sou um psiquiatra licenciado. Durante anos foi assim que ganhei a vida, até ser treinado nas artes de Voudon.

Ele fechou os olhos e, ao fazê-lo, uma forma fantasmagórica ergueu-se de seu corpo e pairou sobre sua cabeça. Uma aparição corpulenta, o homem usava pouco pano ao redor do peito transparente e calças rasgadas, como se seu estado fosse o resultado de uma grande batalha que havia perdido.

— Meu irmão gêmeo, Daniel. — Jericho abriu os olhos e olhou para as duas mulheres, boquiabertas com o choque. — Eu e ele contemos as forças do mal aqui em Nova Orleans e no Sul há anos, e quando meu amigo T'Challa me pediu que examinasse um artefato para ele, nós dois ficamos muito interessados.

A figura fantasmagórica acenou para elas e se acomodou no corpo de Jericho.

— Isso é prova suficiente para você, Bolanle?

Ela se recostou na cadeira e gesticulou para que sua companheira prosseguisse.

Shuri colocou a mão na nuca e soltou o colar, então silenciosamente o estendeu para Jericho, que o examinou à luz ambiente. O colar faiscou, brilhou e cintilou quando ele o virou de um lado para o outro, examinando o fecho, os elos e, finalmente, segurando-o no ar. Ele fez um gesto rápido, e um brilho verde envolveu seus dedos e foi absorvido pela joia.

— Humf — fez Jericho, quase inaudivelmente, e gesticulou de novo, obtendo os mesmos resultados.

Ele colocou o colar na mesa e olhou para as visitantes.

— T'Challa me disse que este último lote de vibranium tinha algumas propriedades únicas, e vejo que ele estava certo. — Ele coçou a testa suavemente. — Em vez de absorver energias normais, está absorvendo energia mágica. Mesmo com a lendária segurança de Wakanda, tem havido rumores no mundo místico sobre este novo vibranium e seus possíveis usos em feitiçaria. Vou querer consultar Stephen Strange e Michael Twoyoungmen, mas isso pode ser um grande avanço. As aplicações... podem ser infinitas. Obrigado, Shuri, por entregar isto tão rapidamente.

Shuri acenou com a cabeça e olhou para Bolanle, que parecia ainda em choque com o irmão fantasmagórico de Jericho.

– Disponha, doutor Drumm – disse ela –, mas devo fazer uma pergunta: por que você? Temos "místicos" e sacerdotes em Wakanda. Por que T'Challa enviaria o colar através do oceano?

Jericho sorriu.

– Seu irmão me devia um favor – disse ele. – T'Challa sabe que eu amo mistérios mágicos, e isso, princesa, é um grande enigma.

Ele se levantou, espreguiçou-se e devolveu o colar a Shuri, que, com um assentimento de cabeça de Jericho, prendeu-o novamente em volta do pescoço.

– Senhoras, tenho outro mistério para vocês esta noite. Podemos conversar sobre isso enquanto aproveitamos a festa. Vamos?

O homem as levou de volta para a porta e, girando os dedos, trancou a sala com uma fechadura mística. Ao fazer isso, Shuri percebeu uma pequena ondulação no ar acima de sua cabeça quando o irmão partiu novamente.

– Ah, Monica está aqui – disse Jericho, com ar de satisfação. – Senhoritas, venham comigo. Daniel está na porta esta noite, então vai lançar o feitiço de proteção que mantém a mansão e os jardins escondidos daqueles que não são convidados. Vocês vão gostar de conhecê-la.

Bolanle cutucou Shuri.

– É por isso que ele parecia diferente antes. Era Daniel, e não Jericho, quem falou no interfone da calçada.

Enquanto eles vagavam de volta pela multidão para o hall de entrada, o médico acenava com a cabeça e apertava a mão dos convidados.

– De fato, meu irmão me permite estar em dois lugares ao mesmo tempo, e nós montamos um... comunicador espectral, para que pessoas normais possam ouvi-lo. Esta noite foi perfeita para testá-lo. Normalmente, ele só pode falar comigo, mas agora vai conseguir falar com quantas pessoas quiser. Vou expandir seus usos mais tarde. Imagine receber um telefonema da tia-avó Matilda depois de seu funeral? Conseguiremos resolver muitos problemas emocionais.

Jericho continuou falando enquanto eles caminhavam em direção às portas da frente, oferecendo seu aperto de mão e conversando com as pessoas enquanto conduzia as duas convidadas de volta pelo saguão. Logo, eles pararam nos degraus da mansão.

– Lá vem ela.

Ele apontou para alguém no jardim que descia o caminho de paralelepípedos. Uma mulher escultural caminhava confiante na direção deles, com um leve sorriso no rosto. A pele escura e os longos cabelos negros ondulados contrastavam com o vestido branco sem alças, que parecia brilhar por conta própria. Shuri avaliou a mulher desconhecida, decidindo que ela tinha mais ou menos a idade de T'Challa, além da mesma atitude autoconfiante e o estilo que tanto a irritava em relação ao irmão.

"Ah, mas com esta mulher", pensou Shuri, "isso tudo combina."

A mulher parecia deslizar até Jericho, e estendeu a mão para ele quando se aproximou. Ele manteve os olhos fixos no rosto dela enquanto pegava sua mão e a beijava; e depois a beijou no rosto.

– Monica, obrigado por ter vindo. Sei que não aprecia esse tipo de evento, mas sua presença é muito bem-vinda – saudou Jericho.

Monica encolheu os ombros.

– Quando um Vingador pede, não se questiona. Eu estava na cidade no fim de semana, de qualquer maneira.

Ela ofereceu a mão a Shuri, que a olhou interrogativamente, e de volta a Jericho.

– Monica Rambeau – disse ela. Seu aperto era leve e quente na mão de Shuri.

– A Deusa do Sol – sussurrou Bolanle, e então imediatamente tapou a boca com as mãos, envergonhada.

Monica sorriu.

– Somente uma pessoa me chamou assim. Wakandana, certo?

Shuri fez que sim com a cabeça.

– Princesa Shuri de Wakanda, e esta é Bolanle Zidona, *Dora Milaje*. E você é Espectro, não é?

Rambeau sorriu melancolicamente.

– Minha identidade não é um grande segredo, princesa, mas não vamos divulgá-la, ok? Nova Orleans é minha casa, e não preciso que minha casa ou a casa dos meus pais se tornem pontos turísticos.

Shuri acenou com a cabeça enquanto eles voltavam para a mansão. Bolanle parecia prestes a explodir com perguntas e, com um sorriso, Shuri indicou com a cabeça que ela perguntasse.

– Senhorita Rambeau, eu não queria perguntar, mas... você foi a primeira mulher negra a liderar os Vingadores, e seus poderes de luz e energia a tornam um dos seres mais poderosos do planeta. – Bolanle balbuciou enquanto acenava com a mão em direção ao vestido brilhante. – Eu sei que deveria perguntar algo profundo ou complexo, mas é que eu preciso saber. É o vestido... ou é você?

Conforme Monica caminhava, o vestido branco ficava cada vez mais claro e, então, com uma pequena explosão, mudou de cor para um tom ouro quente e cintilante.

– Um pouco da coluna A, um pouco da coluna B – ela admitiu com uma risada. – Reed Richards me deu um pouco de seu tecido de moléculas instáveis que Sue não ia usar, e ela sugeriu um costureiro maravilhoso em Manhattan que o desenhou para mim. Eu ainda não tinha tido a chance de usá-lo para ver seu efeito com meus poderes, então esta noite parecia ser uma boa oportunidade para isso.

– E eu gostei muito de você ter vindo, Monica – Jericho acrescentou suavemente. – Eu sei que você não sente que pertence ao mundo da magia, mas tenho a sensação de que você é exatamente o que eu, quero dizer, nós precisamos desta noite.

Bolanle e Shuri se entreolharam. Monica balançou a cabeça.

– Nós éramos namorados – contou ela, dando o braço a Jericho, mas decidimos que nunca daria certo, por sermos de dois mundos diferentes.

– *Nós* decidimos isso? – Jericho protestou baixinho. – Não me lembro de ter tido escolha.

Monica colocou o dedo em sua boca para silenciá-lo quando eles entraram no grande hall.

– Hoje, não, ok? Que tal apenas nos divertirmos?

Jericho sorriu suavemente.

– Primeiro um pouco de negócios, e depois a diversão.

Ela sorriu e eles entraram na festa.

– Como você conhece a Espectro? – Shuri sussurrou para Bolanle.

– Em primeiro lugar, ela é a Espectro, um dos seres humanos mais poderosos do mundo que também é de origem africana. Em segundo lugar, uma *Dora Milaje* mantém uma lista de pessoas aprimoradas no mundo, especialmente as que podem acabar com a vida como a conhecemos por puro capricho. Terceiro, nós... mantemos uma lista de mulheres especialmente superpoderosas fora de Wakanda, embora haja ali algumas que não são, que podem, poderiam ser dignas de se tornar uma rainha wakandana – Bolanle sussurrou de volta. – A Deusa da Tempestade e a Deusa do Sol compõem a lista americana.

Shuri olhou para Monica, cujo vestido angelical a fazia parecer flutuar ao lado de Jericho. Com seus poderes de voo, ela poderia realmente estar flutuando, ela percebeu.

– Doutor, você mencionou um mistério – Shuri o lembrou enquanto pegava um prato de gumbo e lambia os lábios.

Jericho desviou os olhos da companheira radiante e franziu a testa.

– Ah, sim – disse ele lentamente. – Um cavalheiro me perguntou sobre você hoje. Ele mencionou que tinha convidado você e sua encantadora companheira para a minha festa.

Shuri olhou para Bolanle, que fez uma careta.

– Ah, sim. Elijah. Nós... o encontramos em um restaurante ontem à noite. Magro, de olhos intensos, com guarda-costas?

Jericho olhou ao redor da sala.

– Ele trouxe mais do que um par de guarda-costas esta noite. Parecia mais uma comitiva.

Monica balançou a cabeça.

– Eu odeio gente que quer impressionar.

– Sim, bem, ele tinha um convite. Na verdade, tenho que admitir que também tive um motivo oculto para enviar um convite a você.

Ela sorriu para ele.

– Entendi. Já faz um tempo desde que conversamos, então, quando seu convite... apareceu no meu quarto, eu imaginei que seria assunto dos Vingadores. – Ela esperou, e então acrescentou: – Acabe logo com o suspense.

Drumm continuou examinando seus convidados.

– Bem, isso é meio que uma história.

– Ah, outra, não. – Monica suspirou.

Jericho sorriu para Shuri e Bolanle.

– Tudo no Sul, e especialmente em Nova Orleans, envolve uma história – explicou ele –, uma máscara que esconde seu significado mais profundo. – Ainda assim, ele manteve um olhar cauteloso na multidão ao redor deles. – Havia um homem, um mágico de rua em Nova Orleans, que ficou encantado com a visita de uma princesa. Ela deu a ele o gostinho de uma vida muito mais rica do que ele merecia, mas quase imediatamente a mulher o deixou para trás nas mesmas ruas em que o encontrara.

– O homem não suportava a ideia de ter que voltar para o ponto de partida – continuou Jericho. – Então começou a encantar as mulheres, incluindo uma bruxa, com quem aprendeu algumas mágicas menores, mas reais. Antes que ele pudesse se tornar uma ameaça mágica, no entanto, foi atacado, morto e ressuscitado por um dos vampiros residentes de Nova Orleans.

Jericho gesticulou para a multidão ao redor deles.

– Quase todos os vampiros em Nova Orleans são pessoas normais tentando sobreviver uma noite de cada vez. Esta é a única cidade nos Estados Unidos onde vampiros, demônios, bruxas, fantasmas, lobisomens, zumbis e todos os tipos de criaturas podem se sentir em casa, independentemente da cultura ou da cidade em que nasceram. Na verdade, vários estão presentes aqui esta noite. – Jericho fez um gesto amplo ao redor da sala. – Estão vendo?

Um clarão verde explodiu atrás dos olhos de Shuri, e em vez de um homem vestindo um smoking, ela viu uma criatura com cabeça de fogo provando o gumbo.

– Demônios – disse Jericho.

Shuri olhou em volta e estremeceu. Havia lobisomens, pelo menos um zumbi, alguns demônios com chamas de cores diferentes e outras criaturas que ela não conseguia identificar, misturando-se com os outros convidados, conversando e rindo. Jericho acenou com a mão novamente, e as criaturas voltaram às suas formas humanas.

Bolanle, tendo visto a mesma coisa, estendeu a mão até a perna, fingindo uma coceira. Ela se levantou com uma pequena adaga de vibranium nas mãos, mas Jericho virou a palma da mão para ela, pedindo calma.

– Todos nós nos damos o máximo que podemos no Big Easy, meninas – disse o médico. – Para muitos desses moradores, existem açougues, bancos de sangue e outras fontes de sustento que não exigem violência. Mesmo assim, sempre há um... mau elemento.

Monica parecia um pouco preocupada.

– Jericho, deveríamos contar a elas sobre isso? Não ficarão na cidade por muito tempo.

Ele balançou a cabeça.

– Elas precisam saber, Monica. Especialmente considerando quem já encontraram.

– Encontramos? – Shuri parecia em dúvida. – Doutor Drumm, eu já me esforço para acreditar no que você pode fazer, quanto mais em criaturas de contos de fadas como vampiros.

Monica ergueu a sobrancelha.

– No entanto, você é irmã do sumo sacerdote de uma deusa felina – disse ela. – Como pode ser cética?

– Isso é fé, e não mágica – Bolanle respondeu por ela.

– E posso explicar tudo o que T'Challa pode fazer por meio da ciência – acrescentou Shuri. – Metalurgia, botânica, horticultura, neurociência e tecnologia. – Ela olhou para Bolanle. – Para ser honesta, eu só conheço Bast através de T'Challa. Nossa "deusa" nunca se dignou a aparecer para mim, apenas para o meu irmão. Eu sou... como o restante de Wakanda... dependente de T'Challa para me dizer o que nossa deusa quer.

– Como acontece com qualquer bom cientista, se eu não consigo ver a prova da existência de algo, uma parte de mim tem que reter qualquer conclusão, especialmente se eu puder duplicá-la ou chegar perto da tecnologia. – Ela encolheu os ombros. – Com mais tempo para estudar, quem sabe?

– Essa é uma linha de discussão que eu adoraria explorar com você algum dia – disse Jericho. – No entanto, esse vampiro mágico encontrou uma fonte de magia que lhe permite esconder sua natureza vampírica de outros praticantes místicos. Os vampiros que ele lidera são particularmente ativos durante o Mardi Gras, em parte porque o jejum que se segue tornará os humanos menos... Como poderia dizer? "Apetitosos". E então eles tentam se empanturrar.

– Quando aceitei a missão de proteger esta cidade – continuou Jericho –, decidi pôr fim à caça deles. Mas, em vez de perder o tempo necessário para localizá-los, desenvolvi uma maneira de fazê-los vir até mim.

Shuri não gostou nada daquilo.

– O que você fez? – Os olhos de Bolanle brilhavam como sua adaga.

O médico realmente parecia envergonhado.

– Eu vazei a notícia de um artefato místico chegando ao Mardi Gras, um objeto com poder suficiente para atrair esse assassino em particular e sua ninhada para esta festa.

– Que artefato? – perguntou Shuri, sabendo muito bem o que ele estava prestes a dizer.

– Ora, um colar de vibranium com carga mística. – Jericho sorriu. – O próprio rei de Wakanda mandou fazer para mim. T'Challa descobriu que ele não reage a tipos não mágicos, então é seguro para não praticantes usarem por aí, como você o está usando agora. Ele exala um pouquinho de um cheiro místico, mas não é nada particularmente perigoso, desde que esteja nas mãos certas. Mas nas mãos erradas... pode sobrecarregar a necromancia ao enésimo grau. Eu suspeito de que é para isso que eles querem.

– Você quer dizer que eu sou uma isca? – Shuri colocou as mãos nos quadris com ceticismo.

Drumm encolheu os ombros.

– T'Challa estava confiante de que você conseguiria se virar por um ou dois dias, especialmente se ele mandasse uma de suas mais promissoras *Dora Milaje* com você. E uma vez que você não acredita particularmente em magia, isso manteve o sinal místico do colar em segredo. Se T'Challa o tivesse trazido, sua crença no sobrenatural teria atraído cada necromante, bruxa e feiticeiro do sul aqui para obtê-lo no momento em que tocasse o solo.

Jericho olhou ao redor e depois de volta para Shuri.

– E, só para garantir, meu irmão ficou de olho em você o tempo todo. Exceto pelo infeliz encontro no restaurante, momento em que Daniel me tinha pronto para me teletransportar em seu resgate, apenas para garantir. Você estava perfeitamente segura.

– Até agora. Pode passar essa bugiganga para mim agora, místico – rosnou uma voz próxima.

Um clarão ofuscante encheu a sala. Jericho, Shuri e seus amigos se viram sozinhos no saguão, cercados por Elijah e seu grupo. Os convidados que estavam por perto sumiram.

– Estou muito feliz por você ter aceitado meu convite.

Elijah olhou de soslaio para Shuri, lambendo as presas, enquanto seus asseclas rosnavam para Bolanle, que puxou uma segunda adaga de vibranium de baixo do vestido. Monica parecia ligeiramente divertida, enquanto Drumm tinha um largo sorriso no rosto.

Bolanle cutucou Shuri e apontou para um dos vampiros mais jovens. Este, vestindo uma camiseta sob o paletó, tinha um dedo pendurado para trás em uma das mãos.

– Morto, e ainda não consegue controlar as mãos – zombou a *Dora Milaje*.

– Você vai ter o que merece – chiou o vampiro.

Ao lado de Shuri, os olhos de Jericho começaram a brilhar, e ela pôde sentir um leve calor vindo de Monica, que começou a emitir um brilho.

– Ahh, Eli. – Jericho sorriu. – Você ainda está preso ao passado, tentando punir uma mulher morta há muito tempo, que esqueceu sua existência no instante em que deixou Nova Orleans. Embora eu esteja impressionado com este último feitiço de teletransporte. – Shuri ouviu um leve estalo vindo dele. – A maioria dos usuários de magia não pode operar dentro destas paredes. Não sem minha permissão expressa.

– Seus convidados farão boas refeições – rosnou Eli. – Eu só precisava deles fora do caminho enquanto rasgo sua garganta, e a garganta desta linda princesa. Semeei a multidão aqui com meus filhos, mais do que você vê aqui na sua frente. Então, renda-se, ou ordenarei que eles comecem as festividades mais cedo, e drenem todas as normas nestes corredores.

– O que o faz pensar que eu não vou cravar estacas em vocês? – Jericho questionou curiosamente.

Um longo bastão apareceu em suas mãos.

– Você não saberá quem é o oponente e quem é o refém – rosnou Eli. – Nossos encantos impedirão que seus sentidos místicos nos vejam e, como você disse, ninguém mais pode usar magia dentro destas paredes.

O Doutor Voodoo sorriu.

– Mesmo em Nova Orleans, os tempos mudaram, Elijah. Temos telefones celulares e internet, e menos estátuas confederadas. – Com um floreio, ele indicou Monica em pé ao seu lado com as mãos na cintura. – Até mesmo super-heróis, movidos pela ciência. Monica, querida, pode me dar um pulso?

Uma expressão de concentração apareceu em seu rosto e ela emitiu um único pulso. Radiação ultravioleta, pensou Shuri ao sentir uma onda de calor na pele. Foi como se alguém abrisse uma porta para o sol e a fechasse rapidamente. Cada vampiro na sala gritou, e Shuri teve o impulso de colocar as mãos nas orelhas.

O Doutor Voodoo fez uma careta para as criaturas enfraquecidas.

– Não há nada de místico sobre o poder da "Deusa do Sol". – Ele piscou para Bolanle. – Você não pode se esconder do poder dela. Quanto aos meus amigos vampiros, pedi a Daniel que os mandasse embora assim que Monica chegasse.

– Sendo assim, minha cara Espectro... boa caça.

Boquiaberta, Shuri observou Monica transformar seu corpo no que parecia um holograma de ouro brilhante e disparar pelo teto. Ao fazer isso, Bolanle saltou em direção ao vampiro de dedos quebrados, cortando-o com as adagas de Vibranium. Ela o acertou com um corte no rosto, e ele gritou quando a ferida começou a chiar e queimar.

A *Dora* sorriu ferozmente.

– Abençoada pelo Sumo Sacerdote do Deus Pantera antes de partirmos – exultou ela. – Eu me perguntei por que o Adorado demorou, mas o Pantera Negra é sábio e não tenho o direito de questioná-lo. – Ela cravou as adagas nos ombros do vampiro, fazendo-o guinchar e gritar a cada golpe.

Ao lado de Shuri, o Doutor Voodoo flutuou do chão e começou a cantar. Com olhos brancos e brilhantes, os dreadlocks crepitando com a energia, ele começou a lançar raios de energia não identificáveis nos vampiros que se espalhavam, gritavam e queimavam sempre que ele conectava.

Voodoo arremessou um raio em Elijah, que conseguiu se esquivar e se agachar, lançando um olhar assassino para Shuri.

– Eu deveria ter matado você na noite passada, princesa – ele cuspiu nela. – Arrancar sua garganta teria sido fácil.

– Não é tão fácil quanto você pensa – Shuri respondeu, colocando-se em posição defensiva. – Nos últimos meses, eu encontrei coisa muito pior do que você.

Com um rugido, Elijah saltou sobre ela para cortar sua garganta com as unhas em forma de garras, mas a princesa se esquivou e o chutou com os calcanhares rígidos. Errando seus olhos por apenas alguns centímetros, ela reiniciou, sacando a própria adaga de vibranium de um coldre na coxa e agitando-a na frente do rosto do vampiro. De repente, ela soube por que T'Challa lhe havia dado aquela arma.

– Armas baseadas na fé só funcionam se alguém acreditar, princesa – zombou o vampiro. Elijah rosnou e fez um movimento brusco, e Shuri apontou a arma para ele. – Lembre-se, você é uma cientista, então não acredita, a menos que tenha provas, não é mesmo?

Com um movimento rápido, ele arrancou a adaga de Shuri. A arma bateu no chão, e Shuri olhou para baixo; foi então que Elijah se lançou sobre ela e a derrubou no chão, imediatamente envolvendo seu pescoço entre os dedos.

Sem conseguir respirar, Shuri começou a entrar em pânico. O colar de vibranium ficou sob as mãos do vampiro, esfolando dolorosamente sua pele. Ela podia sentir o ícone de Bast cravando cruelmente em sua garganta, enquanto sua visão começava a escurecer pela falta de oxigênio.

– Você perdeu sua maior arma quando a bruxa brilhante se afastou. – O hálito quente de Elijah cheirava a vinho e sangue. – Ela não consegue gerar energia suficiente para nos matar, não enquanto a mantém viva ao mesmo tempo, e seus amigos estão ocupados demais para salvá-la.

Com a cabeça para o lado, Shuri podia ver Bolanle lutando para chegar até ela, aplicando sérios golpes nos oponentes, que avançavam contra ela, apesar dos cortes fumegantes e crepitantes. Mas os vampiros bloquearam seu caminho. Voodoo lutava com seus oponentes, e lá fora da janela clarões brilhantes indicavam que Monica estava ocupada com seus próprios inimigos.

– Sozinha, sem poderes, sem fé – sussurrou Elijah. – Nada além de morte, ressurreição e obediência a mim pelo resto da eternidade, princesa. Eu teria pena de você, se essa emoção ainda existisse em mim.

Shuri virou a cabeça para trás e olhou para Elijah, alcançando o fundo de si mesma. Ela pensou nas coisas que seu irmão poderia fazer e nos ferimentos que sua nova amiga Bolanle estava causando com as abençoadas facas. Ela se concentrou em tudo o que tinha e então se deixou levar.

De repente, ela podia sentir o calor no pescoço, emanando do colar, então Elijah começou a se contorcer e depois a gritar. O vampiro puxou as mãos rapidamente, libertando-a. Enquanto Shuri esfregava o pescoço e tossia, tentando colocar um pouco de ar nos pulmões, as mãos queimadas de Elijah tremiam e fumegavam. Havia nelas a marca queimada de uma cabeça de pantera.

Shuri se sentou.

– Parece que minha fé é um pouco mais forte do que qualquer um de nós pensava, vampiro – observou ela.

Mas sua confiança recém-adquirida vacilou quando Elijah se preparou para saltar.

– Princesa! – Voodoo jogou o bastão para ela.

Shuri pegou facilmente o cajado e o girou, apontando a extremidade pontiaguda para o peito de Elijah. O vampiro rosnou.

– Você não tem coragem de acabar comigo, princesa.

Shuri empurrou o bastão para a frente, sabendo exatamente onde encontrar o coração de Elijah. Instantaneamente, o vampiro começou a se desintegrar.

– Aproveite o inferno, monstro.

A perda do mestre pareceu esvair a ânsia de luta dos outros vampiros. Jericho, Shuri e Bolanle eliminaram o restante deles em minutos. Monica flutuou de volta por uma parede e voltou à sua forma normal, tirando a poeira do vestido, que estava branco novamente.

– Este foi o melhor encontro que já tivemos, Jericho – disse ela, abraçando-o.

Drumm sorriu e olhou para Shuri.

– Sinto que devo pedir desculpas por este caos, princesa – disse Jericho. – Eu sei que não era exatamente por isso que você queria vir para Nova Orleans. Espero encontrar uma maneira de fazer as pazes com você.

Monica riu.

– Nada como a possibilidade da morte para fazer qualquer um querer viver, certo?

Shuri acenou com a cabeça, concordando.

– Infelizmente... – Jericho olhou em volta, para os escombros de estátuas destruídas e pinturas rasgadas em seu saguão. – Acho que esta festa em particular acabou por esta noite. Embora eu entenda que você já tenha planos para depois da festa, princesa.

Shuri ficou boquiaberta e Bolanle olhou para Jericho com admiração enquanto os quatro abriam as portas duplas do saguão e desciam o caminho de paralelepípedos em direção aos portões.

Shuri deu de ombros, olhando para Bolanle, que ofegava com o esforço. Ela parecia ter se divertido muito.

– Ele respondeu a algumas perguntas que eu tinha sobre mim – disse a princesa – e fez meu coração disparar. – Ela sorriu. – Agora estou pronta para a festa.

– Como você sabia disso? – perguntou a *Dora Milaje*. – Magia?

Jericho riu enquanto eles passavam pelos portões para a rua.

– Nem tudo é místico, minha querida.

Parados do outro lado da rua, Jay e Rick estavam encostados em um SUV roxo, acenando para elas.

– Doutor Drumm, o que houve, cara?

Rick abraçou o homem mais velho, e o irmão mais novo fez o mesmo em seguida. Enquanto eles faziam isso, Shuri pôde ver algum tipo de aperto de mão oculto.

– Vejo você na semana que vem? – perguntou Jay.

– Com certeza – disse Drumm, e Shuri olhou de soslaio para ele.

O médico encolheu os ombros.

– Eu ensino "Introdução à Psicologia" no Xavier – explicou ele. – É tudo uma questão de saber quem você é, antes de descobrir outra pessoa. – Ele olhou incisivamente para Shuri, enquanto colocava o braço em volta de Monica.

– De qualquer forma, senhores, comportem-se da melhor maneira possível com essas duas – continuou ele. – Elas podem ser muita areia para o caminhão de vocês.

Ele piscou para Shuri.

– A gente sabe disso, doutor – disse Jay, estendendo a mão para Shuri. – Vamos dar um pulo em uma festa em Slidell, com alguns amigos. Trazemos as moças de volta logo, logo.

Jericho se aproximou de Shuri e colocou as mãos em seus ombros.

– Divirta-se, e fique aberta a novas experiências. Como sabemos agora, ainda há muito para você descobrir. Não seja muito dura com seu irmão, também, e saiba que seu destino é somente seu e de mais ninguém. – Ele acenou com a cabeça para Bolanle, enquanto Monica dava um abraço e um beijo na bochecha de Shuri.

– Bolanle, foi muito bom conhecê-la – disse ele. – Agora, devo voltar aos meus convidados restantes.

Houve um repentino som de tambores no meio da noite. Jericho e Monica desapareceram em uma nuvem de fumaça. Bolanle olhou para Shuri e depois para os dois rapazes.

– O doutor faz coisas assim o tempo todo. – Jay encolheu os ombros. – Coisas de Nova Orleans, sabe? – Ele fez um gesto, convidando-as. – Vamos, madames, vamos.

• • • •

Os rapazes levaram Shuri e Bolanle a uma grande festa em uma casa suburbana com um enorme quintal e uma piscina. A música estava bombando, os jovens dançavam e ninguém parecia se importar com quem havia convidado "Shia e Tawny".

Shuri e Jay acabaram indo beber no pátio dos fundos, e ficaram rindo e conversando por horas. Bolanle saía, fazia contato visual com Shuri, sorria e voltava para dentro, onde Shuri podia ouvir sua risada aguda de vez em quando. Rick trazia-lhes novas bebidas, os olhos rindo alegremente.

À medida que a noite esfriava, ela e Jay se aproximavam cada vez mais, até que, ao raiar do dia, estavam de mãos dadas. Eles conversaram sobre tudo, incluindo conviver com irmãos mais velhos.

– Seu irmão tem uma grande importância em sua psique, não é? – perguntou Jay.

– Não mais do que o seu. – Ela sorriu quando Rick entregou--lhes novas bebidas, desta vez algo que ele chamou de margarita de

laranja-de-sangue. – Mas nós brigamos o tempo todo – queixou-se Shuri.
– Vocês dois parecem melhores amigos.

– Nós somos. – Jay encolheu os ombros. – Mas isso não significa que não temos nossas brigas. Amigos e familiares não precisam estar na mesma página, mas têm que estar no mesmo livro. Nós nos provocamos, zoamos e, sim, brigamos, mas podemos fazer isso porque somos uma família. No final, sabemos que, quando a coisa aperta, estaremos ao lado um do outro. Porque, no final das contas, somos uma família. Nada mais importa. Aposto que é o mesmo com você e seu irmão. Não importa o que aconteça, ele é a sua família. Ele sempre estará lá, mesmo quando você não quiser que ele esteja, e sempre vai querer ter certeza de que você está segura e ainda pode se manter por conta própria. Apenas... dê uma chance a ele.

Shuri ficou sentada em silêncio por um segundo e depois beijou Jay levemente. Ela colocou a cabeça em seu ombro e observou o primeiro brilho do amanhecer.

– Pode ser – sussurrou ela na direção da luz.

• • • •

Bolanle ficou preocupada por causa da quantidade de bebida que vira Rick consumir e os convenceu a deixar o veículo em Slidell. Eles o buscariam mais tarde. Então, depois de um farto café da manhã, Jay e Rick acompanharam as duas de volta para a casa em que estavam hospedadas.

Parada na porta, Bolanle beijou as bochechas de Jay e Rick, e deu alguns passos para trás, para dar a Shuri um pouco de privacidade. Rick deu um grande abraço de urso em Shuri, fazendo cócegas em seu pescoço com a barba e fazendo-a rir. Ele gesticulou para Bolanle, e eles caminharam até um sofá vazio.

– Acho que é isso, hein, Shia? – Jay olhou para Shuri com olhos ternos.

– Sim, preciso ir para casa – sussurrou Shuri. – Meu irmão vai ficar preocupado.

Jay inclinou a cabeça.

– Sim, ter o rei de Wakanda observando cada movimento seu não deve ser nada divertido.

Shuri ficou de queixo caído, enquanto Jay a observava com ar divertido. Uma risadinha borbulhou de sua garganta, transformou-se em uma risada contagiante e, em segundos, os dois gargalhavam sem parar. Assim que recuperou o fôlego, Shuri deu um tapa no braço de Jay.

– Há quanto tempo você sabe?

– Desde o bar – disse Jay presunçosamente. – Acredite ou não, os negros consideram vocês como "nossa" realeza, assim como Harry e Meghan são a realeza "deles". Você realmente achou que chamar a si mesma de "Shia" era um disfarce? Nem que estivesse escondida atrás de um par de óculos falsos!

– Além disso – acrescentou Rick, enquanto ele e Bolanle voltavam –, sair com gente como o Doutor Voodoo e a Espectro não é exatamente propício para ficar incógnita.

Bolanle os olhou ferozmente.

– Alguém mais sabia?

– Garota. – Rick balançou a cabeça. – Todos na festa sabiam. Ninguém se importou. Você não estava pedindo atenção especial e parecia legal.

– E você não precisa se preocupar com as fotos – acrescentou Jay. – É o Mardi Gras. Todo mundo sabe como manter as câmeras desligadas, a menos que tenham pedido. Ninguém, ninguém mesmo, precisa que as fotos do Facebook ou do Twitter voltem como assombrações em entrevistas de emprego daqui a alguns anos. Já há coisas demais contra a gente.

Bolanle olhou para Shuri, que assentiu.

– Talvez você precise ampliar seus horizontes – sugeriu Bolanle. – A África, e Wakanda especialmente, hoje em dia, precisa de homens e mulheres de honra de outras terras para ajudar nosso povo... a se "aclimatar" ao mundo como ele é, em vez de como desejamos que seja.

– Vocês seriam convidados de honra – concordou Shuri.

Jay pegou a mão dela e acariciou seu pulso.

– Contanto que eu consiga ver a "Shia" pelo menos uma vez enquanto estiver lá, não vejo por que não poderíamos fazer isso.

Rick deu um tapa nas costas de Jay.

– Cachorrão, você está dentro.

Os outros três apenas gemeram.

– Que jeito de estragar um bom momento, idiota – murmurou Jay.

— Para que servem os irmãos mais velhos? — Rick sorriu. — Beija a garota, idiota, para elas poderem tirar uma soneca.

Shuri o puxou para um beijo apaixonado que deixou os dois ofegantes. Ela podia sentir os olhos de Jay sobre ela enquanto entrava na casa e, assim que a porta se fechou, ela soprou para ele um último beijo.

• • • •

Mais tarde, em seu jato particular, Shuri ficou olhando pela janela enquanto Bolanle trabalhava em seu laptop, provavelmente escrevendo algum tipo de relatório para T'Challa ou para alguém. Ela saiu de seu devaneio quando Bolanle pigarreou.

— Posso deixar certas atividades e contatos fora do meu relatório oficial, Vossa Alteza, se assim desejar.

— Obrigada por ser tão legal comigo, Bolanle — agradeceu Shuri. — Posso ter que reconsiderar algumas coisas quando chegarmos em casa. Acho... acho que T'Challa de alguma forma sabia que eu descobriria certas coisas sobre mim e minha fé em Bast nesta viagem. Estou muito aborrecida com ele por ter me feito passar por isso, mas tenho que admitir quando ele está certo.

Bolanle sorriu.

— O Adorado é muito inteligente, não é? E não faz mal algum estar em comunhão com uma deusa.

— E você já descobriu por que eles a enviaram? — Shuri ergueu uma sobrancelha para Bolanle.

Bolanle encolheu os ombros.

— Não estou preocupada com isso. Talvez Okoye quisesse que eu aprendesse um pouco sobre alguém da realeza mais próximo da minha idade? Talvez eu me misturasse melhor em Nova Orleans? Quem sabe? De qualquer maneira, eu... me diverti, princesa. E talvez — ela olhou para baixo — eu tenha feito uma amiga a quem eu teria o prazer de seguir se ela avançasse para sua posição certa na vida.

Shuri sorriu.

— E enquanto estou pensando nisso... — Bolanle olhou timidamente para o laptop, que fez um sinal sonoro para ela. — Talvez você precise beber muita água nos próximos dias. Seus rastreadores foram desativados desde antes de irmos para a Rua Bourbon, mas ainda estão em seu sistema.

– Rastreadores? – Shuri olhou para ela. – Que rastreadores?

Bolanle parecia envergonhada.

– Os microscópicos que você bebeu no café que lhe dei no aeroporto, alguns dias atrás. Foi ideia da sua mãe. Família, sabe?

Shuri olhou para ela e as duas começaram a rir.

MAIS FORTES DE ESPÍRITO

SUYI DAVIES OKUNGBOWA

GRILOS. O SOM DE CASA É SEMPRE O DE GRILOS.

Sempre que estou fora, em outro país, outro planeta, outra dimensão, são os insetos barulhentos que me lembram Wakanda. Isso e a espessa míriade de aromas da vegetação da floresta tropical atualmente ao meu redor, com ou sem o deslizar de serpentes ao meu lado na vegetação pantanosa enquanto eu a penetro. Mas, principalmente, é o coro coletivo dos grilos, e sua inquietação, que me lembram quem eu sou: T'Challa, rei de Wakanda, o Pantera Negra. É um lembrete para não dormir, para permanecer, como eles, sempre inquieto.

Um gafanhoto que dorme logo acordará na boca de um lagarto. Isso é o que diz o provérbio wakandano, não é? Também não posso dormir até saber que estou seguro, até saber que Wakanda está segura.

– Qualquer um pensaria – digo no intercomunicador – que a aeronave real do país tecnologicamente mais avançado do planeta vai pousar em uma floresta tropical sem incidentes. – Afasto as folhas da bananeira-anã inclinando-se no caminho diante de mim. – Você concorda, Shuri?

Shuri, a quem instruí que plantasse o traseiro no trono até que eu voltasse, mas que não esperou um segundo depois que saí para correr de volta ao seu laboratório e se acomodar na frente de suas muitas telas, zomba.

– *O caça Talon está equipado para decolagem e pouso vertical* – diz ela, daquela maneira ofegante que me indica que está trabalhando em algo enquanto fala comigo. – *Não me culpe se não consegue pousar um simples avião.*

– Você sabe que este não é meu primeiro pouso em uma floresta – digo. – Talvez haja algo peculiar sobre este lugar.

– *Não, nada de especial sobre Lagos* – diz ela. – *Isso se você não considerar o fato de que é a metrópole mais populosa a oeste do nosso continente, o que possivelmente também a torna o lugar mais perigoso para você visitar em sua condição atual.*

Ela faz uma pausa.

– *No entanto, é também o único lugar no mundo agora em que podemos encontrar a cura para o que o aflige. Então, claro, sim, eu diria que não há nada de peculiar em Lagos.*

– Você sabe que eu quis dizer a floresta.

Há uma pausa, e eu sei que ela está olhando para a tela, tentando ver se pode me avisar sobre algo que o traje do Pantera não está captando no momento.

– Isso nem é uma floresta, pelo que vejo daqui – diz ela. – Chama-se Centro de Conservação Lekki. É como um jardim botânico natural.

– E é exatamente por isso que você deveria me deixar em paz e parar de ser uma tia superprotetora. Eu vou ficar bem. Vá e execute suas missões. É um mau presságio para o povo olhar para um trono vazio, sabia?

– *Sim, sim, eu ouvi* – diz ela, mas posso ouvir o feedback tátil das telas sendo tocadas. – *Eu vou, mas apenas quando souber que você está seguro e pronto para encontrar o contato de Okoye.*

Sigo o caminho que ela enviou para o meu feed visual. É um calçadão, aparentemente usado durante o dia para passeios, agora fechado ao anoitecer. Shuri marcou a área de baixa segurança e está correto, porque não encontro patrulhas, nem vida alguma, exceto um macaco de rabo vermelho que nem ao menos me olha quando passo. Quase no fim do calçadão, eu vou para um território mais desconhecido, escalo uma cerca aramada e logo estou perto da rodovia, carros passando e motoristas impacientes apoiando-se nas buzinas.

– Vou desligar o traje agora – digo no intercomunicador. – Por favor, certifique-se de que o Talon permaneça camuflado enquanto eu estiver aqui. E, Shuri... – Faço uma pausa, para que ela entenda. – ...eu vou ficar bem. Vou buscar a cura, e então tudo ficará bem, ok?

Há um silêncio, um suspiro.

– *Tudo bem* – diz ela. – *Tenha cuidado, T'Challa.*

Eu ativo a camuflagem do macacão, permitindo que ele se reorganize e se transforme em roupas normais. Agora vestido com um material mais leve, o calor latente do início da noite me atinge, mais úmido por eu estar no mato. Eu me arrasto para cima até chegar ao lado da rodovia, carros passando em alta velocidade. Atravesso para a faixa central, verificando se não tenho nada que me identifique como o rei de Wakanda. Tiro o colar, uma pequena lembrança que eu e Shuri usamos, no qual está gravada a história de nossa família, e o coloco no bolso. Shuri acredita que seja sábio me disfarçar completamente em uma cidade que ela chama de *carnívora*. "Todos estão em busca de algo brilhante", disse ela, "e um rei é sempre brilhante".

Talvez ela esteja certa. Ao contrário da maioria das missões de que participei, nesta é fundamental que ninguém saiba que sou o Pantera Negra.

Mas ainda mais importante é que eu não tenha problemas sem o traje. Porque, pela primeira vez em muito tempo, posso ser incapaz de me defender sem ele.

Atravesso para o lado oposto, onde há um ponto de ônibus vazio, e fico lá. Normalmente, eu teria mandado alguém me buscar e me levar até o contato de Okoye em Lagos, e ela e Shuri cuidariam disso. Mas esta batalha é minha, e preciso lutar e vencer sozinho com toda a minha humanidade. O que me aflige afeta apenas a mim, e se eu não posso derrotar isso, não só para minha sobrevivência, mas também para permanecer vivo para meu povo, então serei mesmo digno de ser seu rei?

Pego um celular básico e peço um carro para me levar. *Quinze minutos*, o aplicativo me indica.

Depois de ficar sobre as duas pernas por cinco minutos, outro ataque de náusea me atinge. Articulações fracas, costelas latejantes, dor de cabeça dilacerante, saindo pelos meus olhos, coração batendo forte nos ouvidos. Todas as piores mazelas da humanidade aumentaram cem vezes. Eu me sento no banco, tentando não me dobrar, esperando que passe.

A primeira vez que meu sistema imunológico me atacou, depois de retornar da viagem ao planeta Barnard, não foi tão ruim. No entanto, piorou desde então, acontecendo com muito mais frequência e durante muito mais tempo. E logo depois dessas crises, todos os meus poderes estão reduzidos, e permanecem assim, o que significa que cada crise diminui um pouco minhas habilidades. Até agora, nenhuma quantidade de tecnologia ou xamanismo pôde curar isso totalmente, ou trazer meus poderes de volta à capacidade total, e nós tentamos de tudo. Remanifestar o traje agora é frequentemente precário, porque, se acontecer de eu ter um desses episódios enquanto estiver com ele, o segredo e o legado de meu povo podem acabar na vala de um país estrangeiro.

Eu deveria ter ouvido Shuri. Ela me avisou para não ir a Barnard, mas como eu poderia resistir ao que os astrônomos europeus chamaram de "um candidato a ser a segunda Terra, com 99 por cento de confiança?".

Tenho um dever para com Wakanda, sim, mas também um dever para com o mundo, de garantir que qualquer informação crucial transmitida por aqueles com menos avanços e recursos do que Wakanda seja correta e verdadeira. Eu tive que ir lá e verificar pessoalmente.

Voltar com uma doença autoimune fatal contraída enquanto caminhava pela superfície do planeta não estava nos planos de ninguém, mas aconteceu.

Voltar com o tipo exato de doença que levou minha mãe logo após meu nascimento e agora ameaça me levar? Pior ainda.

Eu aperto o estômago, rangendo os dentes até a dor passar. Respiro fundo e deixo o ar sair pela boca. Vai demorar algumas horas antes de a próxima crise vir. Será mais nítida, mais forte. A cada nova crise, serei cada vez menos Pantera Negra e dificilmente continuarei vivo se elas continuarem. E vão continuar, porque uma doença que já derrotou todas as tentativas do xamã chefe com a erva-coração e os procedimentos médicos mais atualizados de Wakanda, garantindo que minha mãe, N'Yami, não sobrevivesse, não é uma doença simples. Talvez, por ser uma doença que não se resolve no plano humano, devo buscar soluções em outro lugar. Se o reino do homem não ofereceu respostas no passado, agora é a hora para o reino dos deuses.

O carro chega.

– Oga, você está bem? – o motorista pergunta quando eu rastejo para o banco de trás.

– Dirija.

Uma coisa está clara em minha mente: devo agir rápido se quiser encontrar a cura antes que seja tarde demais.

– Para onde, senhor? – pergunta o homem.

– Use seu mapa.

Eu me viro para a janela. Ele continua a me perguntar, mas meus pensamentos se desvaneceram em meus planos para o meu tempo aqui. Ele finalmente desiste e consulta o mapa para o destino pretendido.

• • • •

Shuri configurou tudo sobre a minha presença ali de uma maneira tão discreta que sinto que estou em uma verdadeira missão clandestina. Ela me deu um nome muito lagosiano: Tunde Martin. Isso é o que a recepcionista do hotel igualmente clandestino me diz quando apresento o número que me foi fornecido para a minha reserva. Observo o lugar enquanto ela procura o registro e pega as chaves. Não é um hotel, mas uma grande casa que alguém construiu e provavelmente decidiu que era muito cara para manter como residência. Com base no que sei sobre os impostos do país e a tendência do governo de explorar as empresas, esta deve ser uma das qualidades carnívoras de que já ouvi falar.

Não tenho bagagem, mas um carregador me segue até o meu quarto, demorando-se e esperando por uma gorjeta apenas para apontar as direções que eu poderia ter encontrado sozinho. Okoye avisou que sucumbir uma vez a qualquer forma do que ela descreveu como *Lagos aggro* era um convite a mais para mim. Então, seguindo sua orientação, fechei a porta na cara dele.

O quarto é o mais simples em que já estive, apenas cama, mesa, TV e uma cômoda, mas não importa, porque não vou ficar muito tempo de qualquer maneira.

Eu tiro a roupa e tomo um banho quente, em seguida abro o armário para pegar as roupas básicas enviadas antes de mim. Coloquei o colar de volta, passando as mãos em torno dele, sentindo as bordas e os relevos. Enquanto estou ali, em frente ao espelho ainda embaçado, me ocorre: se eu não levar isso a sério, posso morrer, assim como minha mãe.

– Você sempre encontrará ajuda se se abrir para ela – disse meu pai, T'Chaka, quando o visitei em Djalia, o Grande Campo da memória coletiva de Wakanda. – Você descobrirá quando colocar de lado esse peso sobre seus ombros e confiar no mundo ao seu redor para obter ajuda.

– Mas eu tentei – reclamei. – Tudo, desde os bionanitas mais atualizados de Shuri até Bast e a erva. Nada funcionou até agora.

– Mas você não experimentou o que foi recomendado por Bast.

– O deus da cura que é camarada dela? – Eu balancei a cabeça. – Não tenho certeza se tentar acessar uma divindade estrangeira, não comprovada e não testada enquanto estiver nesta condição é uma boa ideia.

– Talvez – disse meu pai. – Mas você deve se lembrar de que esta não é qualquer divindade. Este é Bàbálúayé, o deus da cura, conhecido por curar até as mais obscuras doenças físicas e mentais. – Ele fez uma pausa. – Este é o deus de N'Yami.

Lembro-me de ter ficado tão chocado que a única coisa que saiu da minha boca foi:

– Deus... da minha mãe?

– Ela já foi leal a outra divindade além de Bast, sim – disse T'Chaka. – Lembre-se de que, antes de se tornar sua mãe, ela passou grande parte de seu tempo no exterior para curar a dor da perda de sua família. Foi com a ajuda de Bàbálúayé que ela conseguiu. Eu acredito que Bast sabe o que está dizendo ao recomendá-lo. – Ele parecia olhar através de mim. – Nosso único arrependimento é não termos tentado fazer isso em seu tempo.

Eu deixei o momento triste e melancólico passar, antes de dizer:

– Tenho certeza de que não podemos acessar um deus estrangeiro daqui, no entanto.

– Mas não sabemos disso, não é? – meu pai disse. – Só porque algo não faz parte de Djalia não significa que não faça parte de nossa memória coletiva, ou que você não tenha acesso a isso. Você carrega todos nós dentro de si: todos os seus ancestrais, todos os seus deuses, todos os Panteras Negras que vieram antes de você. Você é a personificação de nossa memória coletiva, nosso legado na carne. E pode chamar qualquer parte de nós quando estiver em perigo, assim como faz neste Grande Campo. Se Bàbálúayé já fez parte de N'Yami...

– Então eu posso ter acesso a ele.

– Mas não vai acontecer facilmente. – Ele parecia suspirar, tanto quanto um espírito poderia. – Você deve superar essa desconfiança do mundo lá fora para fazer isso, como sua mãe fez certa vez. Um dia, você terá que levar Wakanda a abraçar esse mesmo mundo. E se você mesmo não pode demonstrar confiança nele, como pode o seu povo, por sua vez, confiar em você para liderá-los nessa jornada?

Eu expiro e limpo o vapor condensado do espelho do banheiro.

Nunca na vida imaginei que o único lugar onde eu buscaria uma solução para garantir meu futuro e o do meu país seria com uma entidade completamente estranha e improvável, que pode ou não ter se associado uma vez com minha mãe, e que pode ou não estar disposto a me ajudar. Então, há também o fato de que eu não consigo acessar Bàbálúayé sozinho, não em primeira instância, pelo menos. Tenho que encontrar um xamã local ou adivinho dedicado ao deus, chamado de bàbáláwò por essas partes, e acessar o deus por meio dele. Mas também não posso apenas procurar um bàbáláwò em um diretório local. Os britânicos trabalharam sua magia tão bem durante seu tempo aqui que a antipatia pela veneração de deuses ou ancestrais está profundamente enraizada em sua psique, como a maior parte do restante do continente. Portanto, devo convencer ainda outro estranho, o contato de Okoye, com quem ela já combinou em meu nome, a me encontrar e me levar a um bàbáláwò.

Eu rio nervosamente do meu reflexo no espelho. Pela primeira vez na vida como rei e protetor de Wakanda, nem meus poderes, nem meu manto, nem meu dinheiro ou poder podem me salvar. O futuro do meu povo e a sobrevivência do legado dos Panteras Negras agora está nas mãos de uma dupla heterogênea de estranhos que podem escolher se importar ou não se eu viver ou morrer.

Quando desço para me encontrar com o contato de Okoye, o mensageiro ainda está por perto, seguindo-me com os olhos. Dei a ele o que considerava uma pequena gorjeta, toda a Naira que tinha em dinheiro, e ele não parou de me agradecer até que eu saísse do prédio.

• • • •

Lá fora, o ar está abafado de calor, embora seja noite. Atravesso a rua e pego outro táxi até o ponto de encontro combinado: um *lounge* à beira-mar chamado Farm City que existe em algum lugar entre um bar ao ar livre, um restaurante e uma boate. Eu suspeito de que ele se transforma de um para o outro, dependendo da hora do dia. Atualmente, está em sua transição de bar noturno para boate, mas ainda servindo comida para aqueles que acabam de chegar de longos turnos em empresas multinacionais. Faço um pedido antecipadamente para meu contato: um peixe inteiro envolto em temperos, grelhado no papel-alumínio, e um refrigerante amargo. Parece local, então presumo que goste.

O pedido demora um pouco e meu contato chega antes, enquanto estou observando as pessoas. Levo um momento para identificá-la entre aqueles que andam por ali, em números cada vez maiores com a lua nascendo sobre a lagoa. Ela se acomoda ao meu lado na mesa e cruza os braços, direcionando-me um olhar longo e seguro que me faz perceber que é com ela o meu encontro.

Wakanda tem espiões em todo o mundo atualmente. Eu mal consigo saber quem são, a menos que seja absolutamente necessário, e eles apenas mantêm uma rede de inteligência com equipes que se reportam a Okoye ou Shuri, que então destilam isso em qualquer informação estratégica ou tática que eu precise saber. Na minha cabeça, muitas vezes imaginei que esses informantes e espiões fossem exatamente como as integrantes das *Dora Milaje*: ferozes, combativos, do tipo guerreiro. Mas a mulher diante de mim não tinha nada disso, pelo menos não aparentemente. Ela é baixinha, parece descontraída e estilosa. Jeans, blusa, jaqueta, tranças, mas permanece indefinível de qualquer maneira. Agora me ocorre que talvez seja por isso que ela tenha sido escolhida. Se meu desejo é me misturar, faz sentido que meu contato também haja desse modo.

– Vossa Alteza – diz ela, inclinando-se para falar acima da música cada vez mais alta. Mesmo sentada à mesa, ela se curva ligeiramente. – Bem-vindo.

Eu retribuo sua reverência, inclinando-me para perto também.

– Você pode simplesmente me chamar de T'Challa. O objetivo é manter meu anonimato, não é?

– De fato – diz ela, me estudando –, você parece... – Ela aperta os olhos, pequenos e penetrantes – ...bem.

– Sim, pareço bem – digo. – O que me aflige não é algo que os olhos possam ver.

Ela acena com a cabeça.

– Sinto muito. Espero poder fazer minha parte para ajudar a aliviar isso.

A música é interrompida por um breve intervalo e podemos nos afastar um do outro e falar com clareza.

– Qual é o seu nome? – pergunto.

– LN-3258 – diz ela, com um sorriso irônico. – Mas você pode me chamar de Àbíké.

– Àbíké – repito –, Wakanda agradece por seu serviço.

O peixe chega e a mulher mergulha nele alegremente, comendo com os dedos pequenos e bem cuidados. Ela é jovem, talvez uns trinta anos, e usa uma aliança de casamento. Eu me pergunto o que o marido dela estaria pensando sobre seu encontro com um estranho tão tarde. Se há alguma coisa que eu sei sobre nossos vizinhos no continente, é que a maioria de suas práticas culturais desaprova essas coisas.

– Está ótimo, você deveria experimentar – diz ela entre os bocados.

Eu recuso a oferta.

– Prefiro terminar com isso antes de tentar colocar qualquer coisa no meu corpo. Quem sabe o que pode agravar a situação?

Ela parece solene, limpa os dedos.

– Você pode me falar sobre isso?

– Eu falaria, mas não faria diferença – digo. – Considere que meu corpo acredita que deve lutar contra alguma coisa, mas, seja lá o que ache, não está lá efetivamente, só que ainda assim ele continua lutando, portanto, entra em guerra consigo mesmo. – Eu encolho os ombros com resignação. – Agora devo pará-lo antes que seja tarde demais.

Ela faz que sim com a cabeça, solene de novo, e não volta para o peixe. Eu me pergunto se a atrapalhei.

Tudo depois disso é mais profissional, já que a retomada da música, mais alta agora, torna impossível mantermos uma conversa casual. Ela se inclina e me fala sobre o xamã, bàbáláwò, que ela encontrou, e que estará nos esperando pela manhã. Minha preferência seria sair imediatamente, mas ela explica que as coisas não funcionam assim. Eu solicito um ponto de encontro, e ela insiste que virá me buscar. Ela também insiste em me acompanhar de volta ao hotel.

– Estas ruas não são seguras para um recém-chegado como você transitar sozinho neste momento, e em seu estado atual... – Ela deixa a frase no ar.

Uma resposta surge em meu peito. "Eu sou o Pantera Negra", quero dizer. "Eu sou um rei e protetor. Eu sou capaz de cuidar de mim." Mas eu empurro tudo para baixo.

"Deixe de lado esse peso sobre seus ombros", meu pai me dissera. Talvez esta tenha sido uma dessas vezes.

– Bem, esta é a sua cidade – digo. – Vá na frente.

• • • •

O táxi que Àbíké e eu pegamos no dia seguinte foi a coisa mais ziguezagueante que já presenciei na vida. Já visitei várias cidades no continente antes, especialmente porque nenhum diplomata tem permissão para entrar em Wakanda, então tenho que encontrá-los em seus países. Frequentemente, eu sigo em um comboio, e os caminhos à nossa frente são liberados por policiais ou uma escolta de batedores. Mas, pela primeira vez, estou em uma cidade estrangeira em uma operação não furtiva, movendo-me como uma das formigas de seu próprio povo, e nada me prepara para a loucura que é Lagos em uma manhã de dia de semana.

Eu entendi que a maioria das cidades no continente é diferente de Birnin Zana, nenhuma cidade no mundo é igual, de qualquer forma. Eu sempre entendi que elas são casuais e ferozes, com alguns refúgios de decoro, mas todas sustentadas por uma implacabilidade que colocaria qualquer pessoa no limite. Lagos, no entanto, acho que tem outro tipo de ferocidade. Apesar de ser muito cedo, todos os motoristas, incluindo o nosso, já estão em modo de ataque. Eles assobiam, amaldiçoam, menosprezam, intimidam. Nosso motorista se apoia na buzina e enfia o corpo para fora da janela para gritar, chamando alguém de idiota e mandando que se mexa. O outro motorista responde pressionando a própria buzina e fazendo um gesto rude. E enquanto tudo isso acontece, vários carros giram em torno de ambos, apenas para entrar no engarrafamento crescente alguns metros à frente. Este cenário se repete em cada cruzamento com um semáforo entre o meu hotel e o nosso destino, um lugar que Àbíké se refere como Milha 2.

Ao andar por essas ruas, penso na grande diferença da infraestrutura de transporte movida a vibranium de Birnin Zana e me pergunto como ela poderia ser útil aqui. Toda essa energia em exibição poderia ser melhor aproveitada se todos não estivessem tão envolvidos em uma corrida pela sobrevivência, em que aqueles que piscam por muito tempo são relegados para segundo plano. Mas as preocupações habituais reaparecem: e se alguém com os motivos errados obtiver essa tecnologia? Ao longo dos anos, lutei contra pessoas que tentavam manipular o vibranium para seus próprios fins egoístas. Não há garantia de que alguém assim não exista entre aqueles exatamente como eu. No mínimo, há uma probabilidade maior de que eu possa ser enganado por parentesco.

– Preocupado com alguma coisa? – pergunta Àbíké, uma sobrancelha levantada.

Hoje, assim como no dia anterior, ela está vestida com roupa de trabalho e um casaco.

– Não estou preocupado, apenas pensando – digo. – Olhe para toda essa agitação. Não seria ótimo aproveitá-la para o uso correto? Apenas o apoio e os avanços tecnológicos corretos, e imagine o que Lagos poderia se tornar. – Eu olho para ela. – Okoye já lhe contou como é a Cidade Dourada?

– Em partes, mas ouvi o suficiente para imaginar – diz ela. – Lagos não é Birnin Zana, no entanto. Nem pode ser, independentemente da tecnologia.

Acho esse um ponto interessante.

– Como assim?

Ela inclina a cabeça.

– Temos uma história que vocês não têm. Veja, por exemplo, como eu o levo a alguém que o conectará aos deuses de seu próprio povo, mas o fazemos às escondidas. Somos um povo que o seu nunca teve que ser; nós nos agarramos a crenças repletas de mentiras e transmitidas a nós por estranhos, de uma maneira que você nunca precisou fazer. Moldamos ficções para tornar essas crenças confortáveis e brigamos entre nós para saber quem tem a melhor interpretação delas. Isso não é exclusivo nosso, mas é um lembrete de que nossos problemas não são problemas tecnológicos. São problemas pessoais, de nosso próprio ser, distorcidos e agora irreconhecíveis. – Ela inclina a cabeça. – Talvez, como a sua doença, seja nosso próprio corpo lutando contra si mesmo. E lutamos com isso, porque estamos sempre tentando recuperar o atraso, somos insignificantes, porque muito foi arrancado de nós. Isso é algo que nenhuma tecnologia pode consertar.

Fico remoendo sobre o assunto por um momento.

– Você não acha que algum tipo de modernização, tecnológica ou de outra forma, poderia pelo menos ajudar a começar essa jornada?

– Talvez – diz ela. – Mas eu acho que é uma jornada que devemos estar prontos para empreender nós mesmos. Devemos desejar isso antes de aceitar qualquer ajuda. Caso contrário, é apenas mais uma imposição de algo para o qual não estamos preparados. – Ela me olha. – E embora possa vir de uma nação irmã, se essa nação irmã não passou pelo mesmo sofrimento e pelas mesmas opressões que nós, qual é a diferença entre você e nossos opressores do passado ou do presente?

– Eu não estaria forçando nada goela abaixo se simplesmente oferecesse, não é?

– Você não precisaria. – Há um tom forte e agudo em sua fala, indicando que ela já refletiu sobre isso por um tempo. – Você, mais do que ninguém, deve saber que algo oferecido por uma mão que tem poder, não importa a intenção, traz o perigo da compulsão? É da natureza do poder impelir, mesmo que inadvertidamente. É por isso que, por mais ingrato que pareça, oferecer o que não é pedido nem sempre é a escolha certa.

Atravessamos a ponte sobre a lagoa que separa as ilhas da cidade de seu continente. Olhando para a água verde-acinzentada, me pergunto se esse é o mesmo motivo pelo qual Bàbálúayé, que certa vez ajudou minha mãe quando ela pediu, não estendeu a mão quando ela estava morrendo. Ou agora, quando eu mesmo poderia muito bem estar no mesmo caminho. Talvez pedir ajuda tenha muito mais poder do que penso.

• • • •

Chegamos à Milha 2 e à casa de ardósia depois de três horas, a maior parte do tempo presos em engarrafamentos aparentemente causados por nada além de ebulição. O bangalô diante de nós teve partes reformadas várias vezes, uma moldura antiga com remendos de um novo invólucro. As partes frontais do telhado baixo são de zinco mais novo do que os demais, e os pilares de alvenaria foram pintados recentemente, contrastando com o branco que antes era das laterais. Elegância antiga tentando permanecer relevante. Uma jovem balança um bebê, sentada em uma cadeira de plástico ao lado. Àbíké a cumprimenta em ioruba e pergunta sobre alguém. Elas conversam por um tempo, e a mulher grita o nome de alguém, antes de nos dar uma última olhada e retornar à sua brincadeira com o bebê. Eu pergunto à Àbíké sobre as vibrações de vida comunal que estou captando. Ela ressalta que é uma casa compartilhada, muitos apartamentos de um quarto espremidos e alugados por estranhos que são forçados a dividir tudo, incluindo os banheiros, e a se tornarem mais próximos de ser uma família do que gostariam. Isso faz sentido, porque o que eu realmente sinto é simplesmente o desempenho da comunidade, já que qualquer afeto familiar ou de vizinhança está notavelmente ausente.

Um homem sai pela porta da frente sem camisa. Ele tem uma expressão profunda e abatida que imediatamente se transforma em um sorriso radiante e sincero assim que vê Àbíké, e principalmente quando me vê.

– Àbíké-Àbíké – ele brada, enquanto me olha, fixando-se um pouco sobre o meu colar.

Ah, o meu colar! A única parte da minha identidade Wakanda que esqueci completamente de tirar antes de vir a esta viagem. Eu o enfio pela camisa para escondê-lo.

– Então, este é o *oga*, hein? – Ele estende a mão. – Bem-vindo, senhor.

Eu o cumprimentei, dando-lhe a minha própria avaliação, lembrando o que Shuri disse sobre eu ser brilhante. Mãos fortes, bíceps arredondados, um pouco de barriga. Definitivamente um trabalhador em uma ocupação que exige força física. Homem de família, se eu tivesse que adivinhar. Ele tem uma leve robustez típica de homens que comem bem, o que para um homem africano provavelmente significa que ele nunca tem que cozinhar a própria comida. Além disso, a julgar pela forma como pisca para Àbíké, eu tenho quase certeza de que é um homem de família.

– Vou vestir uma camisa e podemos ir – diz ele, desaparecendo dentro da casa.

Eu conduzo Àbíké para um lado.

– Estamos sendo enganados? – pergunto.

– O que você quer dizer?

– Aquele homem – digo – não é um bàbáláwò. Pelo menos, não pela pesquisa que fiz sobre o que esperar deles e os sinais a serem observados.

– Sinais? – zomba ela. – De que tipo?

– Não sei. Eles não deveriam ser, tipo, sacerdotes?

– Talvez você esteja assistindo a muitos filmes antigos – diz ela.

– Mas não, este é Rahim, e não nosso bàbáláwò. Rahim é um intermediário.

Eu arregalo os olhos.

– Desculpe, como assim?

– Okoye não contou a você? – pergunta ela. – Não é possível apenas ir ao encontro de um bàbáláwò aqui. Alguém precisa conectar você com um. Isso é o que pessoas como Rahim fazem, elas conectam coisas que prefeririam não estar... conectadas. A prática não é particularmente tolerada, como pode perceber.

Meu alarme interno começa a disparar. Eu já estava cético sobre trabalhar com dois estranhos. Um terceiro é mais estranho do que posso aguentar. Este seria um bom momento para entrar em contato com Shuri e consultá-la, mas há o pequeno problema de ser localizado no traje, e usar o traje é a única maneira de manter contato indetectável de longo alcance com Wakanda. Eu poderia arriscar, mas e se eu tiver um de meus surtos e durar o suficiente para que eu seja localizado?

Eu cerro os dentes. Não há boas escolhas a serem feitas.

– Como sabem que ele é legítimo? – pergunto.

– Não sabemos – ela diz, quase imperturbável. – Assim, nós iluminamos nossos olhos. – Ela estala a língua. – Bem-vindo a Lagos, Vossa Alteza.

Rahim retorna, cantarolando uma melodia. Ele grita instruções sobre para onde está indo a alguma pessoa fora do nosso campo de visão que não responde, e então iniciamos nosso caminho.

Desta vez, cada um toma um *okada*, um mototáxi comum na Nigéria, para o nosso próximo destino, a apenas alguns minutos de distância. Meu piloto é um adolescente que maneja a motocicleta como uma aeronave, ziguezagueando entre os veículos e o tráfego humano e equilibrando-a nas calçadas. Sou atingido pelo vento quando nós três nos reunimos no que acredito ser a casa do bàbáláwò. O guarda do portão nos deixa entrar quando avista Rahim.

Surpreendentemente, é uma casa muito bonita. Telhas da varanda polidas e limpas, portas claramente à prova de balas, importadas, se eu tivesse que adivinhar, e uma pequena cerca viva. Há uma criança nos observando pela porta de tela, que logo se junta a um homem baixinho que sorri ao nos ver, da mesma forma que Rahim fez. Ele nos cumprimenta, diz que posso chamá-lo de Aláfiá Orìṣà Ilé Ifà e nos conduz por uma porta dos fundos a uma parte separada da casa que, percebo assim que entro, cheira a mofo.

É um pequeno escritório com mesa e cadeira. Em uma parede há comentários de clientes, impressos em várias listagens on-line, como o *Yelp* e *Amazon*, todos reunidos em torno de uma foto emoldurada dele que diz: *Aláfiá Orìṣà Ilé Ifà Limitada: orientação, elevação, reverência ao ancestral, leituras físicas/espirituais, limpeza e cura!* A sala adjacente, na qual entramos imediatamente, é claramente uma sala de adivinhação e tem todos os acessórios que aprendi ao ler sobre adivinhos: bandejas sagradas, palmeira sagrada e nozes-de-cola, corrente sagrada, pó e um monte de versos de encantamento escritos em iorubá na parede.

Ele nos indica algumas cadeiras de plástico, e nós nos sentamos.

– Rahim me disse tudo o que você quer. – Ele mantém uma expressão calma e firme. – Você deseja se comunicar com Bàbálúayé. Eu não pergunto aos meus clientes por que eles precisam, contanto que possam pagar. Você foi informado do valor?

Àbíké conclui a conversa com ele em ioruba, e ele diz uma sequência de números para ela, os dados bancários, e ela faz o pagamento conforme as instruções de Okoye ou Shuri, não tenho certeza, só sei que isso tinha sido combinado. Eu assisto a tudo com interesse.

Enquanto isso acontece, o surto seguinte me atinge de surpresa.

Eu sei que é pior desta vez antes mesmo de desmoronar no chão. Os joelhos se tornam inúteis imediatamente, as costelas parecem prestes a trincar com a contração. A cabeça lateja tanto que faço força para manter os olhos abertos. Os três se reúnem, fazendo perguntas que não ouço. Eles me levantam, e eu tenho a sensação de estar sendo carregado, mas não por suas mãos. Uma dor aguda percorre meu peito quando eles me colocam no que parece ser uma banheira e, em seguida, derramam água sobre mim. Agora parece que há algo rastejando dentro de mim, devorando-me por dentro.

Alguém... o Aláfiá... abre minha camisa e esfrega algo como um pó no meu peito. Nesse ponto, eu sinto que estou perto de ter uma convulsão, a visão lentamente turvando, e não posso dizer se meu corpo está estremecendo ou não. Ele abre meus lábios e derrama algo entre eles. O cheiro pungente de álcool, misturado a alguma coisa amarga e algo mais, desce pela minha garganta, mas esse é o menor dos meus problemas, pois estou tentando combater o calor repentino do corpo, fogo sob a pele como uma febre acelerando.

Então, de repente, tudo se acalmou de uma vez. Exceto que ainda me sinto enfraquecendo, o controle e a sensibilidade deixando minhas mãos. A falta de peso me domina, minha visão vai ficando mais turva. Eu posso ver todos os três vultos, mas eles estão trêmulos agora. "Que bebida forte", eu penso. O que tem nessa...

Uma das três figuras atinge a pessoa do meio, Àbíké, e ela cai no chão. "Ah, que m..."

• • • •

Não há nada além de uma incerteza obscura diante de mim. Eu sou uma bola flutuante de consciência. Embora eu possa ver os eventos na sala de adivinhação, é uma tela muito, muito, muito longe para eu conseguir distinguir qualquer coisa além de um movimento difuso. Tudo ao meu redor está como tinta preta e eu estou nadando nela. Não é muito diferente da fase transitória que frequentemente encontro quando o xamã chefe ajuda a me enviar para Djalia. Mas isso não me impede de entrar em pânico.

A única coisa que consigo pensar é que estou condenado.

Se eu sobreviver a isso, o que direi ao meu povo, que confia em mim? Que na única vez que a força e os poderes de seu protetor foram reduzidos para abrir caminho para a cura, eu sucumbi aos caminhos do mundo além? Nem mesmo para um elemento físico, mas para um simples golpe!

"É isso que eu ganho com o contato?", eu pergunto para o meu pai, mas, na verdade, para o nada. É claramente por isso que Wakanda permanece escondido, porque não podemos nos dar ao luxo de nos mostrar ou nos abrir para o mundo. Apesar de sabermos o quão poderosos somos, sempre estaríamos preocupados, e com razão, que qualquer torção em nossa armadura, qualquer pequena demonstração de nossa humanidade, seria interpretada como fraqueza e explorada. Se o rei e o Pantera Negra não podem sobreviver no mundo exterior sem seus poderes, como os wakandanos podem confiar mais no mundo?

"Abra-se", a voz do meu pai ecoa na minha cabeça. "Confie."

Então, fecho os olhos e confio.

• • • •

O processo de conexão espiritual é o mesmo, independentemente de onde ou com quem a pessoa esteja se conectando: seja Djalia, Bast ou, como logo descobrirei, Bàbálúayé. Primeiro vem o mergulho, a sensação de afogamento, mas apenas por um breve momento. Em seguida, vem a pergunta: criar na mente uma imagem muito clara daquele com quem desejo me conectar ou conversar. Não tenho nenhuma imagem de Bàbálúayé, então, em vez disso, penso em minha mãe, como sempre a imaginei a partir das fotos que me mostraram e das histórias que me contaram. Sua graça, sua paciência, sua ferocidade, seu sorriso. Tudo isso traz uma forte sensação de presença na qual posso me agarrar.

E a terceira e última: acordar.

Abro os olhos e ela está lá: minha mãe, N'Yami. Diante de mim, no que parece ser Djalia, mas diferente. Este parece não ser um Grande Veld separado, mas um de minha própria imaginação, criado por mim mesmo. Parece que abri uma conexão que antes não existia e que se revela diante de mim em tempo real. Olho para mim mesmo: mãos, pés, corpo: "Eu criei isto".

Eu sei que é ela, embora ela pareça totalmente diferente do que eu imaginei, mais viva do que eu poderia imaginar.

Ela acena para mim, sorri, os olhos apertados e brilhantes.

– Muito bem – diz ela, e tudo fica em branco.

• • • •

Quando abro os olhos novamente, estou diante de um deus.

Bàbálúayé existe como um brilho, aquele que nunca fica em uma forma reconhecível por tempo suficiente para que eu retenha uma imagem duradoura. Primeiro, ele é uma mulher, alta, grande e forte; depois um homem, alto, grande e forte; depois ambos, depois nenhum. Em seguida, a cabeça de um cachorro no corpo de um espírito feito de fumaça e pó de giz; depois, uma árvore que fala, mas apenas através do tamborilar da chuva em suas folhas; em seguida, uma enfermidade, uma coleção de feridas no corpo e doenças acumuladas por um período mais longo do que meu cérebro pode imaginar. Finalmente, como uma formação de insetos de todos os tipos: moscas, mosquitos e abelhas, que falam apenas por meio de seu zumbido.

Mas qualquer que seja a forma que o deus assuma, ele fala. E qualquer maneira de falar que ele empregue, eu entendo, mas não sou capaz de repetir.

Demora muito ou pouco tempo, não sei, o tempo é impossível aqui. Mas logo sei que tenho todas as informações de que preciso para curar o que me aflige: uma receita específica e exata. Eu sei que preciso de uma única erva, uma que não cresce em Wakanda, mas sim nesta cidade, e, ao que parece, poderia até pegá-la no mesmo centro de conservação onde o caça Talon está estacionado.

Obrigado, eu digo para o vazio, mas o deus já se foi.

• • • •

Acordo pela terceira vez, molhado e furioso.

Os dois homens na sala de adivinhação estão de costas para mim, falando em voz baixa. Tento não virar a cabeça muito rapidamente, para que a água ao meu redor não me denuncie, apenas para poder olhar para duas coisas. Primeira: Àbíké, ainda no chão, mas aparentemente viva e respirando, Bast seja louvada. Segunda: sobre minha clavícula, o colar.

Nada.

Eles o reconheceram. Agora sabem que sou de Wakanda. Provavelmente já sabem que eu sou o rei. Bast sabe o que eles planejaram a seguir.

Eu saio da água como um tsunami injustiçado, movendo-me o mais rápido que posso, de modo que não haverá tempo para os dois homens responderem. Meu corpo de repente parece mais fresco, mais acordado, mais *conectado*.

Eles viram a cabeça na minha direção, mas não a tempo de evitar.

Eu não bato neles com muita força. Estou bem ciente de que, mesmo sem o traje, e mesmo com os poderes esgotados devido à doença, ainda sou mais forte do que a maioria dos homens. Então, basta uma sequência de golpes apenas com os punhos e as palmas das mãos abertas. Peito, ombro, pernas, sem golpes na cabeça. Eles caem facilmente.

O Aláfiá tenta atirar algo em mim, mas logo consigo chutar a mão dele. Pó de giz se espalha pelo chão. Em sua outra mão está o colar. Eu pego.

– Você não sabia o que era isso – digo, mostrando aos dois homens –, mas estava disposto a nos roubar. – Eu agito o colar que está na minha mão. – Talvez porque acredite que tem alguma aparência de poder, mais do que nós. Talvez porque pense que buscar ajuda aqui significa que somos fracos. – Eu desativara a tecnologia de camuflagem do traje, manifestando-o novamente na roupa do corpo. – Mas você não conhece o poder, e talvez eu deva mostrar o que é isso.

O traje se espalha pelo meu peito, mãos, pernas, rosto. Eu estou lá: ainda não estou cem por cento, mas ainda rei, ainda protetor, ainda poderoso. Ainda o Pantera Negra, independentemente de quais fraquezas eu perceba em mim.

– Agora, vou pegar minha amiga e vou embora – digo. – Se você ousar falar uma palavra sobre isso para alguém, sei onde encontrá-lo. – A máscara do traje faz minhas proclamações virem mais fortes do que pretendo. Eu posso vê-los recuar. – E se ela não acordar, por Bast, eu sei quem mandar atrás de você. – Eu me inclino. – Você pensa, por sua conexão com o poder, que pode enganar pessoas inocentes. Garanto a você que meus ancestrais, meu povo, eu... o que quer que você tenha, nós o temos muito, muito mais forte.

• • • •

Àbíké só acorda quando eu a puxo para fora do veículo e para a calçada.
– Ai – ela diz, esfregando a testa. – Onde estamos?
– De volta a Lekki – eu digo, acima do som do motorista assustado se afastando.
Ela mexe os dedos.
– O que aconteceu lá?
– Nós confiamos.
– E?
– E... acabou tudo bem.
– Conseguimos o que viemos buscar?
Eu penso por um segundo.
– Sim.
Ela se levanta devagar, balança a cabeça.
– Eu estou tonta.
– Posso conseguir outro veículo para você.
– Não, está tudo bem, eu mesmo pego um. Ela endireita a jaqueta, me olhando da cabeça aos pés.
– Eu sinto que tive uma visão de você no traje do Pantera Negra lá.
– Talvez não tenha sido uma visão.
Ela me examina e então se dá conta. Ela estende a mão, hesitante, e toca minhas roupas agora normais.
– É o...
– Sim.
– Eu sempre me perguntei como seria, vestido.

Eu dou um sorriso irônico.

– Isso é uma demonstração de poder. E uma mulher sábia uma vez me disse que o poder não se impõe aos amigos.

Ela ri.

– Muito bom. Acho que, um dia, acabarei vendo. – Ela se curva ligeiramente. – Vossa Alteza.

Então ela atravessa a rua e vai embora.

O caminho de volta ao longo do calçadão é tão livre de acidentes quanto da primeira vez. O macaco não está mais empoleirado ali. Os grilos me dão as boas-vindas enquanto procuro a localização do caça Talon e o encontro com facilidade. Assim que o aciono, Shuri entra em contato.

– *Tudo pronto?* – ela pergunta pelo comunicador. – *Como foi?*

– Melhor do que eu esperava – digo, engatando os propulsores e levantando o Talon por entre as árvores. – Tenho uma receita que, mesmo sem experimentar ainda, já sei que vai funcionar.

– *Como assim?*

– Porque – digo, ocultando a aeronave enquanto vou para o espaço aéreo da cidade – ela vem de um lugar em que posso confiar.

– *Hã...* – diz Shuri. – *Não sei o que isso significa, mas é melhor que seja bom.*

– Ah, é melhor do que bom. – Eu coloco o avião no piloto automático, relaxando em meu assento. – É o melhor que já fui ou serei.

ZOYA, A DESERTORA
TEMI OH

— ESSE LUGAR NÃO EXISTE — DIZEM A ELA.

Primeiro os policiais, depois os médicos e os funcionários da imigração, a quem eles encaminham o caso.

Zoya acorda em um hospital em outro mundo. A névoa sobe do rio de lama bem do lado de fora de sua janela. Uma cidade velha sobre a qual ela só leu em livros, aquelas torres e campanários góticos, aqueles prédios altos brilhando como dentes de tubarão. "Como esse lugar pode ser real?", ela quer dizer.

— Londres.

— Isso mesmo — diz o psiquiatra. Um homem de meia-idade com um rosto gentil. — E você sabe em que ano estamos? — Ela abre a boca, contando para trás quantos anos se passaram desde que o rei T'Chaka assumiu o trono. — Quem é o atual primeiro-ministro? — Ela morde o lábio, sua mente está em branco. — E o presidente dos EUA?

O arrependimento azeda em suas entranhas. Ela nunca deveria ter partido. Um pensamento que lhe ocorreu no momento em que o avião decolou, e os contrabandistas que ela pagou para ajudá-la a escapar gritaram: "Segure firme", da cabine. Ela se preparou enquanto eles voavam em um trecho turbulento e observavam as montanhas e os cursos d'água acidentados de sua terra natal escurecerem.

Como eles vão chamá-la agora? Zoya, a abdicadora? A desertora.

— Sabe o que aconteceu? — pergunta ele.

— Um acidente de avião. — Ela se lembra. — Só eu sobrevivi.

— Isso mesmo — Ele aperta os olhos para ler o documento em uma prancheta à sua frente. — E você diz que é de um lugar que não existe.

— Wakanda — diz ela.

E ele balança a cabeça lentamente, com um olhar de compaixão nos olhos.

— Tem certeza? É conhecida por outro nome?

"Lar", pensa ela, mas não diz nada.

— Você está aqui para pedir asilo? — pergunta o homem, e ela se vira para ele em confusão.

— De quê?

Não há nada além de Wakanda, sua mãe lhe dissera, querendo com isso dizer que não há lugar melhor do que Wakanda. Zoya se amaldiçoa agora, por insistir que ela tinha que ver por si mesma.

– Existe alguma maneira – pergunta ela – de você me ajudar a voltar?

Ele parece triste e diz baixinho:

– Certamente podemos tentar ajudá-la a... melhorar.

• • • •

Ela havia partido no meio da noite. Desceu a escada de incêndio do prédio alto de sua mãe, tomando cuidado para não acender as luzes, sem levar quase nada com ela. Uma frágil mochila de cânhamo, os bolsos internos cheios de dinheiro para entregar aos contrabandistas.

A última visão de seu quarto foi iluminada pela lua e dolorosa. Pôsteres descascando como folhas nas bordas, cortinas desbotadas pelo sol e, entre elas, aquela vista familiar de uma cidade em movimento. Aqueles entalhes no batente da porta que marcaram quase duas décadas de crescimento. Sua pulseira kimoyo, que ela havia deixado na mesa de cabeceira com uma carta para a mãe. Seu pulso parecia nu sem ela.

Eles tratam a vontade de viajar como uma doença em Wakanda. Isso deixa quase todo mundo perplexo. Os países na fronteira são mencionados com um gesto de mão desdenhoso. O Reino Unido, a Europa e os EUA, com calafrios.

– Você sabe como é lá fora? – os professores e mestres diziam.

Pestilência e pragas, guerra... e pior, história. A história não foi gentil com pessoas como nós, ela havia aprendido. E lá fora, nações inteiras vivem e morrem presas por seus pesados grilhões. Colonialismo, guerra, escravidão. Apenas nós fomos salvos. Apenas nós fomos criados.

Mas um desejo secreto de partir começou a se apoderar dela. Zoya passava tardes lânguidas nos corredores dourados da grande biblioteca, debruçada sobre mapas, pinturas e histórias estrangeiras. E se ela envelhecesse e morresse e nunca afundasse as solas na areia branca das praias de Lampedusa? Ela nunca veria a luz de Buda nas montanhas Huangshan? O Salão de Apolo em Versalhes? Ou a caverna de cristais em Naica? Ou os templos silenciosos construídos nas colinas cobertas de musgo de Nikko?

Seu desejo só ficou mais agudo depois que seu amigo e amante, Tawanda – um belo dissidente da tribo Jabari, desapareceu. Sua mãe, que nunca havia aprovado o namoro, esperava que o desaparecimento dele a tirasse de seu descontentamento, mas, na verdade, foi o contrário.

Mais um ano de escola e dias de festa, mais um ano de amigos dos quais ela se distanciara, constrangimento silencioso e aquela inquietação fria e terrível. No fim de tudo isso, um plano se cristalizou em sua mente.

Depois que ela decidiu fazer isso, os eventos progrediram rapidamente. Foi mais fácil do que ela pensava conseguir dinheiro suficiente para subornar os contrabandistas e, assim que ela conseguiu, marcaram com ela:

– Amanhã à noite.

O que a deixou quase sem tempo para embalar as poucas coisas que valia a pena levar, para escrever aquela carta, para se despedir.

Ela poderia ter dito aquilo em voz alta se não tivesse medo de acordar a mãe.

Zoya fechou a porta do quarto com cuidado e saiu para o corredor do apartamento. Quantas vezes ela emergiu por aquela porta com o cheiro da comida da mãe, ou as tias cantando, ou a priminha correndo pelo corredor com um trem de brinquedo. Zoya afastou as memórias como escamas. Sem tempo para nostalgia.

Ela precisaria de um casaco? Os livros que ela lera avisavam que fazia frio na Europa nessa época do ano. Tudo o que ela tinha era um cardigã de lã, que normalmente era quente demais para o clima ameno de Wakanda. Mas ela o agarrou mesmo assim, e no momento em que pôs o pé na soleira, o som de uma respiração atrás dela a deixou perplexa.

– Mãe! – O contorno de sua figura alta, o brilho da lua em seu pijama de seda e nas maçãs do rosto. – Você está chorando?

– Você está indo embora – disse a mãe.

Tarde demais para Zoya mentir.

– Eu estou...

– Você precisa ver com os próprios olhos.

– Sim.

– E você também espera encontrá-lo.

Zoya não respondeu.

– Eles podem não deixar você voltar – disse a mãe. – Na fronteira. Se souberem que você saiu com um contrabandista, eles podem...

– Chamar-me de desertora, e vou ser exilada para sempre.

Houve um silêncio pesado entre elas por um momento, até que finalmente a mãe disse:

– Espere.

Ela entrou em seu quarto. Zoya ouvia o barulho que ela fazia vasculhando a gaveta da cômoda. Ela voltou no instante seguinte com algo na mão. Um colar com um medalhão de pantera que Zoya mal conseguia ver na penumbra.

– Uma joia?

– Sua avó levava com ela sempre que viajava. – Ela o pressiona na mão de Zoya e beija seus dedos. – Para lembrar de casa.

– Obrigada...

– Não me agradeça. Você vai ver – a mãe disse, voltando para o corredor, com uma resolução dura como ferro na voz. – Você vai ver que não há mais nada.

• • • •

– Eu acredito.

O nome da enfermeira é Keesha. Ela tem uma beleza típica, corpo pequeno e pele cor de terra clara. Seus cabelos recém-nascidos como penugem estão cobertos de gel, como uma tiara emoldurando o rosto.

Zoya está no hospital há quase uma semana e eles estão pensando em encaminhá-la para cuidados psiquiátricos de longo prazo assim que os oficiais da imigração voltarem com uma atualização sobre seu caso. Zoya Ninguém de Lugar Nenhum, é como a chamam agora.

Eles dizem que nunca ouviram falar de Wakanda, e aquela certeza está começando a abalar o próprio senso de realidade de Zoya. Certa manhã, ela pergunta a uma das enfermeiras se poderia pegar as roupas que estava usando quando a trouxeram para o hospital e, quando a mulher informa a Zoya que todas as suas roupas estavam perdidas, ela finalmente começa a chorar desolada. Se eles conseguissem encontrar seus sapatos, então pelo menos ela poderia correr os dedos ao longo das solas, soltar a poeira cor de ferrugem e ter algo de sua casa.

– Eu vi quando você mostrou ao médico que...

A enfermeira olha para o decote do camisolão de hospital de Zoya.

– Meu colar – diz Zoya, estendendo a mão para retirá-lo. A prata polida com o rosto gasto da deusa Bast. – Bem – diz ela enquanto o colar brilha sob a luz fluorescente do hospital –, aparentemente era da minha mãe. E da mãe da minha mãe.

– Isso é...? – Os olhos da enfermeira se arregalam com alegria apenas parcialmente suprimida.

– Vibranium – diz Zoya.

– Posso ver?

Zoya entrega o colar com alguma relutância. Keesha o examina cuidadosamente, maravilhada com ele. Ela dá umas batidinhas nele com a unha de acrílico e sente a vibração em resposta.

– É verdade... – ela diz em um sussurro reverente.

Ela se inclina para Zoya como se pudesse encontrar a Cidade Dourada por trás de seus olhos.

– É assim que eles dizem que é? Wakanda? Uma utopia, quase? As pessoas vivem muitos anos, não morrem de câncer? Sem guerra? Sem história?

– Uma história diferente.

– É o que eu quero dizer. – Ela agora tem lágrimas nos olhos e Zoya fica confusa.

– Sinto Muito. – As lágrimas tocam os longos cílios postiços, borrando o rímel. – Eu só... eu queria tanto que fosse verdade.

• • • •

Tawanda havia dito a ela certa noite que não acreditava em absolutamente nada. Uma blasfêmia de girar a cabeça. Não a deusa pantera Bast ou Kokou, o deus da guerra. Ele não rezava para Mujaji, o deus da fome nos dias de festa. Thoth ou Ptah, o Formador, Sekmet ou mesmo Sobek. Ele não havia jurado lealdade ao lendário Gorila Branco de quem M'Baku, tio de Tawanda, disse ter comido a carne.

– No que você acredita? – perguntou ela.

– Em nada – disse ele, encolhendo os ombros. – Eu só quero que algumas coisas aconteçam.

– Como o quê?

– Ficar livre deste lugar. Ficar livre de cerimônias e tensões tribais. Eles nos dizem que o mundo lá fora está acorrentado pela história, mas eu estou acorrentado por ela aqui. Nossa tribo é rejeitada. Essa fronteira...

Ele desviou os olhos.

– Não se trata apenas de manter as pessoas do lado de fora. É sobre nos manter do lado de dentro. E não é a única forma como eles agem. Quase nunca nos deixam ver mapas do mundo inteiro, filmes ou ouvir música de fora. Eles querem nos trancar, trancar até mesmo nossos desejos dentro de nós.

Suas palavras fizeram Zoya estremecer. E eles ficaram sob as estrelas por um longo tempo.

– Eu acredito em algo – disse ela finalmente.

– Hã?

– Eu acredito em você. Acredito que você pode conseguir tudo o que seu coração desejar. Eu acredito que te amo.

– Eu também te amo – disse ele, e a beijou.

Ele era músico. Tinha vivido nas montanhas com o restante de sua tribo, vindo a Birnin Zana ocasionalmente para eventos, concertos e festivais. Eles se encontravam em um curto espaço de tempo entre um ou outro, e no meio, apenas saudade.

Ele era inteligente, cauteloso e bonito. Ele estava cheio da mesma inquietação, e ela o amava com uma espécie de amor desesperado.

Quando ele desapareceu, seu desgosto a deixou mutilada. Ela chorou tão histericamente que um vaso sanguíneo em seu rosto estourou. Zoya mergulhou numa depressão da qual nunca se recuperou devidamente. "E você também espera encontrá-lo", especulou sua mãe. Claro que esperava.

• • • •

Zoya acorda antes do nascer do sol ao som da tão esperada chuva. Torrentes líquidas de laranja, branco e verde refrataram através da janela do quarto andar e sobre os lençóis amarrotados da cama de hospital. A porta se abre e Keesha entra correndo, sem fôlego, olhando por cima do ombro.

– Temos que sair agora!

São 6 da manhã e ela está assustada.

– Calma, mas por quê?

– Temos talvez dois minutos antes que eles cheguem aqui.

– Quem?

– Acabei de chegar e as enfermeiras na sala dos funcionários disseram que alguns policiais estão vindo hoje para levar você a algum tipo de centro de detenção. Eu vi o furgão deles estacionado do lado de fora.

– O que isso significa?

– Não tenho certeza. Mas você provavelmente nunca vai voltar para Wakanda.

A palavra "nunca" aterroriza o coração de Zoya. Em um momento de silêncio, as duas ouviram o ruído abafado de vozes vindo do corredor.

– São eles.

Keesha empurra um carrinho na frente da porta, na esperança de mantê-la fechada.

– Como vamos sair? – pergunta Zoya, jogando as cobertas e pulando da cama.

– Eu tenho um plano. – Keesha tira a mochila, remexe dentro dela e joga para Zoya um moletom preto e um par de tênis.

– Vista isso – diz ela, e então corre para a janela.

Com os dedos trêmulos, ela se atrapalha para encontrar a trava.

– Está trancada! – grita alguém do lado de fora da porta.

Zoya veste as roupas e corre para ajudar. Mas a trava está presa, endurecida por tantos anos de sujeira e tinta congelada.

– Alguém chame a segurança! – diz outra voz do lado de fora, e um alarme começa a soar.

Keesha pragueja baixinho enquanto se esforça para abrir a janela.

– Estamos presas.

– Não.

Zoya fica de pé com um salto e olha em volta do quarto. Quando um estrondo de botas chega do lado de fora do corredor, seus olhos pousam no tanque vermelho de um extintor de incêndio preso à parede. Zoya solta o objeto e se volta para a janela.

Com um arremesso rápido, o vidro explode e o rugido da chuva, o som do tráfego e o apito das sirenes entram como uma cascata.

A porta atrás delas se abre e a polícia irrompe. Keesha salta sobre o peitoril e sobe para o parapeito da janela. Sem tempo para esperar, Zoya rasteja atrás dela, sobre o tijolo e o gesso esfarelado que está coberto de chuva. Tem cerca de dois palmos de largura, fácil de atravessar se ela não cometer o erro de olhar para baixo.

É uma queda nauseante, quatro andares até o canal abaixo. Quando ela olha para ele, a rua se projeta abaixo dela. Se ela cair, certamente morrerá. A náusea invade seu estômago e Zoya tenta lutar respirando fundo.

– Depressa! – soa a voz de Keesha, um metro ou mais à frente.

Ela desliza ao longo da saliência e, em seguida, contorna para a outra parede do edifício.

Zoya sente-se uma equilibrista na corda bamba, os pés à procura de apoio na superfície irregular. A saliência está molhada e, por um momento nauseante, ela pensa que sente o pé escorregar e seu coração dispara de terror. Zoya estende o braço e toca o metal frio de um cano de drenagem, ao qual ela se agarra desesperadamente até recuperar o equilíbrio.

Logo atrás, ela pode ouvir os policiais e seguranças inclinando-se para fora da janela e gritando. Zoya fecha os olhos e se lembra da única vez em que foi à aldeia Jabari. As passagens estreitas se tornaram mortais com o gelo, e sua mão na de Tawanda. Ele lhe dizendo para não olhar para trás, para não olhar para baixo. Com a memória, uma calma se apodera dela e ela reúne coragem suficiente para continuar.

Dois andares abaixo há uma ponte que liga uma janela a outra do hospital. Zoya e Keesha pulam para cima de um de seus suportes, agarraram-se a ele e deslizam como bombeiros para a passarela. A fricção queima as palmas das mãos de Zoya e ela solta um grito de dor quando fica de pé novamente.

– Estão ali! – alguém grita à esquerda delas.

Zoya se vira e encontra uma multidão de policiais se aproximando de cada lado.

– O que a gente faz agora? – pergunta Zoya, e seu coração afunda.

Elas realmente estão presas e todos os seus esforços foram em vão. Keesha olha entre a equipe de segurança do hospital e os policiais com o pânico de uma criatura lutando em uma armadilha. Em seguida, ela olha para o lado da passarela e para o canal de água escura abaixo.

– Vamos pular.

• • • •

Dois andares abaixo, o vento uivando em seus ouvidos e, em seguida, o golpe forte e violento da água. Zoya sabe, desde as férias de verão pulando nas encostas das Cataratas do Guerreiro, que a melhor coisa a fazer é não lutar. Ela se rende primeiro à queda livre e à água gelada enquanto o canal a engole inteira.

É dezembro em Londres, e as temperaturas oscilam em torno de 0°C. O frio queima seus ossos e, quando ela finalmente reaparece, seu peito está quase apertado demais para engasgar.

Caos por toda parte, gritos e sirenes, os faróis dos carros lançados em fragmentos frenéticos na superfície da água. Keesha também está ofegante, tossindo água e tremendo tão violentamente que seus lábios parecem azuis. Mas ela faz sinal para não dizerem nada e, em silêncio, as duas nadam até a margem lamacenta, saem da água e esperam quietas por um longo tempo sob a sombra da ponte.

• • • •

O ar tem um cheiro diferente aqui, de aço, fumaça e gasolina. Elas esperam em silêncio por quase uma hora até estarem com tanto frio que mal conseguem sentir os dedos das mãos e dos pés. O tempo todo, Zoya relembra, perguntando-se quando em sua vida ela realmente sentiu frio. Talvez uma vez, naquela viagem montanha acima para a casa de Tawanda.

Assim que Zoya e Keesha estão a salvo dos oficiais, elas correm pelas ruas encharcadas de chuva e pulam na parte de trás de um daqueles típicos ônibus londrinos em movimento. O tipo que Zoya viu brilhantemente ilustrado em livros infantis ingleses.

– Estou realmente aqui. – Zoya dá uma risada de alívio e agarra a alça amarela do ônibus. – É mesmo Londres.

– Ninguém fala desse jeito – Keesha ri. – Looon-dresss – e ela imita o forte sotaque de Zoya.

– Lóóóón-dres – diz Keesha, e as duas riem.

Como elas ainda estão tremendo, Keesha sugere descerem na Rua Tottenham Court, para comprar suéteres de Natal com desconto na Primark.

Zoya se diverte na loja, rindo de tudo.

– Por que as roupas aqui são tão simples? – Ela pega uma blusa preta. – Eu não usaria essas coisas nem mesmo para um funeral.

Keesha encolhe os ombros.

– É moderno, eu acho.

Elas saem da loja em uma direção diferente da qual entraram, pela Rua Oxford, onde as luzes de Natal estão acesas. Bolas e estrelas enormes, lindos enfeites de luz.

– Eles celebram o Natal lá...? – pergunta Keesha.

Zoya balança a cabeça.

– Não. Nem o outro dia de festa sobre o homem que foi executado e voltou dos mortos.

– A Páscoa – Keesha ri, mas Zoya está distraída.

Ela está deslumbrada com tudo na Rua Oxford. As docerias e lojas de roupas, os outlets bem iluminados com moletons "I Love London" em todos os tamanhos e cores. O arco-íris de gasolina formando riachos amarelos e roxos nas sarjetas. Os ônibus vermelhos e táxis pretos como besouros com anúncios colados. Tudo a surpreende. A agitação do lugar e das pessoas. Ela está mais fascinada pelos carros, o som e o cheiro das feras de metal cujos modelos só viu em escala no museu de tecnologia.

– É verdade que se alimentam de óleo? – pergunta ela, e começa a atravessar a rua.

O som de uma buzina irrompe de um deles. Keesha agarra a mão de Zoya e a puxa para fora do caminho enquanto o motorista desvia para não as atingir.

– Preste atenção! – grita ele.

– Salvei sua vida de novo – diz Keesha. – Não há carros no lugar de onde você vem?

– Temos carros... – diz Zoya, olhando para a calçada. – Mas eles não têm rodas.

– O quê, ninguém inventou isso ainda por lá?

– Não – diz Zoya, encolhendo os ombros. – É que os nossos carros voam.

・・・・

Zoya quer devorar toda a cidade. Ver tudo. Embora Keesha esteja ansiosa para voltar para casa, Zoya a enche de perguntas, sobre tudo. Sobre a escola, sobre sua rainha. Ela quer saber o que seu país compra e vende, se não é vibranium.

Ela quer ir às lojas de departamentos e tocar em tudo. Quer fazer as "coisas turísticas", sentar nas costas dos leões de bronze na base da Coluna de Nelson. Espiar os guardas armados do lado de fora da Rua Downing. Ou ficar maravilhada com os prédios de estuque branco ao longo do Belgravia que parecem bolos gelados. Ela quer cantar todas as músicas sobre a cidade que já ouviu.

– Eu também adoro isso – diz Keesha enquanto elas caminham pelo Theatreland e saem em Chinatown. – Sabe, meu pai era de Gana, era professor universitário lá, especialista em ecologia. Mas veio para o Reino Unido na esperança de construir uma vida melhor para todos nós, e morreu aqui trabalhando como segurança.

– Não parece muito melhor – diz Zoya.

Keesha encolhe os ombros.

– Tudo o que sei é que amo esta cidade. Ela está impregnada em meus ossos como uma doença.

Enquanto caminham por Chinatown, Zoya pensa que pode colher um pouco do que sua amiga ama no lugar. Embora existam muitas tribos diferentes em Wakanda, com as próprias variações de costumes e culinária, não é nada comparado ao feroz caldeirão de culturas que prospera aqui. Zoya diminui o passo enquanto caminham por Chinatown, olhando para as lanternas de papel vermelho penduradas entre os apartamentos com terraço. Na vitrine de cada restaurante há uma centena de coisas que ela nunca viu antes, muito menos provou.

No momento em que entram no Museu Britânico, ela está intoxicada de tanto encantamento. O tipo de alegria que vem ao finalmente tocar em algo que você sempre quis. Ela mal consegue acreditar que está ali, com uma estranha, no meio de uma aventura real.

– As minhas coisas favoritas são as múmias – diz Keesha enquanto se dirigem para o grande pátio do museu – embora nunca me lembre de como chegar até a sala delas.

Esse é um lugar sobre o qual Zoya aprendeu na escola. Embora, estando ali agora, no meio do quadrilátero, seja fácil, diante de sua beleza austera, esquecer o que ela aprendeu. Ainda está chovendo lá fora, e o céu é cinza metálico através do teto de vidro, cuja estrutura de aço forma pequenos triângulos. As vozes dos turistas e das crianças em idade escolar ecoam em um rugido indistinto.

As duas acabam caminhando pelo que parecem horas pelas galerias iluminadas e arejadas que cheiram a poeira. E quando fazem isso, o coração de Zoya luta com aquilo tudo. O museu é um sonho, ela pode ver, uma tentativa de capturar o mundo, catalogar sua história e devolvê-la aqui, perfeitamente polida, para Bloomsbury. Exceto que tudo o que ela aprendeu é que a história é brutal. Que tantos desses tesouros foram pagos com sangue. Ela ouve a voz da mãe em sua cabeça quando chegam às galerias da África, um gosto amargo na boca, e ela tem que se sentar por um momento no banco.

– Meu pai também falava sobre os bronzes o tempo todo – diz Keesha, e as duas encaram as placas primorosamente esculpidas. – Sobre como os oficiais coloniais britânicos os saquearam dos palácios reais de Benin e saquearam a cidade antiga como ladrões.

– Não foi "como" ladrões – diz Zoya. Ela desvia o olhar para o chão de mármore e diz: – Você não acha difícil desfrutar de tudo isso quando se sabe das coisas assim?

Keesha balança a cabeça.

– Obviamente, eu acho que eles deveriam ser mandados de volta. Essas reparações são devidas. Mas também, a história é sangrenta. Implacável.

– Não a nossa – diz Zoya, e os olhos da amiga brilham. – É verdade. Nunca invadimos ninguém. Não massacramos nem executamos povo algum. Não vendemos ninguém como gado em gerações de escravizados.

Keesha se encolhe.

– Isso é verdade, mas quem Wakanda já ajudou a não ser a si mesma?

Zoya está assustada. É um ponto de vista que ela nunca ouvira antes.

– Vocês têm tanta tecnologia, têm a cura para o câncer e, ainda assim, vivem em sua bolha da felicidade enquanto as pessoas de fora passam fome ou sofrem e morrem. Vocês não oferecem nada como ajuda externa, vocês não hospedam imigrantes ou refugiados. Vocês dizem que "a história não tem sido gentil com pessoas como vocês", mas quão gentis vocês têm sido?

• • • •

O sol está se pondo na hora do almoço. Elas se sentam sob as luzes fluorescentes de um McDonald's e Zoya devora um hambúrguer.

– Nunca provei nada parecido. – Ela ri, e toma um longo e delicioso gole do refrigerante. – Tem gosto de xarope.

A essa altura, Keesha se distraiu e se retraiu. Por fim, ela conta à companheira o que está pensando.

– Você deve estar se perguntando por que arrisquei minha vida e meu trabalho para salvá-la.

– Porque você é gentil? – diz Zoya esperançosamente.

– Porque preciso da sua ajuda – diz ela. – Eu preciso entrar em Wakanda de algum jeito.

– Nem para mim tem esse jeito – diz Zoya, com o coração apertado quando volta a considerar a gravidade de sua situação.

Ela é uma fugitiva, uma estrangeira completa naquele lugar estranho.

– Mas você arranja um. – Os olhos de Keesha descem para o peito de Zoya.

– Este? – Ela puxa o medalhão de pantera novamente. – Como isto vai me levar para casa?

Keesha olha por cima do ombro, inclina-se e sussurra:

– Você não sabe o que tem? Faz ideia do que é isso? – Quando Zoya balança a cabeça, ela fica perplexa. – Eu tinha certeza de que você era um membro da família real ou algo assim. Uma princesa, ou parente de uma.

– Não, meu pai era... hã... meio que um diplomata. Nós os chamamos de "Hatut Zeraze", mas ele morreu quando eu era jovem, e minha mãe é professora.

– Bem, talvez um deles conhecesse um membro da família real. Porque isso... – Ela olha o medalhão significativamente. – Este é um símbolo da família real. Um sinal de paz.

Zoya torna a examinar o colar, levanta-o contra a luz e nota, dessa vez, a gravura ao longo da lateral que diz: "Os amigos dos nossos amigos são nossos amigos".

– Paz – diz ela em voz baixa, pensando na maneira urgente com que a mãe pressionara o colar em suas mãos.

– Como você sabe sobre isso?

– Então, eu disse a você que tenho um amigo que sabe sobre Wakanda?

– Eu não sei se você me disse.

– Bem, ok, estou dizendo agora. Eu tenho um amigo. Bem, na verdade... – um rubor surge em sua bochecha – ele é mais do que um amigo. Ele passou a vida descobrindo sobre essas coisas. Ele quer ir. Ele *precisa* ir.

– Mas é impossível – diz Zoya. – A tribo da fronteira vai capturar seu amigo e o mandar para a prisão...

– Não se ele mostrar isto a eles – diz Keesha. – Eles saberão que ele é um amigo. Eles vão lhe dar uma passagem segura para a Cidade Dourada. De que outra forma você acha que os amigos da família real entram e saem de Wakanda sem nenhum problema?

A cabeça de Zoya está girando de repente, com admiração e gratidão a sua mãe, que teve a previdência de dar aquele presente a ela. Uma maneira de voltar para casa.

— Mas por que eu o daria a você?

Os olhos de Zoya se estreitam. Parece fazer sentido agora. Por que essa estranha arriscaria a vida para salvar uma fugitiva que ela conheceu em um hospital? Claro, Keesha quer algo de Zoya. Como ela se sente ingênua por não ter suspeitado disso antes. Zoya não diz nada, muito incomodada com a repentina tensão entre elas. Keesha respira fundo e diz rapidamente.

— Lembra-se do que conversamos no museu? Sobre bondade? Sobre ser uma boa pessoa? Uma mulher nobre? Sobre como a história tem poucas delas? Eu acredito que você seja uma delas. — Ela se inclina para a frente. — Eu acredito que você pode ser. Há alguém que amo que precisa da sua ajuda. Alguém cuja vida depende disso.

• • • •

Keesha mora com a avó e os três irmãos em uma região decadente perto da Rua Edgware. Elas pegam o ônibus para lá e, durante todo o caminho, Keesha conta a Zoya sobre o homem por quem está apaixonada.

Zoya sorri.

— Eu sei como é isso — diz ela. — Como é bom estar apaixonada.

As duas desembarcam em uma rua movimentada que cheira a xixá, como os países da África chamam o narguilé. É um local menos grandioso que o centro de Londres, mas tão cheio quanto. Lojas de tecidos e de telefones, calçadas rachadas e crianças em idade escolar.

Elas entram em uma via de acesso e pegam um elevador que está todo coberto com bolhas sinistras de grafite. Passam por uma passarela descoberta até uma porta de aglomerado e, atrás dela, o barulho e a miséria de seis pessoas morando em um apartamento que foi construído para duas. O som da televisão colide com o baixo pesado que sai de um alto-falante de um dos quartos. Atrás das paredes finas, duas pessoas estão discutindo.

— Cheguei — grita Keesha, relaxando os ombros ao cruzar a soleira da porta.

– Você trouxe uma amiga – A velha no corredor é a avó. Ela está enrolada como um boneco de neve em camadas de poliéster ondulado. – A calefação estragou outra vez.

– Esta é minha... – talvez Keesha fosse dizer a palavra paciente, mas ela se conteve – ...amiga.

– Seja bem-vinda, amiga.

– Bem-vinda – Zoya acena com a cabeça respeitosamente. – Digo, obrigada.

– Como ele está? – pergunta Keesha.

A avó simplesmente balança a cabeça e Keesha parece cabisbaixa com a resposta da velha.

– Qual é o problema? – pergunta Zoya.

– Meu amigo – diz ela, com o choro preso na garganta. – Ele está muito doente.

Enquanto caminham juntas pelo corredor sombreado, Keesha diz:

– Dizem que esperar alguém morrer é como esperar um bebê nascer.

– Quem diz isso? – Zoya pergunta enquanto caminham.

– Talvez apenas eu.

Ele está no quarto dela, magro e manchado de suor. Meio adormecido.

– É pior quando você ama alguém – diz Keesha, caminhando até a cabeceira para pegar sua mão e beijar sua testa. – Eu fico pensando que preferia que fosse comigo.

– Você? – Zoya estremece ao vê-lo, sentindo como se o chão fosse sair debaixo dela.

O quarto inteiro conta a história da vida que eles vivem juntos. Caixas de comida amassadas, manchas de curry cor de açafrão, a borda recortada de uma embalagem de preservativo. O cheiro de odor corporal e enjoo. Ela memorizou o rosto do homem na cama. Beijou cada parte dele. Pele como madeira de nogueira. Dreadlocks. Traços marcantes, adoráveis.

– Zoya? – diz ele, nem um pouco surpreso.

– Tawanda?

· · · ·

Eles viajaram para a floresta da fronteira juntos uma vez, ela e Tawanda, e passaram uma noite juntos dormindo em uma tenda sob as estrelas. A própria floresta estava exuberante com tanta vida. Árvores cujos nomes ela aprendera no jardim de infância; o *Diospyros whyteana* e o *Podocarpus latifolius*, o *Rhus pendulina* e o *Ilex mitis* com suas flores perfumadas e frutas vermelhas brilhantes. O som dos pássaros e o cheiro da névoa subindo da folhagem. O solo negro como óleo cru e raios brilhantes do sol atravessando a copa verdejante.

– Acho que da última vez que vim aqui – disse Zoya – eu era criança.

– Aquele passeio da escola – Tawanda sorriu. – Acho que é obrigatório para todos.

– "Para que serve a nossa fronteira?" – Zoya cita a professora.

– Alguém sempre responde "para deixar os outros de fora?".

– Sim, e os professores dizem...

– "Para preservar o que está dentro" – eles dizem juntos.

Naquela noite, de repente ocorreu a Zoya como ela estava feliz com ele. E ela foi tomada por uma estranha espécie de nostalgia, pelo seu momento presente. Um desejo de preservá-lo para sempre, uma terrível consciência da passagem do tempo.

– Por que você está chorando? – perguntou Tawanda.

– Porque estou muito feliz – disse ela.

Ele sorriu e a beijou em cada uma das bochechas.

– Eu também estou feliz – disse ele, vacilando. – Estou feliz porque...

Nenhum dos dois teve coragem de falar.

– Feliz por que...? – perguntou ela.

Ela podia ver o próprio rosto refletido em seus olhos, curvado como se estivesse sobre uma colher.

– Eu te amo – eles falaram ao mesmo tempo e começaram a rir.

Mas não demorou muito para que um calafrio de seriedade os atingisse. Ambos ficaram quietos o restante da noite, ensimesmados com uma ansiedade repentina.

"Eu te amo" parecia uma promessa, Zoya percebeu com um estremecimento.

Ela tentou projetar a mente para a frente, dez anos, vinte. Ainda seriam verdadeiras essas palavras que eles proferiram aos dezoito anos? Não deveriam ser sempre? Não deveriam durar além da morte?

— Eu quero que jamais deixem de ser verdadeiras — ela disse finalmente em um sussurro vazio, com as mãos frias.

E ela podia afirmar, pelo seu olhar, que ele estava pensando a mesma coisa.

• • • •

Isso tinha sido parte de seu projeto? Convocá-la como um fantasma de sua vida passada apenas para prendê-la aqui?

— Não — promete ele.

— Mas eu mantenho os ouvidos atentos — diz Keesha. — No meu trabalho. Procurando alguém, qualquer pessoa, que possa saber uma maneira de ajudá-lo.

— É uma espécie de câncer de evolução rápida — diz ele. — Os médicos dizem que não tenho muito tempo.

Ele estremece de dor e se arruma na cama com algum esforço. Zoya pôde ver o quanto os músculos dos braços dele se enfraqueceram e um pouco de sua antiga ternura por ele voltou.

— Você disse que sempre...

— Eu sei o que eu disse. — Seu rosto é uma imagem de arrependimento. — Há tantas coisas que, se eu tivesse a chance de... eu errei. E peço perdão. Achei que nunca mais fosse ver você.

— Mas eu vim atrás de você. Eu o encontrei. Eu sacrifiquei tudo para achar você. — Zoya sente uma torrente de lágrimas e faz um imenso esforço para sufocá-las.

— E eu agradeço — diz ele rispidamente. — Abençoada. Você foi enviada por Bast. Uma heroína.

— Você pode ser — diz Keesha, olhando significativamente para o medalhão de pantera em volta do pescoço de Zoya.

Heroína. A palavra gruda como uma farpa em seus pensamentos. Não tinha ela algo assim em mente todos aqueles anos em que passou lendo histórias na biblioteca dourada da Cidade Dourada? Fuga significa aventura. A aventura significa uma chance de alguém ser heroico, e o que é mais heroico do que o sacrifício?

Zoya pensa na mãe, em algo que uma vez a ouviu dizer. "Estou muito orgulhosa de Zoya. Não é só porque ela é inteligente, ou talentosa e respeitosa, é porque ela é gentil. Graças a Bast, não é isso que todas as mães esperam? Criar uma coisa boa. Uma boa pessoa. Há mais coisas boas no mundo agora, por causa dela."

– Você nunca mais o verá – diz Zoya a Keesha, com uma ponta de rancor na voz. – Se eu der meu colar a ele e ele voltar para casa.

– Eu sei – diz Keesha –, mas também nunca mais o veria se ele morresse.

Uma lágrima escorre pela bochecha de Zoya. Ela tinha ficado com o coração tão partido por perdê-lo, naquela primeira vez. Seria muito mais devastador perdê-lo para sempre?

– Ok – diz ela, soltando o colar. – Ok.

• • • •

A viagem para o aeroporto uma semana depois é sombria. A chuva açoita as janelas da cabine e as ruas cinzentas se dissolvem em nada atrás delas. Keesha chora a maior parte do caminho, segurando a mão de Tawanda. Zoya fixa o olhar no para-brisa. Pelas ruas intermináveis dos subúrbios, pelos campos cinzentos, até que, de repente, ela sente repulsa por aquele lugar. Lâmpadas de vapor de sódio nas ruas e pedestres encharcados. A chuva soprando nas calçadas. Quando ela entregou o medalhão de pantera, sentiu a esperança desaparecer junto com ele. Ela está dormindo no sofá do apartamento lotado de Keesha há quase uma semana. "A amiga de um amigo pode trabalhar lavando pratos na cozinha" – Keesha contara a Zoya a notícia com grande entusiasmo, como se aquilo fosse emocioná-la.

Na noite anterior, ela gastou o pouco dinheiro que tinha e comprou frango frito. No meio do caminho, abriu o embrulho para viagem e pegou um para comer, e descobriu que a carne ainda estava crua por dentro. Pouco depois, o enjoo chegou, e ela caiu no banheiro, onde ficou agachada no chão frio, tremendo. Ela se deitou no tapete imundo do banheiro e olhou para as manchas pretas de mofo alastrando-se em uma constelação no teto. "Por que vendeu seu destino?", pensou ela, com saudades de casa.

O táxi os deixa no Terminal Quatro e todos se amontoam na lotada área de embarque do aeroporto. Zoya tinha voado de avião apenas uma vez na vida e ela olha para os destinos iluminados no quadro. Roma, Bangkok, Tóquio, Niganda. Ela tenta se lembrar que isso é o que significa liberdade. Agora que deixou Wakanda, ela poderia ir para qualquer um desses lugares.

Embora – ela olha com uma pontada de inveja para o cartão de embarque que Tawanda segura – talvez haja apenas um lugar para onde ela queira ir.

– Acho que isso é um adeus – Tawanda diz a Zoya, assim que termina de sussurrar promessas no ouvido de Keesha e lhe pedir desculpas.

– Acho que sim – diz Zoya.

Quase dói não poder tocá-lo.

– Você está salvando minha vida. – Ele dá um tapinha na mochila, sobre o local onde escondera o colar. – Eu nem tenho palavras para agradecer.

Zoya acena modestamente. Zoya, a heroína, ela pensa consigo mesma. Para todos os outros, ela é uma imigrante ilegal, uma vagabunda. Em casa, ela é uma desertora. Mas, pelo menos, para essas duas pessoas, ela é uma heroína.

Quando Tawanda a abraça, Zoya percebe que ele ainda tem o mesmo cheiro, o cheiro de casa. De pó e madeira Jabari.

– Se cuida – diz ele.

– Posso ver? – Zoya pergunta por um capricho repentino. – Uma última vez?

– Claro – diz Tawanda, abrindo a mochila e entregando o colar a ela.

"Os amigos dos meus amigos..." Desta vez, quando ela o segura, imagina a avó, que foi uma *Dora Milaje* por muitos anos e depois trabalhou para treinar novas guerreiras. Zoya se pergunta, agora, se ela recebeu esse medalhão como um símbolo de afeto de algum membro da família real. Se ela o deu à filha como a mãe de Zoya o deu a ela. O verdadeiro presente não são as esculturas requintadas, a forma como o metal capta a luz, o peso reconfortante dele na palma da mão, o verdadeiro presente é o lar.

Sua mente empaca quando ela tenta imaginar a jornada de Tawanda.

Para Niganda, já que não há voos comerciais diretos para Wakanda, e depois para o outro lado da fronteira. Com esse símbolo real que lhe dará uma passagem segura de volta à Cidade Dourada, onde é verão durante metade do ano. Para um hospital onde ele possa ser curado, embora seu caminho ainda seja incerto.

O dela também é.

– Às vezes, eu acordo durante a noite pensando que ela estava certa, afinal – Tawanda ri para si mesmo.

– Hã? – Zoya ergue os olhos para ele, com os pensamentos ainda distantes.

– Sua mãe. Talvez não haja mais nada. Não para nós, de qualquer maneira.

– Não diga isso! – Keesha engasga.

– Sinto como se partir me deixasse doente. A maneira como os astronautas voltam à Terra com ossos secos, o tipo de doença decorrente de estar muito longe do lugar a que se pertence.

Quando ela olha para cima novamente, ele está sorrindo com benevolência.

– Eu sempre soube que você era a melhor deles. – Ele estende a mão para pegar o colar de volta, mas ela não o devolve. – A mais gentil deles.

"O quanto eu sou gentil?" Um pensamento que pisca luminoso como um raio na parte de trás de sua cabeça. "Gentil. A história não foi nada gentil com pessoas como nós, como todos dizem. Mas foi para wakandanos."

Outro pensamento lhe ocorre, um impulso selvagem e egoísta, e ela tenta repeli-lo. Olha para o medalhão novamente. Ela queria aventura, mas não queria nada deste lugar. Os carros, o tempo cinzento, a comida. Ela não quer passar a vida sonhando com as Cataratas do Guerreiro ou com a Cidade Dourada. Ou com a voz da mãe. Ou com a maneira como o sol aparece por trás de um véu de poeira em Wakanda. Ela fará um círculo, indo de cidade em cidade como uma nômade, uma solitária; e quando descrever sua casa, eles dirão a ela que tal lugar não existe. Se ele for agora com o colar, como ela poderá voltar?

– Tawanda – diz ela, e aperta ainda mais o colar –, eu acho que a história é gentil com as pessoas que são gentis consigo mesmas. – Ele vê nos olhos dela o que ela está prestes a fazer, mas antes que ele possa estender a mão para impedi-la, ela está correndo.

O mais rápido que pode, atravessando o aeroporto lotado, as esteiras de bagagem e aeromoças uniformizadas, as filas de viajantes cansados. Do lado de fora, ela chama um táxi, sem ideia de como vai pagar, mas enquanto vai embora, ela se sente a mulher mais rica do mundo. O colar da avó é tão pesado quanto barras de ouro em seu bolso. Ela ainda poderia viver uma aventura. Ela ainda poderia ir a qualquer lugar do mundo, ainda poderia ver Lampedusa, Huangshan ou Nikko, mas há apenas um lugar para onde ela deseja ir.

SOBRE OS AUTORES

LINDA D. ADDISON

Linda D. Addison é uma reconhecida autora de cinco coleções, incluindo *How to recognize a demon has become your friend*, e a primeira afro-americana a receber o Bram Stoker Award® da Horror Writers Association. Ela recebeu o prêmio HWA Mentor of the Year e o prêmio HWA Lifetime Achievement. Em 2020, foi designada grã-mestre da poesia fantástica pela Science Fiction & Fantasy Poetry Association. Tem mais de 350 poemas, histórias e artigos publicados. Linda recebeu seu quinto HWA Bram Stoker Award em 2019 por *The Place of Broken Things*, escrito com Alessandro Manzetti. Em 2020, foi lançado o filme (inspirado em seu poema homônimo) *Mourning meal*, do premiado produtor/diretor Jamal Hodge. Ela tem obras de ficção em três das primeiras antologias marcantes que celebram escritores especulativos afro-americanos: a premiada antologia Dark matter: *A century of speculative fiction (Warner Aspect), Dark dreams I e II* (Kensington) e *Dark thirst* (Pocket Books). Seu trabalho surgiu com frequência ao longo dos anos na lista de menção honrosa de *Melhor Fantasia e Terror do Ano* e *Melhor Ficção Científica do Ano*. Ela é bacharel em matemática pela Carnegie-Mellon University e atualmente mora no estado do Arizona.

MAURICE BROADDUS

Organizador comunitário e professor de ensino médio, seu trabalho apareceu em revistas como *Lightspeed Magazine*, *Weird Tales*, *Beneath Ceaseless Skies*, *Asimov's*, *Cemetery Dance*, *Uncanny Magazine*, com algumas de suas histórias coletadas em *The voices of Martyrs*. Seus livros incluem a trilogia de fantasia urbana *The knights of Breton Court*, a obra steampunk *Buffalo soldier* e o premiado *Pimp my airship*. Seus romances policiais infantojuvenis incluem *The usual suspects* e *Unfadeable*. Como editor, Broaddus trabalhou na série de antologia *Dark faith, Fireside magazine, Streets of Shadows, People of Colo(u)r Destroy Horror* e *Apex Magazine*. Saiba mais em <MauriceBroaddus.com>.

CHRISTOPHER CHAMBERS

Christopher Chambers é natural de Washington, D.C. e professor de estudos de mídia na Georgetown University. Ele escreveu os romances best-sellers da personagem Angela Bivens pela editora Random House: *Sympathy for the Devil* e *A prayer for deliverance*; seu conto "Leviathan" foi indicado ao prêmio PEN/Malamud de curta-metragem. Ele coeditou o popular *The darker mask* com o autor Gary Phillips, publicado pela Macmillan e que traz escritores como Walter Mosely, Lorenzo Carcaterra, Mat Johnson, Naomi Hirahara, Victor Lavalle e artistas premiados como Shawn Martinbrough. Chambers é o autor do romance pulp *Rocket crockett* e o *Shanghai she-devil*, e contribuiu com *Black pulp I* e *The bronze buckaroo rides again* (para o qual escreveu o prefácio). Ele é um colaborador da antologia de ficção política/pulp/especulativa campeã de vendas e ganhadora do prêmio Anthony *The Obama Inheritance*, publicada pela Three Rooms Press. Seu romance policial "newnoir" *Scavenger* foi classificado pela *Publishers Weekly* como "inovador".

MILTON J. DAVIS

Milton Davis é um escritor negro de ficção fantástica e proprietário da MVmedia, LLC, uma editora especializada em ficção científica e fantasia baseada na cultura, história e nas tradições da diáspora africana. Milton é autor de dezenove romances; o mais recente é a aventura pós-apocalíptica *Gunman's peace*. Ele é editor e coeditor de nove antologias; *The city, Terminus, Blacktastic, Dark universe* com Gene Peterson; *Griots: a sword and soul anthology* e *Griot: sisters of the spear* com Charles R. Saunders; *The Ki Khanga anthology*, a antologia *Steamfunk!*, e a antologia *Dieselfunk*, com Balogun Ojetade. A MVmedia também publicou *Once upon a time in Afrika*, de Balogun Ojetade, e *Abegoni: first calling* e *Nyumbani tales*, do criador e ícone do *Sword and Soul* Charles R. Saunders. O trabalho de Milton também foi apresentado em *Black Power: the superhero anthology; Skelos 2: the journal of weird fiction* e *Dark fantasy*, volume 2, *Steampunk writers around the world*, publicado pela Luna Press, e Bass Reeves Frontier Marshal. Sua história

Award 2017. Você pode entrar em contato com Milton Davis em <www.miltonjdavis.com>.

TANANARIVE DUE

Tananarive Due é uma autora premiada que ensina Horror Negro e Afrofuturismo na UCLA. Ela é a produtora executiva do documentário inovador da Shudder, *Horror Noire: a history of black horror*. Ela e seu marido/colaborador, Steven Barnes, escreveram *A small town* para a segunda temporada de The Twilight Zone, na CBS All Access, e episódios de *Black Panther: sins of the King*, de Serial Box. Uma voz principal na ficção especulativa negra por mais de vinte anos, Due ganhou um American Book Award, um NAACP Image Award e um British Fantasy Award, e seus escritos foram incluídos nas melhores antologias do ano. Seus livros incluem *Ghost summer: Stories*, *My soul to keep* e *The good house*. Ela e sua falecida mãe, a ativista de direitos civis Patricia Stephens Due, são coautoras de *Freedom in the family: a mother-daughter memoir of the fight for civil rights*. Ela e Barnes vivem com o filho, Jason, e dois gatos.

NIKKI GIOVANNI

Nikki Giovanni é uma das poetisas mais importantes da América. Ao longo de uma longa carreira, Giovanni publicou várias coleções de poesia, desde seu primeiro volume publicado *Black feeling black talk* (1968) ao best-seller do New York Times *Bicycles: love poems* (2009), várias obras de não ficção e literatura infantil e várias gravações, incluindo *The Nikki Giovanni poetry collection*, indicada ao prêmio Emmy (2004). Suas publicações mais recentes incluem *Chasing utopia: A hybrid* (2013), *Standing in the need of prayer* (2020) e, como editora, *The 100 best African American poems* (2010). Leitora e palestrante, Giovanni lecionou na Rutgers University, na Ohio State University e na Virginia Tech, universidade onde é professora honorária.

HARLAN JAMES

Harlan James é um orador e escritor premiado que acredita que uma boa história é a melhor maneira de educar e entreter o mundo. Nascido e criado no sul dos Estados Unidos, James passou a maior parte da vida na periferia das comunidades de histórias em quadrinhos e literatura, e agora está trabalhando em seu quarto roteiro de filme. Quando não está escrevendo, ele pode ser encontrado mexendo em seus preciosos computadores Mac, brincando com seu amado vira-lata e passando de fase no jogo Mortal Kombat.

DANIAN DARRELL JERRY

Danian Darrell Jerry, escritor, professor e músico, tem mestrado em Belas Artes em Redação Criativa pela Universidade de Memphis, onde ensina literatura e composição em inglês. Ele é membro de 2020 da VONA e editor de ficção da Obsidian. Danian fundou o Neighbourhood Heroes, um programa de artes para jovens que usa quadrinhos e artes literárias. Ele também trabalha com alunos com necessidades especiais no Bowie Reading and Learning Center. Ele foi o convidado de destaque na Mercedes-Benz SXSW MeConvention 2019 em Frankfurt, na Alemanha. Seu trabalho é discutido em *This Ain't Chicago: race, class, & regional identity in the post-soul south* (University of North Carolina Press), *Hip Hop in America: a regional guide* (dois volumes, Greenwood) e outras publicações. Como professor, ensinou escrita de ficção e leitura performática no Memphis College of Art, ensina literatura e composição na Universidade de Memphis e atua como especialista em redação no Rust College. Atualmente, ele revisa seu primeiro romance, *The boy with the golden arm*. Quando criança, ele lia e desenhava quadrinhos, e quando adulto, escreveu as próprias aventuras. Seu trabalho aparece ou será publicado em *Fireside Fiction, Apex-Magazine.com* e *Trouble the Waters: Tales from the Deep*.

KYOKO M

Kyoko M é autora de best-sellers do *USA Today*, fangirl e ávida leitora de livros. Ela é autora da série de fantasia urbana *The black parade* e da série de ficção científica *Of cinder and bone*. Seu romance de estreia, *The black parade*, foi avaliado positivamente pela *Publishers Weekly* e pelo *New York Times* e pela romancista mais vendida do *USA Today*, Ilona Andrews. Ela foi moderadora e palestrante para convenções de quadrinhos e ficção científica/fantasia como Dragon*Con, Geek Girl Con, Multiverse Con, Momocon e The State of Black Science Fiction. Ela é bacharel em Literatura Inglesa pela University of Georgia, o que lhe deu todas as desculpas válidas para devorar livro após livro com concentração em mitologia grega e mitologia cristã. Quando não está trabalhando de maneira febril em um manuscrito (ou dois), ela pode ser encontrada enterrada sob seu painel no Tumblr, ou conversando com outros nerds no Twitter, ou envolvida com um bom romance de Harry Dresden em uma noite quente da Geórgia. Como qualquer autora, ela não quer nada mais do que contribuir com algo grande para a melhor profissão do mundo, por menor que seja.

L. L. MCKINNEY

Leatrice "Elle" McKinney, escrevendo como L. L. McKinney, é uma defensora da igualdade e inclusão na publicação e criadora das hashtags #PublishingPaidMe e #WhatWoCWritersHear. Nomeada uma das 100 afro-americanas mais influentes de *The Root* em 2020, ela passou um tempo na lama servindo como leitora para agentes e participando como jurada em vários concursos de redação on-line. Elle também é gamer, Blerd, e fã número um da Hei Hei, que mora no Kansas, cercada por tantas sobrinhas e sobrinhos que não sabe o que fazer com eles. Ela passa o tempo livre atormentada por seu gato – Sir Chester Fluffmire Boopsnoot Purrington Wigglebottom Flooferson III, escudeiro, Barão o'Butterscotch ou #SirChester para abreviar. Seus trabalhos incluem os livros *Nightmare-Verse*, começando com a trilogia *A blade so black*, e uma história em quadrinhos para DC apresentando Nubia, irmã gêmea da Mulher Maravilha. Elle é uma Grifinória com tendências Sonserinas.

TEMI OH

Temi Oh escreveu seu primeiro romance enquanto estudava para o bacharelado em neurociência. Seu diploma proporcionou grandes oportunidades de escrever e aprender sobre tópicos que vão desde "Filosofia da mente" a "Fisiologia espacial". Enquanto estava na universidade, Temi fundou um clube de livros chamado "Neuroscience-fiction," no qual liderou discussões sobre livros de ficção científica que enfocam o cérebro. Em 2016, tornou-se Mestra em Escrita Criativa pela Universidade de Edimburgo. Seu primeiro romance, *Do you dream of Terra-Two?*, publicado pela Simon & Schuster em 2019 e ganhou o prêmio Alex da American Library Association.

SUYI DAVIES OKUNGBOWA

Suyi Davies Okungbowa é um autor nigeriano de fantasia, ficção científica e ficção especulativa geral inspirada em suas origens na África Ocidental. Ele é o autor da série de fantasia épica altamente antecipada *The nameless Republic*, publicada pela Orbit Books em 2021. Sua elogiada estreia, o romance de fantasia godpunk *David Mogo, godhunter*, foi saudado como "o ideal platônico do subgênero deific" pelo WIRED e indicado para o Prêmio BSFA. Sua ficção e não ficção mais curtas apareceram internacionalmente em periódicos como *Tor.com, Lightspeed, Nightmare, Strange Horizons, Fireside, Podcastle, Ozy* e antologias como *Year's Best Science Fiction and Fantasy, A World of Horror* e *People of Color Destroy Science Fiction*. Ele foi nomeado um dos cinquenta nigerianos no *YNaija 2020 New Establishment*.

GLENN PARRIS

Glenn Parris é o autor de *The renaissance of aspirin*, seu romance de estreia, *Dragon's Heir: the archeologist's tale*, e *Unbitten: a vampire dream*. Seu conto *"The tooth fairies"* encabeça a antologia *Where the veil is thin*, da Outland Entertainment. Como médico especializado em reumatologista, Glenn Parris pratica medicina nos subúrbios do nordeste de Atlanta há mais de trinta anos e agora escreve obras de mistério médico, ficção científica, fantasia e ficção histórica.

ALEX SIMMONS

Alex Simmons é um premiado escritor *freelancer*, criador de quadrinhos, roteirista, dramaturgo, professor de artes e consultor criativo. Ele escreveu para a Disney Books, Penguin Press, Simon and Schuster, DC Comics e Archie Comics. Simmons é o criador da aclamada série de quadrinhos de aventura *Blackjack*. Ele também ajudou a desenvolver conceitos e roteiros para um estúdio de animação na Inglaterra. Como professor de arte, Simmons criou e ministrou oficinas de artes criativas para alunos e educadores nos Estados Unidos, Índias Ocidentais, África e Europa. Simmons participou de painéis e ministrou palestras sobre meios de entretenimento para crianças, além de capacitar jovens por meio das artes. Seus clientes variam desde a Random House à New York Film Academy. Simmons fundou o evento anual familiar Kids Comic Con, bem como três exposições de quadrinhos, que viajaram para o exterior. Atualmente, está desenvolvendo um programa de quadrinhos e artes criativas para crianças nos Estados Unidos, Europa, África e Índia. Por mais de vinte anos, Simmons foi membro dos conselhos de artes e educação da Aliança do Estado de Nova York para Educação Artística, do Departamento de Assuntos Culturais e do Museu de Quadrinhos e Desenhos Animados. Ele foi palestrante em muitos eventos de alfabetização e artes e palestrante convidado em várias faculdades e instituições educacionais nos Estados Unidos e no exterior.

SHEREE RENÉE THOMAS

Sheree Renée Thomas é autora de *Nine Bar Blues: stories from an ancient future* (Third Man Books), sua primeira coleção de ficção, e seu trabalho aparece em *The Big Book of modern fantasy* (1945-2010) editado por Ann e Jeff VanderMeer (Vintage Anchor). Ela também é autora de duas coleções de vários gêneros/híbridos, *Sleeping under the tree of life*, listada para o Otherwise Award de 2016, e *Shotgun lullabies* (Aqueduct Press), descrita como um "trabalho revelador como *Cane* de Jean Toomer." Uma bolsista da Cave Canem homenageada com residências na Millay Colony of the Arts, VCCA, Bread Loaf Environmental, Blue Mountain e Art Omi / Ledig House, suas histórias e seus poemas são frequentemente reunidos em antologias e seus ensaios aparecem no *The New York Times*. Ela editou os volumes duas vezes ganhadores do World Fantasy Award, *Dark Matter* (2000, 2004), que apresentou o trabalho de Stephen Du Bois como ficção científica, e foi a primeira autora negra a ser homenageada com o World Fantasy Award, desde sua criação, em 1975. Ela atua como editora associada do premiado jornal *Obsidian: Literature & Arts in the African Diaspora* (Illinois State University, Normal) e é editora da *The Magazine of Fantasy & Science Fiction*, fundada em 1949. Sheree foi recentemente homenageada como finalista do World Fantasy Award de 2020 na categoria Prêmio Especial – Profissional por suas contribuições para o gênero. Ela mora em Memphis, Tennessee, perto do Rio Mississippi e da Pirâmide de Memphis. Saiba mais em <www.shereereneethomas.com>

CADWELL TURNBULL

Cadwell Turnbull é o autor de *The lesson*. Ele fez mestrado em Escrita Criativa de Ficção pela North Carolina State University e mestrado em Linguística. Turnbull também é graduado pela Clarion West 2016. Seu curta-metragem apareceu em *The Verge, Lightspeed, Nightmare* e *Asimov's Science Fiction* e uma série de antologias. Sua história de pesadelo *"Loneliness is in your blood"* foi selecionada para The Best American Science Fiction and Fantasy 2018. Sua história na Lightspeed "Jump" foi selecionada para The Year's Best Science Fiction and Fantasy 2019 e foi apresentada em LeVar Burton Reads. Seu romance de estreia, *The lesson*, é finalista do Neukom Institute Literary Award. Ele também foi indicado para o VCU Cabell Award e para o Massachusetts Book Award. Turnbull ensina redação criativa na North Carolina State University.

TROY L. WIGGINS

Troy L. Wiggins é um premiado escritor e editor de Memphis, Tennessee. Seus contos de ficção aparecem nas antologias *Griots: sisters of the spear*, *Long hidden: speculative fiction from the margins of history* e *Memphis noir*, e nas revistas *Expanded Horizons, Fireside, Uncanny* e *Beneath Ceaseless Skies*. Seus ensaios e suas críticas foram publicados no *Memphis Flyer*, na revista *Literary Orphans, People of Colo(u)r Destroy Science Fiction, Strange Horizons, PEN America* e em *Tor.com*. Troy foi coeditor da *FIYAH Magazine of Black Speculative Fiction*, indicada como melhor revista pelo Hugo Award, e recebeu o World Fantasy Award em 2018. Ele foi introduzido no Dal Coger Memorial Hall of Fame por suas contribuições para a ficção especulativa em Memphis, em 2018. Troy vez ou outra posta sobre escrita, cultura nerd e corrida no *afrofantasy.net*. Ele mora em Memphis, Tennessee, com a esposa, Kimberly, e sua fera de dois quilos, Jojo. Siga-o no Twitter em @TroyLWiggins.

SOBRE O EDITOR

JESSE J. HOLLAND é o autor de *The Black Panther: who is the Black Panther?*, romance em prosa que foi indicado ao NAACP Image Award, em 2019. Ele também é autor de *The Invisibles: the untold story of African American slaves inside the White House*, que foi nomeado como o vencedor do prêmio de medalha de prata de 2017 na categoria História dos EUA no *Independent Publisher Book Awards* e um dos principais livros de história de 2016 pelo Smithsonian.com. Jesse também é o autor de *Star Wars: The Force Awakens – Finn's story*, o livro de não ficção *Black men built The Capitol: discovering African American history in and around Washington, D.C.*, e é um dos cocriadores da lamentavelmente encerrada história em quadrinhos *Hippie and the black guy*. Jesse atuou como ex-bolsista visitante em residência no John W. Kluge Center da Biblioteca do Congresso, é ex-professor ilustre visitante de ética em jornalismo na University of Arkansas e ex-professor do programa de mestrado em Belas Artes em não ficção do Goucher College, e foi juiz do Harper Lee Prize for Legal Fiction de 2020. É atualmente o anfitrião aos sábados no *Washington Journal*, do C-SPAN, bem como professor-assistente de Mídia e Relações Públicas na George Washington University. Ele é ex-redator de Raça & Etnicidade da Associated Press, bem como ex-repórter da Casa Branca, da Suprema Corte e do Congresso. Jesse concluiu o doutorado em letras humanas no LeMoyne-Owen College em 2018. Ele mora em Bowie, Maryland, com a esposa, Carol, a filha Rita, o filho Jesse III e o cachorro Woodson Oblivious. Você pode ver mais em seu site <www.jessejholland.com>.

AGRADECIMENTOS

Primeiro e acima de tudo, eu gostaria de agradecer à minha esposa e aos meus filhos, sem os quais minha vida não estaria completa. Obrigado, Carol, Rita e Jamie.

Eu gostaria de destacar várias pessoas cujos conselhos e amáveis palavras me ajudaram a trabalhar nesta antologia: Jeff Youngquist, que ouviram falar primeiro desta ideia; Porscha Burke, Claudia Gray, John Joseph Adams, Jonathan Maberry, Chris Golden, Eric Flint, John Lewis, Andrew Aydin, Elana Cohen, Caitlin O'Connell, Timothy Cheng, Adri Cowan, Sheree Renée Thomas, e Stuart Moore.

Não posso agradecer o suficiente a meus leitores beta e familiares por seu apoio durante todo este processo: meus pais, Jesse e Yvonne Holland; meus irmãos, Candace Holland, Fred Holland e Twyla Henderson; e minha sempre paciente sogra, Rita Womack.

Na Titan Books, eu gostaria de agradecer a todas as pessoas que pegam a matéria-prima e a transformam em um livro físico, incluindo os editores Sophie Robinson, Nick Landau, Vivian Cheung, Laura Price, George Sandison, Paul Gill, Chris McLane, Katharine Carroll, Lydia Gittins e Polly Grice. Sem eles, você não estaria lendo estas palavras.

Um agradecimento extraespecial vai para Jason Anthony, cuja mente criativa e fortes habilidades de escrita nos ajudaram com a grandiosa história de Nikki Giovanni. Preste atenção no trabalho de Jason, porque um dia ele vai ser especial!

Este livro não existiria sem os esforços de Stephen W. Saffel, que me incentivou a seguir com o livro até o fim, com bondade, civilidade e trabalho duro noite adentro. Sem ele, nada disso teria sido possível.

Não posso esquecer o apoio que recebi da gangue do Kluge Center na Biblioteca do Congresso, a Escola de Mídia e Relações Públicas na Universidade George Washington, as pessoas maravilhosas no Museu Nacional Smithsoniano de História Afro-Americana e Cultura, a sempre solidária Igreja Batista da Rua Alfred e Igreja Grays C.M.E., os escritores e estudantes do mestrado universitário em Belas Artes em não ficção Goucher, os homens de Omega Psi Phi (especialmente a Eta

Zeta e Chi Mu Nu), os membros da Associação Nacional de Jornalistas Negros, e, é claro, todos os meus amigos e ex-colegas da Associated Press.

Obrigado, Stan e Jack.

Devemos apreciar o trabalho realizado pelos escritores que mantiveram a fé na lenda: Reginald Hudlin, Don McGregor, Christopher Priest, Ta-Nehisi Coates, Evan Narcisse, Roxane Gay, Jason Aaron, Nnedi Okorafor e todos os escritores e ilustradores que trabalharam nos quadrinhos do *Pantera Negra*.

E é claro, agradeço ao elenco e à equipe do filme *Pantera Negra*, incluindo Ryan Coogler, Joe Robert Cole, Chadwick Boseman (i.m.), Michael B. Jordan, Lupita Nyong'o, Angela Bassett, Danai Gurira, Daniel Kaluuya e Winston Duke. O Pantera Negra não teria se tornado o ícone internacional que é hoje sem a assistência competente de vocês.

E, finalmente, houve tantas pessoas que ajudaram a publicar este livro que seria impossível nomear a todos. Se esqueci de alguém, por favor, culpe minha cabeça, e não o meu coração.

grupo novo século

Compartilhando propósitos e conectando pessoas

Visite nosso site e fique por dentro dos nossos lançamentos:
www.gruponovoseculo.com.br

ns

facebook/novoseculoeditora
@novoseculoeditora
@NovoSeculo
novo século editora

gruponovoseculo.com.br

Edição: 1ª
Fonte: Chaparral Pro